U0039006

殘霞與心焚的夜燈如舊

——一代儒俠黃宗羲的「文道合一」論

陳昱志◎著

殘霞與心焚的夜燈如舊

--一代儒俠黃宗羲的「文道合一」論

《目錄》

殘霞與心焚的夜燈如舊

——黃宗羲的錐子

◎紀少陵

我曾在漫天花雨裡　登樓
婆娑紫荊凝砌為一道淒絕底鍊
　　韶光的裂鏹
恰發為長年憂悒的太息
繼而與鍊交纏
化為額際青脈的微悵

為什麼窗畔的綠意總拊不回雉堞外的鄉音
在悠遽的長漢流去之後
所謂歷史　儼然回甘若龍井的芳馥
我曾在油漬的天目碗裡
遙想京華浮動的迴光
然後斜倚樓頭
飲盡方歇

在起居與熄燈的日子裡
簷廊的風息總是不負清涼
惟獨反宇的光影
肥瘦老跟不上冊頁翻飛的韻律

我將自己坐隱成　罢
古來的曆法與心性主體的交光疊影
從來沒有相互妨礙
在晝夜輪值的光譜裡
我的指尖微微泛藍
始終未嘗排拒任何知識的磁場

紫荊沾露的辦羽　浮想聯翩地飄進書案上的硯池
設想拈花成箋
在古月今塵的書櫃間
別成一方醒目的眼影
然後擱筆
看看　暮色　孤塔　與寒鴉

殘霞與心焚的夜燈如舊
想去年梅萼初綻　零雁斷想
恢詭的重檐與荷擔家業的心脈
巍然挺立著一身零丁骨架
舊友們今夕是否仍仗著才氣發越
挑燈看劍　指點古冊裡的興亡
我的青春期來得甚晚
自瀆的歷史未嘗遠離過暗夜的苦索與冥想
在黑與白增減損益　由剝而復的消長中
沒有人告訴我真理究竟是個什麼東西

情慾的藤蔓在夢囈的語法中

組構了堅實的肌理
少女的櫻唇笑靨與閹宦們乾癟的小腿　（鬱索）
竟蔚似雕畫
久久地糾纏　猶如斑駁的樹瘿

暗夜的撫慰　跌宕於盤根錯節的歷史甬道
心色曲隱為高潮后的頓挫與虛無
阿賴耶識浸潤著前仆後繼的文化密碼
在層疊而累進的精血中
文化的尾閭確往往疲累
疲累於無所掛褡
如瀑週流的無明與妄念
形塑著一代又一代士子們的弱智與貧血

× × × × ×

青春的匕首在暗夜裡眨眨著幽峭寒光
在鮮花與烈火的年歲裡
被用來阻截流俗
被用來血洗奄豎之屬
一連三頭國族敗類　死何足惜
在舐舐錐刃的當口
又該如何血祭東林一壺英賢的慧命

在金陵
朝天宮的廊蕪與興院落

蒼茫地伴我扭轉乾坤　以慰江湖寂寥
《道藏》裡的象數，地理與玄祕
劍鞘與易書並彎
恨祇恨青春未逢其時
我要拉直生命的曲折

偉哉大易哲學
在所有可能打通現象的關節上
我將自己坐隱成 墨
先后天，圖書，天根月窟，八卦方位
納甲，占課，掛氣，互卦，耆法，占法的門道
太玄，元苞，潛虛，洞極，洪範，皇極，六壬，
太乙，遁甲，奇門，衡運等千般術法

唯有這一組人事冥滅的代碼
化得開我那經世與經史的迷執
只是午夜夢迴
零丁而躑躅的儒門剪影
在這個世代顯得何其的卑弱而漂泊

× × × × ×

西闕外的雨簾
點點滴滴地深深淺淺的記憶
每一方工筆的瓦當與高昂底簷角
照拂的會是哪一段遠年的記憶

在漫天花雨裡　登樓
自范欽以來
這幢幽深的樓台早已封鎖了一切的一切

而今我長衣步屐
在古稀的重檐與樑挑
在層累的進深之間
每一扇門都鎮斂著歷史的獨語

文化的危樓還得以構建、武裝幾個世紀？
我日以繼夜在此編理孤本、善本、影本、拓本
哪怕是片紙丹青
也要悉心有所選擇與裁斷

這輩子讀書是命定地一場歷史的反饋
我國的治史
說穿了祇是一代又一代不斷地自瀆
儒門巨大而悒鬱般的光環
陽具崇拜似的
綑縛了前仆後繼士子們渴慕底戀
祭壇前　史家的殷殷翹首與暗夜敦倫後的快意
自欺欺人的年輪　積澱為幾個世紀以來的迷惘
無論是玩弄光景　抑或慷慨悲歌
終將一一消蝕於現象的迴光

誰來給我一把風快的刀
好剮去這千年糾葛的盲動
誰來　與我一同練行　沉重而矛盾的航程
誰來體檢這久病而荒誕的病體
孜孜矻矻於功名與繁華　高壓與懷柔的士子
橫斜在孔廟一隅的進士碑林
那名姓與嘴臉相映的又會是第幾個世代夫子的容顏
（美食主義者的<u>孔丘</u>是不吃廟堂冷豬肉的啊？）
哀哀儒門
僅剩幾盞尚在文化邊界上　自立書院的燈火
乞靈於明夷待訪的悲願

×　×　×　×　×

殘霞與心焚的夜燈如舊
在長溝流月的夜航船上
國破家亡與學術慧命交織的心影
曳盪著沿岸漁火的明滅
　　　隨著潮起　隨著潮落

頭戴儒巾的士子們
嗷嗷待哺地列坐囂攘的商埠上
等待著登船良機與航程裡巡迴底叫價

所謂歷史
儼然如卦爻之間的互證與錯綜無常

就在迴瀾與空寂的潮音裡
追躡一絲一縷天人相感的旋律
而這如斯嚴陣與繁複的卦象哪
卻始終無由消解這一路心火失調的窘態
哀哀士子們
那心旅上封鎖的層巒
又該施以第幾筆卦法
才有貞下啟元的一天

我失望地下了船
卸盡一切又一切足勘索隱探賾的輿圖及羅盤
在天一閣的夜雨裡
聆罷一窗的雨瀝與滴水宮商

而今　書劍業已恢恢老矣
任管書札滿室　聲華早著宇內
廛　鎖　空　廊
又豈能謝醉天地
繼而藥鋤歷史的莠苗
獨獨這一挺寒錐
未嚐停罷
一夜書匣中的淒淒吟嘯

　　　　—本文發表於《創世紀》詩雜誌109期,「台灣大專校園詩」
　　專輯,民國86年12月。

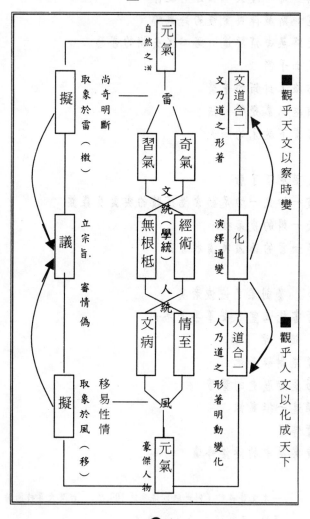

陽　一陽者，以括一百九十二爻之「奇」。

陰　一陰者，以括一百九十二爻之「偶」。

擬議風雷：

關於「文學的哲學研究」之一些看法（代序）

林安梧（台灣師範大學國文系教授）

記起廿餘年前，在台灣師範大學國文系讀王更生教授「文心雕龍」的課，突發異想的向王老師自承說，想寫一篇論文來闡釋《文心雕龍》，題曰：「《文心雕龍》的形上美學」。就這樣，廿餘年過去了，這篇論文一直沒寫完，或者更適當的說是「沒寫成」；但我心裡總懸著這事，總期待有朋友去完成，當然，這事到現在一直處在期待中。

期待、期待，我心裡逐漸沉澱，想著這件事雖沒完成，但從那時起，我就一直認為「文學的哲學」研究是極為必要的，或者更準確的說，我仍以為文、史、哲不宜分家，應通而為一。文學給我們的是存在的覺知，史學給我們的是縱深的時間性思考，而哲學給我們的則是後設性的根源反思。我猶然記起王老師滾瓜爛熟的、左右逢源的引經據典，以經解經，從《文心雕龍》來闡釋《文心雕龍》，那工夫真的叫人佩服地緊。

我雖至今尚未能精熟《文心雕龍》，但就因為當時上課所得，以及後來用了些功，那種「存在的覺知」一直著乎胸中，加上以前師大所要求的古文詩詞習作，讓我這些著乎胸中的情懷有了具現的天地。因此，雖然後來走的是哲學研究與思想創作的路子，但寫寫對聯，作作古詩，卻是平常中一點趣味，說真的，那已可說是少不了的。特別是「概念的思考」用力過了頭，枯槁灰濕，了無生趣；那時更知「存在的覺知」的必要性。真的是如此，沒有「存在的覺知」，那「概念的思考」是空洞的；當然，沒有「概念的思考」，那「存在的覺知」是盲目的。我曾和我的一些研究生們說，這就是「理氣不二」，這就是「性情

合一」，這就是「文道合一」。

廿餘年來，似乎我是依循著這方向往前發展著的，十六年前(一九八五年)我寫《王船山人性史哲學之研究》，涉及於方法論的部分，我對於「道」、「人」與「經典」(或「歷史文化」)三者的關係，強調的是「兩端而一致」，並且其中任兩者都是「互藏為宅、交與為體」的。就船山學來說，「理氣」、「性情」、「文道」等等亦都是互藏為宅、交與為體的。落在文學的哲學之考察來說，或落在哲學的文學之生長來說，船山所說「道生於餘情」，最叫人回味不已！

對比而言，黃宗羲不同於船山乾坤並建、兩端而一致的理解，他強調的是「盈天地皆心也」、「盈天地皆氣也」，這是從陽明學的內在主體性之渾化於天地之中，而有的「心氣不二」；黃宗羲更而順著說「文章乃天地之元氣，陰陽相感，蓄積風雷鼓盪」，這意義下的「文道合一」仍然是心學意義下，交融不二的合一，而不是船山「兩端而一致」的合一。

十二年前(一九九○年)我寫《存有、意識與實踐：熊十力體用哲學之詮釋與重建》，特別衷意於熊十力先生所說的「乾元性海」、「即用顯體、承體達用」的思想。當時，因為陳榮灼兄之講「唯識學」與「現象學」的交涉，更而引發了我嘗試從意識哲學的視點，進到生命實存的領域，作深度的哲學思考。就在這樣的過程裡，我逐漸跨出了牟師宗三先生「兩層存有論」的思考，發展出了「存有三態論」的脈絡。「存有三態論」指的是從「存有的根源」這「境識俱泯」的狀態，進而為「存有的開顯」這「境識俱顯」之狀態；再進而為「存有的執定」這「以識執境」之狀態。這恰與《易經傳》所說的「見乃謂之象，形乃謂之器」是和合不二的，也與《老子道德經》所說的「道生一，一生二，二生三，三生萬物」「無名天地之始，有名萬物之母」是通而為一的。

　　「兩端而一致」與「存有三態論」可以說成了我思維的基本方式，前者重在方法論(methodology)的側面，而後者則重在存有學(ontology)的側面。六年前(一九九六年)我在南華大學哲學所啟教禮上宣讀了《道言論》，「道顯為象，象以為形，言以定形，言業相隨；言本無言，業乃非業，同歸於道，一本空言」，一九九七年我們發行了《揭諦》哲學學刊，我將此衍生成發刊詞，到一九九九年時，又將此衍生成《後新儒家哲學擬構：從「兩層存有論」到「存有三態論」》一文在第十一屆國際中國哲學會年會上宣讀。

　　我做這樣的回溯是想說：文學的哲學思考一直與我緣分深重，「存在的覺知」與「理性的建構」原是兩端而一致的，而且就此之「一致」，調適而上遂之則「通極於道」。「道」是根源的總體，是總體的根源，若順著《易經傳》的傳統來說，經由陰陽翕闢開闔，自有其將顯而未顯的「幾」，自有其純粹的「意」(意向)，進而為彰顯的「象」(意象)，再落實而為「構」(結構)，進而落實為「言」(文字)。這「道、意、象、構、言」五個層次，後來我在《人文學方法論》的講稿裡發展成其中的第六章「關於中國哲學解釋學的一些基礎性理解」，並且在二〇〇二年六月《詮釋學國際研討會》交由大會發表。大體說來，有關此論題的探索大體告一段落，說也奇怪，廿餘年前想寫的「《文心雕龍》的形上美學」並未完成，而這段漫長的旅程竟可以做為當時所發願力的註腳，人生之奧秘竟有如是者夫！

　　二〇〇一年春夏之交，我應洪銘水兄之邀做為東海大學中國文學系博士論文的審查人，對於陳旻志先生《黃宗羲「文道合一」思想的理論與實踐》這本論文進行審查與口試，先是五月中的初審，後來六月底進行了複審口試，記得當時口試過程極為熱烈而精彩，洪銘水教授、張端穗教授、劉榮賢教授、楊儒賓教授以及筆者都對這本論文提出了修訂的建議。

　　讀其書,不知其人可乎!我認為旻志君是一極有才氣的年青人,當時直覺得他斐然成章,但須得「筆削抉擇,汰去其餘,深入詮釋,建構自己,如斯方可。」複審時,我覺得他真切地用了功,做了更動與修訂,但還是覺得他須「為道日損,入其精微,方可也」,說他「寫得熟了,但不夠 Q,筋勁猶有未足,但卻是充滿著生命力的,假以時日,必臻佳境」。

　　記得當時,我藉用「精神、氣脈、筋絡、骨骼、身軀」等比喻,說了一下寫作創造如何可能有生命,而且讓這生命真能如其所命的善遂其生,能得如此,因而歸根復命。其實,我對於旻志君之從擬議『風、雷』,來論宗羲先生的文學意涵與錯綜變化之道,是很能欣賞的,因為在那裡,可以看到他才氣的撓動,有若雷之鼓動、風之齊巽,這是一種不可言喻的創造動力,現在看起來還粗略,但卻是活生生的。這與一般論文之堆砌遠遠不可同日而語,只是旻志君有時仍不免才氣縱放,筆勢收拾不住,對比開顯,著了痕跡,因而不免也要受批評;但「氣」只要是「正氣」,縱放出去,有何不可;只是「才」須要「坤德載物」,方得生生。

　　上個學期,在台灣師大上課時,學生們問起學問之方,說常常「半聽半看半朦朧」,而不知何以,問我怎辦?當時,心思清靈,順著說「半聽半看半朦朧,一葉一花一天風,山下出泉源滾滾,雲上雷端草木從」。「半聽半看半朦朧」者,渾沌也,如一陰一陽之道也;「一葉一花一天風」者,「姤」卦也,相遇也,真存實感也;「山下出泉源滾滾」者,「蒙」卦也,蘊蓄其氣,果行育德也;「雲上雷端草木從」者,「屯」卦也,雷雨之動,天造草昧也。我以為旻志君真有擬議風雷之姿,成其屯蒙之業也;雖或渾沌,但這所以通天接地也;繼之以真存實感,則當如「拔地雷生驚筍夢」,必可「瀰天雨地養花神」也。

　　　　　　壬午秋暮十一月廿一日清晨序於深坑之元亨居

俠之大者，鼓盪風雷（自序）

陳旻志

【有書有筆有肝膽，亦狂亦俠亦溫文】

金庸在《神雕俠侶》第二十、二十一兩回，試由郭靖和楊過兩人在關鍵性的襄陽鏖兵一段中，闡釋了他心目中「俠之大者」的氣象。在強虜壓境，國勢危如累卵之際，郭靖審顧襄陽戰局，實乃扼守江山之重要屏障，面對善變的楊過，娓娓道出了：「我輩練功學武，所為何事？行俠仗義，濟人困厄固然是本份，但這只是俠之小者。」盼他心頭牢記：「為國為民，俠之大者」。特別是此地的歷史氛圍，又起興著詩聖杜甫、豪傑諸葛亮的形影與志業；當郭靖慷慨揚鞭吟道：「艱難奮長戟，萬古用一夫」的杜詩襟懷，儼然將俠之大者的生命形象，體現無遺。讓人展卷讀來，胸襟為之開朗，熱血為之激揚。

面對幾個世紀之遙的黃宗羲，我並不會感到陌生。他的那股風雷般的意志，憤悱不懈的激情，一直是與我內心潛藏的能量，彼此感盪。亟待在舊框架裏衝決羅網，在俯仰娑婆紅塵之際，願意將人間的摯情至性，代言歌哭。

人生況味與文學的境界的錯綜關係，黃氏的履歷可以說是高飽和度的見證。他的詩論有謂：「今之論詩者，誰不言本於性情，顧非烹煉，使銀、銅、鉛鐵之盡去，則性情不出。」對於文學藝術的本源及本體，他有著那股究元決疑的精神，甚且可以說近乎精神上的潔癖。然而這一番疏瀹澡雪般的體認，並非來自於一種理論上的預設，而是歷經了九死一生、百味雜陳的江湖閱歷，方能在陰翳的心境下，確認美感的本質，挺立人格的傲岸風標：他自謂：「人世富貴福澤之氣，煎銷淨盡，而後甘苦鹹酸之味始出。」

無論是烹煉，或言煎銷淨盡，都不外乎說明如何由我執的型態，

刊落聲華；並在形態的遞嬗之際，產生質能互換，相乘相加的能量。進而瓦解慣性的模式，提供一新耳目的寓意。

我在黃宗羲的身影履跡之中，印證了自己的文化路向。與其說這是一本博士論文的研究成果，不如說是我在三十而立之年，試著於古往今來的心靈縱深中，找尋到一個可以並肩論道，出入人間江湖的典型。種種論題的揀擇與覺察，在論文逐一寫定的時刻，自己的身心狀態也彷彿通過了一層又一層「由剝而復」的洗禮。由質能互換的立場而觀，我已然將進入一番殊勝而顛覆的經歷。於是卸下博士的外衣，大學的教職，賦別書院及親友，滿懷熱望入伍服役。

整個 2002 年，我都置身在一個匪夷所思的世界；空軍的警衛部隊，無疑的是一個苦悶無解的部隊。國軍的政戰工作，無疑的是一個不知「為何而戰，為誰而戰」的禁錮思維。可以想見的，我不得不淪為基層部隊的階下囚，只能在極度壓抑的時空中，將自己的延展性，逐一甦醒轉化。原本期待發揮所長，欣見軍中豪傑，共同達成任務的想法，在這裏只能說是瘋人說夢。這些軍中「爬蟲類」冷血善變與蠻橫而擅觇風向的特質，讓我在一年半載的軍旅生涯中，大開眼界。身陷思想及行動的囹圄，我才得以伸展自己前所未有的求生潛能；好細睨這些蟻聚而荒謬的原始社群，並揣摩置身戰場殺伐之際，如何全身而退，如何立於不敗之地。

在這裏已然看不到昔日一群師友，奔走民間書院的光熱。卻能深切體會到黃宗羲那種身處末世蒼茫、價值扭曲世代的苦悶及困惑。從而文學與思想的特質，居此也開始有了簇新的端倪。王丹的獄中回憶錄與憂患讀易的切膚之感油然並生；唯識與密教曼陀羅的如在眼前，此一階段可以說是週身俱足，目擊皆是禪境。

師友們的鼓舞及影響，猶如後勤補給般，一波波的傾注而至。詩人瘂弦針砭政戰工作的失落，仍對我的文化志業寄予厚望；周夢蝶與

渡也授以軍中教戰守則，讓我了悟如何與這些冷血動物周旋到底，並且苦中作樂之道。陳明柔學姊與曾守正學長的督責與勉勵，得以讓我雖身在軍中，仍能與學術生命的開展相輔相成。陸雲逵老師的綜合思維論，以及李正治老師的文學本源論，即成為我在軍中修改論文時的兩大軸心。特別是身值夾縫臥薪嘗膽的況味下，重新審顧本文的心境也就格外豐富。洪銘水老師和林安梧老師對於黃宗羲相關論題的要求十分謹嚴，此刻在疏通舊有理路時，即成為我每日刪修改寫時的必備公案。特別是柴小陵老師，雖身值養病階段，仍不忘再度提撕我恢宏的氣宇，以及堅持理想的性格。一如當初我們共同創辦書院，企待為當代教育樹立一盞不為人惑的燈火。

期間我亦曾將黃氏的「易學思維」與文論的關係，獨立成章投稿學刊，孰料在審核過程中得到兩極化的評價。其中一位評審尤其對我部分的行文論述態度與方法，不能予以認同，並指出了不少我所忽略的語病及盲點。感謝這位師長的指正，並先後幾番針對其中的缺失，損益斟酌；才得以將推論的技術性問題，更臻完備。這一段論學的交會過程中，直截的提醒我學術之道應有的視野以及自我反省。本文的大破大立，這些師友的提點，對我而言，都是彌足珍貴的影響。

凡此種種「居夷處困」的冶煉，遂成為我在軍中高壓狀態之下，畫夜修訂論文時的殊勝況味。一章一節一字一句的推敲案斷，體會著黃宗羲「學案式思維」的大不容易。期間林安梧老師並寄贈〈麥迪遜手記〉提供我學思駁辨的試金石；更大力鼓舞我將此作發表面世，以闡揚梨洲之學的千彙萬狀。誠然將這本論集蛻變得有血有肉，並飽含著雋永的性情。偶然之間審顧著營區四周遍植的菩提樹林，以及松山空港每日起降的客機聲影；那些在夜裡機場巡查中目擊的軍旅面容，對於我而言，又將起興什麼樣的禪意？

俠之大者，不辭鉅細、不擇精粗、不迎不拒，才能成就海涵地負

的能量。幸而在這段並不順遂的驛旅之中，能夠得到家人與師友的奧
援及諒解，才能「逆向思考」日後步出營門之外，尚有寥闊的江湖尚
待馳騁，愛妻藍莓是我最佳的謀士，一如耿直的郭靖不能沒有黃蓉的
精心擘劃，方能鼓盪風氣，繼往開來。在面對書院講學的願景時，這
段歲月的試煉成型，深信是任何有識之士必經陶鑄的關目；感謝萬卷
樓出版社的大力襄助，讓本文得以見證文化志業的貞下啟元。

　　一代儒俠黃宗羲的探索，一方面是我個人自幼崇尚豪傑人物的性
情使然；再者也反映了我對道體與文章胸次之間的濃厚興趣。這一層
面，乃將創作者筆端的思考，回溯於筆墨的「上游」，針對文學的本源
本體，不斷與之辯難；並且縮歸於德性自覺的主體，有所揀擇及裁斷。
如此一來，下筆之際，走雲連風，或可體會黃宗羲所謂的元氣鼓盪，
發而為風雷之文的快意，無遠弗屆。

　　「文道合一」論的文學視觀，足以陶鑄中國文學的大氣象。是這
兩年來我沉潛在黃氏廣袤的文史著述中，最大的感觸；特別是面對當
代思潮踵繼而至的多元氛圍，以及多媒體數位科技的創作型態，矗立
目前的強勢聲浪下；對我而言，文學的意義及信仰，如何確立其不能
替代的本質，進而能與我抱持的文化志業，彼此感盪，開啟刮摩斯世
耳目的可觀能量！

　　本文的卷收展放，即以天一閣裡「坐隱成壘」的黃宗羲作為論述
的起始，在卷末則以泅泳在統獨之間、沉鬱頓挫的林毅夫作為跋尾；
也算是透過備受爭議的林毅夫「自述」詩，為我「代言」本世紀國軍
的苦悶與蒼涼。然而貫注其中的耿耿孤心，相信是歷代豪傑人物亙古
以來未能懸解的寂寞——。

2002.11.19 松山夜泊

第壹章、緒論

第一節　黃宗羲文學思想的探索

　　縱覽興亡，留書待訪，是明末清初的大儒黃宗羲畢生的寫照。[1]對於世運循環的一治一亂，黃氏慣於認取其中癥結；以明經通史，兼貫百科式的治學取向，[2]包括了經史、文學、天文、地理、政治、算術、樂律、九流百家等廣泛的論述場域。並著手編撰規模宏偉如《明文海》、《宋元學案》、《明儒學案》等鉅著，以及《南雷文案》、《南雷文定》、《南雷詩曆》等眾多的個人文學選集。在這些龐大的著述背後，應該有著一套貫穿整體、兼容並蓄的文學思想，才能鍥而不捨地成就不朽的文史志業。[3]清初學者全祖望以繼承黃氏學術爲己任，在他論介黃宗

---

[1] 黃宗羲，字太沖，號南雷，學者稱梨洲先生，餘姚人。父尊素，明天啟間御史，爲魏忠賢所害。宗羲年十九，入京訟冤，與閹黨對簿公堂，以鐵錐斃傷仇敵，並偕同難子弟數百人哭祭於獄門。南歸後，師事劉宗周於會稽證人書院。又與復社名士陳貞慧、吳應箕等聯名發佈《留都防亂公揭》，聲討閹黨餘孽阮大鋮。清兵南下，他召募里中子弟數百人進行抵抗（人稱「世忠營」），被魯王授以兵部職方司主事、左副都御史等職。順治十年（一六五三年），魯王取消監國名義後，隱居著述。清廷屢次徵召，堅辭不出。參見樊克政：《中國書院史》（台北：文津出版社，1995 年），頁 248。

[2] 吳光：〈清初啟蒙思想家黃宗羲傳〉，《黃宗羲著作彙考》（台北：台灣學生書局，1990 年），頁 305。浙東學派的理論奠基者和創始人是黃宗羲，但其思想淵源則可上溯到劉宗周、王陽明、鄧牧、謝翱乃至宋代理學、心學、事功之學的代表人物。它的哲學理論基礎是『氣一元論』的世界觀，其政治理想是指判君主專制的民本主義，其治學目的是『經世應務』，爲學途徑是『明經通史，兼貫百科』，治學特點是『博學實證，質疑求信』。

[3] 今日學人在本論題上的研究成果，例如張亨：〈試從黃宗羲的思想詮釋其文學視界〉，《中國文哲研究期刊》（1994 年，第 4 期）。毛佩琦：〈梨洲文論初識〉收於吳光主編：《黃宗羲論》，（浙江：浙江古籍出版，1987 年）。徐定寶：〈論黃宗羲的詩學觀〉收於吳光、季學原主編之《黃梨洲三百年祭：紀念黃宗羲逝世三百週年、國際學術研討會論文集》（北京：當代中國出版社，1997 年）。張高評：〈《南雷詩曆》與傳記詩學〉，《國立編譯館館刊》第 22 卷，第 2 期。黃齡瑤：《黃宗羲的詩文觀與明清之際的文學思潮》，（台中：靜宜大學中文研究所碩士論文，2000 年），

義的學術成就時，雖多持肯定性的意見，將其學術格局的全幅視野，予以充分的闡釋；但仍指出黃氏的「黨人習氣」和「文人習氣」未盡刊削，是其整體定位上最為可惜的環節。尤其後者，實乃「正誼明道之餘技，猶留連於枝葉，亦其病也」[4]。這番論斷，看似持平之言，應該也是黃氏予人的普遍印象。

全祖望的看法，固然出於他個人之於黃宗羲的關懷之意，但是他所認定的缺點，很可能即為黃氏十分重要的人格特質。快意恩仇、氣類盪繼而憤世嫉俗，固然與他早歲即投入政治和歷史漩渦的遭逢攸關。但這一黨人習氣，說穿了必須考量黃氏自少即背負國仇家恨的門戶之爭，實為勃然出之，非常人常情所能體會，不得已也。[5]就後者而觀，卻是黃氏耿耿孤心的人文志業；換句話說文學層面的思想及創作，極有可能才是真正契屬於他靈魂深處，不能替代的能量所在。這一方

以及方祖猷：〈黃宗羲的文學思想〉一文收於《清初浙東學派論叢》，（台北：萬卷樓圖書出版，1996 年）。

[4] 〔清〕·全祖望著，〔民國〕·王雲五編：〈答諸生問南雷學術帖子〉·《鮚埼亭集·外篇》十二（台北：台灣商務印書館，1968 年），卷 44，頁 1331.文中指出有明三百年來，以其學言之，南雷自是魁儒，非夸誕也，但是不免供人議論者有二端，「其一，則黨人之習氣未盡，蓋少年即入社會，門戶之見深入而不可猝去，便非無我之學。其一，則文人習氣未盡，不免以正誼明道之餘技猶留連於枝葉，亦其病也。斯二者，先生殆亦不自知，時時流露，然其實為德行心術之累不少，苟起先生而問.之，亦必不以吾言為謬。」

[5] 張高評即指出，明清之交，前後一百年間，為六大事件之匯合期：魏閹亂政、東林黨獄、甲申鼎革、西學東漸、王學變革、復社救國。以上六大事，黃宗羲都親歷其境，而且是最有密切關係之當事人。他認為今之學人如有意考求明末清初之學術淵流，得一黃梨洲，即若綱之有綱，衣之挈領，可兼收事半功倍之效。參見〈《南雷詩歷》與傳記詩學〉一文，收於《國立編譯館館刊》第 22 卷，第 2 期，頁 113。此外，全祖望在〈汰存錄跋〉一文中，亦指出黃宗羲：對於明末烈士夏允彝的《幸存錄》中對於浙黨、齊黨和馬士英等政治事件的論斷大表不滿，故有《汰存錄》一作批駁之。然慈溪鄭平子曰：「梨洲門戶之見太重，故其人一墮門戶，必不肯原之，此乃其生平習氣，亦未可信也。」全氏乃贊同此見。參見〔清〕·全祖望著，〔民國〕·王雲五編：《鮚埼亭集·外篇》十（台北：台灣商務印書館，1968 年），卷 29，頁 1076。

面應當與他整體學術積業的規模，等同視之。

　　錢穆在其《中國近三百年學術史》中，已經指出黃宗羲欲合儒林、文苑、道學三者為一的企圖心，以歸復儒者之舊觀，錢氏推崇其人其學願力之宏、氣魄之大，良可嘆敬：「梨洲所謂儒之大全，將以經史植其體，事功白其用，實踐以淑之身，文章以揚之世。」此外李紀祥進一步指出前述全祖望判定黃氏的「文人之習氣」猶有枝葉之論，其實未能洞悉梨洲欲合文苑入儒林之企圖與見解，他認為有必要考究黃氏畢生鍾情於文章之道的淵源，相關線索例如〈李杲堂先生墓誌銘〉、〈沈昭子耿巖草序〉、與〈論文管見〉中透露的意向所在，即有很高的研究價值。此外，張亨也針對全祖望這段評語，有所質疑；他認為全氏仍舊是站在傳統的「載道」觀下，視「文」為明道的枝葉。並不能了解黃氏勇於突破前儒對於文的侷促舊規，進一步打開文與道的密切關係，亦即文的內涵愈加豐富，文的地位也更能有實質的提昇。他認為黃宗羲不僅重視朱子、陸象山和王陽明所探究的「道」，也重視他們創作的「文」；平心而言，許多文人都未必能夠像他這樣尊重文的價值，而這正是黃氏文學視界的特點所在。[6]

　　再者黃氏文學思想的實踐，也表現於行之有年的書院講學教育，特別是浙江甬上「證人書院」；不僅揭示了黃氏「文道合一」的宗旨，更開啓清代「浙東學術」的歷史新局，這些重要的成果，都可視為與本文關係密切的歷史脈絡。[7]

---

[6] 錢穆：《中國近三百年學術史》（台北：台灣商務印書館，1987年），上冊，頁310。李紀祥：《明末清初儒學之發展》（台北：文津出版社，1992年），頁182，180。張亨：〈試從黃宗羲的思想詮釋其文學視界〉，《中國文哲研究期刊》（1994年，第4期），頁197。

[7] 樊克政《中國書院史》與李國鈞主編之《中國書院史》均將黃宗羲與甬上證人書院講學的成就，亦即浙東學派的形成，視為清初書院發展的代表。而黃氏畢生講學的地點除了甬上證人書院之外，並有鄞縣證人書院，餘姚姚江書院兩處，詳見樊克政：《中國書院史》（台北：文津出版社，1995年），第七章，頁248。李國鈞編：《中

黃氏著述規模龐大，在材料的採擇及運用上，本文取決的原則如下：

> 1.主軸—《明文海》、《南雷文案》（包括續文案、文案三刻）、《南雷文定》（包括前集、後集、三、四、五集）、《南雷文約》、《南雷詩曆》（含補遺）、《南雷文鈔》（含雜著稿）
>
> 2.輔線—《宋元學案》、《明儒學案》、《易學象數論》、《明夷待訪錄》、《留書》、《孟子師說》、《子劉子學言》
>
> 3.旁線—其他與文史、思想較有關涉之著述，詳見後文參考書目一覽。

「文道合一」的論題是黃宗羲文學思想最為顯著的宗旨，乃綜考黃氏編撰《明文海》之評點脈絡，以及《南雷文定》中諸多文章的共同意向。另一方面也連繫著唐宋以來韓愈，歐陽修、周濂溪以降的「文以載道」傳統，下迄明代中期以來爭訟不已的「法古」或「變古」的文學典範之抉擇問題。例如他對於前後七子、唐宋派、公安、竟陵派的文學主張，以及明清之際文學思潮的種種爭論，黃氏都有他個人獨立思考的見解，而不流入意氣之爭或門戶之見。特別是有兩大端緒與他的文道思想攸關，其一是明代初年浙東一域的文學觀，由宋濂、王禕、胡翰、方孝孺等人致力於理學與文學的結合，強調「文以明道」的宗旨，對於道統和文統的繼承以及實踐，都隱然是黃宗羲「文道合一」思想的淵源。宋濂尤重養氣之法，他的〈文原〉和〈朱右白雲稿序〉主張文氣之馳張可以管攝萬匯，無所不參，甚而發為文章得以似雷霆之鼓舞，風雲之翕張、雨露之潤澤、鬼神之恍惚等等千彙萬端的

風格[8]。與黃宗羲的「元氣」鼓盪，發而爲「風雷」之文的內涵也似乎若合符節。此外明初王褘、宋濂主持編修的《元史》打破前代史書體例，合「儒林傳」、「文苑傳」爲一，立「儒學傳」共收南北文士二十人，和黃氏日後力主《明史》不當分立諸傳的立場，都可視爲文道論題上的重要關係。[9]另一方面，他對胡翰的易學〈衡運〉推算法，認爲「向後二十年交入『大壯』，始得一治，則三代之盛猶未絕望」的信念，抱持很大的認同。遂影響他寫作《明夷待訪錄》，以及創辦証人書院，開啓清初浙東學派，沈潛蓄積豪傑元氣的踐履，有著深遠的影響。黃氏並於評騭有明一代的《明文海》選文中，將宋濂與胡翰二家，定位爲整個明代文學發展上，最高的「元氣」一格。這一端緒可以側見我們習於判定的「浙東學術」（或浙東學派）概念，至少就黃宗羲的思想淵源而論，除了思想史上的永嘉、永康及金華之學尙事功、經史的大傳統之外，應該正視明代初年浙東派文學集團的文學論旨，實與黃氏的文史志業有密切的承先啓後關係。

---

8 〈文原〉和〈朱右白雲稿序〉二文收於〔明〕‧宋濂：《宋文憲公全集》（台北：台灣中華書局，1970 年），卷 2，頁 8；，卷 26，頁 11、12。

9 廖可斌：《復古派與明代文學思潮》上冊（台北：文津出版社，1994 年），頁 70、71、53。

第二節、研究方法與論述範圍的界定

黃宗羲表現在文道論題的思維方式，[10]乃奠基於他所看重的「學案式」[11]的思維。黃氏的主要著述，多探學案的形式命名，例如《明文案》、《南雷文案》、《明史案》、《明儒學案》兼有文史之學的領域。此外文有《宋元學案》等未完成的系列著作，以及《明詩案》的編撰構想。[12]這一兼重編纂體裁與思維方式的雙重特點，對於疏通種種似是而非的論爭，極有批判與衡定的效果。種種不相干、層次不相應的糾葛，即能如實展現。無論是思想史上的「朱陸之辨」、「事功之辨」，乃致於文學上的「唐宋之辨」都能迎刃而解。在他的考察之下，即可一針見血的指出明代（甚至是文學史上的一般復古思想）爭議最大「尊唐」或「尊宋」的抉擇，都不能平息兩派之間的矛盾。他在〈張心友詩敘〉

---

[10] 關於思維方式的探討，〔日〕‧中村元著、徐復觀譯：《中國人之思維方法》（台北：台灣學生書局，1995 年），頁 3-4。這裡所說的思維方法，特別是意味著對於具體底經驗的問題的思維方法乃至傾向。諸種的思維方法合攏來成為一連串傳統力量，強力地支配著一個集團，社會乃至民族的思維方法的場合，特稱之為思維傾向。本論文觸及的「擬議」思維與「學案式」思維，都具有三段式的思維法則，而擬議思維源出於易經的〈繫辭傳〉之思維形式，以及學案式思維來自於禪家公案與儒家道統論的思維形式，並在其中形成兩種特徵的思維方法，對於探究黃宗羲文史志業的深層思維模式與敘事結構，極有裨益。

[11] 本文將黃氏思維方式概稱為「擬議」思維與「學案式」思維，乃義近於黃俊傑將古代儒家的歷史思維，界定為「比式思維方式」和「興式思維方式」的作法，黃文的目的乃在於透過這兩種思維方法，探究共同的隱喻性質。而筆者的目標旨在疏通黃氏深層敘事理則結構。黃俊傑：〈中國古代儒家歷史思維的方法及其運用〉，收於楊儒賓、黃俊傑編：《中國古代思維方式探索》（台北：正中書局，1996 年），頁 17-23。

[12] 黃氏諸「案」之制作，如《明史案》、《明文案》、《明儒學案》、《南雷文案》等此外並有《宋元學案》、《宋文案》、《元文案》等未完成之系列著作，遺命其子黃百家續撰。參見方祖猷《萬斯同傳》頁 237，允晨出版社。此外並有《明詩案》的編撰構想，交付李景堂、董瑋惜因李氏早卒，遂中斷此一計劃。參見〔清〕‧黃宗羲著：《黃宗羲全集（十一）--南雷詩文集》（浙江：古籍出版社，1993 年），頁 11。

中主張「詩不當以時代論」，否則易淪爲入主出奴、顧此失彼的窘態。相對的，應該「辨其真僞」，不以聲調之似而優劣之。[13]

　　就算是唐人做詩，亦有眾多取法上雷同的毛病，以詩學的本質來看，問題並不在於時代風格的爭議。就算是前後七子學唐失敗了，濟之以「性靈」、或代之以「奇險」的主張，在層次上也不能相應。遂有「公安欲變之以元白，竟陵欲變之以晚唐，虞山求少陵於排比之際，皆其形似，可謂之不善學唐者矣。」[14]

　　回顧起來有明一代的復古思潮，擺脫不掉學古與變古的包袱，黃氏審其原委，不得不加以批判，故謂：

> 百年之中，詩凡三變。有北地歷下之唐，以聲調為鼓吹。有公安竟陵之唐，以淺率幽深為秘笈。有虞山之唐，以排比為波瀾。雖各有所得，而欲使天下之精神，聚之於一途。是使詐偽百出，止留其膚受耳。[15]

　　在黃宗羲的眼中，此一爭議根本就是一個「假問題」[16]，不僅於明

13　〔清〕・黃宗羲著：〈張心友詩序〉・《黃宗羲全集（十）--南雷詩文集》（浙江：古籍出版社，1993 年），頁 48。

14　〔清〕・黃宗羲著：〈姜山啟彭山詩稿序〉・《黃宗羲全集（十）--南雷詩文集》（浙江：古籍出版社，1993 年），頁 570。

15　〔清〕・黃宗羲著：〈靳熊封詩序〉・《黃宗羲全集（十）--南雷詩文集》（浙江：古籍出版社，1993 年），頁 59。

16　二個論點的真假或對錯問題，其目的是為了對某一論點求得可以公認、可以斷說的真假或對錯。就考察論點的「真/假」（語句的真假值），乃察問表達該論點的語句，與這語句的被記述項的關係如何，是相符或是不相符？若是就論點的「對/錯」而言，則是察問表達這個論點的語句，如何由表達某前提的語句推衍出來，亦即這些作為前提的語句能否必然地保證這個作為結論的語句。參見何秀煌：《記號學導論》第六章（台北：水牛出版社・1991），頁 84-85。

此外，我們若要考察的是某一論點的真假問題，就得訴諸經驗的證據，必須比較與現實經驗的相應與否作為判斷語句和論點的真假。同理，當我們檢證明代復古思潮中的「文必秦漢」（或文必盛唐，詩必盛唐等）重要論題，即會發現這是一個假的問題，因為其被記述項的「文學」（包括詩），牽涉了相當多的看法，而與他們標舉的秦漢或盛唐之間存在著未必相符的窘境。特別是就實際經驗的檢證，例如黃宗

代整個文學史的反省上，沒有任何理論的效力，也提不出一套可以貫徹的判準。尤其是回顧他個人既往的文學履歷，由年少出入於文學社團，中經國仇家恨、天崩地裂的時局，以迄中年研治經史，主持書院講學，下及編纂《明文海》的鉅著，他已能深刻地指出明代文學史「三盛三衰」的關鍵，乃維繫在「科舉時文」此一關目的流蔽。由此批導出士人普遍在文學視觀上的弱智與意氣之爭，徒分畛域，遺道日遠。並重新確估明代文學真正的價值取向，應以「文道合一」的理境，視爲整體歸宿所在。他也將此信念作爲他個人寫作以及教育門人的宗旨，試圖別開明文生面，顯然已經打破了既往所謂「理學家」論「文」的視野。

　　黃氏秉持此一思維方式，作爲他全面考察有明一代二千餘家的文集，出入凡二十年，以《明文案》217 卷的基礎，擴增爲《明文海》482卷的歷史性鉅作，有意相較於唐《文苑英華》、《宋文鑑》等成果，後出轉精。他在是書的編寫中，主要探討了明代「文章正宗」的「文統」所繫，乃由宋濂、方孝儒、李東陽、王陽明、歸有光等大家爲依歸。尤其王陽明的「醇正」之文，最具樞紐性的價值，也是探討明文「三

義在他的〈庚戌集自序〉中指出古文在唐代前後，有了重大轉變：「唐以前字華，唐以後字質，唐以前如高山深谷，唐以後如平原廣野。蓋畫然若界限矣，然而文之美惡不與焉。其所變者詞而已，其所不可變者，雖千古如一日也。」（《南雷文定・前集》・卷 1），已經揭示了文學語言和口頭語言之間的對應關係，應該有所獨立思考。成復旺等人進一步指出黃氏本文的貢獻在於疏通唐以後的文學語言更符合「詞」之本身的演變規律。並且作者在寫作時，其詞當選擇「追唐以前」或「沿唐以後」，是可以自由選擇的，與文學成就的高下並無必然關係。如此一來，明代秦漢派與唐宋派圍繞著「詞」的問題發生的一切論爭，都毫無意義了。參見成復旺、黃保真、蔡鐘翔：《中國文學理論史──明清鴉片戰爭時期》（台北：洪葉文化事業有限公司，1994 年），頁 119-120。

由上的舉證我們即可發現上述的語句並無必然的相符於文學的現實經驗，只是橫生不同集團之間，種種所諸於「不相干的謬誤」（如成見、情感、權威、勢力、人身品格等等），在明代盛行的門戶之爭，入主出奴的氛圍下，上述的問題就只能論爲辯論的口實，而不全然是看重認知的討論。

盛三衰」的推移，文統必有所歸的依據。

其次是論及明季文學批評中顯著的特性，例如文學派別上群體的關注、尊唐法宋或崇尙性靈等理論的對立、諸家理論與創作的分合等等表層的爭議之外[17]，筆者認爲，文學復古思潮中普遍反映的「擬古」、「模擬」、「擬聖」、「明道」、「經術」等相關問題，實可以概括爲文學的「擬議」思維。[18]擬議的原理乃源出於《易傳》中的「擬議以成其變化」的理則結構。因此〈繫辭上傳〉第八章中闡示的內涵：

> 聖人有以見天下之賾，而擬諸其形容，象其物宜，是故謂之象（即擬之而後言）。聖人有以見天下之動，而觀其會通，以行其典禮，繫辭焉以斷其吉凶，是故謂之爻（即議之而後動）。言天下至賾而不可惡也；言天下至動而不可亂也；擬之而後言，議之而後動，擬議以成其變化（即擬議以成其變化）。

說明了《易經》諸卦，不外乎乃是「仿效道體的外在顯現」（自然）

---

[17] 葉慶炳、邵紅編輯：《明代文學批評資料彙編》上冊，（台北：成文出版社，1978年），頁2。

[18] 「擬議」以動，實乃變化之道的常態，本指事前的揣度議論，後乃指設計、籌劃之名。「擬」之一字又兼有揣度、估量、計畫、打算、類似、仿效等諸意，在古文中是相當慣用的思致，如「擬古」、「擬經」、「擬聖」之語辭，皆可視爲此一系列之延伸。就文論的探索上，尤具有宗經、復古、原道的聯繫關係。參見《辭源》（台北：遠流出版公司，1997年），716頁，「擬議」一條。

朱伯崑：《易學哲學史》第一卷，（台北，藍燈文化，1991年），頁120、121。「賾」，複雜。「議」，據《釋文》，一本作「儀」。意思是，天下事物是複雜的，聖人模擬其形象，故稱卦畫爲象。天下事物處於變化之中，聖人觀其會合貫通，因時推行典章禮儀，于爻象之下繫之以辭句，用來推斷事情的吉凶，故稱其爲爻。天下事物是非常複雜的，不可妄言；其變動有常，不可亂說。所以聖人總是「擬之而後言，議之而後動。」「之」，一說指天下事物，一說指卦象和爻辭，皆通。意思是，不可妄言，不可妄動，應模擬事物的形象，效法事物的變動，而後規定事物的變化。以上這些說法，說明《繫辭》的作者把《周易》和筮法看成是對自然現象，特別是天和地的模寫，非聖人任意創作的，所以說「易與天地準」。因爲《周易》的法則同天地的法則是一致的。

而成「象」。是以都享有神聖的存有論地位[19]。所謂的「象」，基本上是「對象」的模擬。但從對象的詮釋，到模擬的意圖與手法，都有作者的一番經營，蘊含著作者的意念。「提供者」在象中所表達的意念，與「接受者」在象中所得的意念，箇中的差別有著探討的必要性。[20]本文將透過黃宗羲在這一方面疏通文學本源及本體論的成果，進一步探索「擬議」思維與宏觀的「文道合一」思想關係。

擬議一語，以今日的說法，可以「模擬得宜」作為解說。[21]亦即他不是一般的模仿或模擬之義，[22]而是必須考量事物的雜亂及變動性，採行因時、因地、因人、因體（如文體）上的得宜與否（即擬議之「議」的部分），作出相應的籌劃及設計，才能在創作上有所推陳出新。

此一思維方式，在王陽明的《傳習錄》中，即載錄了他與門人徐愛，針對「擬經」與「明道」、「文采」以及「案斷」之間的關係，詳為剖辨其中的論點，王陽明認為後人徒然以好尚文詞之故而推尊韓愈，其實就文道關係的著述上，他認為王通的「擬經」諸作，遠較韓愈的載道之文更有價值。而徐愛則以為「擬經」不能等同於「著述」

---

[19] 楊儒賓、黃俊傑編：《中國古代思維方式探索》（台北：正中書局，1996 年），頁154。

[20] 戴璉璋：《易傳之形成及其思想》（台北：文津出版社，1989 年）。

[21] 例如明代唐宋派重鎮唐順之，早年亦由取法秦漢，倣效李夢陽為習文之起始，繼而走出依傍門戶的圍限，而折入陽明心學的聖學之途，會鑄以「義」為中心的思想系統。「義」就是「合宜」，「合宜」乃表現為文學上求真的文章本色論，亦即蘊育於道學領域中的特點。就唐氏為文的轉折而觀，乃由「活法」之探索，試圖出於規矩之外，亟求變化不測。進而「一變至道」，成就他理想中皆有本色並有「一段千古不可磨滅之見」的好文章，此說可與黃宗羲的文論比較之，參見吳金娥：《唐荊川先生研究》（台北：文津出版社，1986 年），頁 202，221，222，224。

[22] 「模擬」（MIMESIS）一名，在西洋文學及藝術中，最早是用來指稱藝術中有關現實的在現、或內在真實的呈現，以及複製事物的表相；並以追求永恆之美的形象為目標。對於哲學與詩學等領域，影響深遠，乃牽涉於表現、表達情感之意義，並與接受自然法則之引導攸關。參見《觀念史大辭典》文學藝術卷，（台北：幼獅文化出版，1991 年），頁 484-493。

明道之文，故謂：「著述即於道有所發明，擬經似徒擬其跡，恐於道無補。」

顯然徐愛認爲二者之間不能混爲一談，但是陽明肯認隋代大儒王通模仿六經的續詩書、正禮樂、修元經、贊易道的著述，皆以擬經爲形式，應該正視其中寓有深切著明的大義。必須有以揭示之：「天下所以不治，只因文盛實衰，人出己見，新奇相高，以眩俗取譽，徒以亂天下之聰明，塗天下之耳目，使天下靡然，爭務修飾文詞以求知於世，而不復知有敦本尙實，反朴還淳之行，是皆著述者有以啓之。」

在陽明觀來，王通的擬經諸作，乃闇合孔子刪述六經之義。而徐愛則認爲《傳》與《經》的關係，當如程伊川所謂：「《傳》是案，《經》是斷。」似乎擬議思維，又得以與學案式思維產生某種連繫。統而觀之，陽明、徐愛此番對談，咸認爲在風氣益開，文采日勝的趨勢之下，「擬經」當與「著述」合一，才不會落入形跡之流，並且具有案斷刪述之功，就思維方式的特點而言，則以「因時致治」和「一本於道」兩項要求作爲界說，[23]認爲唯有把握這些要領，才能使道明於天下，而不至於虛文勝而實行衰也；我們在此故謂「模擬得宜」者，方能充分說明「擬議」一語的界說。

黃宗羲在系列的文論中，反覆申說他所看重擬議「道體」方能知幾精義的看法。一如他在闡釋孟子心學時，將「集義」與「義襲」兩者的差別，視爲能否把握心體流行變化的關鍵，抑或只是模仿行跡，不能得宜的盲點：

> 「集義」者應事接物，無非心體之流行。心不可見，見之於事，行所無事，則即事即義也。心之集於事者，是乃集於義矣。有源之水，有本之木，其氣生生不窮。「義襲」者，高下散殊，

23　〔明〕・王陽明：《傳習錄》收於《王陽明全集》（台北：考正出版社，1972 年），頁 6-7。

一物有一義，模倣跡象以求之。[24]

而不是如明代復古運動者，徒以擬議「唐宋」或擬議「經典」為旨趣落入羊質虎皮，不相黏合的窘態，自然不能以詩文來彰顯人情萬物的千變萬化。落入擬古（如前後七子）或擬聖（如唐宋派或科舉時文）的歧途。例如〈陸鉁俟詩序〉中謂：「詩也者，聯屬天地萬物而中易吾之精神意志者也。俗人率抄販模擬，與天地萬物不相關涉，豈可為詩？」[25]以及〈金介山詩序〉：「吾友金介山之詩清冷竟體，姿韻欲絕，如毛嬙、西施淨洗卻面，與天下婦人鬥好，一舉一動無非詩景詩情，從何處容其模擬？」[26]皆稱賞其人其詩不落當時好尚門戶、競相模襲的末流之病，反而能體現人情百態的如實意境。另外如他的學生萬貞一的詩風，黃氏肯認他的「怒則掣電流虹，哀則淒楚蘊結」，能於經術之外，並於性情之中有所洞鑒，實為天地之元聲：

貞一風塵困頓，鍛鍊既久，觸景感動，無一而非詩，則以其不暇為，不忍為者溢而成之。此性情之昭著，天地之元聲也。豈世人心量手追，如何而漢魏，如何而三唐，所可比擬哉？[27]

凡此種種，都實為黃宗羲個人詩文觀中，不可扼抑的創作主體。唯能如此，古文家所謂的「陳言務去」，才能定奪於筆端，抒寫萬古之性情，將人情事理中未經形著的潛能，予以如實的開啟及創造。

「古今自有一種文章不可磨滅，真是天若有情天亦老者」是黃宗

---

[24] 〔清〕·黃宗羲著：《孟子詩說·浩然章》收於《黃宗羲全集（一）--哲學、政治思想》（台北：里仁書局，1987年），頁62。

[25] 〔清〕·黃宗羲著：《黃宗羲全集（十）--南雷詩文集》（浙江：古籍出版社，1993年），頁86。

[26] 〔清〕·黃宗羲著：《黃宗羲全集（十）--南雷詩文集》（浙江：古籍出版社，1993年），頁86。

[27] 〔清〕·黃宗羲著：《黃宗羲全集（十）--南雷詩文集》（浙江：古籍出版社，1993年），頁90，91。

義在〈論文管見〉中興發的感懷。尤以突出「性情之辨」在文學創作和鑑賞上的理據。觀其〈縮齋文集序〉、〈黃孚先詩序〉、〈謝皋羽年譜遊錄注序〉、〈陳葦庵年伯詩序〉、〈金介山詩序〉、〈馬雪航詩序〉等文，以及《明文海》評語等作，其中透顯的評價趨向，皆可視爲他一貫而黽勉的文學關懷。

　　黃氏的擬議思維方式，主要表現在個人文集「南雷文案—文定—文約」的創作歷程，不僅可以和《明儒學案》、《宋元學案》之制作用心如一，更可以比觀「明文案—文海—明文授讀」的脈絡。以洞悉這一由博返約，擬議通變的思維傾向。在兼容並蓄，以及「一本萬殊」上的理想，遂能開出其後「浙東學術」爲人稱道的由「經術」到「經世」、「經史」之文的格局。這一特點可在他的文集中，像「序類」、「書類」不作一般應酬之文，從而在字裡行間中透顯出黃氏文論的精彩，佳篇如〈李杲堂文鈔序〉、〈萬履安先生詩序〉、〈靳熊封詩序〉、〈范道原詩序〉、〈餘姚縣重修儒學記〉、〈答董吳仲論學書〉、〈與李杲堂陳介眉書〉等都是本文重要的線索。針對史家史筆而觀，像「碑誌」、「傳狀類」，也是他悉心調護，以誌一代人物，抑或田野訪察的成果。此外如兩部《學案》中，衡論一代學人生平言行的抉微鉤沉，或如哲思智慧之闡釋，都可俱見他不辭鉅細，以開展浩瀚文學江海的志業所在。

　　大陸學者方祖猷在探討黃宗羲與清初浙東學派的淵源時，曾經指出黃氏文學思想的影響及貢獻，可以說是開創了「浙東文學」的統緒，他並列舉近代劉師培在《左庵外集・論近世文學之變遷》一文中的觀點，認爲這是疏理黃氏文學身影的重要視角：「餘姚黃氏，亦以文學著名，早學縱橫，尤長敘事……浙東學者多則之。季野、謝山，咸屬良史，惟斐然成章，不知所裁。然浩瀚明鬯，亦近代所罕觀也。」[28]萬斯

---

[28]〔清〕・劉師培撰：〈論近世文學之變遷〉・《左庵外集》，收於《劉申叔遺書》（江蘇古籍出版社，1997 年），頁 1648。

同與全祖望的學術地位，應該與他們的文學素養等同視之，梁啓超更欣賞全祖望的碑銘傳記而謂「真可謂情深文明，其文能曲折盡情，使讀者自然會起同感，所以晚清革命家，受他暗示不少。」[29]方祖猷即指出全氏能於碎瑣的遺言佚事，來表達人物的性格，其藝術性超越了黃宗羲的敘事之文，是其特點。

　　除了萬氏、全氏兩人之外，李杲堂對於黃宗羲的文道思想以及擬議風雷的元氣論，都可以視爲最佳的發揚者，在浙東古文家中，自樹一格，清代沈德潛於《國朝詩別裁集》中謂其「平生以著書爲事，著《漢語》、《南朝續世說》，語中寓筆削予奪，鄞人多師視之。詩品刊落凡庸，不肯一語猶人，浙人中獨開生面者。」[30]而其詩作亦爲當時所著稱。在詩學方面，黃氏的海寧弟子查愼行，更被視爲清初浙派詩的代表，黃氏與其皆有意張揚宋詩的精神，並同以經術才學爲詩，一洗明末以來擬古詩風的局面。[31]

　　此外，黃氏當時在甬上的講學，也試圖授以古文之法作時文，引起不少的責難及反應，嗣後書院弟子如陳紫芝、陳錫嘏、范光陽、鄭梁、萬言、仇兆鰲等都在科舉中連連得捷，這一「以古文爲時文」的改革，不僅在甬上與京城造成風氣，由仇兆鰲主持選政十年的《文徵》一書，並爲當時舉業之家人人並備之書，這一點也是探索黃氏文道思想中一個參照的環節。[32]

---

[29] 梁啟超：《中國近三百年學術史》第八章，（台灣：中華書局，1987 年），頁 92。

[30] 錢仲聯主編：《清詩紀事（一）‧明遺民卷》（江蘇：古籍出版社，1987 年），頁 703。

[31] 參見黃齡瑤：《黃宗羲的詩文觀與明清之際的文學思潮》（台中：靜宜大學中文研究所碩士論文，2000 年），頁 112、118。

[32] 方祖猷：〈黃宗羲的文學思想〉‧《清初浙東學派論叢》（台北：萬卷樓圖書公司，1996 年），頁 184、185。指出：黃宗羲文學思想的間接影響有兩個方面，一是對桐城古文派產生的影響；一是對清代時文改革的影響。萬斯同早年在《李杲堂先生五十壽序》中總結了前後七子失敗的教訓，非常重視黃宗羲提出關於古文「章句呼吸」

　　浙東文學自然也是有其遠緒，即如前文提及的宋濂、王禕、胡翰等人的關連，但是我們若將目光回歸黃氏本人在清代的文學定位，仍能從中獲得幾項可貴的線索，如阮元於《兩浙輶軒錄》中謂黃詩「正如老樹著花，自含古韻」，又於《定亭筆談》語其集中〈不寐〉一詩「語極曠達，蓋無意求工，而詩愈工」，已點出黃詩風格的形象特點[33]。此外，黃氏於文章之道又有「以小說為古文辭的取向」例如李慈銘即批評他的文章風格「鮮探擇，才情爛漫，時有近小說家者，望溪（方苞）謂吳越間遺老尤放恣，蓋指是也。」[34]我們可以在他的〈陸周明墓誌銘〉以及〈王征南墓誌銘〉中側見小說式的情節及筆法，像《行朝錄・賜姓始末》以及其他散文作品中，間能看出這一傾向。[35]這一特點，固然與黃氏個人的才質氣性的博洽尚奇有關，亦與明清之際傳奇小說之於傳記文學的滲透有關，[36]提供為我們在思考黃氏廣泛的文史著述中，是否隱藏著一個獨特的「敘事結構」，有待揭示？誠如上文提及的「以古文為時文」，以及此處論及「以小說為古文辭」的不同文體彼此複合現象，甚至於學案、文案、史案、詩案之間的思維方式，也都是本文視為還原黃宗羲文學思想的重要進路。

的法度，多次指出古文辭以「審其法度之為難」，「得乎法度之為貴」。他晚年在北京修史，與方苞友好，很欣賞方苞的古文。他總結了自己修史的寫作經驗，與方苞暢談「約以義法而經緯其文」的重要性。雖然方苞後來說：「余輟古文之學而求經義，自此始。」但萬斯同所述義法中的「文以載道」和「簡之為貴」，對方苞的「義法」論顯然有一定的影響。

[33] 錢仲聯編：《清詩紀事》一（江蘇：江蘇古籍出版社，1987 年），頁 276。

[34] 李慈銘：《越縵堂讀書記・南雷文定・南雷文約》中冊，（台北：世界書局，1975 年），頁 724。

[35] 方祖猷：〈黃宗羲的文學思想〉，《清初浙東學派論叢》（台北：萬卷樓圖書公司，1996 年），頁 172。

[36] 魯迅：〈清代之擬晉唐小說及其支流〉，《中國小說史略》第 22 篇，（北京：人民出版社，1973 年），頁 178。指出「適嘉靖間，唐人小說乃復出……文人雖素與小說無緣者，亦每為異人、俠客、僮奴，以至虎狗蟲蟻作傳，置之集中，蓋傳奇風韻，明末實瀰漫天下，至易代不改。」

　　本論文的研究目的，旨在探索文學理論史中，「文」與「道」的關係，如何有效的協調於「政教中心論」與「審美中心論」的兩極之間，[37]以疏通文學的本源。通觀黃宗羲的文學思想，有必要在他廣袤而千彙萬狀的作品中，如實地尋繹出潛藏其中的根源意向，[38]以逐步釐晰出黃氏文學理論的基本格局。

　　「文」與「道」的這一組概念即爲本文的處理程序，以及開展論述的架構，將由「文以載道」這一傳統的省察爲起始，中經黃氏「文道合一」的推論，以迄成就「人道合一」的理想，是爲黃宗羲文學思想的整體探討。

---

[37] 據成復旺等人探討中國文學理論在開展歷程中，主要的文學論爭中，除了牽涉到官方的文藝的正反面效應，以及不同集團之間的文學主張差異之外，尤其值得關切的是「哲學社會學說」之於中國文論史發展之關係，特別是以下兩大中心的文論，影響深遠：政教中心論─以儒家政教觀爲主，偏重「溫柔敦厚」原則。重教化、談比興。例如韓愈的古文運動、白居易的新樂府運動。審美中心論─以佛、道二家素樸辯證法爲主，而有審美的本質論，以審美特徵爲原則。例如司空圖的《二十四詩品》、嚴羽的《滄浪詩話》。參見成復旺、黃保眞、蔡鐘翔：《中國文學理論史─先秦兩漢魏晉南北朝時期》（台北：洪葉文化事業有限公司，1994 年），頁 89。以及《中國文學理論史─隋唐宋元時期》，頁 609、610。

[38] 任何一個理論，都是對某一個或某一組問題的「解答」。一個理論每每牽涉多層的問題，而立論者又不一定提綱列目的擺出來，因此，我們每每在努力了解一個理論的時候，發現它所關涉的問題竟有許多。於是我們須作進一部的工作，從這些問題的「理論關聯」著眼，將它們組織起來，看看是否大部或全部問題，可以一步步地繫歸某一個或某幾個最根本的問題。這樣，我們就是在揭示這個理論的內部結構，我們所發現的最根本問題，即是在理論意義上最能統攝其他問題的「基源問題」。參見勞思光：〈新編中國哲學史〉（一）（台北：三民書局，1989 年），頁 14-19。

第貳章、文道分合與疏通文學的本源

第一節、黃宗羲對於「載道」、「道統」、「以氣言道」等傳統的簡擇與批判

　　「文以載道」的文學傳統，除了遠溯孔子「思無邪」、「興觀群怨」等端緒，而與儒家思想及政教中心爲主的文學觀產生聯繫，其間歷經了諸多「文」、「道」分合的爭議與論點。一方面必須針對「道」的特點，即「世界的本源」與「客觀的必然性」[1]做一相應的詮釋。另一方面又勢必兼顧「文」的「陰陽交感、異類相交」的特性，[2]批導出「文學」的概念。在文學理論史上遂有種種層次上相應或不相應的主張，以彰顯文道關係實爲中國文學思想的一大重要關目。溯源於荀子的「文以明道」說，除了與《禮記》中的教化觀相連屬可視爲「文以載道」觀的前身。[3]嗣後，楊雄以辭賦家之背景，卻依歸於「明道」說的立場，

---

[1] 成復旺、黃保真、蔡鐘翔：《中國文學理論史—先秦兩漢魏晉南北朝時期》（台北：洪葉文化事業有限公司，1994 年），頁 50。

[2] 〔漢〕·許慎：《說文解字注》（台北：天工書局，1987 年），頁 425。《說文解字》釋「文」：「文，錯畫也，象交文」。龔鵬程在〈文始〉中則溯源由《周易》論文始、文學、文章、文化之意涵。認爲「文」之命意，當由「陰陽交感，異類相交」而來，尤其〈革〉、〈咸〉、〈賁〉諸卦之內容，對於文學觀念之起源、影響深遠。龔鵬程：〈文始〉·《1998 龔鵬程年度學思報告》（嘉義：南華管理學院，1999 年），頁 3。

[3] 〔先秦〕·荀子著，北京大學哲學系注釋：〈天論〉〈儒效〉·《荀子新注》（台北：里仁書局，1983 年），頁 335-336，120-122。此外關於荀子文論和禮樂思想及後世「原道」、「宗經」、「徵聖」之關連，參見成復旺、黃保真、蔡鐘翔：《中國文學理論史—先秦兩漢魏晉南北朝時期》（台北：洪葉文化事業有限公司，1994 年），頁 68。

已然將「宗經」的色彩與文學視爲密不可分的聯繫。[4]至於劉勰編撰《文心雕龍》體系中，即試圖將「原道」、「宗經」、「徵聖」的三大論題，合而陶鑄之，是爲「文道合一」觀的奠基者。劉勰尚且能夠確認文乃道之顯現，無論是天文、地文及人文，凡有形質，莫不成文。並與《易經》論文與道的思想淵源密切連結，一方面「形立則章成，聲發則文生」，另一方面不忘強調「人文之元，肇自太極，幽贊神明，易象爲先」，透過《文心雕龍》〈原道篇〉的揭示，「文」的特定規律，以及作爲一哲學、美學的範疇始有一健全的視觀[5]。

劉勰之後，文道關係的分合或孰先孰後的本末輕重關係，變得錯綜複雜[6]。然而由「明道」以迄「載道」說這一脈絡顯然形成一強勢的體系，並與唐宋之際的古文運動及宋代理學關係至深。無論是盧藏用的「文以貫道」，視陳子昂乃道喪五百年來，繼起斯文，「橫制頹波，天下翕然，質文一變。」的人物，乃將六朝以來「逶迤陵頹、流靡忘返」的風雅之道，重新復甦。[7]

王通、王勃的「文以貫道」，認爲「學者博誦云乎哉，必也貫乎道；文者苟作云乎哉，必也濟乎義。」並認爲人品與文章相通，若不能將文以貫道落實，則「今言政而不及化，是天下無禮也。言聲而不及雅，是天下無樂也。言文而不及理，是天下無文也。王道何從而興乎？吾所以憂也。」，乃視爲文之道，作者實有責無旁貸之重責大任。而初唐

---

[4] 成復旺、黃保真、蔡鐘翔：《中國文學理論史——先秦兩漢魏晉南北朝時期》（台北：洪葉文化事業有限公司，1994 年），頁 143。

[5] 龔鵬程：〈文始〉·《1998 龔鵬程年度學思報告》（嘉義：南華管理學院，1999 年），頁 4。

[6] 馮書耕、金仞千：《古文通論》上冊（台北：雲天出版社，1991 年），頁 148。文與道孰先孰後，論者紛紜，莫衷一是，然分析各家觀點，不外乎「先道後文」、「先文後道」以及「文與道並重」三種傾向。

[7] 〔唐〕·盧藏用：〈右拾遺陳子昂文集序〉，收於周祖譔編選：《隋唐五代文論選》（北京，人民文學出版社，1999 年），頁 73。

四傑王勃繼其祖王通之說，視文章之道為己任，主張「黜非聖之書，除不稽之論，牧童頓顙，思進皇謀，樵夫拭目，願談王道。崇大廈者非一木之材，匡弊俗者非一日之衛，眾持則力盡，真長則偽銷，自然之數也。」[8]試圖以其衛道之言，下及牧童樵夫百姓，皆能體現人文化成之教。

　　除此之外蕭穎士、李華提出了的「宗經」、「體道」、「尚簡」的主張，蕭穎士自許「平生屬文，格不近俗，凡所擬議，必希古人，魏晉以來，未嘗留意。」他不僅反對駢文，並反對文采之濫雜，故主張史書的簡質觀：「聖人存易簡之旨，盡芟夷之義」，故能於「經術之外，略不嬰心」，逐步形成了唐代古文運動的基本訴求。李華則進一步有將「文統」縮歸「道統」的意圖，一方面認為「文章本乎作者，而哀樂繫乎時，本乎作者，六經之志也，繫乎時者，樂文、武而哀幽、厲也。」在此一判準下「孟軻作、蓋六經之遺也，屈平、宋玉哀而傷，靡而不返，六經之道遯矣。論及後世，……文顧行，行顧文，此其與於古歟！」進而評騭六經與文章之道的流傳、各家之特點與不足所在，皆試圖作一定奪。屈、宋之下，賈誼近於理體，干寶著論近王化根源，最為符合他的宗經體道觀，其他像司馬相如、楊雄、斑彪、張衡以迄嵇康、左思等文士，則各有偏勝。[9]

8　〔隋〕‧王通：〈王道篇〉‧《中說》（台北：廣文書局，1975 年），卷一，頁 7。王通：〈天地篇〉‧《中說》（台北：廣文書局，1975 年），卷二，頁 14。〔唐〕‧王勃：〈上吏部裴侍郎啟〉‧《王子安集》（台北：台灣商務印書館，1976 年），卷八，頁 63。

9　〔唐〕‧蕭穎士：〈贈韋司業書〉、〈為陳正卿進續尚書表〉‧《蕭茂挺文集》，收於〔清〕‧《叢書集成續編》122 冊，（台北：新文豐出版公司，1989 年），頁 761、756。〔唐〕‧李華：〈贈禮部尚書清河孝公崔沔集序〉、〈揚州功曹蕭穎士文集序〉，收於周祖譔編選：《隋唐五代文論選》（北京，人民文學出版社，1999 年），頁 119、120。

宗經體道的色彩，例如爲文以經典爲本的「富吳體」[10]，以及王通所謂的「六經皆文」、「三經皆史」[11]說，都不外乎與政教中心的思考縮結。唐代古文運動的昌盛，柳冕的文教合一、以情達道觀，將文章與儒道，教化統一而論，而言「夫文章者，本於教化，發於情性」，認爲聖人之道猶聖人之文也，文與教若分而爲二，則是君子之恥，進言：「文章之道，不根教化，別是一技耳。……道可以濟天下，而莫能行之，文可以變風雅，而不能振之，是天下皆惑。」這一思路，也與梁肅論「文章之道，與政通矣，世教之污崇，人風之薄厚，與立言立事者，邪正臧否皆在焉。」頗爲一致。[12]

唐代韓愈揭示的「道統」觀、柳宗元的「輔時及物爲道」[13]，已然將文道關係，視爲文學思想的共同淵源，韓愈的〈原道〉篇中昌言：「博愛之謂仁，行而宜之之謂義；由是而之焉之謂道，足乎己，無待於外之謂德。其文詩、書、易、春秋，其法禮樂刑政」，並以道之傳承，視爲此一信念之具體實踐，特別是針對佛、老二家而發：

> 斯吾所謂道也，非向所謂老與佛之道也。堯以是傳之舜，舜以

---

[10] 隋唐時期的古文運動，以宗經和貫道在文論中相輔相成，如王通的《中說》全仿《論語》，至富嘉謨，吳少微「屬辭皆以經典爲本，時人摹之，文體一變，稱富吳體」。宗經之文遂與嗣後李華等人的古文主張，有進一步的影響。參見成復旺、黃保真、蔡鐘翔：《中國文學理論史—隋唐宋元時期》（台北：洪葉文化事業有限公司，1994年），頁 17-18。

[11] 成復旺、黃保真、蔡鐘翔：《中國文學理論史—隋唐宋元時期》（台北：洪葉文化事業有限公司，1994年），頁 17, 18, 33, 34。

[12] 〔唐〕‧柳冕：〈謝杜相公論房杜二相書〉、〔唐〕‧梁肅：〈祕書監包公集序〉二文皆收於周祖譔編選：《隋唐五代文論選》（北京，人民文學出版社，1999年），頁 164，181。

[13] 韓、柳兩人對於「道」的理解，並不全然一致。前者以儒家的道統爲道的內容；而柳宗元則以事物和人類社會之自然規律爲道理，至於六經則只能視爲「取道之原」。他的輔時及物爲道說，與宋代王安石等人的論旨較近。參見參見成復旺、黃保真、蔡鐘翔：《中國文學理論史—隋唐宋元時期》（台北：洪葉文化事業有限公司，1994年），頁 225、231。

是傳之禹，禹以是傳之湯，湯以是傳之文武周公，文武周公傳
之孔子，孔子傳之孟軻，軻之死，不得其傳焉。

他則以繼承斯道為己任，慨然以古文運動，作為銜接此一「道統」
之傳。〈送浮屠文暢師序〉亦是昌明這一道之統緒，認為「施之於天下，
萬物得其宜，措之於其躬，體安而氣平」，實非佛老等異端之說所能替
代，〈答張籍書〉和〈重答張籍書〉亦強化這一立論的根據。進而柳宗
元論道，則追溯於道的本質，而不像韓愈圈限於儒家學說的範圍：

> 抑之欲其奧，揚之欲其明，疏之欲其通，廉之欲其節，激而發
> 之欲其清，固而存之欲其重，此吾所以翼夫道也，本之書以求
> 其質，本之詩以求其恒……本之易以求其動，此吾所以取道之
> 原也。參之穀梁氏以屬其氣，參之孟荀以暢其支，參之老莊以
> 肆其端，參之國語之博其趣，參之離騷以致其幽，參之太史公
> 以著其潔，此吾之所以旁推交通而以為之文也。

透過這一兼容並蓄的尺度，柳宗元將文與道的結合，作了較為密
切的設定，也正視了道的本質當與文學表現的多樣性，同時具有豐饒
的錯綜變化。此外，他更進一步將文以明道之效用，視為文道關係的
具體開展，而主張「輔時及物為道」。而他個人在實際仕途上，也參與
了當時重大的「永貞革新」，顯然他的明道說不徒為虛文空言，以奮發
其鬱積之情操，提出有益於世的見解，視為他為文不懈之主要動力。[14]

嗣後李翱的「修辭明道」，顯然的已經偏於「道」的優先性和政教
中心的文學視觀[15]。下及宋代，古文運動者如歐陽修尚能主張「文與道

---

[14] 韓愈：〈原道〉、〈送浮屠文暢師序〉、〈答張籍書〉、〈重答張籍書〉皆收於〔唐〕·
韓愈撰，〔清〕·馬其昶校注，〔民國〕·馬茂元編次《韓昌黎文集校注》（江蘇：
上海古籍出版社，1986 年），頁 18，132，133，253。〔唐〕·柳宗元：〈答韋中
立論師道書〉、〈答吳武陵論非國語書〉收於周祖譔編選：《隋唐五代文論選》（北
京，人民文學出版社，1999 年），頁 252，257。

[15] 成復旺、黃保真、蔡鐘翔：《中國文學理論史—隋唐宋元時期》（台北：洪葉文化

俱」[16]，反對文脫離道，卻又能正視文的相對獨立性：「蓋文之爲言，難工而可喜，易悅而自足，世之學者，往往溺之」卻同時強調「聖人之文，雖不可及，然大抵道勝者，文不難而自至也」。因此他列舉了孟子、荀子皆不急於著書，卻能垂之後世的道理。另一方面他又能剖辨文學的特徵和藝術風格，如論「詩乃窮而後工」之觀點，以及提出「樂之道深矣，故工之善者，必得於心，應於手，而不可述之言也。聽之善，亦必得於心而會以意，不可得而言也。」將詩之道和樂之道共同的審美特質予以揭示。並能以「如食橄欖，眞味久愈在」區分梅聖俞詩之與其他詩家的特點所在，將「平淡」之美予以確立，已然較柳宗元更進一步將文與道的關係作更細膩的演繹，蘇東坡遂在爲歐陽修撰其人墓誌銘時，指出歐文的宗旨，實乃「文與道俱」的最佳典範。[17]

但是，偏於政論者如王安石、司馬光、李覯等人則視文爲治物之「器」，以適「用」爲本，則已不能確保文的獨特性。[18]如李覯在〈上李舍人書〉中指出：「文者豈徒筆札章句而已，誠治物之器焉。」認爲關乎禮樂，國體明而官守備，咸以興國家，靖生民之制作爲其依據。司馬光進一步認爲道當能「驗之於當今」，才是有益於實用，〈與薛子立秀才書〉云：「觀足下之文，上以薦之於宰輔，下以貽之令長，求資之吏，未嘗不以民爲先，……使其人果舉而行之，則足下雖未得位而

事業有限公司，1994 年），頁 226，241，242。

[16] 成復旺、黃保眞、蔡鐘翔：《中國文學理論史—隋唐宋元時期》（台北：洪葉文化事業有限公司，1994 年），頁 378。

[17] 〔宋〕·歐陽修：〈答吳充秀才書〉、〈梅聖俞詩集序〉、〈書梅聖俞稿後〉、〈水谷夜行贈子美聖俞〉以及蘇軾的〈歐陽修祭文〉，皆收於楊家駱編：《歐陽修全集》（台北：世界書局，1988 年四版），頁 321、295、531、11、1334。

[18] 郭紹虞：《中國文學批評史》上卷，（台北：文史哲出版社，1990 年），頁 240。指出古文家之論文，比較只重在「文」的問題，道學家之論文，則兼顧到「心」與「道」的問題，政治家之論文，緣於「心」與「道」之外更須兼顧到「教化」的問題。所以徹頭徹尾的教化主義，便成為政治家的論文主張了。韓愈論文僅足為道學家張目，柳冕論道，適成為政治家文論的先聲。

澤固施於民矣。」這些傾向在王安石著重「經術」，作爲「經世」的文道觀念，得到更爲全面的落實，亦即皆以「適用爲本」，其〈上人書〉中言：

> 且所謂文者，務爲有補於世而已矣。所謂辭者猶器之有刻鏤繪
> 畫也。……要之以適用爲本，以刻鏤繪畫爲之容而已。不適用，
> 非所以爲器也。[19]

以上的傾向不外乎以「適用」爲本，得以和理學家們看重以「道德」爲本的傾向，實爲兩大極端的文道思想。

宋代理學家論文，則視道爲教本，文爲道用，程頤尚且謂「文以害道」，已然採「重道輕文」的路向，故爾周敦頤揭示了「文以載道」之說，遂爲此一系統的態度作一鮮明的定位。即便是理學家中，尚能以文學藝業擅場的朱熹，也只能試圖折衷的提出「文從道中流出」的籠統見解，儼然成爲理學家論文的普遍視觀。

前述的論証，已然可以側見歷來文道分合問題的梗概，大體仍不出「先道後文」、「先文後道」或者「文與道並重」的三種傾向，至於影響至鉅的「文以載道」說，乃出於周敦頤《通書》〈文辭篇〉：「文所以載道也，輪轅飾而人弗庸徒飾也，況虛車乎？文辭藝也，道德，實也，篤其實而藝者書之，美則愛，愛則傳焉。」[20]

周子此說，本爲強調「言之無文，行之不遠」，故以運載之車爲喻，而所承載者即爲人文化成的道德之教，由本體之充實，繼而發爲文辭，方能實至名歸；然而世俗之好尚卻反其道而行，徒以文辭爲能事，周

---

[19] 〔宋〕・司馬光：《司馬文正集》（台北：台灣中華書局，1970年），卷九，頁4。
〔宋〕・王安石：《臨川集》（台北：台灣中華書局，1970年），卷七十七，頁3。
〔宋〕・李覯：〈上李舍人書〉，參見成復旺、黃保真、蔡鐘翔：《中國文學理論史—隋唐五代宋元時期》（台北：洪葉文化事業有限公司，1994年），頁411。

[20] 〔清〕・黃宗羲著，全祖望補，〔民國〕・王梓材、馮雲濠、何紹基校：《宋元學案・濂溪學案》（台北：世界書局，1991年），頁289。

子此文，乃有感於積弊已久的世風，故發而爲刊落聲華（即無實之藝）的呼籲。這一命題影響甚鉅，但是在這裡必須涉及內容與形式、文學與現實對應與否的問題。以周子等人爲代表的「道」，是理學家的道，道的內涵仍不脫封建名教的色彩，作爲純粹意識型態的概念，其外延與現實屬於並列關係[21]。同時在理論內部卻又是充滿矛盾，周子在〈文辭篇〉中，有謂「造化在手，宇宙在握」對有意創作者，顯然甚有鼓舞作用。但是又將文學限制在一個相當狹隘的框架中，視文學只是作爲「道」的附屬品，一旦偏於文學一端，就是「翫物喪志」。這裡面不僅抹煞了孔子孟子等前賢對於「立言」的重視，並與人文化成之理想背道而馳。另一方面又不得不承認，欲「明」此「道」，不能不訴諸語言文字的陳述。在這兩難的窘態下，顯然在理論面上有失周密，故只得以「文是生於不得已」或「文是道中流出的」話語自圓其說[22]。箇中的問題即發端於「道」在傳播的過程中，出現了變質或演化的現象，而「文」又僅止於載體的功能，不能有所感應及轉化。上述文道分合的現象，箇中反映的本質問題，郭紹虞作了一較深入的剖析，認爲唐人論文以古昔聖賢的「著作」爲標準；宋人論文以古昔聖賢的「思想」爲標準。以著作爲標準，所以雖主明道，而終偏於文，正可看出唐人學文的態度。所以唐人說「文以貫道」，而不說「文以載道」。曰貫道，則是因文以見道，而道必藉文而始顯。文與道顯有輕重的區分，而文與道終究看作是兩個物事。所以雖亦重道而仍有意於文。至於北宋，則變本加厲，主張文以載道，主張爲道而作文，則便是以古昔聖賢的思想爲標準了。郭紹虞即指出「貫道」和「載道」說的分別，實爲歷來文道分合問題的一大分水嶺：

---

[21] 方祖猷：〈黃宗羲的文學思想〉，《清初浙東學派論叢》（台北：萬卷樓圖書公司，1996 年），頁 169。

[22] 林保淳：《經世思想與文學經世》（台北：文津出版社，1990 年），頁 3。

貫道是道必藉文而顯，載道是文須因道而成，輕重之間區別顯
然。李漢〈序韓昌黎集〉云：『文者貫道之器也』，此唐人之
說；「周敦頤通書云：『文所以載道也』，此宋人之說。所以
文學觀到了北宋，始把文學作為道學的附庸。[23]

像這樣片面而籠統指涉的文學視觀，自然不能滿足於瞬息萬變的
社會局面。尤以明清之交，看重經世致用的人文思潮，對於這一舊命
題的不滿，遂有一由狹義轉向廣義化的價值取向。除了少數偏執的學
人（如顏元）之外，多半已將「文所以載道」（文只是用來載道）的概
念，轉換為「文學應該載有道」的意涵。屆此不僅肯定了文學的價值，
亦即要求文學必須達成某種社會功能，才能彰顯文學的特性；雖然這
種新詮釋依舊受限於儒家思想的範疇，未能進一步超越，但就「文學
功用論」的理論系統而言，無疑是更周延、更具體的。[24]

黃宗羲對「文以載道」說的採擇及批判，即是他的文道思想起點。
一方面他肯定周子之立說本旨，有謂「周元公曰：文所以載道也。今
人無道可載，徒欲激昂於篇章字句之間，組織紉綴以求勝，是空無一
物而飾其舟車」[25]，這一點正是他感慨明季以來科舉時文對於文風及學
風的不良影響，是以讀書人本領淺薄，除了科舉之書或官方通行的經

---

[23] 郭紹虞：《中國文學批評史》上卷，（台北：文史哲出版社，1990 年），頁 4-5。
由於文以貫道的文學觀，於是造成了一輩古文家的文。古文家之論文，雖口口聲聲
離不開一個「道」字，但在實際上只是把道字作幌子，作招牌；至其所重視者還是
在修辭的工夫。這不僅唐代古文家是如此，即宋代的古文家亦未嘗不如此；即此後
由唐宋八家一脈相承的古文家亦未嘗不是如此。

由於文以載道的文學觀，於是造成了一輩道學家的文。在道學家之論文，便偏於重道
而只以文作為工具——所謂載道之具而已。古文家之論文，其誤在以筆為文；以筆
為文，則六朝「文」「筆」之分淆矣。道學家之論文，其誤在以學為文；以學為文，
則兩漢「文學」「文章」之分，「學」與「文」之分亦混矣。

[24] 林保淳：《經世思想與文學經世》（台北：文津出版社，1990 年），頁 5。

[25] 〔清〕・黃宗羲著：〈陳葦獻偶刻詩文序〉・《黃宗羲全集（十）--南雷詩文集》（浙
江：古籍出版社，1993 年），頁 28。

學選本之外，並無探索學術的理想，講學者徒以語錄為究竟，文學集
團徒以立門戶、排異己、宗唐或法宋、揭示性靈或一意孤深幽峭，又
豈能體會何者為「道」？說穿了這些文作都只是「虛器」而已，不僅
無真實之功，而徒求鹵莽之效，黃氏遂譏為「結柳作車，縛草為船」
遑論「載」道之功。因此他特別欣賞甬上諸君在陳夔獻的帶領之下，
由早期的文社集團型態，轉而為看重經術成立甬上證人書院的理想。
遂能持之有故、言之有物。但是這一舊的命題黃氏也並非概括承受；
他進一步將所「載」之「道」與「事功」密切結合，亦即內涵雖未脫
政教中心的色彩，但其「外延」則與現實（事功、名節）有重合關係，
他說「道，一而已，修於身則為道德，形於言則為藝文，見於用則為
事功名節」[26]以及「道之未融者謂之名節，名節已融者謂之道」，[27]這一
論點，顯然已義近上述的「文學應該載有道」的新詮釋，並與「人道
合一」的命題相當呼應。

　　黃宗羲屆此顯然有意張揚他對於儒家的定位，已經抱持著極度懷
疑的立場，亦即傳統儒家和宋明理學家在傳習內容與具體實踐的層
面，顯然都與外在環境無法必然地連繫，並且在內部的認知上也存在
極大的矛盾，已非所謂「經緯天地」的儒者之學：

> 後世乃以語錄為究竟，僅附答問一二條於伊洛門下，便廁儒者
> 之列，假其名以斯世。治財賦者，則目為聚斂。開闔杆邊者，
> 則目為粗材。讀書作文者，則目為玩物喪志。留心政事者，則
> 目為俗吏。[28]

---

[26] 〈餘姚縣重修儒學記〉．《南雷文案・三集》，卷一，詳見楊家駱主編：《中國文
學名著第六集》第 16 冊（台北：世界書局）。

[27] 〔清〕・黃宗羲著：〈壽徐蘭生七十序〉．《黃宗羲全集（十）--南雷詩文集》（浙
江：古籍出版社，1993 年），頁 659。

[28] 〈贈編修弁玉吳君墓誌銘〉．《南雷文定・後集》卷三，詳見楊家駱主編：《中國
文學名著第六集》第 16 冊（台北：世界書局），頁 31。

　　像這樣徒分畛域的結果，不但是逐一排除了經史、文學也與經世、事功等實用層面絕緣。導致於各家談義理只是淪為門戶之間的水火之爭，徒以「生民立極，天地立心，萬世開太平之闊論，鈐束天下」。自欺欺人的結果，不但臨事建言迂闊至極，在時局板蕩之際，更遑論扭轉局面、樹立風標。此外黃氏更為悲慨者，就連儒學內部，自我認定上也出現了極大的混淆與評價之困難。這不僅僅是明末以來的價值混亂現象，更延伸到清初明史開館、秉筆衡文之士，依然擺脫不掉這一層歷史包袱[29]。明史號稱難治、不難理解；就以當時欲立「道學傳」一事，黃氏就特別修書、遙參史局，指出這一儒家四分五裂、入室操戈的局面、不能不辨。

　　當時主要的爭議在於以程朱一派為正統，在此標準下，像陳白沙、王陽明、湛甘泉等家的宗旨不合程朱、尤其浙東學派流弊最多。這一預設立場顯然是徒增紛擾與門戶之見，並對陽明心學等家未能有如實的定位，也將儒家的面目變得尷尬不已。「蓋諸公不從源頭上論，徒以補偏救弊之言，視為操戈入室之事，必欲以水濟水故往往不盡合也。」[30]

　　除了主張將「文苑」、「道學」（含理學及心學）一切總歸於「儒林」傳，那麼學術之異同，皆可無爭論，以待「後之學者，擇而取之」，這篇移書同時展現了黃氏在義理之學上考辨名實的特點。如論統天地人曰「儒」，其名目原自不輕；而反欲立所謂的「道學」，「以道為學，未

---

[29] 林保淳：《明夷待訪錄‧黃宗羲與明夷待訪錄》（台北：金楓出版社，1987年），頁1-2。指出明史號稱難治，乃源於明末清初價值混亂的惡果，其一是知識分子定位的彷徨，其二是評價標準的混淆。所以自東林黨爭以來，祖制、君主、同像錯綜複雜的關係，以及黨同伐異的君子小人之辨，遂為意氣之爭，下迄內憂外患，導致猿鶴俱泯淪胥以滅。下迄明史開館，秉筆衡文之士，臧否失實的遠因，乃與這一混亂攸關。

[30] 〈移史館不宜立理學傳書〉‧《南雷文定‧前集》卷四，詳見楊家駱主編：《中國文學名著第六集》第16冊（台北：世界書局），頁65-66。

成乎名也，猶之曰：志於道，志道可以爲名乎」結果是欲重而反輕、稱名而背義，實乃「削足適履」結果。同時他也忠於史學的考索，指出官方修史，錯將〈儒林〉和〈道學〉傳分立的結果，實肇因爲元儒修《宋史》之孤陋見解，當歸本於古來史法，列〈儒林〉、〈文苑〉、〈忠義〉、〈循吏〉、〈卓行〉諸門，以處一節之士，至於道盛德備者，則無所依待於此。

我們在上述的討論中可以察覺黃氏的根源意向，乃試圖由他的恩師劉宗周的「誠意慎獨」之學的定向功能爲基礎，並修正蕺山學所欠缺的建構功能（即客觀化）方面開啓新局。[31]而在建構的基礎中，又應該有確立一套得以貫通統體的評價標準，才能爲知識份子徬徨失據的價值定位，提供經世的理則。[32]

黃氏固謂：「蓋道非一家之私，聖賢之血路，散殊於百家，求之愈艱，則得之愈真，雖其得之有至不至，要不可謂無與道也。」[33]儒學的重組與全新架構。在黃氏的思想而言，主要聚焦於「道」的重新確立，以及道與「學」、道與「文」和道與「人」的三組關係之上。他主張儒

---

[31] 參見勞思光：〈新編中國哲學史〉三下（台北：三民書局，1989 年），頁 664、621。李紀祥以儒學之反思與「重組」來說明黃氏朝向重建儒學精神的特點所在。參見李紀祥：《明末清初儒學之發展》第四章，（台北：文津出版社，1992 年），頁 155。再者，林保淳則以「舊命題的全新架構」說明黃氏與當時明清之際對經世思想的重新詮釋，林保淳：《經世思想與文學經世：明末清初經世文論研究》（台北：文津出版社，1991 年），頁 101，102，104。

[32] 牟宗三指出黃宗羲和王夫之對於此一外王的癥結較具實感，因此更能接近於「事功」問題之解決，尤其是在「家天下之私」方面能觸及到政治問題（即政治之最高原則如何架構的問題）的先王限制，已然較永嘉學派的經制事功之學或顧炎武、顏元、李恕谷等人泛言事功、與實用或淪為詞章考據，皆只落於外王學的第二及第三義而觀之，反而不能如黃王二家把握第一義而相應於內聖外王之道的本統，亦即全體者之創造生命與綜合意識出發。參見牟宗三：《心體與性體》第一冊，（台北：正中書局，1981 年），頁 192，193，194，195。

[33] 〔清〕·黃宗羲著：〈朝議大夫奉勑提督山東學政步政司右參議兼按察司檢事清溪錢先生墓誌銘〉，（後文簡稱為〈清溪錢先生墓誌銘〉）《黃宗羲全集（十）--南雷詩文集》（浙江：古籍出版社，1993 年），頁 86。

者必須通經史、能文章,而非狹隘的義理之學,他在〈留別海昌同學說序〉中即謂:

> 奈何今之言心學者,則無事乎讀書窮理,言理學者,其所讀之
> 書,不過經生之章句。其所窮之理,不過字義之從違。薄文苑
> 文詞章,惜儒林於皓首,封己守殘,摘索不出一卷之內,其規
> 為措注,與纖兒細士,不見長短,天崩地解,落然無與吾事,
> 猶且說同道異,自附於所謂道學者,豈非逃之者愈巧。

黃氏期待陶塑嶄新的儒學氣象,應該有揚棄這些片面之見,而代之以「斂於身心之際,不塞其自然流行之體,則發之為文章,皆載道也。垂之為傳註,皆經術也,將見裂之為四者(儒林、文苑、理學、心學),不自諸子(即海昌講會中的學友)復之而為一乎。」[34]可見他心目中的儒家之道,乃兼有經術、文章與人格養成的三大環節。

黃宗羲對於「文」與「道」的合一關係,尤其具有鍥而不捨的信念,不僅牽涉了他對於正統的「文以載道」說賦予新的理解,並連接著他的治學取向和文學創作的特點,以及進一步與他的書院教育之具體實踐,有著一貫而整體的關係。他反對理學家排斥文章之學的普遍心態,那種「言理學者,懼辭工而勝理,則必直致近譬;言文章者,以修詞為務,則寧失諸理。而曰理學興而文藝絕。」[35]無怪乎理學文章非但多為質木無文,且多以語錄為文、議論為詩,遑論如何進一步感化人心,傳頌後世。故標舉理學大家中可供借鑑的文學佳構以及風格,例如陸象山、朱熹、呂祖謙等人的文章,皆有史漢精神,陳亮與唐仲

---

[34] 見於《南雷文定‧前集》卷一,詳見楊家駱主編:《中國文學名著第六集》第 16 冊(台北:世界書局),頁 16。本文和前述〈移史館不宜立理學傳書〉一文可以合觀,同為批判儒林分裂為文苑、理學、心學的局面,實為不智之舉,固守道學一門的門戶之見,尤為排除事功經制之學,是為儒學中衰的因故。

[35] 〈沈昭子耿巖草序〉‧《南雷文定‧後集》卷一,詳見楊家駱主編:《中國文學名著第六集》第 16 冊(台北:世界書局),頁 5。

友的文風如江河畢舉，皆學海之川流。葉水心以秀峻爲主，劉須溪以清梗爲風，皆有微言大義之散疏，在他的觀察中，凡能自成學統者，其文必能傳之久遠，不妨礙其傳道論理的規模。[36]這是就理學內部探討文學統緒的取向。至於古文家或復古運動者普遍探行的「文以載道」觀點，他仍視爲未臻究竟之語，雖然載道論在其若干文論中亦散見並存，(如前述的〈留別海昌同學說序〉)，但在總體考察的結果中，「文道合一」的主張，比較能作爲他的文論核心，他爲甬上書院門生李杲堂所寫的序文中，即回顧平生觀文的感慨，在其少時，恰逢明末崇禎前後，文風鼎盛之際，文壇鉅子，主盟斯道，「賢豪侁侁，滿盈江湖，莫不氾舉藝文，共矜華藻。場屋時文之外，別有詩古文，修飾卷軸，以充羔雁，往返皆不寂寞。」這時蔚爲名家的，不下百餘人。嗣後年歲漸長，閱歷漸豐，開始懷疑爲何歷來傳世的文學大家不過數十人，何以有明一代甚至於一時一域，反而遠勝於古？再加上江南一地藏書、刻書之風在明季十分便給，流傳刊布之速，人手一冊的盛況，也令他頗絕驚訝。凡此種種，皆爲黃氏少壯之時出入文學社集，身繫風氣之中的體會。然而歷經明末政局之丕變，文運之興衰，反而觸及了他對文學的根本理念：

> 夫時運而事遷，水落石出，(天)啟(崇)禎一輩之士，老死略盡，而當日所爲之文章，人人自謂握靈蛇之珠，抱荊山之玉者，竟不異蟲讙鳥聒，過耳已泯……而所謂鉅公元夫者亦然矣，其不隨之爲滅沒者，曾異撰之紡綏堂，黎遂球之蓮鬚閣，艾南英之天傭子，徐世溥之榆溪，僅百分中之一二耳，曾不三十年，而事已如此，況欲垂之千百世之遠乎？[37]

---

[36] 〈沈昭子耿嚴草序〉，《南雷文定‧後集》卷一，詳見楊家駱主編：《中國文學名著第六集》第16冊(台北：世界書局)，頁5。

[37] 〈壽李杲堂五十序〉，《南雷文定‧前集》卷一，詳見楊家駱主編：《中國文學名

　　爲何昔日之文風鼎盛之際的氛圍，經不起時空摧折，只有少數的文學英華得以傳世？當然這裡也牽涉到了外緣客觀環境的條件具足與否的問題。然而黃宗羲更關切的是箇中的必然性因素究竟何在？擲地有聲之文與傳世雋永之文，除了能夠刮磨斯世的視觀，即便是在末世蒼茫、江山有待之際，雖然已無優厚的文學傳播條件與市場觀眾，但是像黃氏這些易代之際的清初遺老，在無所用世之餘，專力著述，形於文字，寓託以「文」能傳「道」，能載夫天地血淚、氣節，[38]反而更重視文章藝業的道理及其感染力，對於文學本源的體證及發皇，實有高度的自覺及使命感。

　　黃氏在歷經明清之交的文學落差及時局感盪，遂大聲疾呼：「文之美惡，視道合離，文以載道，猶爲二元，聚之以學，經史子集，行之以法，章句呼吸，無情之辭，外強中乾，其神不傳，優孟衣冠。」[39]深刻的表彰文章之道的基本條件之外，此外也清楚的展示了他企圖修正「文以載道」的既定理則，反對「文與道二，溝而出諸文苑」的偏失，遂於浙東甬上書院講學中，極力鼓吹「推原道藝」之體，將上述的「學」、「法」、「情」、「神」視爲「道」之形著表現；甬上學子在其感召之下，遂能「好古讀書，以經術爲淵源，以遷、固爲波瀾，其溯而上之於古來數十人者，已非斷流絕港矣。」[40]

　　黃氏對於文和道的關係其實有其甄別剪裁，在他的釐晰下，「載道」之文乃特就「經史之書」而言，而與「文學之本質」有一區隔，故謂：

　　　　六經皆載道之書，而禮其節目也。當時舉一禮必有一儀，要皆

著第六集》第 16 冊（台北：世界書局），頁 16，17。

[38] 李紀祥：《明末清初儒學之發展》（台北：文津出版社，1992 年），頁 181。

[39] 〈李杲堂先生墓誌銘〉‧《南雷文定‧前集》卷七，詳見楊家駱主編：《中國文學名著第六集》第 16 冊（台北：世界書局），頁 119，120。

[40] 〈壽李杲堂五十序〉‧《南雷文定‧前集》卷一，詳見楊家駱主編：《中國文學名著第六集》第 16 冊（台北：世界書局），頁 17。

官司所傳、歷世所行，人人得而知之，非聖人所獨行者。大至類禋巡狩，皆為實治，小而進退揖讓，皆為實行也。[41]

是以甬上書院傳習的內容概以「經術」為本，「經史」為務，作為其「文學經世」或言「史學經世」的張本。這些經典中所載的道理，在學人的沉潛默化中，方能在創作之中有所融鑄「不必用經自然經術之文，近見巨子，動將經文填塞，以希經術，去之遠矣。」[42]黃氏修正「文以載道」的內涵，顯然試圖為文學的「本統」作一確立，以期相應於道的實質內涵，以黃氏個人的文道理想而觀，即有兩項重要的端倪值得我們作為界定他的文學思想。

一、當其貞元會合之氣，文統必有所歸。[43]

二、夫道一而已，修於身則為道德，形於言則為藝文，見於用則為事功名節。[44]

就前者而言，在於挺立文學本統的建構，是由「文以載道」以迄「文道合一」的省察，並兼及黃氏文學思想中，「元氣論」的特殊內涵。

---

[41] 〈學禮質疑序〉·《南雷文定·前集》卷一，詳見楊家駱主編：《中國文學名著第六集》第16冊（台北：世界書局）。

[42] 〈論文管見〉·《南雷文定·三集》卷三，詳見楊家駱主編：《中國文學名著第六集》第16冊（台北：世界書局），頁58。

[43] 〈傳是樓藏書記〉·《南雷文定·三集》卷一，詳見楊家駱主編：《中國文學名著第六集》第16冊（台北：世界書局），頁17。黃氏慣於以易學之思維探討文史問題之變遷，「元、亨、利、貞」本為易經之中代表乾卦的四種基本性質，「元」有大、始善長之義。「亨」為通，利為和，貞為正。說明合天道以言人事，成始成終，首在元亨，利在貞固，終則復始，貞下啟元，運行不息。參見陳炳元：《易鑰》（台北：博元出版社），頁465-466。例如在〈餘姚縣重修儒學記〉一文中即謂「貞元之運，融結於姚江之學校，於是陽明先生者出，以心學教天下，示之作聖之路。」《南雷文定·三集》，卷一，頁15。即以姚江文運之盛時，天下世風皆賴以推移，頗有化成天下之影響力。

[44] 〈餘姚縣重修儒學記〉·《南雷文定·三集》卷一，詳見楊家駱主編：《中國文學名著第六集》第16冊（台北：世界書局），頁16。

就後者而言，乃強調文學的經世意涵，[45]亦即道的開展性，乃看重由「文道合一」以迄「人道合一」的省察。

也就是說，當一切文學的外緣理想條件都已然虛歉之際，如世事波舟，亂離蕭條的時刻，真正契屬於文學思想的本質，才會成為支持他們這些知識份子仰觀俯察、鍥而不捨的動力，並試圖體現這一文道關係的論題。黃氏在〈論文管見〉中喟嘆的：「古今自有一種文章不可磨滅，真是天若有情天亦老」，就寓有無比的張力。

> 如何重建文學本統，以開價值、理想之源，以立人道之尊，重
> 新創造文運貞下啟元之契機？[46]

儼然成為黃宗羲文學思想的根本問題，也是文道關係的全新架構。

與黃氏文學思想十分契合的學生李杲堂（李文胤）即對其師的教學宗旨，曾有如下的說明，詳細的闡釋文道合一的層次關係：

> 堯舜三代以來，君臣盛德大業，俱載之於言（指六經），得以
> 垂教於萬世。後起者將從事於斯文，必本諸六經，折衷於夫子，
> 而始得與文章之事。故必先之以經學，是為「載道」之言；次
> 之以史學，是為「載事」之言。夫道與事皆藉吾言而傳，則惟
> 其「辭」之「修」，言之有文，若雲漢昭回，爛然可見，而後

---

[45] 明末清初的「經世」文學理論，其中一項新詮釋乃縮結於「文以載道」的融液前脩，擷長棄短的鎔鑄之功；一方面建構出儒家精神範圍內的文學理論系統，自然又必須在文學批評史上佔有一席之地，林保淳即指出黃宗羲的「盈天地皆道也」與王夫之的「治器者謂之道」，即是舊命題的全新架構，並且都能賦予經世更廣闊的意涵，參見林保淳：《經世思想與文學經世：明末清初經世文論研究》（台北：文津出版社，1991 年），頁 102。

[46] 牟宗三：《道德的理想主義》（台北：台灣學生書局，1992 年修訂板七刷），頁 269-272。此一意識乃是孔孟成德之教所開關，而由賁卦象傳簡單辭語作代表。由此意識，吾人即可開關價值之源。依此價值之源以作道德實踐而化成天下。賁卦象傳曰「賁亨。柔來而文剛，故亨；分剛上而文柔，故小利有攸往：天文也。文明以止，人文也。觀乎天文以察時變，觀乎人文以化成天下。」是則天文，人文，文明，文化，四詞皆見于此象傳。

足傳於後世。[47]

　　很顯然的，黃宗羲看重經、史、文的結合思想，是他將「學統」（即經術、經史）奠定以探討「文統」的特質所在。這一點也構成了他在編纂《明文案》以及《明文海》時的基本評騭座標，作為疏理有明一代的文章正宗與文道元氣。此外也與他身後乾嘉時期章學誠標舉的浙東學術精神，即以「義理」、「考據」、「文章」三者結合的思想，有著若合符節的關係。[48]郭紹虞即指出，將此三者確立為「三位一體」的文學觀，這是清代一般文人學者共同的主張，而其命意及實踐，則發端於黃宗羲及顧炎武二大家。[49]

　　然而黃氏畢竟是有其文學上的自覺及堅持，並試圖對載道說進行獨立思考，將其中的盲點予以揭示，亦即他把載道之「文」，規定在六經的明確範圍內，而有「六經皆載道之書」的重要斷語，這些經書保留了大量古代文化的重要禮儀原則及經驗，研究涵泳之後尚能「實治」「實行」，[50]並輔以讀史，則可以考其流變，限定以經史作為「載道」之書，那麼進一步即可釐清文學創作的本源，當與此作一區別，亦即經史類的著述（甚至包含子、集兩部前人的已成的著述），就創作者的原創性而言，當視為「流」而不是「源」，[51]他們所關注的是「應該寫

---

[47]　〔清〕·李文胤：〈上梨洲先生書〉，《杲堂文鈔》卷四，收於《叢書集成續編》153冊，（台北：新文豐出版公司，1989年），頁727。

[48]　章學誠提供的「義理不可空言也，博學以實之，文章以達之」三者合於一的理念，其中「博學」是指訓詁章句、考求名物，並進而求古聖之跡的史學精神，義近於此。方祖猷更認為他的「六經皆器」和「六經皆史」的命題，是黃氏「六經皆載道之書」的進一步拓展，並在乾嘉時代結晶的經、史、文三合一成果，參見方祖猷：《清初浙東學派論叢》（台北：萬卷樓圖書公司，1996年），頁481、482。

[49]　郭紹虞：《中國文學批評史》下（台北：文史哲出版社，1990年），頁761、762。

[50]　〈學禮質疑序〉·《南雷文案·前集》，卷一，詳見楊家駱主編：《中國文學名著第六集》第16冊（台北：世界書局）。

[51]　方祖猷：〈黃宗羲的文學思想〉·《清初浙東學派論叢》（台北：萬卷樓圖書公司，1996年），頁170。

什麼」的問題，著重於素材的選擇，以及指示或規範一個身為知識份子，在企圖撰述時，所應具備的正確態度為出發點，[52]這一前提衡定之後，才涉及了「如何撰寫」的問題，亦即著重於情思、景物與題裁、語言策略相互配合運作的技巧層面。

　　針對黃氏論文的觀點而言，他即提出兩大重要的主張：其一，所謂文者，未有不寫其心之所明者也，心苟未明，劬勞憔悴於章句之間，不過枝葉耳。其二，惟「陳言」之務去，[53]所謂陳言，非求之字句，或文從字順者，當為「庸人思路」共集之處，纏繞筆端，剝去一層，方有至理可言。[54]

　　他雖主張經術、經史之學，但反對學人不能開啓獨立思考之自覺（心苟未明），徒然將書本經文照單全收，甚而將「經文填塞」以希經術。或者將「世俗之調」（如吏胥之案牘、旗亭之日曆）雖雜有議論敘事，在他看來皆如「敝車羸馬，終非鹵薄之物」，「言之不文，不能行遠」，都是出於上述這些見道不明，以及陳言充斥的結果，導致下筆之際，不能清楚自己寫作的動機。黃氏故以韓愈「陳言務去」的舊命題，重作詮釋，指出了經史之學與聞見之知，都只是創作者的素材，尚有待沈潛省察，如玉在璞中，必須鑿開頑璞，方使見玉，萬不可「認璞為玉」（一如六經只能是載道之書，和創作之文仍有距離），也不能求之字句，徒以追逐名家修辭為文，尚典範為務，他即指出：「故使子美而談劍器，必不能如公孫之波瀾，柳州而敍宮室，必不能如梓人之曲

52　林保淳：〈明末清初經世文論的基本理念〉，《經世思想與文學經世》（台北：文津出版社，1990 年），頁 139。

·53　「陳言務去」一語，乃出於〔唐〕‧韓愈撰，〔清〕‧馬其昶校注，〔民國〕‧馬茂元編次：〈答李翊書〉，《韓昌黎文集校注》（江蘇：上海古籍出版社，1986 年），頁 170。本文乃指詞句和意義上的務去前人既成之說。

54　俱見於〈論文管見〉，筆者對原文稍有調整，以見其眉目，《南雷文案‧三集》，詳見楊家駱主編：《中國文學名著第六集》第 16 冊（台北：世界書局），頁 58、59。

盡，此豈可強者哉？」[55]

黃氏顯然已能確立文學創作者的主體性，不只是依附於經史的既定範圍，而是抱持著究元決疑的信念將他「一本萬殊」的哲學思想，亦即窮此心之萬殊，加以印證於「書本」之外的萬物情態。他認為唯有入乎其內（如杜甫觀公孫大娘舞劍），深有所感，才能出乎其外（以其深切著明的體會，發而為文）。唯能如此，寫成的文章才具有「移人之情」的感染力。

黃宗羲和其子黃百家編訂的《宋元學案》的〈濂溪學案〉中，除了收錄上述周子的〈文辭〉條例外，又採擇了〈擬議〉一文，申論了：「至誠則動，動則變，變則化，故曰：擬之而後言，議之而後動，擬議以成其變化。」[56]這一論點乃為了詮釋〈易傳〉中揭示的擬卦議爻的理則，亦即「聖人有以見天下之賾（雜亂之象），而擬諸其形容，象其物宜」一章中，說明《易經》何以設卦、取象、爻變、會通，並斷言吉凶的理則。是以這些取象設卦乃針對萬物的變化及其規律而來，發而為易經中的語言文字也就寓有深切著明的意涵。對於本文揭示的擬議思維方式極有關係。也是為了說明上述黃氏考究天下「至文」皆有其自「明」之理的原委。黃氏之子黃百家在論斷周子這段〈擬議〉章有言：

> 吾儒之學，以言動為樞機，惟恐有失，必兢業業。擬之而後言，議之而後動。擬議之熟，極乎精義入神，而後可從心所欲，以造於至誠之天，以成變化。[57]

---

55 〈論文管見〉，《南雷文案·三集》，詳見楊家駱主編：《中國文學名著第六集》第16冊（台北：世界書局），頁60。

56 〔清〕·黃宗羲著，全祖望補，〔民國〕·王梓材、馮雲濠、何紹基校：《宋元學案》（台北：世界書局，1991年），頁290。此段乃涉及了〈易傳·繫辭傳〉的上篇的易道思想，參見劉君祖：《經典易》，（台北：牛頓出版社，1993年），頁80。

57 〔清〕黃宗羲著，全祖望補，〔民國〕·王梓材、馮雲濠、何紹基校：《宋元學案》

他認爲唯有熟諳於擬議的原則，才有可能「精義入神」，成就萬殊變化。這一論斷，頗近於黃宗羲在〈朱康流先生墓誌銘〉中論易之「時惟適變，道必會通」認爲唯有「求諸物而格之，反諸身而體之」才能「知幾精義」掌握易經立象通變的要訣。[58]將體物寫神的精微所在，作一展示。我們可以說，與其將「文」與「載道」產生不得已的聯繫，還不如反諸易經，特別是易傳中，考索文與道的「擬議」關係，以尋求兩者的變化之道，將更近於黃氏文道思想的本源。黃宗羲說他編纂《明文案》的歷程，就花了極大的精神，以滌去千餘家文章中的「陳言」如應酬論雜，或「庸人思想共集之處」，一一刊削，方能使埋沒其中的「至情孤露」。這一至情的發掘，方能說是古今自有一種文章不可磨滅，一如〈易傳〉中所言：「言行，君子之樞機，樞機之發，榮辱之主也。言行，君子之所以動天地也，可不慎乎？」[59]對於文辭能夠鼓勁天地，無遠弗屆的深遠影響。黃氏賦予了戒慎謹嚴的態度，已然較載道論者更進一步。

通過以上層層推論，我們得以考察出黃宗羲試圖修正「文以載道」說的內涵，並賦予新義，也逐漸觸及了文與道合一的關鍵之處，亦即「文」如何仿效（擬議）「道」的變化樣貌；一如易經之「擬象議爻」不外乎以如實掌握天下萬物的雜多（至賾）變化（至動）作為根本目的。因此，「文」的本質性及特殊規律與「道」的本質及固有規律，應該等同視之。

這一特點表達在黃氏的文學代表作《南雷文案》中，可以獲得充分的說明，是書刊定之際，黃氏請門生鄭梁（禹梅）代其作序，並闡

（台北：世界書局，1991 年），頁 290。

[58] 〈朱康流先生墓誌銘〉，《南雷文案·前集》，卷七，詳見楊家駱主編：《中國文學名著第六集》第 16 冊（台北：世界書局），頁 105。

[59] 劉君祖：《經典易》，（台北：牛頓出版社，1993 年），頁 80。

揚他的文道合一宗旨：

> 孔子之言曰，文不在茲乎，是文即道也。孟子既沒，文與道裂
> 而為二，趙宋以來，間有合一之，然或「以道兼文」，或「以
> 文兼道」，求其卓卓皆可名世者，指亦不屢屈也，而先生起於
> 文衰道喪之餘，能使二者煥然，復歸於一，則雖謂先生竟以文
> 見可也。[60]

這一敘述，即為本文將深入剖析「文」與「道」將以何種原則及
結構，作為「合一」的理據，而非片面式概括的「以文兼道」（如古文
家）或「以道兼文」（如理學家），此誠黃氏的耿耿孤心，有賴於相應
的理解及詮釋。

黃宗羲既不能豁免於載道論者的歷史包袱，又進而希冀連繫文學
的活水源頭，在中國文論史的地位上，他的挑戰性實不亞於前行者劉
勰在創作《文心雕龍》時的苦心擘劃。於今之計頗費思量，黃氏屆此
應該有兩項交待，方能進一步疏通此一文學內在理路的問題：

> 1.其一是「文」如何取得相對的獨立性，而不徒然作為道的「載
> 體」。[61]

---

60 鄭梁：〈南雷文案序〉·《南雷文定》，詳見楊家駱主編：《中國文學名著第六集》
  第 16 冊（台北：世界書局），頁 1。

61 文道是否能夠在理論上「合一」的關鍵處，其實就觸及到「文」與「道」的原則與
  結構性的問題。「載道論」和「言志論」者說穿了都是對於詩（文）的本質立論根
  據上的差異，據王夢鷗先生的考證，認為分歧的焦點當濫觴於文學史上「詩言志」
  定義上的差異，也牽涉到漢儒解詩的不同偏向：

  1.言志派詩論—蓋從毛詩說的學統，如許慎《說文解字》：「詩，志也。」，特重詩
    之抒情性質，六朝文論多倡此義，而陸機的「詩緣情」說和鍾嶸《詩品》的主情說
    為代表，下迄明人徐禎卿的《談藝錄》言之最詳，是抒情主義的詩觀。

  2.載道（貫道）派詩論—蓋從齊詩說的學統，如《詩緯·含神霧》：「詩者，持也。」
    而鄭玄〈詩譜序正義〉則云：「詩有三訓：承也、志也、持也。作者〈承〉君政之
    善惡，述己〈志〉而作詩，為詩所以〈持〉人之行，使不失隊，故一名而三訓也。」
    顯然乃偏向實用主義式的詩觀。

  前者的思路較近於文學（詩）的本質問題，相對的以後者的思路來詮釋文學，則儼

2.其二是「道」的特性及內涵如何不局限於政教和儒家思想的
內涵，賦予更大的創造性。

與載道論十分貼近的文道思想，當以「道統」之論，影響至鉅。「道
統」一義，乃看重儒家思想傳承上的統緒性，雖濫觴於《孟子》一書
的卒章有謂：相隔五百餘年，每有聖人出之是為天道之常[62]。經韓愈的
〈原道〉一文及古文運動之推波助瀾，並於朱子手訂《中庸》〈章句序〉
中，明確樹立其義，並衍生為宋明理學內部重要的學術及道德信仰。
揆諸這一歷時漫長的建構過程，正彰顯出中國人文「重統緒」視為歷
久常新的意圖[63]，亦即透過「統緒」的觀念來彌補時間的疏遠，使文化
得以世代傳承的一大民族特徵。中國的學術文化分類向以不重學問的
性質（如西洋的分類法），反而重學問的統緒，與歷史的傳承。並由「統
緒」的觀念，衍生出「道統」的觀念，再進而由道統的觀念來「統馭」
一切。唐君毅即指出中國學術文化「重統緒而輕分類」[64]，而韋政通更
進一步分析「道統」觀的形成，在學術和思維上的影響，當由孔子推
尊先王，孟子倡言「創業垂統」，則依此衡定古史以及嗣後的史觀。[65]

然是長期支配文道觀的一大主流，視文學當為「道」的「載體」，故謂為君政善惡
的「承擔者」，又必須「扶持」一定的方向，引領眾人不失隊，實為「貫道」之「器
具」。參見王夢鷗：《中國文學理論與實踐》（台北：時報文化出版，1995 年）。
頁 54-56。

[62] 《四書章句集注》·《孟子集注》卷 14，（台北：漢學出版社）「盡心章句下」頁
376，本文為孟子曰：「由堯舜至於湯，五百有餘歲，若禹、皋陶，則見而知之；若
湯，則聞而知之。由湯至文王，五百有餘歲，若伊尹、萊朱，則見而知之……由文
王至於孔子，五百有餘歲……由孔子而來至於今，百有餘歲，若此其遠也，近聖
人之居，若此其甚也，然而無有乎爾，則亦無有乎爾。」依趙歧此段之注，則言五
百歲而聖人出，天道之常，然亦有遲速，不能正五百年，故言有餘也。

[63] 韋政通：〈論中國文化的十大特徵〉·《中國文化概論》第 2 章，（台北：水牛出
版社，1972 年），頁 28。

[64] 唐君毅：《中國文化之精神價值》第一章，（台北：正中書局，1979 年），頁 17。

[65] 韋政通：〈論中國文化的十大特徵〉·《中國文化概論》第 2 章，（台北：水牛出
版社，1972 年），頁 28。

　　唐代韓愈揭示「道統」的大纛，一方面固然與前期古文家如李華、柳冕、權德輿乃至於王勃、盧藏用、梁肅等人隱然存在的徵聖宗經，以文明道的「文統」相連繫。[66]唯其撰述〈原道〉、〈送浮屠文暢詩序〉、〈答張籍書〉、〈重答張籍書〉等文，顯然站在弘道復古，必欲尋求堯舜文武作為一脈承繼的道統正授，以與佛、道二教皆已具有代代「付法」的傳統分庭抗禮[67]。韓氏為「道統」觀的張大其辭的影響也將中國人文偏重統緒性概括一切的特點發揮盡致。亦即在文學上，思想上皆衍生出由「道統」的觀念來統馭一切；正統與異端之辨，在後世就形成儒學內部的一大關目。然而在不同系統內對於孰應作為道統之傳承，也觀點不盡一致，顯然在認定上並無一情理法俱足的判準。如韓愈以孟子之後道統失其傳，故韓子以興廢繼絕為己任。北宋孫復則謂惟董仲舒、揚雄、王通、韓愈得其傳。石介則說是孟子、揚雄、文中子、韓愈得此道。而及於程伊川則謂孟子之後唯其兄程顥得其不傳之學於遺經。李元綱的〈聖門事業圖〉指出〈傳道正統〉則詳列了由伏羲、神農、黃帝、堯、舜、禹、湯、文武、周公、孔子、曾子、子思、孟子、周子、二程子而至朱子。朱子的〈中庸章句序〉也確立了「道統」的微言大義即「人心惟危，道心惟微，惟精惟一，允執厥中」為聖門的口授心法。而朱子本人直以繼承道統為己任。大體而言，道統之學譜及內涵，在朱子以及其後學的黃榦，張伯行等人的推波助瀾中

[66] 韓氏之前隱然成形的文統觀，參見何寄澎：《唐宋古文新探》（台北：大安出版社），頁 254 與林伯謙：〈由韓愈道統論談佛教付法與中國文化的文互影響〉，《唐代文化學術研討會論文集》（台北：東吳大學中文系，2000 年），頁 73。而「道統」一名或言始見於李元綱《聖門事業圖》或得名於蓋暢的《道統》一書，皆有學者主張。參見林伯謙上文之申論，頁 74。

[67] 林伯謙認為佛教東傳後，重視法脈傳承，雖顯見於北魏滅佛時期，曇曜刻意將佛藏中有關教法付囑的事蹟，整理結集成為有系統世緒的作品。參見林伯謙：〈由韓愈道統論談佛教付法與中國文化的文互影響〉，《唐代文化學術研討會論文集》（台北：東吳大學中文系，2000 年），頁 51。

得以確立其正統的定位。[68]

　　透過前述的統緒觀中，我們會發現每一代人物的傳承未必符合五百年的週期性，納入道統中的人物彼此也互有出入，如韓愈、董仲舒、揚雄等人的定位，顯然未有一致的共識，唯一確立不移的人物，除了孔子、孟子之外，如堯、舜、禹等聖王的事蹟，未必盡合史實，僅能說明類似「三代之治」的一種被過度化約，並美化的復古情懷。因此道統觀的內容並不能視為一個普遍的共識，但「道統」之作為儒家普遍的「制作之原」，亦即視為由傳統歷史文化發展進於人文的「啓蒙時代」[69]對於人文化成的影響仍不能因噎廢食。我們只能說這套判準的理論效力，有其極大的限制，試看蕺山身後其子劉灼為其父在「道統」中的定位即與上述的內容大異其趣：

> 道統之傳，自孔孟以來，晦蝕者千五百年。有宋諸儒起而繼之，濂溪、明道獨契聖真，其言道也，合內外動靜而一致之。至晦庵、象山而始分。陽明子言良知謂即心即理，兩收朱陸，畢竟偏內而遺外其分彌甚。至先君子（即蕺山）而復合，……即內而即外，即動而即靜。體用一源，顯微無間。蓋自濂溪、明道之後，一人而已，其餘諸子不能及也。[70]

　　在其探討中，朱子、象山、陽明都已排除在外，唯有周子、程明道和蕺山之學遙相呼應，由此來看，這一道統之傳顯然已是突顯一人一家之學的學術統緒，而與一般道統之探討差異甚大，亦即闇合於劉蕺山內在一元的思想者，即被視為道統之端緒。由此觀來每一不同的

---

[68] 陳榮捷：〈道統〉·《宋明理學之概念與歷史》（台北：中央研究院中國文哲研究所籌備處，1996 年），頁 295。

[69] 李紀祥：〈三代意識與清初儒學發展的古代取向〉·《明末清初儒學之發展》（台北：文津出版社，1992 年），頁 374。

[70] 〔明〕·劉蕺山：〈年譜〉·《劉子全書》（台北：華文出版社，1970 年），卷 40，頁 3721。

學派所立的道統，應該就只能視爲一家之學的投影，未必能照明全局。前述的朱子一系的探討不也是如此？屆此我們可以說道統之爭，其實與歷史書寫的「正統」之評彈相譏，皆不能獲致合於普遍的理論效力。但隱然在道統觀的排比論述中，我們會發現學派統緒性的梳理反而較爲清晰，並且較有討論的空間。

黃宗羲對於「道統」的獨立思考，認爲不必全然受到佛教法脈承傳的影響，將「附會源流」視爲責無毫貸的使命。在其《明儒學案》的〈發凡〉篇中，即慨然指出「儒者之學，不同釋氏之五宗，必要貫串到青原南嶽」的盲點。更何況佛教本身亦有「依法不依人」的教誡，因此他提醒過度偏執於道統的分派及系譜，將會混淆許多學術內部的真實問題。又如周濂溪「無待而興」，陸象山「不聞所受」，這兩人獨特的悟道歷程，顯然也沒有一定而必然的源流問題。在檢討這種道統之爭的現象下，他的「學案體」即寓有爲這些相互矛盾的批評，找到一個互動式的討論，以及便於定位的座標：

> 學問之道，以各人自用得著者爲真。凡倚門傍戶，依樣葫蘆者，非流俗之士，則經生之業也。此編所列，有一偏之見，有相反之論，學者於其不同處，正宜著眼理會，所謂一本而萬殊也。[71]

他認爲與其在派系和門戶之間互爭「正統」，不如以學案的方式，加以論斷各家學術流變的真實情況，以他的《明儒學案》爲例，他即以各家之「有所授受者」，立爲各「學案」（如白沙學案、姚江學案、甘泉學案）。其他特起者，或後之學者不甚著者，仍有其學術上的定見不容忽視，則總列爲「諸儒學案」。同時各家宗旨儘管容有差異，但皆歸宿於儒家的恢廓及發明，統體而觀，即是他所主張的「一本而萬殊」

---

[71] 〔清〕·黃宗羲著：《明儒學案·發凡》，收錄於《黃宗羲全集》第七冊（台北：里仁書局，1987 年），頁 18。

的信念。即便是「諸先生學不一途，師門宗旨，或析之爲數家，經身學術，每久之而一變」，這都是學術傳衍中的實況，豈能等同視之？是以「諸先生不肯以朦朧精神冒人糟粕，雖淺深詳略之不同，要不可謂無見於道者也。[72]」故斯書乃採行分其「宗旨」，以別其「源流」的實際作法。基本目的，則與他在批判清初編定《明史》時，有意立〈道學傳〉一事一致，反對強以程朱之學爲道統之正傳，而排斥其他陽明心學及浙東之學的論爭，黃氏遂移書剴切指正其弊，主張復歸〈儒林傳〉的立場。他認爲無論是〈學案〉之編纂與史書統立〈儒林傳〉的好處，即是不主一家之學爲正統，而是等同視之「以著於篇，聽學者從而自擇」，他指出這樣一來，即使是「中衢之樽，持瓦甌椫杓而往，無不滿腹而去者。」皆能各取所需，而無意氣和門戶之爭的流弊。

尤其可貴的是理學諸家之興起，莫不肇因於佛道二教之興盛，而激起儒家內部的憂患意識，故有韓愈的揭示道統之大纛在前，古文家與嗣後理學的承繼而後蔚爲大觀。但在道統觀的籠照之下，諸家皆亟求於建立道統以証明「傳授之淵源」，衍爲正統和異端內部之爭。黃宗羲衡定宋明儒者之差異，也是由學案的作法中得到結果，認爲宋儒重「淵源」，而明儒重「宗旨」，以致於在面對佛道二家的態度及方法上，效果即有差異，他指出「二氏（佛老）之學，程朱闢之，未必廓如，而明儒身入其中，軒豁呈露，用醫家『倒倉』之法，二氏之葛藤，無乃爲焦芽乎？」[73]

明儒諸家如陳白沙，王陽明，王龍溪等人，面對佛、道等異端之學的態度，較無預設立場，故爾出入其間，無所罣礙，反而能於儒道

---

[72] 〔清〕·黃宗羲著：《明儒學案·序》，收錄於《黃宗羲全集》第七冊（台北：里仁書局，1987 年），頁 7，8。

[73] 〔清〕·黃宗羲著：《明儒學案·序》，收錄於《黃宗羲全集》第七冊（台北：里仁書局，1987 年），頁 8。

（佛）之辨，深具洞見，對儒學的發展，往往都有新的發明，學案體特重「宗旨」一義，除了可以考見明代儒者彼此之間的「宗旨」差異，作為分門別類的判準。又得以進一步分疏宋、明儒兩期之間的差異，此外，又能屆此論斷儒、釋、道三家的異同處，即以「宗旨」為判準。這即是黃氏學案體的立意及貢獻。他認為三教之爭，已是歷史上一大公案，故種種似是而非的歧見、偏執、有待傾去宿垢。博洽尚奇的黃宗羲即以元代朱震亨（丹溪）發展而來的「倒倉法」為擬議，認為這些正統、異端之爭猶如腸胃中「長期積滯」的現象，必須加以傾盡，進而「滌濯使之潔淨」也[74]。方能將佛道二家之糾葛罣礙，化為焦芽，而使儒家之本質軒豁呈露。

　　黃氏對於「道統」的修正，改由「學統」式的論斷，故以「學案體」的立意及採行較具有近代「學術史」寫作及批判上的意涵，也就是說就中國人看重的「重統緒」的一面而言，他能借由學術的源流及變化來定位之，已然較能跳出「道統」的制約，不以好同惡異為相尚。就「道」的一面而觀，他即指出「學術之不同，正以見道體之無盡也」，道體之千彙萬狀，正應是儒家開展中「一本萬殊」的蓬勃生氣，而非出於一途，剿其成說，以衡量古今；稍有異同，即斥之為離經叛道。這種狹隘的道統論者，最易導致「不待尾閭之洩，而蓬萊有清淺之患矣。」，理應是源頭既清，波瀾自闊的文化元氣，又豈能反其道而行？他的理想誠為就學統的盛衰變化，曠觀道體的無窮無盡，故謂：「道猶海也，江、淮、河、漢，以至涇渭蹄涔，莫不晝夜曲折以趨之，其各自為水者，至於海而為一水矣。」[75]以「海」喻「道」乃彰顯道體生化

---

[74] 「倒倉法」乃源於元朱震亨的醫學成果，在明代程充編定的《丹溪先生心法五論之「倒倉法」有謂，腸胃為市，以其無物不有，而穀為最多，故曰「倉」；倉積穀之室也。「倒」者，傾去積蓄，而使之滌濯潔淨也。後廣為中醫治療腸胃積滯的方法。參見《辭源》（台北：遠流出版公司，1997年），頁125。

[75] 〔清〕·黃宗羲著：〈明儒學案序〉·《明儒學案》收錄於《黃宗羲全集》第七冊

的不舍晝夜。相較於韓愈〈原道〉的內涵而言，韓文旨在探尋儒家仁義之本，弘闡儒教而拒斥佛老，其論聖教，論釋老，皆能溯求其發端，以垂諷後世。這便是明代徐師曾《文體明辨序說》中所謂的「原者，本也謂推論其本原也。」[76]乃溯原於本始，致用於當今。故「其曲折抑揚，亦與論說相表裡。」只是黃宗羲在推原儒家學術本質之外，更還諸自然之道的變化規律，試圖確立「道」之作為具體事物的特殊本質與固有規律。

這一思路我們即可看出他在探討「蕺山之學」與整體「道統」的對待關係上，即以上述的理則為判準，〈蕺山學案〉的案主傳略中指出其師「慎獨」學說的特點及貢獻：

> 「慎」之工夫，只在主宰上，覺有主，是曰「意」，離意根一步，便是妄，便非獨矣。故愈收斂；是愈推致，然主宰亦非有一處停頓，即在此流行之中，故曰「逝者如斯夫，不舍晝夜。」蓋離氣無所為理，離心無所為性。[77]

黃氏肯認其所以「盈天地間氣也」的命題，以此觀人心，乃一氣之流行，而性體原自週流，誠如道體的一本萬殊，故能破斥世儒徒以「理能生氣」的框架，而終與佛教難於分別。此一義理當是南轅北轍，界限清楚，在黃氏的論斷中，其師劉蕺山之於整體道統的意義，應有其繼往開來的定位，他以仰觀天文的道體省察，依天體二十八星宿的四維而觀，論斷道統之推移，主張：「識者謂五星聚『奎』。濂洛關閩出焉。五星聚『室』陽明學之說昌。五星聚『張』，子劉子之道通，豈

（台北：里仁書局，1987年），頁7。

[76] 〔明〕‧徐師曾：〈文體明辨序說〉‧《文體序說三種》（台北：大安出版社，1998年），頁132。

[77] 〔清〕‧黃宗羲著：〈蕺山學案〉‧《明儒學案》，收錄於《黃宗羲全集》第八冊（台北：里仁書局，1987年），頁152。

非天哉？」[78]

　　黃宗羲自覺的將孔子所開顯的人文化成之教、以使命感當作一生的志業，甚至於由韓愈以迄宋明儒所揭櫫的「道統」觀念，置諸以「元氣說」為核心的黃宗羲看來，此一原本強調孔孟儒家系譜的概念，也有了創造性的涵義。黃氏在他的《破邪論》之〈從祀〉篇即昌言：「孔子之道，非一家之學也、非一世之學也，天地賴以常運而不息，人紀賴以接續而不墜。」[79]

　　此道統之「道」，即當為「彌綸天地之道」，孔子不過是發現之、體證之、發皇之，視為儒門傳承上日新不已的文化信念。所謂的道，顯然不是一個固定不移的形態，而是一有其生成變化的歷程，儒者應該有有所因應的對策及張本，而非墨守師說、膠柱鼓瑟之流。就黃氏的思維而言，四時之寒暑溫涼，總為一氣之升降，其主宰者即是天地「元氣」、治世與亂世之遞嬗，其理亦然，唯其仰賴者乃具備此元氣之人「賴以接續而不變」。是以祭神之「上帝」與從祀之「人紀」，都可視為此一「道統」的體現及表徵。元氣之健動不息、進而得以因「人文化成」之移易風俗，正是冥冥之中，實有這一主宰者維繫之，否則「四時將顛倒錯亂，人民禽獸草木，亦渾淆而不可分擘矣。」

　　由「文以載道」以迄「文道合一」的探索歷程，我們不免會察覺到一個理論內在的矛盾。亦即唐宋古文家無論採明道、貫道或載道說，

---

[78] 〔清〕‧黃宗羲著：〈蕺山學案〉‧《明儒學案》下，收錄於《黃宗羲全集》第八冊（台北：里仁書局，1987 年），頁 152。及參見廖芷人：《陰陽五行及其體系》（台北：文津出版社，1992 年），頁 234。書中將天體 28 星宿依淮南子把天體視為四維（四方形）東西南北之排列，則各佔七宿，計有：一、西方七宿：參、觜、畢、昴、胃、婁、奎。二、北方七宿：壁、「室」、危、虛、須女、牽牛、斗。三、南方七宿：軫、翼、「張」、七星、柳、輿鬼、東井。四、東方七宿：箕、尾、心、房、氐、亢、角。

[79] 〔清〕‧黃宗羲著：《破邪論》〈從祀〉和〈上帝〉二篇，收錄於《黃宗羲全集》（一）（浙江：古籍出版社，1993 年），頁 193-194。

都隱然能將「文道合一」的信念視爲一種「境界型態」的位階。而一旦在具體寫作及長期實踐時，卻又不得不倚重於「文」的特點，久而久之遂將古文運動導向於「文辭化」的趨勢[80]。至於明道與否，便逐漸流爲一種門面的裝點，不再具有實質而深刻的意義。

另一方面，理學家所採行的觀念也由文以載道之起始，以至於認爲割裂文道、顛倒本末的弊端，皆不是道與文的本質及規律，遂有朱子的批判，提出「文皆由道中流出」的論點，試圖正面重構一文道合一的理論，表面上看來理學家似乎有意完成這一觀念的張本。然而弔詭的是，這一重構的企圖，雖是在理論上將「文」上提至與「道」同一層境，卻又在實踐中，恰又帶出「明道」爲要，無需肆力於「文」的取向，[81]遂使「道」與文呈現出大異其趣的局面，值得關切的盲點是宋代儒學的復興運動，乃起源於文學事業，完成之時卻反而丟失了文學性格。[82]文道觀遂在古文家和理學家之間成爲一種若即若離的辯證關係，「道統」與「文統」之間，應當如何作一有效的疏理及確立？亦即文道之間是否有一先驗的關係，以作爲「文道合一」的文學本體論的預設，方能導出如此的創作觀。[83]這一探究，在黃宗羲之前，實以朱熹的推論較具規模。並且逐一形成「文道合一」論述上的兩項特點及類型。例如對於道體的探究，逐一放寬「道」的政教色彩，以疏通道在

---

[80] 例如韓愈一方面倡言「道統」，以樹儒家統緒，另一面卻頗嗜「以文爲戲」。寫作如〈毛穎傳〉等奇文妙賞，此外，他的〈答劉正夫書〉、〈上宰相書〉以及柳宗元的〈楊評事文集後序〉中，皆以透顯出重文的傾向，而李翱的〈答朱載言書〉和皇甫湜的〈答李生第一書〉等皆以文章事業爲宗旨，就連以明道自許的柳冕，也以自己文采不足，於明道之功恐有不足爲憾，皆深中孔門所謂「言之無文，行之不遠」的規砭。下及宋代歐陽修、曾鞏等古文家，已然將文章辭達之妙，視爲較儒道之顯揚更爲切要的大事。

[81] 例如程頤即視「學者先學文，鮮有能至道」，認爲徒務於文章，反害於道的觀點，參見〔宋〕‧程顥／程頤：《二程集》（北京：中華書局，1981年），頁 427、601。

[82] 陳志信：〈從文以載道到文道合一〉（台北：鵝湖月刊，1998 年）第 281 期，頁 43。

[83] 陳志信：〈從文以載道到文道合一〉（台北：鵝湖月刊，1998 年）第 281 期，頁 35。

創生、價值以及規律上的根源意義。此點尤其以朱熹、宋濂和王陽明等人較爲顯著，並寓有「以氣言道」的思維取向，將文視爲這一層面的合理表現。此外，在文學的本體上，則傾向於審美特質的探究，一如關注於道體的萬殊變化，遂有馭文之術的歸納，以及看重由「學統」勘定文統的要求，試圖疏通作者在觀念及取材上的偏執。此點乃以明代中期之唐宋派爲代表，將道視爲文的「哲理結構」，得以和「馭文之術」相輔相成；而文學發展的興衰，即以是否能體現此一哲理結構作爲判準。

朱熹一方面批評韓愈門人李漢的〈昌黎先生集序〉中「文以貫道」的論點（即「文者，貫道之器」一語），[84]認爲把本爲末，以末爲本，故謂「這文皆是從道中流出，豈有文反能貫道之理？」[85]，他並以這一觀點，詮釋伊川作品：「理精後文字自典實，伊川晚年文字，如《易傳》直是盛得水注，蘇子瞻雖氣豪善作文，終不免疏漏處。」[86]顯然立足於「文」「道」理當合爲一體，而文當爲道體之直迸流露在此一判準下，東坡似乎是不足於伊川。朱子更以樹爲喻，加以詮釋這一文道本體論的雛型：「道者，文之根本；文者，道之枝葉。惟其根本乎道，所以發之於文，皆道也。三代聖賢文章，皆從此心寫出，文便是道。」[87]這一思致，以道爲根本，而文爲道的自然流露，自然體現的觀念，亦即視文與道乃一組先驗聯繫的關係。

至於朱熹在文「如何」與道合一的作法上，他主張：

> 貫穿百氏及經史，乃所以辨驗是非，明此義理，豈特欲使文詞

---

[84] 〔唐〕‧韓愈撰，〔清〕‧馬其昶校注，〔民國〕‧馬茂元編次《韓昌黎文集校注》（江蘇：上海古籍出版社，1986 年），頁 3。

[85] 〔宋〕：黎靖德編，《朱子語類》卷 139，（北京：中華書局，1994 年），頁 3305-3306。

[86] 〔宋〕：黎靖德編，《朱子語類》卷 139，（北京：中華書局，1994 年），頁 3320。

[87] 〔宋〕：黎靖德編，《朱子語類》卷 139，（北京：中華書局，1994 年），頁 3319。

不陋而已。義理既明，又能力行不倦，則其存諸中者，必也光
明四達。發而為言，以宣其心志，當自發越不凡，可愛可傳矣。
[88]

　　在他看來，詩文之道，仍等同於他的格物窮理觀，學者只須循序
漸進，如學詩「變者不可學，而其不變者可學」，即為學法的要領，則
向後若能成就變化，固未易量。學詩文一如學道，須能隨事精察，「曉
得文義是一重，識得意思好處是一重」[89]，在創作之際，能夠有所認取
箇中道理，方能使「方寸之中無一字世俗言語意思」，以及「洗滌得盡
腸胃間夙生葷血脂膏。然後此語方有所措。」[90]不期於高遠，而自高遠
矣。

　　若揆諸朱熹的思想體系而言，當奠基在其理氣論的觀念，以建立
一文道本末體用關係，而非輕重離析關係（如載道、貫道、貴道說）。
此一將文道納入理氣渾然一體，「理為本氣為用」的進路，一方面是古
文家未能深切著明的哲學思辨能力，另一方面在朱熹的文道視觀下，
又有將文學導入另外一表現層境，亦即文當為道的「自然體現」。如六
經即為聖人攄發胸中所蘊，自成為文的作品，是以文學創作即不隨意
輕言，也不易正面梳理其特殊的規律，亦即上述在實踐層次上無需專
注作文的取向[91]。這顯然是程朱一系文道觀在理論上呈現的態勢，不得

---

[88] 《語類》卷 139，收於錢穆：《朱子新學案》第五冊（台北：三民書局，1989 年），
　　頁 168。

[89] 《語類》卷 139，收於錢穆：《朱子新學案》第五冊（台北：三民書局，1989 年），
　　頁 178。

[90] 《文集》卷 64，〈答鞏仲至〉，收於郭紹虞：《中國歷代文學論著精選》中冊，（台
　　北：華正書局，1984 年），頁 155。

[91] 以上關於朱熹文道一體的探討，參見李美珠：〈朱子文學理論初探〉，《國立台灣
　　師範大學國文研究所集刊》（1982 年，第 26 號），頁 528。以及陳志信：〈從文以
　　載道到文道合一〉，《鵝湖月刊》（1998 年，第 281 期），頁 41-46。

不然也。[92]

由文以載道在理論和實踐上的困境，我們可以看到古文家和理學家始終致力於探索的焦點，率皆執持文與道之間應有一先驗聯繫的文學本體論預設，但是又不能在創作和行動上，得到必然性的結果。

我們在緒論中提及的明代初期，由宋濂、王褘所代表的浙東文學集團，當視為黃宗羲文道合一思想的淵源，在《宋元學案》中，黃氏將宋濂所繼承的元代學統，何基、王柏、金履祥、許謙，闢為《金華學案》（嗣後全祖望改題為《北山四先生學案》，在此學案中，黃氏評斷諸家特出所在，乃於導正當時浙東學風：

> 理一分殊，理不患其不一，所難者分殊耳……當仁山，白雲之時，浙河皆慈湖（楊簡）一派，求為本體，便為究竟，更不理會事物。不知本體，未嘗離物以為本體也。故仁山（金履祥）重舉所言，以救時弊，此五世之血脈也。後之學者，昧卻本體，而求之一事一物間，零星補湊，是謂無本之學，因藥生病，又未嘗不在斯言也。[93]

黃宗羲認為北山四家雖於朱子之學統，未必能有更進一步之開拓，但其人其學確守師說，仍可謂有漢儒之風。由「理一」與「分殊」之間的闡釋。進一步可詳考此派在文與道之間的分合關係，此一線索，可以在黃氏之子黃百家和私淑門人全祖望的考索中，得到證明。

黃百家在〈北山四先生學案〉中說：「北山（何基）一派，魯齋（王

---

92 龔鵬程即指出，宋代普遍的學詩當如學參禪的論點，與宋代理學的思維相近，像嚴羽的朝夕諷誦，以待其久而自然悟入的說法，即與朱子〈大學補傳〉中所謂的：「至於用力之久，而一旦豁然貫通焉，則眾物之表裏精粗無不到，而吾心之全體大用無不明矣。」乃為同一路數的思致，參見龔鵬程：〈論妙悟〉．《詩史本色與妙悟》（台北：台灣學生書局，1993 年），頁 227。

93 〔清〕．黃宗羲著，全祖望補，王梓材、馮雲濠、何紹基校：〈北山四先生學案〉．《宋元學案》下冊，（台北：世界書局，1991 年），卷 82，頁 1563。

柏）仁山（金履祥）白雲（許謙）既純然得朱子之學髓，而柳道傳吳正傳以逮戴叔能宋潛溪輩，又得朱子之文瀾，蔚乎盛哉，是數紫陽之嫡子，端在金華也。」又說：「金華之學自白雲一輩而下，多流而為文人。夫文與道不相離，文顯而道薄耳，雖然，道之不亡也猶幸有斯。」[94]所以由金華學風而觀，宋濂乃繼承北山一派之古文名世。[95]假使再問金華學風，何以由道而轉變到文，那麼，須知北山以前，金華學風早已有此傾向。金華學風的開山祖師，當推呂東萊（祖謙）。全祖望〈同谷三先生書院記〉稱：「朱學以格物致知，陸學以明心，呂學則兼取其長，而復以中原文獻之統潤色之」，[96]所以由東萊學風而言，根本不嚴洛蜀之辨，對於宋代的古文家也是相當推崇的。那麼，流風所播，金華學者由理學而趨於文學，原也無足怪了。這樣，《宋元學案》列宋濂為呂學「續傳」可謂獨具隻眼。[97]文道合一的論點可以顯現是宋濂文論兼容並蓄的取向，郭紹虞即認為宋濂論道乃廣義的「自然之道」，沒有道學家的偏執，論文乃為廣義之文。[98]

例如〈曾助教文集序〉中論文謂：「三代無文人，六經無文法。無文人者，動作威儀，人皆成文，無文法者，物理即文，而非法之可拘也。」[99]這種盈天地之間，凡萬物各有條理者，皆視之為文的思維，又

---

94 〔清〕‧黃宗羲著，全祖望補，王梓材、馮雲濠、何紹基校：〈北山四先生學案〉．《宋元學案》下冊（台北：世界書局，1991年），卷82，頁1546，1586。

95 宋濂在《宋元學案》中乃歸入〈北山四先生學案〉中，並見於〈東萊學案〉之中。參見〔清〕‧黃宗羲著，全祖望補，王梓材、馮雲濠、何紹基校：《宋元學案》（台北：世界書局，1991年），〈北山四先生學案〉，卷82，頁1585；〈東萊學案〉，卷51，頁935。

96 〔清〕‧全祖望：〈同谷三先生書院記〉收於《歷代教育論著選評》下冊，（湖北教育出版社，1994年），頁1498。

97 郭紹虞：《中國文學批評史》下卷，（台北：文史哲出版社，1990年），頁573。

98 郭紹虞：《中國文學批評史》下卷，（台北：文史哲出版社，1990年），頁575。

99 〔明〕‧宋濂：〈曾助教文集序〉．《宋文憲公全集》（台北：台灣中華書局，1970年），卷21，頁14。

可以在〈文原〉中亦闡揚「凡有關民用及一切彌綸範圍之具，悉囿乎文。」以及「天生之，地載之，聖人宣之」以迄「亙宇宙之終始，類萬物而周八極者也。在他看來，都是經天緯地之文。[100]

在這一前提下，宋濂認爲「載道」之文，法六籍仍不能窮極天地造化之文，勢必稽本末，嚴褒貶，探幽隱，析章句，以明制作之意。然而宋濂法古載道之論，並非昧於古今之變而淪入泥古之流，而是針砭宋朝末年以降文體流弊之取諧爲體、儷偶爲奇，甚且穿鑿經義，檃括聲律等等精粗雜糅的局面，有意於正本清源之道。

由他觀來，能在文道之間，得其合一的要訣，沒有比「養氣」更爲關鍵，〈文原〉中云：

> 爲文必在養氣，氣與天地同，苟能充之，則可配序三靈，管攝萬彙，不然則一介小夫爾……人能養氣，則情深而文明，氣盛而化神，當與天地同工也。

氣之充周變化，不僅能體現道的千彙萬狀，也正是爲文者竭力探索而追摹的情狀，他自謂：

> 氣得其養，無所不周，無所不極也；攬而爲文，無所不參，無所不包也……雷霆鼓舞之，風雲翕張之，雨露潤澤之，鬼神恍惚，曾莫窮其端倪，吾文之變化得之，上下之間，自色自形。……不可數計，吾文之隨物賦形得之。[101]

宋濂對於個人創作的心得頗能自述精要，並指陳未探「文原」的結果，正是文風日下的窘況，「大道湮微，文氣日削，鶩乎外而不攻其內，局乎小而不圖其大。」

---

[100]〔明〕・宋濂：〈文原〉．《宋文憲公全集》（台北：台灣中華書局，1970 年），卷 26，頁 11。

[101]〔明〕・宋濂：〈文原〉．《宋文憲公全集》（台北：台灣中華書局，1970 年），卷 26，頁 11-12。

他的個人創作及文論，例如〈王冕傳〉刻劃人物之生動傳神，〈人虎說〉及〈猿說〉、〈秦士錄〉等作表現出虎虎生風，〈文原〉之氣勢充沛，〈送陳庭學序〉的氣韻流暢，都可視爲他的文氣論之印證。[102]特別是文道合一，著重養氣的主張，更形成了明初以宋濂爲首的浙東文學之宗旨。

例如劉基在〈蘇平仲文集序〉中論文與詩：

> 文以理爲主。而氣以擴之，理不明爲虛文，氣不足則理無所駕，文之盛衰，實關時之泰否。……文與詩同生於人心，體製雖殊，而其造意、其辭、規矩、繩墨無異也。[103]

特別是推崇理明而氣昌之文，同於宋濂，「唐虞三代之文，誠於中而形爲言，不矯揉以爲工，不虛聲而強聒也，故理明而氣昌。」

王褘則有〈文訓〉論文之氣，以相呼應：「文有大體，文有要理。執其理則，可以折衷乎群言。據其體則，可以剗裁乎眾製，然必用之以才，主之以氣，才以爲之先驅，氣以爲以內衛。」[104]

才氣並運的主張，他認爲方能「一本於道」：「是故本之詩以求其恒，本之易以求其變，本之書以求其質，……夫如是則六經之文爲我之文，而吾之文一本於道矣。」

宋濂的主張，更在其門人方孝孺的宗經、載道論中，得到充分的發揮，方氏論文，乃以道爲依歸，有道之文的特點，在他看來，不外乎：「夫道者，根也。文者，枝也。道者，膏也，文者，燄也。……有道之文，不加斧鑿而自成，其意正以醇，其氣平以直，其陳理明而不繁。」

---

[102] 廖可斌：《復古派與明代文學思潮》上冊，（台北：文津出版社，1994 年），71。

[103] 〔明〕‧劉基：〈蘇平仲文集序〉，收於葉慶炳、邵紅編：《明代文學批評資料彙編》上冊（台北：成文出版社，1978 年），頁 119。

[104] 〔明〕‧王褘：〈文訓〉，收於葉慶炳、邵紅編：《明代文學批評資料彙編》上冊（台北：成文出版社，1978 年），頁 126，129。

105

此外道正為文之原動力，在〈答王仲縉書〉中有「鑿井源出」之喻，在〈與舒君書〉中則強調「道明則氣昌，氣昌則辭達」〈張彥輝文集序〉則謂：「道明則氣昌，氣昌文則至矣。」皆可視為宋濂文論之開展，而方氏為文亦以氣勢見長。綜合觀之，明初浙東文學之濫觴，即有一文道合一之自覺，而對於道的體認，宋濂本人並不囿於儒家或理學之內容，他亦出入於釋道二家之間，[106]故能將道賦予更寬闊的空間，而為黃宗羲文道思想的遠有端緒。

宋濂的文學思想中，尤其確信文與道之間，實有一先驗關係的本體論預設，並據此判定文士之作是否為理想的「至文」之作，「文道合一」的主張。即可昭然若揭；在〈徐教授文集序〉一文中即大聲疾呼：

> 文之至者。文外無道，道外無文；粲然載於道德仁義之言者即道也，秩然見諸禮樂刑政之具者即文也。道積於厥躬。文不期工而自工；不務明道，縱若蠹魚出入於方冊間，雖至老死，無片詞以近道也。……嗚呼，世有豪傑之士知文與道非二致者，必以余說為不謬。[107]

在這一文學宗旨下，浙東派文人就格外重視「道統」與「文統」，試圖在古文家和理學家的分途馭策之中，找到一個彼此可以連繫的局面，這一環節，在嗣後的唐宋派古文家中，有了更清楚的理論以及創作成果。然而浙東派普遍而觀，文道合一的文學觀念，顯然較適用於

---

[105] 〔明〕·方孝孺：〈與鄭叔度書〉、〈答王仲縉書〉、〈與舒君書〉、〈張彥輝文集序〉，《遜志齋集》（台北：台灣中華書局，1970 年），卷 10，頁 9-10；卷 11，頁 31-32；卷 12，頁 16-17。

[106] 廖可斌：《復古派與明代文學思潮》上冊，（台北：文津出版社，1994 年），頁 69。

[107] 〔明〕·宋濂：〈徐教授文集序〉·《宋文憲公全集》（台北：台灣中華書局，1970 年），卷 26，頁 6。

散文創作，多半都只能文而不能爲詩，如王禕的《王忠文集》二十四卷中，詩賦只占三卷，宋濂的《文憲集》三十二卷，詩只佔兩卷，而其中多質木無文，寡於情致，而胡翰的《胡仲子集》十卷中，詩僅數首[108]，亦可看出此派顯然在文道本質和詩文本質的理解上，仍有很大的不全之見，有待黃宗羲的詩文理論予以修正。

就道統與文統這一環節而觀，明代中期唐宋派的古文復興是同儒學的復興結合在一起的。古文的「文統」與儒學的「道統」，自唐而宋，自宋而明，都是一體彰顯。但唐宋派對文的相對獨立性，較前人更加重視。

此派中以王慎中、唐順之以及茅坤，在繼承和發展文統與道統上的意義最爲顯著。茅坤闡述這種思想的代表性文章是〈唐宋八大家文抄總序〉。《唐宋八大家文抄》是現存最早的古文八大家散文選本，是唐宋派古文理論的教科書，也是影響最大的詩文評點著作。〈總序〉一開頭就揭示了文道合一的論文宗旨和建立文統的基本準則：「孔子之繫《易》，曰『其旨遠，其辭文』。斯固所以教天下後世爲文者之至也。」並作了具體解釋：「孔子之所謂『其旨遠』，即不詭於道也；『其辭文』，即道之燦然，若象緯者之曲而布也。斯固庖犧以來人文不易之統也。」他們首先還是要一方面要求「不詭於道」，但同時也要求「燦然」有文，二者缺一不可。〈總序〉中說，孔門弟子皆不詭於道，但以「文學」著稱者，「僅子游、子夏兩人耳」；這是因爲「天生賢哲，各有所稟」，而文之爲學，又必爲之專一，方能「獨得其解」。這就在文道統一的原則下突出了文的相對獨立性，[109]也就是建立文統的基本準則。

---

[108] 廖可斌：《復古派與明代文學思潮》上冊，（台北：文津出版社，1994 年），頁 68。

[109] 〔明〕·茅坤：〈唐宋八大家文抄總序〉，收錄於蔡景康編：《明代文論選》（北京：人民文學出版社，1999 年），頁 181，182。

　　茅坤開列的「文章正統」是：孔、孟、游、夏之後，接漢之晁錯、賈誼、董仲舒、司馬遷、劉向、揚雄、班固，漢後接唐之韓、柳，宋之歐、曾、王、三蘇。自不待言，宋後就要接明之唐宋派了。上述諸人，司馬遷、柳宗元、三蘇、王安石等，「詭於道」的地方不少在這一方面，他的標準即比王慎中強調的有文、有物，於道不純者，悉皆摒棄的觀點，來得寬綽。其實，茅坤自己也未嘗沒有認識到這一點，故於宋六家只說「於孔子所刪六藝之遺」「共為家習而戶眇」，沒有說是否皆「不詭於道」。在〈與王敬所少司寇書〉中，於唐宋八家也只是說「並按古六藝及西京以來之遺響而揣摩之者，其在孔門不敢當游、夏之列，而大略因文見道」。[110]在這一文章正統之中，接續文統和道統的理想，在表面上就合而為一。這一態勢如以黃宗羲的評騭標準而觀，大體只能算是以文兼道，或者以道兼文。

　　但是既然盛稱文統，就應當把第一流的文章家包括在內，否則在理論內部就站不住腳。此外，茅坤強調文章與道相盛衰，而否認文章以時為高下之一般文論。〈總序〉云：「世之操觚者，往往謂文章與時相高下，而唐以後且薄不足為。噫！抑不知文特以道相盛衰，時非所論也。」尤其以文與道俱者視為作品優劣的判準，不徒然以時代風尚為依據的立場，較能符合文道合一的規律，這一主張則與黃宗羲論明文三盛三衰的史評相近。

　　由歷來「載道」之論以迄「道統」觀的形成，來談文與道的結構性困境，我們逐漸看出「道」當為一合成的概念，因此仁者見仁、智者見智。其中有三個特點必須揭示：一是一切存在物的創生根源（存在根源義），二是一切價值的根基（價值根基義），三是宇宙萬物生成

---

[110] 〈與王敬所少司寇書〉，收錄於葉慶炳、邵紅編：《明代文學批評資料彙編》上冊（台北：成文出版社，1978 年），頁 367。

變化的規律（宇宙規律義）。[111]

在這一層義界之下，反觀古文運動者與理學家陣營，試圖在文道結合的關係中，普遍確立天人一體相互感通的統緒性，並與萬物的存有及生成變化，相互依循，並加以體現。只是其成果或偏於道體的啓悟，或集中於文學的表述。但綜而觀之，皆不能自外於將「道」視爲生命的源頭，以及生命的歸宿。這是此一系統普遍的關懷，就整體理論內部而觀，「以氣言道」這一環節的強調，即能充分開展文與道之間豐富的辨證性。

「以氣言道」的進路，[112]在先秦兩漢之間乃吸收了五行八卦之說，形成了由「道－氣－陰陽－五行－八卦」的系統，一方面顯然「道」的宇宙規律義更爲明顯，另一方面則突顯了「氣」的文化觀，在兩漢魏晉以來形成了「形神」分析以及「德行」、「才性」分析模式的探索。形神分析乃揭示「神」對於「形」的優位性特點，是以藝術和美學上看重「神似」、「氣韻生動」等判準。而德行評騭則進一步與儒釋道三教美學產生聯繫。至於「才性」，則原爲秦漢間「氣化宇宙論」下，對於生命間的殊異性所作的詮釋，繼而在六朝人物品鑑中，形成各種才性之美的理則。[113]

黃宗羲對於歷來的「以氣言道」的系統中，乃採擇較具根源性的「元氣」觀，元氣學說本爲先民追求萬物變化的根本，天地之形質、萬物的生死劫毀，都不外乎是元氣之聚散流行。在普遍的「氣」論上逆顯一「元」，除了有創生初始的「生元」一義之外，更與黃氏契合的

---

[111] 李正治：〈開出生命美學的領域〉，《國文天地》，（1994年，第9卷9期），頁6、7。

[112] 劉君燦：〈生剋消長－陰陽五行與中國傳統科技〉，《中國文化新論・格物成器》（台北：聯經出版社），頁98。

[113] 李正治：〈開出生命美學的領域〉，《國文天地》，（1994年，第9卷9期），頁6-7。

易學傳統攸關。孔穎達在注解〈易傳〉時，即主張：「太極謂天地未分之前『元氣』混而爲一，即是太初、太一也。」他在《禮記正義》亦言：「謂天地未分混沌之元氣也，極大曰天，未分曰一，其氣既極大而未分，故曰大一也。」此《易傳》之言即與天地混沌將闢的生機狀態結合，而寓有宇宙的本體和萬物的根源意涵。同時《漢書‧律曆志》中亦云「太極運三辰五星於上，元氣轉三統五行於下」，王充《論衡》謂：「天不變易，氣不改更。上世之民，下世之民也，俱秉元氣。元氣純和，古今不異。」[114]將天地並出萬物，由渾沌而分劃，上揚爲天，下沉爲地，進行普遍的論述。[115]

　　晉代的楊泉在其《物理論》中，亦持元氣觀加以分析世界的物理構成：「元氣浩大，則稱皓天。」並已分析元氣之構成，乃爲水之變化，而謂「夫水，地之本也，吐元氣，發日月，經星辰，皆由水而興。」《物理論》中，亦將元氣置諸於人體身理的探討：「穀氣勝元氣，其人肥而不壽。元氣勝穀氣，其人瘦而壽。養生之術，常使穀氣少，則病不生矣。」[116]已然將中醫養生病理，以及道教務求「辟穀」養生一脈的理論相互契合。進一步形成的「氣一元論」思想在張載的學說中隱然成形，[117]並有朱子試圖確立的理氣「二物渾淪」觀，皆爲黃宗羲取法或參照的前賢。然而真正與他的元氣觀相互連繫者，又當以王陽明和劉蕺山的學說較爲相應。

---

[114] 〔漢〕‧王充撰，劉盼遂集解：《論衡集解》（台北：世界書局，1990 年），頁381。

[115] 劉長林：〈說「氣」〉，收於楊儒賓編：《中國古代思想中的氣論及身體觀》（台北：巨流圖書，1997 年），頁 109、112、113。

[116] 《物理論》原書已失傳，部分殘存文獻參考《中國哲學史資料選輯——魏晉隋唐之部》（台北：九思出版有限公司，1978 年），頁 359、362。

[117] 劉長林：〈說「氣」〉，收於楊儒賓編：《中國古代思想中的氣論及身體觀》（台北：巨流圖書，1997 年），頁 113。

試觀王陽明以萬物一體言氣的斷語，幾乎試圖概括前述元氣觀的
主要內涵：

> 蓋天地萬物與人原是一體，其發竅之最精處，是人心一點靈
> 明。風雨露雷，日月星辰，禽獸草木，山川土石，與人原只一
> 體。故五穀禽獸之類，皆可以養人，藥石之類皆可以療疾，只
> 為同此一氣，故能相通耳。[118]

此處申論良知與氣一元論的理念，甚能與黃氏鼓動元氣、擬議風
雷的觀點相合。而其師劉蕺山的「盈天地間一氣」的命題，更與他若
合符節。

> 盈天地間一氣而已矣，有氣斯有數，有數斯有象，有象斯有名，
> 有名斯有物，有物斯有性，有性斯有道。[119]
> 盈天地間一氣也，氣即理也，天得之以為天，地得之以為地，
> 人物得之以為人物，一也。自太極之統體而言，蒼蒼之天亦物
> 也。自太極之各具而言，林林之人，芸芸之物，各有一天也。
> [120]

蕺山之學，不只重「理一」也講「分殊」。故論氣之凝聚為物，物
之本體為理，而這一切都得透過心而「形著」。黃氏在繼承師學的宗旨
下，亦可進一步扯導出「盈天地皆道也」、「盈天地皆心也」、「盈天地
皆物」也的延伸命題，同以彰顯「內在一元」的思路，一方面不容許
理／氣、義理之性／氣質之性的歧出為二，另一方面又要在氣之流行
中建立主宰，不假外求。

---

[118] 〔明〕・王陽明：〈傳習錄〉，《王陽明全集》（台北：考正出版社，1972年），
頁83。

[119] 〔清〕・黃宗羲著：〈子劉子學言〉。《黃宗羲全集（一）--哲學、政治思想》（台
北：里仁書局，1987年），頁304。

[120] 〔清〕・黃宗羲著：〈子劉子學言〉。《黃宗羲全集（一）--哲學、政治思想》（台
北：里仁書局，1987年），頁305。

他說「盈天地間皆心也」，就特別重視心之萬殊的一面。萬殊是從心的廣度來看，跟從心的精微處說本體不同。因此，黃宗羲不是繼續其師「意根最微，誠體本天」作深入探究，而是順著「只此一心，散為萬化」來推衍。所謂的萬殊必然是關聯者氣的這一層面而言，黃宗羲自謂：

> 蓋大化流行，不舍晝夜，無有止息，此自其變者而觀之，氣也；消息盈虛，春之後必夏，秋之後必冬，人不轉而為物，物不轉而為人，草不移而為木，木不移而為草，萬古如斯，此自其不變者而觀之，理也。在人亦然，其變者，喜怒哀樂，已發未發，一動一靜，循環無端者，心也；其不變者，惻隱羞惡，辭讓是非，牿之反覆，萌櫱發現者，性也。儒者之道，從至變之中以得其不變者，而後心與理一。[121]

黃氏以「大化流行」為氣，並不合蕺山之旨。蕺山所謂「天命流行，物與無妄，人得之以為心，是為本心」與「離心而言，則維天於穆，一氣流行。」[122]都不指單純的氣，而是天命於穆不已的流行之體。說流行只是道體遍在之意，然而黃氏卻把「大化流行」的流行之體，只是就氣的層面去理解，視之為氣化之流變，同時把理看成是氣中不變的律則。但是所謂的「不變」只能說是自然之質性，不類於宋儒所言天理之理，也迥異於蕺山所謂之理。後者是超越的，形上的道德之理，[123]不能歸之於自然質性，黃宗羲的理解及詮釋，顯然已代表了一種

---

[121] 〔清〕·黃宗羲著：〈崇仁學案〉。《明儒學案》收錄於《黃宗羲全集》第七冊（台北：里仁書局，1987 年）。

[122] 〔清〕·黃宗羲著：〈蕺山學案〉。《明儒學案》收錄於《黃宗羲全集》第八冊（台北：里仁書局，1987 年），頁 1582、1522。

[123] 張亨：〈試從黃宗羲的思想詮釋其文學視界〉，《中國文哲研究集刊》（1994 年，第 4 期），頁 184。並參見牟宗三：《心體與性體》第二冊，（台北：正中書局，1981 年），頁 128-135。黃梨洲之論點，是承其師劉蕺山於理氣問題上之滯辭而誤解者，不足為憑。即蕺山亦非此本意。蕺山十分正視「天命於穆不已」之實體。然

學術上的轉向。

對於前述「道統」觀的整體論斷，黃氏即採「以氣言道」的思路，來疏理這治絲益棼的統緒性問題。他乃抱持兩個原則加以斷言，其一為「道之在天地間，人人同具，於穆不已，不以一人之存亡為增損。」其二為「（道體）無添減卻有明晦，『貞元』之會，必有出而主張斯道者，以大明於天下，積久而後『氣』聚，五百歲不為遠也。」屆此黃氏所執持的「元氣」名義，除了天地生化之元的意涵外，又寓有易經的「貞元之氣」（即元、亨、利、貞，貞下啟元）的人文規律，在他的推算中，氣之盛衰消長，恰反映出道的晦暗或彰明。是以五百歲之期，雖杳不可問，然則孟子之後，又有韓愈、周敦頤等人繼此道統之傳。世運之遞嬗如何掌握？他則列舉吳草廬的元氣觀：「堯舜而上，道之元也，堯舜而下其亨也，洙泗魯鄒其利也，濂洛關閩其貞也。」[124]他雖與吳氏同樣採行貞元之氣的週期觀，卻不滿意他的斷言，進一步修正為為「兩個循環」之說：

> 堯舜其元也，湯其亨也，文王其利也，孔孟其貞也。（貞元之

決不至如梨洲之講法。誤以知覺運動之至變之流行之體本身即為性，亦猶誤解心體、知體、仁體之圓頓表示為氣化之變，「流行之體」是儒家專用辭語，是專指「天命之於穆不已」言。此皆是能起道德創生的實體，本體宇宙論的、即存有即活動的實體。黃梨洲以至變之氣為首出，而言天地之間只有氣，更無理，所謂理者，以氣自有條理，故立此名耳。」所謂于至變之中見不變，只是見出「氣自為主宰」，「氣自有條理」。是則此種不變之則，實只是自然主義之講法。此只是自然的「實然之相」，並不是「超越的所以然之理」。是則大失傳統的正宗儒家所言之道德的、形上的、超越的天理之意義。朱子之理雖只是靜態的本體論的存有之理，而喪失其心、神活動之義，然猶是超越的理，由靜態的超越的所以然而規定，尚不是氣之自然質性。

124 以上引文皆出於《孟子師說》卒篇〈由堯舜至於湯〉章辭。本文雖然同樣以蕺山之學的角度來詮釋本章關涉的「道統」問題。然而黃氏仍秉承學案式的案斷法，先述及此章在《孟子》全書中的定位，如同《莊子》之有〈天下篇〉，和司馬談之有〈六家要指〉的學術意涵。屆此彰明學統性質之外，才進一步表明他在確立歷來道統論的爭議點。並指出他的新見解。詳見〔清〕·黃宗羲著：《黃宗羲全集（一）--哲學、政治思想》（台北：里仁書局，1987年），頁165，166。

　　氣的第一循環）若以後賢論，周、程其元也，朱陸其亨也，姚

　　江其利也，蕺山其貞也。（第二循環）

　　堯舜孔孟，以迄陽明、蕺山等人傑，都是元氣積聚，以及道的顯
著變化表徵。在這一斷言之末，他並滿懷激情的設問「孰爲貞下之元
乎？」，慨然以自己身爲蕺山傳人，視爲整個道統「貞下啓元」之第三
個循環的關鍵人物，可見其殷切的厚望。黃氏的詮釋進路，頗值得探
究的，不外乎是他連最易流於僵化及制約的「道統」論，除了賦以上
述「學案」式的意義外，並試圖代入他的「以氣言道」觀點。有極大
的意圖不外乎爲此統緒賦予健動不已的生機，並體現出自然規律與人
文規律相結合的可能性。那麼程朱一系不能疏通的文道本體結構，是
否能在黃氏的理念中得到一定的廓清及確立？我們先就他的文論或文
作中揭示的元氣觀作一初步的勾勒。

　　黃宗羲以形上的觀點來解釋「元氣」與「文章」的關係，但在普
遍慣用的「氣」論上，加諸了一個規約性的「元」字，顯然有意與一
般單就文章而言「氣勢」之氣，有所區別。[125]紙上文章的「馭文之術」
及其產生的風格氣勢，在黃氏的文道思想中，他認爲應該遞進一層與
天地之間的「哲理結構」與規律等量齊觀，所以「元氣」即非單純的
氣，而是「寓理之氣」，寓理之氣的呈顯，也就是對於「道」的揭示。
[126]以之論文，即可說「文」亦爲氣的呈現：

　　　夫文章者，天地之元氣也。元氣之在平時，昆侖旁薄、和聲順

　　　氣，發自廊廟，而畱沝於幽遐，無所見奇。逮夫厄運危時，天

　　　地閉塞、元氣鼓盪而出，擁勇鬱遏，坋憤激訐，而後至文生焉。

---

[125] 林保淳：〈明末清初經世文論的基本理念〉，《經世思想與文學經世：明末清初經
　　世文論研究》（台北：文津出版社，1991 年），頁 144。

[126] 張亨：〈試從黃宗羲的思想詮釋其文學視界〉，《中國文哲研究集刊》（1994 年，
　　第 4 期），頁 197。

故文章之盛，莫盛於亡宋之日，而翱（宋遺民謝翱）其尤也。
[127]

　　在黃氏的觀點中，氣的分殊變化與作者的稟賦、遭際攸關，寓有作者的性情，也寓有理。理乃至變中的不變者，而氣則爲一本中的「萬殊」變化。元氣所寓之理，又可視之爲「精神」充盈的表現，[128]同爲「心之所明」的文學視界，除了上述國破家亡之際的遺民謝翱，爲其時元氣之所鍾。明亡之際的元氣興衰，亦同其理：「蓋忠義者，天地之元氣，當無事之日，則韜爲道術，發爲事功，漠然不可見。及事變之來，則鬱勃迫隘、流動而四出。」[129]無論是烈士的「碧血窮燐」抑或是遺民的「土室牛車」之象徵，都是此一精神之憑依也。然而黃氏的元氣並不限於一格，兼有詩文藝術、九流百家的經典之作，只要是傾注了作者真性摯情，並飽含豐饒的創造性，在黃氏看來，都是元氣充盈的精神表現：

> 從來豪傑之精神，不能無所寓。老莊之道德，申韓之刑名，左遷之史、鄭服之經、韓歐之文、李杜之詩，下至師曠之音聲、郭守敬的律曆、王實甫、關漢卿的院本，皆其一生之精神所寓也。苟不得其所寓，則若龍攀虎跛、壯士囚縛，擁勇鬱遏，坌憤激訏、溢而四出，天地爲之動色，而況於其他乎？[130]

這種廣闊的文學視界，張亨認爲並不囿限於歷來儒家正統觀點，

---

127 〔清〕・黃宗羲著：〈謝翱年譜遊錄注序〉・《黃宗羲全集（十）--南雷詩文集》（浙江：古籍出版社，1993 年），頁 32。

128 張亨：〈試從黃宗羲的思想詮釋其文學視界〉，《中國文哲研究集刊》（1994 年，第 4 期），頁 197，219。

129 〔清〕・黃宗羲著：〈紀九峰墓誌銘〉・《黃宗羲全集（十）--南雷詩文集》（浙江：古籍出版社，1993 年），頁 505。

130 〔清〕・黃宗羲著：〈靳熊封詩序〉・《黃宗羲全集（十）--南雷詩文集》（浙江：古籍出版社，1993 年），《黃宗羲全集》第十冊，頁 59。

對於學術上的不同流派，只要是能自成一家之言，都可視爲一種元氣充盈的表現；文學、音樂、藝術、戲曲等多樣的範疇，無不體現出黃氏的文學視界，認爲所有的這些文著作品，雖體類風格不一，卻都存在著一種深層的共同性。[131]亦即將文學肯認爲真實而元氣充盈的精神世界。這一層共同性的理解，張亨指出乃是由他的「道猶海也」、「學術之不同，正以見道體之無盡」，以及「窮天地萬物之理，即在吾心之中」[132]等相關的前提中批導而來。儼然形成了他在評騭文作高下優劣的基本要求。那些沒有獨見、千篇一律、不出習套，甚而認爲言之不文，寧失諸理的文學觀念，都是他所不能苟同的。

　　那麼這一深層的共同性，是否即爲文與道之間的本體結構？

　　黃宗羲在思想上有「盈天地皆心也」的主張。而就他對文學的意見而言，或者可以改稱爲「盈天地皆文也」[133]。他的心目中幾乎凡是用語言文字流傳的，表達了某種精神性的實質，都可以謂之文（或者說都是文學）。他是從語言文字傳達的底層看出共同的潛在的意義。換句話說，如果任何一種語文形式，如詩詞文章、戲曲小說等等，根本沒傳達出這種意義來，那也就稱不上是好的文章，甚至於是他所標舉的天地「至文」，再者，他也不將「盈天地皆文」的作者限於文士之作，而用他的語言來說，這意義指謂的是人的性情，或是「心之所明」。

---

[131] 張亨：〈試從黃宗羲的思想詮釋其文學視界〉，《中國文哲研究集刊》（1994 年，第 4 期），頁 199、120。張亨在綜考黃氏論文的文學境界中，引述了加達默爾《真理與方法》（洪漢鼎譯‧台北：時報文化出版，1993）一書中論及所有的文著作品之間，都存在一種深層的共同性觀點，認為與黃氏特具的文學視界，值得彼此參照。

[132] 俱見〔清〕‧黃宗羲著：《明儒學案序》‧《明儒學案》收錄於《黃宗羲全集》第七冊（台北：里仁書局，1987 年），頁 7。

[133] 張亨：〈試從黃宗羲的思想詮釋其文學視界〉，《中國文哲研究集刊》（1994 年，第 4 期），頁 193.194。張氏由黃氏論文看重文的共同潛在性這一特點，推論出他實有「盈天地皆文」的這一傾向，表現在對於自我的發現，或是對世界的揭露，都可以說是任何一種文的基底。

所謂文者，未有不寫其心之所明者也。心苟未明，劬勞憔悴於
章句之間，不過枝葉耳。無所附之而生。故古今來不必文人始
有至文，凡九流百家以其所明者，沛然隨地湧出，便是至文。
[134]

　　所謂「心之所明」顯然指個人的發現或揭露（或云深切著明），
理有萬殊，所發現者不必相同，但是在創作中有所發現就是「至文」。
在這裡並不拘限於狹義的詩文之文，而是廣義的涵蓋於各式層面的
文。這並不是說他又回到先秦文學還沒有從其他學術中獨立出來的觀
念，他是用「心之所明」這個觀點把「文」統合起來。無論所明是對
「自我的發現」，或是對「世界的揭露」，都是任何一種文的共同性。
[135]而無此所明的必然不是至文，有此所明則一定會自成一家之言。他在
〈與唐翼修廣文論文〉一詩中有謂：「至文不過家書寫，藝苑還從理
學求；君已偏參新作手，吾方屈指舊源流。」[136]推崇的即為能在一家之
學中推陳出新者，必能成一家之言，亦即「窮理者，窮此心之萬殊」，
並非求萬事之萬殊。

　　張亨認為如果把上述心之所明的概念稱之為「道」，這就是「文
道合一」的另一種表述。[137]他所謂的道，都是從心體會，有得於己的。
郭紹虞則進一步指出包括了思想、哲學與人生觀，都是「道」的指涉。
[138]試看黃宗羲在〈沈昭子耿巖草序〉一文中的感觸：

---

[134] 參見〈論文管見〉。《南雷文定・三集》，卷三，詳見楊家駱主編：《中國文學名
　　　著第六集》第 16 冊（台北：世界書局），頁 59-60。

[135] 張亨：〈試從黃宗羲的思想詮釋其文學視界〉，《中國文哲研究集刊》（1994 年，
　　　第 4 期），頁 194。

[136] 〈與唐翼修廣文論文〉。《南雷文定・黃梨洲詩集》，詳見楊家駱主編：《中國文
　　　學名著第六集》第 16 冊（台北：世界書局），卷三，頁 85。

[137] 張亨：〈試從黃宗羲的思想詮釋其文學視界〉，《中國文哲研究集刊》（1994 年，
　　　第 4 期），頁 194。

[138] 郭紹虞：《中國文學批評史》下卷（台北：文史哲出版社，1990 年），頁 763。

> 承學統者，未有不善於文；彼文之行遠者，未有不本於學明矣。
> 降而失傳，言理學者，懼辭工而勝理，則必直致近譬；言文章
> 者，以修詞為務，則寧失諸理。而曰理學興而文藝絕。嗚呼！
> 亦冤矣。[139]

這裡推崇理學家的文統，認為兩者並非截然兩端的異質關係，好的文章家也一定得本於學。他所謂的學所指甚廣，經義、事功、典制、義理都是學。其實從作者寫作方面而言說是學，就文的角度而論則同為心之所明，或道之所流注的彰顯。「道猶海也」，所謂川流、淵源、波瀾，等都是出於海之散殊；是以文學所包舉的層面不得不大，變化自然無窮無盡。如此一來道體的散殊變化，才能以文的包舉多方風格彼此相契合，郭紹虞遂在探討中國文學批評史的文道關係上，認為黃氏在歷來論「文道合一」的眾家之說中，能夠走出陳陳相因的格套，明確將文與道合一、文與學合一，以及道與學合一的「三位一體」（道、學、文），不復可分的文學觀予以建構。已非先前古文運動以來的論「道」徒為道學家張目，或者成為教化論的口實。將道的意涵，由心之體會，有得於己的思想，擴及了哲學與人生觀的文學視野，對於清代文論中義理、辭章、考據三合一的趨勢，有著別開生面的貢獻。[140]這一理念的確立，也正是前述所提出的文道關係，在結構的理則上實有一「深層的共同性」。在這一共同性的判準之下，他對於言理學者誤會辭工勝理，不知重文，加以抨擊。「濂洛崛起之後，諸儒寄身儲胥虎落之內者，余讀其文集，不出道德性命，然所言皆土梗耳！高張凡

---

[139] 〈沈昭子耿巖草序〉。《南雷文定．後集》，詳見楊家駱主編：《中國文學名著第六集》第 16 冊（台北：世界書局），卷一，頁 5。

[140] 郭紹虞：《中國文學批評史》下卷，（台北：文史哲出版社，1990 年）。頁 761，762，766。

近，爭匹游夏，如此者十之八九，可不謂之黃茅白葦乎？」[141]有些語錄
過於俚俗不文，黃氏尤甚不以爲然。這些俗儒實際上心無所明，沒有
什麼獨特見解，千篇一律，不出習套。所以「言之不文」與「寧失諸
理」，都不符合文道合一的要求。

　　他不僅對於一般俗儒爲文的習氣大表不滿，並指出釋氏之文也同
樣有文道不一的流弊：「言之不文，不能行遠，夫無言則已，既已有
言，則未有不雅馴者，彼佛經祖錄，皆極文章之變化。」他舉出原本
佛教中如《楞嚴經》之敘十八天、五受陰、五妄想，得與莊子〈天下
篇〉和司馬談的〈六家要旨〉同一機軸。而歷來文士與高僧間之交涉，
也促成文道關係的相輔相成，如東坡、皎然。但後世之佛教文學之傳
述，多已流入習套，「故學術雖異，其於文章無不同也，奈何降爲今
之臭腐乎？」[142]黃茅白葦之嘆，一如他在衡論世間種種文風的判準。可
見黃氏論道，已非局限於一家、一域，而是體現著盈天地皆文皆道的
關懷，亦即將文學視爲元氣充盈的精神世界。

　　元氣之所寄託除了聖賢豪傑人物之外，往往都在「奇人怪情」中
得到更淋漓盡致的發揮，如〈時禋謝君墓誌銘〉中謂：

　　　寰宇雖大，此身一日不能自容於其間，以常情測之，非有阡陌，
　　是何怪奇之如是乎？不知乾坤正氣，賦而為剛，不可屈撓，當
　　夫流極之運，無所發越，則號呼呶挐，穿透四溢，必伸之而後
　　止。

　　　顧世之人，以廬舍血肉銷之，以習聞熟見覆之，始指此等之為

141　〔清〕·黃宗羲著：〈鄭禹梅刻稿序〉。《黃宗羲全集（十）--南雷詩文集》（浙
　　江：古籍出版社，1993 年），頁 63。
142　〔清〕·黃宗羲著：〈山翁禪師文集序〉。《黃宗羲全集（十）--南雷詩文集》（浙
　　江：古籍出版社，1993 年），頁 55。

怪民，不亦冤乎？[143]

　　黃氏論文，對於韓愈「陳言務去」別有會心，認為陳言不單是遣辭用語上的創新為貴。更當以破除「習見俗情」的筆觸，以刮磨斯世之耳目，方為創作者責無旁貸的任務。是以他認為在天地之間，元氣的推移變化，每每體現在這些奇人異情、快意恩仇的事蹟中；遂為他們側寫不可屈撓的激越奇氣，並賦予一往深情。在他的多方訪求之下，豪傑才士的歌哭與功業，遺民的耿耿孤心、烈婦的細膩與剛強、俠盜的權謀及智趣、藝匠的解衣磅礴、九流百家的縱恣佚聞，都能簇集筆端，娓娓道來。這也就是為何他的元氣論別具千彙萬狀的變貌，已然不是程朱一系理氣論中那種理氣二元「不離不雜」的架構[144]，難以馳騁文思才情的陶塑及建構。

　　為了表述元氣的豐饒及善變的樣態，才得以和這些奇人異情相互結合。黃宗羲採行了一本而萬殊的詮釋，將元氣賦予了「形氣」（一身之氣在生前死後的變化情形，以及名賢過化之跡）、「地氣」（一域之氣如何形成襲捲一時的影響力）、「卦氣」（易卦與節氣之規律）、正氣（遺民乃天地之元氣）、律呂之氣（樂律與天地陰陽之氣的消長）、「海氣」（海市蜃樓之現象）、「先天之氣」（中醫陰陽調節之理）、「氣韻」（繪畫與造園藝術之意匠所在）、等等不一而足的詮釋，已然較諸歷來文論中關切的才氣、文氣等範疇，寓有別開生面的氣象。本文將在下章「文·

---

[143] 〈時禮謝君墓誌銘〉。《南雷文定·後集》，詳見楊家駱主編：《中國文學名著第六集》第16冊（台北：世界書局），卷三，頁34。

[144] 程朱一系，理氣二元「不離不雜」的型態，乃據牟宗三的衡定，在朱子的眼中，理氣兩者往往是掛搭關係（他比喻為如人跨馬），而這一「理」是只存有而不活動，因與中庸易傳以來的理氣自發自律義相異，此裡只是靜態的存在之理，只能在「氣」的背後靜態而超越地主宰所定之。「理」與「心」尚且可以是一，而「氣」與「理」在朱子的體系中不能是一，只能以不離、不雜的型態詮表之。這是此一橫攝系統（陸、王乃縱貫系統之，心性理本一）不得不然的結果，參見牟宗三：《心體與性體》第三冊，（台北：正中書局，1981年），頁504-505。

道合一」的內容一節中，詳論他的元氣文論。作爲印證黃氏仰觀俯察，
以氣論世的宗旨。

第二節、「道」的正名與文學本源論的聯繫

　　黃氏論學，主張內在一元的氣本論，故於天地萬物的仰觀俯察，別有會心。[145]認為大虛之中，昆侖旁薄，萬物發生無非實理。而人乃稟是「氣」而生，「原具此實理，有所虧欠，便是不誠」。

　　他極不滿意那些拘於一處，或限於一時，不能「相通以類萬物之情」的瑣碎支離之學，認為這些萬有不齊之中，必有一點真主宰（至善），貫穿其間。是以草木之性，金石之性，物之性與人之性皆以此為輻輳，一本而萬殊[146]。倘能循此原則擘肌分理，才能說明人之所以為萬物之靈的超越性本體所在。他的《孟子師說》一作，即為紹述蕺山之學，演繹其慎獨意根之教，如何當身理會，求其著落。在黃宗羲的詮釋下，視孟子仁義之說為乾坤「二元」，仁為「乾元」乃「天地以生物為心」，而心即「氣」之靈虛。義為「坤元」，乃就其「流行次序萬變而不紊者」而言，故心體流行而有條理者，即「性」也。[147]在天地覆載之間，即能充分體現出元氣的浹化流行狀態：「一氣所運，皆同體也。

---

[145] 劉述先考察黃氏紹述蕺山之學的特點，論斷其中幾大思想的綱領：一、黃氏的思想實為心學，在其義理規模下，「盈天地皆心也」與「盈天地間一氣而已矣。」兩種說法是為一體之兩面。二、黃氏的本體論與工夫論，乃推至一極端的「內在一元」思想型態，故謂「工夫所至，即其本體」其限制在超越之義減煞，過分強調氣（器）外無性（道），看似與程明道的一體相近，實則已脫越開去，易滑轉成為一實然的氣化過程，欠缺必要之分疏。三、改造朱子窮理之說，而謂「窮理者，窮此心之萬殊，非窮萬物之萬殊也。」可避免朱學末流之支離，並與他所謂的「讀書不多，無以證斯理之變化，多而不求於心，則為俗學」的論點相互發明，於博覽群籍，著重文獻，能統之有宗，會之有元。參見劉述先：《黃宗羲心學的定位》（台北：允晨文化出版，1986 年），頁 118，119。

[146] 〔清〕·黃宗羲著：《孟子師說》·《黃宗羲全集（一）--哲學、政治思想》（台北：里仁書局，1987 年），頁 77-78。

[147] 〔清〕·黃宗羲著：《孟子師說》·《黃宗羲全集（一）--哲學、政治思想》（台北：里仁書局，1987 年），頁 49。

何必疾痛痾庠，一膜之通，而後爲同耶？吹爲氣、呵爲霧、唾爲濕、呼爲嚮、怒爲慘、喜爲舒、皆吾身之氣也。」[148]

透過以上的詮表，我們將發現在乾坤二「元」之間，實有一「氣」之變化流行；此即黃氏「元氣」觀之所本，而在易經諸卦之中，最能體現變化氣運狀態者，黃氏乃取象於「風」（巽）、「雷」（震）二卦。他在大量的文論及文作中，反覆揭示著，蓄積元氣鼓盪，發而爲「風雷」之文的旨趣。亦即將這兩大自然界的動態現象，視爲質能切換的表現。爲何取象於「風」「雷」？就自然界的狀態而言，「雷」乃指空中帶電的雲相互接觸（這些雲的內部蘊含著驚人的能量，並以捲動的上升氣流和高電壓的鋸齒狀電光，宣洩出來），因放電而激盪空氣所發出的聲威乍響。而「風」乃指空氣流動的現象，即空氣由高氣壓往低氣壓「移動」[149]。這兩者不僅是元氣的聚散變化狀態，箇中並蓄積著無比的潛能，有待雷厲風行，震聾啓瞶，在黃氏的系列創作中俯拾即是：

> 帝座風雷通咫尺，大廈欲焚煙模糊。唶口焦幕燕畢逍鳥，誰其聞之大聲呼。[150]

> 風雷雨雪，作於除夕，烈婦之志，可以激天。[151]

> 曹娥以孝，潛波娥江，貞女以義，自沉漂陽，繼此耿光，風號月苦，震（易卦中震爲雷）澤流長。[152]

---

[148] 〔清〕‧黃宗羲著：《孟子師說》‧《黃宗羲全集（一）--哲學、政治思想》（台北：里仁書局，1987 年），頁 52。

[149] 《氣象小百科》（台北：貓頭鷹出版社，1999 年）。〈行星風系〉，頁 88；〈雷風雲〉，頁 98。

[150] 〈左副都御史贈太子少保諡忠介四明施公神道碑銘〉‧《南雷文定‧前集》，收錄於楊家駱主編：《中國文學名著第六集》第 16 冊（台北：世界書局），卷 5，頁 78。

[151] 〈唐烈婦曹氏墓誌銘〉‧《南雷文定‧前集》，收錄於楊家駱主編：《中國文學名著第六集》第 16 冊（台北：世界書局），卷 8，頁 136。

[152] 〈桐城方烈婦墓誌銘〉‧《南雷文定‧三集》，收錄於楊家駱主編：《中國文學名著第六集》第 16 冊（台北：世界書局），卷 2，頁 34。

　　無論是抒情敘事，或者刻劃人物，黃氏總不忘探索在這些人事物
底層的潛能，試著讓這些特質重新顯豁於世。取象於風雷，即是為了
賦予這些題材更大的創造性，並富於文學與藝術的感染力。其中風與
雷兩者又各自有不同的表述特點，得以處理不同脈絡及屬性的對象。

　　例如黃宗羲在〈鄉賢呈祠〉一文中，即以「文章於世運，風聲不
遠於人間」為擬議，縱論其鄉邦三賢孫鑛、黃尊素、施邦曜等人傑，「未
隆秩祀，特舉逸典，以彰風烈，以飾聖治事」：

　　論太子少保南兵部尚書孫鑛：「人但見為書生，高座閒談，竟莫測
其武庫。機杼則啟華謝秀，丹鉛乃纂要鉤玄，董相之園、衰草日積；
管寧之榻，雙膝隱然。」

　　論其父黃尊素則言：「風神牆岸、儀表丘墟，當主荒政繆之秋、障
勸進時嵩之禍、先求斬馬、遂請魚文。…萬里投獄而送死，哀動行人，
四韻絕命以謝君，變呈天象。嵇中散索琴車市、季路氏結纓衛台，又
何加焉。」

　　論左副都御史施邦曜則謂：「觀察閩中、鯨波輟響，激昂風憲、鷹
翔摩天。大廈既焚，不可灑之以淚；碧血難化，亦云自盡者心。蟪螻
蟻以告終，攀龍髯而猶逮。」[153]

　　這三位鄉邦人物，或入於文苑或載於忠義，青史皆有立傳。惜因
清初兵火之餘，有感於後學徬徨於故紙或訴諸傳聞，黃氏撰述此文。
反覆以「風烈」、「風聲」、「風神」、「風憲」的譬喻竭力申說這三位足
堪表率的鄉賢遺韻，並於文末說明呈詞的方式「留此勝事，以待今時。
顧欲由下遞申，或恐移文之寢閣。豈如自上而批發，不虞胥吏之稽留，
為此連名具呈，優乞申詳。」顯然把「風一移」的一組意義指涉，將
鄉賢的表彰視為聖朝弘獎名教，移風易俗的具體作為。對於鄉民而言，

---

[153] 〔清〕·黃宗羲著：〈鄉賢呈詞〉·《黃宗羲全集（十一）--南雷詩文集》（浙江：
　　古籍出版社，1993 年），頁 29-30。

且能見賢思齊、移易性情。是以黃氏行文理正而喻博，尤以洗濯民心為本文揭示的立意。

又如抒寫勃鬱煩怨之氣的「剛風疾輪，侵鑠心骨」，[154]深沉悲慨如「高公蒞止，千里風霾，投鞭斷流，聚骨成台，窮城就死，日影不回」，[155]以及「二十年以來，風霜銷盡，日就蕪沒，此吾序董公之事，而為之泫然流涕也。」[156]皆為取象於風的旨趣。

取象於雷者，多為陽剛激越的情懷，例如暢敘豪傑的滿腹經論，足以擊去世俗的疵雜為宗，乃「雷霆破柱，冀使人聞之而覺悟也」。

例如被時人推為陳亮、辛棄疾一格的陸文虎，尤為黃氏筆墨之所不能概括，一股生龍活虎之氣，盎然紙上，實為擬議風雷的人物形象：

> 先生風貌甚偉，胸貯千卷，謦欬為洪鐘響，一時士大夫，聽其談論，皆以為陳同甫，辛幼安復出，吳楚名士，方招群植黨，互相題拂，急先生者愈甚，先生謂兵心見於文事，鬥氣長於同人，亂亡之兆也。凡遇刻文結社，求先生為序者，循環此意，雷霆破柱，冀使人聞之而覺悟也。

觀其人的文作，實可歸入「奇氣」一品格：

> 其古文詞，鵬騫海怒，意之所極，穿天心月協而出之，苦於才多，使天假之年，自見涯涘耳。詩皆志意所寄，媚勢佞生，市交游而作聲色者，未嘗以片語污其彼端也，胸懷洞達，熱心世患，視天下事，以為數者可了，斷頭穴胸，是吾人分內事，丙

---

[154] 〈過雲木冰記〉，《南雷文定・前集》，收錄於楊家駱主編：《中國文學名著第六集》第 16 冊（台北：世界書局），卷 2，頁 25。

[155] 〈陝西巡撫右副都御史元若高公墓誌銘〉，《南雷文定・前集》，收錄於楊家駱主編：《中國文學名著第六集》第 16 冊（台北：世界書局），卷 5，頁 86。

[156] 〈戶部貴州清吏司主事兼經筵日講官次公董公墓誌銘〉，《南雷文定・前集》，收錄於楊家駱主編：《中國文學名著第六集》第 16 冊（台北：世界書局），卷 6，頁 101。

寅聞先忠端公七人之禍，希風泉羽，作楚漁父二首，傳之吳中。
[157]

　　或如描述泰州學派羅近溪的講學特質，則謂「所觸若春行雷動，雖素不識學之人，俄頃之間，能令其心地開明，道在現前」[158]，將這些人事的特質，以風雷爲其概括，元氣靡滿而勃發，實寓有衝決網羅、滌盪舊物的形象特點。

　　由此觀來「人身雖一氣之流行，流行之中必有主宰，養氣者使主宰常存，血氣化爲義理。主宰不在流行之外，倘若失其主宰，則義理化爲血氣。」對於孟子的「集義」之說，在他的演繹之下則貫穿以應事接物，無非心體之流行，心不可見，見之於事，行所無事，則「即事即義也」。心之集於事者，是乃集於義矣。如同有源之水，有本之木，其氣生生不窮。[159]

　　他認爲「學問思辨行」的這些後天性、客觀面的功夫，猶如女媧之「練石」以補天，無非是爲了復歸上述元氣本具的實理。將後天虧欠的部分，由此功夫的積累，印證「吾之喜怒哀樂，即天之風雨露電也，天下無無喜怒哀樂之人，一氣之鼓盪，豈有不動？苟虧欠是理，則與天地不相似，是氣不相貫通，如何能動？」[160]，學問之道即與天地之道的千彙萬狀等同而觀，其中的流行次序之理，就仰賴於氣的鼓動和表現。黃宗羲除了以「練石」補天比喻學問思辨外，更以小兒「搏

---

[157] 〈陸文虎先生墓誌銘〉收於《南雷文定·前集》卷 6，詳見楊家駱主編：《中國文學名著第六集》第 16 冊（台北：世界書局），頁 96。

[158] 〔清〕·黃宗羲著：〈泰州學案三〉·《明儒學案》收錄於《黃宗羲全集》第八冊（台北：里仁書局，1987 年），頁 762。

[159] 〔清〕·黃宗羲著：《孟子師說》·《黃宗羲全集（一）--哲學、政治思想》，（台北：里仁書局，1987 年），頁 52-62。

[160] 〔清〕·黃宗羲著：《孟子師說》·《黃宗羲全集（一）--哲學、政治思想》，（台北：里仁書局，1987 年），頁 94。

泥」爲喻，說明文學創作之道，在〈論文管見〉中有謂：[161]

> 作文雖不貴模倣，然要使古今體式，無不備於胸中。有如女紅
> 之花樣，成都之錦，自與三村之越，異具機軸。

> 余嘗見小兒摶泥爲炕，擊之石上，鏗然有聲。泥多者聲宏，若
> 以一九爲之，總使能響，其聲幾何？此古人所以讀萬卷也。

文學創作的機軸（原理）也唯有仿效道體的多樣性、可塑性，方
能厚積而蘊藉，走出模擬，走出萬卷經典的圍限，發而爲擲地有聲的
金石之文。

黃宗羲在《明儒學案》序中曾以「海」喻「道」，來印證他視「人
與天地萬物爲一體」的理念，破解世人俗儒以爲「此理懸空於天地萬
物之間」的滑失。在「萬殊」與「一致」之間，他誠然是善於體會這
一如何由相對走向絕對本體的思索者：「道猶海也，江淮、河漢，以至
涇渭蹄跡，莫不晝夜曲折以趨之。」這是個體生命之川多方匯聚的歷
程，每一個體都各自爲水的樣貌，有急湍、奔流、曲折多灣，或清濁
難分。而一旦簇集以至於「海」，則共同爲一萬傾水之浩蕩。這本應是
吾人在仰觀俯察，游目騁懷之際所能深切著明的自然規律，奈何現世
人情的好同惡異；特別是黃氏反省明季知識份子尙標榜、立門戶的不
全之見，每每將道體的豁顯（無論是文與道或學與道的合一），都變得
光怪陸離，反其道而行。他即以嘲諷的筆觸，將海洋與各路江流的對
話作爲一則譬喻：

> 使爲海若者，汱然自喜，曰：「爾諮爾諸水，導源而來，不有
> 緩急平險，清濁遠近之殊乎？不可盡吾之族類，蓋各返爾處！」
> 如是則不待尾閭之洩，而蓬萊有清淺之患矣。[162]

---

[161] 參見《南雷文定‧三集》，收錄於楊家駱主編：《中國文學名著第六集》第 16 冊
（台北：世界書局），卷三，頁 58。

[162] 〔清〕‧黃宗羲著：〈明儒學案序〉，《明儒學案》收錄於《黃宗羲全集》第七冊

像這樣黨同伐異、入主出奴式的偏執態度，豈能開展健全而生機蓬勃的文學視觀？黃氏開展了「學案」式的體例及思維方式，亦即是為了修正歷來「道統」觀以及「載道」論者，桎梏了道體的生機。只是一昧的以各學派自身的一家之言，企圖籠罩全幅視野。流弊所及，遂成為儒家內部的正統、異端之爭，或如古文家與理學家在「文」「道」關係上，抱持著離之雙美，合則兩傷的不全之見，遑論開顯學人的健全視觀。

肯認了明文當如「海」的信念，黃宗羲對於文道合一的實踐，則表現於他在明文「三盛三衰」的潮差（《明文案》序文斷語）中，將「個人」創作的文學生命與「整體」宏觀的明代文學波瀾，共同涵詠及推移。除了直接深入各家各派的作品中，加以論斷得失，以挹注前賢可貴的文學創作經驗；來作為他個人鼓盪貞元之氣，發而為風雷之文的客觀依據。由此可見，他絕非載沉載浮的泅泳者，而是碧海掣鯨的豪傑志士。他自謂：「有某茲選，彼千家之文集龐然大物，即盡投之水火，不為過矣。」[163]對於明文的興衰原委，了然於胸。《四庫提要》對是書的評語，則言「宗羲之意，在掃除摹擬，空所依傍，以情至為宗」誠非溢美之言。[164]試觀後文開展的一組平行文學視觀，亦即將黃氏畢生個人創作文集的刊定歷程，以及由他編選明代各家的創作總集歷程，試作一組對照：

「個人」創作文集	南雷文案	南雷文定	南雷文約
明代「整體」創作總集	明文案	明文海	明文授讀

（台北：里仁書局，1987年），頁7。

[163] 〈明文案序〉·《南雷文定·前集》卷一，收錄於楊家駱主編：《中國文學名著第六集》第16冊（台北：世界書局），頁2。

[164] 〔清〕·黃宗羲著：《黃宗羲全集（十二）》（浙江：古籍出版社，1994年），頁199。

　　這一系列的創作及評選作品，兩者之間存在著什麼關係？是否在「個人」與「整體」文學的相對性存在的表象之外，仍能契屬於絕對本體的宇宙之「道」，以發揮未可限量的潛能？我們就前述黃宗羲的文道思想中「深層共同性」此一意向，與中國文學本源論的聯繫而觀，可以看出同時兼有「哲學本體論」與「馭文之術」的特點，[165]亦即哲學思潮影響於文學表現的論題，前者可將人的生命內涵予以呈露，而後者則表現人類感性生活的具體情境，是個人的思想意識在人間世相刃相劘的種種生活內容及感受。兩者的存在都建基於人的存在上。[166]我們在前文中已具體探索出黃宗羲兼重於文、道、學三位一體的理論架構，並且將文學的表現，視為對於自我的發現，或是對於世界的揭露。而不是片面的採行古文家的以文兼道，或是理學家的以道兼文。這樣一個既看重哲學思維，又能兼重馭文之術的文學思想，一方面充分將黃氏以「氣」言道的意義，[167]屆此才能形成一組辯證而開展的論述及創作模式。

---

[165] 文學本源論，以中國文學理論的特性而觀，乃廣泛地從宇宙、自然、社會的根本規律（道）、人的社會本質、自然本性（德、性）、人的喜怒哀樂種種情感等方面，進行考察，系統地闡明了文學的本質與本源。從而使文學本源論具備了「哲學本體論」的品格。此外，中國的文論家也把文學創作、藝術思維的全部過程，集中概括為「馭文之術」，即把主觀構想出來的藝術境界，變成人的審美對象的藝術作品的多樣表現形式。正是這樣一個高度抽象而又具體形象的基本概念，集中地表達了道家的宇宙觀、儒家的社會論，也奠定了中國文學理論中本體論的基石。詳見成復旺等《中國文學理論史——先秦兩漢魏晉南北朝時期》緒言，頁 21, 22。

[166] 李正治：〈談中國文學表現的一個層面〉•《中國詩的追尋》（台北：業強出版社，1990 年），頁 64。

[167] 陳良運：《周易與中國文學•原道心以夫章》（南昌：百花洲文藝出版社，1999 年），頁 224。指出：自建安以後，文人論文有一個非常值得注意的現象，那就是不再言「道」，他們試圖重新規劃「文」的本體。曹丕《典論•論文》，提出「文以氣為主」的新命題，「氣」是人之本體存在的重要標誌，亦是「文」之本體呈現的重要依據，人有什麼樣的氣質便有什麼樣的文章，什麼樣的氣質可決定他擅長什麼樣的文體和文體有什麼樣的風格。「氣」本是道家使用得最多的一個術語曹丕推出「氣」為文學理論的新命題，實質是文學本原本體向「自然之道」回歸的一個前奏。

揭示文學本源的看法,乃試圖將文學觀念建基在整體的照察之
上,亦即對文學作一番超越而整體的思考。亦即當我們在強調某一文
學觀點時,還會回復到本源的廣大世界,而不是囿限於意識及題材上
側重點的不同,逐流忘返。[168]中國文論中的「原道」說和「載道」說,
在這一理解上,就有了不同的意義,劉勰的原道說雖根植於人文立論,
而較重自然,不局於儒家之旨。但唐代之後的古文運動者,則狹其範
圍,成為儒家的論旨,兩者在意識和題材的側重上有明顯的差異,郭
紹虞認為此為由「原道」說漸漸成為「載道」說的歷程。[169]而王更生則
以文學的「通性」和「別性」,疏通此一分野,認為就文學的「通性」
而論,文學的本源當為「自然」,劉勰所「原」的「道」;即為此義,
證諸世界文學的通則亦可成立。而就「中國文學」的「別性」而言,
則當以「經典」為其本源,是以劉勰並舉〈徵聖〉及〈宗經〉二章,
以與〈原道〉篇相輔相成,將自然之文與人為之文,得以合理的安頓。
[170]這一論題亦可參酌清代紀昀在〈批文心雕龍原道篇〉中的意見:「文
以載道,明其當然。文原於道,明其本然。」[171],乃言明其本然者,指
聖人創作而言,於天地之間,仰觀俯察,別有會心,發而為深切著明
之言。謂當然者,乃指後人徵聖之作而言,義界有大小,蓋由於此一
差距,所以同樣的論「自然」,唐人所論也較劉勰的意思狹隘。[172]

　　進一步而言如何由文學的「通性」的豁顯,並兼顧「別性」的特
質,即為文道合一論者至為重要的旨趣。其中最大的糾結即為載道論

[168] 李正治:〈疏通文學的本源〉‧《中國詩的追尋》(台北:業強出版社,1990 年),頁 6,7。
[169] 郭紹虞:《中國文學批評史》上卷,(台北:文史哲出版社,1990 年),頁 230。
[170] 王更生:《中國文學的本源》(台北:台灣學生書局,1998 年),頁 6,8。
[171] 劉勰著,王更生編:《文心雕龍‧原道》(台北:金楓出版社,1988 年),頁 36。
[172] 郭紹虞:《中國文學批評史》上卷,(台北:文史哲出版社,1990 年),頁 230。

中以道德意識概括一切題材，貶低其他意識，以及受到政教上功能觀的影響，難以返本歸原。疏通本源的作法，唯有讓道德意識，在文學上將其納入共同的生命題材，也就是說不能以道德意識壟斷及罷黜其他的生命題材。至於道德人格的要求則約範在「詩人」身上，以避免混淆了文學的內在特質，如此一來才能確立創作者在意識及題材的「本源」上是一個遼闊的宇宙觀。[173]這一層次的廓清，才能將道家偏重的審美中心思想，共同納入文學的本源，對於原道於「自然」的通性而言，將寓有更大的啓發性。

黃宗羲文道思想的本源本體論，也才能有一相應的理解。由「盈天地皆道」的命題，以迄「盈天地皆文」的探究，揭示出他能清楚地將「經典」界定於載道的層次，而不是文道合一的終極層次。對於文學的本源，也透過以氣言道的觀點，以及文與道的擬議思維方式，將道的多樣性與文的多樣性予以合理得宜的詮釋。並且在整體的文學視界中，除了「文道合一」的宗旨之外，並有一「人道合一」的趨向，試圖將詩人（創作者）的道德自覺，納入此一理則結構之中，等量齊觀、相輔相成。

再者就歸宿於「道」的正名而言，黃氏的文道合一思想乃表彰「自然之道」與「創造之道」的兩大旨趣。以「自然之道」的特點而言，黃宗羲的文道論乃與《易經》和《文心雕龍》的文學本源本體論相連繫，他的經術及道統觀，也與劉勰的〈宗經〉、〈徵聖〉主張若合符節。同時又能以文學家的立場，仰觀俯察，將道的詮釋，賦予最豐富的意義。劉勰受《周易》卦畫的啓發，〈原道〉中精闢地表述這一思想：「仰觀吐曜，俯察含章，高卑定位，故兩儀既生矣。惟人參之，性靈所鍾，是謂三才。爲五行之秀，實天地之心；心生而言立，言立而文明，自

---

[173] 參見李正治：〈疏通文學的本源〉．《中國詩的追尋》（台北：業強出版社，1990年），頁7。

然之道也。」[174]

　　在〈情采〉篇中，劉勰對此還有一個重要的補充：

　　　　立文之道，其理有三：一曰形文，五色是也；二曰聲文，五音
　　　　是也；三曰情文，五性是也。五色染而成黼黻，五音比而成韶
　　　　夏，五情發而為辭章，神理之數也。[175]

　　三「文」的相輔相成才是完整的「道之文」。所謂「神理」，陳良
運認為即是「自然之道」的另一稱謂，與「道心」對舉：「原道心以敷
章，研神理而設教。」三「文」皆是「神理之數」，這就不只是說「人
文」本原於「天文」，而是進一層闡明，「人文」本來就是「自然之道」
的「文」，「三文」都是「神理」的外觀，不可分割。[176]這一自然之道的
揭示，在中國文學理論史中也就賦予了更為豐饒的色彩。[177]

　　這種「盈天地皆文」的識見，甚能與黃宗羲的文論若合符節；展
現了超越而整體的照察，完全打破了士大夫壟斷的「文人之文」的標
準，亦即避免執著於意識及題材的偏頗強調，而能進一步復歸於文學
的本源，才能漱滌萬物，牢籠百態。「街談巷語，邪許呻吟」無一非
文。近代倡言民間文學者，也無非此意。有情之文，真能動人，必然
會垂諸久遠，永不磨滅。黃氏編選《明文案》就是根據其文有無「情

---

[174] 〔六朝・梁〕・劉勰著，周振甫注：〈原道〉．《文心雕龍注釋》（台北：里仁書
　　　局，1998 年），頁 1。

[175] 〔六朝・梁〕・劉勰著，周振甫注：〈情采〉．《文心雕龍注釋》（台北：里仁書
　　　局，1998 年），頁 599。

[176] 陳良運：《周易與中國文學》（南昌：百花洲文藝出版社，1999 年），頁 226，227。

[177] 陳良運：《周易與中國文學》（南昌：百花洲文藝出版社，1999 年），頁 232，240，
　　　陳良運分析：明確地以「自然之道」為文學之本原、本體，是對兩漢以來儒家思想
　　　統治的文壇一次「通變」，是自曹魏開始的文學思想解放的進一步深化，對文學本
　　　身來說是沖決政教羈絆的大解脫。從劉勰到司空圖，再到宋代包恢，對「自然之道」
　　　的文學表現，作了不斷拓展、不斷深化的論述。以「自然之道」為文學本原本體，
　　　將文學從「儒家之道」重理理念、道道束縛中解放出來，賦予她以自然的生命、生
　　　命的自然，因此而使中國文學愈益豐富多彩。

至」之語，亦即以情文爲主，將天地間的人生處境，予以真誠的揭露：

> 今古之情無盡，而一人之情，有至有不至。凡情之至者，其文
> 未有不至者也。則天地間街談巷語，邪許呻吟，無一非文。而
> 遊女田夫，波臣戍客，無一非文人也。[178]

以「情文」爲宗旨，並且進一步結合「聲文」、「形文」，體現
而爲情景交融的文章，黃宗羲在〈景州詩集序〉中即深入的分析其中
神理所在：

> 詩人萃天地之清氣，以月露風雲花鳥爲其性情，其景與意不可
> 分也。月露風雲花鳥之在天地間，俄頃滅沒，而詩人能結之而
> 不散。常人未嘗不有月露風雲花鳥之詠，非其性情，極雕繪而
> 不能親也。[179]

「詩人萃天地之清氣」，就是物我一體、主客合一的結構，詩人
爲清氣所聚，無私無我，以月露風雲花鳥等自然景物之形著於至情至
性的文章之中。黃宗羲在這裏除了元氣觀的觀點之外，還是強調性情
的重要，唯能如此才能將天地間色相與音韻所鍾的自然景物，簇集筆
端。性情本是可以推原到氣之不變者，與氣實爲一體，這就預設著人
與自然間一種先在的，和諧親密的關係。張亨即指出這是他以「文道
合一」觀的另一依據。[180]

---

[178] 《南雷文定・明文案序上》，詳見楊家駱主編：《中國文學名著第六集》第 16 冊（台北：世界書局），頁 2。

[179] 〔清〕・黃宗羲著：《景州詩集序》，《黃宗羲全集（十）--南雷詩文集》（浙江：古籍出版社，1993 年），頁 15。

[180] 詩人以月露爲性情則是使這和諧親密關係顯見或重現的關鍵。也可以認爲它是溝通物我的媒介。常人錮於私意而無性情，如同缺少了與物相通的媒介，就無法領會到這種先定的親密關係。即使他也歌詠自然之美，骨子裏卻是疏離的，雖極力雕琢華麗的辭藻也沒用處。因此，可以說「性情」既是美感經驗的基礎，也是道德實踐的基礎。兩者不須牽合，自然同出。參見張亨：〈試從黃宗羲的思想詮釋其文學視界〉，《中國文哲研究集刊》（1994 年，第 4 期），頁 207。

就「創造之道」的特點而言，則以「變通」做爲核心內蘊，[181]尤其是與《易經》和《易傳》的整體宏觀上，寓有十分重要的啓示。在《易經》中，從具體卦象、爻位闡發"變通"之義之後，則以《彖》、《象》二傳最有代表性；上升到哲學的高度來論述"變通"的理論和實踐意義，則應推向來被稱《易經》總稱的《繫辭傳》，它對於作爲《易經》核心內蘊的「變通」之道，作了充分又十分準確的揭示：

> 在天成象，在地成形，變化見矣。是故剛柔相摩，八卦相盪，
> 鼓之以雷霆，潤之以風雨，日月運行，一寒一暑，乾道成男，
> 坤道成女[182]。

就《易經》的卦象而言，「風」乃取「巽」卦，「雷」取「震」卦，《易•說卦》傳故有「雷以動之，風以散之」的特性，尤其「動萬物者，莫疾乎雷，撓萬物者，莫疾乎風」，兩者兼取自然界的健動特性與變革性。進一步置諸於《文心雕龍》的探討，筆者認爲若就文體論的溯源，「雷」「風」兩取象當與「檄」「移」二文的體性攸關。即前者與檄文的厲辭明斷義近，後者當與移文的移風易俗意涵相符，《文雕》中特立〈檄移〉一章，顯見兩者一剛一柔，相輔相成以爲氣勢。[183]檄文「植義颺辭，務在剛健，事昭而理辨，氣盛而辭斷」，在黃宗羲的論史懲俗的文章中，表現的入木三分。而移文的文曉而喻博，並能洗濯民心，

---

[181] 陳良運：〈盛德大業，至矣哉－周易之道：創造之道〉．《周易與中國文學》（南昌：百花洲文藝出版社，1999 年），頁 30-35。陳氏根據易經的「變通」特點，視爲創造之道的核心內蘊，尤其〈繫辭傳〉中，對於變通的創造性意涵，作了十分準確的揭示：其一乃肯定「道」的本身於不斷變化，亦即「功業見乎變」。其二乃揭示道的體與用的關係，是以「變通」爲聯結，體現「變而通之以盡其利」的觀點。其三乃突出人在道與卦象變通中的主觀能動作用，並即「舉而錯之天下之民，謂之事業」。其四乃高度評價善「變」能「通」爲人之「盛德」，即由「發于事業，美之至也」，進而再以「窮神知化，德之盛也。」顯揚其積極的創業精神。

[182] 劉君祖：〈繫辭上傳〉．《經典易》（台北：牛頓出版社，1994 年），頁 79。

[183] 參見〔六朝•梁〕•劉勰著，周振甫注：《文心雕龍注釋》（台北：里仁書局，1998 年），頁 393-394。

在他的抒情及義理性文章中，尤有草偃風邁的感染力。

　　取象「風雷」的潛在思考，並兼有自然之道與創造之道的神話溯源，最典型的當爲盤古開天闢地的敘述。除了說明宇宙的生成乃由「混沌」狀態，繼而因盤古的生成，便有了「清純」的天與「混濁」的地的對比。天地繼而日以繼夜的生成變化，宇宙遂爲一新生的世界。然而盤古不僅打開了宇宙，也將自己奉獻給了新生的世界：

> 首生盤古，垂死化身，氣成風雲，聲為雷霆。左眼為日，右眼為月，四肢五體為四極五嶽。血液為江河，筋脈為地里，肌肉為田土，髮髭為星辰，皮毛為草木，歲骨為金石，精髓為珠玉，汗流為雨澤，身之諸蟲，因風所感，化為黎民。[184]

　　盤古的肉身雖已殞沒，而其聲氣之發舒，依然藉由「風雷」之發越，激盪健動不息。神話溯源下的中國式的宇宙生成觀，顯然的與黃宗羲的元氣論，以及文道思想密切縮結。同樣以仰觀俯察，近取諸身，遠取諸物的理念，將吾人的創作思考，納入「三才」的視野，並與之推移、感盪、變化。這一觀點即爲黃氏在《孟子師說》中揭示的氣本論特點，人之所以秉是「氣」而生，實乃「原具此實性，有所虧欠，便是不誠。」以及「吾之喜怒哀樂，即天之風雨露電也。天下無無喜怒哀樂之人，一氣之鼓盪豈有不動？苟虧欠是理則與天地不相似。」[185] 箇中呈現的敘述特點，顯然已將個人納入宇宙本體的生成變化（一如盤古之轉化爲天地萬物）。在黃氏的文道論述中「盈天地皆道也」與「盈

---

[184]　〔清〕·馬驌編撰：《繹史》卷一引〈五運歷年記〉，收錄於《中國文學欣賞全集》第40冊，（台北：莊嚴出版社，1985年），短篇小說（二），頁9。此外李正治：〈疏通文學的本源〉·《中國詩的追尋》（台北：業強出版社，1990年），頁5。指出「文學從創造精神來，形式化感覺的資料，本像那盤古開天闢地，點化渾沌成山水，完全是樂在其中的創造。這裡完全超脫了意識及題材上的考慮，隨緣興感，觸處成春。」

[185]　〔清〕·黃宗羲著：《孟子師說》·《黃宗羲全集（一）--哲學、政治思想》，（台北：里仁書局，1987年），頁94。

天地皆物也」的重要命題，即能與「自然之道」以及「創造之道」攸
關。在他看來，家國天下（亦包含宇宙）皆是一「物」，而人的良知明
覺當以此「物」爲本體、本源，亦即將天、地、人的三才視野一體同
觀：

> 人自形生神發之後，方有此「知」，此知寄於喜怒哀樂之流行，
> 是即所謂「物」也。仁義禮智後起之名，故不曰「理」，而曰
> 「物」，「格」有「通」之義，證得此體分明，則四氣之流行，
> 誠通誠復，不失其正，依然造化，謂之「格物」。未格之「物」，
> 四氣錯行，溢而爲性情之喜怒哀樂，此「知」之所以貿亂也，
> 故致知之在格物，確乎不易。[186]

黃氏此說乃不滿歷來將「格物致知」的理解走入程朱一學的「窮
理」（以理歸之天地萬物，而以心之明覺歸爲一端，有歧爲二端之象）
的死胡同，或如佛家所謂的以無爲理「理能生氣」的觀點，認爲兩者
的論斷失實，都在於不能將「物」做合理的的定位及正名。是以他的
格物說一者講究與天地相似（才不致虧欠是理），一者講求貫通（本諸
於氣，才能感應而動）。主張當以「家國天下宇宙」爲「物」，且爲良
知明覺的本體；則格物之功，方能證得此體的造化流行，誠通誠復，
並不失其正。道體的錯綜複雜，於焉才能與萬物的本末體用，構成了
一個兼有「哲學本體論」與「馭文之術」等量齊觀的文學視野。黃宗
羲的文道觀，通過了一連串歷史中文道分合論的長期爭訟，試圖疏通
文學的本源，確信文學與道的本體所在，方能奠基在這樣一個多元並
存，以及變通以趨時的理想座標之中。

---

[186]　〈答萬充宗論格物書〉·《南雷文定·前集》，卷 4，收錄於楊家駱主編：《中國
文學名著第六集》第 16 冊（台北：世界書局），頁 60。

第參章、「文道合一」思想的基本特質

第一節　《易學象數論》中闡示的文道規律

　　對於半生顛沛流離的黃氏而言，由避地海隅，進而有乞師日本、眼界大開的特殊戰局歷鍊。繼而避地於萬山之間，風颯寂景，助其淒清心影；就算是避居市廛也甘之如飴，對於生命境遇的況味，感觸尤深；易學中的憂患意識，以及與世推移的哲理，儼然成爲重要的信仰支柱。

　　有明一代的黨爭流弊甚鉅，再加上亡國易代之際的政治局勢，構成了遺民讀《易》的特殊氛圍。論《易》而關注于所謂的「君子小人消長之際」，已經不是個人的好惡取捨問題，而是整個大環境的詭譎變化之下，不得不針對既往的經驗，試圖爲群體的安危，以及價值取向的標準，做出合理得宜的估量。另一方面也關乎身處亂世之中，如何審顧個人的「進退出處」之道。[1]

　　黃宗羲《鄭蘭皋先生八十壽序》說鄭氏得之于《易》者：「蓋渾然太虛之體，故能隨時變易，與世推移。宜潛而潛，宜見而見，宜飛躍而飛躍，行乎不得不行，止乎不得不止，自無形跡可指，不露圭角，故謂之無首者此也」[2]。顯然看重的是周身之防，御物之智的一套智慧，進一步達到「與時消息」、「與世推移」的境界，可以說是黃宗羲等遺民人物，審顧文化志業的步履。[3]

---

[1] 趙園：《明清之際士大夫研究》（北京：北京大學出版社，1999 年），頁 432-433。

[2] 〔清〕‧黃宗羲著：《黃宗羲全集（十）--南雷詩文集》（浙江：古籍出版社，1993年），頁 677。

[3] 趙園：《明清之際士大夫研究》（北京：北京大學出版社，1999 年），頁 432-433。指出：在此情境中，出應事務，自不免被視爲失節之漸，是至節操之玷。李顒在一度出主關中書院之後，「追悔無及」，曰：「弟嚮昔書院之入，合六州三十縣之鐵，

　　除了外在局勢的詭譎多變之外，黃氏並致力於疏通歷來糾纏不清的易學流蔽，已然不似一般遺民讀易，純為精神寄託的態度。他秉持一貫著重論斷的思維方式，曠觀易學的體用常變之道，在其易學思維中即肯定王弼在廓清象數之學上的貢獻，並視之得以與宋代伊川之《易程傳》兩者前後呼應，作為易理之道深切著明的一個重要軸線。

> 有魏王輔嗣出而注易，得意忘象，得象忘言；日時歲月，五氣相推，悉皆擯落，多所不關，庶幾潦水盡而寒潭清矣。顧論者謂其以老、莊解易，試讀其注，簡當而無浮義，何曾籠落元旨。故能遠歷於唐，發為正義，其廓清之功不可泯也。[4]

　　這個鑑別是他試圖與歷來糾纏不清的圖書象數易學主流，作一涇渭分明的疏鑿之功。[5]在他的易學主張中即有兩個重要的論旨必須加以揭示：[6]

> 1.就「原象」的本旨：必先立六爻之「總象」以為之綱紀，而後一爻有一爻之「分象」以為之脈絡。
>
> 2.就「卦變」的探討：概括以「反對」法，彰顯易學中「往來倚伏」之理，以收執兩用中之功。

不足為此錯」（《答費允中》，《二曲集》卷18）。他的「閉關」、「杜門」（即所謂土室），即像是對此的自我懲罰。這也應是李氏處遺民的漸趨嚴苛，納入「規範」的過程。

[4] 〔清〕·黃宗羲著：《易學象數論·自序》，收於《黃宗羲全集（九）--天文曆算、象數類》（浙江：浙江古籍出版社，1993年），頁1。

[5] 對於歷來視為「符端」之說的「河圖洛書」，黃氏則發展了南宋永嘉學派薛季宣的觀點，認為河圖洛書當指地理之書的說法，即通行的圖經黃冊。而名之為河洛者，乃以為天下之中而得稱謂。詳見〔清〕·黃宗羲著：《易學象數論·圖書一》卷一，收於《黃宗羲全集（九）--天文曆算、象數類》（浙江：浙江古籍出版社，1993年），頁4。

[6] 〔清〕·黃宗羲著：《易學象數論·原象》，收於《黃宗羲全集（九）--天文曆算、象數類》（浙江：浙江古籍出版社，1993年），頁104，其中黃氏針對易經六十四卦之取象、命意，皆一一為其詮釋。

　　這兩大端緒的確立，除了體現出黃氏個人的宗旨外，並能與易傳中既存的「擬議思維」相接榫；其中的「擬」著重「象」與「卦」之擬度，而「議」則著重於「爻」與「卦」之變化的審議，據此開展他在文道合一論述中，歸本於易的重要淵源（即擬議以成其變化）。前者論「原象」，乃立足於易經〈繫辭傳〉中的人文精神，探討「原象」有七（八卦、六畫、象形、爻位、反對、方位、互體之象），七者備而聖人立象之義大明；而「偽象」有四（納甲、動爻、卦變、先天），應該加以勘定，進一步還原六十四卦中各別卦之總象。後者即批判歷來「卦變」之眾說紛紜，皆視之為繁瑣不當之學。這兩方面追溯起來，乃關涉於黃宗羲之於易道創生的原理，歸宿於他的「氣本論」之「內在一元」思維：[7]「是故一氣之流行，無時而息。當其和也，為春，是木之行。和之至而溫，為夏」同樣的也可以說「蓋木、火、金、水、土，目雖五而氣則一，皆天也；其成形而為萬物，皆地也。」[8]將天地、四季、五行術數等分疏變化，皆納為一氣之流行，針對「太極生兩儀」的傳統命題，乃彰顯他「全體言易」的立場，不採邵雍等人「次第而生」（即由兩儀→四象→八卦→生十六→生三十二→六十四卦）的概念，而是提出「陰陽變易」說的主張，即以「陰陽二爻」，總括為「兩儀」、「四象」、「八卦」、即「生生之謂易」的生，非「次第而生」之生。[9]這些量和形的變化，只能說是陰和陽兩種「性質」不斷「變易」[10]的不

---

[7] 黃氏在易學史之定位，當與劉蕺山同為「氣本論」之立場，參見朱伯崑：《易學哲學史》四（台北：藍燈文化，1991 年），頁 270、274、275。

[8] 〔清〕・黃宗羲著：《易學象數論・圖書四》卷一，收於《黃宗羲全集（九）--天文曆算、象數類》（浙江：浙江古籍出版社，1993 年），頁 8、9。

[9] 黃氏以「全體」言易之觀點，參見《易學象數論・先天圖一》，收於《黃宗羲全集（九）--天文曆算、象數類》（浙江：浙江古籍出版社，1993 年），頁 16-18。黃氏評太極圖觀點，參見〔清〕全祖望補，王梓材、馮雲濠、何紹基校《宋元學案・濂溪學案》（台北：世界書局，1991 年），頁 293，「太極圖講義」一文。

同形式，亦即：

> （六十四卦）統言之，皆謂之八卦也。蓋內卦為貞，外卦為悔。
> 舉貞可以該悔，舉乾之貞，而坤乾、震乾、巽乾、坎乾、離乾、
> 艮乾該之矣。以下七卦皆然。由是言之，太極、兩儀、四象、
> 八卦，因全體而見。蓋細推八卦（即六十四卦），之中，皆有兩
> 儀、四象之理。[11]

黃氏此說，乃將「四象」視為三畫卦的四種組合（純陽、純陰、
一奇二偶和一偶二奇）的卦象，而非邵雍及正統的四象說，[12]根本目的
即在於質諸經之本文「以經解經」，破解歷來「以傳解經」，反而橫生
枝節鑿空為說。甚至於朱子因「傳」疑「經」，造成本末倒置的盲點，
他認為必須就易道的精神而言，仍歸宿於元氣觀的宗旨之下。

這一理論思維的特點，在於探討「奇偶往來」乃象天地之「氣化」
形態，而非周敦頤一系所謂的以兩儀為「天地」；進而有理學中如程頤、
朱子一派剝裂為陰/陽、動/靜、理/氣二元分立的局面，在他看來都是見
道不明的結果。他在〈太極圖講義〉一文中，即明確指出「通天地，
亙古今，無非一氣而已。氣本一也。而有往來闔闢升降之殊，則分之
為動靜，有動靜則不得不分之為陰陽。」尤其貫注著他的氣本論立場，
「識得此理，則知一陰一陽，即是為物不貳也。其曰無極者，初非別

---

[10] 朱伯崑：《易學哲學史》第一卷（台北：藍燈文化，1991 年），頁 90。將《周易》
的基本原理，概括為「一陰一陽」。就六十四卦說，由三十二個對立面構成，也是
一陰一陽。總之，離開陰陽對立，就沒有六十四卦，也就沒有《周易》。就卦爻變
化說，老陰和老陽互變，本卦成為之卦，此為一陰一陽。一卦之爻交互變，則成為
另一卦象，亦是一陰一陽。在一卦之中，剛柔上下往來，也是一陰一陽。總之，離
開陰陽變易，也就沒有《周易》的變易法則。

[11] 〔清〕‧黃宗羲著：《易學象數論‧先天圖一》卷一，收於《黃宗羲全集（九）--
天文曆算、象數類》（浙江：浙江古籍出版社，1993 年），頁 17-18。

[12] 張其成：《易學大辭典》（北京：華夏出版，1996 年），頁 544。一般通行的「四
象」觀乃謂：以兩儀為陰陽，四象則為太陽、少陽、太陰、少陰。或以兩儀為天地，
而生四時之象，如：四方、四時、二至（夏至、冬至）、二分（春分、秋分）等。

有一物，依於氣而立，附於氣而行。」[13]此論旨在疏通種種支離的看法，將太極、無極、形上、形下、主動、主靜等說，綰歸於一氣之化。這一思想的特點，對於深入發揮由「兩儀」進窺「文道」關係極有助益。尤其同以陰陽變易詮釋太極生化之道，並據「奇／偶→象→儀－文」的關係，綰結為文道思維的重要闡釋，[14]這也是我們試圖說明黃氏元氣觀的主要脈絡，當以「陰陽之氣」作為兩儀或陰陽爻象的本原，進而在陰陽對待中有流行，在流行中有所對待，故能成其變化而與萬物相終始。對於闡發易經卦象中，如咸、賁、噬嗑、姤、革、觀、蠱、小畜諸卦本已具備的文道關係，極有啟發。[15]

除了「總象（六爻）－分象（一爻）」的縱向轄屬關係之外，尚有由「反對」中體現「卦變」的易象特質，亦即批判歷來「卦變」說中日益紛雜的「偽象之學」，標榜群卦之間。以此卦生出彼卦，或以此爻換彼爻的現象，以致於易經「立象以盡意」的象徵性本質，徒增枝節。[16]黃氏秉其著重宗旨源流的治學精神，闡明卦之體用變化當以「反對」

---

[13] 〔清〕·黃宗羲著·全祖望補，王梓材、馮雲濠、何紹基校：〈濂溪學案〉·《宋元學案》（台北：世界書局，1991年），頁293。

[14] 陳良運：《周易與中國文學》（南昌：百花洲文藝出版社，1999年），頁52。指出：由于六十四別卦全部由「變卦」和「覆卦」構成，卦與卦之間都有種種或顯或隱的、橫向或縱向的內部聯繫，此卦的象徵意義可對彼卦象徵意義的理解、體悟有所啟示、有所激發。這是符號象徵形成的變奏之一，它要求我們的思維方式和方法，不只是單一的順向的，還應該有輻射的、多向的、立體交叉的乃至逆向的思維，在更廣泛的範圍內，在更深的層次上，全面深入地把握全局而能「彌綸天地之道」。這樣的多種符號象徵形成的變奏，開拓一個廣闊、深邃的意境，是可以與文學創作相通的。

[15] 龔鵬程：〈文始〉·《1998龔鵬程年度學思報告》（嘉義：南華管理學院，1999年），頁4-5。《周易》各卦都是以陰陽二爻構造而成的，上經起於乾坤二卦，下經起於咸卦。乾坤為陰陽為天地，咸恒則為陰陽交感和常道。感更被視為是萬物生成存有之原理。剛柔陰陽相交錯雜即成為文。龔文並對賁、姤、革、蠱等卦中寓有的文學意涵加以闡釋。

[16] 「卦變」說的爭議，參見〔清〕·黃宗羲著：《易學象數論·卦變（一）（二）（三）》收錄於《黃宗羲全集（九）--天文曆算、象數類》（浙江：古籍出版社，1993年），頁55。

爲本，型態有二：

1.可直接「反對」觀看者（即易學上所謂的相綜、或覆卦）如序卦爲一上一下相綜，即「直看」「反看」是也，畫圖如下：

2.不可直接「反對」觀看者，則改由「反其奇偶」的方式以相配（即易學上所謂的相錯），則有以下諸卦的並列關係。一左一右相錯，例如乾☰畫在右者六爻俱爲實畫，左邊即「錯」以坤☷之六爻皆斷，其他諸卦亦如此：

黃宗羲認爲以「反對法」概括「卦變」之說，可以掌握頭緒，不至於失去「原象」擬議得宜的目的：

> 反對之窮，而反其奇偶以配之，又未嘗不暗相反對於其間。如中孚上爻之「翰音」，反對即爲小過初爻之「飛鳥」。頤之「口實」，由大過之兌。大過「士夫」、「老夫」，由頤之艮、震。此序卦之不可易也。奈何諸儒之爲卦變，紛然雜出而不能歸一乎？[17]

中孚卦與小過卦爲同一組左右相錯的卦象，則爻辭中的上九爻「翰音登于天」與初六爻「飛鳥以凶」的意涵，同有飛沖虛張之勢。而頤卦看重的口食頤養之道，乃因大過卦中上卦所具的兌卦之象（兌爲口），彼此攸關；此外大過卦中的「士夫」、「老夫」爻辭，也與頤卦乃

---

[17] 〔清〕‧黃宗羲著：《易學象數論‧卦變一》卷二，收於《黃宗羲全集（九）--天文曆算、象數類》（浙江：古籍出版社，1993 年），頁 56-57。

由震下艮上（震為長男，艮為少男）的兩個陽卦有所連繫。在他的考證之下歷來談卦變者如李挺之的「變卦反對圖」和來知德的「正對反對錯綜」法已很接近此義，[18]唯不能湛思究竟，於易道之廓清稍有隔閡，故為此歸納「反對」之義。進而貫通「序卦」之一大節目，認定「上經三十卦，反對之為十二卦，下經三十四卦，反對之為十六卦。」其中不可反對者乾/坤、頤/大過、坎/離、中孚/小過這八卦，「則反其奇偶以相配」（即陽爻變陰爻，陰爻變陽爻），事實上「奇偶相反之中，暗寓反對」，並非別出一義，仍是轄屬於「反對法」之權限。[19]

這兩種型態的說法較近於來知德的「錯綜說」，但來氏分別以前述第一型態為「綜卦」，而後者奇偶相反為「錯卦」。此說雖普遍為後世易學採行，但黃氏認為仍未洞中肯綮；當以兩者同樣統攝於「反對」大義，亦即「奇偶相反」之中，暗寓反對、非別出一義；也就是說從反對中體現卦之體用，旨在彰顯彼此「往來倚伏之理」。「卦」之體兩相反，「爻」亦隨卦而變，易中何卦不言變？「辭」有隱顯，而「理」無不寓，宗羲主張以簡御繁、才能疏理長久以來迷團亂碼一般的易象公案[20]，他具體指出了每一組「相反相成」的卦象：需，「位乎天位，以正中也」，自訟九二而來，得中又得正。損，「損下益上，其道上行」；益，「損上益下」，「自上下下」。由損觀之，似以三爻益上爻；由益觀之，似以四爻益初爻。小畜，「密雲不雨」。反對為履。履下之兌，澤

---

18 李、來兩家卦變圖，參見〔清〕·黃宗羲著：《黃宗羲全集（九）--天文曆算、象數類》（浙江：古籍出版社，1993年），頁66、81。

19 朱伯崑：《易學哲學史》第一冊（台北：藍燈文化，1991年），頁17。關于通行本的卦序，古今也有許多說法。認為從乾卦到未濟卦乃一因果關係的序列，後卦依賴于前卦，或相因，或相反，主要取卦名的義理說明前卦和後卦具有因果的聯係。孔穎達于《周易正義》中提出「非復即變」說，認為六十四卦的排列是「二二相偶」，即每兩卦為一對，互相配合。

20 〔清〕·黃宗羲著：《易學象數論·卦變（一）》，收錄於《黃宗羲全集（九）--天文曆算、象數類》（浙江：古籍出版社，1993年），頁55-56。

氣成雲，故曰「密雲」；兌變而巽，風以散之，故曰「不雨」。……既
濟，「剛柔正而位當」；未濟，「不當位」。二卦亦相反。[21]其弟宗炎在其
《周易尋門餘論》中亦謂：「夫有其理矣，乃有其象，無其象斯無其理
矣，天下豈有理外之象，象外之理哉！」顯然與其兄同調。[22]若以黃氏
考察群卦反對的成果而言，如豐卦有「豐亨之遇」的吉象，反對而爲
旅卦則有「羈旅之凶」。吉凶的判辭，在這裡即形成一組對比關係。又
如歷來爭議較大的復卦有謂「七日來復」，[23]就「反卦」爲「剝」的角
度而觀：

> 易之「七日來復」，取卦之反易爲義。反剝爲復，所歷七爻，
> 以一日爲一爻，故曰「反復其道」。反復即反覆也。[24]

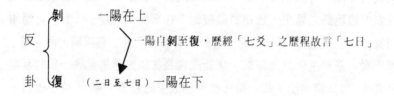

（一日）

[21] 〔清〕・黃宗羲著：《易學象數論・卦變（一）》，收錄於《黃宗羲全集（九）--天文曆算、象數類》（浙江：古籍出版社，1993年），頁55-56。

[22] 朱伯崑：《易學哲學史》第四冊（台北：藍燈文化，1991年），頁264。

[23] 「七日來復」歷來眾說紛紜：諸家之不同如此，蓋初無一定之理，各以意之所見爲之。是故六日七分之外，有一卦直一日者，有兩卦直一日者，一爻直一日者，四爻三分強直一日者。總卦與日之大數，而後分配其小數，或多或少，不顧其果否如是也。其卦之排比，惟序卦可據，序卦之義，於時日不可強通，故漢儒別求其義於卦名，而有中孚之起。然揚雄氏所傳之卦義，未免穿鑿附會，未嘗爲易之篤論也。宋儒始一變其說，以奇偶之升降消長爲言，而於經文四時可據之方位，一切反之。然則宋儒之晝，漢儒之義，猶二五之爲十也。孰分其優劣哉！詳見《易學象數論・卦氣二》卷二，《黃宗羲全集（九）--天文曆算、象數類》（浙江：古籍出版社，1993年），頁46。

[24] 〔清〕・黃宗羲著：《易學象數論・卦氣一》卷二，收於《黃宗羲全集（九）--天文曆算、象數類》（浙江：古籍出版社，1993年），頁43、44。

按黃氏之說法，「剝」、「復」為本末之義　　陽在木上為「末」-剝

　　　　　　　　　　　　　　　　　　　　　陽在木下為「本」-復

　「剝」卦之「上九」爻為第一日，「反對」之後，即為復之「上六」爻為第二日，去復遠，故爻辭謂有「迷復」之凶。繼而「六五」爻為第三日，依次類推，「六五」爻為三日，土再覆為「敦」，陰氣重也，「六四」為四日，在七日之中，故爻辭謂「中行獨復」。「六三」為五日，「頻復」者乃中道而又往之謂；「六二」為六日，與復（本）相近，故言「休」。「初九」為第七日，七日似遠，實同一卦體，故爻辭謂「不遠」。[25]亦即針對卦體本身所具備的相反相成形態，即能與卦爻辭之意涵，形成一內在具足的理則結構，無庸外求其他種種不相干的附會之說。

　　黃氏以「反對法」論易之卦體變化，除了可以直就經之本文將「同一組」卦的義理，彼此印證，對於疏通歷來鑿空附會過度的詮釋，得以有效的廓清。再加上此一敘迹及排列順序，全然符合上經三十卦及下經三十四卦之「序列」原貌，頗能闇合此一設卦觀象的原始規律，對於探討易學之「道」的義理尤有助益。諸卦象中所言的往/來、剛/柔、內/外、上/下等關係，皆寓有物極必反、否極泰來、盛極必衰、衰極必盛等既相反卻又寓有一定次序的項列。[26]

　　進一步考察黃氏所主張的太極圖觀點，除了與黃宗炎立場相同，一掃周敦頤「太極圖說」的偏差，以及還原此圖的流傳當歸返於道教「內丹修煉」的系統（即取坎填離，大小周天火候，先天無極和後天太極圖），[27]澄汰「陽儒陰道」的假象，卻不否認此圖在義理上的發明；主張「生生謂易」（不斷變易，陰陽變易），而非「次第而生」的邵雍

---

[25] 黃氏解「七日來復」，參見〔清〕‧黃宗羲著：《黃宗羲全集（九）--天文曆算、象數類》（浙江：古籍出版社，1993年），《易學象數論‧原象》，頁111。

[26] 朱伯崑：《易學哲學史》（台北：藍燈文化，1991年），第一卷，頁60。

[27] 龔鵬程：《晚明思潮》（台北：里仁書局，1994年），頁349-350。

易學。由是言之，太極生兩儀者，即縮結於「一陰一陽者是也，以三百八十四畫（爻）爲兩儀，非以兩畫爲兩儀也」。以圖象觀之：

亦即「其一陽也，已括 192 爻之奇；其一陰也，已括 192 爻之偶」

將陰陽兩儀（爻）的變化生生之道，加以推廓無遺，「蓋細推八卦（即六十四卦）之中，皆有兩儀四象之理」，在他與萬公擇書即言：

> 統三百八十四爻之陰陽，即爲『兩儀』，統六十四卦之純陽、純陰，陽卦多陰、陰卦多陽，即爲『四象』，四象之分布，即爲八卦。故兩儀四象八卦，生則俱生，無有次第[28]。

依照這一有機而且整體俱足的論易立場，黃氏遂大聲疾呼「序卦」之理則不可偏廢也，奈何前代諸儒過度迷信歷來各派衍生的「卦變」眾說，而不能歸返「經/傳」一體的本來面目。[29]不僅如此清季之後的易學研究雖能重視文獻之考訂，卻已不能在義理上作更大的創造。

在宗羲生前，能領悟其易學宗旨並有所發明的，有宗羲的抗清戰友王正中和宗羲之弟黃宗炎。正中字仲撝，曾在餘姚山中向宗羲請教律曆、象術之學，並著《周易註》、《律書詳註》等書，……宗炎著有周易象辭二十二卷、尋門餘論二卷、圖書辨惑一卷，其宗旨大略與《易學象數論》一致，且同被收入四庫全書。稍晚於黃氏兄弟的，有德清胡渭，曾著《易圖明辨》十卷，專辨宋儒所傳太極、先天、後天諸說之謬，認爲宋儒所謂河圖、洛書皆由陳摶所造，與周易本無關係，這

---

[28]〔清〕·黃宗羲著，全祖望補，王梓材、馮雲濠、何紹基校：《宋元學案·龜山學案》（台北：世界書局，1991 年），頁 551。

[29]〔清〕·黃宗羲著：《易學象數論·卦變（一）》，收錄於《黃宗羲全集（九）--天文曆算、象數類》（浙江：古籍出版社，1993 年），頁 57。

同黃氏兄弟之論如出一轍。故梁啓超曾說宗羲之易學象數論「力辨河、洛、方位圖說之非，爲後來胡朏明易圖明辨的先導」。[30]

　　黃宗羲揭示的「反對法」論易以及堅持「序卦」之理則，已能闡明易道變化的三十二對「相反」而又有「次序」的項列，[31]特別是闡明一陰一陽的「兩儀」觀，乃維繫在以三百八十四爻的整體爲兩儀，而非片面的單以兩畫爲兩儀。一反次第而生的既定觀念，主張生則俱生、無有次第，就今日的角度加以詮釋，頗能闇合中國敘事學的「雙構性思維」。一方面體現出中國傳統思維從不孤立地觀察和思考宇宙人間的基本問題，[32]通行的思維方式不是單相的，而是雙構的。六十四卦的順序本身極有哲學意味，將兩兩相反相成的卦並列，如乾/坤，泰/否；剝/復，即濟/未濟等卦，皆以兩兩之間的卦象和卦理在「共構」中形成「張力」。〈序卦〉的文字亦充滿辯證性的敘述，如「泰者、通也，物不可終通，故受之以否」。「剝者，剝也，物不可以終盡，剝窮上反下，故受之以復」，黃宗羲解易的進路格外彰顯此一層色彩，即便是單一卦象的詮釋，亦兼有正反雙構的辯証性，例如論蹇卦則謂「世道之壞，起於人心，當蹇難之時，機械爭勝，天下皆往而不來，靡然降服，唯君子反身修德，固守名教，有干城之象。」表達出居夷處困的因應之道。論離卦則言其中有心火上炎、進退失序之象，唯「君子退藏於密，猶火藏於木石」其理同然。再如論損益兩卦則言損卦之德乃在上與下交相損益者，尤其「損民之疾苦者」方能「不以天下之富，故上有無家

---

[30] 梁啟超：《近三百年中國學術史》（台北：中華書局，1987 年），頁 50。

[31] 朱伯崑：《易學哲學史》（台北：藍燈文化，1991 年），頁 18。基于演繹邏輯思維的法則，就八卦說，分別由奇偶對立兩畫所構成，八卦則為四個對立面。就六十四卦說，又分別由八種對立的卦象所構成，六十四卦為三十二個對立面。就卦序說，六十四卦又是「二二相偶」，咸為對立的卦象互相配合的係列。這種思維是承認卦象存在著對立面，並由對立面所構成。

[32] 楊義：《中國敘事學》（嘉義：南華管理學院，1998 年），頁 50。

之譽」。而相對的，益卦則言「聖人逆知後世剝下奉上，民不聊生，不授田養民則上無益下之道」其結果就是上位者無益下之道，使在下的民胞，損無可損、又復重稅，驅而納之溝壑的慘狀。就以他所看重的震卦而言，也充滿一致的色彩，而謂：「雷之在天地間，能生物，亦能殺物」。一方面強調陰不能錮陽，是以萬物之鬱結得以紓解更生。另一方面又狀其聲勢，敘將擊物之際，其聲重濁。若有鬼神憑之，故謂可以殺物。[33]

　　凡此種種看重整體性和雙構性的特點，也就是說只要鋪寫了其中的一極，就不能忽視另一極的隱然存在。[34]其二是深刻的影響了敘事作品結構的雙重性，[35]亦即以「結構之技」，呼應著「結構之道」。簡而言之乃「以道貫技」或「技進于道」的文化思維模式；它在深層次上瓦解了作品結構的封閉性，拓展了作品結構的開放性。在這樣的前提之下，我們必須肯認唯有當「文學」本身已然不是作為道的「載體」，而是具有文學本源、本體論的意義，才能進一步探討他的創造性以及藝術性。

---

[33] 以上諸卦的解釋，參見黃氏《易學象數論‧原象》卷三，收錄於《黃宗羲全集（九）--天文曆算、象數類》（浙江：古籍出版社，1993 年），頁 104－123。

[34] 例如中國人講空間，「東西」雙構，「上下」並稱，講時間，「今昔」連用，「早晚」成詞，論人事，則「吉凶」、「禍福」、「盛衰」、「興亡」，這類兩極共構的詞語，楊義認為具有民族集體潛意識的意涵，《中國敘事學》，頁，50。

[35] 楊義：《中國敘事學》（嘉義：南華管理學院，1998 年），頁 51。在六０年代形成西洋結構主義思潮，所謂的結構被視為先驗的存在，並可分為「深層結構」和「表層結構」。並試圖透過類型化的各種結構模式「重新製作一個客體」，藝術的目的在於透過創作活動來創造一種形式，參見鄭明俐、林燿德編：《當代世界文學理論》（台北：幼獅出版社），頁 49。而進一步研究故事的敘述語法過程中，敘述學家還借鑑了喬姆斯基的轉換生成語法的觀念；表層結構和深層結構，前者乃由時序與因果關係支配，是橫向組合的關係。後者則是各成分之間的靜態的邏輯關係，是縱向組合關係。尤其深層結構的模式在列維，史特勞斯和格雷馬斯的研究中指出共同之處都是具有兩對二元範疇，參見劉祥安：〈敘述學與中國文學批評〉，收入朱棟霖、陳信元編：《中國文學新思維》下（嘉義：南華大學，2000 年），頁 547。

　　如以黃氏的易學觀點而言，文與道的特點即如同陰陽兩儀的雙構性，「生則俱生，無有次第。」乃在尋找「結構」的生命形態，而非純粹就馭文之術的角度來看作品的形式；[36]針對易學主張而言，〈繫辭傳〉中的「擬」象「議」爻，無非是爲了處理天下萬事萬物的繁雜（故有以見天下之賾，而立象），以及兼顧一切動作行爲的會通之道（故有以見天下之動，而立爻），方能擬測揆度，議論得宜，成就變化如神、陰陽交感以窮盡宇宙人間的事業。在這整體結構之中，每一卦中之「爻」，需視其居位之當否、考察他交會於整個歷程之意義，以及會通於本階段之旨歸，進而「繫辭」以斷其吉凶。[37]是故擬象議爻的歷程，實寓有一動態性的理則。天下事物如何在相反對立中求其制衡之道，如何掌握其秩序，並會通其變化，即爲學術探索的關鍵所在。

　　就以「無妄」卦爲例，本卦取「雷」（震）行「天」（乾）下之象，

---

[36] 楊義：《中國敘事學》（嘉義：南華管理學院，1998 年），頁 37-38。楊義指出「結構」一詞，在中國乃指結繩（結）和架屋（構）就詞源而觀，乃是動詞或具有動詞性。《辭源》（台北：遠流出版公司，1997 年），頁 1316-1317。釋「結構」，則謂連結構架或物體構造的式樣，其中「結」乃有編織打結、聚合、凝聚、構築等義，而「構」則有架屋，交合、連結，造作諸義，參見《中國敘事學》，頁 873。「結構」一詞，在西洋敘事學本屬名詞，但楊義就中國詞源的考察而言，指出它當為「動詞」，或具有「動詞性」，此一「結構」的動詞性不僅可視為中國特色的敘事學之重要命題，就其意涵而言，乃不同於西洋敘事學將結構視為一機械組合體，得以隨意分割和編配的結構主義敘事學。反而是著重於尋找結構的生命過程和生命型態（亦即動態性）。就敘事作品在落筆之際，如何把作者心中的（先在結構）加以分解斟酌、改動、調整，而且就整體結構而言，某一字一句或一章一節在全局中的位置、功能和意義，往往有其結構的匠心，亟待觀者領會；繼而成為具備外在形態的「本文結構」。事實上在作者的「先在結構」和已完成的「文本結構」之間存在著對應、錯位的張力。例如司馬遷撰述《史記》即需要以一個富有立體感和生命感的結構，去包羅從軒轅黃帝到漢武帝幾千年間政治、經濟、軍事、外交等種種人物的歷史軌跡。他創立的十二本紀、十表、八書、三十世家和七十列傳的結構體系，蘊藏了作者對於世界、人生及藝術的理解，以司馬遷的〈報任安書〉中所透露的旨趣而言，上述的歷史敘事結構乃為了要呼應他所致力於「究天人之際，通古今之變，成一家之言」的先在結構，亦即簡中隱含著深刻的哲理意味。參見楊義：《中國敘事學》（嘉義：南華管理學院，1998 年），頁 37-43。

[37] 朱維煥：《周易經傳象義闡釋》（台北：台灣學生書局，1993 年），頁 472。

意謂雷乃承天而動，故能鼓盪勃然之生機，最主要表現出天道之於萬物既可生成，亦能宰殺的相反相成之象。除了說明天道的真誠無偽的意義外，也能啟發人間境遇的意外變化。[38]這一點在黃氏觀來，則以「五穀」為擬議的具體形象：「天下之無妄者，莫如五穀，春稼秋穡，時候不爽。或不幸而遭旱潦，則無所用其耕獲菑畬。」五穀的命運尚且如此，如何趨吉避凶之道，也就成為人之常情。黃氏在擬象議爻之際，乃主張與其「逐妄迷復，喪其固有」的本末倒置，還不如「置身於榮枯得喪之外，而後能無妄。」[39]由此可見擬議之道的內涵及外延極為豐富。黃宗羲在「序卦」和「反對」的立場上，將經文中本具的敘述和反卦的理則合觀，易經中相應於陰陽兩極的「雙構性」思維，即可昭然若揭：

> 卦之體，兩相反，爻亦隨卦而變。顧有於此則吉，於彼則凶；於彼則當位，於此則不當位。從反對中明此往來倚伏之理，所謂兩端之執也。行有無妄之守，反有天衢之用；時有豐亨之遇，反有羈旅之凶。是之謂「卦變」。非以此卦生彼卦也，又非以此爻換彼爻也。[40]

藉由兩兩相反相成的「反對」卦義將每一組卦象的原理，充分展現。並且進一步納入整體的三十二對「序卦」的項列之中。於為整體的易學結構由天地（即乾坤卦）之滋。生萬物，繼之以「屯」「蒙」開展人事供需「否」「泰」以迄「萃」「升」……「中孚」有信……下迄「既濟」「未濟」之象。儼然將人事變遷與結構一體呈示，並闇合宇宙人事

---

[38] 參見朱維煥：《周易經傳象義闡釋》（台北：台灣學生書局，1993 年），頁 187。

[39] 黃宗羲《易學象數論·原象》卷三，收錄於《黃宗羲全集（九）--天文曆算、象數類》（浙江：古籍出版社，1993 年），頁 112。

[40] 〔清〕·黃宗羲著：《易學象數論·卦變一》卷二，收錄於《黃宗羲全集（九）--天文曆算、象數類》（浙江：古籍出版社，1993 年），頁 54、55。

的規律。不僅如此,黃氏在探討總象之法時,並保留漢儒的「互體」原理(即取一卦中的 2、3、4 爻,以及 3、4、5 爻,重組另一新卦),將卦中之爻的旁通他卦的特性,視爲是符合此一結構的變化之道,許多辭卦上的難解之處,往往可透過此一方法獲得理解。他即指出「互體說易」,可確認易經本文「無一字虛設」,彼此又得以觸類旁通:「牛馬既爲乾、坤之物,則有牛馬必有乾、坤。求之二體而無者,求之互體而有矣。若棄互體,是聖人有虛設之象也。」[41]〈說卦傳〉中已有乾爲馬,坤爲牛等諸多綜合連繫的比喻,豐富了卦爻的聯想。以確立易的仿效道體與呈示性語言的特性,[42]對於文學的敘事結構,啓發至深。在創作的意匠構思,以及掌握人情事態的摩寫,提供了一個以道貫技,並將卦爻之間的各種結合及連續開展的潛在結構,賦予了最大的可能性;亦即疏通了創作的本源,提醒作者在下筆構思之際,應該要具備形上而整體的照察,如此一來才不會執意於某一特定意識及題材的,壟斷了一切創造的可能性。對於取材和創作意識上的偏執,皆不是文學的本相,亦非向上(道)認取共源的創造精神。文道關係的論証,旨在揭示文學本源的看法,乃試圖將文學觀念建基在整體的照察,作

---

[41] 〔清〕·黃宗羲著:《易學象數論·互卦》·卷二,《黃宗羲全集(九)--天文曆算、象數類》頁 83、84。互體本爲漢代易學術語,以互卦之象,推究卦爻辭的方法,以據此解經。互體之說是爲了擴大取象範圍而創立的解經方法,啟發人們的聯想,防止思維的拘泥,但其象外生象,隨象附會,也有其流弊。參見張其成主編:《易學大辭典》(台北:華夏出版社,1992 年),頁 452。

[42] 陳良運分析易經偏重的「形象」和「意象」思想,就「原始思維」的理論(法學者列維·布留爾提出)的角度而言,乃表現出「呈示性語言」的特點,亦即這些用語不去描寫感知主體所獲得的印象,而是去描寫客體在空間中的形狀、輪廓、位置、動作方式,亦即用語言的方式將想要表達的對象之「可畫」的和「可塑」的因素結合起來。呈示性手法有的呈示靜態的客觀之物而用占斷辭暗示吉凶觀念,有的是動態的呈示和描寫。參見陳良運:《周易與中國文學》(南昌:百花洲文藝出版社,1999 年),頁 144-145。

一番超越而整體的思考。[43]

　　對於滿懷憤悱激越之情的黃宗羲而言，文學本源的疏通去礙，無疑的正是他責無旁貸的企圖心所在。無論是取材、命意、構思經營、文與道的關係，都不外乎建立在一個宏觀而整體的照察。他在論咸卦時指出了「自有此身，不能離感應，僞往則僞來、誠往則誠來，思慮才動、肺肝已見，無一而非感也。」將咸卦交感鼓盪的意涵，加以揭示。再者，就咸之「反卦」爲恆卦而觀，他即慨言，吾人畢生與造化相刃相劘，卻仍不能跳脫飲食男女之局限，不知天地久常之道「造化以至變者爲恆，人以其求恆者受變。苟知乾坤成毀，不離俄頃，則恆久之道得矣。」[44]可見唯有立足於形上而整體的照察，才能如實的洞鑒文學創作的何以新變代雄、何以歷久彌新之道。這一層面的闡釋，在他進一步區別「一時之性情」以及「萬古之性情」的論點上，我們在後文將有更完整的說明。

　　關於創作者在意識及題材表現中偏執的實例，我們可回歸到明代復古運動，像前後七子徒以「格調」的高古爲習尚，或者如唐宋派、公安派和竟陵派，只能側重單一風格的揭示，並且互爲標榜的現象中，得到印証；顯然這些進路都不能有效疏通這一實存的問題，在黃氏的文道思想的判準之下，即是「文」與「道」分途，未能「擬議以成其變化」。對於人情世故的「習心幻結，俄傾銷亡」之緣由，以及人世‧史運中「往來倚伏之理」都未能洞鑒幾微，遑論天地恆常之道的如實把握。

　　那麼黃氏又如何在他的理論中，解決此一文學史上既存的盲點？

---

[43] 李正治：＜疏通文學的本源＞，《中國詩的追尋》（台北：業強出版社，1990 年）頁6.7。

[44] 〔清〕‧黃宗羲著：《易學象數論‧原象》‧卷三，《黃宗羲全集（九）--天文曆算、象數類》頁114。

筆者認為有必要借重黃氏在宋明理學上的定位，試圖作一番嶄新的衡定。首先針對「道」的無方所、無定形，唯變所適的性質而觀，劉蕺山認為易經中的象、爻、卦，實乃人心所杜撰，主要在於體現道體的創造性，而有「盈天地皆道也」的命題；認為物我無大無小，方能體現道理之兼容並蓄。[45]

在〈子劉子學言〉一作中，則進一步主張「離器而道不可見。故「道」「器」可以上下言，不可以先後言。」、「一氣之變，雜然流行。」、「類萬物而觀，心亦體也，而大者不得不大，大無以分於小也，故大統小，小亦統大。」[46]、「此理一齊俱到，人與物亦復同得此理，直是渾然一致，萬碎萬圓，不煩比擬，不假作合，方見此理之妙。」[47]

這一系列密切綰合的論點，顯然針對歷來前儒的支離之說而發；種種大/小、道/器、人/物等對立的概念，在蕺山「內在一元論」的旨趣下，得以盡掃，這數項要點亦為梨洲心學的重要淵源，[48]涵攝了師徒兩人「盈天地皆心也」——「盈天地皆氣也」——甚至「盈天地皆物也」等相關命題。在「理一」與「分殊」之間，「氣」之凝聚為「物」，「物」之本體為「理」，這一切都得通過心的作用而形著。

所謂的「形著」原則乃為宋明理學中探討「盡心以成性」的基本命題，下衍為理學內部分系的一大關鍵，而有「心性合一」（象山、陽明），「心性分立」（程頤、朱熹），以及「以心著性」（胡五峰）三大義

---

[45] 〔清〕·黃宗羲著：〈子劉子學言〉，收於《黃宗羲全集（一）--哲學、政治思想》（台北：里仁書局，1987年），頁303。

[46] 〔清〕·黃宗羲著：〈子劉子學言〉，收於《黃宗羲全集（一）--哲學、政治思想》（台北：里仁書局，1987年），頁305。

[47] 〔清〕·黃宗羲著：〈子劉子學言〉，收於《黃宗羲全集（一）--哲學、政治思想》（台北：里仁書局，1987年），頁306。

[48] 劉述先：《黃宗羲心學的定位》，（台北：允晨文化出版，1986年），頁103，注72條。

理之系統。[49]據牟宗三之衡定，劉蕺山之學當以遙契胡五峰之學旨，而重新彰顯「以心著性」此一系的全體大用。針對「心體」與「性體」而論「形著」原則，牟氏判定有如下的關係：

「心」
- 對「性」而言，是「形著」原則。（「性」為「自性」原則）。
- 對「天地萬物」而言，即是生化原則或創生原則。

進一步而言知天地宰萬物以成性，所謂的「成性」是形著之成，並非本無今有之成（即因心之形著而使性成其為真實而具體之性也。）此是由《中庸》、〈易傳〉此一脈絡之以「於穆不已」之天命之體言性，而復歸於孔孟者所必應有之義[50]；並且形成一套有別於朱熹、王陽明一派的義理型態，對於疏通宋明理學既存的分系問題，極為精闢。以此脈絡而觀對於以心著性的關係，黃宗羲的論點即十分明確：

> 性是空虛無可想像，心之在人，惻隱、羞惡、辭讓，是非，可以認取。將此可以認取者推致其極，則空虛之中，脈絡分明，見性而不見心矣。如孺子入井而有惻隱之心，不盡則石火電光，盡之則滿腔惻隱，無非性體也。[51]

---

[49] 牟宗三：《中國哲學十九講》（台北：台灣學生書局，1983 年），頁 414。指出：劉蕺山的路子是順著胡五峰的脈絡下來的，是根據張橫渠「盡心成性」的觀念下來的，先是心性分設。照陸、王的講法，心即是性，心體即性體，且同時即道體。伊川、朱子講心與理為二，即是由「心與性為二」引申出來的。胡五峰最初還是心性分設，所以主張「盡心以成性」。這個「成」是形著之「成」，而不是本無今有之「成」。「性」是本有的、先天的，但卻是潛伏的。由潛伏的變成實現的而呈現出來，須靠「盡心」。此即所謂「盡心以成性」。這個觀念是張橫渠首先提出來的，與孟子的路子有關。但孟子說「盡心知性」，而非「盡心成性」。「盡心知性」是從心上說性。但在濂溪、橫渠、明道、五峰、蕺山，都是心性分設。因為他們是由中庸、易傳開始，先講道體，再講性體，然後向內返，講心體。這三種態度就決定了三個系統。亦即宋明理學上「心性分立」、「心性合一」、「以心著性」的分判。

[50] 牟宗三：《心體與性體》（二）（台北：正中書局，1981 年），447 頁。

[51] 〔清〕·黃宗羲著：《孟子詩說·盡其心者章》，收於《黃宗羲全集（一）--哲學、政治思想》（台北：里仁書局，1987 年），頁 148。

　　將此可以「任取」者「推致其極」，即在於闡明因心之形著，而使
性成其為真實而具體之性也。黃宗羲在〈馬雪航詩序〉中進一步以性
情論詩，揭示出創作之道，當以「知性」為先，區分「萬古之性情」
和「一時之性情」。關於人性與物性之同異，「夫人與萬物並立於天地，
亦與萬物各受一性，如薑桂之性辛，稼穡之性甘，鳥之性飛，獸之性
走」這些都是萬物所天賦的專一之性，一如人之所鍾為不忍之性，是
皆為後者。[52]黃氏進一步主張確認「萬物有萬性，類同則性同」仍一秉
其內在一元論的觀點，反對程朱系的理氣說：「晦翁以為天以陰陽五行
化生萬物，而理亦賦焉，亦是兼人物而言，夫使物而率其性，則為觸
為噬為蠢為娄，萬有不齊，亦可謂之道乎？」認為此係在人性與物性
之間沒有確然之分殊，也無法類同相感。同時他也反對一般儒者「以
鏡為喻，認為鏡是無情之物，有「空寂言性」的弊端。在他的系統中，
認為由人性到萬物之性，有一刊削歷程，一如「吳歈越唱」，怨女逐臣，
觸景感物，評其所不得不言，此「一時之性情」也。孔子刪之，以合

---

[52] 〔清〕‧黃宗羲著：〈萬公擇墓誌銘〉，《黃宗羲全集（十）--南雷詩文集》（浙江：
古籍出版社，1993 年），頁 503、504。指出：余老而無聞，然平生心得，為先儒之
所未發者，則有數端。其言性也，以為陰陽五行一也，賦於人物，則有萬殊，有情
無情，各一其性，故曰各正性命，以言乎非一性也。程子言「惡亦不可不謂之性」
是也。狼貪虎暴，獨非性乎？然不可以此言人，人則惟有不忍人之心，純粹至善，
如薑辛荼苦，賦時已各自別，故善言性者莫如神農氏之《本草》。

此外黃氏之子黃百家在〈先遺獻文孝公梨洲府君行略〉一文中收於《黃宗羲全集（十
一）--南雷詩文集》（浙江：古籍出版社，1993 年），頁 504。則詳細闡示其父的
自性說的全義：是故性者心之性，舍明覺自然自有條理之心，而別求所謂性，亦猶
舍屈伸往來之氣而別求所謂理矣。大化流行，不舍晝夜，無有止息。此自其變者而
觀之，氣也。消息盈虛，春之後必夏，秋之後必冬，人不轉而為物，物不轉而為人，
草不移而為木，木不移而為草，萬古如斯！此自其不變者而觀之，理也。在人亦然。
其變者，喜怒哀樂、已發未發、一動一靜、循環無端者，心也；其不變者，惻隱、
羞惡、辭讓、是非、梏之反覆、萌蘗發見者，性也。儒者之道，從至變之中以得其
不變，而後心與理一。一氣而含陰陽五行，不能無過不及，而有愆陽伏陰，豈可謂
氣之不善乎！其一時有過不及，而萬古之中氣自如也。人之氣稟雖有清濁強弱之不
同，而滿腔惻隱之心觸之發露者，則人之所同也。此所謂性即在清濁強弱之中，豈
可謂不善乎！

乎興觀群怨，思無邪之旨，此「萬古之性情」也。亦即先當明瞭人與物各自的性情，並以層次及屬性類同於道者，彼此可類同而相感，方能在詩中將性情的「全義」（即萬古之性情，孔子之性情）涵蓋，進而彰顯一時、一地、一人、一物之「偏義」（即一時之性情）。

黃氏屆此論斷道與性情的關係，當以知其「自性」為原則：「故自性說不明，後之為詩者，不過一人偶露之性情。」而知性者，則能以詩文「形著」這些對象的潛能及特性：「知性者，則吳楚之色澤，中原之風骨。燕趙之悲歌慷慨，盈天地間，皆惻隱之流動也，而況於所自作之詩乎？」[53] 由此觀之，像歷來傳頌的變風變雅，以及感人至深的詩文之作，都可以說是奠基在與時推移、與道晦明的關係。他在〈陳葦庵年伯詩序〉中即指出詩之為道，乃從性情而出，倘使風雅不變，則「詩之為道，狹義而不及情，何以感天地而動鬼神乎？」，他並以作者與境遇的對應關係為例：

> 蓋詩之為道，從性情而出。人之性情，其甘苦辛酸之變未盡，則世智所限，易容埋沒。即所遇之時同，而其間有盡不盡者，不盡者終不能與盡者較其貞脆。謝臯羽、鄭所南同為亡宋之人，臯羽之詩皎潔，當年所南沉井之時，年四十三歲，至七十八歲而卒，沉井以後三十五年，豈其斷手絕筆，乃竟無一篇傳者。苟其井漼不食，羸羊失護，寧保心史之不終錮乎？詩之為教，溫厚和平，至使開卷絡咠，寄心冥漠，亦是甘苦辛酸之跡未泯也。[54]

同樣的身歷亡國之情境，宋代遺民鄭所南與謝翱兩人日後在文學

---

[53] 〔清〕·黃宗羲著：〈馬雪航詩序〉·《黃宗羲全集（十）--南雷詩文集》（浙江：古籍出版社，1993年），頁91、92。

[54] 〔清〕·黃宗羲著：〈陳葦庵年伯詩序〉·《黃宗羲全集（十）--南雷詩文集》（浙江：古籍出版社，1993年），頁45-47。

上的造詣竟有天壤之別，箇中的判斷，乃針對作者內在的性情作一審議，以上述的一時之性情和萬古之性情作為分別。那麼真正能夠體現「文道合一」理境者，必定能知其自性，將人間世途的百味嚐盡，故能在文作中充分寓情託意，獲得共鳴。

透過上述的解析，我們進一步審議「文」與「道」的關係，也猶如「心體」與「性體」的分疏，而有「文以載道」、「文以貫道」以及「文道合一」三種型態。黃氏在這一方面顯然吸收了蕺山學的底蘊，我們即能代之以另一種表述方式：亦即因文之形著而使道成其為真實而具體之道也，道至此，才能真正成其為道。同理文對道而言，倘能掌握「形著」原則，則之於天地萬物而言，亦可為「生化」原則或「創生」原則。

通過上述的衡定，對於文道合一論題的確立方能有效擺脫「擬古主義」式的困境，並體現出以「顯層的技巧性結構」（文）蘊含著「深層的哲理性結構」（道）的義理型態。在前述的剖析中我們得以清楚的界定：文為「形著」原則，道為「自性」原則，[55]就中國敘事學的觀點而言，乃將「結構」視為一個過程，並且寓有將「敘事結構」呼應「天人之道」的寫作意圖。[56]文與道兩者的合一，是超越辨證的綜合；一如黃氏將性情由一己的性情，提舉而為萬古的性情，這一思維的傾向，

---

[55] 牟宗三：《道德的理想主義》（台北：台灣學生書局，1992 年修訂板七刷），頁 270。原理者確立各領域之「自性」而不使其相凌駕與蕩越之謂也。

[56] 此一架構乃結合前述牟氏「形著」說，以及楊義論文道關係的「雙構性思維」說，參見《中國敘事學》頁 41~51，南華管理學院出版。楊義與龔鵬程咸認為西方的結構主義敘事理論，乃以「語言學」為優勢領域，而中國敘事理論（敘事學）當以「史學」（歷史的書寫活動，史文的敘事功能）為優勢文體，文史相通的結果，也奠定了中國敘事學（文字─文學─文化）一體性和陰陽變異的雙構性思維，不同於西方敘事學的研究傾向，較著重敘事文本內在的抽象研究，詳見楊義：《中國敘事學》（嘉義：南華管理學院，1998 年）。導言，頁 6，7，結構，頁 38，39。以及龔鵬程：《文化符號學》，（台北：台灣學生書局，1992 年），頁 278，279。

頗能展現出融攝法、理於一的企圖心。[57]

　　黃宗羲論文與創作，概以文道合一為鵠的，就其評騭的標準，乃謂「文之美惡，視道合離，文以載道，猶為二之」[58]，文道分合的結果，即為他判斷是否足堪成為天下至文的依據。兩者結合的要點，他在為門人李杲堂撰寫的〈李杲堂先生墓誌銘〉一文中，明確地指出了他在教學上看重「道、學、法、情、神」的五大要求：

> 文之美惡，視道合離，文以載道，猶為二之。
>
> 聚之以學，經史子集。
>
> 行之以法，章句呼吸。
>
> 無情之辭，外強中乾。
>
> 其神不傳，優孟衣冠。[59]

　　在此揭示之中，他認為五者不備，不可為文，那些隨人俯仰，沒有真知灼見的文章，都只能算是「野人題壁」一格，何足道哉。由他的觀點看來，顯然文道合一的理則結構，應該包括了經史博洽之學的學統，以及文章自身的法度技巧，再加上他所側重的至情觀「稱情而出，當其意之所之，前無古人，後無來者，既不顧人之所是，人之所非，並不顧己之所是所非，喜笑怒罵，皆文心之泛濫。如是則文章家

---

[57] 從南宋到元，我們會發現文學批評有倒轉的現象。南宋早已從法到活法，對於悟的一面申述甚詳，元朝開始，重新思索法的問題。順著宋人對於法的探討，歸納整理出一套套感覺頗為機械的「作詩準繩」。明朝復古的思潮和創作路線，復古，其實只是回到法。但順著法講，其辯證性又復逐步展開，可見法與悟仍是駢崎分流的局面，並未辯證綜合。但整個趨嚮上，倒確如胡應麟所說：「漢唐以後談詩者，吾於宋嚴羽卿得一悟字；於明李獻吉得一法字，皆千古詞場大關鍵。第二者不可偏廢，法而不悟，如小僧縛律；悟不由法，外道野狐耳」。參見龔鵬程：〈論法〉，《詩史本色與妙悟》（台北：台灣學生書局，1993 年），頁 229、232、301。

[58] 〈李杲堂先生墓誌銘〉·《南雷文定·前集》，卷七，詳見楊家駱主編：《中國文學名著第六集》第 16 冊（台北：世界書局），頁 120。

[59] 〈李杲堂先生墓誌銘〉《南雷文定》，詳見楊家駱主編：《中國文學名著第六集》第 16 冊（台北：世界書局），頁 121。

的法度，自有不期合而合者」[60]彼此相互鎔裁，不受世風習染之影響才能自成一格。文章的「傳神」與否，又當與「道」相結合，亦即前述的「形著」原則。就其為文之特點而言，他又兼有以「古文為時文」，以及以「小說為古文辭」的現象。於詩作方面，又不受宗唐法宋的囿限，標舉以詩為史、以議論為詩，自闢谿徑，不拘一格。

這些文體與性質之間互為錯綜複雜的表現，並不是黃宗羲無視於文學分門別類的規範，而是體現出他個人理想的文學視界。黃宗羲這種廣闊的文學視界，又可與本文上述的文學本源論中，強調超越而整體的照察，可避免創作者在意識和題材上，壟斷了一切創造的可能性攸關。尤其黃氏對於「感感」與「恆常」之道那種鍥而不捨的探索，我們可以進一步認為所有的這些文著及作品，雖體類風格不一，卻都存在著一種「深層的共同性」。[61]這一層共同性的理解，現代學者張亨指出乃是由他標舉的「道猶海也」、「學術之不同，正以見道體之無盡」，以及「窮天地萬物之理，即在吾心之中」等相關的前提中批導而來。儼然形成了他在評騭文作高下優劣的基本要求。用他自己的話來說，這意義指謂的是人的性情，也就是「心之所明」的境界：

> 所謂文者，未有不寫其心之所明者也。心苟未明，劬勞憔悴於
> 章句之間，不過枝葉耳。無所附之而生。故古今來不必文人始
> 有至文，凡九流百家以其所明者，沛然隨地湧出，便是至文。
> [62]

---

[60] 〈山翁禪師文集序〉，《南雷文定·後集》，卷一，詳見楊家駱主編：《中國文學名著第六集》第 16 冊（台北：世界書局），頁 7。

[61] 張亨：〈試從黃宗羲的思想詮釋其文學視界〉，《中國文哲研究期刊》（1994 年，第 4 期），頁 199。張亨在綜考黃氏論文的文學境界中，引述了加達默爾：《真理與方法》（台北：時報文化出版，1993 年）一書中論及所有文著作品之間，都存在一種深層的共同性的觀點，認為與黃氏特具的文學視界，值得彼此參照。

[62] 〈論文管見〉，《南雷文定·三集》，卷三，詳見楊家駱主編：《中國文學名著第六集》第 16 冊（台北：世界書局），頁 59-60。

在這裡張亨認為他是用「心之所明」這個觀點把「文」的概念統合起來。無論是對「自我的發現」，或是對「世界的揭露」，都可說是任何一種文的共同趨向。[63]無此「所明」的必然不是至文，有此「所明」則一定會自成一家之言。

黃宗羲所謂的道，都是從心體會，有得於己的。郭紹虞即認為包括了思想、哲學與人生觀，都稱的上是「道」的指涉。[64]這裡牽涉到黃宗羲在審視「表層」文學書寫之領域，不斷呈現出徒分畛域，遺道日遠的窘況下，他不得不透過文論及創作的立場，傾向於將文學之思考轉入潛存的「深層結構」。[65]就中國敘事學的底蘊而言，當以「結構之道」貫穿「結構之技」的思維方式，亦即以「顯層」的技巧性結構，蘊含著「深層」的哲理性結構，才能體現出作為敘事作品結構之雙重性。[66]

黃氏的文史著述，概以敘事類為大宗，他在個人畢生文學創作的代表作《南雷文定》的凡例中，自謂：「余多敘事之文，嘗讀姚牧菴元明善集，宋元之興廢，有史書所未詳者，於此可考見。然牧菴明善，

---

[63] 張亨由黃氏「盈天地皆心也」的命題中，以及黃氏論文看重文的共同潛在意義這一特點，推論出他實有「盈天地皆文」的傾向，表現在對於自我的發現或是對世界的揭露，都可以說是任何一種文的基底。參見張亨：〈試從黃宗羲的思想詮釋其文學視界〉，《中國文哲研究期刊》（1994 年，第 4 期），頁 193、194。

[64] 郭紹虞：《中國文學批評史》下卷（台北：文史哲出版社，1990 年），頁 763。

[65] 由結構主義導出的敘事學，特別針對小說的「故事」（作品中抽取出來的依時間順序和因果關係重構的一系列事件，包涵參與者）以及「本文」（即作品從第一個詞到最後一個詞的全部話語，乃具有一定釋義之潛在可能性符號鏈，包括了表述與被表述兩個方面。）就「故事」而言，乃涉及了「表層結構」（以橫向組合，由時序與因果關係支配）與「深層結構」（即各成分之間的靜態的邏輯關係，是縱聚合關係）。就「本文」（text. texte）的探討，則牽涉了「時間」的時序、跨度及頻率。如果把故事稱為「第一敘述層」，則文本即為「第二敘述層」。此外，故事在本文中是通過「敘述者」用「話語」（誰在感知和誰在講述兩方面），構成某種「視角」的媒介傳達出來。參見朱棟霖、陳信元編：〈敘述學與中國文學批評〉．《中國文學新思維》下冊（嘉義：南華大學，2000 年），頁 547、556、558。

[66] 楊義：《中國敘事學》（嘉義：南華管理學院，1998 年），頁 51。

皆在廊廟，所載多戰功。余草野窮民，不得名公鉅卿之事以述之。所載多亡國之大夫，地位不同耳，其有裨於史氏之缺文一也。」觀其《文定》中所收錄的作品。兼有義理、經世、考証、小品抒情等系列；對於敘事文體的兼容並蓄，實有他的企圖心。這一特點同於中國敘事之作並非先有文類概念，繼而才有流衍變化（如西方的神話傳說─史詩・悲劇→羅曼司→小說）的歷史過程。反而是敘事之作經過漫長的發展，而出現豐富的文體和典籍之後，才以敘事作為文類加以貫穿及整合。再者，他在這些敘事之文中，秉持前述的「知性」旨趣，試圖將這些人事的層次及屬性，彼此感盪及形著；尤其兼具了「歷史敘事」和「小說敘事」的雙重手法，對於作品呈現的感染力，極有裨益。

　　黃氏個人的文史作品中，最為顯著的學案式思維及治學取向，以及碑文、墓誌、行狀等類別的著作，多有個人情志及史觀的心血寄託；序、記等類更作為抒發其文道思想的張本。這一現象賦予的意義，與中國敘事學的開展皆奠基於歷史敘事作為主要旨趣，即「歷史敘事」和「小說敘事」一實一虛，互為影響的雙構性思維並行不悖。據楊義的考索，諸多新舊文體的交錯，諸如歷史類中的「學案體」即與編年、方志、紀傳、紀事本末、綱目、會要等各體交錯興起，互相補充。小說類中雜史、雜傳，又能與志怪志人、傳記話本、筆記章回彼此滲透，得以在不同的社會層面和文學層面中相互發展。[67]黃氏個人的散文創作，也喜於以「小說」手法加以演繹，例如：〈陸周明墓誌銘〉、〈王征南墓誌銘〉、〈萬里尋兄記〉、〈豐南禺別傳〉、〈行朝錄・賜姓本末〉等

---

[67] 楊義：《中國敘事學》（嘉義：南華管理學院，1998 年），頁 16-17。此外如有韻之「文」中如誄碑不排除敘事，無韻之「筆」中，史傳本重敘事；而介於文、筆之間的雜文，諧隱也多敘事筆墨，不僅上溯《文心雕龍》和《文選》如此，下迄清代桐城派姚鼐編《古文辭類纂》時，所列傳狀、碑志、雜記類，均屬敘事一門，可考見中國敘事文類的歷史並沒有西方那種鮮明的「階段性」，而是採取多種文體並存的特殊型態。

作。除了受到當時明代傳奇小說對傳記文學滲透的大勢所趨之外，黃氏更自覺的將兩者的特性予以結合，以增益文學敘述的感染力：

> 敘事須有風韻，不可擔板，今人見此，遂以為小說家伎倆，不觀晉書南北史列傳，每寫一二無關係之事，使其人之精神生動，此頰上三毫也。史遷伯夷、孟子、屈賈等傳，俱以風韻勝，其填尚書國策者，稍覺擔板矣。[68]

黃氏此論，乃嘲諷「擬議不化」（即擔板之敘述）者，多為「動將經文填塞，以希經術」之流，或世俗之調「即有議論敘事，敝車羸馬，終非鹵薄中物」，都不能將文章寫好。相反的如果能「擬議以成變化」者，敘事上都能兼具小說家之觀點及視角，以及畫家造型賦彩的心領神會（即顧愷之頰上三毫得其神韻觀），必能得其風韻（即繪畫上所謂之氣韻生動）。不僅如此，他的敘事觀點，已經隱然有把「歷史敘事」（如史記、晉書等正史）與「小說敘事」兩相契合之思維取向。這一擬議之特徵，雖不免為正統之古文家視為未得雅正（即以小說為古文辭之批判），卻無疑的成為黃氏文道合一思想中，極為重要之敘事理則結構。遠非一般古文家一昧的徒以謀篇、鍊句、章法開闔、或起承轉合的「馭文之術」所能規範。[69]我們可以實際就作品中呈現的敘事手法

---

[68] 〈論文管見〉《南雷文定·三集》，卷三，詳見楊家駱主編：《中國文學名著第六集》第16冊（台北：世界書局），頁58-60。

[69] 古文家看重之「馭文之術」，例如明代唐宋派論文雖注重文章之「神」，如唐順之提出文章要以「精神相」，則可將「宇宙間靈秀清淑環瑋之氣」，而卒歸之於造化者有之矣。與黃宗羲之元氣論頗為相近。此外茅坤之〈文訣〉五條，亦以「凝神」為宗，概括「認題」、「布勢」、「調格」、「煉辭」四者。然而此派除了追求文章之神外，並注重「錯綜之法」，如王慎中〈義則序〉中言「正反開闔、抑揚唱諾、順逆周折、騁控張歙、其變不窮而文之情狀極矣。」唐順之則重開闔、首尾、經緯、錯綜之法，而此一理則實értè之於八股文之破題、承題、原起、大結四段，每段分一正一反，一虛一實或一淺一深兩股。尤其此派人物多為八股高手，顯見他們看重之馭文之術，對於布勢行文之考究，有助於理解散文之藝術技巧，也為後來之辭章理論所吸收。然而八股文本身之習氣所致，也促使茅坤等人在評點古文上牽強附會，削足適履，遂使此法又成格套。則又與前七子之尚古人格調相去不遠，同為擬議

及觀點,加以剖析黃氏個人貫注其中的思維方式,實已觸及了上述所謂的深層結構,已非一般文類、文體的概念所限。

少年擊劍任俠的情懷以及遍交天下豪傑的慷慨意氣,讓黃宗羲為這些人物立傳的心境,顯得寓有無比的寄託,例如描述一代武學宗師王征南的傲岸處,當突顯其機智與不落俗套,而非徒以競技為標榜:

> 征南為人機警,得傳之後,絕不露圭角,非遇甚困則不發。嘗夜出偵事,為守兵所獲,反接廊柱,數十人轟飲守之。征南拾碎磁偷割其縛,探懷中銀望空而擲,數十人方爭攫,征南遂逸出。數十人追之,皆蹕地匍匐不能起……凡搏人皆以其穴,死穴、暈穴、啞穴,一切如銅人圖法。有惡少侮之者,為征南所擊,其人數日不溺,踵門謝過,始得如故。牧童竊學其法以擊伴侶,立死,征南視之曰:「此暈穴也,不久當甦。」已而果然。[41]

本文並述及的道教內家武術傳承系譜(由張三峰—王宗—陳州同—張松溪—葉繼美—單思南—王征南),是研究內家拳源流的重要文獻,並述及了真正的武林中人關心國事,並在武學層境中逆覺體證的領悟。王征南既負異才,卻在明末參與浙東起義抗清,屢立戰功,兵敗後,有鑑於華兵部(華夏)受害,仇首未懸,故終身素食以明志。黃氏側寫此一曠世奇才的關鍵,乃在於強調他的蘊藉之處,並感慨於時人皆喜好外家拳法之眩目,故爾內家的內斂拳及其底蘊,亦將水淺山老,這種現實的對比不正是武林中一大憾事?

再者為了詮釋一代說書大家柳敬亭的傳奇藝業,以及介入明末政

（文章之術）而不能成其變化。參見成復旺《中國文學理論史—明代時期》,頁102-109。

[41] 〈王征南墓誌銘〉收於平慧善、盧敦基譯注:《黃宗羲詩文》(台北,錦繡出版,1993年),頁81。

局的風雲詭譎之後，仍能入乎其內，出乎其外的定力及識見。遂著墨於他早年得之於莫後光的一段「技進于道」之體悟，故爾能將說書一事，出神入化，傾動一時：

> 為人說書，已能傾動其市人。久之，過江，雲間有儒生莫後光見之，曰：「此子機變，可使以其技鳴。」於是謂之曰：「說書雖小技，然必勾性情，習方俗，如優孟搖頭而歌，而後可以得志。」敬亭退而凝神定氣，簡練揣摩，期月而詣莫生。生曰：「子之說，能使人歡咍嗢噱矣。」又期月，生曰：「子之說，能使人慷慨涕泣矣。」又期月，生喟然曰：「子言未發而哀樂具乎其前，使人之性情不能自主，益進乎技矣。」由是之揚、之杭、之金陵，名達於縉紳間。華堂旅會，閒庭獨坐，爭延之使奏其技，無不當於心稱善也。[42]

尤其柳氏曾入為明末誤國悍將左良玉幕府，親歷之一段非凡歲月，黃宗羲把握這一段局部的特寫將明末的亂世之感，詮釋得絲絲入扣，入木三分：

> 亡何國變，寧南（左良玉）死，敬亭喪失其資略盡，貧困如故時，始復上街頭，理其故業。敬亭既在軍中久，其豪猾大俠、殺人亡命、流離遇合、破家失國之事，無不身親見之，且五方土音，鄉俗好尚，習見習聞。每發一聲，使人聞之，或如刀劍鐵騎，颯然浮空，或如風號雨泣，鳥悲獸駭，亡國之恨頓生，檀板之聲無色，有非莫生之言可盡者矣。

黃氏此文，即以柳敬亭為代言（敘述者），針砭左良玉幕下所用者多為市井之流，柳氏雖負藝業，畢竟是一技之長，託為心腹，仍無補經世，「不亡何待乎」。此一判語即是他兼用歷史敘事，表明史評的本

---

[42] 〈柳敬亭傳〉收於平慧善、盧敦基譯注：《黃宗羲詩文》（台北，錦繡出版，1993年），頁122。

色。以及敘寫藝能才士，闡發技進於道的複合視角。

黃宗羲對鄭成功的義軍事蹟十分重視，視之爲南明政權的重要寄託。鄭成功利用漳泉地區海上貿易的有利條件，加強與國內外的貿易往來。籌備大批資金，以供應所部數十萬人的軍費開支。黃宗羲筆下當時鄭軍的規模「積蓄皆貯海澄，鐵甲十萬付，穀可支三十年，藤牌、滾被、銃炮、火藥，皆以數萬計」。當時的思明州，更是「井里煙土，幾如承平景象」。[70]

一六五三到一六五四年，抗清名將李定國進攻廣東，約鄭成功與他會師。結果鄭曾率舟師到了廣東揭陽，並未配合成功。一六五九年，爲了牽制清軍對桂王的三路圍攻，鄭成功與張煌言配合起來，率領八十三營十七萬水陸大軍，直趨南京。六月，他的部將甘輝、余新、洪復等人，又由崇明而上，破瓜州，占鎮江，包圍南京。張煌言則帶領另一支隊伍，溯江而上，進駐上游門戶蕪湖，控制要害。

這一段戰雲密佈、一觸即發的臨界點，黃宗羲在〈行朝錄·賜姓本末〉一文中，除了以史家的角度剖陳局勢，更以小說敘述的視角，描述這一役由盛而衰的關鍵：

> 六月二十八日，煌言抵觀音門，成功已下鎮江，水師畢至。七月朔，肖卒七人掠江浦取之。五日，蕪湖以降書至，成功謂煌言：「蕪城上游門戶，倘留都不旦夕下，則江、楚之援日至，控扼要害，非公不可。」七日，煌言至蕪湖，傳檄郡邑，江之南北，相率來附。……凡得府四，州三，縣二十四。而下游之常鎮屬縣，亦待時而為降計。其時有大帥單騎而逃，飯於村店，店中惟一老嫗。大帥惶遽問曰：「今代何如？」老嫗不知其為大帥也，合掌向天謝曰：「聞殺北人盡矣！」大帥不敢飯而去。

[70] 鄭天挺：《清史》（台北：雲龍出版社，1998 年），頁 212。

金陵亦欲議降，未定，而諜知島師疏放，樵蘇四出，營壘為空，
士卒釋冰而嬉，用輕騎襲破前屯，成功倉猝移帳。質明，軍灶
未就，北師傾城出戰。兵無鬥志，島師大敗，總兵甘輝等死之。
成功遂乘流出海，幷撤鎮江之師。煌言趨銅陵，與楚師遇，兵
潰，變姓名，從建德祁門山中，出天台以入海。[71]

　　這一役的變化，乃為鄭成功因連番勝利以致於衝昏頭，不顧部將
的勸說，誤中清軍的緩兵之計，命令八十三營「牽連困守，以待（清
軍）其降：釋戈開宴，縱酒捕魚為樂。」七月二十三日係鄭成功生日，
清崇明總兵梁化鳳率五百騎乘機自崇明繞道偷襲鄭之部將余新營，鄭
軍倉促應戰，全軍潰敗，余新被擒降清，甘輝、潘賡鐘等人均戰死。
鄭成功匆忙率領部隊退回金門、廈門，張煌言孤立無援，退至銅陵，
與清兵一戰亦敗，遂退走浙東。

　　黃氏在文中聚焦於特寫的切片，藉由城中老嫗與臨陣脫逃的清軍
大帥之對話，形成了敵我之間強烈的對比。原本是指日可待、民心思
歸的一場戰役，卻因鄭成功的大意，全局皆沒。鄭成功北伐失敗後，
為了堅持長期抗清，決意驅逐霸占臺灣的荷蘭侵略者，收復中國領土，
黃氏對於這段史實，儘可能加入關鍵性的對話，以及盱衡全局的觀點：

成功之敗而歸也，以廈門單弱，方謀所向，中途遇紅夷船一隻，
其通事乃南安人，謂成功曰：「公何不取臺灣？公家之故土也，
有臺灣則不患無餉矣。」……其人以衣食之餘，納租鄭氏。後
為紅夷所奪，築城數處，曰臺灣，曰雞籠，曰淡水。……城中
紅夷不過千餘人，他皆鄭氏所遷之民也。以大砲擊城，城堅不
受砲，灣民導之，曰：「城外高山，有水自上而下，繞於城濠，
貫城而過。城中無井泉，所飲惟此一水，若塞其水源，三日而

[71]〔清〕‧黃宗羲著：〈行朝錄‧賜姓本末〉，《黃宗羲全集（二）--歷史、地理》（浙
江：古籍出版社，1986年），頁198-200。

告困矣。」成功從之，紅夷乞降，遂以大舶遯國。成功王其地，
辛丑卒，子錦嗣。

　　由退守金、廈，繼而進取台灣，重開新局，鄭氏試圖恢復其才智
謀略的雄志，仍舊體現出壯歲心旌的格局。對於這一場興亡，黃氏最
後回歸史家的角度為鄭氏定位，而不只是作為小說評彈的人物事蹟，
此為黃氏論史一貫的特點。在有限的篇幅中，依然寄託他對這段歷史
的憾慨：

> 自緬甸蒙塵以後。中原之統絕矣。而鄭氏以一旅存故國衣冠於
> 海島。稱其正朔，在昔有之。周厲王失國，宣王未立，召公、
> 周公二相行政，號曰共和，共和十四年，上不係於厲王，下不
> 係於宣王。後之君子，未嘗謂周之絕統也。以此為例，鄭氏不
> 可謂徒然矣。[72]

　　亡國之際的切膚之慟，黃氏藉由歷史敘事的宏觀與小說敘事的微
觀視角，將既成的歷史事實，賦予後人更為深沉的省察。尤其黃氏慣
於將單一事件，重新納入歷史上同類型或對比性的現場，加以評斷，
遂能打開更為宏闊的縱深。是以鄭成功固然是創格的完人，其人不朽
的志業與缺憾，在黃氏的筆下，即能和周代的「周召共和」相提並論，
而不獨為還諸天壤的悲慨，就歷史的座標而言，鄭氏已經完成了階段
性的任務。

　　這種破舊立新的筆法，又可以參照他為歷史上或當時備受爭議的
人物，重新詮釋，並且造型賦彩得到印証。為了詮釋明代怪傑豐坊的

---

[72] 吳光：〈行朝錄考〉，《黃宗羲著作彙考》（台北：台灣學生書局，1990 年），頁
103。吳光認為〈行朝錄〉今本十一篇應當分為三類：第一類是黃宗羲曾親身參與其
間的有關魯王監國歷史的記載，如〈魯紀年〉上下篇、〈舟山興廢〉、〈日本乞師〉、
〈四明山寨〉，史料真實可信；第二類是依據傳聞或零散邸報編撰而成的，如〈永
曆紀年〉、〈紹武之立〉、〈賜姓始末〉，史料不盡確實，間有訛誤；第三類是依
據別人著作改編而成的，如〈隆武紀年〉、〈贛州失事〉、〈沙定洲之亂〉，就史
料價值而言還是真實可信的。

奇人異行，以及突顯他在學術史上的爭議性，黃宗羲遂改寫徐時進之前所作的豐坊逸事，另作〈豐南禺別傳〉。此作乃以小說敘事的手法，搭配歷史敘事（即學術史）的角度，烘託豐坊之所以大膽偽造六經，甚且偽託魏政和石經，作《石經大學》，在學術史上影響甚大。此文先著墨於他異於常人的目光：「當其讀書，注目而視，瞳子嘗度眶外半寸，人有出其左右，不知也。」先就此一「目無餘子」的描寫，帶出他一連串平素玩世不恭以及書淫墨癖、目空今古的生命基調；黃氏細膩演繹此人生平細事：

> 有方仕者，從坊遊，學其書法，假坊名以行世。坊知之恨甚，曰：「須抉其眼，始不能作偽耳。」以是語舍中兒。皆曰：「諾。」久之，舍中兒奉一物至，曰：「此方仕之眼睛也，吾等夜俟之荒郊，抉之以來耳。」坊大喜，厚勞之。再日向方仕至，舍中兒告之故，令勿入，入則吾等欺敗矣。仕曰：「無傷也。」坊見仕大駭，曰：「聞君遇盜傷眼，今如故，何也？」仕曰：「曩者夜行，盜抉吾眼以去，方悶絕間，叢祠中有鬼哀吾，取新死人眼納吾眶中。今雖如故，猶痛楚。」

豐坊在當時，亦以書法及藏書家知名，甬上許多人都以藏有他的書稿向人誇耀為榮，遂有許多假託他的書法廣為流傳，文中所述的方仕不過其一也。令人拍案驚奇的，是這一荒誕不經的笑料，豐坊他不僅相信這一謊言，並要求下人置酒恭賀方仕重獲新眼，將豐坊好異尚奇的脾性表現無遺。而他身邊僕人，亦時以他的愚蠢不經，每每笑鬧嘲弄之：

> 每年必召黃冠，設醮以驅蚤虱。客至則問之：「自吾醮後，覺蚤虱減於昔否？」客曰：「尤甚。吾方怪之，豈知公家蚤虱驅而之吾舍乎！」坊乃大喜。當其醮時，黃冠賂侍者，陰捕蚤虱，不使近坊，坊確然以為醮之左驗。龐侍御求書，饋金三十。坊

曰：「吾正需此。」即設醮三壇：一滅倭寇，二滅偽禪偽學，
三滅蛇虎蚤虱。聞者無不大笑。[73]

　　黃宗羲雖不屑於此人的行徑，卻秉其刻劃人物，力求其精神生動，
遂詳述此人異於常人的設醮驅趕蚤虱。在他設醮時，道士們買通侍者，
暗中捕捉蚤虱，不讓它們接近豐坊，豐坊當真以為是設醮靈驗。又如
侍御龐某求他寫字，送了三十兩銀子。豐坊說：「我剛好需要。」馬上
設醮三壇：一滅倭寇，二滅假禪學、假道學，三滅蛇虎蚤虱。聽說的
人無不大笑，而豐坊跪拜祈禱，確出於至誠。這些離經叛道、不符常
軌的生活軼事，在黃宗羲筆下，觸處皆有小說敘事的手法，將主角的
面貌活靈活現。

　　除此之外，黃氏更縷記豐坊刻意表現出傲誕的行為舉止，例如將
巨瓜挖洞，竟能將自己廁身其間，仰面承漿飲之。又如驚異於市井皮
工之金玉良言，繼而延之上坐等等行跡。黃氏認為這些言行，不外乎
是肇因於他的仕途不得志，不得不發之牢騷，以澆心中塊壘所致。他
的《五經世學》雖有其過人之處，但黃氏指出豐坊的怪誕，是他偽造
六經的後續影響。無論是託之於石經經文，或託之於別有傳授，甚且
毀罵先儒，放肆無顧忌之處就失了厚道。他說朱熹窮困無法，要賣書
糊口，掠取新的說法，價錢就容易增高。並指出朱熹真身於混沌初分
之時，是伏羲受業的老師，手授伏羲《卦變圖》，親見伏羲據之畫八卦，
進而演為知名的先天圖，活了幾萬歲直到宋慶元庚申年才死。不僅如
此，嗣後明朝的楊榮編纂《四書大全》，即是因為他的妻子姓朱，在編
撰中即便全用朱熹的說法。像這些大膽而荒唐的說法，追本溯源，誠
與豐坊平日性格的表露，如出一轍。例如他所偽作的《石經大學》，由
於取材二程、朱子和《古本大學》之長，一時受影響而尊信者甚多。

---

[73] 〔清〕・黃宗羲著：〈豐南禺別傳〉，《明儒學案》收錄於《黃宗羲全集》第八冊
　　（台北：里仁書局，1987 年），頁 588-592。

就連黃宗羲的老師劉蕺山在他的《大學古文參疑》一書中，也不得不根據《石經大學》作為材料而剖辨之。[74]可見豐坊此人的怪奇之處，並不能只是運用單一或既定的視角加以案斷。必須仰賴多方的訪求軼聞以及細膩的推理，並且結合學術史的案斷方能得其神韻。黃氏此文，實為生動地將此一代怪傑的學問性格，躍然紙上。

文與道的雙構性敘事學思維，除了展現在各種寫作題材的處理視角上，遞進一層的分析，潛存在黃氏諦觀人間世事的深層思維上，則可以黃氏之於易象的「時間表述」型態作為特點。他對於明初文士胡翰在〈衡運〉一作中，彰顯的十二運易學推算法十分傾心。胡氏的十二運推算法自謂得之於廣陵秦曉山，將人世上下一萬一千七百八十年，紀之於十二運之中，以統六十四卦：

> 皇降而帝，帝降而王，王降而霸，猶春之有夏，秋之有冬也。
>
> 由皇等而上，始乎有物之始，由霸等而下，終乎閉物之終，消
>
> 長得失，治亂存亡，生乎天下之動，極乎天下之變。[75]

〈衡運〉一作即以這一綜括天地、人事的治亂循環、生滅終始之理，歸結為「天地否泰」、「陽品守政」、「資育還本」以迄「物極元終」等十二運勢。並斷言孔子之後，秦漢各代下及於宋，垂二千年，「猶未臻乎革也」；有為志士尚且需要有望治的準備。[76]黃宗羲對於這一信念

---

[74] 林慶彰：〈劉宗周與《大學》〉一文，收於鍾彩鈞主編：《劉蕺山學術思想論集》（中央研究院，中國文哲所籌備處，1998 年），頁 336。

[75] 〔清〕·胡翰：〈衡運〉·《胡仲子集》卷一，《叢書集成新編》66 冊，（台北：新文豐出版公司，1985 年），頁 736。

[76] 時間觀念上的整體性和生命感，使中國人採取獨特的時間標示的表現形態。它不同於西方主要語種按「日－月－年」的順序。在中國人的時間標示順序中，總體先於部分，體現了他們對時間整體性的重視，他們以時間整體性呼應著天地之道，並以天地之道賦予部分以意義。這種以「時間整體」涵蓋「時間部分」的思維方式，深刻地影響了中國敘事文學的結構形態和敘述程式。
參見楊義《中國敘事學》（嘉義：南華管理學院，1998 年），頁 136.137.138.139。

奉行不疑，並在他所主編的明代文學總集《明文海》一書的評騭中，即將胡翰的〈衡運〉與〈井牧〉、〈皇初〉諸文，推崇爲有明一代，天地間的「元氣」之文。[77]黃氏在反清復明的亂局中，曾依此法推算時運，康熙二年，在《明夷待訪錄》的〈題辭〉中，大膽表述了此一推斷的結果：

> 余常疑孟子一治一亂之言，何三代而下之有亂無治也？乃觀胡翰所謂十二運者，起周敬王甲子以至於今，皆在一亂之運。向後二十年交入「大壯」，始得一治，則三代之盛猶未絕望也。[78]

《易經》中〈大壯〉一卦爲乾下震上之象，即所謂的雷在天上，聲勢俱盛也。彖辭曰：「大壯利貞，大者正也。正大而天地之情可見矣。」[79]乃言此卦四陽在下，長而盛，其道正焉。並示乎生機之利，則天地化育，萬物欣然，其情可見矣。[80]而〈衡運〉本文中述及大壯卦者乃爲：「男治政於先，女理事以承其後，男之治也，從父之道，大壯也，無妄也，長男從父者也」。並與無妄、需、訟、大畜、遯等五卦統一千一百五十二年，是爲「陽品守政之運」。[81]

何以在此時抒發「亂運未終」的時間敘述程式？並大聲疾呼有識之士更需要條具爲治大法，以待「大壯」之交、箕子見訪的心境？蓋因順治十八年，清世祖卒，康熙帝甫嗣位，本爲反清復明事業大有可爲的時機。奈何是年鄭成功卒於台灣，桂王爲吳三桂絞死，抗清名將

---

[77] 《明文海》卷 84，論一。

[78] 〔清〕·黃宗羲著：《明夷待訪錄》·《黃宗羲全集（一）--哲學、政治思想》（台北：里仁書局，1987 年），頁 1。

[79] 朱維煥：《周易經傳象義闡釋》（台北：台灣學生書局，1993 年），頁 247。

[80] 朱維煥：《周易經傳象義闡釋》（台北：台灣學生書局，1993 年），頁 248。

[81] 〔清〕·〈衡運〉·《胡仲子集》卷一，《叢書集成新編》66 冊，（台北：新文豐出版公司，1985 年），頁 736。

李定國亦憤懣而卒，西寧王軍的勁旅逐先後解體，督師張煌言散軍，
最主要的抗清勢力一一瓦解。全祖望在〈書明夷待訪錄後〉中指出黃
氏在壬寅年（即康熙元年）之前，對於復明事業仍存一線之念；一直
到這一年前後心境與外在局勢的變化，迫使他必需重作長考，「天南訃
至，始有潮息煙沈之嘆，飾巾待盡，是書於是乎出。」[82]尤其黃氏在〈題
辭〉中自謂「夷之初旦，明而未融」，雖身值〈明夷〉卦的「明入地中」
之象的黑暗時期，但在黎明前夕，並不能就此消沈，當仿效當年王冕
著書，以待明主事業的來臨。是以他確信往後二十年之間，雖尚處亂
世，但必有代清而興的王者繼起。他作是書的宏遠意圖，可謂是深謀
遠慮，與時推移。顧炎武論及此書時，也指出：「古之君子，所以著書
待後，有王者起，得而師之。然而：『窮則變，變則通，通則久。』聖
人復起不易吾言，可預信于今日也。」[83]在這裡也反映了將敘事之作與
天地推移的規律等同而觀，並視爲指日可待的經世張本。在辛丑年間，
亦即順治康熙交替的這一年裡，他並賦一詩：「一生甜苦歷中邊，治亂
循環豈偶然。曾向曉山推卦運，時從拾得哭蒼天。」已然將此期的運
勢視爲理應荷擔的現實困境，故謂「人物中原憔悴盡，豈容吾輩只安
眠」[84]，往後的二十年之間，正是有志之士蓄積元氣，江山有待的過渡
時期。

　　黃宗羲「向後二十年交入『大壯』」的思想，在康熙前期一直根深
蒂固的存在於他的志業之中。這種以時間整體作爲敘述程式的紀實手

---

[82] 〔清〕·全祖望著，〔民國〕·王雲五編：〈書明夷待訪錄後〉·《鮚埼亭集·外
篇第 10 冊（台北：台灣商務印書館，1968 年），卷 31，頁 119。全氏共指出，這
一心態的描述，乃由宗羲門人，萬言之子，萬承勳（號西廓）所轉述。

[83] 〔清〕·黃宗羲著：《思舊錄》·《黃宗羲全集（一）--哲學、政治思想》，（台北：
里仁書局，1987 年），頁 391。

[84] 〔清〕·黃宗羲著：〈次韻答旦中〉·《黃宗羲全集（十一）--南雷詩文集》（浙江：
古籍出版社，1993 年），頁 245。

法，我們還可以從他所著文集中自注的「寫作年代」得到佐證。從康熙元年到二十年這二十年內，他所寫文章，凡注上年號的都用干支紀年，[85]而不書清廷年號，表示他不承認清統治的長久性和合法性。[86]如《查逸遠墓誌銘》，作於康熙十七年，但他只注「戊午」，文中說：「生某年丙寅⋯⋯卒某年戊午年」。他的這一筆法，是從東晉遺民陶潛處學來的，據《宋書》卷九《隱逸‧陶潛》：「（潛）自以曾祖晉世宰輔，恥復屈身後代。自高祖王業漸隆，不復肯仕，所著文章，皆題某年月，義熙以前，則書晉氏年號，自永初以來，唯云甲子而已。」他在《兵部左侍郎蒼水張公墓誌銘》中，就承認自己「自附於晉之處士」，以表白自己不仕清朝的民族氣節，並用來表示清統治的不合法性。對於自己尚且未完成的志業，則自解為：

> 扶危安傾之心，吾身一日可以未死，吾力一絲有所未盡，不容
> 但已。古今成敗利鈍有盡，而此不容已者，長留天地之間。愚
> 公移山，精衛填海，常人藐為說金令，賢聖指為血路也。[87]

康熙十四年，他在《諸敬槐先生八十壽序》中說：「昔崑山周壽誼生宋景定中，至洪武五年，年百有十歲，躬逢盛世鄉飲酒之禮，視元一代之興亡，不啻如燕雀之集耳。」他以周壽誼生於宋末，中經有元一朝而躬逢明初盛世為例後，接著筆鋒一轉：「先生生萬曆二十四年，

---

[85] 中國人經過漫長的對世界構成和運行模式的探索，終於把「天干地支」記時的方式貫穿於「年—月—日—時」時標順序系統之中。這種整體性時間意識把天象運行、季節更替、萬物榮枯，以及人對於自身的生命形態和年華盛衰的體驗，如此等等的非常豐富的文化密碼，賦予大小相銜的時標順序之中。這種時間意識和整體性思維方式，深刻地影響了中國敘事作品的時間操作方式和結構形態。楊義：《中國敘事學》（嘉義：南華管理學院，1998年），頁138、139。

[86] 此一觀點，參見方祖猷：《清初浙東學派論叢》（台北：萬卷樓圖書公司，1996年），頁136。

[87] 〔清〕‧黃宗羲著：〈兵部左侍郎蒼水張水墓誌錄〉‧《黃宗羲全集（十）--南雷詩文集》（浙江：古籍出版社，1993年），頁280。

至今耳目聰明不衰，將所謂周壽誼者，非其人乎？」他說諸敬槐亦將
成爲周壽誼式的人物，暗喻能躬逢清亡後盛世的到來，此外，本文中
並列舉元末明初的一代文宗宋濂避地一事，與他個人在亂世之中，得
因諸家老少患難相助的處境類比，頗能體會箇中的人生況味。宋濂的
文章及文論一直是黃氏至爲推崇的代表，在《明文海》中亦與胡翰等
人並置於「元氣」一格，視爲明代文章之正宗。黃氏在這篇壽序中特
別引宋濂爲例，似乎別有其寄託所在：

> 元末之亂，宋景濂避地流子里，處於陳堂之西軒。堂煦嫗而軫
> 存之，使其忘流離顛沛之苦，景濂敘其交情，宛轉而欲涕。[88]

宋濂歷經異族統治的末期，尚能因避地之故，一來體會患難之交
的可貴，二來又得以苦盡甘來，欣逢漢人重建的新朝屆臨，而非前代
愚忠愚孝的遺民（如席帽山人王逢，九靈山人戴良等人）。這一歷程對
於尚待運勢交入「大壯」的黃宗羲而言，尤其具有鼓舞的作用。我們
在本文即能覺察黃氏慣於運用整體性的時間意識。（天干、地支、宋末
元初、元末明初、明末清初），將個人切身的遭逢與寄託，置諸於一個
時空交錯與今昔俱存的交光疊影之中。自覺的將天道規律與時序更
替、萬物榮枯、改朝換代，以及個人的存在感受彼此鼓盪；遂能營造
一種景深豐富的敘事手法，令人參思再三。他與其在說諸敬槐，或者
宋濂，不如在說他自己。據方祖猷的考證，此文作於清康熙乙卯十四
年（一六七五）他年僅六十六歲，比諸氏少十四歲，同樣耳聰目明。
並且他在甬上證人書院的講學，成果斐然，培育的學人及學風，頗能
呼應於他的經術及經世理想，爲三代「大壯」盛世的到來，早已積聚
可觀的能量。在這一年他還選定了《明文案》二百十七卷，又到處遊
歷，筋骨尚健，離二十年的到來僅差六年。放大時空來看，自康熙十

---

[88] 〔清〕‧黃宗羲著：〈諸敬槐先生八十壽序〉‧《黃宗羲全集（十一）--南雷詩文集》
（浙江：古籍出版社，1993 年），頁 67-68。

四年到二十年之間，恰爲吳三桂等人興起「三藩之亂」的階段，清廷處理內政頗爲艱鉅。尤其十七年春三月，吳三桂稱帝於衡州，仍號大周，建元昭武。並且僞示威重，以維人心，除了建號改元之外，置官封拜、頒製新曆，亦舉行雲貴鄉試以號召遠近。初發難時，「檄文中以復明爲詞，於時洛邑頑民，猶思祿父，故其義旗一指，所在響應。」[89] 當時正是三藩之亂的高潮，似乎向他證實了當初推算二十年後推翻「夷狄」統治的預言正在逐漸實現，他完全有資格作上述周壽誼式的人物。[90]

奈何群雄之相爭，並無兼濟天下的使命感，遑論共同連合抗清的局勢，這股多方長年殷切寄盼的義師，遂爲清廷一一瓦解。吳三桂病逝後，其孫吳世璠嗣位也無力扭轉危局；康熙二十年，不僅吳世璠自殺，鄭成功之子鄭經也在是年病故，子鄭克塽繼位。二十一年耿精忠磔死，三藩勢力悉滅。二十二年鄭克塽出降，台灣政權納入中國版圖，反清勢力屆此一一成爲泡影。證諸前述二十年，交入「大壯」卦運的斷語，顯然繼起的「明主」已經可以確定不是漢家天下。此外康熙帝早在十七年，即以舉行博學鴻辭科，一方面收拾人心，再者積極籠絡讀書人之出處進退，務使國中之言論思想漸收統一之效。遂有一百三十餘人，踴躍奔赴。「勝國遺老，率皆蟬蛻鴻冥，網羅無自」，知名人士如陳維崧、朱彝尊、湯斌、汪琬、潘耒、毛奇齡等人，率皆獲取爲翰林院官，[91]繼而又大開明史館，募集天下良士，以尊賢求才爲名，積極敷演康熙英主的盛世形象。這樣一個局面逆轉的結果，遠已不是康熙初期黃氏撰作《明夷待訪錄》時那種「潮息煙沈」之嘆可以比擬。

---

89 黃鴻壽：《清史紀事本末》上（台北：三民書局，1973年再版），卷13，頁108。
90 方祖猷：〈黃宗羲與呂留良〉，《清初浙東學派論叢》（台北：萬卷樓圖書公司，1996年），頁135。
91 黃鴻壽：《清史紀事本末》上（台北：三民書局，1973年再版），卷21，頁155。

　　勢已至此，黃氏又該如何因應這一個他原本期待大有可爲的時代？康熙十八年中所作的〈陳伯美先生七十壽序〉中，即已改口稱呼康熙爲「天子」，並以陳伯美之子，亦即黃氏甬上書院門生陳錫嘏，北上京師修史乃其「受朝廷之寵眷」，予以高度的褒詞。文中或言「天子加思近臣，允其給假送親」，或謂「一旦而爲天下所知，亦可爲榮矣。」[92]似乎反清的夷夏之辨已然動搖。事實上，早在康熙十七年中，黃氏門人，亦爲證人書院重要的學人萬斯同業已入京修史，黃宗羲並以大事記、三史鈔授之，隔年並賦詩〈送萬季野貞一北上〉有謂：「不放河汾聲價例，太平有策莫輕題。」[93]萬氏遂以布衣修史，以報故國。

　　康熙二十年，他在〈憲副鄭平子先生七十壽序〉一文中，已然對於遺民的與世交接，有了重大的讓步，並試圖爲自己的立場作一疏解。一方面仍以陶潛自況，謂「淵明元嘉，晉亡已九年，朱子猶書晉處士，是典午一星之火，寄之淵明一身也。」雖自居於處士一節，卻又爲宋代遺民王炎午的言行出處作一辯護。王炎武曾在宋亡時多次作生祭文丞相（即文天祥）文，「驛途水步，山牆店壁，所在粘之，恐丞相之不死也。宋室遺民，此爲最著。」然而嗣后炎武卻多次向元朝官員干請的事蹟，黃氏卻勉強爲其解釋爲「累形干請，則是當路之交際，炎午未嘗絕也。」理由是「士之報國，各有分限」[94]，所以像黃氏當時的亡國士大夫或齷齪治生，或丐貸諸侯、或法乳濟調，恐怕都很難有所作爲。此文之作，或者可說是爲他自己與清廷官員如許三禮、徐秉義、

---

[92] 〔清〕‧黃宗羲著：〈陳伯美先生七十壽序〉‧《黃宗羲全集（十）--南雷詩文集》（浙江：古籍出版社，1993 年），頁 664-665。

[93] 〔清〕‧黃宗羲著：《黃宗羲全集（十一）--南雷詩文集》（浙江：古籍出版社，1993年），頁 290。

[94] 〔清〕‧黃宗羲著：〈憲副鄭平子先生七十壽序〉‧《黃宗羲全集（十）--南雷詩文集》（浙江：古籍出版社，1993 年），頁 671。

徐乾學等人的往來及關係作一合理性的解釋。[95]

　　自此以後，黃氏已然承認了清廷統治的長久性及合法性，康熙帝的勵精圖治，儼然樹立起迥異於明代後期昏君無道的強烈對比，只是他原本設想的「大壯」之交，竟遞嬗為「夷狄」統治之下的盛世。於是康熙二十年以後所寫的文章，文內即出現了清廷年號，[96]如《萬充宗墓誌銘》，他寫「崇禎癸酉六月六日其生也，康熙癸亥七月二十六日其卒也。」[97]顯然已經推翻了過去堅持的夷夏大防，正視了外在的客觀態勢。又如〈陳夔獻墓誌銘〉中，亦明言甬上弟子陳赤衷於「康熙庚申，以貢士入都廷試，當是時，天子留心文治，招才琴釣之上，取士歌牧之中，士之閑一藝者，莫不鎮廳而出。」[98]歌頌之詞，無疑於太平之世的描摹之情。是以在康熙二十五年所作的〈與徐乾學書〉中，已經可以看出黃氏反清思想業已動搖的具體事實，信中不僅讚揚康熙「皇上仁風篤烈，救現在之兵災，除當來之苦集。」之外，並高度肯定徐乾學受到當今「聖主」的重用，（乾學於二十四年正月，奉命直南書房，擢內閣學士，充《大清會典》、《一統志》副總裁），實乃「古今儒者遭遇之隆，蓋未有兩；五百年名世，于今見之。朝野相賀，拭目以觀太平。」[99]溢美之辭，在字裡行間表露無疑。除了可以說是長輩對晚輩的殷切厚望之外，並期許對方能像古之名相司馬光、寇準、范仲淹一般，得其時運，受主榮眷，並能以「收拾人才為主」的政策建言，顯然心

[95] 方祖猷：《清初浙東學派論叢》（台北：萬卷樓圖書公司，1996年），頁137。

[96] 方祖猷：〈黃宗羲與呂留良〉．《清初浙東學派論叢》（台北：萬卷樓圖書公司，1996年），頁136。

[97] 〔清〕．黃宗羲著：〈萬充宗墓誌銘〉．《黃宗羲全集（十）--南雷詩文集》（浙江：古籍出版社，1993年），頁407。

[98] 〔清〕．黃宗羲著：〈陳夔獻墓誌銘〉．《黃宗羲全集（十）--南雷詩文集》（浙江：古籍出版社，1993年），頁441。

[99] 〈與徐乾學書〉．收於吳光釋文：《南雷雜著真蹟》（台北：學生書局，1980年），頁233。本文的考證部分參見同書頁297的〈黃宗羲反清思想的轉化〉一文。

態上，已非前述黃氏為萬斯同的賦詩「太平有策莫輕題」的消極立場了。

最受爭議的還不僅如此，此文文末並交待了為孫兒黃蜀應考加以關說一節，明言「舐犢之情，實為可愧。」已非平素黃氏道德文章中一貫的形象，對於黃氏的遺民身分而言，不免引起許多聯想及非議性；黃氏的《南雷文定》未收本文，可能也是有所避諱。這一心態及立場上的變化，又可以參見詩作中〈次葉訒庵太史韻〉及〈次徐立齋先生見贈〉中讚揚當時權貴名臣徐元文、葉方藹，「其責在公等，學優而仕勤」[100]，可以考見黃氏後期思想的異動，遠非前期思緒的軌跡所能涵括。

這一深層的矛盾與執著，直到康熙三十年前後黃氏撰作《破邪論》時，終於在看清康熙異族統治的現實景況，以八十老人的晚年心境，勘破胡翰〈衡運〉的週期觀，不得不有所慨謂：

> 余嘗為《待訪錄》，思復三代之治。崑山顧寧人（即炎武）見之，不以為迂。今計作此時，已三十餘年矣。秦曉山十二運之言，無乃欺人，方飾巾待盡，因念天人之際，先儒有所未盡者，捎拾一二，名曰破邪。[101]

對於三十年前後堅持的「時間表述」型態，對照著現實處境的詭譎多變，黃氏本人實有一番無比掙扎的心路歷程，也說明了時間的壓力，對於遺民而言存在著很難豁免的宿命觀；不僅一開始就決定了他們的身分，同時也制約了他們的出處進退，以及與世交接的立場。另一方面也得以體現出黃氏的整體性時間意識，已然將天道運行、萬物

---

100 〔清〕‧黃宗羲著：〈次葉訒庵太史韻〉‧《黃宗羲全集（十一）--南雷詩文集》（浙江：古籍出版社，1993 年），頁 286。〔清〕‧黃宗羲著：〈次徐立齋先生見贈〉‧《黃宗羲全集（十一）--南雷詩文集》（浙江：古籍出版社，1993 年），頁 192。

101 〔清〕‧黃宗羲著：〈破邪論〉題辭‧《黃宗羲全集（一）--哲學、政治思想》（台北：里仁書局，1987 年），頁 192。

榮枯以及個人在歷史推移中的生命型態，一一納入此一敘事思維模式之中。使得貫注於其中的作品，都寓寄了作者在宏觀的創作中，試圖以時間的表述，作為呼應天人之道的企圖。

第二節 擬議「風」「雷」的文學意涵及其錯綜變化之道

黃宗羲以「風雷」的自然界現象，作為他個人文學思想的具體形象。取象風雷同時也兼有「文體」溯源上的意涵，亦即中國文章類別中「檄」「移」兩種文體的寫作特點。除此之外，在易學整體的文道規律中，風雷的命意又同時兼有「擬議以成其變化」的旨趣，對於文與道的雙構性原理而言，黃氏無論是在創作或評騭文學的史觀，不斷鼓吹文章當為天地之元氣，陰陽交感，方能蓄積風雷鼓盪，成就不朽之至文。

特別是詩歌中表現的時代氛圍，多半可以側見人心思變的趨向，黃宗羲指出若無「變風變雅」一格的出現，那麼詩歌之道就不免狹隘而不及情：

> 美而非諂，刺而非訐，怨而非憤，哀而非私，何不正之有？夫以時而論，天下之治日少而亂日多；事父事君，治日易而亂日難。韓子曰：「和平之音淡薄而愁思之聲要妙，讙愉之辭難工而窮苦之言易好。」向令風雅而不變，則詩之為道，狹隘而不及情，何以感天地而動鬼神乎？[102]

變風變雅的哲理性，即在於具體形著了創作者對於所處遭遇的存在感受；另一方面又可以彰顯於人物性情的刻劃，例如黃氏為其母姚太夫人撰文，移書史館立傳的〈移史館先妣姚太夫人事〉一文，即是以「移文」之體例，將其母親畢生「始遭東林黨禍、繼之以復社黨錮，又繼之以亂亡」家破國亡之慟「覆巢之後，復遇覆巢，辛苦再立之戶牖，頻經風兩，一生與艱危終始。」其母雖歷人世「風雨」，而「天下

---

[102] 〔清〕·黃宗羲著：〈陳葦庵年伯詩序〉·《黃宗羲全集（十）--南雷詩文集》（浙江：古籍出版社，1993 年），頁 45-47。

想望風烈」[103]，一時名公鉅卿，或就拜謁詢問起居。每當壽辰，海內亦多有傑作，以表徽音。另外如〈移史館熊公雨殷行狀〉、〈移史館吏部左侍郎章格菴先生行狀〉皆歷敘其人生平之風節與特點，作爲史館立傳之張本，[104]皆可考見「風－移」這一組文體在歷史敘事中賦予的意義指涉；其中像〈移史館不宜立理學傳書〉即爲此體中的代表，該文的地位及影響，可與漢代劉歆的〈移太常博士〉一文等量齊觀；兩者都可視爲針對儒學與學術思想史據理力爭，並以舉証確鑿的論述，將學術的真相予以持平的定位。

針對「雷一檄」這一組的意義指涉而觀，實乃黃氏最爲顯著的創作特點，亦即爲文「論斷」必主發聲啓瞶「破邪求實」[105]貴於創新，以刮磨斯世之耳目爲訴求。行文之中雖無逕名「檄」之文體，然而細按文意，此類的文作不乏黃氏個人深切的寄託，在整體作品而言，十分醒目。

例如〈靳熊封詩序〉中傾注了「擁勇鬱遏，坌憤激評、溢而四出，天地爲之動色」的拒難折衝精神，一如雷檄文體的布諸視聽：「從來豪傑之精神，不能無所寓。老莊之道德、申、韓之刑名、左遷之史、鄭、服之經、韓、歐之文、李杜之詩，下至師曠之音聲、郭守敬之律曆、王實甫、關漢卿之院本，皆其一生之精神所寓也。」[106]

黃氏推崇這些豪傑人物及其不世出的經典作品，不僅含括正統的

---

[103] 《南雷文定・前集》，卷9，詳見楊家駱主編：《中國文學名著第六集》第16冊（台北：世界書局），頁148-149。

[104] 二文皆收於《南雷文定・前集》，詳見楊家駱主編：《中國文學名著第六集》第16冊（台北：世界書局），卷9。

[105] 李明友：《一本萬殊--黃宗羲的哲學與哲學史觀》（北京：人民出版社，1994年），頁153。

[106] 〔清〕・黃宗羲著：《黃宗羲全集（十）--南雷詩文集》（浙江：古籍出版社，1993年），頁59。

經史文學，並兼及了九流十家的博洽之學。在他的論斷中，這些大家之所以不朽，正在於尚奇博雅，不依傍門戶，流於膚廓模擬。反而是蓄積元氣鼓盪，出地則發揚隱伏，無所遏抑「苟不得其所寓，則若龍孥虎跋，壯士囚縛」說的正是這樣一股天地的精神所注：「如決水於江、河、淮、海，衝砥柱，絕呂梁，因其所遇而變生焉！」，有意於為文制作者，當以此為舍我其誰的豪情。然而黃氏撰作此文，同時批判了有明一代擬議於唐風格調，不能成其變化的盲點，正是不能開拓豪傑精神的窘態：

> 百年之中，詩凡三變，有北地、歷下之唐，以聲調為鼓吹，有
> 公安、竟陵之唐，以淺率幽深為祕笈；有虞山之唐，以排比為
> 波瀾。雖各有所得，而欲使天下之精神，聚之於一塗，是使詐
> 偽百出，止留其膚受耳。

前後七子，公安派、竟陵派，以及明末的錢謙益，彼此雖相互批判，在黃氏觀來，都如同瞎子摸象，僅能得到唐代風格的片面；不能開展更大的格局，也看不到那種萬古豪傑的精神流注。這都是本文揭示的擬議思維不能只以特定的「經典作品」為效法的對象，而當返諸「道體」的千彙萬狀，方能新變代雄，走雲連風。本文的抒寫懷抱，可謂是反思明代文壇的潮起潮落，一如《文心雕龍》〈檄移〉篇中所言的：「標蓍龜於前驗，懸鞶鑑於已然。」同樣深度的探索及批判，又可·參見〈姜山啓彭山詩稿序〉，以迅雷般的昭示，將歷來的宗唐法宋之爭，戡定為一「假問題」的糾結，並不符合事實的驗證。尤其他大膽的揭示：善學唐者，唯有宋人。此一真知灼見，乃為黃氏個人究心於詩文之道的體會，試圖解消明代文學入主出奴，擬議不化的一大公案，並指出宋人學唐的實際狀況，以為明人殷鑑：

> 天下皆知宗唐詩，余以為善學唐者唯宋。顧唐詩之體不一，白
> 體、崑體、……晚唐體則九僧，寇萊公、魯三交、林和靖、……

凡數十家，至葉水心，四靈而大。[107]

在此一「宗唐」的系譜之中，黃氏採行他所擅長的學案式論證，將唐宋之間密切的繼承關係，以破解唐宋之爭的假象。他更以鍥而不捨的精神斷言：「雖鹹酸嗜好之不同，要必心遊萬仞，瀝液群言，上下於數千年之間，始成其為一家之學，故曰善學唐者唯宋。」此論一出，允為學詩文者必備的獨立思考，方能於「辨體」之外，真切的反省創作的意圖及旨歸，才不致於落入有明一代，不善學唐的流蔽：「撥置神理，襲其語言事料而像之，少陵之所謂詩律細者，一變為粗材」。他更以像徐渭、楊珂等抗懷當代的人物，不作所謂的「假唐詩」允為風標，視為古越東浙一地，不落俗套，文道合一的典範：

> 吾越自來不為時風眾勢所染，當何、李創為唐詩之時，陽明與之更相送和，未幾棄去。何、李而下，嘆惜其未成，不知其心鄙之也。太倉之執牛耳，海內無不受其牢籠。心知徐渭、楊珂之才而欲招之，徐、楊皆不屑就，太倉遂肆其譏彈，而徐、楊之名終不可掩。顧昧者以鄉邑二十年之聞見，妄謂吾越無詩，越非無詩也，無今日之假唐詩也，又何異飲狂泉者之怪國君穿井而汲乎？[108]

黃氏特別揭示了浙東一域的「風」氣貴在能卓爾不凡，不僅前有王陽明的「棄文從道」，走出前七子的圍限。嗣後更繼起了徐渭和楊珂等人與後七子分庭抗禮的局面。其中貫注的理念不外乎以「雷－橄」這一組特點，試圖刊磨世人的耳目，明辨詩歌之道的本體本源。

以風雷論文的旨趣，在文道關係的論述上，其中潛在的深層結構

---

[107] 〔清〕‧黃宗羲著：《黃宗羲全集（十）--南雷詩文集》（浙江：古籍出版社，1993年），頁57。

[108] 〔清〕‧黃宗羲著：《黃宗羲全集（十）--南雷詩文集》（浙江：古籍出版社，1993年），頁57。

應該分爲幾個角度加以考察，以還原黃宗羲獨特的思維模式。首先就「卦形」而觀[109]，這一取向乃攸關易經的「震」、「巽」兩卦：

雷 ☳ 震卦─陽氣在陰氣之下，有一陽排二陰而上之勢，以雷
為名，有鼓動萬物之勢，剛而前進，象徵活動不息。

風 ☴ 巽卦─陰氣進入強大的陽氣下方，有陰氣收縮，陽氣開
張之勢，象徵風之善於解散萬物，伏而能入，象徵謙遜而能深
入人心。

《易·說卦傳》故謂「雷以動之·風以散之」乃將此二卦收納在八卦之造化流行與生長之象的其中一環，尤其「動萬物者，莫疾乎雷，撓萬物者，莫疾乎風」[110]以見風雷「取象」「造勢」之功，可視爲黃氏論文及創作上傾向於積極進取、衝決網羅的信念。但是「文道」既然與「易道」相絪合，爲何不逕標「乾坤」之文，以立天地變化之本源作爲文學原理？反而於八卦成列之中，獨取風雷二卦之特質立象以盡其意？就筆者的觀察而言，推本歸宿於「乾坤」二卦，固然可以將文章之道相埒於天地造化之機，成就「至文」的典範。然而就「擬議」的思考而言，法象或取象於乾坤，雖是思想上的通則，但就「成其變化」的立場而觀，黃宗羲並不是忽略了「乾坤」乃變化之總源的意涵，而是企圖凸顯卦象群中與他個人關切元氣流行變化的理念，作爲「立象以盡意」的企圖心：[111]

---

[109] 杜文齊：《易學圖解》（台北：漢宇出版有限公司，1996年），頁127、128。此說的根據，可參見〔漢〕·戴德著，〔清〕·王聘珍撰：《大戴禮記解詁》（台北：漢京文化事業有限公司，1987年），頁58、59。

[110] 《易經·說卦傳》，參見劉君祖：《經典易》（台北：牛頓出版社，1993年）。

[111] 黃氏在易經系統中取象於「風雷」，而與他同時的方以智也是氣一元論的學人，則特標「水火」（五行體系），作爲他在物理學方面「質測」與「通幾」的立足點，

「巽」當春夏之交，萬物畢出，故謂之「齊」。觀北地少雨，得「風」則生氣郁然可驗也。……其餘七卦莫不皆然。乾主立冬以後，冬至以前，故陰陽相薄。觀說卦，乾之為寒為冰，非西北何以置之？萬物告成於秋，如何不說（悅）？[112]

黃氏顯然看重巽卦的生機蓬勃之象，並証諸於自然與地理的根據，而非徒事貞卜之流的牽強附會之說。巽卦的生物之功，正是透顯此一端倪，進一步分析而言，乾卦的定位（黃氏依據後天八卦之安排），他認為符合立冬以迄冬至之間陰陽消長之交的規律。同理兌卦安排在秋天，寓意豐收，他認為也十分合於情理。顯見在他的易學思維中，也以「天人之道」的時間整體性為依歸，作為文道擬議關係的理則結構。再者，針對八卦生物之功的「三部曲」歷程而言（生物─長物─成物）[113]，震巽兩卦為乾坤「始交」的階段，震巽相錯，動則動萌，散則物解，此言「生物」之功；繼而有乾坤「中交」為坎離，潤則物滋，暄則物舒，是為「長物」之功；以迄「終交」為艮兌，止則物成，悅則物遂，是謂「成物」之功。震巽兩卦在易學體系中扮演了變化歷程中的樞紐性地位，同時又分屬乾坤陰陽兩系之列，震為乾系，巽為坤系。如以乾坤「父母卦」而言，震為長子，巽則為長女[114]。兩者相重可以組合為恒卦（巽下震上）以象剛柔皆應，是天地之「常道」；也可組為益卦（震下巽上）有「與時偕行」之義，這一點可以進窺黃氏在易

如其《物理小識》卷一「水」條即以凡運動皆「火」之為。而凡滋生者皆「水」之為也。參見劉君燦：〈生剋消長─陰陽五行與中國傳統科技〉，收於《中國文化新論‧格物與成器》（台北：聯經出版社），頁91。

[112] 〔清〕‧黃宗羲著：《易學象數論‧先天圖二》卷一，收錄於《黃宗羲全集（九）--天文曆算、象數類》（浙江：古籍出版社，1993年），頁22。

[113] 杜文齊：《易學圖解》（台北：漢宇出版有限公司，1996年）。

[114] 《易經‧說卦傳》第10章：「乾天也，故稱乎父。坤，地也，故稱乎母；震一索而得男，故謂之長男；巽一索而得女，故謂之長女」。

學上的立場：

> 帝出乎「震」之下文，「動萬物者，莫疾乎雷。撓萬物者，莫
> 疾乎風。燥萬物者，莫熯乎火。說萬物者，莫說乎澤。潤萬物
> 者，莫潤乎水。終萬物、始萬物者，莫盛乎艮。」其次序非即
> 上文離南坎北（即後天八卦之排列法）之位乎？但除乾坤於外
> 耳。[115]

　　黃氏認為《易傳》中，本已將八卦的定位界說分明，也符合自然
現象的規律，但俗儒妄分「先天」、「後天」卦位，遂使此義不明。而
黃氏鍾情於風雷所屬的巽、震兩卦，乃偏重在這兩者都具備著蓬勃的
生機、以及變革的能量，這一層面，在文化史上也論述甚夥。

　　「風」「雷」兩者可視為自然界中氣象變化的顯著表現，如《大戴
禮記》的〈天圓篇〉，即謂「陰陽之氣各靜其所，則靜矣。偏則『風』，
俱則『雷』，交則電，亂則霧，和則雨。」[116]認為風乃陰入於陽，旋而
無形所致，而雷乃陽為陰伏，相薄而有聲。陰陽二氣的或專或合，又
有雨霧、霜雪、霰雹等多樣的變化，而且綰歸於陰陽二氣之神靈，視
之為品物之本，禮樂仁義之祖，以及善否治亂所興作也。此外在《論
衡》〈雷虛〉篇對「爆炸起電說」則謂：「實說雷者，太陽之激氣也……
盛夏之時，太陽用事，陰氣乘之，陰陽分事則相較軫，校軫則激射。
激射為毒，中人輒死，中木木折。」[117]已對雷電的能量作一關注。

　　先天八卦爭議甚大，黃氏指出許多不合常理、不符自然的經驗法

---

[115] 〔清〕・黃宗羲著：《易學象數論・先天圖二》卷一，收錄於《黃宗羲全集（九）
--天文曆算、象數類》（浙江：古籍出版社，1993 年），頁 19。

[116] 〔漢〕・戴德著，〔清〕・王聘珍撰：《大戴禮記解詁・曾子天圓篇》（台北：漢
京文化事業有限公司，1987 年），頁 58、99。

[117] 〔漢〕・王充撰，劉盼遂集解：〈雷虛〉・《論衡集解》（台北：世界書局，1990
年），頁 142。

則之處。[118]他認爲當就「後天八卦」而觀，則謂「帝出乎震，齊乎巽，相見乎離，致役乎坤，說言乎兌，戰乎乾，勞乎坎，成言乎艮」，其卦之排列如下，乃申明四時推移，萬物生長收藏的規律：

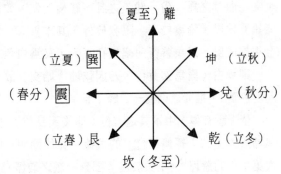

「萬物出乎震」乃指一年的時令變化，其方位在正東方，代表春天，此時爲春分故爲春氣旺而萬物出土之象。「齊乎巽」乃言萬物普遍成長之象，因巽卦在東南方，代表春夏之交的立夏，萬物蕃茂，以言萬物「潔齊」之象。此外後天八卦乃記述天體「八節」的符號，此八個主要的時節，如「夏至」與「冬至」乃寒暑之極，「春分」和「秋分」爲陰陽之和，「四立」（立春、夏、秋、冬）乃生長收藏之始，故有謂八節者「八極」也，言後天八卦乃立八卦於八極之點，作爲觀察陰陽變化所記錄之象。[119]

震、巽二卦屆此分屬於「春分」和「立夏」之二節，其卦性如進

---

118 黃氏指出若依先天卦位的說法，則呈現出「南上而北下」、「東北爲寅，時方正月，豈雷發聲之時日」以及「必以西南、西北爲不用之位，則夏秋之交、秋冬之交，氣化豈其或息乎？」等無法自圓其說的矛盾之處。相關的批判，詳見黃氏《易學象數論‧先天圖二》卷一，收錄於《黃宗羲全集（九）--天文曆算、象數類》（浙江：古籍出版社，1993 年），頁 22.23。

119 「八節」之論，杜文齊：《易學圖解》（台北：漢宇出版有限公司，1996 年），頁 130。

一步開展其延伸面，意義則更見豐饒。〈說卦傳〉中尚言及震為雷，雷動則萬象昭著。而此卦又有春天陽氣敷布，草木華茂，又為蒼筤竹，乃深青色竹之美者，有春生之象；又為蕃鮮，乃指春生之草，蕃茂鮮美，總而言之為一尚「健」之卦，終極於乾，乾為天而健運不息。再者論巽為風，陰凝於下，陽發於外，其本善入，其末為動，陰陽不相合周旋成風，以象善行速變無孔不入，又為白色，乃巽齊萬物之色，合一則變白（震為玄黃色，乃因乾坤『始交』故具天地之色，天色玄而地色黃），推究之則為一「躁」卦。[120]

依〈說卦傳〉中本具之方位（即後天卦位），則已具備黃氏在前文論易所力主的「經傳相合」的根據，甚能闡明「陰陽之氣」如何流轉次第生化的歷程[121]，不致於淪入邵雍一派之取徑，致使八卦「靜而不動，陰陽之氣止而不行」的窘況：

> 夫氣化，周流不息，無時不用。若以時過為不用，則春、秋不用者子、午，冬、夏不用者卯、酉，安在四正之皆為用位也？
> 必以西南、西北為不用之位，則夏秋之交，秋冬之交，氣化豈其或息乎？[122]

顯然此一系的義理在系統上，並不能安頓易道與天道之間，在本源論上的必然性，故為黃氏所不取。再者關於卦序，則斷為乾坤「震巽」坎離艮兌，顯見「風雷」二卦，在其中重要性僅次於乾坤父母卦，寓有更積極的「變易性」。「鼓之以雷霆，潤之以風雨」關乎世道之治

---

[120] 杜文齊：《易學圖解》（台北：漢宇出版有限公司，1996 年），頁 140-142。

[121] 唐華：《中國易經歷史進化哲學原理》（台北：大中國圖書，1986 年），頁 58-59。唐華故謂：震乃東方之卦，其色青蒼，其聲柔和，其道生長，其德仁慈，故震主生。齊乎巽者，巽，合也，陰合陽也，所謂絜齊者，立人生之規範，社會之秩序也。巽為長女，亦為主婦，內以相夫教子，外以宣揚文化，與震相合，絜矩整齊。

[122] 〔清〕·黃宗羲著：《易學象數論·先天圖二》卷一，收錄於《黃宗羲全集（九）--天文曆算、象數類》（浙江：古籍出版社，1993 年），頁 22、23。

亂、學術之盛衰、文章之誠僞、經世之泰否，皆由此一組對待流行的
陰陽元氣開展之、陶塑之，延展而爲黃氏文史之學創作上的指導原則。

　　針對黃氏整體論文及寫作之旨趣而觀，取象「風」、「雷」之命
意，即成爲他在文道合一思想中，最爲顯著的擬議特點。其中的文學
意涵，一方面具有「敘事意象」之雙構性原則，其二則具有「敘事文
體」的特性，從而開啓黃宗羲文道思想錯綜變化的面目。就前者而言，
意象之運用，本爲加強敘事作品之詩化程度的一種重要手段。是中國
敘事學與詩學聯繫上的特點，尤其敘事意象將中國文學中具有形象可
感性之詞語，往往匯聚著歷史和神話、自然和人文之多種信息，可以
觸動人們在廣闊的時空之間聯想。並闇合於前述之擬議化的思維方
式。此外並連繫著六朝時期的「言意之辨」的論題，進而成型於《文
心雕龍》〈神思〉篇中闡示之：「使玄解之宰，尋聲律而定墨。燭照
之匠，闚意象而運斤。此蓋馭文之首術，謀篇之大端。」將意象的陶
鑄與馭文之理論視爲相輔相成之關目。[123]

　　中國的敘事意象又兼有「共構性」之特點，《繫辭下傳》中論述，
「陰陽合德而剛柔有體，以體天地之撰，以通神明之德。」即已暗示
此傾向。在明代復古思潮之擬議思維中，前七子中何景明的〈與李空
同論詩書〉一文即爲復古派陣營中，極爲重要的論爭：

　　　　夫意象應曰合，意象乖曰離，是故乾坤之卦，體天地之撰，意
　　　　象盡矣。……譬之樂，眾響赴會，條理乃貫；一音獨奏，成章
　　　　則離。故絲竹之音要眇，木革之音殺直。若獨取殺直，而並棄要

---

[123] 楊義《中國敘事學》中考索「意象」一詞，雖首出於漢代王充《論衡·亂龍篇》中
　　有謂：「天子射熊，諸侯射麋，卿大夫射麋……夫畫布爲熊麋之象，名布爲侯，禮
　　貴意象，示義取名也。」將古代之射箭禮儀中，布上所繪之動物形象作爲箭靶，此
　　一「意象」之用法，實已接觸到儀式表象之中 蘊含著文化意義；亦即意象初成爲
　　一組詞之階段，即具有「表象」和「意義」之雙構性。但是依整體敘事學之體系而
　　言，楊義認爲當以易經《繫辭傳》和《文心雕龍》的言意之辨，對於文學中的意象
　　概念，較有敘事上的意涵，參見是書頁 341，290，292，293。

眇之聲，向以窮極至妙，感情飾聽也？[124]

何氏此文旨在批駁李夢陽「刻意古範，鑄形宿鏌，而獨守尺寸」之弊端，並不認同以噍殺之音或單一格調，來限制文學意象之發展，主張為詩當「推類極變，開其未發，泯其擬議之跡。」以及「領會神情，臨景結構，方能捨筏登岸，有益於道化。」此一論述，已然將擬議思維與敘事之意象理則綰合，主張成功的作品風格不當以其單構性為宗，而是以其多構性，來達到「眾響赴會」、「窮極其妙」之審美效果。並且將意象之應乖離合的組構及操作，與《易經》中之「天地撰作（創造）萬物」，有了密切之結合關係，[125]是以敘事意象之崛發，有助於本文間進行感悟力之分析，由此揭示它所隱藏的文化密碼。[126]

黃宗羲取象於「風」、「雷」之意象，即能彰顯以陰陽雙構性作為敘事理則的旨趣，貫穿於整體之文史論述之中，形成一組鮮明而錯綜的文學意涵。就意象之類型而觀，乃兼有「自然意象」與「文化意象」之性質，並泛化於敘事作品之中[127]，自然意象乃體現中國「天人合一」思維之於自然景物之敏感，並賦予人間意義和詩學情趣。而文化

---

[124] 何景明：〈與李空同論詩書〉，收於蔡景康編：《明代文論選》（北京：人民文學出版社，1999 年），頁 115。

[125] 楊義：《中國敘事學》（嘉義：南華管理學院，1998 年），頁 293。

[126] 楊義指出敘事意象之分析，有助於文學作品概念之原型之工作，特別是意象之雙構或多構性，並非某種「意義」和「表象」之簡單相加，它在聚合之過程中融合了詩人之神思與才學意趣，從而使原來之表象和意義都不能不發生實質性之變異和昇華，成為一個可供人反覆尋味之生命體。同時，意象生成的組構，可以對作品之品味、藝術之完整性及意境，產生相當內在之影響。再加上中國文字單字成義，以及時態之非原生性等特點，所以意象之分析當視為中國特色之詩學和敘事學的重要命題。參見楊義：《中國敘事學》（嘉義：南華管理學院，1998 年），頁 298。

[127] 楊義指出，意象經過作者之選擇及組合，達到象與意互相蘊涵和融合之狀態，它自然成為一種社會文化之審美載體，一種人文精神之現象。由於組成意象之物象來源不一，或來自自然、社會、民俗、神話、來自於作者直覺之靈感，或歷史文化之積累，而有不同類型之意象聚合。計有自然、社會、民俗、文化和神話意象、數種類型。楊義：《中國敘事學》（嘉義：南華管理學院，1998 年），頁 313，314。

意象則具有文人採行的隱喻手段和文化聯想。[128]

　　黃宗羲取象於風雷的特質，即兼有自然與文化意象這兩層意涵，此外並潛存在文化史上既有之論述傳統；例如清初編定之《淵鑑類函》一書，乃有「風」、「雷」兩大系列之歷代文史論述集成。可視爲此一組雙構性意象在整體文化深層結構之中，實已具備了豐饒的擬議思維，提供創作者，如何取精用宏，以體現出「天地之撰」的奧義[129]。如論「風」之系列引〈易稽覽圖〉曰：「太平時陰陽和風雨感同，海內不偏，地有險易，故風有遲疾，雖太平之政，猶有不能均同也。」《埤雅》曰：「天地之氣，噓而成雲，噫而成風。」而風之敘事意象又兼有：動物、宣氣、撓萬物、變色、解凍祛塵、送香飄粉等意義指涉。[130]

　　再如論「雷」之敘事意象，即引〈物理論〉曰「積風成雷」。《西京雜記》：「太平之世，雷不驚人，號令啓發而已」。又有謂「雷入地則孕毓根荄，保藏蟄蟲，避盛陰之害。出地則養長華實，發揚隱伏，宜盛陽之德。」而雷之意義指涉又兼有拒難折衝，動威彰德，出豫作解，震曜感生等特性。[131]

　　針對上述的觀察，自然意象與文化意象之間之彼此交互指涉，使得擬議風雷的這一組意象，具有更廣泛的層次性；亦即除了表層敘事功能之外，更兼

---

[128] 自然意象例如「蝴蝶」在莊周夢蝶，以及女色之喻如《蝴蝶夢》雜劇，〈蝶戀花〉詞牌中，獲致了充分之詮釋。又如菊花之於隱逸、晚香（晚節）之喻，亦為此一系列之表現。文化意象則如《西遊記》中以「猿」為心之神，以「豬」為意之馳。其始之放縱，上天下地，莫能禁制，而歸於緊箍一咒，能使心猿馴伏，蓋亦求「放心」之喻等等，兼有豐富的宗教、玄學及文化隱喻之特點，參見楊義：《中國敘事學》（嘉義：南華管理學院，1998 年），頁 321，322。

[129] 參見王士禎、張英等編纂《淵鑑類函》天部，頁 77（風目），頁 107（雷目）是書廣泛收羅歷代文化百科之史料，是清初官修之大類書，由天地人事，以迄草木蟲魚、官制民生，共計四十五部，再下分子目，以供詩文典故之查檢，是書乃由《藝文類聚》、《初學集》等十七種古代類書之基礎上擴編而成。

[130] 〔清〕·王士禎編：《淵鑑類函》，頁 77，83，84。

[131] 〔清〕·王士禎編：《淵鑑類函》，頁 108，109，110，111。

有深層敘事理則之思考。這一層次的特點，實攸關於文體自身的規律而言，剋就文學本源論的立場而言，黃宗羲的取象風雷，除了在易道方面兼有「自然之道」的意義之外 更與《文心雕龍》的〈檄移〉篇，有著強調變通的「創造之道」旨趣。亦即兩者一剛一柔、相輔相成而為變革的氣勢，檄文的「植義颺辭，務在剛健」與前述擬議為雷的動威彰德、拒難折衝的意義指涉相合。而移文的「文曉而喻博，洗濯民心」，又得以和擬議為風的動物宣氣、解凍祛塵的意義指涉連繫；由此可見自然意象與文化意象兩者的結合，有助於闡釋文道思想的雙構性思維，並且進一步確立文學本體論的基本架局。

置諸於明代文章「辨體」之學的探討，吳訥的《文章辨體序說》在論述「露布」（即檄文別稱）之文格外強調「奮發雄壯」，得以和《文心雕龍》所謂的「布諸視聽」[132]的軍事性文告特性一致。而此一文體又兼有征伐上的聲討性（如陳琳的〈為袁紹檄豫州〉一文）以及征召上的曉諭臣民及部伍（如司馬相如的〈喻巴蜀檄〉）。在寫作上需對整體形勢加以分析，並具有誇飾之詞，以表現出壓倒對方的氣勢。這一方面雖屬公牘文的性質，但寫得好的檄文如唐代駱賓王的〈為徐敬業討武曌檄〉即具有文學性，極有藝術感染的力量。[133]而徐師曾的《文體明辨序說》則以《文心雕龍》所謂的「插羽以示迅，不可使辭緩；露板以宣眾，不可使義隱」為然，並兼取報答諭告之意。[134]陳懋仁的《文章緣起注》，則看重「檄不切厲，則敵心陵；言不誇壯，則軍容弱」，同於《文心雕龍》所論的「標蓍龜於前驗，懸鞶鑑於已然」[135]的基本寫作

---

[132] 〔明〕・吳訥等著：《文體序說三種》（台北；大安出版社，1998 年），頁 48。

[133] 褚斌杰：《中國古代文體學》（台北：台灣學生書局，1991 年），頁 494。

[134] 〔明〕・吳訥等著：〈文體明辨序說〉・《文體序說三種》（台北；大安出版社，1998 年），頁 80。

[135] 〔明〕・吳訥等著：〈文章緣起注〉・《文體序說三種》（台北；大安出版社，1998 年），頁 23。

宗旨。

再者針對內部勸喻的「移文」而論，徐師曾指出當爲「諸司（內部）相移」之詞也，其名不一，故以「公移」括之，又有「咨」、「牒」、「關」等平行用語。[136]陳懋仁則強調「移、易也、讓責也」的特性，同於《文心雕龍》的「詞剛而義辨」的旨趣。[137]

這兩項文體規範的確立，「檄移」一格本屬「公告」性質，[138]兩者體用參伍，論者自其性質及對象而分「檄」本屬軍用文書，多爲下行或平行，「移」爲官家文書，多爲平行，或有下行者；又分「文移」用於文事，以及「武移」用於軍事兩分。[139]而檄者，就字義而言，乃「皦」也，有明白宣露之意；所以它必須先聲奪人，如疾風之衝擊萬物、氣勢弘偉。因爲事昭才能宣露，所以不可使「義隱」、「辭緩」，氣勢才能剛健。例如桓溫的〈檄胡文〉，「每惟國難，不遑啓處，撫劍北顧，慨嘆盈懷」將奔赴國難的激越心情，表達出戰爭的正義性的理直而氣壯。而移文則重視論証堅確，方能有移易風俗、令往而民隨。例如東漢劉歆的《移太常博士》一文，劉氏具陳書的理由爲博士不該抱殘守缺，忽視學官傳授經書的脫漏事實。其次不該深閉固距，理應接受得之於孔子宅壁中的古文經，以校今文經。其三漢哀帝已然下詔劉氏與五經博士論義，不當違明詔、失聖意。確立了以上三項的論點，故能得移

---

136 〔明〕·吳訥等著：〈文體明辨序說〉·《文體序說三種》（台北；大安出版社，1998 年），頁 81。

137 〔明〕·吳訥等著：〈文章緣起注〉·《文體序說三種》（台北；大安出版社，1998 年），頁 19。

138 周振甫認為在《文心雕龍》的文體論中，〈檄移〉（公告）與〈詔筆〉（布政）和〈封禪〉（祀典）三者同屬「王言」系列。而〈章表〉、〈奏啟〉和〈議對〉則屬臣子之作，另成一組。〈書記〉為朋友往來文字，自成一類，參見〔六朝·梁〕·劉勰著，周振甫注：《文心雕龍注釋》（台北；里仁書局，1998 年），頁 401。

139 〔六朝·梁〕·劉勰著，王更生編：《文心雕龍》（台北：金楓出版社，1988 年），頁 374-375。

文的辭剛而義辨的宗旨。[140]

透過上述的層層展示，黃宗羲擬議風雷的文體溯源，即是我們為了在文學本體論中，確立其「共構性」的敘事意象，亦即：

　　　取象於「雷」—尚奇明斷—與「檄」文之屬辭明斷相擬議。

　　　取象於「風」—移易性情—與「移」文之移風易俗相擬議。

兩者錯綜共構的結果，確立了「蓄積元氣鼓盪，發而為陰陽交感的風雷之文」之論文宗旨，方能進一步貫穿前述黃氏由易道〈原象〉中的擬議原則，進而綜括黃氏在「敘事」、「義理」、「經世」、「考証」、「抒情小品」以及「詩歌」等方面的作品。才能界定此一技巧性結構（即馭文之術）蘊含著深層的哲理性結構，將文道合一、以道貫技的根本性念，予以深切著明的體現。

源頭既清，波瀾自闊，是黃宗羲論斷文學本體的首要關目，唯有如此方能使文學的價值，走出「載體」的概念及侷限（亦即道之載體），不能開啟本體本源的千彙萬狀；或是淪入世俗習見、模倣門戶之見的載體。黃氏將文與道的關係重作貞定，從而以道為「擬議」，將文道合一的關係加以形著變化；取象風雷，發乎檄移之文的意義指涉就在此。試看黃氏諸多的詩文集題序之中，即恪守這一撥亂反正，破邪求實的信念；並寓以「尚奇明斷」的知人論世尺度，輔以「移易性情」的宏旨，將整體健全的文學與文化視觀，以及個人的使命感，在他的《明文案》和《明文海》兩部鉅著中，扮演詩文潮流下的疏鑿手，好教涇渭各清渾。

如以文道思想的總體論斷而觀，黃氏為其門人，亦即他在海寧講學的主持人許三禮所作的墓誌銘中，即將此一錯綜變化的文道關係，寓以深切著明的詮釋：

---

[140] 〔六朝・梁〕・劉勰著，王更生編：《文心雕龍》（台北：金楓出版社，1988 年），頁 400-404。

南皋有言，道體無方；中流一壺，即是康莊。有宋以來，執一
為道。以之治平，未見其效。降於今茲，道在口舌，塵飯塗羹，
妄相分別。侃侃安陽（即許三禮），講學東南，苟其力行，何
患不堪……一日所行，必告於天，風雨露電，相為後先，彰水
之滔滔，逝者如斯，先生往矣，豈不爾思。[141]

　　黃氏感懷許三禮不因官宦之身，而懈怠其講道論文之心「延攬人
才，上自賢豪名世，下至地巫、星客，一藝之長者，無不羅而置之幕
下」。並與黃宗羲在海寧一地立講會，傳斯文。許三禮更由黃氏親授黃
道周的《三易洞璣》，以及授時、西、回三曆，是曆算學方面的傳人。
並與數學家陳言揚、詩人查慎行皆為黃氏在海寧一域重要的門生。黃
氏引為知己自況，乃肇因於道體本無方。不容假借及偏執，才能有一
本而萬殊的變貌，學問如是，文章之道亦然。奈何宋代之後，執一為
道，有明一代，道在口舌，純為門戶之見，意氣之爭，都是見道不明
的因故。許三禮身體力行，以風雷般之意志及願力，將道體與人格的
主體復歸於一，實為文道思想由「文道合一」朝向「人道合一」；並由
「作品」的整體結構理則探索，遞嬗為「作者」與「讀者」在人格思
辨上的具體踐履。

---

[141] 〔清〕·黃宗羲著：〈兵部督捕右侍郎西山許先生墓誌銘〉·《黃宗羲全集（十）
--南雷詩文集》（浙江：古籍出版社，1993年），頁467

第三節 「文道合一」的內容：文章乃天地之元氣，

陰陽交感，蓄積風雷鼓盪

一、「氣一元論」之思想與「風雷之文」互為表裡的創作理念

黃宗義身值明清世代交替的幃幕之下，面對戰火與亂離的悲慨之際，「文學」的視野顯然已經不再只是「純文學」的單一脈絡，或是「雜文學」的籠統概括；而是進一步地綰結著更為曲折的心緒，以及繁複的審美要求。屆此，誠如成復旺等論者，咸以為黃氏的詩文理論，當界定在「回顧、總結、求變」的此一重大階段；[142]體現出在典範轉移歷程之中，應該有獨具隻眼、總攬全局的文學視域。特別是前述的風雷之文與黃氏關注的元氣論實有密不可分的關係；以氣言道的思路，當溯源自他所繼承的蕺山之學。

劉蕺山申論八卦的「貞下起元、迭運不窮」的制作之道，與黃宗義揭示蓄積元氣鼓盪，發而為風雷成文的文道觀，可謂相輔相成：

> 君子之於學也，必大有以作之，則八卦之義盡是矣。然約之不過存養省察二者而已，如風雷火動，氣也，即省察之說而繼之以致役之坤。省察之後宜存養也，如澤水山靜，氣也，即存養之說而間之以乾之戰，存養之中有省察也。至艮以成終之役，後轉而震，貞下起元，存養省察之功，迭運不窮，又有無時可息者，此聖學之所以日進無疆與！[143]

---

[142] 成復旺、黃保真、蔡鐘翔：《中國文學理論史——明清鴉片戰爭時期》（台北：洪葉文化事業有限公司，1994 年），頁 112

[143] 〔清〕·黃宗義著：《子劉子學言》·《黃宗義全集（一）--哲學、政治思想》（台北：里仁書局，1987 年），頁 303。

　　蕺山此言，顯然是便於申論易經〈說卦傳〉中，雷以動之，風以散之，相見於離・致役於坤，戰乎乾，勞乎坎，繼之而言成言乎艮，萬物又出乎震，循環的變化規律。[144]並同時彰顯流行中有對待，對待之中又有流行的理則。故謂省察存養兩者並俱，交養互省，或動或靜，皆一氣之流行。「乾之健即濟之以坤之順，震之動即濟之以巽之入，火之燥即濟之以水之濕，兌之說即濟之於艮之止。」[145]八卦之中，本有兩兩相反相成的自明之理，仍歸宿於蕺山的氣一元論體系之中。黃宗羲乃試圖進一步將敘事結構（馭文之術）得以呼應著「天人之道」（哲學本體論），並由取象「風雷」的擬議及詮表，將敘述對象之間的錯綜複雜關係，予以合理的編配。

　　黃宗羲文學思想的宗旨，不外乎繼承了理學家看重功夫與實踐的路數而來，因此格外看重作者與作品在創作境界上的相涵相攝，以及表裡一貫之道。「元氣」觀的揭示，旨在彰顯出文學的存在價值，實乃吾人一體的胸襟才學，必須相應於長宙大宇的規律，以上達天人、下通歷史；甚且吾人小我的遭遇，也得以與時推移，陶鑄為大我氣象的文學作品，以臻「至文」的境域。

　　「元氣」一格的確立，施之於文學評論，助益尤大。黃氏不僅以畢生功力，傾注於《宋元》和《明儒》兩部學案的編定，對於理學諸家的論斷也秉持「理氣一元」的宗旨，探討各家的得失，例如《明儒學案》中的，胡敬齋傳、魏莊渠傳（〈崇仁學案〉）、季彭山傳（〈浙中王門學案〉）、胡廬山傳（〈江右王門學案〉）、唐凝菴傳（〈南中王門學案〉）、呂巾石傳、楊止菴傳、王順渠傳、（〈甘泉學案〉）、曹月川傳、羅整菴傳、王廷相傳（〈諸儒學案〉），例如針對「棄文入道」的前七子

---

[144] 劉君祖：〈說卦傳〉・《經典易》（台北：牛頓出版社，1994 年），頁91。

[145] 〔清〕・黃宗羲著：《子劉子學言》・《黃宗羲全集（一）--哲學、政治思想》（台北：里仁書局，1987 年），頁 303。

王廷相的論氣說，加以評斷，主張「蓋天地之氣，有過有不及，而有愆陽伏陰，豈可遂疑天地之氣有不善乎？夫其一時雖有過不及，而萬古之中氣自如也。」[146]在他的立場下，陰陽之氣固然有所消長，但是不能以片面的現象概括氣與性之有清濁強弱之分，必須洞鑒整體元氣生成變化的理則。才能如實的說明「氣外無理」。所謂理者，當爲氣之自有條理而言，並非別有一義。凡此諸項，都是黃氏一貫的立場，無論是知人論世、或評騭學術，往往以「理氣一物」和「心即理」的判準，交互運用。[147]此外更編有《明文案》（後增編爲《明文海》）的文學企圖，試將有明一代可以傳世不朽的經典之作，作一全局在胸的評定甲乙《四庫提要》對是書的定位曾謂：

> 明代文章，自何、李盛行，天下相率為沿襲剽竊之學。逮嘉隆以後，其弊益甚，宗羲之意在於掃除摹擬、空所倚傍，以情至為宗；又欲使一代典章文物，具藉以考見大凡。

在這一評語中，「以情至爲宗」、「以考見大凡」二語，恰能說明黃氏鮮明的學案式思維，亦即看重「宗旨」觀的思路。無論是文學、思想等方面，俱有「發凡起例」的用心，並且一掃明代中葉以來，諸家爭議不斷的「法古」、「性靈」、「復古」抑或「學古」上種種不同層次的爭詰。在這一點上，黃氏秉以個人實際創作的體會，感觸至深：

> 余觀古文自唐以後為一大變。唐以前字華，唐以後字質……其所變者詞而已，其所不可變者，雖千古如一日也，得其所不可變者，唐以前可也，唐以後亦可也。不得其所不可變，而以唐之前後較其優劣，則終於憒憒耳。

---

[146] 〔清〕·黃宗羲著：〈諸儒學案〉．《明儒學案》收錄於《黃宗羲全集》第八冊（台北：里仁書局，1987年），卷50，頁1174。

[147] 古清美：〈從明儒學案談黃梨洲思想上的幾個問題〉．《明代理學論文集》（台北：大安出版社，1990年），頁354。

　　黃氏此言，一舉揭露了明季「文必秦漢、詩必盛唐」等制式思考的窘態，而予以獨立思考的意涵；對於文章之道的法式所在，乃在探詢傳世不朽的經典之所以成爲「至文」的關鍵所在。而非徒立典範，造成門戶頃軋入主出奴的亂象：「自此意不明，末學無知之徒，入者主之，出者奴之，入者附之，出者汙之，不求古人原本之所在，相與爲膚淺之歸而已矣！」[148]

　　反觀明季前後七子之宗唐，或反動者主宋，或濟之以性靈，代之以奇險，無異於「以火濟火，以水濟水」的盲點。咸爲不肯認取文學之大本大原的因故。錢謙益也指出，古之爲詩者有本焉：

> 結轖於君臣夫婦朋友之間，而發作身世偏側時命連蹇之會……魁壘耿介，搓枒於肺腑，擊撞於胸臆，故其言之也不慙，而其流傳也至於歷劫而不朽[149]。

　　文章所以能「歷劫而不朽」者，此即黃氏所推崇的「至文」了，回歸到黃宗羲的元氣觀的宗旨來談，一般文論中的「文氣」和「才氣」之歸宿處，正是所謂「能折困其身而不能屈其言」的天地元氣，亦可名爲「寓理之氣」。[150]並絪合著「擬議風雷」的命意，在憂患之際，陽氣在壓迫中萌生，寓有生生大義。例如他推崇其弟黃澤望的文章，即爲佐證：「其文蓋天之陽氣也。陽氣在下，重陰錮之，則擊而爲雷，陰氣在下重陽包之，則搏而爲風。」[151]

---

[148] 《南雷文定·前集》卷一，收入楊家駱主編：《中國文學名著第六集》第 16 冊（台北：世界書局），頁 118。

[149] 〈周元亮賴古堂合刻序〉，引自郭紹虞：《中國歷代文學論著精選》下冊，（台北：華正書局，1984 年），頁 5。

[150] 張亨：〈試從黃宗羲的思想詮釋其文學世界〉·《中國文哲研究期刊》（1994 年，第 4 期），頁 197.198。

[151] 〔清〕·黃宗羲著：〈縮齋文集序〉·《黃宗羲全集（十）--南雷詩文集》（浙江：古籍出版社，1993 年），頁 12。

　　黃氏明白的揭示以其弟黃澤望之文風作爲風雷之文的典型，可視爲天地不朽之元氣。在〈縮齋文集序〉中，他則具體分析了由元氣之分疏而有陰陽二氣，在不同情勢下，相互搏擊而產生的兩種性質不同的文學。其一是黃宗會(字澤望，宗羲之弟)，以及宋代亡國之後的遺民謝翱等爲代表的「陽氣」所鍾的淸剛之文。這類作品是「陽氣在下，重陰錮之」的時代產生的，即是擬議爲「雷」的理則：

> 商之亡也，〈采薇〉之歌，非陽氣乎？然武王之世陽明之世也。以陽遇陽，則不能爲雷。宋之亡也，謝臯羽、方韶卿、龔聖予之文，陽氣也，其時遍於黃鐘之管，微不能吹纊轉雞羽，未百年而發爲迅雷。元之亡也，有席帽、九靈之文，陰氣也，包以開國之重陽，蓬蓬然起於大隧，風落山爲蠱，未幾而散矣。

　　震卦是二雷相重，黃宗羲以「陽氣」代表社會正義、民族正氣，用「重陰」代表漢族以外的其他民族所建立的王朝的統治(如蒙古族建立的元朝、滿族建立的淸朝)。高壓之下一如重陰錮之，則「擊而爲雷」，在此期能夠表現出民族正氣的文學作品都可視爲陽氣也。在「嚴冬」到來時，它微弱得好像連最輕的東西也吹不動（如偵候節氣之用的十二律管中的葭灰），但卻在高壓下積蓄力量，進行著看似無聲卻爲「元氣」蓄勢儲備，伺機發而爲迅雷之文。第二種情況，亦即作品的性質也屬於「陽氣」，同樣表現了正義，反而遇到了「陽明之世」。像商朝滅亡以後產生的〈采薇〉之歌，也屬陽氣，但遭逢了周武王治理的「陽明之世」，建樹了許多值得推崇的文治武功，因此就欠缺必然的理據，作爲凝聚民心成爲反抗的力量了。故謂「以陽遇陽，則不能爲雷」。

　　在這裡黃宗羲運用了易傳的擬議思維來闡示文學的本源論，亦即縮結了「自然之道」和「創造之道」的文道理則。對於變革的要求，也就同時考慮了作者與作品的性情結構，並與當時外在宇宙或大環境

的政治、人心結構，兩者等同起來，作一有機而整體的考察。[152]我們進一步就擬議為「風」的理則而言，他把表現這種愚忠思想及行為的文學作品的性質定為「陰氣」。例如元朝滅亡後，席帽山人王逢、九靈山人戴良等人的作品乃判為「陰氣也」，像這些人在入明以後，屢拒徵召，甘作遺民。就整體理則而觀，他們的作品表現的思想雖然一時能在陰暗的隧道裡捲起一陣風來，但他指出「風落山為蠱」(《易·蠱》上卦為艮乃山，下卦為巽為風。擬議賢者在上；在下為風，為柔，比喻君王之教令。山下有風，乃指賢人在位，以德化民) 在賢者當政，以德化民的情況下，擬議為「風」的理則在大環境中也無所作用，就會很快消散了。由此可見，黃宗羲把文學的本原抽象為「天地之元氣」。這一方面又與明末文壇宗師錢謙益的主張一致，都說文章是「天地之元氣」，所謂「元氣」，也都是指天地之間(自然、社會)存在的一種磅礴生氣、生命力量。他們也都認為遭逢厄運危時，淪亡顛覆，正是元氣鼓蕩而出，產生金聲玉振的不朽「至文」。錢謙益認為，文學作品主要是抒寫「興亡升降」之情境激起個人心靈中的「感嘆悲憤」之氣慨；

> 夫文章者，天地之元氣也。忠臣志士之文章與日月爭光，與天
> 地俱磨滅。然其出也，往往在陽九百六淪亡顛覆之時，宇宙偏
> 診之運與人心憤盈之氣，相與軋磨薄射，而忠臣志士之文章出
> 焉。有戰國之亂，則有屈原之楚辭，有三國之亂，則有諸葛武
> 侯之出師表。

在他的元氣觀之下，天地變化與人心之精華交相擊發，即能產生

---

[152] 成復旺指出，黃宗羲的政治思想也同樣表現在文學理論之中，即把天下看作「天下人」的天下，而不是一家一姓的天下。黃宗羲的文學本質論、本原論鼓吹反抗，是鼓吹反抗不合歷史及人性規律的文學，不單是為了恢復朱明王朝，重睹漢官威儀。他是反對那種不辨正、邪，而為舊王朝守節的愚忠行為。參見成復旺、黃保真、蔡鐘翔：《中國文學理論史—明清鴉片戰爭時期》（台北：洪葉文化事業有限公司，1994 年），頁 128。

新變代雄的文學鉅作，故謂：「文章者，天地英淑之氣與人之靈心結
檽而成者也。」[153]

錢氏以文章大家的角度來表現文氣論的立場，黃宗羲則提高到哲
學思考的層境，將中國古代的元氣論和「陰陽」二元的雙構性來闡示
文學思想，高度抽象爲具有普遍品格的詩文美學。他把自然變化與社
會盛衰的原因歸結爲陰、陽二氣的消長遞嬗，據成復旺等人的考證，[154]
這種理論早在西周末年就出現了。〈國語·周語上〉說：

> 幽王二年，西周三川皆震。伯陽父曰：「周將亡矣！夫天地之
> 氣，不失其序，若過其序，民亂之也。陽伏不能出，陰迫而不
> 能烝，於是有地震。今三川皆震，是陽失其所鎮陰也。陽失而
> 在陰，川源必塞，源塞，國必亡。」[155]

這是說陰陽二氣的失調，勢必造成日後自然與社會中的巨大變
故。後來，在《易傳》中則更加具體深入地解釋兩者之間的有機關聯
性。擬象議爻、觸類旁通的易學世界，在這裡遂能提供歷代思想家與
文藝創作者豐饒的意象，以及感時憂患的哲思。在元氣觀的籠照之下，
陰陽消長的規律，一來反映了文學史觀（例如在世代交替的局勢下，
每有至文出現），一者也是點出爲文者如何不爲「人」惑，不爲「時」
惑，而能自立矢向，洞鑒文學的本源所在。就黃氏個人的文學實踐而
言，他即窮其畢生之力，訪求天下至人至文。無論是學案、文案之編
纂、或詩集文集之評點，他的耿耿孤詣，不外乎企求撥亂反正，好讓
人事代謝的不平之事陰盡陽昇，蔚爲傳世不朽的至文。

---

[153] 〔清〕·錢謙益撰：〈純師集序〉、〈覆李叔則書〉、〈李君實恬致堂集序〉皆收
於《牧齋初學集·牧齋有學集》（台北：商務印書館），卷40，卷39，卷31。

[154] 成復旺、黃保真、蔡鐘翔：《中國文學理論史—明清鴉片戰爭時期》（台北：洪葉
文化事業有限公司，1994年），頁126。

[155] 〔周〕·左丘明撰，〔三國〕·韋昭注：《國語》（台北：漢京文化事業，1983年），
頁26、27。

試觀他的代表作《明夷待訪錄》一書，題辭曰：

> 起周敬王甲子以至於今，皆在一亂之運。向後二十年交入『大壯』，始得一治，則三代之盛猶未絕望也。……然亂運未終，亦何能為『大壯』之交！吾雖老矣，如箕子之見訪，或庶幾焉？[156]

箕子「明夷」，交入「大壯」，皆為易卦之取象，挹注著作者在憂患之際的憤悱之情，以及蓄勢待發的經世宏願。但是作者「深切著明」的寄託，不外乎立言以備來日，希冀能扭轉乾坤，不獨為遺世的浩嘆。此書並非為殘明立法，而是為「百世作制」；其雄心壯志諸如〈原君〉、〈原臣〉、〈原法〉諸篇，慷慨陳辭，是其正氣之所賴；另一方面《明儒學案》之制作，更有網羅一代正氣人物的企圖，〈姚江〉、〈蕺山〉、〈東林〉學案諸文，展卷讀來每每陽氣騰躍，實為鏗地有聲的警策大義。試觀〈東林學案〉之陳辭：

> 言國本者謂之東林，爭科場者謂之東林，攻逆奄者謂之東林，以至言奪情姦相討賊，凡一議之正、一人之不隨流俗者，無不謂之東林，若似乎東林標榜，遍於域中，延於救世，東林何不幸而有是也？東林何幸而有是也？……數十年來，勇者燔妻子，弱者者埋土室，忠義之盛，度越前代，猶是東林之流風餘韻也。[157]

「一堂師友，冷風熱血，洗滌乾坤」，即為黃氏撰作此一學案的心靈意緒，唯有透過傳神勾勒的筆觸，歷代諸儒的修持節慨，語錄學思，才能彰顯氣象。此誠君子小人之道，在此消彼長之際，仰賴如椽大筆，方能光耀千秋。

---

156 〔清〕·黃宗羲著：《明夷待訪錄》（台北：金楓出版社，1987 年），頁 26。

157 〔清〕·黃宗羲著：〈明儒學案〉收錄於《黃宗羲全集》第八冊（台北：里仁書局，1987 年），頁 1375。

在這裡有必要說明元氣觀的揭示，並非一般理學家片面而狹隘地歸於「教化」之意涵，或如醫術與陰陽家將之視為神秘之術，不傳之絕學。反而是正視氣在天地、歷史、人間、藝術等不同層面的具體展現，視之為與吾人有著息息相關、密不可分的關係，「以氣言道」的思路，也正是奠基於斯，才能如時展現文道關係的千彙萬狀。那麼天地元氣何在？倘若不是寄託於辭章、聲律、典故、章句等層面，那麼學人又當如何體會與化育吾人之元氣？

黃宗羲對於道體的混沌萬狀，以元氣的流行變化作為疏通的進路，而元氣在本文中我們將之界定為「寓理之氣」，此理就黃氏心學的體系而言，乃窮究本心之萬殊，而非萬物之萬殊。一本而萬殊之間，氣之流行，實有其理則。人與物同具形氣及知覺，但彼此之間容有分疏：

> 人之靈明，惻隱羞惡辭讓是非，合下具足，不囿於形氣之內；
>
> 禽獸之昏濁，所知所覺，不出於飲食牡牝之間，為形氣所錮，
>
> 原是截然分別，非如佛氏渾人物為一途，共一輪迴託舍也。[158]

人與物同具天地之氣，但其中分野就看是否為一身之形氣所局限。在大宇宙（天）與小宇宙（人）之間，渾然有一套相應的秩序；他認為「天地之大，不在崑崙旁薄。而在葭灰之微陽，人道之大，不在經綸參贊，而在空隙之虛明」。黃氏的元氣論，純以探究理氣一元的本質為宗旨，對於歷來儒家、道教以及中醫泛論元氣的說法，有所檢擇。他不苟同將一元之氣，分別為先天，後天兩截，或理先氣後，理在氣外，天氣、地氣二分等等義理型態。在他的元氣論中，只有「寓理之氣」和「一般之氣」的分別，亦即氣之精純者和氣之粗略者的分別。但是對於氣在天地宇宙間的分殊變化，他實有高度探索的興趣。

---

[158] 〔清〕·黃宗羲著：〈孟子詩說〉·《黃宗羲全集（一）--哲學、政治思想》（台北：里仁書局，1987年），頁111。

此則說明，天地雖是一氣流通，但只有人類秉此靈明不忍之性，故在宇宙之中，扮演一極為特殊的角色：「耳目口鼻，是氣之流行者。離氣無所為理，故曰性也。然即謂是性，則理氣渾矣，乃就氣中指出其主宰之命，這方是性。」[159]在他的內在一元思路下，一方面不容許理氣、氣質和義理之性在人性論中歧出為二。另一方面又試圖在氣之流行中建立主宰。以這樣的視野來論氣，對於元氣的流行變化，偏重於氣的實然層次，頗能詮釋其中的特質。

就氣與「人」和「萬物」的關係而言，氣之粗者物，只能算是所謂的「氣質之性」，但無理可言。有理之氣為氣之精者，唯人得之。就氣而觀，人與物的差別在本質上，必須以「理」之有無作為界定。但就同屬於氣，同具自性，同有知覺而觀，人與萬物又是相通的：

> 若論其統體，天以其氣之精者生人，麤者生物，雖一氣而有精麤之判。故氣質之性，但可言物不可言人，在人雖有昏明厚薄之異，總之是有理之氣，禽獸之所稟者，是無理之氣，非無理也，其不得與人同者，正是天之理也。[160]

黃氏此論，不僅為了疏理歷來儒家性理之論的爭議，另一方面乃針對佛家投胎轉世輪迴之說，混同人物二氣的說法，大表不滿。他只認為人有喪其良心入於禽獸一途的現象，但沒有禽獸復而為人的根據，這是他的元氣論的基本輪廓，作為綜觀氣的分殊變化，以及以氣論世的具體詮釋。

對於吾人一身之氣的生前死後的探究，黃氏認為無論是六朝以來的「形神」死後滅或不滅論，抑或是風水堪輿論者看重的「形‧氣」

---

[159] 〔清〕‧黃宗羲著：〈孟子詩說〉‧《黃宗羲全集（一）--哲學、政治思想》（台北：里仁書局，1987年），頁161。

[160] 〔清〕‧黃宗羲著：〈孟子詩說〉‧《黃宗羲全集（一）--哲學、政治思想》（台北：里仁書局，1987年），頁135。

之論，爭議的焦點都不外乎形和神與氣的轄屬關係，亦即人的肉身死亡之後，人的骨骸與精神兩者，對於子孫而言，應有什麼樣的對待關係，才是合理得宜？黃氏看重其中氣的聚散及變貌，他認為父祖一輩和子孫之間，生前的氣，已不相同，又如何能證明死後尚且能相通？「一謝當身，即同木石。枯骸活骨，不相干涉，死者之形骸，即是折臂刖足蔿指劓鼻也，在生前，其氣不能通一身，在死後，其氣能通子孫之各身乎。」[161]黃氏認為應當分析這些形神與氣論之間真正的道理何在。他認為當以「心」之能安與否，作為判準。亦即對於慎終追遠之精神，是否真正恪守，亦能敬謹為之，則祖先遺澤必有精神之充盈不竭。以此理念來審議安葬時的選址，以及遺骨的處置，就能有一合理得宜的作法，而不盲信世俗的鬼蔭之說，或如一般儒者，只主理而斥形氣，或如重葬地者只重形氣，而不深究其理。

> 其祭祖也，三日齋，七日戒，求諸陽，求諸陰徬徨淒愴，猶不能必祖考精神之聚否。今富貴利達之私，充滿方寸，即無知之骸骨，欲其流通潤澤，是神不如形，孝子不如俗子也。……焚屍之慘，夫人知之，入土之屍，棺朽骨散，拾而置之小櫝，其慘不異於焚如也，何如安於故土，免戮屍之虞乎，即不吉亦不可邊也。……

至於佛家的輪迴說，更與他的信念不合，凡此種種，都是他在疏通這些分歧意見時，試圖將一身之氣的生前死後的對待上，作一相應的詮釋。黃宗羲反對儒家中把理氣分開而論，一方面則由此質疑佛家的性空思想。據佛家言，緣起性空，萬法生滅本無自性，人生亦是業力流轉，不斷輪迴而已。梨洲則云輪迴與地獄之說都不能符合他元氣論的判準，就像那些凶暴之徒，性情已非常理所能蓋括，死後或有淪

---

[161] 〈葬書問對〉·〈南雷文定·前集〉卷十一，詳見楊家駱主編：《中國文學名著第六集》第16冊（台北：世界書局），頁169。

為禽獸異類的可能,但仍在慣例之外:

> 然則釋民投胎託生之說有之乎?曰:有之而不盡然也。……凶
> 暴之徒,性與人殊,投入異類,亦或有之。此在億兆分之中,
> 有此一分,其餘皆隨氣而散。散有遲速,總之不能留也。……
> 試觀天下之人,尸居餘氣,精神曚憧,即其生時,魂已欲散,
> 焉能死後而復聚乎?且六合之內,種類不同,似人非人,地氣
> 隔絕,禽蟲之中,牛象蟻蝨,大小懸殊,有魄無魂,何所憑以
> 為輪迴乎?[162]

這一聚散之理,乃針對世俗之人而論,在黃氏的元氣觀中,「聖賢
之精神,長留天地」,「凡後世之志士仁人,其過化之地,必有所存之
神,猶能以仁風篤烈,拔下民之塌茸,固非依草附木之精魂。」同理
可證,他認為倘使世俗之人,能真誠地慎終追遠,則子孫即為祖先的
「未盡之氣」,亦即祖先的精神仍長留在子孫的思慕之中,否則將同一
散盡也。他並嚴辭批判地獄之說的不可信,認為不符合元氣鼓盪,陰
陽調和之理,純是世俗一廂情願,迷信之說,對於世間的罪惡,也沒
有得到必然的扼制:

> 夫人之為惡,陰也,刑獄之事,亦陰也。以陰止陰,則沍結而
> 不可解;唯陽和之氣,足以化之。天上地下,無一非生氣之充
> 滿,使有陰慘之象,滯於一隅,則天地不能合德矣。故地獄為
> 佛氏之私言,非大道之通論也。[163]

對於大奸大惡之懲處,他認為唯有強化史家的社會針砭功能,將
其人其事,傳之於世,得到社會輿情的效果,則遠比地獄之說,更能

---

[162] 〔清〕‧黃宗羲著:《破邪論‧魂魄》‧《黃宗羲全集(一)--哲學、政治思想》
(台北:里仁書局,1987 年),頁 196、197。

[163] 〔清〕‧黃宗羲著:《破邪論‧地獄》‧《黃宗羲全集(一)--哲學、政治思想》
(台北:里仁書局,1987 年),頁 198、199。

正本清源。

　　一身之氣生前死後的分殊變化，對於聖賢豪傑等特殊人物而言，則不在此限。此是由於他們已非囿於人之一身，而是寓有天地恒常之理的元氣，故爲精神充盈的表徵，得以歷久彌新：「每見古德，於名賢過化之跡，必極力護持，真淨之青松社，惠勤之六一泉，皆是也，天地閒清淑之氣，山水文章，交光互映，雪泥鴻爪，不與劫灰俱盡耳。」[164]黃氏認爲能以情至爲宗，不隨世俗習心幻結、隨人俯仰的詩人，別有一番殷切的期待。認爲他們都能將山川物色與身世遭逢的感觸，推陳出新，一寫性真。這些契屬於詩歌本質的詩人及作品，都可視爲天壤間的元氣：

> 余觀當今之作家，有喜平淡而出之率易，有喜豔麗而出之委曲，有獨創以為高，有妮古以為非法，非不各持一說，以爭鳴於天下。然而徬徨塵垢，象沒深泥，眾情交集，豈能孤行一己之情乎？夫此戚然孤露之天真，井底不能沈，日月不能老，乃從來之元氣也。元氣不寄於眾而寄於獨，不寄於繁華而寄於岑寂，蓋知之者鮮矣。[165]

　　竭力闡揚歷來能抗懷當代、逆流而上的人物，並且可謂是獨具隻眼，將這些不世出的人傑內心之寂寞與洞見，予以深切著明的詮釋。同樣的視異代之遺民實爲天地之元氣也，雖重陰錮之，也必蓄勢而發，有所期待。而對於不世出的女性人物，他也特別予以致意，認爲他們的性情及作爲，往往振拔於世俗與時局之上，實爲的陽和之氣，亦可謂天地之元聲，甚能刮磨斯世之耳目；例如〈周節婦傳〉：

---

[164] 〈永樂寺碑記〉，〈南雷文定・後集〉卷一，詳見楊家駱主編：《中國文學名著第六集》第 16 冊（台北：世界書局），頁 13。

[165] 〔清〕・黃宗羲著：〈呂勝千詩集題辭〉，《黃宗羲全集（十）--南雷詩文集》（浙江：古籍出版社，1993 年），頁 103。

霜雪之後，繼以陽和，天之報施苦節，未嘗不刻期而信也，嗟夫，家猶國也，……凡今之人，侈社稷苞桑之功，而輕單門風雨之瘁，此之謂不知類矣，今聖天子無幽不燭，使農里之事，得以上達，綱常名教，不因之而益重乎。[166]

又如明代亡國之際，許多女性慷慨赴難，而不倖存苟活之舉，也令黃氏在下筆之際，喟嘆不已，例如〈余恭人傳〉中的敘述，直視這些不朽之靈魂，為天地之元氣，不下於宋亡之際，文天祥、陸秀夫等豪傑人物：

> 甲申之變，凡夫人之在京邸者，或從子而死，或從夫而死，……固皆地捲朔風，庭流花雪，而其景象之慘惡者，……少女縊斷而墜，不得死，乃開窗擲身樓下，血如泉湧。又不死，有老蒼頭在側曰：「夫人何不死於井乎？」，少女曰：「不可，太夫人命同死一處，豈得違之。」遂脫金條脫賞蒼頭，重扶樓上，助其結繯始死。……余為之作傳淚涔涔不能止，因念史遷絕無此等文字，使後人讀之，無不痛哭者。……然則諸夫人之從者，固女中之文陸也，若恭人者，淒楚蘊結，亦猶之謝、方、龔、鄭皆天地之元氣也。[167]

由此可見吾人的一身之氣，雖然終不免有性別上的不同，也不能跳脫生老病死的規律，而像上述特立孤行、恥身異代、以及女中英傑的過化之跡，也都可視為形氣的延展及影響。甚且形成一地一域的風氣，對於時局的潛移默化，極有可能在特定時空成為襲捲一世的能量。黃氏特別以他身處的浙東一域，即有許多前賢蔚聚的人文傳統，說穿

---

[166] 〈周節婦傳〉‧〈南雷文定‧三集〉卷二，詳見楊家駱主編：《中國文學名著第六集》第16冊（台北：世界書局），頁44。

[167] 〈余恭人傳〉‧〈南雷文定‧三集〉卷二，詳見楊家駱主編：《中國文學名著第六集》第16冊（台北：世界書局），頁45。

了實由上述的「形氣」積澱而為「地氣」有以致之：

> 文章不特與時高下，亦有地氣限之，明越兩郡，其地密邇，同
> 一風氣，明初楊鐵崖、戴九靈，為文學宗老，唐丹崖、謝元功、
> 趙謙，比肩而作，宋無逸、鄭千子，皆楊門弟子，其時師友講
> 習，炳然阡陌，一時號為極盛。[168]

地氣之明晦固然有一盛衰的變化，而一旦出現了不世出的豪傑，
就極有可能將前代的地氣，作為轉移風會的氣勢，例如黃氏十分推崇
的李杲堂：

> 先生尤長於麗語，使當詞頭之任，真足華國，而以廟堂金石，
> 散為竹枝禪頌之音，豈不可惜。然宋景濂謂謝翱、方鳳、吳思
> 齊、皆工詩，客浦陽，浦陽之詩，為之一變。向若先生草率青
> 雲……亦豈能一變甬東之風氣，如三子哉。

對於他的道德文道，黃氏並不僅以甬上門人視之，進而賦予厚望，
無非是希望他能陶鑄浙東文統，別開生面。

對於樂律和天地陰陽之氣的消長關係，則表現為「律呂之氣」的
剖析，表現出古人對於音樂和節氣取得相應而協調的重視。黃氏根據
漢儒傳黃鐘之陽，秦儒傳黃鐘之陰，[169]闡明十二律呂、三分損益與一年

---

[168] 〈李杲堂先生墓誌銘〉．〈南雷文定．前集〉卷七，詳見楊家駱主編：《中國文學
名著第六集》第16冊（台北：世界書局），頁119-121。

[169] 鄺芷人：《陰陽五行及其體系》（台北：文津出版社，1992年），頁181-185。十
二律分陰陽五行之說，見於漢書律歷志：「五聲之本，生於黃鐘之律，九寸為宮，
或損或益，以定商、角、徵、羽。九六相生，陰陽之應也。律十有二，陽六為律，
陰六為呂。律以統氣類物，一曰黃鐘、二曰太簇、三曰姑洗、四曰蕤賓、五曰夷則、
六曰亡射。呂以旅陽宣氣，一曰林鐘，二曰南呂、三曰應鐘、四曰大呂、五曰夾鐘、
六曰中呂。」

史記把律數用來疏通「五行八正之氣」（八正之氣是指八方之風，如不周氣、廣莫風
等），其動機也是整體思維的要求。十二律原是指音的高度而言，也就是指音調，
企圖把天籟與音調構成整體理論。所以，當史記從自然現象解釋十二律時，這其實
就表現這種想法。

節氣的關係：

> 每管一寸之下，始竅而吹之，除三寸九分，為黃鐘之律，其餘
> 九寸為實管不吹，應地下候氣九寸之數也。地氣自下而上，人
> 氣自上而下，其數皆相應也。一寸之下，除九寸，為蕤賓之律，
> 其餘三寸九分為實管不吹，三寸九分者，應地下候氣三寸九分
> 之數也。長至九寸，短至三寸九分，皆陰陽升降之極數也。中
> 間四寸五分為大呂，五寸四分為太簇，六寸四分為夾鐘，七寸
> 二分為姑洗，八寸二分為仲呂，變律以九分為度，此皆吹律之
> 管也。除吹律之外，其餘實管不吹之處，即候氣之數也。冬至
> 陽氣潛萌，入地九寸始得之，故黃鐘候管長九寸。……自冬至
> 以後，陽氣漸升；夏至以後，陽氣漸降，升則出地漸遠。然吹
> 律之下一寸，為不吹之處，候律亦空餘一寸為斜倚補數，如斜
> 律一尺，止比直律九寸，此則乘除之法也。[170]

黃氏何以對律呂之氣如此究心，[171]一方面固然是其博洽尚奇的學問
脾性，有以致之。再者是置諸於他所確信的元氣論，在氣的分殊上，

十二律配陰陽五行，其法是把十二律所對應的律數（律管之長度按照多寡而排列先
後，例如黃鐘的律數為八十一，故排為首位，而應鐘的律數為四十二（約數），故
排在最終位。然用十二地支表示此先後次第，於是便有黃鐘配子，大呂配丑，最
後而應鐘配亥等。在這種情形下，奇位（子寅辰午甲戌）為陽，偶位（丑卯巳未酉
亥）為陰。至於五行方面，則又按照天干之所屬（如甲乙木）。利用陰陽五行的思
維架構，整體地及系統地討論音律，這在方法論上是值得推崇的，因為個別性常要
藉整體性或系統性才能加以解釋。

[170] 〔清〕·黃宗羲著：〈孟子詩說〉·《黃宗羲全集（一）--哲學、政治思想》（台
北：里仁書局，1987年），頁88。

[171] 古人以葭莩（蘆葦）之灰，亦即燒葦膜成灰，置於十二律管之中，放密室內，以占
氣候，某一節候至，某律管中的葭灰即飛出，示該節候已到。如冬至節至，則相應
之黃鐘律管內的葭灰飛動。在《後漢書·律曆志上》即言：「候氣之法為室三重，
戶閉，塗釁必周，室中緹縵，室中以木為案，每律各一，內庳外高，從其方位，加
律其上，以葭莩灰抑其內端，案曆而候之，候枑者灰動。」參見《辭源》（台北：
遠流出版公司，1997年），頁1456，「葭灰」

對於萬物之間的氣化流行之跡,試圖加以演繹。事實上在其早歲之時,為了印證樂律與天地之氣的關係,遂已仿效古人截竹為管,作為律管以測節氣的體驗:

> 因取餘杭竹管,肉好停勻者,斷之為十二律及四清聲。製作精妙,武塘魏子一,吳門薄子班,方講此學,見之推服。[172]

不僅如此,在他解釋易經卦象時,也以此觀之。易經中的「既濟」和「未濟」兩卦,本為取象於水火相交成其濟,以象事成;以及火水不相交,事未成之象。而黃氏則改以律呂之氣作為新解,在其〈原象〉篇中,即以此二卦為眾卦之中,全然可以一律一呂可相配者,並將六律六呂一一對應,由黃鐘象「陽之始生」中經「百物滌故就新」(姑洗)以迄萬物之資陽氣,無有厭射之象(無射),全然以律呂之氣詮釋之。

> 未濟,初為林鐘,辟卦在遯,「濡尾」即遯尾濡。二為蕤賓。陰為主,陽為賓,既為賓主,是「曳其輪」而未行也。三為南呂、四陰盛長,未可濟也。四為夷則。夷,傷也,故有「伐鬼方」之事。五為應鐘。微陽應而將復,故有「君子之光」。上為無射。射,厭也。萬物之資陽氣無有厭射,猶人之飲酒無厭射也。[173]

在〈前翰林院庶吉士韋庵魯先生墓誌銘〉一文中,他也以律呂之氣作為詮釋,將這些遺民人傑,視為天地劫毀,一陽復生,而有灰飛律管之象,試圖發而為天地正音的表徵:

> 文章之名,昔歸翰苑,步冒鐵鑪,名存實遠,於爍魯公,為誥為典,追蹤往烈,裁正狂簡,館課程文,一洗其短,豈期遯野,

---

[172] 〈張仁菴古本大學說序〉.〈南雷文定.前集〉卷一,詳見楊家駱主編:《中國文學名著第六集》第16冊(台北:世界書局),頁14-15。

[173] 〔清〕.黃宗羲著:《易學象數論》.《黃宗羲全集(九)--天文曆算、象數類》(浙江:古籍出版社,1992年),頁123-124。

蓬蒿偃塞，石渠水涸，山龍色淺，以俟君子，灰飛律管。[174]

　　顯然在人事變遷、禮樂底蘊以及自然規律三者之間，黃氏將之納為一氣遞嬗的有機構；所以對於自然界的海市蜃樓現象，他不獨取世俗託言為大蜃吐氣而形成的荒謬見解，認為蜃之為物甚微，吐氣稀薄，不足以在海上窮奇極變。而廣之以科學的角度，分析這些現象，實乃海面上由折光形成的幻象。他提醒觀者大海本為空靈，實為各種怪異之氣所簇集，將這些現象視為氣理之變化。他建議遊目騁懷，足以極視聽之娛，是快意耳目的一大樂事。但是沒有必要附會過多的傳聞，將氣視為種種神祕或迷信的訛誤，這些都是不能掌握氣化流行的偏執：

> 余曰：夫積塊之間，紅塵機巧，菁華銷鑠。猶且群羊飛鳥、野馬磅礴。彼大海空靈，神明郭廓。百色妖露，豈能牢落？故其軒豁呈露者，窮奇極變而無有齦腭。此固蛟龍之所不得專，天吳蜽像之所不能作。況蜃之為物甚微，吐氣更薄乎！南海謂之浮山，東海謂之海市，是乃方言之託也。[175]

　　海市蜃樓之說，又分見於〈明州香山寺志序〉一文，以秦始皇駐驛臨海觀望一事，實地分析海氣之眩惑眼目的實況。雖明知此為大氣因光線折射，而形成反映地面物體的形象，但身歷其境，仍不免為此造設之神奇而流漣不已：

> 吾至此山，而所謂黃金銀之宮闕，居人無不見之，然後知方士之言，未嘗無所據也，始皇即欲不信，得乎？蓋登州海市，掩映遠山，望之如雲，而此山臨視咫尺闌楯之底，其謂反居水下是也。嗟乎！此山培塿，以始皇之力，終不能有。而二三寂子，

---

[174] 〈前翰林院庶吉士韋庵魯先生墓誌銘〉，〈南雷文定·前集〉卷六，詳見楊家駱主編：《中國文學名著第六集》第 16 冊（台北：世界書局），頁 93。

[175] 〔清〕·黃宗羲著：〈海市賦〉，收錄於平慧善、盧敦基譯注：《黃宗羲詩文》（台北，錦繡出版，1993 年），頁 152。

黃金銀宮闕且收之為籬落間物，其亦可慨也夫！[176]

本文將此景此情，描繪得扣人心弦，而不純粹以議論為能事。此外對於中醫的先天元氣之論，黃氏認為對於氣理的觀察，極有啟發性，尤其世俗之盲點，往往忽略忽略此先天無形氣的調養，徒以剋治有形邪氣作為目標。其結果往往不是因人制宜，而是「以藥治藥」，以後天戕及先天，其害已甚。唯有深湛醫理，並兼醫德者，才能如實掌握箇中原委：

> 凡人陰陽，但以血氣臟腑寒熱為言，此特後天之有形者，非先天之無形者也，病者多以後天戕及先天。治病者，但知有形邪氣，不顧無形元氣，……又慨世之醫者，茫無定見，勉為雜應之術，假兼備以倖中，借和平以藏拙。虛而補之，又恐補之為害，復制之以消，實而消之，又恐消之為害，復制之以補，若此者，以藥治藥，尚未遑，又安望其及於病耶。[177]

醫術之理，不能淪為「洩彼補此」不全之見，而應該是審顧元氣的變化之道，有其相應與否的掌握，才能將氣的萬殊變化，作一合情合理的安頓。這項考察也同於黃氏衡論學術的變遷，如何擘肌分理，以學案式的思維，疏通各家的源流及宗旨，才不會淪為以水濟水，或「以藥治藥」的局面。[178]

---

[176] 〔清〕·黃宗羲著：〈明州香山寺志序〉·《黃宗羲全集（十）--南雷詩文集》（浙江：古籍出版社，1993年），頁5、6。

[177] 〈張景岳傳〉·〈南雷文定·前集〉卷十，詳見楊家駱主編：《中國文學名著第六集》第16冊（台北：世界書局），頁153。

[178] 王夫之亦有與黃宗羲相近的觀點《思問錄外篇》說：「《易》言：「先天而天弗違，後天而奉天時」以聖人之德業而言，非謂天之有先後也。天純一而無間，不因物之已生、未生而有殊，何先後之有哉！先天、後天之說始於玄家，以天地生物之氣為先天，以水火土穀之滋所生之氣為後天，故有後天氣接先天氣之說。此區區養生之瑣論爾，其說亦時竊《易》之卦象附會之。而邵子於《易》亦循之，而有先後天之辨，雖與魏、徐、呂、張諸黃冠之言氣者不同，而以天地之自然為先天、事物之流行為後天，則抑暗用其說矣。」並且進一步分析：在他的〈思問錄外篇〉即謂：「五

　　對於藝術上的氣韻之美，黃氏別有會心。在〈張南垣傳〉中，藉由明末造園家張漣之口，申論世俗造園者囿於「盆盎之智」，所作之園林「氣象蹙促」，乃不能通於道藝一體的本源。而張氏於畫理上悟得造園之法，故能因勢利導，將山川氣韻重現於園林意境，是技進于道的一番印證：

> 久之而悟曰：「畫之皴澀向背，獨不可通之為疊石乎！畫之起伏波折，獨不可通之為堆土乎！今之為假山者，聚危石，架洞壑，帶以飛梁，矗以高峰，據盆盎之智以籠嶽瀆，使入之者如鼠穴蟻垤，氣象蹙促，此皆不通於畫之故也。且人之好山水者，其會心正不在遠。」於是為……當其土山初立，頑石方驅，尋丈之間，多見其落落難合，而忽然以數石點綴，則全體飛動，若相唱和。荊浩之自然，關同之古淡，元章之變化，雲林之蕭竦，皆可身入其中也。[179]

　　中國畫理上看重的「氣韻生動」，不再只是紙上雲煙，而是轉化為可以悠游藏息的園林之盛。黃氏觀物與賞藝的標準，顯然也是以氣韻之充盈與否，作為高下的定奪。山水畫、園林之道如此，在人物畫方面，他在〈贈黃子期序〉和〈題張子遊卷〉二文，對於人物畫在傳影與傳神上的要求，也都以神韻之充盈為宗旨，並且緬懷明代巨匠曾鯨在這一方面的造詣，視為此域翹楚，本文將在下章中論及黃氏創作風格析論中，進一步為此作一番演繹。

行生克之說，但言其氣之變通，性之互成耳，……克，能也，制也，效能於彼，制而成之，……醫家泥於其說，遂將謂脾強則妨腎，腎強則妨心，心強則妨肺……豈人之腑臟，日構怨於胸中」，此種不全之見，他認為都是混淆了元氣的本質之理，徒以「瀉彼補此」之論，爭訟不決。參見〔清〕．王夫之著，王伯祥點校：《思問錄・俟解》（北京：古籍出版社，1957年），頁38、46。

179　〔清〕・黃宗羲著：〈張南垣傳〉，收錄於平慧善、盧敦基譯注：《黃宗羲詩文》（台北，錦繡出版，1993年），頁152，頁115-116。

　　黃宗羲對於元氣的各種變化及指涉，頗能了然於心。可視爲他個人畢生的信仰，一直到臨終前自述〈梨洲末命〉一文，交待個人喪葬之禮，仍堅持將一己之身殯，與他念茲在茲的天壤之「氣」相終始：

> 公在二十七年戊辰冬，築生壙於忠端公隴畔，內設石妝。病中書〈梨洲末命〉一篇，略云：「予壙雖成，然頂未淋土，非三百擔不可，此予日夕在心者也。予死後，即於次日之晨，用棕繃抬至壙中，一被一褥，不得增益。繃抽出，安放石妝。壙中須令香氣充滿，不可用紙塊錢串一毫入之，隨掩壙門，莫令香散。墓前隨分爲階級拜壇，……好友弔者，五分以至一兩，并紙燭；盡行卻之。至能於墳上植梅五株，則稽首謝之。有石條兩根，可移我壙前，作望柱，上刻『不事王侯，持子陵之風節；詔鈔著述，同虞喜之傳文』。若再得二根，架以木梁，作小亭於其上，尤妙。」主一公謹遵掩葬。壙前片石，公嘗囑鄭禹梅爲文勒之，禹梅歿，未及成文。[180]

　　本文嗣後乃由全謝山補爲之，曰〈梨洲先生神道碑〉文。[181]全氏在文中指出，黃氏以身遭國家之變，「期於速朽」的角度，來看待黃氏個人處理後事的內容。固然可以表現出黃宗羲不欲採行世俗的葬禮，乃等同於他在「破邪求實」的立場，並符合他的遺民身分；然而筆者認爲貫注其中更重要的信念，應當指出黃氏在〈梨洲末命〉中念茲在茲，有意與「香氣」並俱終始的訊息，這才是黃宗羲個人至爲看重的元氣所在，斯人雖與時俱殯，而其亢龍有悔的神韻，不僅還諸天地，尚能在大宇長宙間，挺立人格的永恆風標。

---

[180] 黃嗣艾：〈南雷公本傳〉·《黃宗羲全集（十二）》（浙江：古籍出版社，1994年），頁101。

[181] 〔清〕·全祖望：〈梨洲先生神道碑〉·《黃宗羲全集（十二）》（浙江：古籍出版社，1994年），頁10。〔清〕·黃宗羲：〈梨洲末命〉·《黃宗羲全集（一）--哲學、政治思想》（台北：里仁書局，1987年），頁191。

二、窮究性情的人格審美結構

黃宗羲在審顧文學發展的史觀之際，曾經殷殷浩嘆於「天下之治日少，而亂日多」，文學之體用固然可以「元氣」爲宗，但終就在現實的處境上，不得不正視重陰錮之，陽氣在下的困境，亟思因革與迴應之道。順此，「元氣」抑或「陽氣」的概念不得不降爲吾人內在問題的調節與表述，此即文學史上「風雅正變」傳統的因應論題，也是觸及了「作品」實爲作者生命氣韻投射下的「性情結構」，亦爲讀者與作者之間相互感通的樞機，焉能不加以思量省察？黃氏有謂：「向令風雅而不『變』，則詩之爲道，狹隘而不及情，何以感天地而動鬼神乎？」[182]

事實上黃氏的元氣觀宗旨，針對作者自身而言，「元氣的有無」乃與「性情之真僞」實爲一體兩面的論題。作品的氣韻生動與否，其前提正叩契於作者創作時的性情真僞與否。黃氏認爲古來佳作大多具備了「詩以道性情」的特質，但卻未充分體現究竟之處，有必要重作疏鑑。他的性情觀，也前承元氣觀的全幅視野而來，在展示上又有兩大要求：

1、性情有「真僞」之分。

2、由「萬古之性情」諦觀「一時之性情」。

性情的「真僞」之辨，可以側見性理之學在文論中扮演的重要一環，歷來理學家們嚴分「氣」、「性」、「心」、「情」四者，是其精到所在，並歸宿於「理」之一義。同樣的，黃宗羲在文論中的擘肌分理，也以性情的真僞分派，作爲他引導後學，指點迷津的要務。「凡情之至者，其文未有不至者也」（明文案序）是他的贊語，同時他也疾呼文章「當辨其真僞，不當拘以家數」，這是涇謂分明的所在，不能稍有寬貸；

---

[182] 〔清〕·黃宗羲著：〈陳葵庵年伯詩序〉·《黃宗羲全集（十）--南雷詩文集》（浙江：古籍出版社，1993 年），頁 45。

情之至「真」者，若身之所歷，目之所觸，發于心著于聲，迫於中之不能自己，一唱而三嘆，「不啻金石懸而宮商鳴也」，但何者爲情之「僞」者？在〈黃孚先詩序〉中他即指出：「今人亦何情之有？情隨事轉，事因世變，乾啼濕哭，總爲膚受……然而習心幻結，俄頃銷亡，其發於心而著於聲者，未可便謂之情也。」[183]此種情僞，乃人之常情，往往處於被動，故謂「情隨事轉」，未能確立價值取向，何能產生憾人的能量？等而下之，甚至於「非不出於性情也，以無性情可出」，淪爲摹擬，依附於門派家數，甚至依違於習染之桎梏，隨人俯仰，已是一池死水，遑論性情？

黃氏此一勘透，仍試圖於「性情」上逆顯一「元氣」的理境，故有謂：「文以理爲主，然而情不至則亦理之郛廓耳……古今自有一種文章不可磨滅，真是『天若有情天亦老』者。」[184]這種足以「移人之情」的天下至文，也誠爲上述的元氣所主宰，是知「性」達「情」合於天「理」的文學境界。黃氏心目中理想的性情觀，正是足以移人之情的「萬古之性情」。此種萬古性情，非但不容情隨事遷，俄頃銷亡，反而正面開顯著「希聖希賢」的心量，以陶鑠文章之憾人力量，不僅相應於儒家興觀群怨之旨，又能得之于性情者深矣！黃氏故言「論詩者不可不知性」。「知性」和「自性不明」者的彊界，正分疏於此，恰是針砭文學史上復古派或學古派的盲點。

在黃宗羲的判準之下，如下諸家即是相應於他看重「元氣」，洞鑒「性情」觀下的代表作家，並予以贊語：

黃澤望：澤望之文，可以棄之使其不顯於天下，終不可滅之使

---

[183] 〔清〕·黃宗羲著：〈黃孚先詩序〉·《黃宗羲全集（十）--南雷詩文集》（浙江：古籍出版社，1993 年），頁 30。

[184] 〈論文管見〉·《南雷文定·三集》，卷三，收錄楊家駱主編：《中國文學名著第六集》第 16 冊（台北：世界書局），頁 59。

其不留於天地。

黃孚先：有孚先之性情，而後可持孚先之議論耳。

謝梟羽：逮夫厄運危時，天地閉塞，元氣鼓盪而出，擁勇鬱過，坌憤激訐，而後至文生焉。

陳葦庵：詩之為教，溫厚和平，至使開卷終咎，寄心冥漠，亦是甘苦辛酸之跡未泯也。

馬雪航：清裁駿發，牘映篇流，不為雅而為風。余從象一得其為人，以心之安不安者定其出處，其得于性情者深矣。[185]

黃宗羲自謂「所謂文者，未有不寫其心之所明者也。心苟未明，劬勞憔悴於章句之間，不過枝葉耳，無所附之而生。」他的感觸，確乎是問心無愧的驚策之語。他摒棄了明代中葉以來種種近乎意識型態的文學論爭，而著眼於新典範的如何建立；在這之前，沒有比疏通文學典範（至文）更為重要的工作。「元氣觀」的提出，可作為他開宗明義的進路所在，因此他的文學思想以及文學教育，也遠比傳統評論家更為宏闊，他甚至自負地說明了：「故古今來不必文人始有至文，凡九流百家以其所明者，沛然隨地湧出，便是至文。」（論文管見）他看出了經史百家的文本之間，已然存在著生機蓬勃的性情結構；箇中尤以「情至」為軸心[186]，具備文學創作上，元氣之陶塑以及風雷變化的底蘊。

---

[185] 以上引文乃黃氏〈縮齋文集序〉、〈黃孚先詩序〉、〈謝梟羽年譜遊錄注序〉、〈陳葦庵年伯詩序〉、〈馬雪航詩序〉，皆收於《黃宗羲全集（十）--南雷詩文集》（浙江：古籍出版社，1993 年），序類。

[186] 自從王陽明提倡「良知」說，打破了宋元以來朱熹理學對思想界的壟斷以後，作為王學左派開創者王艮，進一步提倡人心的自然本性，提倡人心之「悟」，發揮並誇大了人的主觀能動作用。開始了一股個性解放的思潮。反映在文藝理論領域裡，就是李贄的「童心」說，乃至徐渭的「豔情」說。黃宗羲的至情說，和他推崇：「稱情而出，當其意之所之，前無古人，後無來者，既不顧人之所是，人之所非，並不顧己之所非，喜怒笑罵皆文心之氾濫」。這種藐視古今，鄙視世俗，心之所至，喜怒笑罵皆文章的思想，正是個性解放思潮在文藝上的表現。

他一方面提出「人生一時離不得七情」，反對朱熹、王陽明的性善情惡的禁欲主義說

是氣的內在一元論由「理一」而至於「分疏」的樞紐，並且可以銜接上文學史論述中「以情見道」的端緒。

「情」之本義，爲心理上之動作，發於自然，實也，又誠也。《禮記・禮運》云人情乃爲喜、怒、哀、懼、愛、惡、欲七者，「弗學而能」也，而孟子所謂「乃若其情，則可以爲喜矣」，實指孟學「四端」而言，即以「心」爲中心，向上推，便是性，向下落實，即是「情」。故爾可見情乃爲天賦之自然呈露，七情迭用，弗學而能。而情又兼有向外衝動和能力，即吾人所稱之「才」[187]，皆能考見情之一義，和心性、才性問題的關連所在。即便是恪守蕺山之學的黃宗羲，也不能不忽略其師在情之義理上的基本確立。蕺山論情、欲有謂：「喜怒哀樂，雖錯綜複雜其文，實以氣序而言。至散而爲七情曰喜怒哀懼愛惡欲，是性情之變，離乎天而出乎人者，故紛然錯出而不齊。所謂感於物而動，性之欲也，七者合而言之，皆欲也。君子存理遏欲之功，正用之於此。若喜怒哀樂四者，其發與未發，更無人力可施也」，透過釐析四情（屬氣）與七情（即所謂六欲）在義理上的層次之別，可見蕺山的觀情論是有所採擇及分疏，唯能合於「氣序」者，方爲道體之形著（顯著），否則當視爲剋治的對象，有待消解及轉化。

蕺山之學以嚴分「意」、「念」作爲探討陽明心學的處方，[188]而彰顯其誠意慎獨之教，故其觀情，以顯著與否作爲鑑別所在，並歸宿於「內

教：一方面又從性善論出發，認爲性是人的惻隱之心的流動，以區別一人一時的性情和眾人萬古的性情，這是他文學理論中至情說的審美原則和倫理原則相結合的哲學基礎。參見方祖猷：〈黃宗羲的文學思想〉，《清初浙東學派論叢》（台北：萬卷樓圖書公司，1996 年），頁 182。

[187] 情之釋義，詳見余書麟：《中國儒家心理思想史》（台北：心理出版社，1994 年），頁 175。

[188] 蕺山學嚴分意念，以「意」爲心之所存，爲超越的純粹至善。而「念」爲心之所發，逐物而起，屬經驗層。參見蔡仁厚：《中國哲學史大綱》（台北：台灣學生書局，1988 年），頁 253。

在一元論」的思致，是以人之「喜怒哀樂」，得以與天道之「元亨利貞」相運化育[189]。進而黃氏認為人秉是性，故在宇宙之中，天地之大「當不在昆侖旁薄，而是在葭灰之微陽」；人道之大，當不在於「經綸參贊，而在於空隙之虛明」。究其旨趣，仍一貫於他的「元氣論」的義理架構；以之觀情，也是針對一氣之顯隱作為焦點，尤其縮結著風雷變化之道，加以詮表情之錯綜複雜，故謂：「吾之喜怒哀樂，即天之風雨露電也，天下無無喜怒哀樂之人，一氣之鼓盪，豈有不動？苟虧欠是理，則與天地不相似，是氣不相貫通，如何能動？」[190]

綜觀黃氏文作中論情之特點，乃有兩項值得注意：

1. 劉蕺山恪守嚴分「意/念」之分野，黃宗羲秉此更進一步分割「情/欲」之界限，將情的獨立屬性予以彰顯。

2. 黃氏修正朱子的「窮理」學說，針對其理論內部之支離與歧出之病，揭示出「窮理」者應當為窮此「心」之萬殊，而非「萬物」之萬殊。此為梨洲心學的一大確立[191]，此一理念置諸在他的觀情說中，也是著重於窮究「情」之萬殊變化，將情的外延充分拓展開來，成為他個人創作和評騭明文的一大判準。

透過上述兩項說明，黃氏力圖在傳統儒家義理的框架中，將「天理」和「人欲」對照之下的「情」觀，予以有效的疏鑑，並賦予更大的創造性。這一端倪實已擺脫歷來宋明理學與載道文統的既定視野，較近於羅近溪、湯顯祖一系，而又不同於之後陳乾初和戴東原在義理上歧出轉向。

---

[189] 〔清〕·黃宗羲著：〈子劉子行狀〉，《黃宗羲全集（一）--哲學、政治思想》（台北：里仁書局，1987年），頁252。

[190] 〔清〕·黃宗羲著：〈孟子師說〉，《黃宗羲全集（一）--哲學、政治思想》（台北：里仁書局，1987年），頁94。

[191] 參見劉述先：《黃宗羲心學的定位》（台北：允晨文化出版，1986年），頁117。

　　黃氏顯然不採歷來理學家「崇性黜情」的既成格局，而較相埒於湯顯祖修正的「緣情」說，同以「情至」爲宗的思路，以彰顯情之大有可觀的內容。[192]並且是整個文學活動中，足堪將作者、作品和讀者縮結在一起的紐帶。湯氏竭力於「必參極天人微窈，世故物情、變化無餘，乃可精洞宏麗，成一家言。」[193]據此體現卓絕之「情」與卓越之「識」，標舉「情有者理必無」以及「有靈性者自爲龍」等一新耳目的見解，別開生面。[194]

　　尤其值得提出的一點，湯顯祖也和黃宗羲一樣同爲書院教育家，雖受業於羅近溪之學，卻能自有一番主張，嘗言「某與吾師終日共講學，而人不解也。師講性，某講情」，並且不以熱衷於戲曲工作「追漏於碧簫紅牙隊間，將爲青青子衿所笑！」爲意，先後主持貴生等書院講學，顯然有意彰顯以真情講學、「以情見道」的寓意，試圖修正傳統理學家講學的盲點。[195]黃宗羲曾評論其師羅近溪的書院講學風範如「春行『雷』動」（泰州學案），故能以舌勝筆，化力尤深。那麼以緣情爲宗的湯顯祖我們則可以譬喻如「風」之移易世間俗情；黃氏對湯氏的才學識見十分傾心，並於評賞中再三致意，如〈偶書〉中云：「諸公說性不分明，玉茗翻爲兒女情」肯認湯氏藉由玉茗堂系列作品的以情見道，一改講學痼疾之俗腸俗骨。但又對其心血與遭遇賦予更大的同情，如〈聽唱牡丹亭〉中慨嘆：

---

[192] 湯顯祖修正中國文論中「緣情說」的探討，乃克服了唯情論者之片面，又超越了言志、抒情二元論的浮泛，參見成復旺、黃保真、蔡鐘翔：《中國文學理論史—明代時期》（台北：洪葉文化事業有限公司，1994 年），頁 251。

[193] 〈答張夢澤〉收於蔡景康編：《明代文論選》（北京：人民文學出版社，1999 年），頁 286。

[194] 〈張元長噓雲軒文字序〉·〈牡丹亭記題詞〉，收於葉慶炳、邵紅編：《明代文學批評資料彙編》（台北：成文出版社，1978 年），頁 583、584。

[195] 「以情見道」說，參見陳萬益：《晚明小品與明季文人生活》（台北：大安出版社，1997），頁 170-171。

掩窗試按牡丹亭，不比紅牙鬧賤伶。

鶯隔花間還歷歷，蕉抽雪底自惺惺。

遠山時隔三更雨，冷骨難銷一線靈。

卻為情深每入破，等閒難與俗人聽。[196]

　　湯氏《牡丹亭》曾是明代末期戲曲的高峰之作，影響之大，別開生面。但由於牽涉到戲曲界內部的「曲意」和「曲律」兩派（即臨川和吳江派）之爭議，遂在當時多有修改此劇曲文以求「合律」便於演出的時風。這一情況恰好觸及了湯氏的文學及審美信念，以及湯氏力圖反抗俗情情規範的宗旨問題。黃宗羲屆此深有同感，遂稱引湯詩「總饒割就時人景，卻愧王維舊雪圖」引為自況。王維「雪中芭蕉圖」和湯氏的《牡丹亭》中的杜麗娘，同為崇尚至情的象徵，故與「俗情」「常性」多所扞格；這層悖反所突顯的文學意義，方能彰顯情之超軼性及主體性，並視為文化人格的挺立不移。黃宗羲進一步指出湯氏除了「玉茗堂四夢」之外又有其他諸劇，惜哉為其子開遠燒卻，是後世一大憾事，遂語「不道象賢參不透，欲將一火蓋平生」（同上，偶書），親若子孫尚且未必皆能「象」其先「賢」，又何況世人紛紛，豈能洞悉作者之若心孤詣呢？王維的文人畫，湯氏的至情諸夢，說穿了皆以「不合時宜而見情」，卻又能契合老莊「反者道之動」的逆向思考，（如雪中之芭蕉，杜麗娘死而復生都不符合常理規律，卻皆有其默契道妙的所在），「以情見道」之說如鄭元勳〈夢花酣題詞〉即為湯氏之初衷作一演繹：

　　　　情不至者，不入於道，道不至者，不解於情，當其獨解於情，覺世人貪嗔歡美俱無意味，惟此耿耿有物，常舒卷於先後天地之間。嗚呼！湯比部之傳牡丹亭，范駕部之傳夢花酣，皆以不

---

[196] 黃宗羲這二首評湯顯祖詩作，參見《南雷文定·南雷詩曆》，收於楊家駱主編：《中國文學名著第六集》第16冊（台北：世界書局），頁93、102。

合時宜而見情耶，道耶？所謂寓言十九者非耶？[197]

無怪乎近世研究文學史諸家，每每稱引湯顯祖的「情至」（唯情）論，皆契屬於明代中期之後李贄的童心說，公安三袁的性靈派，以及明末馮夢龍的情教說，[198]而今人鄭培凱則進一步揭示出曹雪芹《紅樓夢》的寫作構思，實與湯氏的「臨川四夢」，交涉匪淺，特別是兩者都關乎著由「情多」到「情盡」，以及「色」、「情」、「空」之間的多層次辯証關係，可視爲古典文學唯情論之極致。[199]

黃宗羲在探討《明文海》之諸大家的評騭中，即把湯顯祖和徐渭、趙大洲、屠隆、高啓及袁宏道等人置於「奇氣」一格（僅次於元氣），即偏重才性的「豪傑」一路，而對其作品及文風的評語，則謂：「海若之文，精悍而有識力，中間每有一段不可磨滅之處！」[200]，不可磨滅者爲何？套用黃宗羲的話即是「古今自有一種文章不可磨滅，真是天若有情天亦老者」，也即是他的情至觀中力主的「萬古之性情」（不可移易者）。

無怪乎湯氏之所以寧可折拗天下人的嗓子，也不肯屈就流行修改曲文，以應俗套，必有其一段堅持的信念貫注於聲情詠嘆之中，不能削足適履；否則大可一昧迎合「媚俗」之所好，方便作品之廣爲流傳，又何必拘牽於原初的「底本」不懂得人情轉寰之道？尤其正值中國戲劇大爲昌盛之時，湯氏一意孤行，大反時流的代價，不容輕易忽視。

---

[197] 影園詩稿，出於毛效同編《湯顯祖研究資料彙編》，轉引自陳萬益：《晚明小品與明季文人生活》（台北：大安出版社，1997），頁171。

[198] 例如成復旺的《中國文學理論史》即將湯氏等人劃歸明後期的「文學解放思潮」。而陳萬益的《晚明小品與明季文人生活》則將他納入馮夢龍「情教說」的淵源。

[199] 參見鄭培凱：《湯顯祖與晚明文化》（台北：允晨文化出版），頁347-353。

[200] 此段評語乃針對收於《明文海》中湯氏〈臨川縣古永安寺復寺田記〉一文而發，見於吳光輯校：《黃梨洲詩文補遺，明文授讀評語彙輯》（台北：聯經出版，1995年），頁157。

這段爭議，也形成戲曲史上的一大公案，殊不知湯氏的堅持，才能真正反映出創作的本質與戲劇文學的神韻。

為何在此特別強調「移」或「不可移」的一組概念？揆諸黃氏個人所處的時代而言，這確乎是一個驗證人格境界上的一大關目，也甚能體現出情的千彙萬狀以及文學思考上的延展性、對於人物性格的刻劃和評騭，也將寓有深刻的意涵。

對於情的偏執或偏見，在思想史上有著許多分歧的見解，並攸關宋明理學開展上的諸多爭議；其中一大聚焦的關目，即在於《中庸》中論「已發未發」說的詮釋差異。《中庸》本旨乃在說明如何讓吾人的喜怒哀樂之情，由未發之際的省察，以迄發而皆能達於「中節之和」，使其情發能調暢逸豫。但宋儒開始屆此都有相應和不相應的理解，遂衍生為各派關於心體和性體安頓上的分野處。[201] 就本文的探索而言，「已發未發」說（或中和說）中的種種詮釋，即構成了儒家論情觀的一大關目，特別是嗣後衍為主流的程朱一系對此說的立場，如用力最深的朱子，對此問題即有「中和新舊說」的演變，影響理學史的義理甚鉅。盲點所在，據牟宗三的衡定，乃在於混淆了「已發未發」本指「情」的發用隱顯之省察，而非朱子等輩誤認為性理上有一「未發之前」的端倪，更值得入手處的苦心參究，衍為之後與胡五峰學派在「涵養」和「察識」功夫上孰先孰後的爭議，遂轉生更多糾葛。一方面是誤解了經義本文，再者更促成了理學內部對於「情」的安頓，並不能有一比較健全的視觀，而有將「情之中節不中節」即「行為之為道德或不道德」的價值判準兩者等同起來的趨勢。因此在義理上我們固然可以說這是「心」的主宰功能是否淵然而有定向，但在程朱主流的學說下理氣二分的架構中，「心」下落而為「氣」，並與「情」為同層之存有，

---

[201] 「已發未發」問題的疏理，參見牟宗三：《心體與性體》第三冊（台北：正中書局，1981年），頁101-104。

倘若情溢而無所節則成為人欲，此乃不爭的事實。[202]

　　進一步探討對於理想的文化人格（聖人）的陶塑，[203]在情的理解及確立上的差距，也將寓有不同的命意。思想史上在魏晉時期固然有所謂「聖人有情／無情」之辨，其中王弼開顯的「聖人有情」觀倡言聖人兼有茂於凡人的「神明」（故能體沖和以通無），以及同於凡人的「五情」（故不能無哀樂以應物），祇是聖人的情乃「應物而無累於物」的特殊之情，而顯一跡本圓融之「境界的體用」。牟宗三肯認此種契屬於老莊之道的應跡只有權假之用（一如佛教）而無「真性情」可言（象憂亦憂，象喜亦喜，泛然不繫而無累），只能稱得上以「寂照」為主，屬於認識的，水平線型的「境界的體用」，儒家固然亦有此一境界型態，

---

[202] 程朱一系對於情的定位趨勢，參見李瑞全：〈論朱子之心學與性理情欲之關係〉，淡江大學中文系主編：《台灣儒學與現代生活國際學術研討會論文集》（台北：台灣學生書局，2000 年），頁 189，191。

[203] 「人格」一詞，依心理學的界定，乃指個體在對人對己，以及一切環境中的事物，適應時所顯示的異於別人的性格。個體的性格，係在遺傳與環境交互作用下，由逐漸發展的心理特徵所構成；而其心理特徵表現於行為時，則具有相當的統合性與持久性。參見張春興：《現代心理學》（台北：東華書局，1991 年），頁 449。

此外，關於「理想人格」一語，乃指能表現文化精神或價值，而為人們崇奉、取法的人格。因此這種人格往往是民族精神或學術文化價值的表徵。參見蔡明田：〈德合天地，道濟天下—先秦儒道思想中的理想人格〉一文，頁 49，收於《中國文化新論・思想篇・理想與現實》（台北：聯經出版社，1993 年）。關於「文化人格」的論述及詮釋，以余秋雨的文化散文寫作《文化苦旅》和《山居筆記》二書為代表。其特點為傳統文化人格的精華積澱──生存壓力下的文化調節與變革──開放的文化意識三足鼎立，才能成為健全的人格。尤其他著重書寫古代知識份子的人格精神史，啟示當代知識份子如何獨立思考行世，具備超然不群的人格自覺，為現代進程中的中國，提供了極有價值的文化人格參照。參見李任中、伍斌：〈塑造健全的文化人格──余秋雨散文一瞥〉・《聯合文學》，第 12 卷，第 3 期，頁 126，128。余秋雨在〈千年庭院〉一文中，闡釋了中國書院教育中的傳習內容「宋明理學」，他認為即可以名為「文化人格學」，將教學、學術研究以及文化人格的建設及傳遞合為一體，參見余秋雨：《山居筆記》（台北：爾雅出版社，1995 年），頁 129，130。此外在〈風雨天一閣〉一文中，他竭力刻劃范欽與范氏家族，之於天一閣藏書樓的心血及傳承，特別是 1673 年，全家族首度破例讓黃宗羲以外人身份得以登樓閱覽三代藏書一事，余秋雨認為即是文化人格高度體現的實證，參見余秋雨：《文化苦旅》（台北：爾雅出版社，1994 年），頁 196。

卻更兼有「存在的體用」，以「實現」為主，屬於道德之體性學，為垂直線型的立體之道；[36] 寓有易經「乾元生化」為旨趣，兩者合觀始能盡其蘊而得其實。順是以觀情，則全幅是仁體流行，滿腔子是惻隱之心，故不只是五情同以應物，且是在情中表現「義理之當然」。惻隱、羞惡、辭讓、是非之心皆情，而即在此情中表現仁義理智之理。

黃宗羲論情，顯然屬於牟氏的這一理路，即歸宿於乾元生化，本諸仁體而實現理之當然，而不是片面地相近於王弼之「玄理」論情或程朱一系狹隘的崇性黜情觀：

> 是故「性情」二字，分析不得，此理氣合一之說也。體則情性皆體，用則情性皆用，以至動靜已未發皆然。才者性之分量，惻隱、羞惡、恭敬、是非之發，雖是本來所具，然不過石火電光，我不能有諸己。故必存養之功，到得「溥博淵泉，而時出之」之地位，性之分量始盡，希賢希聖以至希天，未至於天，皆是不能盡其才。猶如五穀之種，直到烝民乃粒，始見其性之美，若苗而不秀，秀而不實，則性體尚未全也。[204]

他提倡「一寫性真，不假粉墨」，詩歌要寫出直抒胸臆的真性真情，即要具有發自內心的人性之美。他在〈萬貞一詩序〉中說：「今之論詩者，誰不言本於性情，顧非烹煉，使銀、銅、鉛、鐵之盡去，則性情不出。」[205]這種須烹煉盡去的銅鐵，是指與真性真情相對立的俗情俗性。他說：「人世富貴福澤之氣煎銷淨盡，而後甘苦鹹酸之味始出。」流露

---

[36] 牟宗三：《才性與玄理》（台北：台灣學生書局，1989 年），頁 125。認為「境界的體用」是儒釋道三家所同有，儒家雖在此面較不強調，卻不能忽視之，唯「存在之體用」乃儒聖所擅場，應該有強調他的實現性，以及貫穿前者而為一。垂直與水平兩線為一立體之整型。

[204] 〔清〕·黃宗羲著：〈孟子師說·公都子問性章〉·《黃宗羲全集（一）--哲學、政治思想》（台北：里仁書局，1987 年），頁 136。

[205] 〔清〕·黃宗羲著：〈萬貞一詩序〉·《黃宗羲全集（十）--南雷詩文集》（浙江：古籍出版社，1993 年），頁 90。

富貴福澤俗性俗情的詩，並非無性情可言，而是說這種性情不過侷限於如是而已。他所強調的是如何將情之本真與精華，原原本本的彰顯出來。他反對在創作中束縛真性情流露的各種格套陳規：

> 今人多言詩而無詩，其故何也其所求之者非也……試以開元、大曆之格繩作者，則迎之而為浮響；世以公安、竟陵為解脫，則迎之而為率易，為渾淪，以求之於一時之好尚也。夫以人之情性，故使之耳目口鼻皆非我有，徒為徇物之具，寧有詩乎？……故界山（金介山）胸中所欲邑之語，無有不盡，不以博溫柔敦厚知名而蘄世人之好也。[206]

這裡指的是單純追求詩的聲調格律（前後七子），或詩的某一風格（公安、竟陵）造成的流弊和「主乎禮義」的溫柔敦厚的儒家詩教。視為對於情之本來面目，以及感應萬端的文學風格，都是一種人為的桎梏，說穿了都是不能疏通文學的本源。返諸中國古典小說史的發展歷程中，關於創作題材的性質，一直是關注著人間「世情」與非人間「奇情」之間的有效範圍中，作一合理而具備審美條件的取捨及詮釋，因而開展出歷史、志人、志怪小說在奇/常、真/幻、虛/實……等等相反相成的系列中，體現作者和讀者的神思及共鳴。黃宗羲自身雖然在著作中，未嘗以「小說」體裁馳騁其豐贍的才學及閱歷，然而綜觀他的生平際遇，不可不為充滿戲劇性與百感交集的一生。且其夙昔交遊之朋輩，以迄晚年寓目的人世風煙，都已然具備了高度的小說或戲劇素材條件，可惜未能在此一領域中貫徹他的文道合一思想，否則此一文學視觀應有更大的影響力。但是我們若能放寬文學形式分類的框架，細膩地審視他大量的碑誌、雜文及相關的論著之中，其實仍能發現箇中尚有不少佳篇實已諳合小說制作上的雛形。一者呼應於他的觀情

---

[206] 〔清〕·黃宗羲著：〈金介山詩序〉·《黃宗羲全集（十）--南雷詩文集》（浙江：古籍出版社，1993 年），頁88。

論，二者分析其寫作策略，皆有創新的寓意及敘述觀點，值得推敲，尤其對於人物性格的刻劃及神韻，是本文試圖揭示黃氏文學思想的一大佐證：

1. 其一就「屬辭明斷」（雷）的一面：著重破除世俗的成見並指出盲點，為知人論世的評價觀點，重新估量，賦予更大的創造性。

2. 其二就「移人性情」（風）的一面，[207]包括：

　　＜　不可移的萬古之性情
　　　　可移的一時之性情

著重於詮釋人物性格與生平遭逢的史觀，賦予讀者更為深刻的感染力。

就前者而言，黃氏之立場乃較湯顯祖的「人世之世，非人世所能盡」以及「情有者理必無」的批判，較為寬容，試圖尋繹歷史爭議人物或事件本身的道理及原委何在，作一有效的疏鑿，好教涇渭清渾有別。但仍不失湯氏「有靈性者自為龍」[208]的看法。就後者而言，湯顯祖

---

[207] 「移人性情」的著名實例，莫過於伯牙琴藝「技進乎道」的啟示，《列子‧湯問》所載的伯牙撫琴，子期「知音」的意境雋永。但細繹伯牙學琴的歷程，在探索文道思想的擬議原則尤有助益。據傳伯牙學琴於成連先生，三年不成，顯然猶有瓶頸處未能釋懷，先生乃曰：「吾能傳曲，而不能移情，吾師有方子春者，善於琴，能移人之情。今在東海上，子能與我同事之乎？」蔡邕的《琴操》卷上即歷敘此段移情的生動內容：「（成連）乃與伯牙俱往，至蓬萊山，留伯牙曰：『子居習之，吾持迎之。』乘船而去，旬時不返。伯牙延望無人，但聞海水洞湧，山林杳冥，愴然嘆曰：『先生移我情矣！』乃援琴而歌，作《水仙之操》，曲終，成連刺船迎之而還。伯牙遂為天下妙手。」，《樂府題解》並對此一獨特的悟境云：「聞海水澎湃，群鳥悲號之聲，必有所感，乃援琴而歌，從此琴大進。」將師生之間不憤不啟、不悱不發的情境教育，體現無遺。樂音之所以可移吾人之性情，誠仰賴於天地之間元氣彌滿。淋漓盡致的感悟，方能言所謂的潛「移」默化，移易俗情（變易其人的俗情俗骨）。戴春陽：〈敦煌佛爺灣南晉畫像磚〉，《中國文物世界》（180 期），頁56。

[208] 《易‧說卦傳》言震卦為「雷」、為「龍」，其究為「健」。而湯氏在其〈序丘毛伯稿〉中言「其人心靈、能出於微眇，故其變動有象，常鼓舞而盡其詞」以及〈張

亦謂「風者,物所以相移,亦物所自足,有不得而移者。」(〈金竺山房詩序〉),因而十三國風舒促鄙秀,澹縟夷險,皆有其「風」之所以然。可見黃宗羲和湯氏兩家之間在人格審美上的共通性所在,實有很大的討論空間,將賦予迥異於正統宋明理學史的觀點。

針對黃氏生平交遊履歷而觀,實可提供諸多歷史人物寫作的素材,較著稱者如據侯方域和李香君之間的本事,敷演設色而為孔尚任的《桃花扇》戲劇,冒辟彊與董小宛、陳子龍、錢謙益之於柳如是等以愛情反映明末清初時局等題材,皆風靡一時,黃宗羲屆此都有其異於俗見的評價[209]。試觀當代金庸寫作武俠小說一格,也對此一時期的人物事蹟,多有取鑄熔裁之作,如《碧血劍》之於明末悲劇將領袁崇煥的代言歌哭,試圖為其備受爭議的歷史定奪作一確立[210]。而《鹿鼎記》一作則以黃宗羲、呂留良、顧炎武三人的冰霜夜話作為楔子,並以查繼佐等捲入康熙朝「明史案」、陳永華倡導天地會反清復明的義事作為峭蒨風期月旦評的談資,營造出武俠小說中嗣後高潮迭起的伏筆[211];此外金庸更於此一〈楔子〉中的按語中表述他對黃宗羲學生查慎行(亦為金庸的先祖)捲入雍正朝文字獄一事的感懷,此事件曾在歷史上掀起巨大影響,肇因於慎行之弟查嗣庭科考命題「維民所止」所牽連而生的浙江地區文字獄事件,不僅株連甚廣,對於江南文風士氣之打擊,可謂影響甚鉅,這些都構成了金庸武俠文學的歷史配景及素材。

此外如以黃宗羲為聚焦中心,作為歷史文學寫作的考量下,筆者

元長噓靈軒文學序〉中。

[209] 黃氏與錢謙益實為忘年之交,對他的出處進退的看法,也此較能同情的理解。〔清〕·黃宗羲著:〈思舊錄〉.《黃宗羲全集(一)--哲學、政治思想》(台北:里仁書局,1987年),頁375。

[210] 參見金庸:《碧血劍》(二)「袁崇煥評傳」(台北:遠流出版社,1996年),頁739。

[211] 參見金庸:《鹿鼎記》(一)第一回(台北:遠流出版社,1996年)。

認爲可以樹立「儒俠」文學創作上的體裁，不僅可以和日今的「武俠」文學作一區隔，以擺脫既成的規範，將歷史人物的性格刻劃，賦予更爲深沈的文化史縱深。「儒俠」一格的命意顯然已非正史中〈儒林傳〉或〈道學傳〉的史觀所能圍限，以黃宗羲個人文道觀的主張而言，實乃由「文道合一」以迄「人道合一」的極致，綜觀平生行影時，曾有「三變」之說，即初爲「黨人」，繼爲「遊俠」，終老則爲「廁之於儒林」[212]。人道合一的形象即是他在清初浙江甬上創辦證人書院時，念茲在茲積極陶塑的「豪傑論」宗旨，黃氏對於「豪傑」一格的命意，尤其具有無比的寄託，對爲此一理想人格的特點有一擬議風雷般的論斷：

> 志道德者不屑於功名，志功名者不屑於富貴。藉富貴以成名其
> 功名為邂逅；藉富貴以談道德，其道德為虛假。天生豪傑，為
> 斯世所必不可無之人。本領闊大，不必有所附麗而起。一片田
> 地，赤手可以創造，無論富貴與不富貴，皆附麗地。[213]

黃氏揭示刊落聲華的界定，即以豪傑之可貴乃在於健動不息的生命力，以及具備真知灼見，能夠扭轉時局之否泰。尤其像他格外倚重的甬上學人如陳夔獻等人，皆爲一新耳目、別開生面的人傑。一方面得以「精綜六籍，翱翔百氏，危儒行標清議，一切誇骫骳之習擊去之。」故能破去邪說俗見，使海內盡知甬上皆有魯衛之士。再者別具一番氣力，「不及十年而能轉浙河東（即浙東）黃茅白葦之風，概使之通經學者。」非但富貴之屬無所附麗，甚而能夠移易一域之風尙，苟非豪傑

---

212 關於此說，學界尚有爭議，此文本原收於黃炳垕《黃梨洲先生年譜》所附臨莫，參見黃嗣艾：《南雷學案》（台北：明文書局），頁 026-128。而吳光依墨跡及內容分析，認為可能是黃炳垕所作，而非黃宗羲所為，參見吳光：《古書考辨集》（台北：允晨出版社），頁 124，。以及張高評：〈《南雷詩歷》與傳記詩學〉，《國立編譯館館刊》（第 22 卷，第 2 期），一文，頁 120，注 22。而筆者認為無論作者是否為黃氏本人，此一敘述及定位，都甚能概括黃氏的生平。

213 〔清〕·黃宗羲著：〈陳夔獻五十壽序〉·《黃宗羲全集（十）--南雷詩文集》（浙江：古籍出版社，1993 年），頁 662。

志士本具的特質，又豈能盡收「雷厲風行」之效，陶塑清代學術史上著稱的「浙東學派」？

　　黃宗羲個人對於亦儒亦俠的行徑，十分傾心。他個人在少壯之時，也曾在亂世中，出入江湖。因此對於像陸周明以儒生的身份，卻以天下為己任，其行頗近游俠，志向特異。黃氏不僅與之交往，更以陸氏死後從整理他的遺物發現人頭，引出他盜藏義軍首領王翊首級的一段故事，情節突兀變化，描寫生動。亦即將小說的敘事手法，描寫陸周明的人格，實為「儒俠」一格的實例：

> 司馬遷傳游俠，以鄉曲之俠與獨行之儒比量，而賢夫俠者；以布衣之俠與卿相之俠比量，而難夫布衣。然時異勢殊，乃有儒者抱咫尺之義，其所行不得不出游俠之途，既無有土卿相之富厚，其所任非復閭巷布衣之事，豈不尤賢而尤難哉！十年之前，吾亦嘗從事於此，心枯力竭，不勝利害之糾纏，逃之深山以避相尋之急，此事遂止。其時周明與其客以十數見過，皆四方知名之士。……江湖多傳周明姓名，以為異人。嗟乎，周明亦何以異於人哉！華屋甫田，婚嫁有無，人情等爾，亦唯是胸中耿耿者未易下臍。人見其蹠側焦原，手捕雕虎，遂以為異。雖然，周明一布衣諸生，又何所關天下事；而慷慨經營，使人以俠稱，是乃所以為異也！[214]

　　黃氏以歷來儒俠對舉的手法，烘托他個人與陸周明身處其間的志趣，並說明儒與俠的共通點，不外乎那一股奇氣之騰躍。而黃氏側寫陸氏之奇情義行，反而以他死後，在遺物中發現人頭一事，插敘當時奇計得手的過程：

> 周明以好事盡其家產，室中所有，唯草薦敗絮及故書數百卷。

---

[214] 〔清〕・黃宗羲著：〈陸周明墓誌銘〉收入平慧善、盧敦基譯注：《黃宗羲詩文》（台北，錦繡出版，1993 年），頁 77、78。

訃聞，家中整頓其室，得布囊於亂書之下。發之則人頭也。（其弟）春明識其面目，捧之而泣曰：「此故少司馬篤庵王公頭也！」初，司馬兵敗，梟頭於甬之城闕，周明思收葬之，每徘徊其下。一日，見暗中有叩首而去者，跡之，走入破屋。周明曰：「子何人？」其人曰：「吾漁人也。」周明曰：「子必有異，無為吾隱。」其人曰：「余毛明山，曾以卒伍事司馬，今不勝故主之感耳。」周明相與流涕，而詣江子雲，計所以收其頭者。江子雲者，故與周明讀書，錢公之將也，失勢家居。會中秋競渡，遊人雜沓。子雲紅笠握刀，從十餘人登城遨戲。至梟頭所，問守卒曰：「孰戴此頭也？」卒以司馬對。子雲佯怒曰：「嘻，吾怨家也，亦有是日乎！」拔刀擊之，繩斷墮地，周明、明山已預立城下。方是時，龍舟喧甚，人無回面易視者，周明以身蔽明山，拾頭雜儔人而去。

　　周明得到王翊的首級之後，擺在書房裡祭祀，歷經十二年了，竟然家裡沒有人知道。黃氏並證以史實，說明歷來儒俠之行徑如東漢李固遇害，汝南郭亮左手拿章鉞，右手握鈇鑕，到宮闕上書，乞求收李固之屍；南陽董班也前往哭李固，在屍體旁不肯離去；西漢欒布在彭越頭下奏事，祭祀哭泣。這些都是門生故吏，所以冒死而不顧身。然而陸周明之於王司馬，則並無此一關係，祇因為哀憐王司馬的忠義，就不惜觸犯當世的法綱。所謂尤賢尤難的，不更在這裡嗎？黃氏將俠情賦予了人間性格，而不獨樹立於亦虛亦實的武林江湖、刀光劍影一途，是他個人之於奇氣俠情的嶄新詮釋。他又舉出當時的實例作為印證，追述周明讀書時，有學生控告他的老師，老師受屈未能伸冤。周明到孔廟，擊鼓痛哭，終於為老師伸冤後才罷休。由這段插曲來說，從前歸震川敘述唐欽堯為同學的案件爭論，認為如果他生在兩漢時，憑這一件事就可以聞名於世。而從周明的角度看來，不過是尋常小事

罷了，祇遺憾這些事蹟沒有司馬遷來採集。黃氏遂以歷史敘事和小說
敘事的雙構性思維，將這些豪傑人物的耿耿孤心，縮歸於他的「人道
合一」宗旨，賦以善感而悲慨的筆墨。

　　黃氏的敘事立場，迥異於歷來儒家道統中，全然在「希聖希賢」
的宗旨下，以「溫柔敦厚」爲本色的「醇儒」形象作爲歸宿，並視爲
士子文化人格典範的依循。黃氏顯然不滿這一制式的文化人格尺度及
性情結構，都和他的體認大異其趣，最主要的緣由乃在於他對「道統」
的詮釋及格局已非朱熹以來的主流觀點，其次則是他的天生氣質及秉
賦乃爲「好異尙奇」；除了推本「原儒」之精神是他在史家志業上的心
血所繫（亦即堅持《明史》當立儒林傳，不應分立道學傳及文苑傳），
在半生流離顚沛之際，他不得不重新「擬議」儒家道統的實質意義，
賦予更大的探討空間；尤其內聖與外王之間、王霸與義利之辨的長期
爭議，無不切中儒門傳承上的盲點。所謂的「道統」，置諸黃氏元氣觀
的宗旨下，實寓有「彌綸天地之道」的創造性意涵，是「吉凶同患」
的經世之學而非「靜涵靜攝」，徒以孔子門牆系譜授受的淵源之論。

　　這一觀點，曾經是他和恩師劉蕺山之間辯論的關鍵處，《明儒學案》
的〈蕺山學案〉中即有此一對話的記錄：

> 義問：「孔明、敬輿、希文、君實，其立心制行，儒者未必能
> 過之，今一切溝而出之於外，無乃隘乎？」先生曰：「千聖相
> 傳，止此一線，學者視此一線爲離合，所謂道心惟微也。如諸
> 公，豈非千古豪傑？但於此一線不能無出入，於此而放一頭
> 地，則雜矣。與其雜也，寧隘。」[215]

　　顯然，黃氏認爲歷來道統觀籠照之下的文化人格尺度過於狹隘，
不僅對於像諸葛亮、范仲淹等這些豪傑人物的特質不能兼容並蓄，更

215　〔清〕・黃宗羲著：〈蕺山學案〉・《明儒學案》收錄於《黃宗羲全集》第八冊
　　（台北：里仁書局，1987 年），頁 1544。

何況像事功、文藝、名節等等他視為同出於道的表現，都不得不與這一僵化的思維，有所歧異。黃宗羲推崇儒俠的豪傑論，已然是由「文道合一」的理念，隱含著「人道合一」的特質。

在他的感時之作《破邪論》中，特立「從祀」一章，破斥歷來朝廷、儒家徒以孔門七十二賢，以及以歷代經師、傳道理學家從祀的所謂道統源流。認為此一舉措只是「窄化」孔子確立的人文化成之教（道），主張應「放寬」從祀認定上的標準、力主將諸葛亮、陸贄、韓琦、范仲淹、李綱、文天祥、方孝孺等七位漢末以迄明代「大凡古今震動之豪傑」，納入推崇孔子道統的行列，修正時儒徒以「學統」之授受作為導向的僵化性思考。這七人在他的「斷案」中認為乃：「至公血誠，任天下之重，砭然砥柱於疾風狂濤之中，世界以之為輕重有無，此能行孔子之道者也。」[216]

黃氏一反俗儒所謂的為學問而學問，或以「存天理去人欲」的內聖修持，作為文化人格評騭上的標準，而不綜考其人其學之效驗與外在時局治亂的關連，當是「從祀」一事淪為形式，儒家道統衰微的主因。以上七人在他的「豪傑」觀點下皆能堅強一學、百折不回，是浩然之氣，塞乎天地的表率，「百鍊之金，芒寒色正」醇乎其醇的文化人格，方能在世治之時，則巷吏門兒莫不知仁義之為美，無一物之不得其生，不遂其性（如范仲淹）；在世亂之際則風節凜然，必不肯以刀鋸鼎鑊損立身之清格（如文天祥、方孝孺），他極大的不滿那些徒以刊注四書、衍輯語錄，或只是片面建立書院聚集生徒，足以了當的儒生行徑，說穿了只不過是許由、務光之流的「遯世之學，孔子之所謂逸民者。」

這是一個滿懷經世鴻圖者的憤悱之情，唯有如同這七位豪傑人品

---

[216]〔清〕‧黃宗羲著：〈破邪論‧從祀〉‧《黃宗羲全集（一）--哲學、政治思想》（台北：里仁書局，1987 年），頁 193-194。

的推尊當代，方能使天地元氣不爲龐裂，擬議聖賢的象徵性意義方能
寓有新變代雄的契機。是以黃氏極度不滿當年朱熹和陳亮的「王霸義
利之辨」，認爲此一爭訟未決的盲點即是縮結在正統儒家「尙賢」判準
上過於狹隘，不能開拓萬古之心胸。推崇諸葛亮等七人，正是提出解
決之道「漢唐之君，不能如三代，漢唐之臣，未嘗無三代之人物」，他
更以「盲者」比喻人君，如盲者行路，有明者相之，則盲亦爲明。「明
者」何？就以黃氏的史觀而言，其一乃揭示爲人臣者當具豪傑之性情
及識見，方能「以天理把捉天地，故能使三光五岳之氣，不爲龐裂」。
其二即是他在《明夷待訪錄·原法》中力主「有治法而後有治人」的
訴求，認爲聖王明君歷代以來可遇而不可求，而後世之法大多「藏天
下於筐篋」，而非「藏天下於天下」的美意。針砭濟世之道，唯有竭力
疏通立法的本質本義，才能有效的輔弼君主專制下的改革及建樹，如
此一來方能在政教合一的理境中，重新顯豁內聖外王之道。

第肆章、「文道合一」思想的具體印證

第一節　「學案式」思維與明代文學的評斷

　　黃宗羲兼貫百科式的治學特點，不免為他帶來學問路數頗為駁雜的評價，同時在他身後繼起的清代學風--經史考證之學，又將他與顧炎武視為先驅人物。就儒家學說的遞嬗而觀，他的學術走勢似乎有朝向「道問學」化的事實。[1]關於這點，全祖望已有深刻的覺察，試圖為黃氏的學問格局作一疏理，他在〈甬上證人書院記〉中，認為黃氏於經史文學以外並出入於象緯圖數，乃致佛道二家亦披抉殆盡，難免會被若干淺學之徒妄詆為駁雜：「不知先生格物，務極其至要，其歸宿一衷以聖人之旨，醇如也。夫學必于廣大之中求精微，倘以固陋之胸，自夸擊盡疵類，何足道哉！」[2]

　　進而詳考其治學之旨趣，不外乎理學家格外看重的「知所歸宿」功夫一格，否則學無止盡，格物致知之道也將失去鵠的。就其教育的宗旨而言，除了著稱的甬上證人書院教學外，他在康熙十五年應海昌（海寧）縣令許三禮之請，以「講會」的型態立教於海昌北寺，先後

---

[1] 關於黃氏之「道問學」化的傾向探討，參見余英時：《歷史與思想》（台北，聯經出版社，1989 年），頁 142、143。李紀祥：《明末清初儒學之發展》（台北，文津出版社，1992 年），頁 169。

[2] 〔清〕・全祖望著，王雲五編：《鮚埼亭集・外篇》（台北：台灣商務印書館，1968年），卷十六，記一，頁 880。此外，全祖望在其〈答諸生問南雷學術帖子〉一文中，也針對黃氏如何在兼通九流百家之中「雜而不越」的問題作一說明。其一如「當湖（陸隴其）謂夏峰（孫奇逢）與先生（黃宗羲）自是君子，惜其教學者不甚清楚。此蓋有朱、陸之見存，故云。然當湖之弟子，其卓然可傳者安在？并未見有萬公澤，董吳仲其人者，以是知輕議前輩之難也。」可見當時仍有人頗質疑黃氏的學問路數頗不純正。全氏乃以甬上書院的教學成果作為黃氏學思精神的最佳說明，並歸納黃氏治學乃「兼通九流百家，則又軼出念台之藩（蕺山之學），而窺漳海之室（黃道周的博學），然皆能不詭於純儒。」收錄於〔清〕・黃宗羲著：《黃宗羲全集（十二）》（浙江：古籍出版社，1994 年），頁 213。

五載。與會者多半是地方官吏，傳習的內容除了四書、五經大義之外，並兼及了勾股之學與授時、西洋、回回三曆；他的信念不外乎將儒家並行不悖的文化格局，作一充分的展示。在他書贈與會者的文作〈留別海昌同學序〉中，即慨然於儒家精神的瓦解，不在外部客觀環境的遷變，而是儒家內部認知的自我矛盾。一如學問之道，析之者愈精，而逃之者愈巧，無怪乎去道日遠！就連史家在安頓歷代儒學定位時，也不得不面臨分立或合置上的困惑；《史記》之立〈儒林傳〉尚能把持相當的局面，但是此後面對漢儒內部自我認同上的歧見，不得已又分出〈文苑〉一格。下及宋代，為了因應理學家內部學說宗旨的爭議，別立〈道學〉一門，甚而又有細別為「理學」與「心學」二系。無怪乎聖學一途，不僅無由抗衡於佛、道二家的既成勢力，又得疏理內鬨不斷的門戶之爭。黃宗羲遂在多年的苦思整理下，即於海昌講學是年編訂了學術史上劃時代的巨作《明儒學案》，以學案體的方法，將各家宗旨一一揭示；並且確立了「原儒」的大方向，以比觀宋明理學整體匯合及分流的態勢。這也是他在海昌授學時格外突顯的治學立場，將儒門一裂為四（文苑、儒林、理學、心學）的盲點，歸宿在「文道合一」的教旨，故有謂：

> 吾觀諸子之在今日，舉實為秋，擷藻為春，將以抵夫文苑也，鑽研服 鄭，函雅正、通古今，將以造夫儒林也，由是而斂於身心之際，不塞其自然流行之體，則發之為文章，皆載道也，垂為為傳註，皆經術也，將見裂之為四者，不自諸子復之而為一乎？[3]

可見黃氏莫不以愷切殷勤之心，期待這些出身於科場，晉身而為官吏的講友們，能以儒門之精神，將經世致用的理念合而為一，方是

---

[3] 〈留別海昌同學序〉，《南雷文定‧前集》卷一，詳見楊家駱主編：《中國文學名著第六集》第 16 冊（台北：世界書局），頁 16。

學問。這一立場，也很顯著地承接著在此之前，他與甬上證人書院學生強調「經術」爲本的宗旨一致。值得關注的焦點，是海昌講學告一段落之後，康熙十八年起黃氏一門如萬斯同、萬言、黃百家等先後北上參預明史館之編務，提供了黃氏「遙參史局」的有利情勢。前述的儒家定位問題，正是黃氏極力爭取正名的契機，亟欲逆推而上，以見原儒大義。黃氏遂秉持立場，批判宋史之別立〈道學傳〉乃爲元儒之陋規，而今整編明史自當別開生面；當時明史之纂修，總裁徐元文尙且修凡例理學四款，乃欲立〈道學傳〉，而且以程朱一派爲正統；黃氏即以〈移史館論不宜立理學傳〉一文駁之。認爲一切「總歸儒林，則學術之異同，皆可無論，以待後之學者，擇而取之。」此文一出，顯著了扭轉史館之裁定；黃氏遙參史局之影響，不僅《儒林傳》多本其《明儒學案》，並且〈劉宗周傳〉也是本其〈子劉子行狀〉而訂定。但是終其心力，仍以不能合〈文苑〉傳於〈儒林〉的體例，是其抱憾所在。在這個立場上，顯然「文道合一」的信念仍是他念茲在茲、鍥而不捨的志業。

全祖望在總評黃氏學問格局時，即指出他的功夫進境上仍不免有遭人餘議處，其一即爲「文人之習氣未盡，以正誼明道之餘技，猶留有枝葉」。這一文人「習氣」之存在，如果置諸上述的探討，恰是本文何以一開始就站在文學的立場，試圖還原黃宗羲個人學思歷程中的重要線索，而不落入現下一般理解黃氏之學所採行的進路。基本上作爲一介文人的黃宗羲，其文章之淵源乃與當時士子的履歷相互表裡。自社集啓之，由場屋之學，以迄艾南英之時文，乃至復社、幾社，諸社盟同學之薰染，至晚年猶不廢。而明末學風之以「社集」爲主，即便清初遺民仍不能免除。編考黃氏畢生制作之宏規，也不能忽略他在編定個人「文集」、「文案」上的用心，並不下於其他學術志業的成果。同時黃氏並有「文案」、「史案」等諸作，皆以「案」之名爲形式，是

由他所積極開展的一重要體例。依《經籍纂詁》而觀有數項意義[4]，有「據也、依也、察之也、次第也」等諸義。而據《辭源》釋其名義[5]，有謂「官府處理公文的文書、成例及獄訟判定結論，皆謂為『案』」。其嚴謹審慎之處可見一斑。

再者針對此一「體例」興起的淵源來看，[6]乃受到「公案」一義延伸而來，其一泛指官府的案牘，也稱待解決的事情與案件。其二乃專指佛教禪宗咸用對話與教理來解決疑難問題，並暗示自身義法所在，此類蘊含機鋒的語句，亦名為公案。

一、公案、學案、文案、史案之間的有機連繫

（一）就「治學方法」層面探索思維的取向

「學案體」乃為黃氏文史創作上的重要形式，表現於一系列的「學案」、「文案」、「史案」的論述成果。細繹其中的意涵，除了上述的基本定義之外，並兼有「治學方法」和「編纂體裁」兩大層面上的意義，形成了黃宗羲獨特的思維方式。就治學面而觀，「案」之一義，乃具有「批判法」之裁斷，以明宗旨之所在，以及「演繹法」看重推理之過程[7]，以求印證愈多，道理愈見精確的研究成果。

批判法之可靠，乃看重依據信證，在態度上要「袪除成見，無偏無黨，方不致流於武斷或臆測」[8]，尤需有相應之標準及原則，以為批

---

[4] 〔清〕・阮元撰：《經籍纂詁》（台北：鴻學出版公司）卷 74，頁 772。

[5] 《辭源》（台北：遠流出版公司，1997 年），頁 842、169。

[6] 「學案體」之興起及演變，參見陳祖武：《中國學案史》（台北：文津出版社，1994 年），頁 136。

[7] 批判和演繹法之說明乃參見杜松柏：《國學治學方法》（台北：洙泗出版社，1991 年再版），頁 264。

[8] 杜松柏：《國學治學方法》（台北：洙泗出版社，1991 年再版），頁 266。

判之依歸，此一精神乃見諸莊子〈天下篇〉、荀子〈非十二子篇〉，以至劉歆〈七略〉而略見規模，杜松柏更指出，黃氏的兩部學案，實可視爲運用批判法以之治學而有成的代表，[9]試觀黃氏的《明儒學案·自序》所言，透過他的編纂手法，將使有明諸家之治學功夫，「深淺各得，醇疵互見」並且「未嘗以懵懂精神，冒入糟粕，於是爲之分源別派，使其宗旨歷然」。黃氏雖爲陽明學和蕺山學之傳人，卻能以批判之精神，使王學之優劣大明，並與當時各家學派分疏，得一考鏡源流，以見是非成敗之定位。

> 自姚江指點出「良知人人現在，一反觀而自得」，便人人有個作聖之路。故無姚江，則古來之學脈絕矣。然「致良知」語，發自晚年，未及與學者深究其旨，後來門下各以意見攪和，說玄說妙，幾同射覆，非復立言之本意。先生之格物謂「致吾心良知」之天理於事事物物，事事物物皆得其理。

在是書中的〈姚江學案〉即呈現了黃氏之於整個王陽明學派的曠觀與評鑑，對於王學本質的理解，以及王學發展中的歧出轉向問題，有著如實的把握及檢擇；相對的王學末流所帶來的流蔽，此一論題，其實正是近三百年學術史上爭訟未定的盲點，黃氏據此提出其獨立思考的批判：

> 先生致之於事物，致字即是行字，以救空空窮理。只在知上討個分曉之非，乃後之學者測度想像。……先生所謂「致吾心之

---

[9] 杜松柏認為「批判法」之運用，必須依據四項原則進行

1、依據信證、資料不足時，不宜妄下批判。

2、依據標準及原則，以為批判之依歸，以見是非、得失、優劣、成敗也。

3、具有歷史觀點，方不致妄斷而失真。

4、批判主於裁斷為貴，不以調和為能，又以建設為主，不流於絕對之讓定。具備此四者方能建設「學統」之觀念，以推動學術思想之生長。

良知事事物物也」四句，本是無病，學者錯會文致。……彼在
發用處求良知者，認已發作未發，教人在致知上著力，是指月
者不指天上之月，而指地上之光，愈求愈遠矣。得義說而存之，
而後知先生之無弊也。[10]

　　黃氏的批判精神，具體指出王學的流弊，乃關連著王陽明「前後
期」學生對於王學學說的教旨，每每所見不一、進路有異。良知的義
理內涵，即有各種不同的「版本」及詮釋意義。王門之學分派之眾，
影響遍及天下；對於良知學的體認，也存在不同的著力點，或主歸寂，
或主現成良知，或守誠意，眾說不一，對於良知學的本末體用上的層
次也未必相應。這一結果正為王學所以承擔思想史上的功過所在，也
反映出任何學說的本質及傳承、勢必都存在著詮釋上的差異，實有仰
賴批判法的必要，以還原問題的分歧所在。

　　黃宗羲撰作學案的背景，概以王學的檢擇即為其主要的進路，除
了前述的分判工作之外，更以王學的修正意義，作為其職志。然而此
一自覺實已於東林學派之顧憲成和高攀龍所代表的學風中濫觴，下迄
劉蕺山更進一步予以義理上的安頓。所以黃氏屆此不過是代表其立場
所在，但積極面的意義，是黃氏據此形成其治學上側重功夫及實踐的
局面；錢穆於此允有定評：

蓋梨洲論學兩面逼入其重實踐重工夫，重行既不蹈懸空探索本
體墮入渺茫之弊，而一面又不致陷入倡狂一路，專任自然即認
一點虛靈知覺之氣，從橫放任以為道也，惟梨洲最要見解厥在
其晚年所為明儒學案序[11]。

　　黃氏兩度重作〈學案序〉的苦心，可以體會潛在的學案式思維在

---

10 〔清〕．黃宗羲著：〈姚江學案〉．《明儒學案》收錄於《黃宗羲全集》第七冊（台
　北：里仁書局，1987年），卷十，頁179、180。
11 錢穆：《中國近三百年學術史》上冊，（台北：台灣商務印書館，1987年），頁26。

推斷上的實屬不易。[12]此一態度的揭示，實已爲陽明心學的發展有了一大調整，不再祗是尋找義理上談良知、談心意知物的關係，而是如何提供具體的成績來詮表理事上的不相妨礙，以及心性即理的證明，《明儒學案》即是他最佳的說明。此外在文學史的批判上，他試圖走出復古思潮者的門戶之爭，以「文案」之精神統領其批判與裁斷，由明文之「三盛三衰」，勘定天地「至文」之道，並賦予歷史的縱深。將韓愈以來，揭示的「文以載道」之統緒，重作定位，企圖指出歷來道統觀的盲點，並將之復歸於批判法之精神，確立其論文的宗旨「故以裁斷爲貴，不以調和爲能」，是以《明文海》之案語和《明文授讀》其文之可貴，亦不亞於兩部學案之發凡起例；他本人之文學創作如《南雷文案》、《文定》系列之編定，亦以貫徹批判法之精神爲旨歸。

再者此一體例之實際運用上，並兼有「演繹法」的特點，看重如何由已知之理爲前提，繼而在印證中「斷」「案」；或云由「已知」推論「未知」，「由內容上說係道理或思想，由形式上說則係判斷或命題，故演繹法之應用常以三段論式進行」[13]。詳細之研討係屬「理則學」之範疇，[14]而演繹法又可與他相對的歸納法相輔相成，在國學上的應用方

---

[12] 〈原序〉作於康熙十七年前後，以闡發「盈天地皆心也」、「窮理者，窮此心之萬殊，非窮萬物之萬殊」。續作之序，則為康熙三十二年，以闡發「人與天地萬物為一體，故窮天地萬物之理，即在吾心之中」，以及「學術之不同，正以見道體之無盡也」。《明儒學案》收錄於《黃宗羲全集》第七冊（台北：里仁書局，1987年），頁7、9。

[13] 杜松柏：《國學治學方法》（台北：沬泗出版社，1991年再版），頁277。

[14] 柴熙：《哲學邏輯》，（台北：台灣商務印書館，1972年初版，1988年九版），頁180。演繹推理是由較普遍的前題判斷，求知較具體的結論判斷；而歸納推理則是以具體判斷為前題，成立一較普遍的結論判斷。這只是二者在表面上的純形式區別。其實，歸納推理除了顯明表達出來的前題之外，暗中還是有一種普遍的原則，作為結論判斷的邏輯基礎。此原則即是大自然的齊一律；相同的原因在相同的情形下，發生相同的結果。可見，要澈底解決歸納是否合法推理的這問題，必須先證明齊一律合於宇宙萬物方才可能。而這個證明當然是超出邏輯範圍的，須歸於認識論與自然哲學。

面[15]，例如漢代許慎既以「歸納」之法得出「六書」之定義，復以「演繹」之法，將六書之定義，用以解說造字之理，如「牛」、「口」、「牙」、「冊」、「目」諸字之造字道理，乃依他對「象形」的定義「畫成其物，隨體詰詘」，分析其字型而印證其爲象形字。鄺士元則指出黃宗羲治學，尤重「組織」與「條例」，亦即「學案」一體，實開後人系統性考史之風，此一特質「若網在綱，全書前後均有照應」，然而推究起來，實屬綜核歸納之法[16]。

這一治學的基本方法，即爲黃氏縱橫於文、史、經、哲學等領域最爲有力的工具，尤以勘定文獻浩繁，爭訟不決的許多關目，皆能洞中肯綮，加以論斷。陳金生、梁運華二先生在八十年代中，重新點校《宋元學案》，即爲「學案」正名爲：「介紹各家學術而分別爲之立案，且加以按斷之意（案、按字通）。按斷就是考查論定。因此，學案含有現在所謂學術史的意思。」[17]

著重於「案斷」之信念，乃與上述演繹法所具備「例（前提）—案（推理過程）—斷（結論）」的條件一致。尤其是「案」之名義乃推理之過程，反映出治學者的功力及識見。是以這種體例無論是學案、文案、史案，都迥異於一般文選與編纂的形式，而寓有深刻的思想性，也感得受到主其事者的強烈企圖心。黃宗羲究心經史之學，亦即試圖勾勒出「經世致用」之道的理論根據何在？出入宋元明儒之理學源流，旨在探討諸家論學之「宗旨」所在，可視爲儒家在教育哲學以及教學原理上的表現。換句話說確立「宗旨」是教授者的「得力處」，就把握

---

[15] 如「凡義字古音皆讀爲我」的通則，即是由許多特殊的現象，以推知普通之理，這是歸納法的成果，後來他遇到了「無偏無頗，遵王之義」一例，就用這通則解釋之，故能將「頗」、「義」（我）二字協韻，這一即是演繹法，證明這條假設，確乎是一條通則。鄺士元：《中國學術思想史》（台北：里仁書局，1992 年），頁 276。

[16] 鄺士元：《中國學術思想史》（台北：里仁書局，1992 年），頁 617。

[17] 陳祖武：《中國學案史》（台北：文津出版社，1994 年），頁 132。

宗旨的一面而言則是學習者的「入門處」。職是之故，沒有宗旨的思想
只是無頭緒的亂絲，而把握不了別人的宗旨，也就無法準確而完整地
把握其整個思想體系，知所歸宿。[18]此即黃氏之所以看重宗旨之立教，
以及各家師承門戶的系統。因此學案中無論在敘述人師的生平行誼，
抑或講論文章，率皆悉心地標明其教學、治學的眉目，於學人思辨之
際，啓發甚巨，實非一般官學與科舉體制下的教學處境所能抗衡。黃
氏所以暢言：「有明事功文章，未必能越前代，至於講學，余妄謂過之」
的豪語。譬諸陽明的「致良知說」、「破心中之賊」論、「天泉與弟子證
道」，以及湛若水「隨時隨處體認天理」之教、王艮的「樂學歌」、蕺
山的「慎獨」之教，不僅皆有宗旨，並提供了具體之教育模式及情境，
這些實例在學案中屢見不鮮，例如王龍溪於講學會語中昌明王門的「入
悟」有三種教法：

> 若「致知」宗旨，不論語默動靜，從人情事變徹底鍊習以歸於
> 玄，譬之真金為銅鉛所雜，不遇烈火烹熬，則不可得而精。師
> 門嘗有入悟三種教法，從知解而得者，謂之解悟，未離言詮；
> 從靜中而得者，謂之證悟，猶有待於境，從人事鍊習而得者，
> 忘言忘境，獨處逢源，愈搖蕩愈凝寂，始為徹悟。[19]

透過王龍溪的闡釋，對於陽明心學何以能風靡全國的魅力、以及
特質，實與這三種教法有著密切的關連。順是黃宗羲在王學的反省上，
最主要的任務即是確認陽明「良知」之學的諦義，以及論斷王學引發
的兩大爭議——「情識而肆」、以及「玄虛而蕩」。關於「良知」，學案中
申述極詳：

---

[18] 余金華：〈《明儒學案》的結構與功能分析〉，《黃宗羲論》（浙江：浙江古籍出
　　版，1987 年），頁 227。

[19] 〔清〕·黃宗羲著：〈浙中王門學案〉，《明儒學案》收錄於《黃宗羲全集》第七
　　冊（台北：里仁書局，1987 年），卷十二，頁 253。

心即理也，故於致知格物之訓，不得不言「致吾心良知之天理
於事事物物，則事事物物皆得其理」。夫以知識為知，則輕浮
而不實，故必以力行為功夫，良知感應神速，無有等待，本心
之明即知，不欺本心之明即行也，不得不言「知行合一」此其
立言之大旨。[20]

　　在黃氏的廓清之下，陽明學以德性主體之知，遙契孔孟儒學之脈
絡，以區別和「知識認知」以及「見聞之知」的分際。遞進一層地剖
析前述王學末流之蔽。王學的分化，在「天泉證道」中即已顯其端倪，
王陽明與門生王龍溪、錢緒山三人在「四有」、「四無」之辨，以及頓
漸之教看法上，有極重要的分歧，遂為日後明代書院講會之風的一大
公案。「玄虛而蕩」指陳的，即是以王龍溪所標示的「現成良知」之風：

夫良知既為知覺之流行，不落方所，不可典要，一著工夫，則
未免有礙虛無之體，是不得不近於禪。流行即是主宰，懸崖撒
手，茫無把柄，以心息相依為權法，是不得不近於老。雖云真
性流行，自見天則，而於儒者之矩矱，未免有出入矣。[21]

　　學術之盛衰，亦在此微妙的方寸；龍溪之學因其根器固能顯其高
致，然其病亦在不能釐析與佛老之間本質上的分野。其風所致，人人
誤以境界為功夫，此其所以玄虛而蕩的因故也。而綜考王學盛衰質變
的脈絡，又可由王艮所代表的「泰州學派」，上承龍溪餘緒而下啟「情
識而肆」的流風，試看黃氏採行的批判：

泰州之後，其人多能以赤手搏龍蛇，傳至顏山農、何心隱一脈，
遂復非名教之所能羈絡矣。……諸公掀翻天地，前不見有古

---

[20] 〔清〕・黃宗羲著：〈姚江學案〉，《明儒學案》收錄於《黃宗羲全集》第七冊（台
　　北：里仁書局，1987年），卷十，頁182、179。

[21] 〔清〕・黃宗羲著：〈浙中王門學案〉，《明儒學案》收錄於《黃宗羲全集》第七
　　冊（台北：里仁書局，1987年），卷十二，頁239、240。

人，後不見有來者。釋氏一棒一喝，當機橫行，放下拄杖，便
如愚人一般。諸公赤身擔當，無有放下時節，故其害如是。[22]

　　龍溪之學和泰州之學的流弊，都反映出陽明心學內部理路中本已
具備的矛盾；在這一連串的判斷之下，黃氏認爲較具健全而合理的一
套宗旨，當以王學的檢擇爲其基礎工作，以避免重蹈上述兩派的覆轍；
復以繼承蕺山「慎獨誠意」之教爲張本：「慎之工夫，只在主宰上，覺
有主，是曰意，離意根一步，便是妄，便非獨矣。故愈收歛，是愈推
致。」[23]劉蕺山之學，針對王學末流玩弄光景，跡近狂禪的敗象，代之
以收拾人心，歸顯於密，爲其深切的自持；並以「誠意」作爲對治龍
溪「四無」的心、意、知、物命題爲其義理上的特點，對於良知之學
的修正、調融，尤有建樹。事實上蕺山之學已然爲儒家哲學的殿軍，
心學義理規模的解析在他手中完成了最爲精微的確立。黃宗羲在這樣
的成果下，將《明儒學案》視爲其盱衡整個宋明儒學發展的志業；從
另一個逆溯的角度看來，此一「案斷」的過程事實上已成就了黃氏個
人學問的建構，這一方面劉述先即謂黃宗羲乃透過所謂的「折光」法
來表述他的思想。[24]

　　黃氏看重的學案式思維，同時涵括了學術及教育上的雙重意義，
甚且與其理想中的學校制度，有遙相呼應的特質。此點則可以《明夷
待訪錄》中〈學校篇〉表現最爲鮮明；

　　　　學校，所以養士也。然古之聖王，其意不僅此也，必使治天下
　　　　之具皆出於學校，而後設學校之意始備。……天子之所是未必

---

[22] 〔清〕‧黃宗羲著：〈泰州學案〉‧《明儒學案》收錄於《黃宗羲全集》第八冊（台
北：里仁書局，1987年），卷三十二，頁703。

[23] 〔清〕‧黃宗羲著：〈蕺山學案〉‧《明儒學案》收錄於《黃宗羲全集》第八冊（台
北：里仁書局，1987年），卷六十二，頁1512。

[24] 劉述先：《黃宗羲心學的定位》（台北：允晨文化出版，1986年），緒言，頁1。

> 是，天子之所非未必非，天子亦遂不敢自為非是，而公其非是
> 於學校。是故養士為學校之一事，而學校不僅為養士而設也。
> 25

學校之立意，以黃宗羲來看，最主要的是培養學生「公其是非於學校」，具備評量及判斷問題的能力，並且以此素養，進一步開展經世之學的格局。針對現實制度的批判，是不容旁貸的，唯有以鮮明的人文精神來挺立學校制度，方是一切經世之學賴以治本及行之久遠的依據。設若學校制度不彰之時，書院等體制外的講學也不得不因應而起，但其共同點所在，皆為形成一社會或學術上清議及論斷是非的力量：

> 於是學校變而為書院。有所非也，則朝廷必以為是而榮之；有
> 所是也，則朝廷必以為非而辱之。偽學之禁，書院之毀，必欲
> 以朝廷之權與之爭勝。……其始也，學校與朝廷無與；其繼也，
> 朝廷與學校相反。不特不能養士，且至於害士，猶然循其名而
> 立之何與？

無論是立於體制內的「學校」，或崛起於體制外的「書院」講學，黃宗羲皆再三致意，並賦予等量齊觀的重視。例如透過「取士」方法的改良，讓學校成為真正的養士單位，並與書院共同作為申張他的「原君」、「原臣」及「原法」思想的社會基礎，以「論斷」朝政的得失，確立世俗人心的價值取向。26

---

25 〔清〕·黃宗羲著：〈學校〉·《明夷待訪錄》（台北：三民書局，1995 年）。

26 方祖猷：《清初浙東學派論叢》（台北：萬卷樓圖書公司，1996 年），頁 25。文中
指出：黃宗羲的老師劉宗周，把這一批判精神，運用到政治領域，他在人才問題上
與崇禎帝有過辯論，他建議：「法堯舜之明目達聰，而推本於捨己，亟捨其聰明而
歸之閭。非獨捨聰明，並捨喜怒，捨是非，至於是非可捨，而後以天下之是非為真
是非，斯以天下之聰明為大聰明。」並進一步希望崇禎帝能「公天下為好惡，合國
人為用捨，慨然用為皇極主」上述言論，充滿了對君主專制的批判精神。劉宗周與
王守仁、李贄相比，其不同在兩個方面：一是王、李的是非，屬於道德領域，動搖
了孔子的權威，劉宗周的是非，屬於政治領域，動搖了君主的權威；二是王、李把
是非標準，從客觀的孔子的道，轉移到主觀的個體的心，然而主觀的理性，同樣不

此外又有《明文海》的制作，以畢生創作之心血，置諸有明一代文壇之全局，企求樹立明文之統緒，並復歸於「文道合一」之理境。都仰賴於考查論定各家之異同，以斷案在整個系統中的合理定位。一如近代數學之發達，其基礎係建立在演繹法之發揮，而有「定理」和「公理」之應用[27]。更何況黃氏本人爲明末熟諳於西洋數學的人物，其在海昌授學之學生陳言揚，在黃氏的指導下，撰成《勾股定理》一書，實開清初數理科學之新頁。對於「推理斷案」之敏銳度，自是能跨越中國傳統學術之門檻，別開生面。他的《明儒學案》，先後即有多番修正終至定本，《宋元學案》迄其末命仍未能全盤定案，中經黃百家、全祖望、王梓材、馮雲濠等人前赴後繼，而於何紹基極力襄事之下，才告竣工。由康熙以迄道光朝，其成書歷經一百五十年，才告竣工。他個人的文學創作選輯，亦經歷了由《南雷文案》中經《南雷文定》下迄《南雷文約》之漫長過程；一如明代文學選集自《明文案》而《明文海》以迄《明文授讀》，都有一由博返約、一波三折的思辨過程。政治思想的著述亦然，由早期的《留書》到《明夷待訪錄》定本，都是一番澡雪精神，苦心孤詣的鍛鍊，方能將個人畢生體證的心血結晶，獲致普遍「公理」的認同，斐然成章。

總而言之，就治學的層面而言，「學案」式（史學、文學、經學、哲學）的思維方法，無疑的是黃氏高度自覺的學術脾性，有助於建立近代學術史寫作與建構的基本方法，尤其是在於謀求各門學問之「定理」、「公理」（如文道合一）之應用與實踐；黃宗羲在沉潛於浩瀚學海

能成為真理的標準，劉宗周把是非標準，從君主的獨斷，即「皇極」，轉移到「天下」、「國人」的言論，以他們的好惡、是非為「皇極主」，這在當時是非常寶貴的思想。為先儒之所未廓者，亦是黃氏《學校》篇中「公其是非」命題的前導。

[27] 杜松柏：《國學治學方法》（台北：洙泗出版社，1991年再版），頁267。

之際，輔以講學論道的啓發，方能在學問造境上，自闢蹊徑。[28]錢穆在
戡定梨洲學術格局的特色，即贊其人其學「極重統整而不主分析」，亦
即爲學門路雖廣，但貫注與凝聚總歸於一，試圖以博雅多方之學，融
成精潔純粹之知，「以廣泛之智識，造完整之人格，內外交養，一多並
濟，仍自與後之事尙博雅者不同也。」[29]此外在政治評論方面，也顯示
出他的治學取向，偏重「通則性」的原則以及歷史上的應用；亦即使
自己的理論與實際運用達到充分的均衡，進而使他的論證充分有力。
他能把許多前人零散而沒有系統的思想加以組織建構，成爲一類著作
中最具辯才，且最具影響力的代表，但在討論到某些特定問題時，他
又似乎顯得不夠嚴謹周密（特別是和顧炎武相較）。這是在考察黃宗羲
治學特點上不能不加以留意的現象。[30]

　　全祖望認定黃氏博雅之學，乃在廣大中求其精微，並一以希聖希
賢之信念，作爲知所「歸宿」的宗旨，其中蘊含的意向，不外乎黃氏
自許以繼承蕺山「愼獨、誠意」之學的影響，再者亦牽涉到他所抉擇
的「學案體」，此一「編纂體裁」在學術思想史上具備的特點，實有深
入探究的必要。

（二）就「編纂體裁」層面，考察敘事文體寫作的遞嬗

　　陳祖武在考察中國學案史的源流及變遷中，認爲「學案」一義，

---

[28] 白砥民：〈黃宗羲的思想結構和思想方法探索〉中指出黃氏思想方法的特點，在於
　　能從「縱」的方面突破舊的以歷史或現實事物去附會「聖賢之言」的思辨方法，而
　　將經典求證於歷史和現實的事物；又能從「橫」的方面將客觀存在的事物加以聯繫、
　　區別、比較、鑒別，從而提出他的經世致用的主張。參見吳光主編：《黃宗羲論》，
　　（浙江：浙江古籍出版，1987 年），頁 384。

[29] 錢氏論黃學之觀點，參見錢穆：《中國近三百年學術史》上冊（台北：台灣商務印
　　書館，1987 年），頁 29。

[30] W.T.de Bary 著，張永堂譯：〈中國的專制政治與儒家理想〉.《中國思想與制度
　　論集》（台北：聯經出版社，1985 年），頁 264。

有考查論定各家學術的含義；另一方面如果從詞源學上看來，與當時禪宗慣用的「公案」一語衍化而來，其初始形態當是「學術公案」，之後經由簡煉遂成「學案」[31]。並且以「學案」爲書名當在晚明出現，例如萬曆初劉元卿的《諸儒學案》、萬曆末期劉宗周的《論語學案》，乃至於黃宗羲在康熙十五年後所輯的《蕺山學案》（之後擴編爲《明儒學案》中的一章），無非是學術資料匯編的性質，尚不具備學術史的意義，只能算是初具輪廓的階段。

我們有必要疏理由前述對「案」之名義，以及「公案」到「學案」以迄「學案體」之間的演進，從中探索出此一體裁在歷史發展中，演變的規律及價值。誠如前文所謂的「公案」，原指官府的案牘，著重於判定是非曲直。再者禪宗借用它作爲專指前輩祖師的言行範例，宋代開始的研習公案之風，係依「佛祖應所化之機緣，所提起語言動作之垂示，曰公案、曰機鋒、亦曰因緣」，其特點一如公府之案牘，在於「剖斷是非」；而禪門諸祖問答的機緣，則在於「剖斷生死」，假「言說」以顯至理；禪僧是否對禪的「宗旨」予以相應的領會，就應取公案加以參證對照[32]。

廣義而言，大凡禪宗祖師的「上堂」、「小參」所垂示的「話頭」、師資間、弟子間的「機鋒」，現存的全部禪師「語錄」或「偈頌」也都算是公案。這些都可視爲通往禪境的敲門磚，他的語言富有極大的暗示性與啓發性，目的在於掃除參禪者的迷執，加速禪悟的完成。尤以禪的「答語」更是公案體系的命脈所在，如珠之走盤不可方物，最能顯現禪的特徵，例如宋禪師圜悟克勤編定《碧巖錄》一書問世後，即爲此類著作中的代表，[33]千百年來傳頌不已。

---

[31] 陳祖武：《中國學案史》（台北：文津出版社，1994 年），頁 136。

[32] 黃懺華：《佛教各宗大綱》（台北：天華出版社，1988 年），頁 293、294。

[33] 《碧巖錄・三教老人序》謂：「嘗謂祖教之書謂之公案者，倡於唐而盛於宋，其來尚

「學案」與「公案」之間在理學與禪宗興起之際，不可忽視彼此間互為影響的因素，尤其是宋代理學家深感儒家「道統」地位在禪風籠罩之際，佛、老二家環伺的處境下，不得不有憂患存亡之意識。周敦頤、張載、程顥、程頤等理學大師先後繼起，將唐末以來式微的儒家精神，並肩荷擔，寓有破暗開山之功。下啓朱熹、陸九淵是輩得以發揚光大，並將「書院講學」作為思想與文化的啓蒙運動，形成儒、釋、道三家分庭抗禮的局面。三家之間傳衍既久，派別之分化與統緒之疏理，自然會有諸多爭訟，其中尤以禪宗之「燈錄體」提供理學家借鑑和影響較為顯著，可視為歷來儒佛交涉研究上的一項指標。與佛教其他各派宗史相輔而行，禪宗獨傳「燈錄體」（傳燈錄），現存禪宗燈錄，乃發軔於五代末之《祖堂集》，下及於著名的北宋三燈─《景德傳燈錄》（釋道原撰）、《天聖廣燈錄》（李遵勗撰）、《建中靖國續燈錄》（惟白撰），繼而在南宋階段，又有《聯燈會要》（悟明撰）、《嘉泰普燈錄》（正受撰），以迄理宗朝，臨濟宗大川法師普濟聚合南北宋「五燈」錄，縮結一體輯為《五燈會元》二十卷刊行，屆此禪門之燈錄體可謂集大成，歷元明諸朝，迄於清初淨土宗興起，各種燈錄比肩接踵，代有續作。考此一學術體例，其中蘊含之優點較上述公案可謂更具系統性：

> 所謂傳燈，言禪家心印傳承，若燈火照暗，師弟相接，世代不滅。就體制而言，同傳記體宗史有別，燈錄體史籍則專在記言。而同樣記言，它又與不分時序先後的語錄異趣，系依世次記

矣」，更指出「公案」二字乃世間法之吏牘語，具有幾大特點當如老吏據獄讞罪，具眼為之勘辨。又如一棒一痕要令證悟，如廷尉執法平反，出人於死。又當一動一參，如宮府頒示條令，令人讀律知法。故具冊份，作案底、陳機境，為格令，是祖師所以立為公案留示叢林者，意義取此。參見任澤鋒釋譯：《碧巖錄》（高雄：佛光文化，1997 年），頁 6、7。

載，固隱含合世次、語錄於一堂之意。[34]

此一體裁記錄禪師言論，以明禪法師承的編纂形式，使「記行」與「記言」二端相輔相成，開啓史籍編纂的嶄新路向。尤其條理井然，統緒系譜清楚的條例，對於理學開展的前期階段，意義尤為重大。朱熹的《伊洛淵源錄》一書，除了一方面繼承了《論語》以降的「語錄體」傳統（語錄一格並非禪宗所特有），再者亦深受同時袁樞之制作《通鑑紀事本末》的「以事命篇，各成始末」的「紀事本末」體之創發而鼓舞（朱子曾為是書作跋，參見《朱文公文集》卷81），加以禪門「燈錄體」的規制及其揭示正統的使命感，促使他的治學路向亦在這些傳統的錯綜會通之中，有所陶鑄及發皇。《淵源錄》一書，不僅成為「學案體」規模初具的里程碑，也是結撰專門的學術史的先驅，[35]梁啓超和陳祖武等學者公推其創製之功；咸認為斯書乃導源於《史記》、《漢書》中以《儒林傳》作為述學的傳統，卻又能開展學術的企圖心。尤以他將繼承二程理學，並為其爭取儒學「正統」地位的職志，在斯書的架構中，體現無疑。[36]

---

[34] 陳祖武：《中國學案史》（台北：文津出版社，1994年），頁22。

[35] 梁啓超：《近三百年中國學術史》（台北：中華書局，1987年）。

[36] 陳祖武：《中國學案史》（台北：文津出版社，1994年），頁49。全書總計十四卷，起首於周敦頤，旨在彰明「二程」學術的師承所自，繼而以程顥、程頤為中心，確立二程實乃承接孔孟儒學統緒的正宗，為全書之核心。依次則為邵雍、張載、張戩以上則專記二程及同時師友之間的學者，之後各卷除個別例外者，則以承學於二程的南北諸門人輯綴之，全書共載四十九人。此外又有資料不足，尚待訪查之程氏門人，皆集中於卷十四，統名之為「程氏門人無記述文學者」計有王巖叟、劉立之等二十二人，全祖望即據此一較曠闕之部份以其之前各卷中之問題，判定《淵源錄》實為一「未成之書」，不僅如此，箇中尚存諸多問題也是朱熹在既有條件之下甚難加以「論斷」者，而迄於朱熹逝世為止，本書始終未留下序跋、題記一類的文字，可見此類體裁之成書大不易，我們必須承認他所體現的是一部早期的理學史，但畢竟過度集中於「洛學」的視野，在斯編之中，朱熹難免有拘囿門戶、黨同伐異之見，可見「論斷」之難，尤以始開端緒者，如何在中國歷史編纂學中，陶鑄源遠流長的「專門學術史編纂體裁」（學案），朱子之功，光大後學的意義自是不容漠視。

　　然而朱熹是書的開創終不免有其後遺症,《淵源錄》中一再揭櫫的
「道學統緒」(道統)自是由周、張、二程先後承躡不絕,並由朱子荷
擔光大。其影響更在宋理宗時,因朱門後學的真德秀、魏了翁並世而
鳴,遂有淳祐元年將周、張、二程與朱熹奉詔從祀孔廟的盛事,自此
儒家道統獲致了官方的認同,而取得了正統性的地位。並在元代科舉
和官學中成就重大的影響,一意表彰程朱道學;尤以元順帝至正五年
刊定的官修《宋史》,即以〈道學傳〉的特定體式,載入官修正史之中,
儼然成為數百年間理學中人傳述源流的定規。這一演進歷程就黃宗羲
的批判而言,誠如前文他所力主的「原儒大意」,認為「道學傳」之分
立,乃為儒林內部「文與道」分合的致命傷,也不能真切的光大之儒
學經世致用的格局。故有其後由他力主《明史》不當立《理學(道學)
傳》之事件。另一方面誠可謂學案體之難,正在難於如實而合理地在
許多學術大關目上加以「論斷」的窘態,不獨朱熹與《伊洛淵源錄》
如此,在他之後的幾部重要學案,也都存在著這樣的處境。這一現象
也誠如禪宗「公案」一義,有待眾家公論,方能將自身義法所在,據
此判斷是非。就以上述演繹法三段論而言,「案」之一義只能呈現推理
之「過程」,而未完全是「結論」之「斷」定。[37]

　　回歸黃宗羲與學案體的主線加以考察,他曾慨然批判周汝登的《聖
學宗傳》:「主張禪學,攪金銀銅鐵為一器,是海門(汝登)一人之宗
旨,非各家之宗旨」[38]頗不以為然。而對其故友孫奇逢的《理學宗傳》

---

[37] 柴熙:《哲學邏輯》,(台北:台灣商務印書館,1972 年初版,1988 年九版),頁
　　 227。三段推理乃是人認識真理的主要手段。然而就事實來論,人類的思考力是無法
　　 如此理解實在事物的。人固然也能藉著自己的思考作用達到事物的基本特性,但由
　　 於如此思考所理解的內容是具有抽象的普遍樣式,且將事物的非基本特性遺漏在
　　 外,因此人尚須反省最初所形成的判斷的內容,並反覆地加以研探。唯有如此,方
　　 能由對事物已認識的限定,進而認識出新的限定。

[38] 〔清〕‧黃宗羲著:《明儒學案‧發凡》,收於《黃宗羲全集》第七冊(台北:里
　　 仁書局,1987 年),頁 17。

亦評其雜收，去取不復甄別，批註所及，不僅不得要領，聞見上的局
限，其疏略亦同上書。對此二部學案之前行者，他之論斷除了秉持儒
佛分野的大關目之外，對此一體例每每落入先儒語錄之薈撮，以致諸
作迭出，非但不能使其人一生之精神得以透露，遑論學術上的纂要鉤
玄？即便是劉元卿的《諸儒學案》和劉宗周的《論語學案》[39]，都不能
擺脫語錄迷學作爲匯編的局限。黃氏本人正式寫作《明儒學案》之前
所編集的《蕺山學案》，爭議點亦不在少數，例如當時學人陸隴其《三
魚堂日記》中，即指出：「其書序述有明一代之儒者，可謂有功，而議
論不無偏僻，蓋執蕺山一家之言而斷諸儒之同異。」[40]其後曾力邀黃氏
參預明史的學士葉方靄早年初見此書，亦對此表達批評「嫌其論吳康
齋附石亨事，不辨其誣，而以爲妙用，不可訓。」亦能比觀此作尚非
理想的學術史；黃氏對於此作也並不滿意，遂在此書的基礎上大肆董
理明儒全譜。直到康熙二十三、二十四年前後，才刊定《明儒學案》
鉅構[41]；其中尤以「宗旨」之揭示，作爲學案體之總樞紐，是批判法之
主要貢獻。並運用前述演繹法之思維，對有明一代諸家之論旨，作一
通盤而有效之「論斷」。故能於「一偏之見」和「相反之論」皆採兼容
並蓄的態度，以明儒者之學的源流，尚求殊途同歸。是編凡六十二卷，
貫穿有明一代理學中人，由五個部分所組構：

　　1. 師說－一秉其蕺山學之師承，並輯錄其師評論一代諸儒的語
　　錄。

　　2. 學有授受傳承的各學派－上起吳與弼《崇仁學案》，中經以

---

[39]　《諸儒學案》和《論語學案》二作，乃學案史上二部最早逕標「學案」名之的著作，
　　皆成於萬曆間，事詳陳祖武：《中國學案史》（台北：文津出版社，1994 年），
　　頁 132。

[40]　陳祖武：《中國學案史》（台北：文津出版社，1994 年），頁 129。

[41]　《明儒學案》一書的成書爭議，本文採陳祖武之看法。

　　王陽明為中心的《姚江學案》、《泰州學案》等，下迄湛若水
《甘泉學案》。

3.自成一家的諸多學者─即《諸儒學案》。

4.東林學案

5.蕺山學案

　　每個「學案」之編纂，乃採「三段式」的結構，即卷首冠以「總
論」，繼之為「案主傳略」，以迄案主「學術資料選編」（以語錄為主，
兼及論說、書札與其他雜著，並略加按語以作評論或提示）。這一三段
式結構，頗近演繹法之精神，唯其具有「斷論」色彩之文字置於卷首
（即總論），而案（按）語則依「學術資料選編」之架構貫注其中，以
求與該學案之宗旨加以「論斷」，明其價值和印證。事實上這一三段式
的編纂體例，正是「學案體」所確立的編纂新型態，並非首創於黃氏，
乃遠紹朱熹之《名臣言行錄》即已初具規制，並以孔孟學說為取捨標
準，是為全書斷論之依據，此外周汝登和孫夏峰的兩部《宗傳》，亦採
此一手段完成評箋，而作總結學術史之體裁，實為黃氏奠定繼往開來
的格局。值得關注的是劉宗周亦有《皇明道統錄》一書[42]，亦採「平生
行履」─「語錄」─「斷論」之三段式形態。陳祖武更由是書和《明
儒學案》相比較，認為黃氏之作，無論是就編纂結構，學有傳承者皆
立專案，以及劉子判為異端邪說的李贄、陳建等人皆擯棄不錄。再者
《明儒》全書率以劉氏為師說立據，於各案學術論斷中皆然，可謂俯
拾即是，判定二書實有繼承關係；或謂《明儒》乃脫胎於《道統錄》
一書，可視為一重要淵源。唯獨黃氏將「斷論」移置卷首，成為該案

---

[42] 劉子該書生前未及刊行，之後也未輯入《劉子全書》之中，因此其具體內容不詳，
　　所幸其門人董瑒輯《蕺山年譜》略敘是書梗概，指出他仿朱子《名臣言行錄》，去
　　取也一準孔孟，對於假途異端邪說者，擯弗錄。參見陳祖武：《中國學案史》（台
　　北：文津出版社，1994年），頁153、154。

之「總論」，是其調整舊規，以立眉目之綱領。

學案體的斷案之功，得以反映出一個學者、一個學派乃致一整個時代的學術風貌，如勘定宋明理學之分野，即主「宋儒重淵源，明儒則重宗旨」，同樣是書院講學盛行的時期，明儒特重「宗旨」之揭示：「大凡學有宗旨，是其人之得力處，亦是學者之入門處」(《明儒學案‧發凡》)，講學無宗旨，即如讀書不能得其要領，而黃氏留意各家宗旨之歸納，即能體現學術之源流分合；故能使學人兼收「如燈取影」「丸上走盤」的要領，正宜屆此著眼理會，所謂一本而萬殊是也。

「宗旨」之論其實有幾點理由可作參考：其一是其深切體認到明季學說駁雜、百家爭鳴之際，宗旨若無明確之義界，易致混淆價值是非之判準，王門后學儒禪之辨，殷鑑不遠；其二乃為宗旨既立，如網在綱、各家之傳習，昭然若揭，可明學術之本質、發生以及發展之問題，此一理解既清、思想上的爭議、盲點，就可如實地判斷及定位，不致混淆及介入不相干的謬誤。在另一個意義上，則為縮結著當時各家學說傳播上的意義，當時諸家多以書院講學作為傳播及教育門人的據點，試由《蕺山學案》中所載記的〈陽明傳信錄〉一文中，即可彰顯出自成一家的學派，都能在學理及教法上，奠基於一套完整的教育型態：

> 暇日讀陽明先生集，摘其要語，得三卷。首語錄，錄先生與門弟子論學諸書，存「學則」也，次文錄，錄先生贈遺雜著，存「教法」也；又次傳習錄，錄諸門弟子所口授於先生之為言學、言教者；存「宗旨」也。[43]

其三則是宗旨既已了然，於此進一步構作整體學術史時，方有提綱挈領之便；此一來較能照顧到各家的彼此關係以及特出價值所在。

---

[43] 〔清〕‧黃宗羲著：〈姚江學案〉，《明儒學案》收錄於《黃宗羲全集》第七冊（台北：里仁書局，1987年），卷十，頁183、184。

這樣一來才不致於強以個人成見，加以片面的斷言。

又如全書中竭力疏理王陽明學派之「學術公案」，可謂居功厥偉，尤其陽明「四句教」之旨趣，素爲歷來爭訟不斷的焦點。劉宗周認爲這是陽明「未定之見」，並斷言其說乃出於王畿（龍溪），並造成其後心學「玩弄光景、操戈入室」的局面；然而黃氏在此點上並未拘泥其師的立場，認爲四句教本無病痛，只是學人誤會陽明本旨，各依己意加以闡釋，是「人病」而非「法病」，以致乖違心學本義，近乎狂禪者流。箇中以王畿倡「心」、「意」、「知」、「物」俱是無善無惡的「四無說」，確有近乎釋老之學；黃宗羲仍秉持他一貫的學思視野及縱深，認爲王陽明之學之發皇，和王畿個人獨特的思致，實有密不可分的關係。《浙中王門學案》即爲此一學說宗旨之紀實，並予以合理的定位，即是肯認他的持學及講學俱有根柢，對於學派的開展、以及儒門教育的建樹，應有定評。

唯有如實確立「四句教」和王畿之學的義理關係，方能進一步理解黃氏何以斷言《江右王門學案》之中鄒東廓、羅念菴、劉兩峰、聶雙江等先生方可作爲王學真傳的統緒。以及嗣後《泰州學派》如何扮演陽明學盛衰的關鍵，此不過略舉斯書之一例，以彰明學案體之求真求實的治學精神。

黃宗羲的學案編纂意義，除了具備學術史的芻型之外，就文道關係而論，又能兼具「哲理結構」與「歷史敘事」的雙構性。如論陽明、徐愛（曰仁）之間的師生情誼，猶是儒門孔顏之寫照：

> 學者在疑信之間，先生為之騎郵以通彼我，於是門人益親。陽明曰：「曰仁，吾之顏淵也。」先生嘗遊衡山，夢老僧撫其背而歎曰：「子與顏子同德，亦與顏子同壽。」覺而異之。陽明在贛州聞訃，哭之慟。先生雖死，陽明每在講席，未嘗不念之。酬答之頃，機緣未契，則曰：「是意也，吾嘗與曰仁（即徐愛）

言之，年來未易及也。」一旦講畢，環柱而走，歎曰：「安得起曰仁於泉下，而聞斯言乎！」乃率諸弟子之其墓所，爵酒而告之。[44]

師生之情，其間流露的性情，除了感念徐愛昔日在書院中扮演的溝通角色外，一者點明徐愛作爲陽明學說的知音，二者側記陽明惜才之真切雋永；又如泰州學派論王襞繼其父王艮之學，持續講會論學之風，以復甦人心學問的勝槪：

> 九歲隨父至會稽，每遇講會，先生以童子歌詩，聲中金石。陽明問之，知爲心齋子，曰：「吾固疑其非越中兒也。」令其師事龍溪、緒山。先後留越中二十年。心齋開講淮南，先生又相之。心齋沒，遂繼父講席，往來各郡，主其教事。歸則扁舟於村落之間，歌聲振乎林木，恍然有舞雩氣象。[45]

此外如平民出身的泰州學人韓貞，其人達觀的生平以及深入民間的講學風彩，即爲黃氏所稱賞：

> 韓貞字以中，號樂吾，與化人。以陶瓦爲業。慕朱樵而從之學，後乃卒業於東崖。粗識文字。有茅屋三間，以之償債，遂處窯中，自詠曰：「三間茅屋歸新主，一片煙霞是故人。」年逾三紀未娶，東崖弟子釀金爲之完姻。久之，覺有所得，遂以化俗爲任，隨機指點農工商賈，從之遊者千餘。秋成農隙，則聚徒談學，一村既畢，又之一村，前歌後答，絃誦之聲，洋洋然也。[46]

---

44 〔清〕‧黃宗羲著：〈浙中王門學案〉‧《明儒學案》收錄於《黃宗羲全集》第七冊（台北：里仁書局，1987 年），卷十一，頁 221。

45 〔清〕‧黃宗羲著：〈泰州學案〉‧《明儒學案》收錄於《黃宗羲全集》第八冊（台北：里仁書局，1987 年），卷三十二，頁 718。

46 〔清〕‧黃宗羲著：〈泰州學案〉‧《明儒學案》收錄於《黃宗羲全集》第八冊（台北：里仁書局，1987 年），卷五十八，頁 1377。

　　黃氏以散文敘事的手法，將備受爭議的泰州學派特質，予以生動的詮釋。從這裡我們看得到陽明心學深入民間，而且世代相傳的感染力。也能預見此派何以能在日後，產生如斯深遠的影響，實有其獨特的傳習魅力。再如衡論東林書院大會天下志士的盛況，以及顧憲成一反流俗，提倡清議的神態，將院內師友的學風，歷歷如繪：

> 先生論學，與世為體。嘗言官輦轂，念頭不在君父上；官封疆，念頭不在百姓上；至於水間林下，三三兩兩，相與講求性命，切磨德義，念頭不在世道上，即有他美，君子不齒也。故會中亦多裁量人物，訾議國政，亦冀執政者聞而藥之也。天下君子以清議歸於東林，廟堂亦有畏忌。[47]

　　黃氏指出東林學派，以「與世為體」作為論學宗旨。故能簇集有志之士，論斷政治是非。顯然將東林論學的特點，視為明末一股不世出的元氣。一系列鮮活靈動的人物姿容，煥發而為儒門獨特而雋永的風致，無論這些人物在學術、歷史上的爭議為何，黃氏仍忠實地將這些靈魂的精彩所在，自有一番描寫。在這樣的觀照下，《明儒學案》一作即兼有敘事文學的意涵。亦即我們在第三章中，申論學案體在中國敘事學中，可以考察歷史敘事與其他諸種相關文體，相互補充和平行發展的寫照。

　　通觀全書之統緒，除了體現出有明一代學術興衰，眾家爭鳴與遞嬗的盛況之外，黃氏終不免難以跳脫他個人較為偏重的環節，此即《東林》和《蕺山》兩大學案部分。前者乃為還原歷來對於東林「黨爭」與明季國運之間的不全之見，試圖為其立學和議政之宗旨，亦即「與世為體」的精神加以論斷，也算是為他父師一輩平反的心願。此外，在學術資料的選錄上，他也不避諱地擇取東林士人對於陽明學末流的

---

[47]〔清〕·黃宗羲著：〈東林學案〉·《明儒學案》收錄於《黃宗羲全集》第七冊（台北：里仁書局，1987年），卷十，頁183

嚴辭批判（例如顧憲成和高攀龍），以求更均衡的論斷王學身後的遺留問題。黃氏的觀點中，唯有蕺山之學能夠真切地以「修正王學」，是為陽明心學之殿軍，也是儒林之至「醇」者。故於此一學案中，格外揭示蕺山心學認取「慎獨誠意」之宗旨，詳錄其人學術資料共計十一類；對理學既有的基本範疇的闡釋，皆大備於斯。依此看來，《蕺山學案》可算是整部《明儒學案》，乃至於對一代理學的整體斷案。「學案體」一格的體例，也在是書的結構中，獲致了長足的進步，成為嗣後同一體裁之定式。

《明儒學案》在學術史研究上的價值，誠如梁啟超之評價：

> 著學術史有四個必要的條件，第一敘一個時代的學術須把那時代重要各學派全數網羅，不可以愛憎為去取。第二敘某家學說須將其特點提挈出來，令讀者有很明晰的觀念。第三要忠實傳寫各家真相，勿以主觀上下其手。第四要把各人的時代和他一生經歷大概敘述，看出那人的全人格，梨洲的明儒學案總算具備這四點。[48]

嗣後許多仿效學案體之諸作一一繼起，例如全祖望、王梓材續成的《宋元學案》、唐鑑的《清學案小識》、唐晏的《兩漢三國學案》，以

---

[48] 梁啟超：《近三百年中國學術史》（台北：中華書局，1987年），頁48。第一點可以謝國楨之見解為參考：梨洲一生精力，專在於明儒學案，成為一家之學，其編纂之方法及其組織之特長，約有數端：（一）將有明一代儒林為有宗旨有系統之排比，而陽明蕺山為宗，若網在綱，全書前後均有照應。（二）洞見各儒者之宗旨，而能用最簡單之語綜括而出之，提要勾玄，纖屑無遺，尤為梨洲之創見。（三）搜輯有明一代儒者之載籍，抉擇至精，亦非易事，而分別其事實，辨別考訂其年代，分析其一生前後之思想，而明其思想之變邊，於陽明景逸（高攀龍）諸傳均能見之，在一定程度上，已掌握學術思想發展之規律，而具有科學研究之方法。（四）為研頤真理，苟於其理之未當，雖以其崇尚之陽明學派，亦為辨析明理，不為阿護之辭，不惜立論以闢之。」轉引自劉述先：《黃宗羲心學的定位》（台北：允晨文化出版，1986年），頁160，161。鄺士元：《中國學術思想史》（台北：里仁書局，1992年），頁616，617。更歸納了梨洲史學的特點所在，約有如下四長：一、注重搜求史料二、注重表志三、修正地理曆法四、注重組織與條例。

迄徐世昌《清儒學案》。[49]此外亦有諸多以學案題爲書名的著述如《孟子學案》、《荀子學案》、《船山學案》、《曾文公學案》、《朱子新學案》實已與學術史的體例合流，仍可見此一體裁獨樹一格的影響力。分析起來不外乎他所承繼於紀傳體史籍，係變通《儒林傳》（儒學傳）、《藝文志》（經籍志）而與史學之正統相連繫；並兼取佛家《燈錄》體史籍之所長，經過南宋初期的芻形略具，下迄清朝康熙中期而臻完善，從而具備了晚近所謂「學術史」的意義。但是箇中仍難免存在著此一體裁本身既存的問題，有賴學人進一步作爲商榷。陳祖武即指出學案體固然在黃宗羲、全祖望手中完成了體例上的極度成熟，甚且在民國初年徐世昌等人埋首梳理有清一代的《清儒學案》時，仍援引黃、全二家的法度，作爲論斷此一期間總結性的各門學術。但是這一編纂體裁的局限性也同時表露出來，最主要的盲點不外乎一代學術的「橫向」、「縱向」聯繫，尤其是蘊涵其間的規律應如何把握的問題：諸如眾多學術門類的消長及交互影響，在這一體例中並不能全面性地反映歷史發展的真貌。在此一窘態下，最有利於此一體例別開生面的契機，莫過於與《清儒學案》纂修同時，梁啓超慨然以「史界革命」之首倡，援引西方史學方法論之啓蒙，擺脫「紀傳體」史籍演化而來的「學案」，代之以嶄新的「章節體」「學術史」[50]，成爲歷史編纂學上一個貞下啓元的視野，他的《清代學術概論》和《中國近三百年學術史》，可視爲

---

[49] 《明儒學案》成書之後，黃宗羲、黃百家父子之究心宋、元儒學，而有結撰《宋元學案》的宏願，是書雖未在他們生前完成，就內容而言，一如《明儒學案》，係斷代爲史，未突破朝代界限。在編纂體例上。儘管黃氏遺稿今已無從得見，但僅就今日經全祖望編訂的《宋元學案》而論，這一發展已顯而易見。大體而言，黃氏父子的《宋元學案》，結構依然是三段式，只是三段之中，類似《明儒學案》的總論，已經不再獨立於卷首，業已移置案中成爲案語。取而代之的，則是學術資料選編後的《附錄》。參見陳祖武：《中國學案史》（台北：文津出版社，1994年），頁176。

[50] 陳祖武：《中國學案史》（台北：文津出版社，1994年），頁272。

上述盲點的有效解決，並與其後錢穆《中國近三百年學術史》兩部同名著作，成爲學案體轉型之後的嶄新局面，開啓「學術史」制作的里程碑。

通過本節的上下求索，旨在凸顯黃宗羲治學和創作上的思維取向，乃由「學案」之立體，融攝於「史案」、「文案」之中，成爲他在文道合一思想中，重要的思維方式。除此之外，筆者更看中此一思維方式在教育上的影響，尤其前述諸家在學案體之編纂上，皆視爲畢生孤詣之所繫。進而詳考這些學人的背景，無不縮結在書院教育史的發展及影響，亦即「學案」體之制作，實與「書院」之教育和學風有著重大的關係。

自唐末五代以來，「書院」之得名與轉型[51]，莫不攸關當代學問之歸趨，也實爲宋代以降理學、心學，乃至於清代考證文史之學等主流學術思潮密切連繫。就連一向爲學術史忽略的元代一朝，書院學人尚且恪守此一文教理想，格外看重書籍版本之精校及刊刻，而獲致歷代版本文獻學中盛稱的「書院本」令譽，可見此一儒家文化信念之博厚深遠。針對歷來學案中所載錄的各家學術宗派，有高達近八成的學人皆爲書院史上重要的講學者與學生；其中收錄的學術文獻，泰半不外乎書院講學之語錄、講義及教材；無論是側重「淵源」，或揭示「宗旨」，皆能彰顯出宋元明清四代書院中以「講學」從事思想或學術運動的軌跡。因此考察歷來「學案」之重要編纂者的學思背景，即可清楚發現箇中重要的信息，[52]朱熹與書院之關連甚鉅眾所皆知。畢生即經歷於城南、嶽麓、白鹿洞、溪山、螺峰、石洞、瑞樟等書院，[53]以及一手創建

---

[51] 樊克政：《中國書院史》（台北：文津出版社，1995 年），頁 37。

[52] 陳旻志：《中國書院教育哲學之研究》（台北：淡江大學中文研究所碩士論文，1996年），第肆章，第二節，頁 300。

[53] 樊克政：《中國書院史》（台北：文津出版社，1995 年），頁 187。

的寒泉、武夷、竹林精舍，門下弟子散居各地也自立書院推闡朱學，不計其數。在書院史上，朱熹與王陽明是歷來影響最爲深遠的書院教育家。朱氏在《淵源錄》中推崇之師道，如周敦頤即曾在分寧、攝盧溪兩處設立書院講學，程顥、程頤兄弟曾主講嵩陽書院。可見學案之溯源、理學之興起，未始不能忽略書院制度的相輔相成。再者如劉宗周曾講學於東林、首善以及會稽證人書院，《蕺山學案》中即大量保存了他在當時書院講會中的傳習內容。周汝登亦爲明季書院講學家，畢生以推廓陽明心學爲己任；這一點與《諸儒學案》作者劉元卿相近。孫奇逢晚年潛居夏峰講學勤於著述，[54]弟子遍及南北，爲清初學界重鎮。全祖望先後主紹興蕺山書院、端溪書院，爲浙東學術之重大傳人。與《宋元學案》之成書有重大關係的何紹基，曾主濼源、城南、孝廉堂等書院，不僅爲書法大家，亦爲晚清宋詩運動的倡導者。以《清學案小識》掀起「漢宋學術之爭」的唐鑑，即曾主講鍾山書院。梁啓超則是康有爲萬木草堂之高足，與徐世昌同爲傳統書院史已屆終局之學人，故與書院之關涉較淺。但嗣後錢穆先生於香港創辦「新亞書院」，是爲書院制度銜接高等教育之一大開創，聞名遐邇，此又爲學術與教育體用合一之印證。[55]

　　黃宗羲的學案式思維，即與這一文教傳統相得益彰，並採行於他的書院教育與文史創作，成就斐然，影響有清一代甚鉅。他在書院中採行的「集講法」教學，鼓勵學生主動打開學思駁辨的視野，才能出入前賢既有的研究成果。審思疑點，並在會中加以論斷，往往能發現前人未有之見解，別開生面；此番傳習法詳見後文分析，實可說是學

---

[54] 陳祖武：《中國學案史》（台北：文津出版社，1994 年），頁 91，詳述孫奇逢晚年學思經歷。

[55] 錢穆和胡美琦咸認爲「人物」之養成，實乃中國教育史之核心在錢書《中國學術通義》中揭示了「人統」、「事統」、「學統」，胡氏之說參見胡美琦：《中國教育史》（台北：三民書局，）新亞書院院規，亦以人物養成爲中心。

案式思維由「治學方法」與「編纂體裁」，延伸爲「教學方法」的具體實踐。學生中尤以萬斯大的春秋學、萬斯同的史學以及仇兆鰲的杜詩學，在治學思維和方法上，可視爲黃氏之影響；而黃宗羲與其弟黃宗炎的易學研究，更加以彰顯在掃除圖書象數上之末流，廓清斷案之功，允爲清代易學史上的盛事。全祖望的經史之學、章學誠的《文史通義》與揭櫫的浙東學術崇尚「專門」的旨趣，都可視爲繼承黃氏苦心擘劃並發揚光大的文教志業。

二、由「明文案—明文海—明文授讀」的編寫歷程，論斷一代文苑英華

黃宗羲以史家恢宏的視野，評騭有明三百年之文壇興衰。以近二十年之心血，刊定《明文海》六百卷，足以體現他內心蟄伏已久的文學志業。是編規模除了一覽明代文學的發展概況，另外也促使一代典章人物，具以考見大凡。各章之間，並貫穿黃氏論斷之按語，一如他在《明儒學案》、《宋元學案》字裡行間中疏理統緒的黽勉之心，此點尤其可視爲他在文學教育中啓迪后學的意義。黃氏編作《明文海》的基本關懷，不獨爲文獻選集的單一層面，《四庫提要》對是書的評語，即指出「宗羲之意在於掃除摹擬，空所依傍，以情至爲宗」[56]；而且他在本書序文中即闡言「（有明）三百年人士之精神，專注於場屋之業，割其餘以爲古文，其不能盡如前代之盛者無足怪也。」[57] 就明季文學史的考察而言，爭議頗大的例如前後七子的定位、推尊唐宋或力主秦漢的典範問題，公安、竟陵派的主張、八股時文的影響等等，都有賴大刀闊斧加以疏鑿。箇中關涉的問題之繁瑣，並不下於明季思想史的

---

56 〈四庫全書總目所收黃宗羲著作提要〉．收於〔清〕．黃宗羲著：《黃宗羲全集（十二）》（浙江：古籍出版社，1994 年），頁 198。

57 〔清〕．黃宗羲著：〈明文案序〉．《南雷文定．前集》卷一，楊家駱主編：《中國文學名著第六集》第 16 冊（台北：世界書局），頁 1。

駁雜萬端，兩者之間其實也有相互討論的可能。這一方面，王陽明在明中葉時揭示的「拔本塞源論」，乃針對士人「功利之心」、「功利之習」與「功利之毒」的心靈層翳，加以批判。無論是訓詁之學、記誦之學、辭章之學，皆務求浮誇、前瞻後盼，應接不遑，促使世之學者如入百戲之場、萬徑千蹊，莫知所適。其病灶所在，不外乎「相矜以知，相軋以勢、相爭以利、相高以技能、相取以聲譽。」最大的流弊是促成了人文價值觀上的混淆：

> 記誦之廣，適以長其傲也；知識之多，適以行其惡也；聞見之博，適以肆其辨也；辭章之富，適以飾其偽也。[58]

不僅未能向上樹立正知正見，表現在文風方面也是未能取精用宏，雖然王氏早期尚且與何景明、李夢陽是輩唱和，但未幾棄去，「心鄙之也。」必有因故。再者試觀黃宗羲當時文士如阮大鋮之流，其才學未始不是一時風雅，其人品行跡之卑劣，正是拔本塞源論中所要對治的課題。試觀陽明當時科舉取士之病端已萌，他即鮮明地洞悉有明一代「文心」與「人心」之糾葛錯亂如出一轍，無怪乎種種論爭，非但不能拔其「本」，更遑論塞其「源」，門戶之見躍然紙上，口舌之爭無異乎以水濟水，以火濟火，又豈是真實學問！

通觀黃氏貫穿該書之評語，大致而言實與陽明的拔本塞源論調一致，可作為文道思想的「具體批評」所在，亦即《明儒學案》中特彰「宗旨」以及學案式思維在處理諸家學說、考鏡學派源流的作法；同時《明文海》一書的制作，其前身《明文案》一書 217 卷，其體例乃以「作者」為經，兼及「作品」為前後序列，可視為「學案體」之遺風。[59]繼而更廣為全面收羅，兼賅有明一代文學之全貌。即便是拓增後

---

[58] 〔明〕·王陽明著：《傳習錄》（台北：金楓出版社，1987年），頁104-105。

[59] 〈明文案序〉：「乙卯七月，文案成，得二百十七卷，……某嘗標其中十人為甲案，然較之唐之韓柳、宋之歐蘇……尚有所遜」，參見《南雷文定·前集》卷一，楊家

的《明文海》之編纂中，黃氏仍一秉其總觀全局的企圖，將「作者」「作品」之評騭並重。黃氏歷經了少年文人結社、中年顛沛流離之際遇，乃致於書院講學、自行刊定詩文作品集的數十載的文學實踐。並由《明文案》—《明文海》之定稿，以迄作為家學的《明文授讀》評注本的完成。在文與道的學案式思維的特質之下，自然就不是狹隘的宗法唐宋，抑或獨尊秦漢的認知取向。就黃氏的文道合一的思想而觀，他已然能夠跨越了韓愈、柳宗元、以及歐陽修等人，在「文以載道」此一文學復古思潮的理解。

《明文授讀》一作，乃為《明文海》之精選本，對於具體闡示「文道合一」的論題，極有助益，黃百家序曰：

> 明文海之選，為卷凡四百八十，為本百有二十，而後明文始備。先夫子嘗謂不孝曰：「唐文苑英華百本，有明作者軼於有唐，非此不足存一代之書。顧讀本不須如許，我為擇其尤者若干篇，授汝讀之。」[60]

於是更有《授讀》一書，是為黃氏家學授受的底本，也可以說是取精用宏，寓意深遠的典藏之作。又黃百家《明文授讀‧發凡》曰：「明文授讀，先遺獻於文案、文海中更拔其尤，加硃圈於題上，以授不孝所讀者。此係有明一代文章之精華。」由上可見，《明文授讀》一書，並非編成於宗羲之手，而是由宗羲從《明文案》、《明文海》中精選一部分文章，在原標題上加硃圈，然後由黃百家編輯成書的。

據吳光的考證，指出：第一、《明文授讀》的編輯體例，大致遵從《明文海》之例分門別類，但有所調整；第二、各篇末所載宗羲評語，或輯自宗羲詳閱之明人文集原書，或採其平日之口頭講論，都是由百

駱主編：《中國文學名著第六集》第16冊（台北：世界書局），頁1。

[60] 《明文授讀》一作之相關案語，收錄於吳光輯校《黃梨州詩文補遺‧明文授讀評語彙集》（台北：聯經出版，1995年）

家搜集補錄的；第三、明文授讀中有少數入選文章，是由百家揣摩其父愛好而補選的。

　　兩部著作比較起來，今刻本所載篇目及其分門別類，雖然大多遵照文海，但也略有增減；各門類文章排列次序，亦不盡與《明文海》相同，如《明文海》首列賦、次列奏疏，末卷爲稗，共有二十八門類，而《明文授讀》首列奏疏，次列表、論、議、原、考、辨、解、說、釋、頌、贊、箴、銘、疏、文、對、答、述、叢談、書、記、序、碑文、墓文、哀文、行狀、傳、賦、經，共計三十門類，省略了《明文海》原有的戒、讀、問答、諸體文、稗等五門，增補了釋、疏、對、答、叢談、行狀、經等七門。[61]

　　與本研究最有關係者，是黃百家在整理其父文論中的評語，提供了後世掌握黃宗羲文道合一文學思想的重要依據。《明文授讀》收錄的黃宗羲評語總數有二百三十餘條，比《明文海》評語要多，其中有一百七十五條爲明文海所無。(其餘五十多條與文海重覆)

　　側就筆者的觀察而言，此一「文道合一」的統緒（以下簡稱文統），除了進一步與韓愈是輩盛稱的「道統」綰結之外，更兼及了書院教育家一貫留心開拓的「三統」之學（人統、學統、事統）[62]，黃氏本人在這一方面的實踐是當之無愧的，由他主持的《明文海》之選文工程，也正是以此高標準進行評價。除非獨具過人之才情與眼力，否則如何將所閱明人近二千家之文作，予以品第甲乙，並爲後學指示路向？我

---

[61] 吳光：《黃宗羲著作彙考》（台北：台灣學生書局，1990年），頁221-222。

[62] 錢穆曾就中國學問的特點，別為三大系統：一、「人統」--認為一切學問之用意，在於如何成就一有理想、有價值的人。二、「事統」--以事業為中心，學以致用。三、「學統」--為學問而學問的系統。參見錢穆：《中國學術通義》（台北：台灣學生書局，1982年），頁261。而就中國書院教育哲學的內涵而言，乃界定在文化人格的「三統之學」之推闡及圓成，亦即「人統」—希聖希賢，「學統」—究元決疑，「事統」—經世致用。細則之論述，參見陳昱志：《中國書院教育哲學之研究》第二章，（台北：淡江大學中文研究所碩士論文，1996年）。

們合將《明文海》與《明文授讀》二部之批語總觀，即可歸納黃氏文學思想的梗概。

黃氏自言明季文統之重要樞紐乃在王陽明一家：

> 予謂有明之文統，始於宋（濂）、方（孝儒）、東里（楊士奇）
> 嗣之；東里之後，北歸西涯（李東陽），南歸震澤（王鏊）；
> 匏庵、震澤昭穆雖存，漸淪杞宋，至陽明而中興，為之一振。
> 第自宋以來，「文」與「道」分為二，故陽明之門人不欲奉其
> 師為文人，遂使此論不明，可為太息者也！[63]

這段評語，也相符於黃氏在他的《明文案》序文所言明文之「三盛三衰」之說，亦即探討陽明以其不世出之才學風範，與「醇正」之文，掩絕前作，並促成嘉靖時期，歸有光、唐順之、王慎中、趙貞吉等大家輩出的局面。據此列敘了有明「文章正宗」的作者名錄，並彰顯此一學案式思維之以「人」為統緒之精神，試圖疏通明代文學史的諸多亂象。

黃宗羲對有明一代文學的批評，在文論史上與錢謙益的地位同樣重要。錢氏論文，有意將系統性的理論建立，注重流派的沿革，卻難免頗雜門戶之見[64]；黃氏論文則著意於辨析是非，總結文道規律，一如他的學案體之旨趣，著重「宗旨」，不以門戶流派為囿限。他在〈明文案序上〉一文中指出：

> 有明之文莫盛於國初，再盛於嘉靖，三盛於崇禎。國初之盛，
> 當大亂之後士皆無意於功名，埋身讀書，而光芒卒不可掩。嘉

---

[63] 〔明〕·王陽明：〈諫迎佛說〉，《明文海》（一）（北京：中華書局出版，1987年），卷 50，奏疏 4，頁 385。

[64] 錢謙益論明代詩文的觀點，同於黃氏的立場為主性情、尚博雅之經術，以及「元氣觀」之評騭詩文體系，對於明文盛衰的戡定，也有許多相近的論點，參見成復旺、黃保真、蔡鐘翔：《中國文學理論史—明清鴉片戰爭時期》第一章第三節，（台北：洪葉文化事業有限公司，1994 年），頁 68、83。

靖之盛，二三君子振起於時風眾勢之中，而巨子嘵嘵之口，適
足以為華陰之赤土。崇禎之盛，王、李之珠繫已墜，郲苢不朝；
士之通經學古者，耳目無所障蔽，反得以理既往之緒言，此三
盛之由也。[65]

「三盛三衰」是黃宗羲對「有明之文」發展演變所作的歸納。這
裡除隱約地涉及王世貞、李攀龍之外，沒有提到任何派別。這並不是
他故意迴避流派問題，因為他認為：「蓋以一章一體論之，則有明未嘗
無韓、柳、歐、蘇、遺山、牧庵、道園之文；若成就以名一家，則如
韓、柳、歐、蘇、遺山、牧庵、道園之家，有明固未嘗有其一人也。」
宗羲論文，把一人之文的「整體成就」和一篇作品的「具體水準」分
別開來，不因人而廢佳篇，也不因一篇數篇之佳而高抬其人。至於某
派的得失，與一人的成就、一篇的佳否，則另作討論。他在〈明文案
序下〉列了一個屬於「有明文章正宗」的作者名單，則更為具體地表
現了他的論是非不論派別，重原則不計門戶的客觀的、歷史的批評精
神。他說：

有明文章正宗蓋未嘗一日而亡也。自宋、方以後，東里、春雨
繼之，一時廟堂之上，皆質有其文。景泰、天順稍衰，成、宏
之際，西涯長於北，飽庵、震澤發明於南，從之者多有師承。
正德間餘姚之醇正，南城之精煉，掩絕前作。至嘉靖而崑山，
毗陵、晉江者起，講究不遺失先民之矩矱也。崇禎時，崑山之
遺澤未泯，婁子柔、唐叔水、錢牧齋、顧仲恭、張元長，皆能
拾其墜緒。江右艾千子、徐巨源，閩中曾弗人、李元仲亦卓犖
一方。石齋以理數潤澤其間。計一代之制作，有所至不至，要

---

[65] 《南雷文定・前集》卷一，收於楊家駱主編：《中國文學名著第六集》第 16 冊（台北：世界書局），頁 1。

以學力為淺深，其大旨罔有不同，無俟於更弦易轍也。[66]

　　黃氏這項做法，也類似於明代唐宋派標舉的「文統」用意；這裡被黃宗羲列入明代文章正宗的作者中，學術名家如王守仁(餘姚)、黃道周(石齋)、有窮儒文人，如歸有光(崑山)、婁堅(婁子柔)、唐時升(唐叔達)；有師法先秦者，如李東陽(西涯)；有宗主宋者，如王慎中(晉江)、唐順之(毗陵)；有臺閣體的代表人物，如楊士奇(東里)。亦有「時文」中的大家如王鏊(震澤)、艾南英(千子)，有的人有派可歸，如趙時春(浚谷)為嘉靖初「八才子」之一；有的人無派可屬，如趙貞吉(大洲)，有的有師承關係，如明初方孝孺即為宋濂門人；但其中多數人之間，是沒有師承關係可言的。自從李夢陽出來，矯為秦漢之說，招徠天下，靡然而為黃茅白葦之習；便把散文創作完全引上了擬古的歧路。黃氏認為只要掌握住散文創作的準則、規律（文道合一），師法唐宋，宗主秦漢，都可以獲得獨特的成就。在〈庚戌集自序〉一文中，黃宗羲把這一觀點表述得十分透徹。他說：

　　　　余觀古文自唐以後為一大變。唐以前字華，唐以後字質；唐以前句短，唐以後句長；唐以前如高山深谷，唐以後如平原曠野；蓋畫然若界限矣。然而文之美惡不與焉。其所變者詞而已，其所不可變者，雖千古如一日也。得其所不可變者，唐以前可也，唐以後亦可也。不得其所不可變，而以唐之前後較其優劣，則終於憒憒耳。[67]

　　黃氏的這段話，一掃明代文人標榜門戶、黨同伐異、入主出奴的惡劣學風，認識古文寫作的基本規律和明文盛衰的經驗教訓。成復旺

---

[66] 《南雷文定·前集》卷一，收於楊家駱主編：《中國文學名著第六集》第16冊（台北：世界書局），頁2。

[67] 《南雷文定·前集》卷一，參見楊家駱主編：《中國文學名著第六集》第16冊（台北：世界書局），頁7。

等人認爲黃氏在明淸之際的文學思潮中,已能掌握文學的變化規律[68],亦即如何自覺的掌握「文學語言」,並兼重「時代風格的統一性及多樣性」的問題,從這一高度來批評明代個派的代表作家,自然就能對具體作品和作者之間提供較爲合理的論斷;而不以其「語」爲優劣,不以「派別」爲升降,本文即續論:

> 以有明而論,餘姚、崑山、毗陵、晉江,其詞沒唐予後者也,大洲、浚谷,其詞追唐以前者也,皆各有至處,顧未可以質詞之異同而有優劣其間。自此意不明,末學無知之徒,入者主之,出之,入者附之,出者污之,不求古文原本之所在,相與爲膚淺之歸而已矣!

例如他論文主要是批評李、何、王、李,但他卻反對論者把四人「目爲一途」。他說李夢陽「沿龍《左》、《史》,襲《史》者斷續傷氣,襲《左》者方板傷格」;王世貞「襲《史》似有分類套括,逢題填寫」;何景明「習氣最寡,惜乎未竟其學」;李攀龍「孤行,則孫樵、劉蛻之輿臺耳」。對於四人在文學史的定位,也能作一分疏顯然不囿於門戶之成見。這四人也有共同特點,那就是好爲議論,黃宗羲批判李、何等人是爲了提出文學式微的盲點所在。而對於在他看來屬於「文章正宗」的代表作家,像王陽明、歸有光、唐順之、王慎中等人也不盲目地肯定一切。他在〈鄭禹梅刻稿序〉中進一步分析說:

> 嗟夫!文章之在古今,亦有一治一亂。當王、李充塞之日,非荊川、道思與震川起而治之,則古文之道幾絕。逮啟、禎之際,艾千子雅慕震川,於是取其文而取之、而矩之,以昔之摹仿於王、李者摹仿於震川……今日時文之士主於先入,改頭換面而爲古文,競爲摹仿之學,而震川一派遂爲黃茅白葦矣。古文之

---

[68] 參見成復旺、黃保真、蔡鐘翔:《中國文學理論史—明淸鴉片戰爭時期》(台北:洪葉文化事業有限公司,1994 年),頁 119、120。

道不又絕哉！[69]

艾南英雖被列入「有明文章正宗」，但與黃氏早年出入坊社，及有相當交情，但對於他在散文寫作中的流弊，黃氏同樣給予嚴肅的批判。就連一般泛稱爲「明文第一」的歸有光，黃宗羲也同樣進行了客觀的分析，說震川之文「除去其敘事之合作，時文境界間或闌入，較之宋景濂尙不能及。此無他，三百年人士之精神，專注於場屋之業，割其餘以爲古文，其不能盡如前代之盛者無足怪也」。艾南英以後唐宋派之所以走向以「時文爲古文」的錯誤，並沒有根本解決「擬議以成其變化」的問題，實際上在歸有光的作品中已兆其端了。可見唐宋派在實踐上也存在著以「詞之異同」別優劣，而「不求古文原本之所在」的問題，說穿了都是文道分途的必然結果。

這些論斷及定位的問題，即爲下節我們將在《明文海》的實際評騭標準下，探索黃氏文道思想的應用層面。如果說錢謙益編《列朝詩集》對有明一代之詩作了系統總結；那麼黃宗羲編《明文案》(二一七卷)後增編爲《明文海》(六百卷)則對有明一代之文，作了系統的總結。《四庫提要》評《明文海》說：

> 明代文章，自何、李盛行，天下相率爲沿襲剽竊之學。逮嘉隆以後，其弊益甚。宗羲之意在於掃除摹擬，空所倚傍，以情至爲宗；又欲使一乏典章人物，俱藉著以考見大凡。[70]

針對明代文學流弊的撥亂反正，在大體上，已能彰顯黃氏編纂的企圖心，關於「文道合一」的論題，即爲本文將深入探索的脈絡。

---

[69] 《南雷文定・三集》卷一，參見楊家駱主編：《中國文學名著第六集》第 16 冊（台北：世界書局）。

[70] 〔清〕・黃宗羲著：《黃宗羲全集（十二）》（浙江：古籍出版社，1994 年），頁198、199。

三、由「學統」決定「文統」，推崇「奇氣」並歸宿於「元氣」
的評騭座標

（一）《明文海》之體例及編選上的意義

面對明清易代的現實處境，在縱觀歷覽仰觀俯察之際，黃宗羲認為，明朝雖亡，但一代之文統決不可輕言斷絕。為了保存有明一代文章之精華，反映時代之精神，他不辭勞苦繁瑣，從康熙七年起，就自覺地開始搜集整理明人文集，經過七個寒暑的篩選，到康熙十四年（一六七五），終於編定了這部《明文案》。此稿一出，在當時雖刊行不多，卻也甚受重視。並且一度傳出刊稿遭人盜竊一事，顯見其選錄內容的價值，不容忽視。[71]

《明文案》編成之年，黃宗羲已經六十六歲。但他精力充沛，六十如少壯，仍繼續收集明人文集。在他七十四歲高齡時，仍然不辭辛勞，欣聞友人收集明代文集甚豐，專程到江蘇崑山徐乾學家的藏書樓——「傳是樓」去看書鈔書，收集了三百餘種文集，並在這一基礎上將《明文案》擴編為《明文海》，計四百八十二卷。這部書，是由黃宗羲親自編輯定目，由其門生子弟萬斯同、斯大等人鈔錄，前後經歷了二十多年，到他八十四歲時才最後完成。明文海編成以後，宗羲曾對兒子黃百家說：「非此不足存一代之書。」《四庫全書總目提要》稱贊此書「搜羅極富，所閱明人文集幾至二千餘家」、「可謂一代文章之淵藪，考明人著作者，必當以是編為極備矣」[72]，這些評語確非誇大，三百年後的現在，《明文海》的稿本、鈔本依然存在，而被編選過的那些明人文集則有許多已經毀佚了。這更可看到宗羲編輯這部文選巨著的

---

[71] 吳光：《黃宗羲著作彙考》（台北：台灣學生書局，1990年），頁291~292。

[72] 《黃宗羲全集（十二）--南雷詩文集》（浙江：古籍出版社，1993年），頁199。

重要意義。

（二）《明文海》之評點與明代文論的關係

通觀黃宗羲《明文海》中的評點之語，雖未曾明確揭示他所採行的宗旨，然而細繹其中隱涵的評價標準，仍歸宿於「元氣」論下的文道觀。前述的明代文學「三盛三衰」的走勢，亦不得不反應爲文學史之通則；錢基博即謂宋元以來文多以平正雅馴爲宗，其究漸流於庸膚；庸膚之極，不得不變而求奧衍。何、李之起，文以沈博奧峭爲尚，其極漸流於虛憍；虛憍之過，不得不返而求平實。故謂「一張一弛，蓋理勢之自然。」[73]以上這段態勢，遷流以至晚明，又有錢謙益、艾南英準北宋之矩矱；張溥、陳子龍擷東漢之芳華，旗鼓相當，亦斐而有文。錢氏所言的「一張一弛」之理勢與黃氏「三盛三衰」的論斷，似乎都指涉著文道思想中的規律，固然世事情態之變化不外乎消長盛衰之理，後之視今，亦猶今之視昔，但是影響這「張／弛」與「盛／衰」的變數，究竟要如何加以釐清，並予以確立？

回歸黃氏文道思想的內在理路而言，變化的關鍵即是文與道的「形著」與否，「文」「道」的分合，不僅決定了此一時期文學作品、文學風氣的創造性，並能體現出該階段文道「元氣」的強弱與否，以及在整個文學史的地位及影響。《明文海》一作顯然不是一般性資料纂編的文學總集，我們不能忽略他的前身是以《明文案》的學案式思維爲經緯，才足以奠定他在文學史上的意義。無怪乎文案既成，黃氏不勝其躊躇滿志的情懷，自謂：「有某茲選，彼千家之文集龐然大物，即盡投之水火，不爲過矣。」[74]顯然已經掌握了明文規律的所在；繼而擴編爲

---

[73] 錢基博：《明代文學》（台北：台灣商務印書館，1999 年），頁 1。

[74] 《明文案序上》，收於《南雷文定·前集》卷一，頁 2。

《明文海》的歷程，不過是前文所謂學案式的「演繹法」精神，擴而充之，加以印證《明文案》中本已揭示的定理及論斷：[75]

> 1. 明文之「三盛」時期，對於「文」和「道」都能有較健全而獨立的認識，不落入科舉功名的習氣俗見，抑或拘於擬古與門戶之見。
>
> 2. 以「一章一體」而論，明代未嘗無佳篇（如韓、柳、歐、蘇之「文」）以成就而為「大家」風範者（如韓、柳、歐、蘇之「人」），則有明未嘗有一人。
>
> 3. 有明文統未嘗一日而亡也（一如元氣消長），計一代之制作（作品），有所「至」（文道合一）與「不至」，乃以「學力」之淺深和「一往深情」與否作為標準。
>
> 4. 通觀而言，唐宋之文，「自晦而明」（宋因王安石而壞，猶可言也），但明代之文，「自明而晦」，乃因何、李前後七子之擬古與好為議論，以及科舉時文的病灶，不得不然也。

為何悲觀第判定有明一代，並無真正的文學大家？理由不外乎文道分立，就連扮演盛衰樞紐如王陽明者，亦不能正面扭轉時風；王氏個人的創作上雖能體現文道合一的底蘊，但其門人弟子卻不欲奉其師為「文人」，遂使此論不明，文道分合終是不能大有進展。其他文人之制作的心態及成就，也就不難理解了。

李慈銘以清代文人的眼光，來看待黃宗羲評騭《明文案》之文學斷語，亦認為古文為天地之「元氣」，關乎運數，雖有豪傑之士，不能強也。這一點在審顧明代文學盛衰消長之理，他即具體指出箇中緣由，以補黃氏不全之見：

> 至明文之病，非特時文之為害也。蓋始之刓為者，潛溪（宋濂）、

---

[75] 這四點斷語，乃整理自〈明文案序上・下〉，語句稍有潤飾，收於《南雷文定・前集》卷一，頁 1-3。

華川、正學（方孝孺）三家，皆起於草茅，習為迂闊之論，不知經術，其源已不能正，故其後談道學者，以語錄為文，其病傖。沿館閣者，以官樣為文，其病霸。誇風流者，以小說為文，其病俚。習場屋者，以帖括為文，其病陋。蓋流為四嵩，而趨日下。[76]

明文之病灶如斯，下及清代之文，亦復如是；並且古文之道之盛衰，與時文之道之每下愈況攸關，李慈銘亦沈痛呼籲，「國運之憂，時文之在所必廢也」，與黃氏之論斷如出一轍。

依據《明文案》中透顯的旨趣，進一步考察《明文海》、《明文授讀》的評注系統，對於「貫通」黃氏文道思想的架構極有助益，亦即由「學統」決定「文統」[77]，推崇「奇氣」，並歸宿於「元氣」的文學評騭座標。

參照實際論斷「作品」的評語中，我們篩選出若干較具代表性的「作者」，對照黃氏賦予他們的評價，將其分別納入黃宗羲文道合一的思想體系中，作如下的展示：

---

[76] 〔清〕‧李慈銘：《越縵堂讀書記》中冊，（台北：世界書局，1975 年），頁 605。此外，李氏更以明文之鑑加以論斷清代文學之盛衰，亦前承明文之積蔽，而有江河日下之嘆，而謂：「國朝承之，於是四病不除而又加焉矣。道學為不傳之祕，而傖之甚者，舍語錄而鈔講章矣。館閣無一定之體。而霸之甚者，舍官樣而用吏牘矣。小說不能讀，而所習者十餘篇遊戲之文。帖括不復知，而所倣者一二科庸濫之墨。……且非獨古文，時文亦然，夫明自嘉靖以後時文之壞，壞於好用子史語也，好以己意行文也。今則無論子、無論史，皆取材於一二科中之文，而意則合數十年天下數億萬人皆此意也。問之己而己不知，問之父師而父不知，問之主司而主司不知，嗚呼！是豈梨洲，亭林諸先生所及料者哉！

[77] 黃氏論文不講道統與文統的關係，而是強調學統決定文統。參見成復旺、黃保真、蔡鐘翔：《中國文學理論史—明清鴉片戰爭時期》（台北：洪葉文化事業有限公司，1994 年），頁 139。

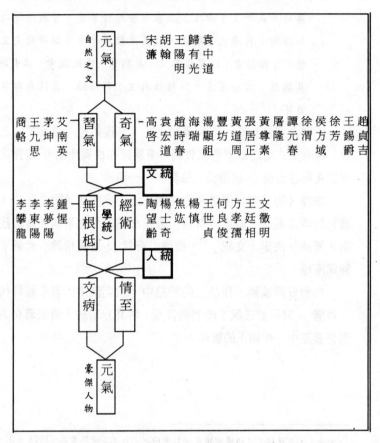

此一圖示仍秉持文道思想中的陰陽兩極「雙構性」思維而來，故由元氣衍生出兩組既對立又互有關聯的「品格」（作品風貌）。基本上《明文海》的編輯目標乃為揭示明文佳構中的「至情孤露」者，並且為祛除「文病」，而有「陳言一律棄去，滌其雷同」的旨歸，故以「情至」和「文病」之反省為二元，進窺「奇氣」和「經術」兩組品格的差異

變遷；因此有奇氣者爲文，可能淪爲「無根柢」的斷語，同理尙經術者爲文也有可能淪入「習氣」之病。[78]兩兩相對又互爲可逆的變化，都歸宿在元氣之聚散和健動不已之中（黃氏採行以氣言道的特點），卻也因此更加體現文道的「形著」原則。每一組「品格」中，黃氏皆拈出代表名家在創作上的特點及意義。這樣的疏理方式，爲的是說明前述明季文學之盛衰，只好以「作品」的「風格（即「品格」）」來論斷，而「作者」的特質祇能作爲參考及輔證。由「文案」（偏於作者）→到「文海」（以文體和作品爲轄屬）以迄「授讀」（傳授家人後學以見人道合一的規律），不僅將明代文學的特色及盲點一體呈現，而這三段修訂的歷程又與前述「學案」式思維的論斷若合符節。

透過這樣一節一節相輔相成的雙構性思維，文與道的關係因超越的辯證而合一，無疑的，「奇氣」與「經術」兩項品格，才是「元氣」論的飽和狀態，尤以「奇氣」一格允爲黃氏本人的「豪傑」觀相應；而「經術」一格則是連繫於他所看重的博雅之學。據此評定一代文史藝業，顯然可以與他其他相關的詩文評論相互參照，儼然是一個開放系統，在整體文道宗旨上得以並行不悖。

由「學統」決定「文統」，是檢證明代文學良莠與否的有利判準，[79]此點和思想史之疏別涇渭，有著異曲同工之處。「經術」一格即爲判

---

[78] 趙園：《明清之際士大夫研究》（北京：北京大學出版社，1999 年），頁 446。指出：一時文壇領袖如錢謙益，亦以復興「古學」爲號召，且以此作爲古文復興的必要條件。錢氏在明亡之前，即以「尊祖敬宗收族」說文事，以《六經》爲「文之祖」，左氏、司馬氏爲「繼別之宗」（《袁祈年字田祖說》，《牧齋初學集》卷 26，第 826-827 頁）。清初朱彝尊亦以爲「文章不離乎經術」，而以西漢之文推董仲舒、劉向，且將其時詩家之「空疏淺薄」歸因于不學。凡此，正是明清之際的「時論」。而學術一旦成爲「時尚」，其弊也即難免。黃宗羲就曾批評錢謙益「用六經之語，而不能窮經」（《思舊錄·錢謙益》，《黃宗羲全集》第 1 冊第 374 頁）。其《論文管見》所說「近見巨子，動將經文填塞，以希經術」，也應指錢氏（《黃宗羲全集》第 2 冊第 271 頁）。

[79] 黃氏論文不像一般「懼辭工而勝理」的理學家，和務修詞而寧失諸理的文章家，反

定作品是否言之有物，擲地有聲。「士之通經學古者，耳目無所障蔽，反得以理既往之緒言」，《明文案序》中的警語，誠然是有其遠見。

證諸「經術」一格之論斷，如焦竑、楊慎、王世貞、何良俊等人，皆爲明季博學之代表[80]，下筆著述自有一番法度。黃氏既重根柢，對此的論斷就比較中肯，如論楊慎「文章古奧，博而未嘗不化，既無北地（李夢陽）之剽襲。在西涯（李東陽）之門，別開生面。」（卷175，書29，答李仁夫論轉注書），[81]不獨推崇其文的博洽，並批駁了他特出時風的可貴。李東陽（茶陵派）和李夢陽（即前七子之首）二家雖是當時文壇宗盟，在黃氏的論斷中皆判爲「無根柢」一格——西涯文氣秀美，於經術疏也（卷66，詔表，重進大明會典表）。而空同乃摹倣太史之起止，《左》、《國》之板實，掩天下之耳目於一時也。（卷36，序6，詩集中，詩家自序）。三人對比而觀，其義甚明，其他如：

陶望齡：昌明博大，一洗剽襲模倣之套，蓋宗法陽明者也。（卷22，書7，論文下，擬與友人論文書）

何良俊：風流儒雅，其文有兩派：一仿選體，主於濃艷；一平淡直敘，盡所欲言。（卷32，序2，著述下，薛方山《隨寓錄》序）

方孝孺：不欲以文自命，然其經術之文，固文之至者也！尤妙者在書，得子瞻之神髓，敘事亦登史遷之堂。惟序記多有庸筆雜之，疑門人摭拾之誤也。（卷6，論一，正俗）

而自樹一格，標舉論文不講「道統」與「文統」的關係，而是由「學統」決定「文統」，並在學統中包括不同立場、派別、專長的歷史人物，卻都有根柢，文章也都以真實的思想為靈魂，論點參見成復旺、黃保真、蔡鐘翔：《中國文學理論史——明清鴉片戰爭時期》（台北：洪葉文化事業有限公司，1994年），頁139。

[80] 明季崇尚博雅之學的風尚及代表人物，參見龔鵬程：《晚明思潮》（台北：里仁書局，1994年）。

[81] 本節所列舉明人作品出處及評語皆收錄於《明文海評語彙集》．《黃宗羲全集（十二）南雷詩文集》（浙江：古籍出版社，1993年）。

文徵明：文有師法，一時如吳匏庵，王震澤（王鏊）、史西村
肩背相望也。文有特佳者，多為詩劃所掩。（卷45，碑文，會
稽雙義祠碑）

焦竑：博極群經，其文皆有法度（卷154，書8，與友人論文
書）

這些大家之論斷大體無疑，但頗值得觀察的現象，黃氏雖是對前
後七子的模擬主義深表不滿，但在創作之林的評價上，卻仍能保持客
觀論文的態度，如前七子之王廷相，后七子之王世貞，皆能予以清晰
的論斷：

王廷相：家藏集欲以博洽見長，故於律呂、夏正、深衣。陰陽
無所不論，然不能精到，經見疵於專家。（卷12，原、考、辨、
正行辨）識力所到，不隨人俯仰。（卷18，書三，答何粹夫論
五行書）

王世貞：弇川之文，似有分類，史記隨題填寫，然讀書既多，
不落套括者，則固不能掩其工緻。（卷31，序11，著述類上，
戰國策譚概序）

經術為「學統」內涵，也是黃氏疏鑿有明文統的重要關目，與此
相對的，乃在於揭發作品中「鑿空擬議」或「挾冊兔園者，不知其文
章之醇肆」，率皆斥為「無根柢」之文，瑕瑜兩見，無所遁形，如前七
子的李夢陽，康海，後七子的李攀龍，對他們的斷語毫不保留：

李夢陽：摹倣太史之起止，《左》，《國》之板實……掩天下
之耳目於一時。（卷36序6，詩集中詩集自序）

康海：率直冗長，殊不足觀。（卷23，書8，自敘，與彭濟物
書）

李攀龍：滄溟之文，集句而成，一時視之，亦如孫樵、劉蛻。
但孫，劉意思雋永，滄溟則索然而已。楚楚自成尚不能況，欲

以之易天下乎？（卷40，序10，送別類，送宗子相序）

又如茶陵派的李東陽則評其為「第其力量稍薄，蓋其工夫專在詞章，於經術疏也」（卷66，詔表），開國文宗劉基（即劉伯溫）為：「潔淨而未底於精微，」嘲諷其文不足以和宋濂並列，並破斥歷來民間視其為未卜先知之神通者，並證之以史實：

> 觀其為方氏所羈管，欲自殺，門人密里沙抱持得不死，向使前知後日之佐命，必不走此計無復之之路。故知西湖雲起，舉酒大言，一切皆傅會瞽說耳。（卷101，說1，菜窩說）

其評風流才子唐寅：「自序諸書亦多悽惋，餘文無足觀者，頹然自放而已。」並不令人意外，就連竟陵派之首鍾惺，也不過為本領脆薄之徒：「其文好為清轉，以糾結見長，而無經術本領，求新求異，反墮時文蹊徑。」（卷37，序7，詩集下，潘無隱集），反倒不如譚元春列入「奇氣」一格，斷為：「皆一片性地流出，盡洗書本積木之氣，棲泊人心腑間，如吞香嚥旨，雖歐，蘇不能過也。」（卷34，序4，文集下，自序）來得誠摯而雋永。

再者，「習氣」一格，亦與「無根柢」者僅一節之隔，尤其是黃氏論文亟求對治的一環。特別是科舉時文之病和人情之習心幻結，俄傾消亡，至令人可厭，其時大家如茅坤，艾南英，王慎中，尚且不能豁免，七子派的王九思、徐禎卿置於同列，亦不足為奇了。揭示此一品格，正是援引黃氏承繼王陽明「拔本塞源」的信念而來，將習氣罣礙，一一予以刮垢磨光，去除聲華；諸家的盲點與病灶，一體平鋪，無分流派。例如評唐宋派主將唐順之和茅坤兩家，認為古文「底蘊」唯有唐氏得其「精神不可磨滅者」，雖能和盤托出，但茅氏「溺於富貴，未嘗苦心學道」，僅能得唐氏法度的「繩墨轉折而已」，不僅辜負順之心血，唐宋派「後繼乏力」的明證也屆此體現無遺。（卷153，書7，答茅鹿門書），又如艾南英之習氣更重：

其傳者當在論文諸書，他文摹仿歐陽，其生吞活剝，亦猶之摹做《史》、《漢》之習氣也。其於理學，未嘗有深湛之思，而墨宇時文見解，批駁先儒，引後生小子不學而狂妄，其罪大矣。

（卷 100，論 17，論宋褍裕）

　　明季科舉時文的影響，不獨爲科考進身的工具，在另一層面同時「八股」的結構也形成了文家論文、創作時的指導性原則，桎梏「文體」與「人心」，流弊甚劇。唐順之、艾南英、陳際泰等人皆是當時的鉅子，時風所及，對於明文之盛衰不能不辦！

　　復次評王九思言其「粗有才情，沓拖淺率」有冗長之病，同時指出在前七子中，九思與康海、李夢陽三人雖同變文體，而其文絕不相似。（卷 19，書 4，國是，交遊，與劉養和書）；徐禎卿的《天遠樓集》則被判爲「習氣深重」（卷 22 書 7，論文下，與同年諸翰林論文書），又如商輅評其：「大略悃愊無華，此是一時風氣。守歐曾之體裁，無歐曾之風韻。」（卷 360，記 34，重建岳陽樓記）可見無論是取法「先秦」或法宗「唐宋」，都只是一種習氣時風，徒分畛域見道不明。不能真切的確立作家的真知灼見，只能俯仰隨人，無怪乎黃氏喟然於有明一代佳作甚夥，但無真實大家，皆窒礙於「習氣」之入人深矣。君不見黃氏在批判之餘，力主陶塑「風」「雷」之文以振衰起弊，拯明文之墜喪於沈痼之際，由明文海之論斷觀來，實在是遠有端緒！

　　風雷之文的文體特質，據筆者之溯源，實乃攸關於〈文心雕龍〉的「檄—雷」，「移—風」兩種文體繼而「形著」於元氣文作的振聾啓瞶。合而觀之，一方面期待有「雷厲明斷」的辭章，再者又寓有「移風易俗」的感染力。針對前述的評騭座標而觀，推崇「奇氣」並歸宿於「元氣」的層境，實爲黃氏探討明文的積極路向。「元氣」一格固然是此一座標中的至高理境，也是元氣飽和文道形著的最佳狀態；但一如黃氏個人崇尙「風雷」的文學以及才性取向，「奇氣」一格仍不脫他

的個人偏嗜，是以列入此層的佳作尤多，在「明文海」整體中至為醒目。

> **高啟**：季迪之文，清新奮發，世無知之者，將無詩掩其文乎？（卷29記6，遊覽，遊天平山記）
>
> **袁宏道**：天才駿發，一洗陳腐之習，其自擬蘇子瞻，亦幾幾相近，但無其學問耳。（卷27，記4，亭池類，抱甕亭記）
>
> **趙時春**：浚谷之文，奇崛頓挫，精神透于紙背，在唐亦杜樊川流亞。（卷26，記3，寺觀類，鄭莊觀音堂記）
>
> **海瑞**：文非所長，然剛梗直截，不顧人之好惡。（卷56，奏疏10，治安疏）
>
> **湯顯祖**：海若之文，精悍而有識力，中間每有一段不可磨滅之處。然當其放溢時，每有雜筆闌入，未經淘汰耳！（卷26，記3，寺觀類，臨川縣古永安寺復寺田記）
>
> **張居正**：筆下俱有鋒刃，似其為人。（卷94，論11，三代至秦混沌之再。）

大體論評兼顧文氣及才氣，將人物性情之奇特偉岸處，視為與文道縐結。並強調形著於筆墨之間的一股不平之氣。此外，如頗受爭議的人物，亦能欣賞其文作中時露異端的奇思壯采，不受時人之見或因人廢言：

> **王錫爵**：筆挾風雷，不可正視，其文過於弇洲（王世貞），反為相業所掩。（王曾任首輔）（卷34，序4，文集下，袁文榮公文集序）
>
> **豐坊**：其中驚駭創闢處，實有端確不可易者，乃概以狂易束之高閣，所以嘆世眼之如豆也。（卷31序，著述類上，世統本紀序）
>
> **譚元春**：皆一片性地流出，盡洗書本積木之氣，棲泊人心腑間，

如吞香嚼旨，雖歐蘇不能過也。（卷34，序4，文集下，自序）

屠隆：才情舒卷，忽而波瀾浩渺，有一段好處，但未經剪裁耳。而隨緣時尚，持論荒謬，幸其工夫未深，不掩本色。（卷205，書64，為瞿睿夫訟冤書）

趙大洲：其文雄健，措辭不苟，唐之昌黎、元之牧庵不相上下，有明有數作手。有宋以後，神理過之者有矣！至於遣詞運筆，如生龍活虎，不能多見。（卷17，書2，經學•復王敬所書，其四）

徐渭：其文俱有至情，敘次句無不精到。夫震川（歸有光）之文淡，或落於時文；文長（渭）之淡，淡而愈濃，嘉靖間大作手。（卷28，記5，古蹟，西施山書舍記）

對上述名家之奇文可謂推崇備至，尤以徐渭的品格奇氣，令黃氏擊節稱賞，並進一步指出他之特立獨行於後七子擬古文風的卓爾之處：

天地文有法度，得《史》《漢》之體裁，但未底於美大耳！崛強自負，不屑入弇洲（王世貞）、太函之牢籠；而當世事隨聲附和之徒，亦無有能道之者。水落石出，究竟天池之光芒不可掩。嗟呼！藝苑之中，亦有娼嫉。（同上）

對於和他同時的才士侯方域，則有他具體交往的評價，認為他「得歐陽之波瀾感慨，惜不多讀書，未能充其所至。」（卷37，序7，詩集下，宋牧仲詩），亦指出他雖負異秉及時譽，仍有極大的創造性未臻究竟。而父師一輩的奇偉氣韻，也是他竭力鼓吹的特質，如論其師一代博學奇才黃道周：

黃道周：不規規於《史》《漢》歐、曾，取法在先秦，而精神自與《史》《漢》歐、曾相合，自是天壤之奇氣。（卷64，奏疏18，易數疏）

「奇氣」一格可謂是黃氏寄託的所在，綰結著黃氏揭示的「情至」

之文。在《明文海》的諸家中，最能體現奇氣和至情的大家，當為徐芳，黃氏對其人性情可謂情有獨鍾：

> **徐芳**：此等文章，韓歐所無，以韓、歐未曾此慘也。（卷324，序115，白骨令序）此言亂來士大夫折而入於佛，悲慨淋漓，不朽之文。（同上，四十八願期場序）吞吐意表，讀之令人嗚咽。（同上，劍津草序）

徐芳字拙庵，盱江人，崇禎庚辰進士，出守澤州，為黃氏同代人。對他文風之多樣及性情，肯定他兼具有風雷之文的特質，如評其《懸榻編》謂為小說家手段，能以趣勝，其合處不減東坡小品。（卷10，論5，三民論下）又謂其〈洴雷記〉乃「憤極」之作（卷30，記7，雜類），簡直引以自況了！此外徐芳論詩，以氣格為上，以性情為先，宗旨亦近黃氏。[82]

證諸以上的觀察，可以考見黃氏論斷諸家的立場，和他普遍強調的文論和詩論中的宗旨一貫，並無道統的包袱，以及賤今好古的偏向。唯其好奇尚異，故能欣賞異端與奇情，故爾能確立此一評騭系統的開放性，也恰當指出了每一品格之間互有轉入可能的警策性；即如前述的王世貞，幸有其「讀書既多，不落套括者」的「經術」根柢，方不至於像其他擬古義者落入「習氣」（如王九思、徐禎卿），或入「無根柢」（如李夢陽、李攀龍、康海）一格，對於文士創作的殷切叮嚀，可謂有一健全的視觀。

然而李慈銘對於黃氏之論斷徐渭（天池）和歸有光（震川）等人之優劣，認為尚存爭議。《明文授讀》中，黃氏極其推崇宋濂、王陽明、趙大洲、徐渭四家，並論斷唐順之、趙大洲之文乃綰結於陽明，可見其論文宗旨所在。但他極不以黃氏特尊徐渭，貶低歸有光之地位為然，

---

[82] 徐芳事蹟及詩作，參見錢仲聯編：《清詩紀事（二）·明遺民卷》（江蘇：古籍出版社，1987年），頁672。

認為黃氏在此一方面有失偏頗：

> 至以天池之蕪俗而稱為嘉靖間大作手，勝於震川（參見《明文
> 海》卷28，記5，西施山書舍記之斷語），殊不可解。故所選
> 頗泛濫駁雜，多非雅音。以先生學識之高，精力之富，而鑒裁
> 斯事，尚多涸淆，文章正法，固非易知也。[83]

　　李氏之批評未必沒有個人文學崇尚方面之差異，但是如果我們能加以整體性參酌黃氏論斷諸大家之評騭座標而觀，黃氏將徐渭置諸於「奇氣」一格，而把歸有光置於「元氣」一格，就不難看出黃氏個人顯然有其通體上之考量，亦即推崇「奇氣」是其個人之好尚，但歸宿於「元氣」才是文道合一之至高理則。元氣一格在黃氏之總體評價中，也僅有宋濂、胡翰、王陽明、袁中道、及歸有光五人，可見李慈銘的批評實有不全之見。然而值得注意的，李慈銘以黃氏疏理明末艾南英和陳子龍兩大家之爭議性，有極大之矛盾之處，確為《明文授讀》中一大公案。艾陳兩家在明末復古思潮中之勢如水火，人盡皆知，黃氏立場較能肯認陳子龍（大樽）之文，晚年趨於平淡，未必為艾南英（千子）所及。但令人納悶者，是陳氏之文選終未登一篇，而黃氏力詆之圭峰（羅王已，為千子所推崇）和千子之文，反而載入甚夥，頗令觀者錯愕。不僅如此，李氏也具體指出黃氏在編選上之疑點，有待商權：

> 千子「與陳人中（子龍）書，極口鄙薄，至令受者不堪，而是
> 選亦載之，則又似未嘗為大樽（子龍）也。出入無定，疑是書
> （即明文授讀）多出主一（黃氏之子黃百家）所為，非梨洲論
> 定者也。[84]

---

[83] 〔清〕・李慈銘：〈明文授讀〉，《越縵堂讀書記》中冊，（台北：世界書局，1975年），頁604。

[84] 〔清〕・李慈銘：〈明文授讀〉，《越縵堂讀書記》中冊，（台北：世界書局，1975年），頁606。

李慈銘的意見，可以提供觀者參酌損益，也是斯書存在的盲點。但如以整體宏觀的座標中，位居歸宿處的「元氣」品格，顯然是一代文苑中的菁華。諸家之中宋濂、王陽明和歸有光三人是前述明文三盛三衰的關鍵人物，又兼取胡翰、袁中道二家的羽翼，可謂繼往開來：

宋濂：歐、蘇之後，非無文章，然得其正統者虞伯生、宋景濂而已。

震川（歸有光）之學，畢竟抒之易盡，景濂無意為文，隨地湧出波瀾，自然浩渺，其大碑版，似乎方板平實無動人處，然整而暇。宋自樓宣獻而來，多相祖述……其在元時之文，雖多奇崛，而痕跡未銷；入明之文，方是大成也。（卷11，議，孔子廟堂議）

歸有光：震川之文一往情深，故於冷淡之中，自然轉折無窮。一味暴兀，雄健之氣都無所用也。其言曰：「為文以六經為根本，遷、固、歐、曾為波瀾。」聖人復起，不易斯言。今之耳食者，便欲以震川為根本，愈求愈不似矣。（卷124，銘，書齋銘）

胡翰：所著〈衡運〉、〈井牧〉、〈皇初〉諸文，天地間之元氣也。（卷84，論一，慎習）

袁中道：一團正氣，為震川有此，（卷326，序117，壽大姊五大序）：隨地湧出，意之所至，無不與焉（卷27，記4，亭池類•遠帆樓記）

前述諸大家，推崇之意不外乎歸本於文道思想之底蘊；允為元氣飽和，文氣酣暢淋漓有以致之。王陽明在此更有積健為雄的氣勢，並為多方文家的輻輳之處。如前七子的李夢陽與之對比，即可看出「擬古」之末流與「擬議以成其變化」的文道合一思想之差異。黃氏斷言陽明「可謂善變者也」，不似夢陽一味摹擬司馬遷、《左傳》、《國語》

之板實，故爾掩天下之耳目於一時。反觀陽明深悟此理（文道合一），翔於寥廓，故能掩夢陽之耳目於萬世乎[85]！而夢陽尚自以爲王陽明在七子社盟中學文不成，乃脫身而去，豈非大惑不解？

　　黃氏又援引唐宋派茅坤對王陽明之論斷爲佐證：

> 八大家而下，予於本朝王文成公諸〈論學書〉，及〈記學〉、〈記尊經閣〉諸文，程朱所欲爲而不能者；〈江西辭爵〉及〈撫田州〉等疏，陸宣公、李忠定所不逮也。即如〈浰頭〉、〈桶岡〉軍功等疏，條次兵情如指諸掌。公固百世疏絕人物，區區文章之工與否所不暇論。予特揭於此，以見本朝一代之人豪，而後世之品文者，當自有定議云。（卷50，奏疏4，諫迎佛疏）

又如論陶望齡之文，亦指出與陽明文道之關連：

> 其文昌明博大，一洗剿襲摹倣之套，蓋宗法陽明者也，但陽明出之無意，歇庵（望齡）出之有意，所謂大而未化，累棋至頂，正不易耳。（卷22，書7，論文下，擬與友人論文書）

　　黃氏屆此不厭其煩申說陽明的文人身影，頗有世乏知音之嘆（一如他個人在日後文學身影頗爲寂寥），推尊元氣體格也是以此揭示「文道合一」的理境，並有進致「人道合一」的宗旨。錢基博即肯任陽明其人的文學置諸當時復古文風之中，「身繫風氣之中，而文在風氣之外，直書胸臆，沛然有餘，不斤斤於格律法度之間；而不支不蔓，稱心出之，儻亦致良知之形諸文章者耶！」[86]事實上，置諸於明代中葉的復古思潮下，王陽明不免在當時頗受影響，故與何、李諸人倡和，亦有摹擬爲古，未臻造化時期。少作如〈黃樓夜濤賦〉、〈臥馬塚記〉、〈玩易窩記〉諸篇，是時學道未成，而刻意爲文；吐詞命意，力求遒古，

---

[85] 參見吳光輯校：《黃梨洲詩文補遺，明文授讀評語彙輯》（台北：聯經出版，1995年），頁167。

[86] 錢基博：《明代文學》（台北：台灣商務印書館，1999年），頁27。

尚不免於習氣也。嗣後大有所悟，斷然棄去，李、何等社中人皆深惜之。書院講學明道之後，其往來論學書及奏疏，皆紆徐委備，洞徹中邊。錢基博認同王陽明允爲明季文統的立場，和黃氏相近，並具體指出其定位當爲：「發爲文章，緣筆起趣，明白透快，原本蘇軾；上同楊士奇、李東陽之容易，而力裁其冗濫，下開唐順之、歸有光之寬衍，而不強立間架。」[87]

陽明雖不刻意成就文統，卻已彰顯文乃道的「形著」原則，甚至於揭示了人、道、文三合一的層境；就人與道關係，亦可謂「人」乃「道」的「形著」原則同理於「文」。此是功夫一節換過一節，見解一層遞進一層，當年他身在文社中即已有先見之明，早已體悟復古運動的盲點，而發出了「吾焉能以有限精神爲無用之虛文」的浩嘆，並曰：「學如韓柳，不過文人，辭如李杜，不過詩人，惟志心性之學，以顏閔爲期者，乃人間第一等德業。」[88]的豪語，嗣後在歷史上重要的理學名文〈拔本塞源論〉中，深切剖析了時人病灶，很大的一部分即有感於文人習尚的見道不明，往而不返。

返觀黃氏的文學評騭座標而言，由王陽明的元氣品格中開顯的意義，是由「學統」爲中心（即經術），一方面決定「文統」（即奇氣），在其上逆顯「元氣」之理，以印證天地自然造化之道（天壤之奇氣，天地之元氣）；另一端緒則由「學統」確立「人統」（即情至），即由文作之中以見性情，誠爲前文黃氏論文窮究性情之美的基本特質，以去除「文病」（包括文章之技巧，文人之盲點）。同樣歸宿於「元氣」，所以此一「元氣」除了有自然天地之文的意函外，更兼有文化人格的命意；以黃氏的觀點而言，即陶塑「豪傑」一義，視爲由「文道合一」

---

[87] 錢基博：《明代文學》（台北：台灣商務印書館，1999 年），頁 27。

[88] 錢基博：《明代文學》（台北：台灣商務印書館，1999 年），頁 27。

以迄「人道合一」的圓成。因此人道的形著莫不與「元氣」的飽和與否相關，元氣的表述，即有「風」、「雷」二義，此二元即道體的雙構思維：

> 「風」—主移易性情—以確立「情至」為品格—貫穿「經術」
> —兼容「奇氣」。
>
> 「雷」—主尚奇明斷—以掃除「文病」為宗—破斥「無根柢」
> 之虛文—解消「習氣」之障蔽。

在《明文海》和《明文授讀》的論斷中，這兩大端緒即是相反相成之道；一方面引導學人有一循序漸進，為文明道的程序，好得其要領。倘若不能將一般文士習氣刊盡，只是一昧模擬時人好尚，趨之一途；或者一昧揣摩字句，強調謀篇之術，率皆本末倒卻，去道日遠；試看「文病」品格中的指點之處：

> **祝允明**：識力非常人所及，但句法有意古拙，反覺有凝。（卷88，論5，後國年論）
>
> **彭輅**：宋文之衰，則是程朱以下門人蹈襲粗淺語錄，真嚼蠟矣。（卷90，論7，文論）
>
> **顧起元**：以徐庾為根底，故其文好用排調，下者入於事類賦。修辭之過，反多俗筆（卷9，論4，詩論）
>
> **徐應雷**：其文爽快無摩擬，然學力不足。（卷10，論5，名士論）
>
> **李維楨**：以堆積為勝，以多為貴，然不染做作扭捏之習，百一之中，亦有佳文，惜為「多」所掩耳。（卷25，記2，學校，溫州府儒學記）
>
> **楊士奇**：平遠縈紆之致多，而波瀾澎湃之觀少。（同上，石岡書院記）
>
> **羅圯**：圭峰之文逼仄，所爭在句法奇險之間，非大家象。（卷

32，序2，著述類下，澄江文集後序）

王禕：頗有意於博洽，故考索之多多，非自然也。（卷24，記
1，記事，唐兩省記）

諸家文病糾纏之因故，不外乎鑿空擬議；故於章法、句法、修辭、
立意中，易爲明眼人指出破綻。檢證的方法亦即前述之座標圖示，每
一品格皆可逆及往返性，且此一座標有如文道之「過濾器」，最終出口
有二端，瑕疵者入於「文病」一環，以具見文道分立之病。精華者，
皆可致於「情至」一格，必有感人及化力之處。除前述諸大家的各擅
勝場之外，黃宗羲並不辭鉅細，爲更多至情佳作予以稱頌！

張寧：其文感慨曲折，有一唱三嘆之致。是時風氣樸略，文多
直致，公秀出其間；使皆如是，何、李亦豈敢言變哉！（卷8，
賦8，愁陰賦）

傅占衡：神趣瀟爽，人所易知；寄感高深，人不易知也。（卷
419，傳33，簫洞虛小傳）集中多〈黍離〉之文，讀之悽愴，
勝其師大大信屣也。（卷30，記7，雜類，吳陳二子，選文糊
壁記）

萬延言：真情妙悟在筆墨之外，講學之文至此方爲不腐。（卷
269，序60，許孟中壬申所寄和詩後序）

通觀黃氏文學志業中，尤以《明文案》和《明文海》是他費時最
長，用力最勤的兩部文選。前後歷經二十多年，乃由黃氏親自編輯定
目，由其門生子弟先後分工抄錄完成，可謂通體歷程皆爲黃氏文道思
想的苦心流注。詳觀前述的論斷座標的特點，我們可以發現他在曠觀
一代文風的制高點上，有意確立一較爲健全的敘事結構，在警策般的
「斷語」中，他認爲文章家應當如同「堂上之人」，對所敘述的人事物

作一公充之論斷,韓、歐、曾、王、莫不如此[89]。嚴肅的企圖心與學案式的思維全然一致;此外,在探討諸大家的特點及通病之外,他亟待為文者,「不可倒卻文章家架子」,即是藉由前人不良的作法、作風,引為錯誤示範,批導出因應之道,並且進一步親自示範習作,實寓有啟發式教學的意涵。

例如他批評宋濂的〈大浮圖塔銘〉「和身倒入釋道二途」,實非儒者氣象;他即有一〈阿育王寺舍利記〉(南雷文定,前集,卷二)指出宋所作之前文亦考證不足,誤信神異之說,「不過是世俗自欺欺人」。又如批評王世貞作刻工章簣志一文,將之比擬於文徵明和唐寅,以及汪道昆作查十八傳,稱其為節俠,皆為不倫不類之下品[90]。

又如不滿徐時進所作的豐坊奇人逸事文不雅馴,遂改作〈豐南禺別傳〉,以發嘔噦。不止如此,才子吳偉業曾為說書人柳敬亭以及造園家張南垣所寫的傳文,皆不合黃氏的脾胃及標準,兩文皆有黃氏改作〈張南垣傳〉、〈柳敬亭傳〉,務使「後生知文章體式」。[91]

凡此種種,已甚能表現出黃氏在大規模而長期的編纂過程中,蟄伏著厚積薄發,新變代雄的企圖心。明代文案的制作,說穿了不過是他在個人文學實踐上的「配景」,根本的目標正是掃除摹擬,空所依傍(倚傍門戶的黨同伐異之見),進而蓄積元氣鼓盪,發而為風雷之文。君不見黃氏前述諸多洋洋灑灑的論斷之語,在他個人的《南雷文案》編定歷程中,詩文的多方面創作,正是由理論的成型,到實踐的張本,黃宗羲恪守的是一個「擬議」豐饒而諦當,「變化」多端卻寓有遠韻的

---

[89] 毛佩琦:〈梨洲文論初識〉,收錄吳光主編:《黃宗羲論--國際黃宗羲學術研討會論文集》,(浙江:浙江古籍出版,1987 年),頁 426。

[90] 《南雷文定・三集》卷三,詳見楊家駱主編:《中國文學名著第六集》第 16 冊(台北:世界書局),頁 59。

[91] 以上數則改作,參見平慧善、盧敦基譯注:《黃宗羲詩文》(台北,錦繡出版,1993 年)。

文學思想。

張亨即推崇黃氏乃歷來思想家當中，恐怕是最為重視詩文的卓爾大家。不僅是涉獵之富、卷帙之鉅，在其文論中，他認為展現出一種犀利而沉重的力量，這和一般文論家決然不同，其目的當為「揭露出文道合一的理念，以及一個由真性情自然流注而成的精神世界。」[92]

他對於個人在明代文海波瀾中的苦心制作過程，頗為自得。在〈錢屺軒七十壽序〉一文中，即抒發他的觀感：「余嘗定有明一代之文，其真正作家不滿十人。將謂此十人之外，更無一篇文字乎？不可也。故有平昔不以文名而偶見之一二篇者，其文即作家亦不能過。」[93]他對這一現象的闡示，即以「情至」為判準，認為這些佳作之所以值得列入《明文海》（含《明文案》)中廣為流傳，亦即他們都能深切的透過「文」以「形著」個人之於「道」的切身經歷，「蓋其身之所閱歷，心目之所開明，各有所至焉，而文遂不可掩也。」這即是黃氏盛稱的天地至文，不能磨滅處；乃緣於作者涉世觀物的體會，已然可契屬於貞元之氣，而非習心幻結、俄傾銷亡的一時之感。黃氏遂疾呼「學文者亦學其所至而已矣！」，對於宇宙人生的領悟，皆以窮究人情物理方能知所歸宿（至處），如此下筆為文，誠為天地間不朽的金聲玉振之作。

---

[92] 張亨〈試從黃宗羲的思想詮釋其文學視界〉，頁 217，收於《中國文哲研究期刊》第四期（台北：中研院中國文哲所，1994 年）。

[93] 〔清〕‧黃宗羲著：《黃宗羲全集（十)--南雷詩文集》（浙江：古籍出版社，1993年），頁 654。

第二節　「擬議」思維與文學創作的實踐

一、「擬、議、化」三段式理則結構與黃氏文道思想的對照

（一）明代文學思潮中的擬議思維

　　黃宗羲在《明文海》與《明文授讀》中，囊括了他對明代文學史的整體評騭，以及疏通文學本源本體，試圖反映出他心目中理想的文學境界。此一思索的取向，在於指出文學創作者必須具備超越而整體的照察，而不是拘執於某一特定的意識及題材、形成獨斷，並錯失創造的根源。[94]明代文學思潮的擬古造新，[95]雖入途不一，但各立門戶，彼此紛囂的現象，只能還原出此一時期文學心靈展現的有限性。黃宗羲以「經術」為根柢，由學統來勘定文統的立意，不外乎是針對明人「空疏不學」的末流。由於此風影響跨度極大，文學思潮的盛衰，文道分合的梗概，莫不與此攸關。

---

[94] 李正治：〈文學零緣〉，《中國詩的追尋》（台北：業強出版社，1990 年），頁 248，249。針對歷史上文學觀念的疏通，指出意識和題材的強調，並非文學的本相，只能還原其外在因緣的影響；而外在因緣的影響，只能說還原其心靈展現之有限性。例如漢代的「詩教」說，只能還原有政教中心論的影響，而六朝文學之於意識反題材的解放，較能疏通文學的本源。

[95] 文學思潮史的研究，乃針對文學史上審美理想嬗變的軌跡當作根本任務。參見廖可斌：《復古派與明代文學思潮》下冊，（台北：文津出版社，1994 年），頁 685，688，681。廖文並指出，例如有明一代文學思潮，流派之紛繁，論爭之激烈，在文學史上是少見的。其中反映的關鍵，即為兩種不同的審美理想之爭的消長，其一是力圖恢復古典審美理想，亦即茶陵派和復古運動的三次高潮。其二是浪漫主義傾向，體現為唐宋派、公安派、竟陵派等。這一差異卻同時反映出明人論文的「心態」，亦即明代政治特重諫官，諫官彈章往往詞氣峻刻、深文羅織。此風之下，明代文人品詩論人，往往言詞過激，撰文盡如劫疏。此一現象亦即黃宗羲批判的明人重門戶，好作議論有關。而筆者認為上述審美理想的爭論，與其用復古／浪漫的二分法來詮釋，不如以模擬／擬議這一組中國文學思想中，本已具有的內在理路，加以考察，比較能探索此一表層對立的深層結構。

再加上復古和趨新二種潮流，是明代文壇的主要論爭，出主入奴，攻擊詆謨，演成空前的熱鬧。其學古者，或宗秦漢，或宗唐宋，或宗六朝，各有宗主之不同；其趨新者，或受時文之影響以新變爲趨時；或受小說戲曲之影響，以生動爲極則迨門戶既立，依傍既多，其流弊或轉甚於前，此起彼仆，徒增文壇的糾紛而已。然而文學批評中偏勝的理論，極端的主張，卻因此而盛極一時。[96] 此一現象即爲意識和題材上的偏執，於是易爲時風眾勢所左右。一旦風會遞嬗，則攻誦往往又集矢於其中一二領袖人物，反映出明人習尚的偏狹視觀。但是對於文學觀念中「能移」和「不當移」的本質問題，卻又不能清楚的分別，致使種種文學的論爭，都不能真正觸及到較爲深刻的實質問題。

明代文學思潮的三盛之衰，實與文學的擬古問題如何有效的作一定位有關。本文在論述中，已經呈現出一組相對概念的討論，亦即在「模擬／擬議」之間是否反映出明人思維方式的特點。事實上明代初期在宋濂等人的階段，一般文士的寫作已歧分爲擬古與創作自由二途，才會在前七子復古格調論中，將此一問題形成鮮明的理論對立。[97] 擬古者，自居能以「古則古法」，成就其變化之道；而主張自由性靈者，則斥之爲模擬蹈襲。兩種表面上看似理論對立的爭議，事實上都觸及了對於「模擬」是否能夠成就變化，或者所謂創新，真能跳脫整個文學大傳統的思維方式相關？我們在許多不同時期，不同門戶的文學家中看到了這一值得關注的動向，例如如何「擬議」文學典範（如格調）的標準及內涵，以此作爲學人創作之軌則，一直是前後七子念茲在茲的信念。當李夢陽標舉古之高格，認爲尺寸古法一如圓規方矩得以：「守之不易，久而推移，因質順勢，融熔而不自知」實乃「變化

---

[96] 郭紹虞：《中國文學批評史》下卷，（台北：文史哲出版社，1990 年），頁 436。

[97] 葉慶炳、邵紅編：〈明代文學批評的特色及流派〉‧《明代文學批評資料彙編》上冊（台北：成文出版社，1978 年），緒論，頁 11。

之要也，故不泥法而法當由，不求異而其言人人殊。」[98]堅信他所設定「文必秦漢，詩必盛唐」的典範除了有「立象」的意義之外，乃經得起諸家挹注於創作，風格即能自成一家。在過去可以成就李白、杜甫等大家，即便是今日亦可裁成像他的盟友何景明一格的人物，故能擬議以成其變「化」。是他堅稱不泥法而善用法的立場，但是在何景明的看法，卻指出李氏「擬古不化」的盲點，正在於未能領會神情，一昧刻意古範，鑄形縮鏌，而獨守尺寸，實乃：「為詩不推類極變，開其未發，泯其擬議之跡，以成神聖之功，徒敘其已陳，修飾成文，稍離舊本，便自杌陧。」何氏雖與李夢陽同盟，卻不滿於他的復古信念及創作只是「泥古」，「擬古」（即未能泯其擬議之跡），而不能「變古」以益於道化，一如：「故曹、劉、阮、陸，下及李、杜，異曲同工，各擅其時，並稱能言。何也？辭有高下，皆能擬議以成其變化。」是這些古之大家之所以能千載獨步的緣由，因此他主張「富於材積，領會神情，臨景構結，不仿形跡」，以作為和李夢陽那種「摹臨古帖，即太似不嫌」的區隔。

事實上前七子看重的「格調」之擬議，只能說是側重於「判調辨體」的思想，導源於實際歌吟而來。「調」乃兼有平仄音節之現象，以及詩篇之內容情趣，重視實際歌吟之感受。而「格」乃為分判此調之名義，乃分類之稱。故此派之特點乃由「研調以判體」、「慎名而定格」，並且由體裁高下論以談格調宗主，並由溯調求格的鍛鍊，以「證體入格」。[99]此即何景明所批評的「鑄形縮鏌，而獨守尺寸。」而

---

[98] 葉慶炳、邵紅編：〈駁何氏論文書〉·《明代文學批評資料彙編》上冊（台北：成文出版社，1978年）。

[99] 簡錦松：《明代文學批評研究》（台灣學生書局，1989年），頁239，255，273，274。簡氏並指出，此派拘於復古格調之論，送在讀書治學上，與台閣派及蘇州文苑不同，不主博學，而主有選擇的研讀，在結論上亦採宗主論。而作詩的目的以體裁上的復古，作為求得自然之音的真詩，故有體裁高下論之主張。

此派在文學史上形成偏重於聲調雄邁，也由此一意識上的取向，以「積習之久」的特點，強調在這一格調中經刻苦鍛鍊而求「悟入」，所悟者，即成就好詩之「法」也。這種在聲調音度上法式古人的宗旨，「摹擬」即爲不可或免的階段，何、李二人尚且揭示《易傳》中的擬議之道爲理則，顯見擬古學古問題，在此期不獨爲「馭文之術」的層面，而是寓有「哲理結構」上探索的意圖。亦即模擬和擬議之間，實有一密切的淵源。

模擬一事，在許多人學習詩文創作的歷程中，其實都有此一必經過程。誠如上述李夢陽指出詩文之模擬和書法之「臨帖」道理相同，都必須透過取法大家的作品，獲致成文的規距。就這一方面而觀，明季許多文家也都有這方面的肯認或批判。例如，明初詩家高啓以模擬多家爲要領，尤其杜甫既爲「集大成」之大家，主張：「故必兼師眾長，隨事摹擬。待其時至心融，渾然自成，始可以名大家而免夫偏執之弊矣。」[100]認爲杜詩之所以表現出千彙萬狀的詩風，實仰賴於用心摹擬之功。而宋濂則以三蘇之文爲例，認爲養氣爲文，遠勝於徒事模擬，反而有助於文道合一的埋境，認爲單以模擬爲物，並不能確保文作的創造性，而他於〈蘇平仲文集序〉亦發其義：

> 宋之文莫盛於蘇氏。若文公之變化傀偉，文忠公之雄邁奔放，文定公之汪洋秀傑，戴籍以來，不可多遇。其初亦奚暇追琢飾繪以爲言乎？卒至於斯極而不可掩者。其所養可知也。近世道漓氣弱，文之不振已甚，樂恣肆者失之駁而不醇，好摹擬者拘於局而不暢，合喙比聲，不得稍自凌屬以震盪人之耳目。[101]

---

[100] 〔明〕·高啓：〈獨庵集序〉，收於葉慶炳、邵紅編：《明代文學批評資料彙編·緒論》上冊（台北：成文出版社，1978年），頁123。

[101] 〔明〕·宋濂：〈蘇平仲文集序〉，收錄於葉慶炳、邵紅編：《明代文學批評資料彙編·緒論》上冊（台北：成文出版社，1978年），頁99。

　　宋氏此論，已然指出模擬和擬議之間，似有一不同之處，東坡等人為文之海涵地負，應有其學養上的獨到之處，而非徒然以形式上的揣摩比擬為關鍵。

　　試觀七子派的王廷相論文，已能深入探索模擬和擬議之間的關係，企圖得到一個比較合理的詮釋。王氏論藝，與七子一途，復古務求「蓄材會調」，因此在飾章命意上，亟求「合往古之度」，同李夢楊之主張。但是對於詩歌美學的體會，尚能肯認意象之盈透，故謂「斯皆包韞本根，標顯色相，鴻才之妙擬，哲匠之冥造也。」

　　意象之錘鍊，不外乎擬議思維的展現，在方法上，他則提出運意、定格、結篇、鍊句四者。這四項工夫久能成熟，當能悟入擬議以成其變化的境界：

> 數辭以命意，則凡九代之英，三百之章，及夫仙聖之靈，山川之精，靡不會協為我神助，此非取自外者也，習而化於我者也。故能擺脫形模，凌虛搆結，春育天成，不犯舊跡矣。[102]

　　此即上述復古格調者，以悟入證體格，則能將「出入變化，古師妙擬，悉歸我闑」。

　　純就意象之錘鍊，王廷相此一詮釋可謂細膩，在創作上，黃宗羲於《明文海》之品評上將其定位於「經術」一格，尚且肯定他在為文識見上「識力所到，不隨人俯仰。」的自覺。但是七子派為文的流弊，卻是不能忽略到模擬自身的盲點。公安派的袁宗道，即分析箇中的原委，認為復古格調者，顯然已在流行之中，落入行跡上的尺寸古法，最嚴重者，乃貴古賤今，失去了文學表現性情的真實與識見的言之有物：「然其病源，則不在模擬而在無識。若使胸中的有所見，苟塞於中，

102　〔明〕・王廷相：〈與郭价夫學士論詩書〉收錄於葉慶炳、邵紅編：《明代文學批評資料彙編・緒論》上冊（台北：成文出版社，1978 年），頁 302-304。

將墨不暇研，筆不暇揮，兔起鶻落，猶恐或逸。」[103]袁宗道以無識見，無性情，剖陳模擬之流的病灶所在，此點置諸於擬議思維而論，當可謂「擬議而不化」，只能淪爲復古之贗品，一如黃宗羲所譏刺的「假唐詩」。在當時李維楨亦指出復古格調之幾大流弊，可與袁宗道之論相參見：

> 嘉隆之間，雅道大興，七子力驅而返之古，海內歙然鄉風。其氣不得靡，故擬之者失而粗屬；其格不得踰，故擬之者失而拘攣；其蓄不得儉，故擬之者失而龐雜；其語不得凡，故擬之者失而詭僻；至于今而失彌滋甚。……而獨山陽吳汝忠不然，按其集殊不類七子友，率自胸臆出之而不染色澤。[104]

此一擬議化的文道思維，既然已呈現出內部的矛盾，亦即「擬議」的前提與典範的抉擇是否能保證結果的經得起驗證（即成其創作風格之變化），否則「擬議」本身的弱點就應該有改弦易轍，重新量體裁衣。前七子的觀點屆此也有了鬆動，除了李夢陽本人晚年憬悟到詩者乃天地「自然之音」，甚且今之「真詩」乃在「民間」的覺醒，繼而重視民歌的發展，實爲一道曲折多舛的復古之路。此外康海、王九思則晚年耽於詞曲，康有雜劇《中山狼》，散曲集《沂東樂府》，王則有雜劇《沽酒遊春》，散曲集《碧山樂府》等創作，顯然已逸離復古派之軌轍，轉向趨新之途。

但是上述何景明的指陳，反而開啓了後七子紹述復古的規模，同樣的也是聚焦於擬議思維的改良。王世貞爲李攀龍立傳時，即緊扣著他們追躡何氏領會神情，不仿形跡」的意圖，記述了李攀龍的復古觀

---

[103] 〔明〕・袁宗道：〈論文〉，收於蔡景康編：《明代文論選》（北京：人民文學出版社，1999 年），頁 303-305。

[104] 〔明〕・李維楨：〈吳汝忠集序〉，收於葉慶炳、邵紅編：《明代文學批評資料彙編》上冊（台北：成文出版社，1978 年），頁 551。

乃：

> 擬議成變，日新富有。今夫《尚書》、《莊》、《左氏》、〈檀弓〉，考功，司馬，其成言班如也，法則森如也。吾撼其葦而裁其衷，琢字成辭，屬辭成篇，以求當於古之作者而已。[105]

顯然仍在「擬議」一環中拓寬範圍，試圖「得其精而忘其粗，在其內而忘其外」，目標仍是在於成其變化，致使作品能不摹古人之作卻又不變古人之法，不是古人之作又酷似古人之作，這是他們自信得以擺脫擬古之病，而開拓復古之正道所在。無論是謝榛的「出入（盛唐）十四家之間，俾人莫之所宗，則十四家又添一家」的豪情自許，或是王世貞揭示的「師匠宜高，捃拾宜博」大力放寬學古的範圍，大體仍不出此一擬議思維的框架。[106]

對於後七子一派，試圖轉化擬議之道的成果，錢謙益認為學風不正，見解僻謬，無論是創作態度和藝術方法，都不能達到擬議思維的境界。錢氏進而指出：「《易》云擬議以成其變化，不云擬議以成其臭腐也。易五字而為〈翁離〉；易數句而為〈東門行〉；〈戰城南〉盜〈思悲翁〉之句而云：「烏子五，烏母六」；〈陌上桑〉竊〈孔雀東南飛〉之詩而云：「西鄰焦仲卿，蘭芝對道隅」影響剽賊，文義違反，擬議乎？變化乎？」[107]這就是李攀龍在文學創作上的基本特點。錢謙益能夠恰當的理解擬議思維，認為是明季文人探索文章寫作之道的其中一項通則，然而擬議的成敗，在於是否能夠成就一家之言；而非徒具形式，下焉者成為格套，人云亦云，已非文學創作的本源。

---

[105] 〔明〕·王世貞：〈李于麟先生傳〉，收於葉慶炳、邵紅編：《明代文學批評資料彙編》上冊（台北：成文出版社，1978年），頁437。

[106] 謝榛和王世貞文學復古論點，參見成復旺、黃保真、蔡鐘翔：《中國文學理論史—明代時期》（台北：洪葉文化事業有限公司，1994年）。

[107] 〔清〕·錢謙益：〈李按察攀龍〉·《列朝詩集小傳》丁集上（台北：世界書局，1985年），頁428。

　　明代的這一股文學思潮，在黃宗羲的文道觀下，是否有其論證上的必然性呢？擬議以動，誠然是《易傳》中的思維方式，將其納入文學創作的思考層面，本應無可厚非，可視爲文學創作試圖疏通於自然暨創造之道的意圖。對於文學思想的變革取向，問題當在於擬議的「對象」，是否真正契屬於道體的千彙萬狀？才能獲致正確的歸結性，方能成就其文學意境上的變化，自成一家之言。

　　黃宗羲對於這個論題，實有他特出的見解，文學風格的多樣性及複雜性，本應等同於人生經驗及道體的多樣性。大凡試圖在文學一途中騁馳其才思格調者，不外乎擬議於特殊的「時代格調」（即如前後七子的格調論），或擬議於「經典」（如唐宋古文派的崇尙經史文統）。

　　就前者而言，黃氏在其〈庚戍集自序〉中指出古文之道在唐代前後有其轉變，「唐以前字華，唐以後字質；唐以前句短，唐以後句長」有著許多文學形成和風格上的分別，但探究起來「其所變者詞也，其所不可變者，雖千古如一日也。」[108]文學創作者當以探求「古文原本」所在，即其千古不可變者的原理，（即得其至處）。而非入主出奴，以詞（文學的形式、語言、風格）之異同，而有優劣其間，相與爲膚淺的模襲。將文學創作導向了「擬古」的岐路，是爲擬議不當的緣故。再者，就擬議經典一面而觀，黃氏已經明確的將其限定於六經皆「載道」之書，而史學乃「載事」之言，皆非文學的本體。他即批判了將經典之文生吞活剝，搪塞文中，或以語錄爲句的不良傾向，唐宋派的不良傾向即爲一例。即便是明末的博學大家錢謙益，也不能免除：

　　錢虞山（謙益）一生，訾毀太倉（王世貞），誦法崑山（歸有光），身後論定，余謂其滿得太倉之分量而止。以虞山學力識見，所就非其

---

[108] 《南雷文定‧前集》卷一，詳見楊家駱主編：《中國文學名著第六集》第 16 冊（台北：世界書局），頁 7。

所欲，無他，不得其所至者耳。[109]

問題出在何處？黃氏認為「所謂古文者，非辭翰之所得專也。一規一矩，一折一旋，天下之至文生焉，其又何假于辭翰乎？」，亦即擬議於經史之作，或只是一味崇尚前代名家的翰墨佳作，就擬議的本質而言，都非究竟之義，並且沒有必然的歸結性。唯有真切的疏通擬議成變的底蘊，才能進窺天下至文的歸宿所在。

> 人非流俗之人，而後其文非流俗之文，使廬舍血肉之氣充滿胸
> 中，徒以擬其形容，紙墨有靈，不受汝欺也。

易經之設卦觀象，本為「擬諸形容，象其物宜」，故能針對宇宙人事進行「探賾索隱」，斷非一意模擬章節字句者所能相應。黃氏遂以他探討《明文案》的具體經驗，指出擬議通變當以性情閱歷為旨歸，方能確定立文之道「蓋其身之所閱歷，心目之所開明，各有所至焉，而文遂不可掩也。然則學文者，亦學其所至而已矣，不能得其所至，雖于作家，亦終成其為流俗之文耳。」[110]得其「至處」正為擬議以成其變化的目標，並隱涵著將「紙上的文章」視為人對「天地文章」的參悟，並且對於敘事形式法則的探究和把握，也就帶有整體性的思路[111]。因而不僅文乃道之形著，甚且「人」也是「道」與「文」的形著及變化，故謂人非流俗之人，則其文乃能不為流俗之文。

黃氏在〈陸鉁俟詩序〉中，即將這一擬議思維的宏旨，作了最好的詮釋：

> 詩也者，聯屬天地萬物而暢吾之精神意志者也。俗人率抄販模

---

[109] 〔清〕·黃宗羲著：〈錢屺軒先生七十壽序〉·《黃宗羲全集（十）--南雷詩文集》（浙江：古籍出版社，1993 年），頁 654。

[110] 〔清〕·黃宗羲著：〈錢屺軒先生七十壽序〉·《黃宗羲全集（十）--南雷詩文集》（浙江：古籍出版社，1993 年），頁 654。

[111] 楊義：《中國敘事學》（嘉義：南華管理學院，1998 年）。頁 19。

擬，與天地萬物不相關涉，豈可為詩？彼才力工夫者，皆性情
所出，肝鬲骨髓，無不清淨，呿吟謦欬，無不高雅，何嘗有
二？……世人多喜雷同，束書不觀，未嘗見大家源流之論，……
思路太熟則必雷同。右軍萬字各異，杜少陵千首詩無一相同，
是兩公者，非特他人路徑不由，即自己思路，亦必滅竈而更燃
也。[112]

特別是以王羲之書法之萬字各異，匠心獨運，以及杜甫詩風不出
一隅一轍，將上述李夢陽等人標舉的「摹臨古帖，即太似不嫌」的論
點，予以有力的反駁，「擬議」與「模擬」之間的一念之隔，即關鍵了
文學參與者在入門及入手處的涇渭之別，明代文學在此一問題上的糾
葛，其實也是古今中外許多文學思想中必經的關目。

通觀明代文學論爭中關於模擬問題的定位，屆此也有了一個比較
整體的了解，亦即「模擬」一方面就擬議思維而言，乃「擬議不化」
的情形。以今日的界說，就是模擬不得宜，不得體，流入抄襲，剽竊
或徒具形式的模倣結果。而「擬議」則強調「擬議以成其變化」，以今
日的界說，當為「模擬得宜」，必須考慮到因人（性情）、因時、因地
（如作品牽涉到的典故、用語）、因體（文學體裁的變遷或不同文體的
特點）等等相關因素，才能自成一家之言。兩者的區別，也可以就「為
人之學」與「為己之學」的角度，來作一分判。前者如普遍的復古摹
擬之風，即屬為人之學，即以「古」為學習對象，以合於古為主要目
的。而後者之擬議，乃著重成就詩文的藝術性為依歸，並認為完美的
詩文即是「入道」，也代表自我人格的完成，屬於「為己之學」，[113]黃宗

---

112 〔清〕·黃宗羲著：〈陸鉁俟詩序〉·《黃宗羲全集（十）--南雷詩文集》（浙江：
古籍出版社，1993 年），頁 86-91。

113 龔鵬程指出宋人的詩學，看重轉識成智、技進乎道，由法到活法等特質實由屬「為
己之學」並以成就詩之美感經驗的探索為旨趣。而明人的學古，特別是標榜門戶，
徒然以某一特定時代格調為法式的風氣，則可定位為「為人之學」參見龔鵬程：〈論

義文學思想中的「文道合一」和「人道合一」觀，即與此連屬，亦即擬議思維方式的特質，當以「入道」為歸宿，方能知幾精義，成其變化。

（二）《易傳》的擬議思維與黃氏文論的關係

擬議思維的鈄型，乃奠基在《易傳》思想的體系之中[114]，可視為上述文學復古思潮的潛在結構。周易〈繫辭傳〉上曰：「聖人立象以盡意；設卦以盡情偽；繫辭焉以盡其言；變而通之以盡其利；鼓之舞之以盡神。」已盡言其意義。

然則〈繫辭傳〉之意，何以如是難知？思想史和文論史上的「言／意／象之辨」爭議甚大，因此〈繫辭上傳〉第八章：

> 聖人有以見天下之賾，而擬諸其形容，象其物宜，是故謂之象（即擬之而後言）。聖人有以見天下之動，而觀其會通，以行其典禮，繫辭焉以斷其吉凶，是故謂之爻（即議之而後動）。
>
> 言天下至賾而不可惡也；言天下至動而不可亂也；擬之而後言，議之而後動，擬議以成其變化（即擬議已成其變化）。

製作卦爻的聖人在萬物和人事之間關切的焦點是「天下之賾」與「天下之動」，也就是萬事萬物的複雜性與變動性。卦爻裡的《乾》《坤》、貴賤、剛柔、吉凶、變化，就是在反映或模擬這些自然現象。其實就《繫辭傳》作者來說，天地就是一個大卦爻，卦爻就是具體而

妙悟）．《詩史本色與妙悟》（台北：台灣學生書局，1993 年），頁 231。

[114] 擬議一詞的意涵，諸家論易皆視為易經的重要理則，〔魏晉〕．王弼，〔民國〕．樓宇烈校釋：《王弼集校釋》，（台北：華正書局，1992 年），頁 546。指出：「明擬議之道，繼以斯義者，誠以吉凶失得存乎所動……故夫憂悔吝者，存乎纖介；定失得者，慎於樞機。是以君子擬議以動，慎其微也。」

〔宋〕．程顥／程頤：《二程集》（台北：漢京文化事業有限公司，1983 年），頁 1030。指出：「擬度而設其辭，商議以察其動，擬議以成其變化也。變化，爻之時義；擬議，議而言之也。舉鳴鶴在陰以下七爻，擬議而言者也。餘爻皆然。」

微的天地,兩者密切不可分。[115]上傳第一章在上引文之後緊接著說:「是故剛柔相摩,八卦相盪,鼓之以雷霆,潤之以風雨,日月運行,一寒一暑,乾道成男,坤道成女。」一方面在描述卦爻變化,也可以說是在描述自然現象。我們從這幾句話中所能領略到的,就是上文所說的,文與道的雙構性因素的相互感應與配合,是卦爻所演示的天地間萬事萬物生成發展的真相。〈繫辭傳〉所依循之原則。由是得知,言天下事,實有一三段式的理則結構,必自「擬之而後言(擬),議之而後動(議),擬議以成其變化(化)」以說明其理。[116]

黃氏在〈畫川先生易俟序〉一文中,則更進一步的具體闡明了「義理」與「象數」兩者復歸於一的理則,亦即觀象以明理,誠如易經〈繫辭傳〉的探賾索隱,故謂:

> 蓋易非空言也,聖人以之救天下萬世者也。大化流行,有一定之運,如黃河之水,自崑崙而積石,而底柱而九河而入海,盈科而進,脈絡井然。三百八十四爻皆一治一亂之脈絡,陰陽倚伏,可以摹捉,而後聖人得施其苞桑拔茅之術以差等百王。[117]

在天地之極則、歷史之變化以及人情物理之交錯,皆聚集於目前的處境下,如何會通古今?黃氏指出當以「象數」之變遷為經,人事之從違為緯,「義理」皆在其中,甚至於一部二十一史,即為三百八十

---

[115] 戴璉璋:《易傳之形成及其思想》(台北:文津出版社,1989年),頁152、158。

[116] 陳炳元:《易鑰》(台北:博元出版社),頁414。聖人之情見乎辭,於是繫辭以盡其言。辭有險易,言行有不一,必須經過考慮之後,擬之而後言,就不會有辭慚、辭枝、辭多、辭游、辭屈等語病。君子戒言慎行,修辭立其誠者為此。擬之後言,便是言尚其辭。馮家金先生對此一理則結構,有其詳盡說明:參見〔明〕·來知德、〔清〕·惠棟註疏、〔民國〕·馮家金編撰:《周易繫辭傳》(台北:頂淵文化,1999年),頁462-466。易經學者馮家金嘗試破譯〈繫辭傳〉中隱含的三段式「理則結構」,系統性的考察出,並可以由「擬、議、化」三段式理則貫穿〈繫辭傳〉全文每一段落。

[117] 〔清〕·黃宗羲著:〈畫川先生易俟序〉·《黃宗羲全集(十)--南雷詩文集》(浙江:古籍出版社,1993年),頁97、98。

四爻的流行之跡也。把握及推斷的理則不外乎依循擬議的要領，將取象及爻變之道，加以廓清及確立之，才能如實把握擬議道體，並在人情物理中成其變化「天以日月星辰爲言語文字，詔告天下萬世。聖人寫天象以爲象數，不過人事之張本，其爲象數也，盡之於三百八十四爻。」在仰觀俯察，遊目騁懷的心領神會下，擬象議爻的目的，即以自然之道和創造之道的本體論爲依歸，象數中的「義理」，即爲自明之理，可以「摹捉」不假外求。他的《易學象數論》即以糾謬爲旨趣，對於歷來種種言卦變及河圖洛書者的支離解易，大表不滿，遂謂「今舍三百八十四爻之人事，而別爲圖書卦變於外。」以及「盛衰之理，反求之鳥鳴風角矣」，都是失其本末體用的因故，有待回歸於「象數」與「義理」的合一，成爲一有意義的理則結構。

　　黃宗羲的探索誠以疏通此一微言大義爲宗趣，進而「擬議」文道，以成其錯綜變化之底蘊。自謂於蕺山門下獨能疏通其微言，證明其大義，推流溯源，以合於先聖不傳之旨，進而於律歷百家之言，靡不究心，方能有「『擬』之開物成務，又何不謀而有合也！」的豪語[118]。又如他在〈四明山九題考〉一文中斷案唐代陸魯望、皮襲美二家的「四明山唱和」連作，按之實地，當爲「鑿空『擬議』」之作[119]。關鍵所在仍不出於他在易學上的心領神會。「時惟適變，道必會通。不察其適變，則微彰剛柔，有拘墟之患；不觀其會通，則屈伸往來，有臨歧之泣。求諸物而格之，反諸身而體之，即爲他在易學中的心領神會。」[120]誠如易經之有有〈繫辭傳〉以彰顯其理一分殊，生生不已的有機整體思維，

---

118 〈陳令升先生傳〉，收於《南雷文定‧後集》卷四，詳見楊家駱主編：《中國文學名著第六集》第 16 冊（台北：世界書局），頁 63。

119 〈四明山九題考〉，《南雷文定‧前集》，卷十一，詳見楊家駱主編：《中國文學名著第六集》第 16 冊（台北：世界書局），頁 168。

120 〈朱康流先生墓誌銘〉，收於《南雷文定‧前集》，卷七，詳見楊家駱主編：《中國文學名著第六集》第 16 冊（台北：世界書局），頁 105。

而且針對潛藏的「擬議化」陳述，實爲易道的「自明之理」，也是最佳的理則結構。對於筆者在上下求索黃宗羲的文道思想上，啓發甚鉅。

黃氏曾以「道、學、法、情、神」五者，標示文道合一的要點，所謂的「章句呼吸」法度，雖與嗣後清代古文家看重的「義法」論有若干淵源[121]，然而在綜考他所傳世的創作或文學評論（如《明文海》、《明文授讀》）中，並無具體的陳述，即便是清代學者李慈銘雖歎服黃氏之文的「本原深厚，隨在傾吐，皆至情至理之言」[122]，但對其批點探擇明代文學的取向上仍有質疑，如評其《明文授讀》所選諸大家「雖間有可觀，不過是議論好，或小品有致，求其知古文義法者，蓋無一二，以此嘆明文章之衰。」[123]顯然黃氏個人對於文章法度的概括，尚未具備桐城派等古文家所側重的規範意義。甚且他個人爲文「無復持擇，故往往不脫明末習氣，流入小說家言。其論文主於隨地流出，而謂方言語錄，皆可入文。」[124]那麼黃氏在「結構之技」（即文章法度）方面的特點，又該如何理解，以求進一步與「結構之道」相契合？依本文的探索，黃氏的文章法度，當以「擬議化」的易傳理則，作爲他在學統、性情、道體與神韻等方面密切融合的主要表現手法，並與前述的學案體思維（即例一案一斷）共同體現一「三段式」之敘事理則結構。

首先就個別文作的寫作理則而言，黃氏慣於擬議在前，陳言務去，

---

[121] 方祖猷指出黃氏的文學思想對桐城古文派有間接影響，尤其是萬斯同對於黃氏的古文「章句呼吸」的法度十分重視，並與方苞授以「約以義法而經緯其文」的原則，對方苞的「義法」論有一定的影響。參見方祖猷：〈黃宗羲的文學思想〉，《清初浙康學派論叢》（台北：萬卷樓圖書公司，1996 年），頁 184。

[122] 〔清〕·李慈銘：〈南雷文定·文雷文約〉，《越縵堂讀書記》中冊，（台北：世界書局，1975 年），頁 724。

[123] 〔清〕·李慈銘：〈明文授讀〉，《越縵堂讀書記》中冊，（台北：世界書局，1975 年），頁 606。

[124] 〔清〕·李慈銘：〈明文授讀〉，《越縵堂讀書記》中冊，（台北：世界書局，1975 年），頁 606。

方能寫其心之所明者。亦即〈論文管見〉中揭示的每一題中，必有「庸人思路共集之處，纏繞筆端」，猶如「玉在璞中，鑿開頑璞，方使見玉」。這些世俗之調，必須剝去一層，方有至理可言，而非認璞為玉，以為陳言務去者求之字句，只是表層的務求「文從字順」。實則強調所謂文者，「未有不寫其心之所明者也」，平素的博洽之學與親身之閱歷，無非是「雖不貴模倣，然要使古今體式，無不備於胸中，始不為大題目所壓倒」，寫作的目的即以這一偏於深層的思維，將寫作的素材和敘事的理則，作一有機的整合與意匠經營；此外，並以情至為宗，認為「文以理為主，然而情不至，則亦理之郛廓耳」，倘使文中並無足以移人之情者，在他眼中即為剟然無物者，遑論古今之至文。

黃氏乃以女紅和小兒搏泥為擬議：「成都之錦，自與三村之越，異具機軸」，其理同於「小兒搏泥為烷，擊之石上，鏗然有聲，泥多者聲宏，若以一丸為之，總使能響，其聲幾何？」是以他提醒為文者不當見仿效歐（陽修）、曾（鞏）是輩一二轉折之高明之文術，遂自詫能文，當以腹笥之豐贍「古人所以讀萬卷」為基石，甚且「熟讀三史八家，將平日一副家僮盡行籍沒，重新積聚，方能下筆常談委事無不有其來歷。[125]

一如其子黃百家所謂之「擬議之熟，極乎精義入神，而後可從心所欲，以造於至誠之天，以成變化。」[126]將《易傳》中潛存之敘事理則，體認為聖人之情見乎言辭。辭有險易、言行有不一之時，當以言動為樞機，惟恐有失，必兢兢業業。擬之而後言，就不令有辭慚、辭枝、辭多、辭游、辭屈等語病，方能鼓動天地，則千里之外得以應之，況

---

[125] 〈論文管見〉，《南雷文定・三集》，詳見楊家駱主編：《中國文學名著第六集》第 16 冊（台北：世界書局），頁 58。

[126] 〔清〕・黃宗羲著，全祖望補，王梓材、馮雲濠、何紹基校：〈濂溪學案〉・《宋元學案》（台北：世界書局，1991 年），頁 290。

其邁者乎？這一要項即可視之為馭文之術的重要底蘊。

這一三段式的理念，分析起來易經的符號象徵的創造者可以理解成一個群體，實由最早的符號與經卦的「設計者」、別卦的「演繹者」和後來的卦象「闡幽者」組合而成。除了能把握各種事物的抽象態勢，並能對此進行演繹和推導，作出隨機變通的解釋[127]。尤其〈繫辭傳〉的作者們，開啟了創造性的發揮和典型示範。此一三段推理的方法即表現在「擬之而後言，議之而後動」，由這裡從而認知及把握「天下之理」。上述〈繫辭〉上傳第八章並例舉了易經其中七卦的爻象，敘述聖人擬象議爻而繫辭，以探索宇宙人間之事物之關聯。復舉中孚、同人、大過、謙、乾、節、解卦七例以證其義[128]。此章中述及的「言行，君子之樞機，樞機之發，榮辱之主也。言行，君子之所以動天地也，可不慎乎？」乃體認天下事物，莫不涵具之深義，並且服從實然之理則，於是擬度其形狀容態，以象其事物之機宜。[129]

此外，易傳中顯著的三段式理則，又可以《繫辭》下傳中的「三陳九卦」為實例。是緊承「作《易》者，其有憂患乎」的思考之後而展開的，現將九卦之「三陳」按本文之次序排列，將原文的本意得以更清楚的作一展示：

---

[127] 陳良運：《周易與中國文字》（南昌：百花洲文藝出版社，1999年），頁48。

[128] 朱維煥：《周易經傳象義闡釋》（台北：台灣學生書局，1993年），頁473、474。此七卦中的爻象之義例，朱子《周易本義》中，並加以闡釋簡中旨趣：「如中孚卦九二爻辭乃謂言行者，乃成德化民之樞機，君子體乎中孚，中存誠信。同人卦九五爻辭，乃言君子體乎同人，則其道施德，利如斷金，臭如馨蘭。大過卦初六爻辭，則言體大過而慎乎斯以薄物（如白茅），作重用之術，而無所失矣。謙卦九三之爻辭，乃言君子體乎謙卦，德當盛，禮則恭，可以永存其位也。乾卦上九之爻辭，乃言戒乎驕亢之不可恃也。節卦初九之爻辭，乃言君子當慎密而不輕出其言語。解卦六三之爻辭乃言寇盜之至，乃自招之故也。故讚作易者，其知致盜之由也，體解者其可慢乎？」

[129] 朱維煥：《周易經傳象義闡釋》（台北：台灣學生書局，1993年），頁472。

　　　　　　　（初陳）　（再陳）　（三陳）

《履》：德之基也；和而至；以和行。

《謙》：德之柄也；尊而光；以制禮。

《復》：德之本也；小而辨于物；以自知。

《恒》：德之固也；雜而不厭；以一德。

《損》：德之修也；先難而後易；以遠害。

《益》：德之裕也；長裕而不設；以興利。

《困》：德之辨也；窮而通；以寡怨。

《井》：德之地也；居其所而遷；以辨義。

《巽》：德之制也；稱而隱；以行權。

　　《繫辭》作者在六十四中遴選出九卦專論道德修養，顯然有其個人經驗的歸納，試圖展示易經的依各義理層面，先陳其德，中言其性，後敘其用。將九卦組合為德之本體、表徵和作用，儼然成為完整的道德修養體系。就整體架構而言，「橫向」：顯示九卦之每一卦的「德」之修養，由內在之底蘊到外觀之表徵，再指明其作用，「縱向」：顯示德之修養的向「縱深」推進而成大業。「縱、橫」合而言之，「其修養程度由外在的表徵向內在的涵養不斷深化，其能發揮的作用和所得效果則是由小而大，由個人而及社會，由完善自身到行使治國馭民的權力」。[130]

　　在疏理黃氏的整體著作歷程中，筆者也注意到由學案式的思維取向，可看出黃宗羲文道合一的思想，實乃牽涉到許多不同領域，並在潛存的深層中，體現出一如《易傳》本具的理則結構；今就文道思想較有關涉者，擬一簡表，以突顯黃氏不僅在易學上有一「全體論易」

---

[130] 「三陳九卦」正文參見劉君祖：《經典易》（台北：牛頓出版社，1993 年），頁86。論述觀點參見陳良運：《周易與中國文學》（南昌：百花洲文藝出版社，1999年），頁140。

的宗旨，就其整體文作的寫作歷程中，也有一「統體（擬--議--化）論文」的傾向。在「縱貫」性與「橫攝」面的探討中，黃宗羲文學思想主要格局，大致上已經可以在此作一展示：

	易道	文道	學案	個人文案	明代文案
擬	生物	文以載道	例 蕺山學案	南雷文案	明文案
議	長物	文道合一	案 姚江學案	南雷文定	明文海
化	成物	人道合一	斷 明儒學案	南雷文約	明文授讀

對於道體與文學本源論的健全視觀，方能在文與道之間掌握原則，不爲錯綜變化而無所適從。擬議文道的代表作當爲他在清初學界破暗開山的《易學象數論》一書，箇中深切著明地闡示了文與道的「雙構性思維」及其規律。然而〈易傳〉中本已具備的三段式「擬議」結構，正可與前文剖析的學案式「三段式」理則結構並行不悖，我們將進一步考察他在《南雷文案》的系列創作中，綜合印證以廓清黃氏文學思想的基源問題。

二、由「南雷文案─南雷文定─南雷文約」的創作歷程，確立個人的文學宗旨

文衰道喪之際，黃宗羲苦心經營畢生的文化志業，除了大規模的《明文案》和《明文海》的斷代文學總集的編纂之外，黃氏更因應門人的殷切期待下，將個人寫作的成果，如《南雷文案》、《吾悔集》、《撰杖集》、《蜀山集》等等，交付門人分刻與傳習。這一歷程不僅是日後黃氏個人編定爲《南雷文定》的前身，也提供了學人之間印證文道合一教旨的素材；例如萬斯大即言黃氏之《吾悔集》（南雷續文案）有「頓啓其迷」的意義，將使忠義之激烈、老成之典型，得 因風雷之文，鼓蕩人間，不致於埋沒于庸妄之俗筆。悉心推求，則不外乎黃氏爲文之道，乃源出於「經義」和「理學」的根砥，故能「隨意拈毫，便已因

物肖形」（吾悔集序）。鄭梁並與萬斯大在閱讀宗羲文案的同時，將有明一代的大家之文，與黃氏之作相互品評，以考見宗旨，歸結出宗羲實乃明文之集大成者，論曰：

> 金華之學，有其博瞻而無精深。甯海之氣，有其浩蕩而無其沈
> 摯，姚江之識，有其高超，而無其典實，吉水之養，有其蘊藉
> 而無其風華。玉峰之神，有其簡潔而無其雄厚，毘陵之才，有
> 其快利，而無其堅凝。[131]

觀其言論，雖不免為弟子盛稱師門的因素所在，但考其用心，仍是呼應著宗羲論文之基本精神--文即道也，使二者煥然復歸於一，而非片面的繼承（以道兼文或以文兼道）。屆此鄭梁等人所推崇的宗羲之文，乃包括著博瞻而精深之「學」、浩蕩而沈摯之「氣」、高超而典實之「識」，蘊藉而風華之「養」、簡潔而雄厚之「神」、快利而堅凝之「才」。固能卓然於王陽明、唐順之等大家之上，不獨為一時之文士，而當為文道合一的集大成者。鄭梁與萬氏之言並非溢美之辭，考究《南雷文案》成書之際，正值黃氏文化志業之高峰時期，以七十一歲之高齡，猶是創作雄心不懈的階段。一方面此期是他書院講學的驗收階段，自甬上證人書院群英蔚集以來，弟子在多年的傳習、啟發之下，成果燦然可觀。如萬斯同、黃百家、萬言之入明史館預事，以彰顯宗羲治史之積業；黃氏雖處東南，仍能遙參史局，為史家所盛稱。而康熙十九年陳赤衷入都，更是掀起旋風，不僅徐乾學一見投契，稱為「碩學」，是黃氏門下經術長才的代表，由是公卿爭欲延致，赤衷乃作〈貞女篇〉以謝之，甚有宗羲之風[132]。同時黃氏畢生兩部最重要的代表作《明儒學案》和《明文案》皆是在此期規模漸備的峻工階段，可以說是其文道

---

[131] 以上二條引文乃出於《南雷文定》序文，楊家駱主編：《中國文學名著第六集》第16冊（台北：世界書局）。

[132] 鄭天挺：《清史》（台北：雲龍出版社，1998年），頁68。

合一宗旨廓然朗現的格局。

　　黃宗羲的文學履歷，由早歲之出入於復社等文士社盟風習；並與
艾南英、陳際泰等「豫章四子」往來，在《南雷詩曆》中保存這些前
代文人爲其少作詩集的題序中，可以想相見當時他的文道思想並未有
鮮明的主張，亦即全祖望視爲「文人習氣」未盡刊削的遠有端緒。[133]

　　我們可以從具體的詩文作品中，看出黃氏畢生除了經史之學的撰
述企圖外，他的文學志業未嘗一日有所鬆懈。據吳光考證黃氏一生所
作文章，不少於五百篇，詩作亦不少於千篇，[29] 重要著作計有《始學庵
集》、《庚戌集》、《吾悔集》、《撰杖集》、《蜀山集》等，在黃氏計劃性
的刊削及編訂中，以「學案式」的思維方式而觀，實屬有一「三段式」
整合及去蕪存菁的歷程，即由「南雷文案（續文案、三刻）－南雷文
定（前集、後集、三集、四集、五集）－南雷文約」。頗近於探討個人
文道思想的宗旨，由博返約，進而論斷值得傳世者。其嚴謹之態度，
不下於明代文案的制作信念，就以這一系列個人文案的編審理念，探
索黃氏亟待彰顯的訊息：

　　　南雷文案[134]：文衰道喪之際，文道裂而為二，黃氏主張文即道

---

[133] 李紀祥：《明末清初儒學之發展》（台北：文津出版社，1992 年），頁 147-149。

[29] 黃宗羲是一位博學多才的學術大師，並寫下許多專著和詩文，可謂「著作弘富，學
問淵博」。但其著作頗多觸忌犯諱文字，多被禁毀，又累遭水火之災，因而散亡嚴
重，難以搜羅齊全。據吳光考辨統計，梨洲著作總數至少一百一十種，一千三百餘
卷，兩千餘萬字。大體可以分為三大類：第一類是文選和資料彙編，第二類是自撰
學術專著，第三類是自著詩文集，如南雷文案、南雷文定、南雷文約、南雷雜著、
南雷詩曆等等，計二十八種，七十餘卷。目前尚存者共有五十餘種，約一千一百卷。
吳光：《黃宗羲著作彙考》（台北：台灣學生書局，1990 年），頁 293。

[134] 《南雷文案》十卷，外卷一卷。此書卷首載門人鄭梁所撰南雷文案序、萬斯大所撰
梨洲先生世譜。鄭序曰：「戊午，梁謀刻先生之文……越二年始有應者……先生手
選其所作十之二三，曰南雷文案，授萬子斯大為之校讐。」按戊午為康熙十七年，
序作於庚申歲即康熙十九年。又萬斯大所撰吾悔集序（載吾悔集卷首）曰：「己未
冬，吾師梨洲先生以及門之請，出南雷文案授斯大，斯大敬受，手較付梓。喻月，
先生有太夫人之變。」按己未為度熙十八年，黃母姚太夫人卒於十九年庚申正月。

也，宋代以來「以道兼文」或「以文兼道」，都未臻究竟，黃
氏遂將二者煥然復歸於一，作為自我期許。[135]

南雷文定[136]：去除未經持擇之文，鈎除舊本其不必存者三分之
一，以探討較具個人功力之文，是曰文定。文作多敘事一格，
對於興廢人事之記載，有裨於史氏之缺文。[137]

南雷文約[138]：在文定的基礎之上，不欲泛濫傳世，遂自行刪之，
但留數十篇，存四卷目，是為文約。[139]

　愈近晚年，對於傳世作品的審議也就愈加嚴肅[140]，不僅我們可以在

---

[135] 據以上三文，可知南雷文案係由宗羲手選，門人萬斯大、鄭梁等校刻，選文時間當
在康熙十七、十八年間，刻成時間當在康熙十九年（公元一六八０），宗羲七十一
歲時。吳光：《廿三南雷文集考·黃宗羲著作彙考》（台北：台灣學生書局，1990
年），頁 149。

[135] 鄭梁：〈南雷文案序〉，收於《南雷文定》，詳見楊家駱主編：《中國文學名著第
六集》第 16 冊（台北：世界書局），頁 1。

[136] 《南雷文定》前集十一卷、後集四卷、附錄一卷。宗羲《南雷文定》凡例稱已刻《南
雷文案》等四種「皆門人分刻，一時脫稿，未經持擇，今毫又及之，東岱不奢，鈎
除其不必存者三分之一……名曰文定」，並稱「於舊本間有改削」、「手為點定」，
可見此書係宗羲親自選編、改定之集，其選文時間，當在康熙二十六、七年間，而
刊刻之年，則在康熙二十七年戊辰（公元一六八八年）宗羲七十九歲時。吳光：〈廿
三南雷文集考〉·《黃宗羲著作彙考》（台北：台灣學生書局，1990 年），頁 154。

[137] 〈凡例〉·《南雷文定》，詳見楊家駱主編：《中國文學名著第六集》第 16 冊（台
北：世界書局）。

[138] 《南雷文約》四卷。此書刻成於南雷文定五集之前。初由黃宗羲編定選目，由鄭性、
鄭大節父子校訂刊刻。吳光：〈廿三南雷文集考〉·《黃宗羲著作彙考》（台北：
台灣學生書局，1990 年），頁 157。

　黃梨洲先生遺先子書云：「弟所刻文定，原不欲泛濫，而不能自主，刻者為正，意
欲盡刪之，但留數十篇，名曰梨洲文約，尚有待耳。中亦稍改，顧書宣曾見之於果
亭所。」這個果亭，即崑山徐秉義。既云有人曾見之於徐秉義處，可知梨洲文約之
目錄或刪改方案早已經有了眉目。

[139] 〔清〕·鄭性：〈南雷文約序〉，引自吳光：《廿三南雷文集考·黃宗羲著作彙考》
（台北：台灣學生書局，1990 年），頁 159。

[140] 全祖望在論及黃氏傳世的著述中，實有必要作一疏理眉目，分類採擇的工作。他在
〈奉九沙先生論刻全集書〉一文中具體指出黃宗羲的「經史」類著作，網羅不可不
備。但「集」部之作，淘汰不可不精。在他閱讀《文定》四、五集時，即以察覺其

其中大量的文作中,(特別是「義理」之文、「經世」之文、「考證」之
文、「敘事」之文等四大類),發現他對於早期熱衷時文或社盟的反省
及懺悔,以及批判科舉制度,壓抑和扭曲士子文風及價值取向的流毒,
可謂現身說法。並且這三段式的刊定歷程,也可以說是前修未密,後
出轉精,視其為「文道思想」的演繹及開展的境界,(即擬議以成其變
化)。以實際的創作證明他在文與道的形著原則上的「定理」,乃所操
益熟,所得益化,並遍潤於不同領域的具體成果。對於「明代文案」
的反省而言,「個人文案」的制作正是體現他在文學思想上「由破而立」
的里程碑,可見他除了批判明代文學的盛衰之外,自己並以個人創作
來印證他所堅持的主張。

三、浙東風采・南雷文章—寫作風格析論

　　黃宗羲文道思想的具體實踐,表現在森羅萬象的各類文史著述之
中;作為文學本源的道(自然之道),當它下貫到人事的雜多變化之中,
天道之難以釐測,也一如人情世事之不得管窺。如何屆此疏淪秩序,
流向條理、遂在易理之中,將「擬諸形容、象其物宜」的原則,以卦
爻(象)和卦辭(文)成為縮結天人關係的關鍵所在。同理也相應於
黃氏《易學象數論》〈原象〉篇中的擬議思維,我們將黃宗羲對於六十
四卦「總象」之敘述,採擇其中較能體現出文道關係的諸卦,分成六
大系列。一方面考察黃氏獨特的觀物方式,再者並視為他在「馭文之
術」的具體手法,並結合相關作品的分析考察,以為印證。

間「玉石並出,真贗雜糅。」他推斷乃因黃氏晚年因漸近崦嵫,精力不如壯時。又
或為應親朋門舊之請,以諛墓掩真色。此皆人之常情,故他主張嚴為淘汰。所以當
他得知之後有《南雷文約》的刊削實況,即為之慶幸黃氏當時應有此一自覺。參見
〔清〕・黃宗羲著:《黃宗羲全集(十二)》(浙江:古籍出版社,1994 年),頁
217。

（一）表彰人物，寓以褒貶的「敘事之文」

《南雷文定》〈凡例四則〉篇中，黃氏自述其文作中，當以敘事之文為大宗，並寓有彌補正史、印證史識的功能，[33] 尤其像文集中大量的碑銘史傳，往往都是黃氏有意為文，闡發微言大意的寄託。

黃氏早歲即蒿目時艱，加以有非常人之奇氣才情，復以非常人所必有的遭遇。交相湊泊之下，對於明末清初的亂離之感、憤悱之情，筆端往往寓有發為迅雷般的快意恩仇。除了與《明史案》之寫作攸關的《行朝錄》十一篇 [34]（即反映南明抗清的碧血丹青史—魯紀年、舟山興廢、日本乞師、四明山寨、永曆紀年、紹武之立、賜姓始末、隆武紀年、贛川失事等作）可視為敘事兼及議論的珍貴史料之外，《南雷文定》等相關文集中並保留了大量的人物傳記寫作，反映出黃氏個人獨具的敘事理念，是最具探索文道思想的有力佐證。

敘事類的理念，可以《易學象數論》〈原象〉[35] 篇中的「臨」、「觀」、「蹇」、「離」四卦為擬議：

臨卦：似夾畫 [36] 之「震」，八月雷乃非震之時，故曰有凶。本體為「澤」，加坤其上，乃澤厚水深而甘之象。

---

[33] 〈凡例〉．《南雷文定》收於楊家駱主編：《中國文學名著第六集》第 16 冊（台北：世界書局）。

[34] 《行朝錄》與《明史案》關係考，參閱吳光：《黃宗羲著作彙考》（台北：台灣學生書局，1990 年），第十四章「行朝錄考」。

[35] 《易學象數論·原象》，收於《黃宗羲全集（九）--天文曆算、象數類》（浙江：古籍出版社，1993 年），頁 110-124。黃氏對於六十四卦的詮釋，有許多並不符合一般通行的解釋，但是卻可以反映出他特殊的觀物方式，對於疏通他在文學創作上的理念，極有裨益。

[36] 「夾畫」乃黃氏易學的另一觀卦法，將陰陽相同具相鄰的六爻兩兩合併，會得一簡化后的卦象，如臨之上五，四三，二初合併后，得一震卦，亦為卦中含卦的另一表示。

△按[37]：演因勢監「臨」之理，消極面的作用為督飭，積極面
則在於調護；監臨得當，則正義伸張，並合乎事理，順乎人情，
方能使人心悅誠服（兌下坤上）。

觀卦似夾畫之「艮」，天子宗廟之象。本體為「風」，加坤其下，
是風之培者，故能化及童女。

按：演周瞻遍矚之理，兼有由我來觀察身外事物，也可以將我
作為被觀察的對象或中心，更可由外而內地反觀自己的身心，
故爾能立身示範並洞明事理，兼有由狹窄之主觀（童觀、闚觀）
→審度進退（觀我生）以身作則（觀我生、觀其生）→政教風
俗之觀摩（觀國之光）的歷程。

蹇卦：世道之壞，起於人心，當蹇難之時，機械爭勝，天下皆
往而不來，靡然降服，唯君子反身修德，固守名教，有干城之象。

按：坎陷當前（山上有水），如何克難匡時，群策群力、共矢
忠貞，化險為吉。

離卦，內卦「日」也，外卦「火」也，兼有心火上炎，進退失
序之象，君子退藏於密，猶火藏於木石而已。

按：由迷惘失措，繼而發憂世傷時的先見之明，誠則明矣，明
則誠矣，（反卦為坎，為誠意，離卦則為明理之意）居中普照，
（二爻為主爻）構成文明氣象。

此四卦之擬議，大體構成了黃氏的敘事理念，亦符合黃氏格外看
重的「敘事之文」以及「詩史」兩者在史觀上的意涵。由潛蟄的「風

---

[37] 本節各卦按語乃依謝大荒：《易經語解》（台北：大中國出版圖書公司，1992年）。
針對各卦之「綜述」大義潤飾而成。

雷」之象（臨似夾畫之震、觀之本體爲風），面對坎陷之世局，如何曠觀今昔之間的哲理，並爲豪傑人物立傳；是黃氏焚膏繼晷，心火上炎的企圖心。黃氏的友人方以智即以明敏多藝知名，言河洛之數，另出新意，與他同爲博洽尙奇的人物。不僅如此，有一度黃氏病瘧，他曾爲其把脈，探其病情「其尺脈去關下一尺取之，亦好奇之過也。」[141]可見方氏其人其學的一端。而黃宗羲言其自治易象數之學，亦幾近著迷，而至「心火上炎，頭目爲腫」[142]，念茲在茲的心靈意緒，不外乎索隱探賾，探討人心世局紊亂的原委，進而撥亂反正。再加上他博學尙奇之稟具，對於人情世故的觀察及理解也就大異俗見。這些人物的行誼事蹟，黃氏不僅是有意爲他（她）們在青史上立傳，更屆此馳騁獨特的敘述「視角」，將奇士、異人、貞女、烈婦、忠臣、俠侶等正史上普遍的典範人物，如何創造性地運用敘事觀點，將動態的立體世界（亂離、俗世、風雅、宿命等）點化或幻化。透過前述四卦的擬議，尤以「觀卦」的視角意涵，最能貫穿其他三卦，遂有一由「坎陷（蹇）—監臨（臨）—明理（離）」的觀照歷程，甚能相應於中國敘事學看重的「複合性視角」，構成了「作者」、「敘述者」（文章裡的代言人）和「視角」之間多層次的敘事世界。[143]

---

[141] 〔清〕·黃宗羲著：〈思舊錄〉·《黃宗羲全集（一）--哲學、政治思想》，（台北：里仁書局，1987年），頁364。中醫脈診的方法，乃以食指、中指、無名指接觸患者兩手的寸口，以辨別脈象。接近手掌的高骨部分稱爲「關」，關前名爲「寸」，關後爲「尺」，三部分可以同時切診，亦可分別單診，參見〔日〕·山田光胤，代田文彥著：《中國醫學篇》（台北：培林出版，2000年），頁184。

[142] 〔清〕·黃宗羲著：〈王仲偽墓表〉·《黃宗羲全集（十）--南雷詩文集》（浙江：古籍出版社，1993年），頁259。

[143] 楊義：《中國敘事學》（嘉義：南華管理學院，1998年），「視角篇第三」。據楊義的說法，認爲「作者」是在一部作品中幻化出「敘述者」（如紅樓夢之作者與小說中的空空道人、石頭的關係），以及透射出視角的「原點」，由此形成敘事的扇面（限知視角），並帶動視角周轉中形成敘事世界的圓。「限知視角」如第一人稱視角，即是由於此一第一人稱者的廣泛運用帶來特殊的敘事效果，人們的視角自覺意識才逐漸覺醒。而此一限知視角一如「觀」卦之內涵，兼有：1、外審型--即「我」

　　黃宗羲在描寫魏子一、陸文虎、陳之問等才士，或武家王征南、俠盜蔣洲等人時，所採行的視角就兼有「我視人」和「我視我」的複合視點，亦即從這些人身上，我們看得到黃宗羲的「影子」。龔鵬程即指出這些人物（敘述者）和黃氏都契屬於「才性發舒，生命為意氣所鼓盪使然，故此時其博學雜藝自然就會偏向那屬於異端奇詭的方面」，[144]事實上也只有這些正統之外的「偏仄」之學，才更足以顯示他們特殊且過人的才情。一如黃氏之所以推尊「豪傑」，表彰諸葛亮、李綱、方孝儒等人從祀道統，即展示了他在周瞻遍矚下，能走出「闚觀」進而「觀我生」（作者）並「觀其生」（敘述者）。對於這些人物的快意恩仇，或吟嘯歌哭，才能有一同情的理解與創造性的詮釋。

　　對於明代奇情縱恣，卻又頗富悲劇色彩的海盜蔣洲一門三世的事蹟，其後人蔣宏憲亦為宗羲甬上書院之門生，黃氏為此品評纍記，更加以論斷：

> 舊史曰，余友蔣宏憲，志行之士也，銜哀貢誠，乞余序其三世，余讀之，神傷不能下筆，昔湯臨川序張元長六世，謂其數冬而不遘一春，恆夜而不經一旦，宏憲三世，得無類是。雖然，于公謂我治獄多陰德，未嘗有所冤，子孫必有興者，宗信活生靈數萬，非治獄可比，宏憲且置無悲，運數之來，會有時也，此特為宏憲言之耳。[145]

視「人」。2、內省型--即「我」視「我」。3、混合型--混同前兩者。同時又具備幾項重要的信息：1，視角的扇面轉移，往往靠尋找「敘述者」加以確認，借其中人物代言，並從中激發出某種智性的或喜劇式的趣味。2，歷史敘事重視「全知」視角，而由「全知」到「限知」，意味著人們感知世界能把先期表象和繼起的表象，以及把表象和實質相分離，將感知世界的層面變得深邃而豐富。3，由於中國文化哲學的滲透，作者在敘述人生事件時，是帶著一個由傳統文化編織成的「先在結構」（天人之道），貫穿一體，進行視角的流動性，以及開啟的層面。

[144]龔鵬程：《晚明思潮》（台北：里仁書局，1994年），頁345。

[145]　〈蔣氏三世傳〉收於《南雷文定·前集》卷10，詳見楊家駱主編：《中國文學名

　　黃氏不僅爲此一門三世忠肝義膽的遭遇加以宣示，但是對於世俗的看法，卻又不得不大感不平。此外更側寫蔣洲（宗信）與當時總督胡宗憲幕下多奇士的盛況，不僅和〈柳敬亭傳〉中悍將左良玉的情形成爲鮮明對比，在明代也可謂爲盛況：

> 吾觀胡之幕府，周雲淵之易歷，何心隱之游俠，徐文長沈嘉則之詩文，及宗信之遊說，皆古振奇人也，曠世且不可得，豈場屋之功名，所敢望哉。

　　抒寫忠烈之後的才士魏子一，黃氏以其多年相交之氣類相感，透過蹇難世道之壞，惟此一風流人物「有所不移」而有文學干城之象：

> 務為佐王之學，兵書、戰策、農政、天官、治河、城守、律呂、鹽鐵之類，無不講求，將以見之行事。逆知天下大亂，訪劍客奇才，而與之習射角藝，不盡其能不止。……是時場屋之文，競學浮麗，爭為闒緩，子一造於疏通廣博之域，脫稿流傳，然子一孤行一意，不肯附會。

　　魏子一等才士尚經世、務博學，不屑於當時坊社，科舉制藝之道，且自視甚高，固爲黃氏所推服的豪傑人物，其人好尚多旁通藝事，顯然是不拘一格的人物：

> 顧子一所以致此者，亦自有顧，子一上書，見知於天子，銳意問學，遠駕經生，先友宿艾，望風推服，莫窺其底裡。加之旁通藝事，章草之書，倪黃之畫，陽冰之篆，孤姿絕狀，觸毫而出，無非詩書之所融結，……然子一實有過人者，余束髮交遊，所見天下士，才分與余不甚懸絕，而為余之所畏者，桐城方密之，秋浦沈崑銅，余弟澤望，及子一四人。[146]

---

[146] 〈翰林院庶吉士子一魏先生墓誌銘〉收於《南雷文定‧前集》卷 6，詳見楊家駱主編：《中國文學名著第六集》第 16 冊（台北：世界書局），頁 90。

顯然黃氏雖以書寫魏子一的其人其學爲主題，卻也隱含著個人觀世與自許的描述。

至於和黃素爲肝膽至交的陸文虎和萬泰兩人，更爲尚奇惡俗的抗懷當代人物，對於浙東文風的開啓，實爲樞紐「兩人皆好奇，胸懷洞達，埃盍漚泊之慮，一切不入，焚香掃地，辨識書畫，古奇器物，所至鷥翔冰峙，世間嵬瑣解果之士，文虎直叱之若狗，履安稍和易，然自一揖以外，絕不交談。」兩位摯友的個性及特質一顯一隱，同爲黃氏氣類相感的豪傑人物，萬泰的冷靜智謀，在黃氏九死一生的遭遇中，尤有知音相惜之感。特別是身值異代存亡之交，萬氏多方營救志士，善於謀略，在當時贏得許多遺民的稱賞：

> 友人高中丞在獄，予弟晦木犯難，猶能以奇計出之，先生既無心於當世，廟堂著作，坊瓦摸勒，凡士林之所矜貴者，一不以寓目，有傳吳霞舟先生遺稿，自海外者，用故名紙書之，半葉千言，慢漶漏奪，先生摩娑細視，手抄件繁，逐爲完書，……逮夫粵返，舟出九江，天風籁滋，一童侍側，先生疾革，喟然曰，此行得水坑石數片，娘子香數瓣，未及把玩，遽爾緣絕，此爲恨事耳，夫家室萬里，諸子寒餓，先生之言，不出於彼，先生之好奇，乃至於是。[147]

萬氏之好奇平生，即便是重病期間，仍不忘平生所嗜，此亦好奇之過也。而萬氏之奇，不只是流連於事物光景，更表露於性情之真摯，一代奇人最終以料理病友，反爲病故的奇事殞命，不禁令人喟嘆，也能在黃氏筆端中透顯其視角之細膩：「先生之病，始於南安，有毛洴者，先生之同年生，染疫將死，同舟皆欲棄之，先生爲之收載，親其藥裹，洴得生，而先生病矣，即此一事之奇，亦人之所不可及者。」

---

[147] 〈萬悔庵先生墓誌銘〉收於《南雷文定・前集》卷6，詳見楊家駱主編：《中國文學名著第六集》第16冊（台北：世界書局），頁94。

　　傳統正史中的婦女形象，在黃氏擬議風雷的筆下，尤其側重「觀其生」的旨趣，並賦予神韻。例如在他當時極富傳奇的烈婦曹氏，不忍其夫唐之坦之死，癡情殉命的一波三折，黃氏即為之縷記芳魂：

> 烈婦治喪，衣衾必有副，家人阻之不得，因斥去其砒霜，烈婦
> 瀝桑灰為汁飲之，腹痛而不死，明日夫將殮，恐死之不及是時
> 也，碎錢為屑，吞以速之，又不死。……烈婦曰，我求死不得，
> 計惟有絕食耳，不食二十二日。而容貌如故，神理炯然。

　　幾番尋死不成，遂又另尋他計，當其絕食求死時期，黃氏聽聞此一女子之奇行，遂與門生仇兆鰲等二十餘人，前往探視，並託其舅代為轉達守貞得宜，未必一意求死方能獨行其願，奈何嗣後曹氏仍舊秉其初衷。尤其是最後自殺的手法，藉由每日製衣的餘布，不動聲色的預謀，黃氏屆此有細部特寫：

> 起而操作如常。尋竭其機軸，製衣一稱，餘布七尺，有小婢乞
> 之，不與。家人竊議曰，尺布尚惜，其不死明矣。其時庭中臘
> 梅方開，烈婦視而嘆曰，昔董節婦有菊花詩，美其不落也，此
> 花亦不落，吾試詠之，「添得冰霜枝葉無，此花自與眾花殊，
> 共知秋菊貞心再，尚有黃梅抱樹枯」，十二月望，起而嚴妝，
> 於天地、影堂、靈座，舅姑，舅之姐，各設四拜曰，婦從此別
> 矣，孝養之願，以俟來生，家人皆哀慟，烈婦從容自若，從此
> 又不食。除夕得閒，取其七尺之餘布，自經夫樞之旁，始知不
> 與小婢之故也。及殮，目瞑口闔，不同乎世之為縊者，此固獨
> 行其願之一徵也，年二十五，許邑侯詣廬祭之，聚觀者數千人，
> 莫不為之嘆息泣下。[148]

　　本文善於烘托場景，並關注於曹氏的內心掙扎，已然不是站在旁

---

[148] 〈唐烈婦曹氏墓誌銘〉收於《南雷文定・前集》卷8，詳見楊家駱主編：《中國文學名著第六集》第16冊（台北：世界書局），頁134。

觀者之視角，而寓有複合關係。特別是曹氏將死前夕，曾語其舅謂：「吾願見黃先生一拜而死，今已矣！」甚令黃氏悲欣交集。認為曹氏此舉，死而生，生而死，猶如當年宋亡之際，文天祥服腦子二兩不死，絕食八日又不死，率皆將人世痛苦之事備嘗殆遍也。此外黃氏更寓以宏觀的敘事，以證臨卦之澤厚水甘之象：「此如黃河一瀉千里，非積石、龍門、呂梁之險，不足以見其奇。一番求死、一番於爍，天若故遲其死，以極正氣之磅礴。」並銘曰：「培之厚，藏之密。三尺墳、千年室、記城冢、慎勿逸。」將臨觀二卦之擬議，充分的形著其人畢生不朽之神韻。

　　黃氏對於當時的社會事件，或是流傳有序的女性生命形象，都賦予飽和的文學筆墨，例如〈王孝女碑〉一文中，即以孝女之愚忠愚孝，進而縮結天地元氣之推移：

> 王孝女者，慈谿王孜之女也，居城之東偏，歲丁巳七月十八日，夜二鼓，失火，孝女母卒，停柩於中堂。孝女處樓上，趨至中堂，疾呼舁柩，無應者，已而火至，孝女伏棺上不肯去，其父從火光中遙見之，抱之而出，則已死。灌以礬水，稍甦，聲出咽間，僅絲髮，問母棺出否，家人不答，遂哽咽氣絕，時年十五也。先是四月之盡，城中菊花盛開，觀者絡繹，不知其為何祥也，至是而有孝女之事。孝女顧委巷中紅女纖兒耳，天地不以其渺末，而氣候為之密移，則夫今日之撐駕天地者，其不在通都大邑之貴人亦明矣。

天地物華皆與人間性情的誠摯相互感應。如上述臨卦謂八月雷乃非震之時，而孝女身故，菊花盛開，皆有「監臨」之象；黃氏的斷語，並兼有警策世人之情，故於文末斷言：

> 天地晦冥，正氣滿齘，忽然發作，在於單寒，有如奔流壅塞，

勢不能函，決口而出，動魂摧顏。[149]

黃氏寄情於女性之貞節如〈桐城方烈婦墓誌銘〉一文，其歷史敘述特點，不獨為女性的肉身賦予神韻；另一方面又寓有蹇卦之象，體現世道人心，靡然降服，唯有這些亂世不移的心魂，實為百代干城：

> 亂離之世，何日非死日，何地非死所，豈有終日辨死，而不得死者乎，遇難后，於弊衣中，得絕句一首云，「女子生身薄命多，隨夫飄蕩苦如何，移舟到處驚兵火，死作吳江一段波」，固知震澤之一死，辨之早矣，嘗觀今之士大夫，口口名節，及至變亂之際，盡喪其平生，豈其無悲歌慷慨之性歟，亦以平生未嘗置死於念，一旦驟臨，安能以其所無者，應之於外。

黃氏藉此針砭那些滿口名節，前後不一的士大夫性格；並以「觀其生」的手法，深入剖析這種矛盾性格的歷史脈絡，加以論斷死生之間，移與不能移的性情之辨。他並舉陳同甫描述亂世之時，兩位姊妹在抉擇生死之際的態度，實為人性的真實坦露，長女從容而死，次女寧受玷污而苟活：

> 陳氏二女，長女伸頸受刃，次女受污。後有誚之者曰，若獨不能為姊所為乎，次女慘然連言曰，難，難。今之士大夫，亦畏其難耳，陳了翁曰，「吾於死生之際，了然無怖，處之有素故也，若處之無素，驟入苦趣，無安樂法」，文山亦云，遇異人，指示以大光明正法，於是死生脫然若遺，彼大賢之操修若此，何怪乎士大夫為次女之歸耶。[150]

除了上述的取材之外，在〈萬里尋兄記〉一文中黃氏追索其六世

---

[149] 《南雷文定・前集》卷8，詳見楊家駱主編：《中國文學名著第六集》第16冊（台北：世界書局），頁136。

[150] 〈桐城方烈婦墓誌銘〉收於《南雷文定・三集》卷2，詳見楊家駱主編：《中國文學名著第六集》第16冊（台北：世界書局），頁34。

祖歷經千辛萬苦，傳奇尋兄的故實。間用小說敘述的手法，賦予這一
段往事動人的情節。主角黃廷璽爲了尋兄，煞費心血裁了幾千張紙，
寫上其兄的籍貫、年齡、像貌特徵，凡所經過的地方，就張貼在那裡
的寺觀祠廟大街鬧市處。這樣走了上萬里路，後來在衡山祈禱，夢見
有人誦讀「沉綿盜賊際，狼狽江漢行」的句子，醒來後解夢人說：「這
是杜少陵《舂陵行》裡的句子，舂陵是現在的道州，你到道州，一定
會知道消息。」府君於是到了道州，徘徊訪問，還是不得音信。有一
天上廁所，把雨傘放在路旁，其兄黃伯震剛巧經過，看見雨傘心有所
動，說：「這是我家鄉的傘啊！」兩個人像是做夢一樣，失聲痛哭起來。
一場因緣際會，令人十分動容。那時黃伯震在道州已有田園妻兒，黃
庭璽終於把他帶回家鄉，本文將這段家族往事歷歷如繪：

> 方府君（黃庭璽）越險阻，犯霜雪，跋涉山川，餓體凍膚而不
> 顧，箝口稿腸而不卹，窮天地之所覆載，際日月之所照臨，汲
> 汲皇皇，唯此一事，視天下無有可以易吾兄者。而其時當景泰
> 天順之際，英宗景皇，獨非兄弟耶。景皇唯恐其兄之入，英宗
> 唯恐其弟之生。富貴利害，伐性傷恩，以視府君愛惡頓殊，可
> 不謂天地綱常之寄，反在草野乎。[151]

黃氏此文並兼以微言大義，譏刺明英宗「土木堡事變」前後兄弟
爭奪皇位之典故，作爲正面抒寫親情「澤厚水甘」之象的對比，顯見
歷史和小說敘事的交相運用。

由個人家恨國仇的遭遇，以迄「退藏於密」的折入文教經世的歷
程，極有傳記寫作的文學價值。體現出由「坎陷─監臨─明理」的複
合性視角歷程，他即撰述其母姚太夫人爲其個人生平的「敘述者」，鮮
活地詮釋了這一亂離世家「猶火藏於木石」的耿耿孤心，自其父黃尊

---

[151] 平慧善、盧敦基譯注：《黃宗羲詩文》（台北，錦繡出版，1993 年），頁 65。

素死於東林黨禍爲起始，即予以特寫：

> 先公被逮，太夫人每夜向北辰而拜，祈聲酸苦，丙漏將盡，聞
> 者無不欲泣。先公遺命，五子撫之，群妾嫁之，苟風波廳定，
> 不失爲黃竹農家，太夫人不忍嫁群妾，皆聽其母家迎去。每哭
> 先公，至于暈絕，不孝苦相勸解，太夫人曰，汝欲解我，第無
> 忘大夫粘壁書耳，蓋大夫以義頑鈍，於義出入之處，大書「爾
> 忘句踐殺爾父乎」八字，揭之於壁，義受教痛哭，太夫人哭乃
> 止。[152]

其祖父在家中書寫大字，張貼壁觀以爲之家法警策，甚能體現浙
東作爲古越一域，以「報仇雪恨」的遺風。嗣後九死一生的亂世，其
母非但未曾進退失序，反而激發憂世傷時的離明之象：

> 古來章妻滂母，受禍不過一時，而太夫人始遭東林黨禍，繼之
> 以復社黨錮，又繼之以亂亡，捕獄則操兵到門，避寇則連繩貫
> 掌，覆巢之後，覆遇覆巢，辛苦再立之互牖，頻經風雨，一生
> 與艱危終始，即古來之節婦賢母，著名不過一節，……隨舉一
> 節，皆應史法，太夫人兼之，每當太夫人壽辰，海內鉅公，多
> 有傑作，以表徽音。居中普照，成爲傳頌一時的文明氣象：

黃氏對於明代神醫張景岳深表氣類相感之情，尤其是其醫理上的
「明理」，往往能刮磨世俗之謬見，釐清世人徒以藥治藥，不能復其先
天元氣之偏執：

> 以爲凡人陰陽，但以血氣臟腑寒熱爲言，此特後天之有形者，
> 非先天之無形者，病者多以後天，戕及先天，治病者，但知有
> 形邪氣，不顧無形元氣，……虛而補之，又恐補之爲害，復制
> 之以消，實而消之，又恐消之爲害，復制之以補，若此者，以

---

[152] 〈移史館先姚太夫人事〉收於《南雷文定·前集》卷9，詳見楊家駱主編：《中國
文學名著第六集》第16冊（台北：世界書局），頁148~149。

藥治藥，尚未遑，又安望其及於病耶，幸而偶愈，亦不知其補之之力，攻之之力耶，及其不愈，亦不知其補之為害，消之為害耶。[153]

本文娓娓陳述醫學上的陰陽調和論，也體現出張景越本人善於「觀我生」之病灶，故能「觀其生」之需求，在明季儼然樹立風標：

是以為人治病，沉思病源，單方重劑，莫不應手霍然，一時謁病者，輻輳其門，沿邊大帥，皆遣金幣致之，其所著類經，綜覆百家，剖析微義，凡數十萬言，歷四十年而後成，西安葉秉敬，謂之海內奇書。

由「觀其生」，進而「觀國之光」，他的博雅之學，更能覘風俗之盛衰。其人之風，遂能在當世得以移易俗見。在歷代醫案中，黃氏論斷其值得留名青史，以大別於歷來「名醫傳」的擬議失實。

對於文學人物身影的描述，試看〈李因傳〉中細膩演繹明末才女李因在藝術和生活上，得以與柳如是，王修微等人不世出的神韻，相提並論：

夫婦自為師友，奇書名畫，古器唐碑，相對摩玩舒卷，固疑前身之為清照。暇即發墨作山水，或花鳥寫生，是菴自珍惜，然脫手即便流傳癸未出京，至宿邊猝遇兵譁是菴身幛光祿，兵子驚其明麗，不敢加害。光祿自是無仕宦意，琴臺花塢，風軒月榭，絲竹管絃之聲不絕，是菴以翰墨潤色其間，當是時虞山有柳如是，雲間有王修微，皆以唱隨風雅，聞於天下，是菴為之鼎足儕父擔板，亦豔為玉臺佳話。[154]

---

[153] 〔清〕‧黃宗羲著：〈張景岳〉．《黃宗羲全集（十）--南雷詩文集》（浙江：古籍出版社，1993 年），頁 548、549。

[154] 〔清〕‧黃宗羲著：〈李因傳〉．《黃宗羲全集（十）--南雷詩文集》（浙江：古籍出版社，1993 年），頁 569、570。

對於一代才女最後身逢亂世的淒楚蘊結，黃氏頗引以自況，以世乏知音之嘆，筆墨所及，徒為世人側寫紅顏鬢霜。

（二）窮究天地萬物之理，兼貫百科的「義理之文」

人生在世，說穿了不外乎與道並生並存，感覺敏銳者即能在仰觀俯察之際，對於物理人情的體驗，依然可以與自然規律相互擬議。耳目擬於日月，聲氣方乎風雷，在黃宗羲義理類文章敘事中，可以由以下諸卦作為擬議：

⊙天文時序之象[155]

☰ 乾卦：東方蒼龍七宿（角、亢、氐、房、心、尾、箕）之象。

☷ 坤卦：冰霜之候，農功未施，兼有田疇、黍稷華秀等象。

---

[155] 黃氏以星象解卦，在〈原象〉篇中有「乾」、「履」兩卦可為代表，東方蒼龍七宿，角、亢、氐、房、心、尾、箕。子丑月，黃昏，蒼龍入地，故曰「潛」。寅卯月，角宿昏見天淵之分，故曰「在淵」。辰巳月，蒼龍昏見天田星下，故曰「見龍在田」。午未月，龍星昏中於天，故曰「在天」。申酉月，大火西流，龍將入地，故曰「夕惕」。戌亥月，平旦，龍見於東北，畫晦其形，故曰「亢」。魏獻子問龍於蔡墨，蔡墨曰，周易有之，在乾之姤云云。若不朝夕見，誰能物之？龍非星也，豈得朝夕見乎？〔清〕·黃宗羲著：《易學象數論·原象》卷三，收於《黃宗羲全集（九）--天文曆算、象數類》（浙江：古籍出版社，1992 年），頁 104-105。朱伯崑認為黃氏此一解法，對於近人以龍星出入，解釋乾卦各爻辭，產生很大的影響。參見朱伯崑：《易學哲學史》（台北，藍燈文化，1991 年）。

西方七宿為白虎，乾、兌當之。初當昴。昴為白衣，故「素履」。二當畢。昴、畢間為天街，故「履道坦坦」。三當觜、參。觜為虎首，故「眇人」。四當奎。奎為虎尾，故云「履虎尾」。五當婁，在虎尾之上。卦中言履者，指此一爻，故云「夬履」。上當胃。胃為天倉，明則天下和平，故云「考祥」。《易學象數論·原象》卷三，收於《黃宗羲全集（九）--天文曆算、象數類》（浙江：浙江古籍出版社，1993 年），頁 107。

賁卦：日月抱持也，其六爻皆有天文之象。

晉卦：日行黃道之象，內三爻為夜，外三爻為晝。

明夷卦：日食之象。（按：本卦以明入地中為象，有由晦而明與晦極則明之義）[156]

豐卦：日食之象。（按：本卦以當豐之時，不可憂游，應知盛衰消長，盈虛循環之理，宜及時掌握有如「日中」盛大之契機。）

⊙萬物生成變化之象

中孚卦：生陽之「始」，羽族，卵生也（咸卦生陰，血肉之物，胎生也）有嫗卵之象焉。（按：本卦之命名，乃取〈說文〉之卵孚之義，一曰信也。以及豚魚有風則浮水面，舟人以其為風信，故以喻孚。）

小過卦：為生陽之「成」，有東飛之象。大道不行，鳥獸之卵胎既不可俯闚，人世之險，一至於此。（按：本卦橫觀之，正象鳥展二翼而飛狀，而且上飛則逆，下飛則順，故有不宜上而宜下之象。

---

[156] 本小節按語參見朱維煥：《周易經傳象義闡釋》（台北：台灣學生書局，1993年），頁.265、391、425、426、433、439、448、451。

既濟卦：

> 六十四卦中，一律一呂可以相配者，更無別卦，
> 由陽之始生，陰爲陽侶（呂），中經百物滌故就
> 新，以迄萬物之資陽氣而無有厭射。（按：由於
> 既濟卦中，六爻陰陽皆各正其位，故能相交以
> 成濟。而處於未濟者，乃有待也，六爻皆不正
> 其位，故須居聚群類，莫不適其性以盡其用，
> 以順應未濟而轉爲既濟之道。）

未濟卦：

⊙宇宙性情之常道

恆卦：自其變者而觀之，則天地曾不能以一瞬，自其不變者
而觀之，則物與我皆無盡也。人但知男女飲食之爲恆事，盡力與造化
相搏。造化以至變者爲恆，人以其求恆者受變。苟知乾坤成毀，不離
俄傾，則恆久之道得矣。故爻多以飲食男女爲象。

窮究天地萬物之理則，我們可以進一步考索「恆」卦及其反卦「益」
卦的擬議關係。黃氏言「恆」卦，認爲造化以「至變」者爲恆，此一
恆久之道，亦由「擬議」風雷的三段式歷程而來：[48]

---

[48] 陳良運：《周易與中國文字》（南昌：百花洲文藝出版社，1999年），頁39，41

基本事物	符号	观念	基本事物	符号	观念	基本事物	符号	观念
天·男	⚊	阳、刚	雷	☳	震—动	雷风	䷙	恒—久
地·女	⚋	阴、柔	风	☴	巽—人	风雷	䷩	益—增益

恆卦看重的「聖人久于其道而天下化成，觀其所恆，而天地萬物之情可見矣。」（彖傳）與「益」卦的強調「與時偕行」，反映出自然與人事哲理的高層次結合。如「巽」居上位，則可助居下的雷「震」之聲愈加宏大，傳之久遠，（風雷爲益）。但是黃氏解釋「恆」象，又突顯「乾坤成毀，不離俄傾」的陰陽變易之道。如同細睨人事風詭雲譎，仰賴易象在自然推移，以及人間世事相刃相靡的切身體察，才能相應於易經在自然之道和創造之道上的啟示性。就以上述風雷擬議爲起始，續觀氣象之推移，如風雷之交錯鼓動，繼而有雷雨之滿盈，寓有「屯」卦之象（水雷屯），我們可以依循上述的擬議化之理則，推演「自然意象」與「人事意象」之間的有機連繫。易象傳和象傳中，已將「天造草昧」之象和「君子以經綸」的創業維艱加以連繫，但在黃氏〈原象〉篇中的詮釋，更謂「屯，難之時，淒然有墟墓之象」，[157]將此一卦理賦予悲情，六爻中兼有豐碑、墓木叢生、孝子嫠婦、取蕭祭脂等生動而悽惻的情景。已然由意象的隱喻，進而有「六爻發揮，旁通情也」的人間性。是由道及文的「形著」特點著眼；如此一來，六爻的合散屈伸除了義理的架構外，才別具有種種情感的指涉，而不囿限於符號的排列組合關係（得意而忘象）。這一點可以王弼對於明爻通變的體會作爲佐証，也正呼應於本文力主的文道擬議理則：

> 是故情僞相感，遠近相追，愛惡相攻，屈伸相推，見情者獲，
> 直往則違。故「擬議以成其變化」，語成器而後有格。不知其

所以為主，鼓舞而天下從，見乎其情者也。是故，範圍天地之
化而不過，曲成萬物而不遺，通乎晝夜之道而無體，一陰一陽
而無窮。非天下之至變，其孰能與於此哉，是故，卦以存時，
爻以示變[50]。

是以黃氏筆下的義理之文，每多仰觀天文時序之遞嬗及變異（豐、
晉、明夷、賁、乾坤）與歷史興亡的世情葛藤。並不忘俯察萬物生陽
（中孚、小過）、生陰（咸）的順遂與人世之泰否。並且把握著王弼「明
爻通變」中看重的「召雲者龍、命呂者律」的「同氣相求、同聲相應」
之道[51]，故於「既濟／未濟」兩卦釋其為「一律一呂可以相配」之象，
故能謂苟識其情，不憂乖遠，命「宮」而「商應」，睽而知其類，進而
能由異中而知其旁通。這就是何以黃氏「恆」卦中論斷的恆久之道，
即以「至變」為宗，其理同然。

義理之文的系列作品，展現的即是黃氏「內在一元論」的信念，
在世事演變中，剖析人情物理的本質所在。例如〈贈黃子期序〉一文，
即同時探討人物畫像的「畫理」以及祭祀神像的「尸禮」（理）。敘述
其家為了安立其父黃尊素的畫像，遍求畫藝高人。尤其錢謙益盛稱其
父「狀若天神」，描摹大不易，後得畫師黃子期之凌雲健筆：

> （黃子期）以傳神著名海內，其師為謝文侯，文侯師曾波臣，
> 遠有端緒，余因令寫先公末後伍員讖語，及「蕺山夫子泣別
> 像」，「太夫人禮斗誦經」二像，曲盡思致，而其尤妙者，誦
> 經一圖，余不見吾母之誦金剛經八年矣，一旦遇之紙上，怳然
> 當日喃喃景象，不覺泣下沾巾，較之霞生又能得其神也，非藝

---

[50] 〔魏晉〕‧王弼，樓宇烈校釋：《王弼集校釋》，（台北：華正書局，1992 年），
頁 597，598。

[51] 〔魏晉〕‧王弼，樓宇烈校釋：《王弼集校釋》，（台北：華正書局，1992 年），
頁 597，600。案：龍是水畜，雲是水氣，故龍吟則景雲出，是「雲從龍」，比喻為
同氣相求，而「呂」是陰聲，「律」是陽聲，陽唱而陰和，是同聲相應。

之精，何以有此。[158]

黃子期不僅能將明代藝匠曾鯨的功力再現，也能將畫理之氣韻生動體現無遺。文中並探討古代祭祀，由尸的制度（代死者受祭，象徵死者神靈之人，多由晚輩充任）轉爲神主，畫像的實質意義届此也有所改變：

> 古人祭祀無不用尸，蓋不敢死其親之意，畫像者，尸之流也，程子曰，苟毫髮不似，便非吾親，若夫尸則全然不似矣，畫像即不肖，猶有一二分之似也，今日尸廢而像存，亦理勢之自然，顧安得如子期者而為之，可以無程子之憾乎。

對於人情物理的探詢，在此一系列文作中，可謂信手寫來，往往有觸類旁通的功力。〈千秋王府君墓誌銘〉一文，則闡發人性整體照察的史觀，一如「中孚」以迄「未濟」卦中萬物生成變化，百物滌故就新的道理：

> 古今來，治日少而亂日多，我生不辰，天地幽閉，摯殺移人，猶晝之不能無夜，春夏之不能無秋冬，人未有能處晝，而不能處夜，能處春夏，而不能處秋冬者，晦明寒暑，無落吾裘葛臥起之事，故鐘石之遞改，在天地間，不過黍稷之播於原隰，刈獲之或銍或鎛也，亦各盡其分而已矣。……治亂之運，有經有緯，人生其間，鼎波百沸，以經處緯，險夷一致，以緯易經，百色妖露，甬有者舊，居仁由義，河山雖改，詩書不廢，雕虎焦原，不異平地，深松茂柏，永無憔悴。[159]

黃氏親身經歷亂世，並由許多遺民的事蹟中，對於人情世故的觀

---

[158] 〈贈黃子期序〉收於《南雷文定·三集》卷1，詳見楊家駱主編：《中國文學名著第六集》第16冊（台北：世界書局），頁8。

[159] 〔清〕·黃宗羲著：〈千秋王府君墓誌銘〉·《黃宗羲全集（十）--南雷詩文集》（浙江：古籍出版社，1993年），頁459。

察及體認，往往能設身處地、擘肌分理。並能體認在晝夜之間、晦明之際，實有一恆常之道，當爲吾人認取，才能應世無累。這也是爲何對於歷代的文學佳構，他的見解及評點就很能掌握歷史敘事中的複合視角。也因此他對唐宋派茅坤的散文評點，深表不滿；尤其混淆了東坡和柳宗元雖同屬流放之文，但是柳宗元內心之苦悶，蓋出乎他介入永貞革新，[160]變法失敗的難堪處境實不能與東坡的心境等同視之：

> 鹿門（茅坤）謂蘇子瞻安置海外時，詩文殊自曠達，蓋由子瞻深悟禪宗，故獨超脫，較子厚相隔數倍，蓋子瞻之謫，為奸邪所忌，而子厚之謫，人且目之為奸邪，心事不白，出語悽愴，其所處於子瞻異也。[161]

黃氏此段評點，頗能站在當事人的視野，還原其不尋常的遭遇，試圖爲柳宗元內心之抑鬱平反昭雪。再者也針砭唐宋派末流，根柢脆弱的弊端。爲了揭示以學統勘定文統的不足之處，像〈答萬充宗論格物書〉一文，乃充分體現黃氏氣一元論的義理宗旨，一掃俗儒支離之學的盲點。故以本文引導門人萬斯大如何探討物理：

> 夫自來儒者，未有不以理歸之天地萬物，以明覺歸之一已，歧而二之，由是不勝其支離之病，陽明謂良知即天理，則天性明覺，只是一事，故為有功於聖學。……大學言物有本末，蓋以本足以包末，末不足以立本，故曰，知所先後，先本而後末也，聖賢工夫，一步步推入，結在慎獨，只於本上，本立而道生，末處更不必照管。

---

160 柳宗元三十七歲時擢禮部員外郎，積極參與王叔文的永貞革新，不久因革新失敗，貶為永州司馬、復徙柳州刺史，在抑鬱悲憤中逝世，參見成復旺、黃保真、蔡鐘翔：《中國文學理論史—隋唐宋元時期》（台北：洪葉文化事業有限公司，1994 年），頁 224。

161 〈答張爾公論茅鹿門批評八家書〉收於《南雷文定‧前集》卷 3，詳見楊家駱主編：《中國文學名著第六集》第 16 冊（台北：世界書局），頁 35。

　　黃氏在《明儒學案序》中也指出,「人與天地萬物為一體,故窮天地萬物之理,即在吾心之中」。他修正程朱一系的格物說,將「家國天下」視為一「物」,顯然比王艮的「安身」格物說,[162]更為直截。誠如他由中孚、小過之卦象中闡釋天道人心之不安,進而以律呂之同聲相應,同氣相感,而有百物「滌故就新」以迄萬物之資陽氣無有厭射,視為由格物通貫於造化之理境:

　　　　夫心以意為體,意以知為體,知以物為體。意之為心體,知之
　　　　為意體,易知也,至於物之為知體,則難知矣。……人自形生
　　　　神發之後,方有此知,此知寄於喜怒哀樂之流行,是即所謂物
　　　　也。仁義理智後起之名,故不曰理,而曰物。格有通之義,證
　　　　得此體分明,則四氣之流行,誠通誠復,不失其正,依然造化,
　　　　謂之格物。未格之物,四氣錯行,溢而為性情之喜怒哀樂,此
　　　　知之所以貿亂也,故致知之在格物,確乎不易。[163]

　　黃氏此一觀點,乃吸收其師劉蕺山的格物說,以格究「物有本末」之物,而致「知本知止」之知,並有物無體,即「天下、國、家、身、心、意、知以為體」的主張,構成他自成一套的格物說。

　　有了前述的通觀萬物事理的論點,對於乾坤劫毀的恒常之道就能了然於胸。〈復無錫秦燈巖書〉一文即清楚的論斷理學中尊德性和道問學之爭:

　　　　謂忠憲(高攀龍)與文成(王陽明)之學,不隔絲毫,姚江致

---

[162] 王艮的淮南格物以「格知身之為本,而家國天下之為末」,乃直接於〈大學〉的「修身」為本而言,而蕺山謂格知「意」以為本也,此為乃以「知本」為旨趣,知為一般認知之虛位字無實義,而蕺山亦謂「物無體,又即天下、國、家、身、心、知以為體」,故與陽明、朱子兩系格物說大異其趣。參見牟宗三:《從陸象山到劉蕺山》(台北:台灣學生書局,2000 年),頁 484、481。

[163] 〈答萬充宗論格物書〉,《南雷文定.前集》卷 4,詳見楊家駱主編:《中國文學名著第六集》第 16 冊(台北:世界書局),頁 59-60。

知之說，即忠憲格物之說也，明眼所照，千萬門戶，鎖鑰齊墮，
知東林自有真傳，風雨如晦，雞鳴不已。……非德性則不成問
學，非道問學則不成德性，故朱子以復性言學，陸子戒學者束
書不觀，周程以後，兩者固未嘗分也，未嘗分，又何容姚江梁
溪之合乎，此一時教法，稍有偏重，無關於學脈也。

此一儒門爭訟久已的問題得以分疏，那麼儒佛之間的異同，就不
能不做一直截的裁斷。黃氏認為兩家之間的差別即是「上達」境界的
虛實光景，而此一差別即是兩種宇宙觀和人生觀在本質上的不同結果：

弟究心有年，頗覺其同處在下學，異處在上達，同處在下學者，
收斂精神，動心忍性是也，異處在上達者，到得貫通時節，儒
者步步是實，釋氏步步是虛。釋氏必須求悟，儒者篤實光輝，
而已近之。深於禪者，莫如近溪，天地間色色平鋪，原無一事，
不假造作，下學之至，儒釋皆能達，此無有異也。要之釋氏拈
他不上，亦不欲拈之，以累虛空之面目，儒者動容周旋，正在
此處，色色皆當身之矩矱，不可謂不異也。[164]

黃氏看重分析事物人情的本末之別，以及知所歸宿的自覺，故能
將這一探究義理的治學態度，在各門領域中不斷印證。具備這樣一套
信仰，則多半能發現世俗所未能察覺的道理及趣味，例如〈張南垣傳〉
一文，則是他將格物之道與造園意境結合的奇文，藉由明末造園高手
的敘述者口吻，破斥世俗造園的假象：

雕塑之出於畫也，然畫師之名者不勝載，而塑土之名者一二
耳。至於山水，能、妙、神、逸，筆墨之外，無所用長，未有
如人物之變而為塑者，則自近日之張漣始。……久之而悟曰：
「畫之皴澀向背，獨不可通之為疊石乎！畫之起伏波折，獨不

---

[164] 〈復無錫秦燈巖書〉收於《南雷文定‧前集》卷4，詳見楊家駱主編：《中國文學
名著第六集》第16冊（台北：世界書局），頁62-63。

　　可通之為堆土乎！今之為假山者，聚危石，架洞壑，帶以飛梁，
　　矗以高峰，據盆盎之智以籠嶽瀆，使入之者如鼠穴蟻垤，氣象
　　褊促，此皆不通於畫之故也。且人之好山水者，其會心正不在
　　遠。」

　　「技進於道」的雙構性思維，一直是黃氏仰觀俯察，格物窮理的
訴求；張南垣的洞悉造園之道，乃相通於繪畫及宇宙氣化之理的心得，
也正是黃氏潛心領悟的具體收穫，亦就是通過張南垣為敘述者，在此
作一印證：

　　當其土山初立，頑石方驅，尋丈之間，多見其落落難合，而忽
　　然以數石點綴，則全體飛動，若相唱和。荊浩之自然，關同之
　　古淡，元章之變化，雲林之蕭疎，皆可身入其中也。

　　本文的收束，頗有莊子論庖丁解牛與畫師解衣磅礴的意境之美，
是創造之道與自然之道相輔相成的結果：

　　漣為此技既久，土石草樹，咸能識其性情。每創手之日，亂石
　　如林，或臥或立，漣躊躇四顧，主峰客脊，大磐小砆，皆默識
　　於心。及役夫受命，漣與客方談笑，漫應之曰，某樹下某石可
　　置某所。目不轉視，手不再指，若金在冶，不假斧鑿，人以此
　　服其精。[165]

　　同樣的別出心裁，自出機杼的觀點，又可參見〈海鹽鷹窠頂觀日
月並昇記〉與〈海市賦〉等作，是黃氏個人在曆學天文與西洋科學方
面，小試身手，並演繹他在天文時序等卦象中的究元決疑精神。他在
海昌一域仰觀「日月並昇」的天文奇象時，即將身歷其境的道理作一
剖析：

　　余曰：「此山故事，原是日月並昇，不是日月合璧也。不知土

---

[165]〈張南垣傳〉收於平慧善、盧敦基譯注：《黃宗羲詩文》（台北，錦繡出版，1993
　　年），頁115-117。

人何緣錯誤？」蓋合璧則日食矣。如僧所言，是日食也，當在
庚戌歲，此月合朔於卯末，交周六宮一十度入食限。但謂白在
內，紅在外，則視之欠審，在外之紅，乃是日光溢出也。

五鼓，來觀者皆起，去隙猶漏疏星，明燭出寺，履巉巖而候之。

未幾，雨色空濛，徘徊不能遽下，東方既白乃已。

黃氏指出的「日月合璧」即為今日的日蝕現象，而非此山特有的
「日月並昇」之象（一般在農曆每月初一，日月相會，名為合朔）除
了解釋其成因，並展示其在天文曆學上的原委，甚能引導世俗對於科
學世界進一步的理解：

大洋之中，可以觀同昇者何限，非人所習見，漁工水師，雖知
而不能言，世所以不傳也。

亦為鷹窠言之也。十月合朔，大略亢、氏之間，東方之宿也。
此山南面多有遮蔽，惟當亢、氏一隅，空曠值海。若是餘月，
則合朔於他宿，在遮蔽之處矣。海中大洋，每月皆可見之，固
不必十月也。[166]

黃氏進一步解釋在海上觀合朔是很容易者，但在平地者欲觀日月
同昇，則較罕見。如以此地而言，唯有這山的空曠朝海處，在十月份
時，於東方星宿的亢，氏兩宿所在的一角，才能清楚得見。至於海中
大洋，每月都可觀看，道理說穿了就是這一回事。〈海市賦〉一文，雖
為說明紹興一地海市蜃樓的異象成因，黃氏在敘述視角中，卻將一般
世俗的訛誤之見，廣為收羅。卻也就地取材，鋪衍而為文彩斑斕的佳
作：

當旭日之初高，有霜鐘之寓質。制宏萬石，音諧七律。藏寂寞
之元聲，雖滿盈而不出。少焉變為城郭，中引長橋。值刺史之

---

166 〈海鹽鷹窠頂觀日月並昇記〉收於平慧善、盧敦基譯注：《黃宗羲詩文》（台北，
錦繡出版，1993 年），頁 144-145。

行部，或中丞之入朝。鳴笳列騎，夾轂喧闐。何珠宮貝闕，而以鹵簿宣驕？其後幻為染肆，綠沈紅淺，羅綺繽紛。借霞天以為色，蒸香草而成文。彼蜀江之濯錦，信天人之攸分。[167]

奇思壯采，頗能快意耳目之會，黃氏的義理之文能夠兼具文學閱讀的視聽之娛，誠為俯仰宇宙，暢敘幽情的知音：[168]

余曰：夫積塊之間，紅塵機巧，菁華銷鑠。猶且群羊飛鳥、野馬磅礡。彼大海空靈，神明郭廓。百色妖露，豈能牢落？故其軒谿呈露者，窮奇極變而無有齦齶。此固蛟龍之所不得專，天吳蜩螗之所不能作。況蜃之為物甚微，吐氣更薄乎！南海謂之浮山，東海謂之海市，是乃方言之託也。

由此可見，黃氏寫作的文章不拘一格一體，也充分展現其才情縱恣，出入於義理，又不局限在義理的擅場所在；故能信筆寫來，走雲連風，一新耳目。

書籍是文化的載體，也是文化發展的一個醒目的標誌。因此在整體傳延的歷程中，藏書這一大事業，也就不得不在因人、因時、因地等眾多變數之中，有其生成變化之象。特別是中國歷代都不免有戰禍及火災、人為疏忽的影響，能夠在子孫數代之間，傳承有序的藏書家以及藏書樓，也就格外難能可貴。甬上的「天一閣」即為明代中期以降，成為我國最重要的藏書樓，黃氏在登臨此樓也不免浩嘆：「嘗嘆讀書難，藏書尤難，藏之久而不散，則難之難矣。」〈天一閣藏書記〉一文，即為見證中國士人之於書籍志業的複雜情結，以及藏書背後，反映出治學者不同的性格及志趣：

---

[167] 〈海市賦〉收於平慧善、盧敦基譯注：《黃宗羲詩文》（台北，錦繡出版，1993 年），頁 149-152。

[168] 〔清〕・黃宗羲著：〈明州李山寺志〉・《黃宗羲全集（十）--南雷詩文集》（浙江：古籍出版社，1993 年），頁 6。

自科舉之學興，士人抱兔園寒陋十數冊故書，崛起白屋之下，
取富貴而有餘。讀書者一生之精力，埋沒敝紙渝墨之中，相尋
於寒苦而不足。每見其人有志讀書，類有物以敗之，故曰讀書
難。

黃氏個人自少即為好書之人，並於半生流離顛沛之際，深切體會
到讀書之苦與藏書之難，遂於此文中，以常人之嗜好的幾種層次作為
擬議：

有力者之好，多在狗馬聲色之間，稍清之而為奇器，再清之而
為法書名畫至矣。苟非盡捐狗馬聲色、字畫、奇器之好，則其
好書也必不專。好之不專，亦無由知書之有易得有不易得也。
強解事者以數百金捆載坊書，便稱百城之富，不可謂之好也。
故曰藏書尤難。[169]

人之於物都難免有強烈的佔有慾，其中黃氏特別凸顯書冊之鑑識
功力，尤須獨具隻眼者，才能出入其間，特別是需要之洞悉萬物生成
變化的經驗法則。他批評歸震川所謂的：「書之所聚，當有如金寶之氣，
卿雲輪囷覆護其上。」餘獨以為不然。古今書籍之厄，不可勝計。在
學術史上，許多官方及私人藏書，雖不免盛極一時，但都不敵大道不
行、人世之險的厄運。以黃氏切身的實例而觀，當時文壇耆老錢謙益
的藏書樓，即為明證：

庚寅三月，余訪錢牧齋，館於絳雲樓下，因得翻其書籍，凡余
之所欲見者無不在焉。牧齋約余為讀書伴侶，閉關三年，余喜
過望，方欲踐約，而絳雲一炬，收歸東壁矣。

書冊是文化的載體，就連祝融之災的悲欣交集，都必須加以承擔，
嗜書如命的黃宗羲，甚能體認箇中的況味，一如由中孚和小過兩卦，

---

[169] 〔清〕·黃宗羲著：〈天一閣藏書記〉·《黃宗羲全集（十）--南雷詩文集》（浙
江：古籍出版社，1993 年），頁 111-114。

演繹的生成變化之理。由前述的擬議下，他即指出：「由此觀之，是書者造物之所甚忌也，不特不覆護之，又從而災害之如此。故曰藏之久而不散則難之難矣。」看似悲觀之論，乃爲突顯「天一閣」的歷久彌新，實爲文化史上的異數。尤以自明代中期開創者范欽立下的種種禁約戒律，無疑的是針對上述的變數，進而規劃一套長久之計：

> 天一閣書，范司馬所藏也，從嘉靖至今蓋已百五十年矣，司馬歿後，封閉甚嚴。癸丑余至甬上，范友仲破戒引余登樓，悉發其藏。余取其流通未廣者抄爲書目。

范欽立下許多的規約，爲的是有效而長期的典藏這些得來不易的藏書，在子孫之間一直是恪守不疑的信仰。一直到一百五十年後，首度於康熙十二年，打破登樓禁令，第一次由「外人」黃宗羲登堂入室讀書，從此特別設立一條允許重要學者登閣的規約。但這一規矩，執行仍是十分嚴苛，若非在文化人格與學術聲望達到公認地位者，仍在開放的條例之外。在此後的兩百年間，有幸登樓者也僅有十餘人，黃宗羲之後，也僅有萬斯同，徐乾學、全祖望、錢大昕、阮元、薛福成等，可見此一文化信仰之神聖莊嚴與意義深遠。[170]

對於文章之道的擬議思維，黃氏與魯韋庵兩人縱論有明一代之文風，針對唐宋派錢謙益、艾南英兩家的品評，指出其創作上的虛歉處：

> 近時作者，窠語流傳，千門萬戶，其所以得，所以失，先生無不詳其首尾，如數一二於掌中，余謂今日古文之法亡矣，錢牧齋掂捔當世之疵瑕，欲還先民之矩矱，而所得在排比鋪張之間，卻是不能入情，艾千子論文之書，亦儘有到處，而所作模擬太過，只與模擬王李者，爭一頭面。

但是對於「貞元之氣」的寄託，又不得不傾心於文道合一的理想，

---

[170] 〈天一閣〉參見段寶林主編：《中國山水文化大觀》（北京：北京大學出版社，1996年），頁648。

遂有贊語：

> 文章之名，昔歸翰苑，步冒鐵鑪，名存實遠，於爍魯公，為詰
> 為典，追蹤往烈，裁正狂簡，館課程文，一洗其短，豈其遜野，
> 蓬蒿偃蹇，石渠水涸，山龍色淺，以俟君子，灰飛律管。[171]

此一觀感亦同於〈永樂寺碑記〉亦謂：「天地間清淑之氣，山水文
章，交光互映，雪泥鴻爪不與劫灰俱盡耳。」

縱觀歷覽宇宙人事之理，黃氏的文論故爾能自立風範。陳言庸理
之務去，一如黃氏改良朱子的窮理格物之道，乃窮此心、此文、此氣
的千彙萬狀之道。　對於文章之道的特質，尤以「風移性情」的文理，
是黃氏整體文道合一理論中，最為看重的一環，故能體現恒卦之常道：

> 古今自有一種文章，不可磨滅，真是天若有情天亦老者，而世
> 不乏堂堂之陣，正正之旗，皆以大文目之，顧其中無可以移人
> 之情者，所謂刳然無物者也。[172]

（三）補偏救弊，留書待訪的「經世之文」

對於滿懷興利除弊，亟待走出亂世悲情的有志之士而言，黃宗羲
滿腹經綸，又能因勢利導的文章，往往都能鼓蕩風氣，形成無遠弗屆
的能量。其中尤以經世之文，影響最為深遠；經世類的文道理則，可
以由象數論中的下列諸卦為擬議：

---

[171] 〈前翰林院庶吉士韋庵魯先生墓誌銘〉收於《南雷文定‧前集》，卷6，楊家駱主
編：《中國文學名著第六集》第16冊（台北：世界書局），頁92-93。

[172] 〈論文管見〉收於《南雷文定‧前集》，卷6，楊家駱主編：《中國文學名著第六
集》第16冊（台北：世界書局），頁58-59。

頤卦：初始於不能養民，惟剝民以自養，如後世之君，誅求無厭。由亂世之民，以迄分田制地，徇民好惡方能皆得其養，以迄治世之民。

益卦：損益之道如此，聖人逆知後世剝下奉上，民不聊生，不授田養民，則上無益下之道矣。（損卦則有分田授土於下，貢稅終事於上，上下交相損益之象，由損民之疾苦者，至於不以天下自富，故上有「無家」之譽。）

萃卦：聚天下之人心者，莫如宗廟，四海之內，各以其職來祭。

升卦：王者受命升中而祭告之事，德洽而後升也，故能感格於冥冥之象。

蠱卦：以號令懸之於象魏，當蠱壞之時，不得不以此感動人心。

渙卦：有東風解凍之象，亂離之後，天地閉，賢人隱，故用拯馬壯，以求巖穴之士，相助爲理。既得賢才，則使憑几而崇禮之，吾以不嗜殺人渙之也。

☷☶ 謙卦：以五禮（吉、凶、嘉、賓、軍）爲象，以忠信爲主。（按：謙爲坤地在上，艮山反而在下，有謙退、禮讓之義。出於禮敬，此謙讓之客觀精神也。）

☳☷ 豫卦：謙豫兩卦，一禮一樂，雷出地而後有聲，陽氣不可滅而出也，以八音克諧爲極則。（按：如能謙損，則可和樂，先王體豫，因而作樂，故統同君臣之情志。）[173]

　　黃氏的經世之文以重建禮樂之邦爲其張本，卻又能切實地掌握政治與社會亂象的根源，乃在於人心與俗情的如何歸位之道。由蠱壞—渙解，由損益—頤養，都著眼於人情世故的剖析。〈原君〉一文，不僅爲《明夷待訪錄》中的代表作，最基本的目的乃試圖扭轉歷來「君權」神格化的假象，還原到人際社會中，類似今日所謂「公僕」的定位：

> 有人者出，不以一己之利爲利，而使天下受其利；不以一己之
> 害爲害，而使天下釋其害：此其人之勤勞必千萬於天下之人。
> 夫以千萬倍之勤勞，而己又不享其利，必非天下之人情所欲居
> 也。故古之人君，量而不欲入者，許由、務光是也；入而又去
> 之者，堯、舜是也；初不欲入而不得去者，禹是也。豈古之人
> 有所異哉？好逸惡勞，亦猶夫人之情也。

　　君權之位，既然已非神授，黃氏是就「好逸惡勞」的人之常情加以分析其中利害，而且兼有勞心勞力的使命感，就連許由、務光等明智之人尚且知難而退。此一天下高位，不得不特別仰賴於能夠「萃」聚人心，德治而後「升」者來處理國政；這層定位卻在後世被加以混

---

[173] 按語乃出於朱維煥：《周易經傳象義闡釋》（台北：台灣學生書局，1993 年），頁 120、119、128。

淯：

> 古者以天下為主，君為客，凡君之所畢世而經營者，為天下也；
> 今也以君為主，天下為客，凡天下之無地而得安寧者，為君也。
> 是以其未得之也，屠毒天下之肝腦，離散天下之子女，以博我
> 一人之產業，曾不慘然，曰：「我固為子孫創業也。」其既得
> 之也，敲剝天下之骨髓，離散天下之子女，以奉我一人之淫樂，
> 視為當然，曰：「此我產業之花息也。」然則為天下之大害者，
> 君而已矣。向使無君，人各得自私也，人各得自利也。嗚乎！
> 豈設君之道固如是乎？[174]

黃氏由明史之研究，以及親歷明末昏君之暴政，故能深切反省到
這一君權制度的病灶。此文除了可與〈原臣〉合觀，但他深入剖析之
後，發現君不君，臣不臣的亂源，實為歷來的奄宦制度，不得不加以
批判：

> 自夫奄人以為內臣，士大夫以為外臣；奄人既以奴婢之道事其
> 主，其主之妄喜妄怒，外臣從而違之者，奄人曰：「夫非盡人
> 之臣與，奈之何其不敬也！」人主亦即以奴婢之道為人臣之
> 道；……於是天下之為人臣者，見夫上之所賢所否者在是，亦
> 遂舍其師友之道而相趨於奴顏婢膝之一途。習之既久，小儒不
> 通大義，又從而附會之曰：「君父，天也。」……豈知一世之
> 人心學術為奴婢之歸者，皆奄宦為之也。禍不若是其烈與[175]！

人主的「剝民以自養」，以及「誅求無厭」，都可溯源於奄宦亂政，
而人臣不得不以奴婢之道事其主；人心之蠱壞、學術之由明而晦，莫

---

[174] 〔清〕・黃宗羲著：〈原君〉・《明夷待訪錄》（台北：三民書局，1995 年），頁
1、3。

[175] 〔清〕・黃宗羲：〈奄宦上〉・《明夷待訪錄》（台北：三民書局，1995 年），頁
179-180。

盛於此。黃宗羲對於一家一姓的「家天下」思想的沉重批判，在思想史上與晉代的鮑敬言，以及宋代的鄧牧等人，對於君主制度進行過深刻的反省，提出的「無君」思想，前後呼應，[176]再加上明代中期以後，政治、社會上的亂源無不與宮廷內的亂源攸關。

　　黃氏沉痛地揭露了這些歷來昏君暴君的真實嘴臉，以他個人的切身之痛，不外乎比觀明亡之際，南明殘存的小朝廷（即福、魯、唐、桂王政權），尚且不能萃聚人心，猶在爭奪「正統」之位，彼此攻訐。或如弘光政權尚在處境艱難之時，尚且夜夜笙歌、物慾橫流。經世之道倘使不能屈此正本清源，將使豪傑有志之士徒勞無功，經世之臣，良策枉然。誠如明末豪傑瞿式耜、李定國之於南明桂王永曆政權的興亡，雖抱持愚忠愚誠，最後仍無力扭轉乾坤，實為史家扼腕浩嘆。進而探問正本清源之道，除了確認君臣的本義之外，他提出〈原法〉作為經世之道的基礎，逐步確立一國之治的規模：

> 三代之法，藏天下於天下者也。……法愈疏而亂愈不作，所謂
> 無法之法也。後世之法，藏天下於筐篋者也。利不欲其遺於下，
> 福必欲其斂於上；用一人焉，則疑其自私，而又用一人以制其
> 私；行一事焉，則慮其可欺，而又設一事以防其欺。天下之人，
> 共知其筐篋之所在，吾亦鰓鰓然日唯筐篋之是虞，故其法不得
> 不密，法愈密而天下之亂，即生於法之中，所謂非法之法也。
> [177]

　　黃氏深入肯切地指出法的本源，當以基於人性出發的本意，而不是視天下為一己家中之物，而以自私為前提；但是歷來主政者都不能

---

[176] 〔清〕•黃宗羲著：《黃宗羲全集序》•《黃宗羲全集（一）--哲學、政治思想》（台北：里仁書局，1987 年），頁 11。

[177] 〔清〕•黃宗羲：〈原法〉•《明夷待訪錄》（台北：三民書局，1995 年），頁20-21。

在此立定腳根，諸多一家之法而非天下之法，遂應運而生。非但不能便於養民，反而剝民以自養。上行下效，不僅不能掌握損益之道的原則，官史遂奉行剝下奉上，民不聊生。

身值天下蠱壞之際，唯有以立良法撥亂反正，作為號令，才能視為收拾人心的舉措。然而黃氏檢視歷來原法的偏執，多半糾結於許多保守勢力，以維護「祖宗之法」為名，致使改革之路辛苦異常。黃氏破斥俗儒與迂腐之臣的謬見，認為只要是立足於一家一姓之利益者，無論是祖法或新法，都是積弊的來源。如欲重新「萃聚人心」，治本之道，唯有追溯三代立法本意，方能有東風解凍之象。並且他提出「為天下立法」的無法之法，以及「有治法而後有治人」的基本主張，認為唯有如此，才能損民之疾苦，不以天下自富，則能得損益之道：

> 吾以謂有治法而後有治人，自非法之法桎梏天下人之手足，即有能治之人，終不勝其牽挽嫌疑之顧盼；有所設施，亦就其分之所得，安於苟簡，而不能有度外之功名。使先王之法而在，莫不有法外之意存乎其間。其人是也，則可以無不行之意；其人非也，亦不至深刻羅網，以害天下。故曰有治法而後有治人。[178]

黃氏有鑑於歷來之法，由封建而郡縣，以致於郡國並行，而藩鎮而中央集權，法愈多而愈亂，遂寄情於三代之法，例如封建、井田、學校、卒乘之法，明顯的有復古的傾向。此點可作為他經世之學的張本，「三代之治」只能視為他對於「治法」的看重，遠勝於「治人」的期待，不外乎是他太清楚人的性情真偽與習心幻結；唯有致力於法的制度面設計，他認為在消極面上，至少已能有所改革。

再者立法的美意和本質如何確保，黃氏認為有必要改革胥吏制

---

[178] 〔清〕·黃宗羲：〈原法〉·《明夷待訪錄》（台北：三民書局，1995 年），頁 22、23。

度。他正視了歷來胥吏的問題，多半使得政策不能充分的落實，尤其長期積弊之下「天下有吏之法，無朝廷之法」以及「天下無封建之國，有封建之吏」，更是此一病灶下的惡果。他主張胥吏一律用士人，以及改雇役為差役，前者疏通士人出處及應務的管道，並增加實際經驗，作為升遷上的考量。後者瓦解胥吏世襲，以及差役輪換，不為地方之惡勢力所把持，所論洵有識見。另一方面也藉此正名，針對曹掾重複設制的老問題，改以曹掾成為實際的胥吏，去其重複設制的盲點：

> 是以今天下無封建之國，有封建之吏。誠使吏胥皆用士人，則一切反是，而害可除矣。且今各衙門之首領官與郡縣之佐貳，在漢則為曹掾之屬，其長皆得自辟，即古之吏胥也。其後選除出自吏部，其長復自設曹掾以為吏胥。[179]

在他的構想之中，像中央機構的僚屬佐吏，由進士、公卿子弟、太學生出任，滿期經過考核，表現優異者得以升遷官職，否則免除其職務，而地方政府的僚屬佐吏，由弟子員出任，期滿經過考核，負責盡職者，則保送太學進修，或升遷至中央機構任職，倘使表現不佳者，則永不准其出任官職；黃氏針對此環節的改良，以提高人員素質，拓寬士人出路，實屬美意。乃針對明代官吏、胥吏之間的矛盾而來。尤其是明季立法，禁止財稅重心的蘇、松、浙江人出任戶部官職，唯恐他們因地利之便，侵蠹財政，可是為官之人，往往為了協調當地形勢，卻又不得不聘用當地人裏理。因此戶部十三司中，官吏雖非江南人，而胥吏卻清一色是紹興人，歷史上遂有「紹興師爺」的特稱。[180]由於胥

---

[179] 〔清〕·黃宗羲：〈胥吏〉·《明夷待訪錄》（台北：三民書局，1995 年），頁172-173。

[180] 黃宗羲在〈蕺山學案〉中並記錄了明末胥吏問題的反省，其師劉蕺山有謂：「天下之治亂在六部，六部之胥吏盡紹興。胥吏在京師，其父兄子弟盡在紹興，為太守者，苟能化其父兄子弟，則胥吏亦從之而化矣。故紹興者，天下治亂之根本也。」義一笑而置之，曰：「迂腐。」先生久之曰：「天下誰肯為迂腐者？」義惕然，無以自

吏洞悉當地稅收的實際情況，因此得以瞞哄上官，上下其手，胥吏之害，時人切齒而言，卻始終無法根除而恢復差役法。[181]這一方面恐怕有待商榷，因為年年輪值者都是生手，對於業務的推行很可能造成不便。如能針對原先的僱役法，輔以明確的賞罰措施，應能有效避免對於民間的煩擾。[182]再者，胥吏制度的改革之道，又與學校養士的成效有所聯繫，黃氏進一步指出：

> 東漢太學三萬人，危言深論，不隱豪強，公卿避其貶議；宋諸
> 生伏闕搥鼓，請起李綱。三代遺風，惟此猶為相近。使當日之
> 在朝廷者，以其所非是為非是，將見盜賊奸邪，懾心於正氣霜
> 雪之下，君安而國可保也。乃論者目之為衰世之事，不知其所
> 以亡者，收捕黨人，編管陳、歐，正坐破壞學校所致，而反咎
> 學校之人乎！[183]

為何黃宗羲在本文中，抒發如此悲慨的吶喊？實有他個人針對昏君亂世的苦痛。黃氏的整體經世張本中，尤重視學校設置的意義。一方面強化他在養士方面的主張，並與他在〈取士〉篇中的廣開各類人才的拔擢攸關。另一方面也提昇健全的輿論力量，如以黃氏的思維而觀，可以說是「學案式」思維在教育上的落實。因此他主張除了士民平日於學校受教之外，天子、中央政府以至於地方官吏也應定期至學校，接受公開的議政及建言，亦即不以君權（或官權）之是非為是非，

容。由這段師生間的對話，顯見當時胥吏之政，弊端的盤根錯節。〈蕺山學案〉．《明儒學案》，卷62，《黃宗羲全集》，第八冊，頁1544。

[181] 〔清〕•黃宗羲著、林保淳編：〈胥吏解說〉．《明夷待訪錄》（台北：金楓出版社，1987年），頁105。

[182] 董金裕：〈僚屬佐吏的改革〉．《忠臣孝子的悲願—明夷待訪錄》（台北：時報出版社）．頁154-199。

[183] 〔清〕•黃宗羲：〈學校〉．《明夷待訪錄》（台北：三民書局，1995年），頁39。

而「公其是非於學校」，他認為這才是學校立意的本質。在這一判準下，不僅政府的措施必須接受批判，學校中的人師如果不能在案斷是非上，啓發學子，甚且反其道而行，有干於清議，則諸生得共起而易之，曰：「是不可以為吾師也！」。黃氏這番看重價值判準的訓練，是有感於世俗人心往往真偽不辨，習心幻結的沈痾。是以學校的養成教育，就和他在整體經世主張中產生聯繫，學校不僅和書院成為中央以外的議政中心，得以貫徹他在〈原君〉〈原臣〉上的理念，而且〈胥吏〉篇的問題，也由士人出任正本清源。在〈兵制〉篇中反映的弱點「為儒生者，知兵書戰策非我分外」，才能在學校教育中充實此一環節。並且在〈取士〉篇中廣開「八法」吸收真材實學者，對於學風之由晦而明，裨益實鉅。黃氏在〈財計〉文中批判的習俗上的浪費流弊，也唯有著重教化一途，方能有效對於人心蠱惑於迷信的盲點，以收拔本塞源之效。凡此種種，皆以謙、豫兩卦體現的禮樂之邦為依歸，試圖由學校一環的健全，帶動制度面的整體更張。

取士方面他主張「取士也寬，用士也嚴」，以糾正後世反其道而行，豪傑之士非但不能有所施展懷抱，甚且抑鬱而終。遂有八項途徑，以拓寬士人經世之管道，由科舉、薦舉、太學、任子、郡邑佐、辟召、絕學、上書等等，並建立嚴格的學成任用辦法，以拔擢學有所成的人物，作為官吏為政之基石。方能在蠱壞之世，尚能認取渙卦之義，羅致賢才而崇禮之，才得以萃聚天下人心，重建禮樂之治。

> 今也不然。其所以程士者，止有科舉之一途，雖使古豪傑之士若屈原、司馬遷、相如、董仲舒、揚雄之徒，舍是亦無由而進取之，不謂嚴乎哉！一日苟得，上之列於侍從，下亦置之郡縣；即其黜落而為鄉貢者，終身不復取解，授之以官，用之又何其寬也！嚴於取，則豪傑之老死丘壑者多矣；寬於用，此在位者多不

得其人也。[184]

他嘲諷歷來日趨狹隘的科舉制度，即便是像古來的豪傑人物如屈
原、司馬遷、董仲舒、揚雄等人，他們特具的專長以及抱負，恐怕都
未必能夠符合這些僵化、取徑太狹的取士管道。更何況那些唐代之後，
更多不世出的人才，又有多少人抑鬱而終，懷才不遇？諷刺的是錄取
之後，任用官職的辦法反而過於寬鬆隨便，造成官制和政局、政策上
的亂象，實乃導源於取士和用士之法的背道而行。

財計方面，黃宗羲主要的論點在於反對以金銀為貨幣，尤其是金
銀完稅。在以信用為原則下，他贊同以鈔法、錢法，來改革貨幣制度
的問題。另一方面主張工商皆本，而非消極的抑商思想，實已正視整
體社會發展的趨勢。使民可富的目標，不外乎把握損益之道的擬議，
並以頤卦的反省，由剝民以自養，轉而以養民為務，徇民好惡，以迄
治世之民。但損益原則之外，他尚且提出崇本抑末的主張，認為整體
社會資源的流向，有三項末流必須加以導正：「治天下者，既輕其賦斂
矣，而民間之習俗未去，蠱惑不除，奢侈不革，則民仍不可使富也。」
他認為這三者都是教化方面的偏失，尤其是禮樂之道淪喪的結果：

> 何謂習俗？吉凶之禮既亡，則以其相沿者為禮。婚之筐篚也，裝
> 資也，宴會也；喪之含殮也，設祭也，佛事也，宴會也，芻靈也。
> 富者以之相高，貧者以之相勉矣。[185]

黃氏個人出入於三教九流的學思領域，自然對宗教與迷信的流弊
大表不滿，認為這些都是見道不明的結果，並且付出過於龐大的社會
成本：

---

[184] 〔清〕・黃宗羲：〈取士下〉・《明夷待訪錄》（台北：三民書局，1995 年），頁
64-65。

[185] 〔清〕・黃宗羲：〈財計三〉・《明夷待訪錄》（台北：三民書局，1995 年），頁
163。

何謂蠱惑？佛也，巫也。佛一耳，而有佛之宮室，佛之衣食，
佛之役使，凡佛之資生器用無不備，佛遂中分其民之作業矣。
巫一耳，而資於楮錢香燭以為巫，資於烹宰以為巫，資於歌吹婆
娑以為巫，凡齋醮祈賽之用無不備，巫遂中分其民之資產矣。[186]

除此之外，民間娛樂方面的開銷，黃氏認為泰半都過度奢華：

何謂奢侈？其甚者，倡優也，酒肆也，機坊也。倡優之費，一夕而
中人之產；酒肆之費，一頓而終年之食；機坊之費，一衣而十夫
之煖。

凡此種種，主持財計者應該都要仔細評估，才能在開源節流之外，
重視文教政策的可貴之處，並且又能兼重工商皆本的原則，因勢利導：

故治之以本，使小民吉凶一循於禮，投巫驅佛，吾所謂學校之
教明而後可也。治之以末，倡優有禁，酒食有禁，除布帛外皆
有禁。今夫通都之市肆，十室而九，有為佛而貨者，有為巫而
貨者，有為倡優而貨者，有為奇技淫巧而貨者，皆不切於民用；
一概痛絕之，亦庶乎救弊之一端也。此古聖王崇本抑末之道。
世儒不察，以工商為末，妄議抑之；夫工，固聖王之所欲來，
商又使其願出於途者，蓋皆本也。[187]

對於崇本抑末的原則，以及標準，顯然已非一般學者的視野，很
能切中時弊。黃宗羲的經世之文，仍以人文化成作為正本清源的核心
問題。[188]亦即大凡「治天下之所具」的「禮法制度」，[189]皆出於學校，

---

[186] 〔清〕‧黃宗羲：〈財計三〉‧《明夷待訪錄》（台北：三民書局，1995 年），頁
163-164。

[187] 〔清〕‧黃宗羲：〈財計三〉‧《明夷待訪錄》（台北：三民書局，1995 年），頁
163-165。

[188] 黃宗羲在經世方面的主張，乃傾向於封建制度的分治，故折衷於封建和郡縣二者之
間，認為實行唐代的方鎮之制，沿邊疆設制方鎮，可以有徵稅、用人的權力，但也
需盡每年一貢，三年一朝的義務。此一張本他認為得以地方制衡中央。這些相關的
治法，目的在於防止君權的濫用，而後達到貴民的目的。但是黃氏這方面的考量雖

不僅各種專門之學的養成有一客觀的傳習制度，更能導正社會信仰及價值觀的取向。此一思索的特點，亦可在他晚期的《破邪論》中得到印證。

（四）明經通史，得以頓啟群迷的「考證之文」

黃氏以博雅之學的格局，企圖扭轉明季空疏無根的學風，在這一方面不僅是開拓學習範疇的意涵；在他擅長的經史之學的考証功夫上，往往以抽絲剝繭的論証，還原許多爭議問題的本質所在，進而澄汰諸多似是而非的觀念。

考證類的文道理則，可以由象數論中的以下諸卦為擬議：

> 震卦：雷之在天地間，能生物，亦能殺物。由萬物之鬱結解也，更生之象。並寓有雷將擊物，其聲重濁，若有鬼神憑之以殺物。

> 巽卦：有俎豆之象，三為床（凡易之言床有俎豆之象），二為史巫，初為主人。（按：巽為木，反卦、互卦皆為兌，兌為巫（見說卦傳）為口舌，故本卦乃有怯懦之情，以其得中，故藉史之作冊，巫之歌舞，以通於神明，雖卑順而有所入。）[190]

黃宗炎謂：巽象風，上二畫仍為天，一陰之氣行于下，無處不入，

已較孟子等治法論的傳統更進一步，但最大的矛盾是「批准」這些限制君權制度者，仍有賴於君主本人。亦即《明夷待訪錄》中提及的後之「明主」。此外，在〈學校〉篇中也討論到太子的教育內容，仍不出君主世襲，而為合法統治的依據。這一矛盾的困境，實為在專制制度下的儒者，所不能化解，卻又不得不與現實妥協的結果，參見張端穗：〈天與人歸——中國思想中政治權威合法性的觀念〉，《中國文化新論・思想篇・理想與現實》（台北：聯經出版社，1993 年），頁 134，136，137。

[189] 〔清〕・黃宗羲著、李廣柏注：《明夷待訪錄》（台北：三民書局，1995 年）。

[190] 朱維煥：《周易經傳象義闡釋》（台北：台灣學生書局，1993 年），頁 406。

故風字古文爲「」），表示天之云氣爲風，重之爲巽，「巽」字從「弓」

（古譔字），從「𠂆」（古床字），表示王令如風行地上，史官將訓誥置

於床上[191]。

　　蒙卦：陽爲師，陰爲弟子，有傳道、解惑之象。氣稟如桎梏，

玩物喪志，徇聞見者困，爲道日損，獨露性真之象。

　　訟卦：此亦一是非，彼亦一是非，皆訟也。由枝葉之辯，不能

自持其說，故如漢儒堅宗師說，有待孟子之闢楊墨。小言破道，直待

得不見自家有是，世間有非斯無訟矣。

　　剝卦：　　剝復爲本末，陽在木上爲末，剝也。

　　　　　　　陽在木下爲本，復也。

　　　　　　七日似遠，同一卦體，不遠而云來復，坤體本虛，任

　　　　　　人來往。

　　復卦：

---

[191] 黃宗炎《周易尋門餘論》中的觀點，引自朱伯崑：《易學哲學史》四（台北，藍燈
　　文化，1991 年），頁 281。按：「譔」有譔述先祖聲名，列於天下，酌之祭器，自
　　成其名之義。而「巽」有巽令一義，乃指皇帝詔令如風行之速，並見《辭源》（台
　　北：遠流出版公司，1997 年），頁 1586、523。

革卦：革有爐鞴之象，金成器則文彩生，器敝改鑄之爲革，天下亦大器也，禮樂制度，人心風俗，一切變衰，聖人起而革之，使就我範圍以成器。後世以力取天下，仍襲亡國之政，惡乎革？

解卦：坎中之一陽，即震下之一陽，有始包於坎中，既而出坎爲震之象，若果核之仁，變而爲芽，則甲拆也（如同黃氏言震卦謂陰不能錮陽，萬物之鬱結「解」也）。

考證之文著重在袪妄返真、反邪求實，並兼有史家義法的信念。對於纏訟糾結的許多是非之爭，黃氏認爲實乃囿於聞見之知或俗情氣稟的桎梏。考證之功在施行上就已然不獨爲事實的考訂，資料的還原，更寓有義理上的「啓蒙」理想貫注其間。

擬議風雷的原則在考證之文的系列中，彰顯了浙東史學的格局，已然不同於清代正統的考證之學。我們在黃氏時帶情感的筆端中，追溯事物的本質，獲致一股抽絲剝繭，謎團由鬱結、爭訟，進而釐清本末、大惑懸解的快慰。黃氏門生萬斯大等人推崇黃文的特質，其一有「頓啓群謎」之功，即可在此一系列的文章之中得其印證。

就以世俗社會中普遍已然制式化的地方誌及宗族家譜的歷史敘事而觀，黃氏即嚴屬批判這些變衰都不外乎人心風俗的沉痾已深，不足爲訓，有待「器敝改鑄之爲革」，重新釐定其書寫體例及規範，例如：

> 然以余觀之，天下之書，最不可信者有二，郡縣之誌也，氏族之譜也。郡縣之誌，狐貉口中之姓氏，子孫必欲探而出之，始以賄賂，繼之恫喝，董狐南史之筆，豈忍彈雀。氏族之譜，無論高門懸薄，各有遺書，大抵子孫粗讀書者爲之，掇拾訛傳，不知攷究，牴牾正史，徒詒蚩笑，嗟夫，二者之不可取信如此。

192

這裡展示的正是浙東史學的特點所在，亦即留意於當世、地方史誌之正確性。並不徒言寬泛的史觀與正統修史的著眼點。而是大力疏導由一人之史、一家一史以迄一時一地之史，都必須貫徹實事求是的精神，不能受制於權貴、利誘、威嚇而失去立場；奠定史家評騭價值取向的義理根據，並且提供世人因革損益的借鑑。其中亶勉的信念，一如學案體的論斷之功，他即舉出當時的爭議性實例：

> 徐汝珮者，陽明先生之弟子也，當時南宮發題，以議新學，汝珮不答而出。以此賢之，及為同知楚中，侵餉事覺，因而縊死。時人為之語曰：「君子學道則害人，小人學道則縊死也。」見於《弇州筆記》。余修縣誌，其後人欲入之鄉賢，余不可，遂爾相讎。姚邑有三太傅祠，祀晉謝安石，宋外戚謝某，明謝文正，原已牽合，余視其神位，安石之夫人為毛氏，余語其宗祝曰：「按晉書，劉夫人，非毛氏也。」其人對曰：「此家譜所載，寧有訛乎。」余笑曰：「劉夫人生前奇妒，想死後安石出之也。」觀此二事，其他可知矣。

即便是王陽明的弟子，其行有污點，也不能有所寬待；而由神主牌位之疑點，也得以還原一家一姓之實況，由這些具體事實的細部觀察而言，無怪乎修史編誌茲事體大，許多具體關目，皆淪為聚訟所在。修史者每每淪為妥協者而非仲裁者。黃氏屆此並批判碑版金石體例的庸俗化，也正緣此而來。

黃氏的〈金石要例〉雖是針對當時普遍存在的送往迎來之陋習，試圖疏理出相應於史觀的敘事體例，一如春秋「書法」的褒貶大義。故明訂其體例，就歷史書寫而觀，碑版之救正，是為「本」，從而奠定

192　〔清〕‧黃宗羲著：〈淮安戴氏家譜序〉‧《黃宗羲全集（十）--南雷詩文集》（浙江：古籍出版社，1993 年），頁 68。

史觀、史識之全幅視野,則爲「末」。修史必濟其本源,才能波瀾自闊,
不致於捨本逐末:

> 碑版之體,至宋末元初而壞,逮至今日,作者既張王李趙之流,
> 子孫得之,以答賻奠,與紙錢寓焉,相爲出入,使人知其子姪
> 婚姻而已。其壞又甚於元時,似世系而非世系,似履歷而非履
> 歷,市聲俗軌,相沿不覺其非,元潘蒼崖有金石例,大段以昌
> 黎爲例,顧未嘗著爲例之義。[193]

黃氏在這一宗旨下,及分述合葬、婦女之誌、稱呼、單銘、墓表、
神道碑、行狀、行述、先廟碑、國號、塔銘、寺碑等等細目,書與不
書,皆有其參酌史實、考證論斷之故,可謂得其義旨。

「人道合一」的理緒在〈天岳禪師七十壽序〉一文中可得其發明,
黃氏推崇啓蒙人心的師道乃仰賴於不爲人惑、不拘門戶的豪傑人物,
於禪僧中特立這些不世出的高僧:

> 古之人以道爲通塞,今之人以師爲重輕。師者,道之表也,有
> 其表,則當求其實以應之,苟惟表是循,儲胥虎落,豈能寄汝
> 不朽。是故道、筆、澄、遠,未嘗有宗派可尋,其名器豈讓傳
> 燈?雲門、法眼、潙仰之絕,無關佛法盛衰。則知人重夫世系,
> 非世系之足以重人也。[194]

黃氏身值明季三教分合的局面,儒門和禪門中人,逕標門戶,支
離道術的亂象,就其擬議而言,皆是訟卦的小言破道之象。又如〈餘
姚縣重修儒學記〉一文即破斥那些株守舊規、見道不明的小儒之見,
實有待像孟子一格的人師,重新疏通人心,啓蒙解惑。據黃氏的考證,

---

[193] 〈金石要例〉。《南雷文定・三集》卷 3,詳見楊家駱主編:《中國文學名著第六
集》第 16 冊(台北:世界書局),頁 47。

[194] 〔清〕・黃宗羲著:〈天岳禪師七十壽序〉。《黃宗羲全集(十)--南雷詩文集》
(浙江:古籍出版社,1993 年),頁 675。

他所身處的姚江一地,實為貞下啓元、破暗開山的啓蒙重鎮:

> 貞元之運,融結於姚江之學校,於是陽明先生者出,以心學教
> 天下,示之作聖之路,……聖人去人不遠,孟子曰,人皆可以
> 為堯舜。後之儒者,唯其難視聖人,或求之靜坐澄心,或求之
> 格物窮理,或求之人生以上,或求之察見端倪。遂使千年之遠,
> 億兆人之眾,聖人絕響。一二崛起之士,又私為不傳之秘,至
> 謂千五百年之間,天地亦是架漏過時,人心亦是牽補度日,是
> 人皆不可為堯舜矣,非陽明亦孰雪此冤哉。[195]

王陽明學說一出,不僅風行全國,一洗思想界和教育界的沉痾。
其人提倡的良知心學,更啓蒙了姚江一地著重變革,並躬身踐履的士
風。猶如陰不能錮陽,天下興衰有待姚江人物挺身而出,學有所成。
一如擬議解卦之象,則能紓解天下之興衰:

> 故孟子之言,得陽明而益信,今之學脈不絕,衣被天下者,皆
> 吾姚江學校之功也。是以三百年以來,凡國家大節目,必吾姚
> 江學校之人,出而措定,宋無逸之纂修元史,黃墀、陳子方之
> 自沈遜國。宸濠之變,死之者孫忠烈,平之者王文成。劉瑾竊
> 政,謝文政內主彈章,魏奄問鼎,先忠端身殉社稷。北都之亡,
> 施恭愍執綏龍馭,南都之亡,孫熊伏劍海島。其知效一官,德
> 合一君者,不可勝數,故姚江學校之盛衰,關係天下之盛衰也。

竭力推崇姚江學校的理由,誠然是契屬於擬議蒙、訟兩卦的義理。
黃氏在論斷《明儒學案》的體會中,即有感於學說、俗見之混為一談。
關鍵即在於傳習過程中,良師難得,以致於許多歷來糾結的學術問題
不能得到相應的理解與啓發式的解惑之道。再加上科舉、官學的積蔽
在明代已經顯得積重難返,世俗上所謂的師生關係只是建立在科考的

---

[195] 〔清〕・黃宗羲著:〈餘姚縣重修儒學記〉・《黃宗羲全集(十)──南雷詩文集》
(浙江:古籍出版社,1993年),頁127。

功利性環節上，進而延伸爲仕途官場上的命運共同體。這樣的結構性
關係極爲單薄，遑論師道之可貴與人道之合一？在〈廣師說〉一文中，
黃氏遂竭力考索師道不彰的窘況：

> 自科舉之學興，而師道亡矣，今老師門生之名，遍於天下，豈
> 無師哉，由於爲師之易，而弟子之所以事其師者，非復古人之
> 萬一矣，猶可謂之師哉。古人不敢輕自爲師，以柳子厚之文章，
> 而避師之名。何北山爲朱子之再傳，而未嘗受人北面，亦不敢
> 輕師於人。昌黎言李翱從僕學文，而李翱則稱吾友韓愈，或稱
> 退之，未嘗以爲師也。象山爲東萊所取士，鵝湖之會，東萊視
> 象山如前輩，不敢與之論辨，象山對東萊，則稱執事，對他人
> 則稱伯恭，亦未嘗以爲師也。即如近世張陽和，其座師爲羅萬
> 化，尺牘往來，止稱兄弟，不拘世俗之禮也。[196]

　　上述「師道」之分合，也可視爲歷來載道說與理學道統論共同綰
結的重要關目。在黃氏的考證之下，何以古文運動和理學家對於師道
的價值取向格外嚴謹？應該有有其不得已的苦衷，緣由不外乎有意與
世俗的師生形式作一區隔。我們在黃氏的《宋元》和《明儒》兩學案
中，可以鮮明的一覽理學傳承的系譜。黃宗羲念茲在茲的耿耿孤心，
除了學術上的志業之外，即是勘定文化史上彌足珍貴的師道典範與師
生情義，乃奠基於宋明理學書院教育的薪傳之中。宋元儒重淵源，明
儒著重宗旨，所謂的淵源、宗旨，莫不攸關於師道、師說、師友的並
肩論道，進而發揚光大。黃氏與蕺山之學如此，而甬上學風與黃氏的
人道合一理想也是如此，因而師道的考證就寓有破除俗見俗情的風雷
大義：

> 嗟乎，師之爲道，慎重如此，則所以事其師者，甯聊爾乎，故

---

[196] 〈廣師說〉收於《南雷文定·三集》卷二，詳見楊家駱主編：《中國文學名著第六
集》第 16 冊（台北：世界書局）。

平居則巾卷危立於雪中,危難則斧鑕冒死於闕下。掃門撰杖,都養薪版,一切煩辱之事,同於子姓。賀醫閭之事白沙懸其像於書室,出告反面。緒山、龍溪,於陽明之喪,皆築室於場,以終心制。顏山農在獄,近溪侍養獄中,六年不赴廷試,及山農老而過之,一茶一果,近溪必手捧以進,其子弟欲代之,近溪曰,吾師非汝等可以服事者,楊復所之事近溪,亦以其像供養,有事則告而後行,此其事師,曷嘗同於流俗乎。

黃氏在學案中也詳述像王龍溪、錢緒山、羅近溪、楊復所等這些卓爾不凡的師生至情,並整編師友在問學、駁辨、規約以及學說傳衍上的紀錄,都將這些史料視為文化人格探索上的重要依據。陽明心學的鼓盪人心、東萊之學的博厚蘊藉、象山之學的直截簡易、伊川之學的謹嚴敬肅、近溪之學的赤子情懷,都不是一般形式上的師生關係所能推廓成就的;黃氏緬懷這些師道的傳統更亟待在當世能以斯文刮垢磨光,重新豁顯人道合一的理想。「移」文一體,本為勸諭,以求感染讀者移易性情,黃氏推尊師道,除了一反流俗之見,更遞進一層乃亟求正史敘事中,將文道、人道裂分聚訟的局面,復歸於一。〈移史館不宜立理學傳〉一文,即娓娓陳述〈儒林傳〉的定位問題。考證的目的不在於疏別史家對於儒學性格的詮釋差異,而是揭示原儒之道(統天地人三才為儒),企圖遙參清初史館,藉著儒林傳之確立,將道學、理學、文苑傳轄屬其中,以探討元代以來混淆不清的局面。「道學--理學--儒林」之合,是「人與道」的合一;「文苑--道學--儒林」之合,則是「文與道」的合一,故謂:

> 儒林亦為傳經而設,以處夫不及為弟子者,猶之傳孔子之弟子也,歷代因之,亦是此意,……今無故而出之為道學,在周程未必加重,而於大一統之義乖矣。統天地人曰儒,以魯國而止儒一人,儒之名目,原自不輕,儒者成德之名,猶之曰賢曰聖

也，道學者，以道為學，未成乎名也，猶之曰，志於道，志道可以為名乎，欲重而反輕，稱名而背義，此元人之陋也。[197]

黃宗羲的講學宗旨，著重於以經術為根柢，由學統奠定文統的理則，是其力矯文道二分的時文之蔽。是以在文集中多以考證的心得，發而為文，不僅言之有物，並且舉證確鑿。他為閻若璩的《尚書古文疏證》一書作序，即為清代經史之學的濫觴，別開生面。企圖以考證之法，印證義理之學。不僅同閻氏一致認為《偽古文尚書》之錯亂群經，並進一步指出心學體系中推崇的「虞廷傳心」口訣，即是一大公案，有待考證其原本：

> 因尚書以證他經史者，皆足以袪後儒之蔽，如此方可謂之窮經。從來講學者，未有不推源於危微精一之旨，若無大禹謨，則理學絕矣。

> 「允執厥中」，本之論語，「惟危惟微」，本之荀子。論語曰，舜亦以命禹，則舜之所言者，即堯之所言者，若於堯之言，有所增加，論語不足信矣。人心道心，正是荀子性惡宗旨，惟危者，以言乎性之惡，惟微者，此理散殊，無有形象，必擇之至精，而後始與我一，故矯飾之論生焉。[198]

此一理據即以論語、荀子等經文中的第一手資料，還原其出處所在。黃氏屆此並彰顯其內在一元論的思維，將人心道心之爭訟，轄屬於其人的心學定位，作為論斷之論。

> 後之儒者，於是以心之所有，唯此知覺，理則在於天地萬物，窮天地萬物之理，以合於我心之知覺，而後謂之道，皆為人心

---

[197] 〈移史館論不宜立理學傳書〉收於《南雷文定‧前集》卷四，詳見楊家駱主編：《中國文學名著第六集》第 16 冊（台北：世界書局）。

[198] 〈尚書古文疏證序〉收於《南雷文定‧三集》卷一，詳見楊家駱主編：《中國文學名著第六集》第 16 冊（台北：世界書局），頁 2。

道心之說所誤也。夫人只有人心，當惻隱自能惻隱，當羞惡自
能羞惡，辭讓是非，莫不皆然，不失此本心，無有移換，便是
允執厥中，故孟子言求放心，不言求道心，⋯⋯夫子之從心所
欲不踰矩，只是不失人心而已。

黃氏此論對於義理之學的影響至鉅，並且啓發清代的考證之學更
為寬廣的面向。現代學者張麗珠即指出這一以義理之是非取決於經典
的治學取向，恰是「經學」和「理學」的互補面關係[199]。但無疑的也是
一種釜底抽薪、憾動學派根柢的攻訐方法。黃氏與閻氏的探索，恰好
也下啓了一個別開生面的學風路向。

務博綜、尚實證的精神是黃氏一貫於思索宇宙事物的基本信仰，
尤其對於人心幻結，俄傾銷亡的罣礙，最令他大表不滿。由是發為考
證，必竭其心力，以求頓啓群迷。他對當時奉為神蹟的阿育王寺舍利
子一事，即抱持懷疑的態度，並考證其來龍去脈：

余讀宋景濂阿育王寺碑，言舍利歷代之神異詳矣，自是以後，
稱其神異者，陸光祖、郭子章，先後詣明州頂禮，述其所見，
然而不知其偽也。嘉靖閒，倭犯寧波，胡宗憲防海之師，屯於
市，竊金鐘并舍利以去，住持僧傳瓶，無以眩人，用真珠裹金
偽造以充之。[200]

即使是明初文宗宋濂的傳世紀錄，他也不盲信權威；並藉題發揮，
直指人類良知不彰，徒以夸飾神異的弱智心態，正是宗教世俗化的危
機所在：

故阿育王舍利，不特偽造，即其偽造者，亦不一人一事，余之
所聞，自嘉靖以來者，景濂碑文，作於洪武十二年，距今二百

---

[199] 參見張麗珠：《清代義理學新貌》（台北：里仁書局，1999年），頁83、89、125。
[200] 〈阿育王寺舍利記〉收於《南雷文定・前集》卷二，詳見楊家駱主編：《中國文學名著第六集》第16冊（台北：世界書局），頁24。

九十三年耳，已不勝其偽如此。然則景濂碑中之神異，亦不過
世俗自欺欺人之說。

除了破斥世俗「蒙昧」「聚訟」之象外，黃氏更雜以詼諧戲筆，自
述發現「草舍利」一段親身經歷，以嘲諷舍利誤人眼目，去道日遠的
表相之爭，誠為觀者莞爾：

> 憶余丙寅冬日，書窗油盞，燈注時吐青珠，細於芥子，堅不可
> 破，竟夕可得圭撮，如是者月餘，或謂此草舍利也，嗟乎，即
> 舍利亦復何奇，而況於偽為者乎，彼沾沾其神異者，可謂大惑
> 不解矣。

（五）秉以深湛之思，貫穿之學，尋繹出色非凡的「抒情小品之文」

抒情小品類的文道理則，可以由象數論中的「咸」、「歸妹」、「無
妄」、「隨」等卦為擬議，其中「無妄」卦乃演天地生物，自然真理本
質的不變性，洽與上節的「剝」、「復」兩卦演理勢消長的變化性，成
為對觀：

咸卦：自有此身，不能離感應，偽往則偽來，誠往則誠來，思
慮才動，肺肝已見，無一而非感也。

歸妹卦：嫁娶之時也（按：此卦象曰：歸妹，天地之大義也，
天地不交，而萬物不興，歸妹，人之終始也，說（悅）以動，所歸妹也。
本卦乃演「雷動則澤隨」（澤上有雷之卦象），男行則女從，所以成夫婦
得其歸宿之象。而夫婦自形而上之立場論之，即天地生成萬物之理，一
如歸妹以成夫婦而生育子女，即本天地，而著其「文」道。）[201]

---

[201] 此卦之擬議，黃氏表達較為簡略，故證之於本卦之象傳，以嫁女為義，並參酌朱維
煥對於本卦象辭的解釋，便於疏通其意涵，參見朱維煥：《周易經傳象義闡釋》（台

☷☷ 無妄卦：天下之無妄者，莫若五穀，春稼秋穡。時候不爽。或不幸遭旱澇，則無所用其耕穫篢畬，趨吉避凶，人所同然。逐妄迷復，喪其固有，故惟置身於榮枯得喪之外，而後能無妄。（按：本卦爲雷行天下，雷乃承天而動，而鼓盪勃然之生機，特見天道之真誠無僞。其於萬物，既生之，亦殺之，於人間之境遇，則爲意外之變化。）[202]

☷☷ 隨卦：震「春」也，兌「秋」也，初至四有離象，三至上有坎象，「夏」與「冬」也，又互爲艮、巽，六子皆備，具乾坤之德，故「元亨利貞」。（無災患之象）

〈過雲木冰記〉一文是一則瑰麗雄奇的小品文，乃作者與其弟宗炎、宗會三人，同遊四明山的遊歷中，在過雲一地目擊世所罕見的「木冰」[203]（又稱木介）自然奇觀，在與山僧的一問一答中，以浮想聯翩的神思觀感，將是處的情境加以感性的烘托。黃宗羲的文道思想，是將「天文」「地文」的陰陽變化，元氣之消長，皆與「人文」的意匠經營，彼此參照並賦予更大的文學想像。誠爲他所謂的格物說，以天地萬物爲一體，留意於自然界的瞬息萬變，並與一己的心境起伏，作一如實的觀照：

> 忽爾冥霽，地表雲斂，天末萬物改觀，浩然目奪，小草珠圓，長條玉潔，瓏鬆插於幽篁，瓔珞纏於蘿關，琤琮俯仰，今奏石

北：台灣學生書局，1993 年），頁 384。

[202] 按語參見朱維煥：《周易經傳象義闡釋》（台北：台灣學生書局，1993 年），頁 187。

[203] 「木冰」即「木介」，乃雨雪沾附於樹枝，凝結成冰，如披介冑，又名為木稼、樹稼。《漢書五行志》和《春秋》經，成 16 年春王正月，皆有此一異象的記載。宋薛季瑄有詩云：「此情誰與度，木介響琤瑽」言其聲響之妙，參見《辭源》（台北：遠流出版公司，1997 年），頁 808。

搏，雖一葉一莖之微，亦莫不冰纏而霧結，余眙瞟而嘆曰，此
非所謂「木冰」乎，春秋書之，五行志之，奈何當吾地而有此
異也。言未卒，有居僧笑於傍曰，是奚足異，山中苦寒，纏入
冬月，風起雲落，即凍洛飄山，以故霜雪常積也，蓋其地當萬
山之中，囂塵沸響，烏鍋人閒，村煙佛照，無殊陰火之潛，故
為愆陽之所不入，去平原一萬八千丈，剛風疾輪，侵鑠心骨，
南箕哆口，飛廉弭節，土囊大隧所在而是，故為勃鬱煩冤之所
不散。[204]

對於過雲一地的陰陽消長失調，山中僧人的即興問答間已然透露
出此地的勃鬱煩怨經久不散，以及峭崒幽深，其氣皆斂而不揚，恆寒
而無煥，正是「木冰」現象形成的因故。而黃氏自謂壬午之年寫作本
文期間，[205]時年三十二歲，是時黃氏入京應試，並不愜意，故文末云「方
齟齬世度」，而此行自京回越即為〈四明山志〉之寫作。故於天地元氣
之遞嬗與人世際遇的吉凶否泰，頗能在此借境調心，合於無妄卦所謂
的「置身於榮枯得喪之外」的擬議。此情此景，寓目其中，自有一番
奇特經驗：

溪回壑轉，蛟螭蟄蟄，山鬼窈窕，腥風之衝動，震瀑之歕噫，
天呵地吼，陰崖沍穴，聚霜堆冰，故為元冥之所長駕。群峰灌
頂，北斗墮脅，藜蓬薈蔚，雖焦原竭澤，巫呀魃舞，常如夜行
秋爽，故為曜靈之所割匿，……余乃喟然曰，嗟乎，同一寒暑，
有不聽命於造化之地，同一過戚，有無關係於吉凶之占，居其
閒者，亦豈無凌峰掘藥，高言畸形，無與於人世治亂之數者乎，

---

[204] 〈過雲木冰記〉·《南雷文定·前集》卷二，詳見楊家駱主編：《中國文學名著第
六集》第 16 冊（台北：世界書局）頁 25、26。

[205] 參見麥仲貴：《明清儒學家著述生卒年表》上冊（台北：台灣學生書局），頁 284、
285，壬午年條例。

余方齟齬世度，將欲過而問之。

黃宗羲對於谿山行旅的體會，尤其具有切身之感，四明山與姚江
儼然是其文化人格的象徵，除了早歲文人風雅吟賞，以資談助之外；
在天地泰否、國亡陸沈之際，又成為他組織義軍頑抗外虜的重鎮。繼
而歸顯於密，廁身山林，而為乾坤一介明夷待訪的遺民。山川行影，
遂又為其參證蕺山慎獨學旨，以及古松流水，布算籲籲，推演曆算絕
學的寄託。這樣一路跌宕時局，並與山水相表裡的因緣際會，使他對
於山水的大傳統，目所履歷，別有會心。〈靳熊封遊黃山詩文序〉一文，
即為他自具機軸，一抒懷抱的小品佳構：

> 文人與山水相為表裡，豈故標致以資談助也。其相通之處，非
> 徒有精靈，實顯體狀，此酬彼答，不殊形影，昧者以為山川不
> 能語，藉語與文人，文人亦不喜遊山川，豈其然乎？凡洞天福
> 地，皆有幽宮神治，以慧業文人主之；彼慧業文人者，即山川
> 之神也。[206]

在他的觀感中，認為山水自有其靈犀，一如咸卦之言感應，「僞往
則僞來，誠往則誠來，思慮才動，肺肝已見」，唯有獨具慧眼者獨能知
之。此一論斷，已然不同於山水在過去只是被賦予「借境調心」的仕
隱葛藤，而為一苦悶的象徵。或是作為「林泉之心」的觀察對象，提
供文人畫家，借山水以高張絕弦、興情悟理的氛圍。[207]已較能豁顯「境

---

[206] 〔清〕・黃宗羲著：〈靳熊封遊黃山詩文序〉，《黃宗羲全集（十）--南雷詩文集》
（浙江：古籍出版社，1993 年），頁 96，97。

[207] 「借境調心」的山水觀，普遍反映出文人於仕隱糾葛下，觸境興發的色彩，乃以山
水之情境，作為個人退紅沈練、高張絕弦的論調，此一心境之滄涼，徒然而無所掛
搭之感，人皆有之，純然是士不遇典型下的投影，黃宗羲謂為「山林之文，流連光
景，雕纘酸苦」之類是也。或為《菜根譚》中所言「徜徉於山林泉石之間，而塵心
漸息，夷猶於詩書圖畫之內，而俗氣潛消，故君子雖不玩物喪志，亦常借境調心」
（下集 45），即為另一種典型。「林泉之心」，則與貴遊及山水畫之發現自然理趣
為代表，如宗炳〈畫山水序〉，張衡〈歸田賦〉以及《水經注》中的相關文獻中，
視山水為獨立實存的審美客體，具有美學思索上的宏旨。

一而觸境之人其心不一」的對應關係，[208]秉以深湛之思，將山水走出「載體」的概念，確立其本體而與作者（或觀看者）彼此相互酬答，未嘗徒然付之冥漠籠統而不可見聞的關係；而兩者之結合，又當如上述的「彼慧業文人者，即山川之神也。」由是觀來，山川物色的種種情狀，彷彿都與身歷其境者的性情、品格相互對應，已然不獨爲物色之遞嬗，或視爲賞玩之談資：

> 英爽勃窣，如空同之粉堞青甍，嵩山之秋夜杵聲，峨眉之佛現，廬山之聖燈，紫蓋之白鶴。張文潛言道士齊希莊居王屋山、夜間百物有聲，晨出視門外人跡無數，又見兩髻童子黃單衣綠帶，目有光，貌不類人。武當學道者常百數，學者心有隆替，輒爲獸所遂。似此者不可枚舉，可謂山川不能語乎？

黃氏縷記這些名山奇景，以及山中軼聞，爲了闡述他對於名山大川的真誠感應。故能於飽覽造化之挹注，暢敘幽情。山川有待慧業文人之對話與感應之理，一如「歸妹」卦的雷動而澤隨之象，「昌黎禱衡山而眾峰爭出，東坡在登州而海市秋現，鄒志完過永州，滄山巖狐鳴，山川與文人相酬答，固未嘗徒付之冥漠而不可見聞也。」傳神寫照的文人事跡，恰爲天壤間的佳話，誠如歸妹之擬議天地生成萬物之理，當以形著此一「交感」之道。並且山水之有靈犀，一如人之有好惡，黃氏此文筆鋒一轉，將山水知音如謝靈運、柳宗元、韓愈、東坡等人所受到的禮遇及關注，作爲和世俗賦庸風雅之人的山水經驗作一對比：

> 自康樂、柳川之後，世無遊人久矣。塵聲俗軌，綿絡累紙，如

此一觀點乃清初葉燮〈黃葉村莊詩序〉中所提出，提供了山水觀在不同族群的立場而反映出在物我、主客、情景關係上的岐異性「夫境會伺常，就其地而言之，逸者以爲可掛瓢植杖、騷人以爲可登臨望遠、豪者以爲是秋冬射獵之場、農人以爲是祭韭獻羔之處。上之則省斂觀稼、陳詩采風，下之則漁師獵取材集網，無不可者。更王維以爲可圖畫，屈平以爲可行吟，境一而觸境之人其心不一。」（《己畦文集》卷8，〈黃葉村莊詩序〉）。

遇王嬙，豈不言好，以毛延壽之筆，唐突脂粉，山靈不受汝阿
諛也。……即文人喜遊山川。山川豈喜此等文人遊乎？「請迴
俗士駕」、松聲、鳥聲、水聲，無不作是語矣。

　　酈道元的《水經注》中曾慨言：「山水有靈，亦當驚知己於千古」
的命題，李漁在也曾暢言「才情者，人心之山水；山水者，天地之才
情」，將山水與知音者的形著關係作了最佳的詮釋。黃宗羲亦能認取「非
必絲與竹，山水有清音」的自然英旨。卻又不得不將看似無言的山川
本色，藉由擬人化的嘲諷，謝絕附會與妝點，好讓塵念都捐，復甦他
所看重的「盈天地皆物也」的萬物一體觀點。而人的良知明覺，正得
以因江山靈犀之感通相助，得其氣韻生動於莫名；正如王昭君的美在
神韻，毋須毛延壽的俗腸俗筆為之傳移寫照。黃氏此文雖為書序，卻
寓以冷筆勘定文人見道不明者「模山範水」之作（如徐凝之惡詩及黃
氏當時文人的〈遊喚〉山水題記皆為俗情俗筆），並賦予熱筆申說文人
與山水相為表裡，其中必有相通之處，即為靈性所鍾，正為我輩中人
「夫黃山之雲海天馬，白猿神鴉，固山林之體狀也，遊者非其人莫見，
（即慧業文人），瞥遇一端，亦是為豪，使君之來，集於倉卒，豈非山
靈之意，所以待昌黎、東坡、志完諸公者待使君乎？神且弗違，其無
作尋常遊記觀可也。」

　　此一論斷，頗能得「晉人尚韻」的遺意，亦即內向發現了吾人與
山水的深情，外向並發現了自然。[209]山水虛靈化了，也情致化了，境與
神會，思與境偕，將山水的人文論述，導向了本體（山水已非人文的
載體）的探詢及感受；而與文學的本體本源彼此疏通，賦予一情理結

[209] 宗白華：《美學的散步》（台北：洪範書店），頁67。書中論晉人之美，美在神韻，
以及富於「宇宙的深情」所以在藝術、文學和山水觀中體現了身入化境、濃酣忘我
的趣味。而神韻，可說是「事外有遠致」，不沾滯於物的自由精神。

構的思索。[210]這即爲黃氏不取「模山範水」的舊途,而亟欲在「擬議道體」的關懷下,自闢谿徑的自覺表現。

前述〈過雲木冰記〉一文尙且將過雲一地陰陽消長失調的氛圍,縮結著他對於山水中特有的勃鬱煩怨,甚能以同理之心相互感通,屆此起興擬議風雷,目睹人事消長的喟嘆,一如〈縮齋文集序〉中,諦觀陰陽二氣之由禁錮而鼓盪的歷程。黃氏細繹山水之情狀,即能入乎其內,又能出乎其外,已然不是傳統山水論中所謂的「外師造化,中得心源」一義所能概括。當如同文道合一的論證關係,亦即山水爲「自性」原則,文人(即慧業文人而非一般文人)之參與及創作則爲「形著」原則,兩相結合方能臻山水美學論述的新層境。黃氏的《四明山志》與《今水經》兩部著作,即是他實地考證,注目抽心,晶照巖壑的心領神會,固能在此窮源按脈,以及目擊道存,將山川形勝的奧義,得以與道體之千彙萬狀相輔相成。

一物之中,寓有四時「元亨利貞」的無妄真理,天地造設的雄奇滄茫,在黃宗羲的筆下可以兼有宏觀的氣勢與微觀的樂趣。〈小園記〉一文,是黃氏在蝸居黃竹浦軒旁之隙地,自營小小園林之樂的寫照。空間雖爲窘迫,卻能因寄所託,放浪形骸之外。黃氏此作亦可與〈張南垣傳〉比觀,皆於造園一事中體現感應自然之理的心領神會,故能在尺幅之間而寓有千里山水之態勢,頗能靜觀自得:

> 昔傳長虞〈小語賦〉,糠粒爲舟,針孔自匿,蘇子美詩,托身
> 螟兩睫,卜都牛一毛,是萬物之數,尤有小於吾園者矣,郭象
> 曰:「統大小者,無小無大者也,苟有乎大小,則雖大鵬之與

---

[210] 李澤厚:《華夏美學》(台北:時報出版社,1999年),頁148-151。認爲魏晉哲
學具有美學性質,並從而擴及各個領域的藝術實踐。例如陸機的〈文賦〉、宗炳的
〈畫山水序〉、王微的〈敍畫〉、劉勰的《文心雕龍》等等,都圍繞著這個「情理
結構」(即深情兼智慧的意識特徵)來探索,所謂的「晉人風度」、「魏晉風骨」、
「傳神寫照」等命題,也與此攸關。

斥鷃，宰官之與御風，同為累物耳。」[211]

黃氏並諳熟於園林美學的巧於「因借」之道，即借景之妙，因勢利導，由前文中可見其超脫於尺度大小的框架，善於因地制宜，並將小園所在腹地所及的前賢，過化場景，如虞翻、戴九靈、陸游的等人的故實遺跡，一併收納為小園的「借景」。除了園林美學的詮釋之外，他將隨卦的「利於貞固自持」之道與「咸」卦的感應往來之理，咫尺天涯的莫逆於心，皆在此文中反覆論證。園林的圉限（如兔園）以及置身榮枯之外的大觀（即黃氏小園），一體平鋪，提供讀者挹注箇中的況味。

> 西望，則虞仲翔注易之露未乾，北眺，則陸放翁之奇峰突兀，
> 此則子山之所不能有也。今人之誚固陋者，曰兔園策，兔園策，
> 乃徐庚之體，非鄙樸之談，但家藏一本，人多賤之，兔園者，
> 小園者，天下之固陋，有如余者乎，則余之名此園也，固宜。

《避地賦》一文則是黃氏審顧畢生遭逢的自傳小品，縱觀個人生不逢時家之國破之外，並荷擔抗清起義，十瀕生死的臨界經驗。因此諳於江湖風波及險惡，卻又抱持自我解嘲的意味，以賦體之整肅側寫哀情。歷敘二十年間，無年不避，避不一地的播遷苦旅，對於天地造化與歷史興亡的情感溢乎言表。由早歲的避地海角天涯，寓寄向秀〈思舊賦〉中的惻隱衷曲，卻又能將歷歷在目的殊絕色相，予以造型賦彩，是感應之至極，思慮才動，肺腑之情躍然紙上：

> 觀日月之出沒，經亂礁之岸崿兮，想文山之竭蹶，草木無所附
> 麗兮，但見饑鷹千群之倏忽，泊牡蠣之灘頭兮，昔光堯於是乎
> 至止，數百年若旦暮兮，誠流涕而不能已，彼琴墮有還時兮，
> 今庶幾其復爾。……島嶼之逶迤也，熠燿明滅於紅窗兮，星宿

---

[211] 〈小園記〉收於《南雷文定·後集》卷一，詳見楊家駱主編：《中國文學名著第六集》第 16 冊（台北：世界書局），頁 13。

> 之推移也，……凡島中之花鳥兮，視人世而竟殊，當夫百妖露，
> 天水同，群魚飛霧，海市當空，帆俄頃而千里兮，浪百仞而萬
> 重，縱一瀉之所如兮，何天地之不通。[212]

由避地海隅，進而有乞師日本、眼界大開的特殊戰局歷練。進而
避地於萬山之間，風颯寂景，助其淒清心影，繼而雖有避地市廛、避
地城郭、重返故居、復避地海隅，終始往還、疲曳不堪的苦旅，卻也
甘之如飴。尤其避居空山跫音之際，正值黃氏熱衷曆算之學的時期，
對於生命境遇的況味，感觸尤深，易學中的憂患意識以及與世推移的
哲理，更在本文中時露端倪，對於避地不安的寥落心緒，黃氏寫作此
文，不外乎是苦悶的象徵，卻義近於無妄卦的擬議。

> 亦有高人訪道，至我廬邊，古松流水，算子鏗然。悲屠龍之技
> 兮，僅世外之可傳，蓋將埋名與草腐兮，不虞為野火之所妒，
> 以淵明之苦節兮，天亦不憐其遲暮，況余之瑣瑣兮，又焉能免
> 夫孤露。悲藥圃之就荒兮，聽流水之侵路，彷依齋之易卦兮，
> 聊避地於市廛，……最此二十年兮，無年不避，避不一地，念
> 邊播之未定兮，老冉冉其已至，於是返故居，捷六枳，蓬蒿滿，
> 琴書肆，苟歌哭之有常兮，豈怨風雨之不蔽。

黃氏觀物雖以元氣為本，卻不妨其生成變化的異端之象，對於這
些變易之象，都視為文學創作的素材。另一方面也視為演繹文道的佐
證，尤其物色交感，緣情筆端，每有發人深省的新見。〈雁來紅賦〉一
文，乃抒寫夏秋交替之際，百草本為一本慘淡經營之樣貌，忽有一不
尋常之弱草，冶色奪目，促成黃氏與其子黃百家藉題論道的談資，並
予以諦觀百物榮枯無妄的奧義：

> 溽暑初謝，秋聲在樹，寸寸寒煙，山山靈雨，水潺湲而極，天

---

[212] 〈避地賦〉收於《南雷文定·前集》卷十一，詳見楊家駱主編：《中國文學名著第
六集》第 16 冊（台北：世界書局），頁 175。

寥沈而如暮。嘹喨兮聲滿長空，參差兮景留古渡，蕙蘭心死，
芙蓉腸斷，草則螢去情亡，葉乃根離恨絆。爰有弱草，生於階
畔，根老無花，條孤不蔓，埋苔蘚所不辭，招覓陸以為伴。於
斯時也，忽然露奇，遂爾目換，黃疑曉鶯坐樹，紅若春鵑哭旦，
蜀錦出濯，霞光方亂，幾登群卉之目，豈特百草之冠。[213]

其子百家欣其所遇，以此花之奪目，而引以為此物之精華畢現。
黃氏卻反其道而觀，認為此乃弱草迴光返照之病容，有一警策的啓發：

秋風宛轉，原是哀魂，夕陽陸離，但有啼煩，相對吟蟲，時來
病蝶，豈知其所不得已者。人反賞之以目睫乎，小子識之，
君子聞道而腴，心空得第，奚羨榮枯于外境。達人苦富貴之桎
梏，世方以為慶，修上傷聲名之頓摵，世方以為盛，又何殊于
茲草之萎泡將敗，汝方以為得遂其性乎，故曰，木有癭，石有
暈，犀有通，以取妍于人，皆物之病也。

本文遂以擬人化的體會，代其立言；雖是小品之文，卻能如實的
為萬物色相之理，別開生面，目擊道存。

（六）詩以道性情，以詩為曆，縱覽興亡

黃宗羲的詩觀除了一反流俗之見，試圖疏通詩歌創作和鑑賞的關
鍵處，即在於情之「真偽」，而不在門戶家數。不僅推尊「詩史」觀，
並以自身的創作，以及和門人李杲堂計劃性編理品評遺民詩以及浙東
詩家遺作，蔚為清代「浙派」詩的先驅人物。[214]尤以揭示多讀書、多窮
理（推究詩之真偽及其極至處），獨以硬語抒寫哀憤之情、擯棄軟甜之
習和華麗藻繪；力主以真摯情思遣驅文字、有意張揚宋詩風格，實與

---

[213] 〈雁來紅賦〉收於《南雷文定·前集》卷十一，詳見楊家駱主編：《中國文學名著
第六集》第 16 冊（台北：世界書局），頁 177。

[214] 參見嚴迪昌：《清詩史》上冊（台北：五南出版公司，1998 年），頁 202-246。

明季乃至於清初之風尚相扞格。雖頗招非議，如《龍性堂詩話初集》即斥其「不知詩而強言詩」，而清初沈德潛於《明詩別裁》、《國朝詩別裁》均不選黃詩。但是置諸今日之詩史及詩評而言，黃氏的詩論及創作仍有寬廣的討論空間，如錢鍾書《談藝錄》以為：

> 梨洲自作詩，枯瘠蕪穢，在晚村（呂留良）之下，不足掛齒。而手法純出宋詩。當時三遺老篇什，亭林詩乃唐體之佳者，船山詩乃唐體之下劣者，梨洲詩則宋體之下劣者。然顧王不過沿襲明人風格，獨梨洲欲另闢途逕，尤為豪傑之士也。[215]

而嚴迪昌的《清詩史》則推崇黃氏看重詩人「主體性自覺意識」，以及他所主張的多讀書窮理，純係「詩外工夫」（陸放翁之名言「工夫在詩外」，蘇東坡的「作詩必此詩、定知非詩人」義近於此），乃為綜合提高功力，並非倡導以「學」為詩，顯然和「學人詩」有所區別。[216]

黃氏所體現的詩人自覺意識緣由何在？最顯著的焦點即導源於文學史上所謂的「唐宋之爭」，這是兩種典範風格的高下及法式問題，[217]並由嚴羽《滄浪詩話》中批判宋人以「文字」、「議論」、以「理」為詩，是為詩 道沈淪的末流；屈此高抬唐詩之神韻興會，方臻詩家三昧之論，歷來引起不小的影響，尤以明代文學復古運動的前後七子下迄明末陳子龍是輩，餘風猶存。

黃氏推崇宋詩，一方面固然是個人與同輩之間小集團的偏好，如他與呂留良、曹溶等人皆有計劃性地庋藏宋人集部，成果頗豐，其弟黃宗炎亦宗宋詩，《二晦山樓集》近楊萬里詩風，宗羲弟子如鄭梁及查慎行宗尚東坡，陳訏並選存《宋十五家詩》，李杲堂詩風悲涼愴楚，特

---

[215] 錢鍾書：《談藝錄》（台北：書琳出版社，1988 年），頁 144。

[216] 嚴迪昌：《清詩史》上冊（台北：五南出版公司，1998 年），頁 205。

[217] 唐宋詩歌的風格及審美論題，龔鵬程嘗指出宋詩的特質乃奠基於「知性的反省」，參見蔡英俊編：《意象的流變》（台北：聯經出版社。1987 年）。

多驚心動魄之作,卻也兼有口語式句調入詩,又能洗煉工巧亦近宋調一格,清代「浙派」濫觴之勢,可謂與宗羲之提倡攸關。[218]

除了修正明季盲目學唐蔽病之外,黃氏的根本目的並非以宋詩之典範取代唐詩之主流地位,而是具體指出詩歌創作的本質以及詩史反省上的意義何在,否則依然逃脫不開復古思潮的惡性循環,思想史如此,文學史的檢證亦然。[219]

黃宗羲生平撰詩千餘首,在傳世的作品中,風格及特點一如其散文的千彙萬狀,但是最主要的基調,仍舊呈現出他獨具的沈鬱及跌宕情韻,值得玩索。詩歌類的文道理則,筆者認為可以由象數論中的「泰」、「否」、「旅」三卦為擬議:

泰卦:否泰之往來,一歲之寒暑也,並兼有薈蔚參差之貌。當「泰」則陰亦為美,在人民則不富以鄰,大道為公也,在女則不自有其貴,在土則可以守禦也。(按:取象乃坤卦往上,乾卦來下,此即坤地之陰氣上升,乾天陽氣下降之氣化吉亨狀態)[220]

否卦:當「否」則陽亦無用委於天命,上之聖治,徒袖手旁

---

[218] 參見嚴迪昌:《清詩史》上冊(台北:五南出版公司,1998 年),第三章,論兩浙遺民詩群之興起。

[219] 黃宗羲的詩學編集當以《南雷詩歷》為代表,徵存南明文獻之用心,與其他史著文集如出一轍。梨洲有《思舊錄》之作,追記朋好師友凡一百十六位,將當時見聞雜錄其間,《續修四庫全書提要》所謂:「腸斷甘陵,神傷漳水;一生閱歷,取精用宏,於此約略見之矣。」嘗試比較《南雷詩歷》與《思舊錄》,一為詩史,一為小品,雖體裁不同,而內容可以相互發明,皆是徵存文獻之作。《南雷詩歷》所載,為明清之際「血心流柱,朝靈同晞」愛國志士之血淚史。

[220] 此章按語參見朱維煥:《周易經傳象義闡釋》(台北:台灣學生書局,1993 年),頁 92。

觀耳。(按:本卦爲泰之反卦,故爲閉塞之象,君子生當此時,不利於卜問)。

≡≡
≡≡ 旅卦:人生何在非逆旅,豈能久居,聖人以焚巢示象,運數之在天者也,世人經營求望之心,爭城受禪,皆瑣鎖也,得失何足芥蒂乎?

黃氏的《南雷詩曆》,以詩爲曆,實可爲「以詩爲史」。不僅爲其一人之史,並奠基於上述詩人的主體性自覺意識,以此爲詩,得以縱覽興亡。在〈詩曆題辭〉中自謂:「師友既盡,孰定吾文。但按年而讀之,橫身苦趣,淋漓紙上,不可謂不逼真耳。」[221],觀其詩集,按干支紀年,不僅有其敘述上的整體時間觀。並能依時序之遞嬗,審視黃宗羲「傳記詩學」的特質,或名爲「自傳式詩史」,亦即將敘事、議論、抒情交融運化,三者並臻爲詩歌創作的特質。[222]尤其黃氏自謂他在詩學上的領悟,不在詩家的章參句鍊,而是身歷變故、亂離之間「驢背篷底,茅店客位,酒醒夢餘,不容讀書之處,間括韻語,以銷永漏、以破寂寥。」[223]方知詩之道甚大「一人之性情,天下之治亂,皆所藏納」,何須出於一途,千變萬化當求其至處。闡明了他的詩觀,不外乎在世

---

[221] 〈詩曆題辭〉《南雷文定》·《黃梨洲詩集》,詳見楊家駱主編:《中國文學名著第六集》第16冊(台北:世界書局),頁2。

[222] 張高評:〈《南雷詩曆》與傳記史學〉,《國立編譯館館刊》(第22卷,第2期),頁116-120。張高評指出中國之傳記文學,作俑於「《春秋》五例」,於是同屬《春秋》家之《左傳》、《史記》尊奉爲中國傳記文學之宗祖。據此而論,中國傳記文學,必需兼顧歷史敘事之真、道德教化之善,以及藝術表現之美。詩歌創作若將敘事、議論、抒情交融運化,結合真、善、美三者而一之,三妙並臻者謂之傳記詩學。由此觀之,杜甫之敘事詩,人謂「自傳式詩史」者,可以稱爲傳記詩學;黃梨洲詩集,《題辭》自謂:「按年而讀之,橫身苦趣,淋漓紙上」,且以《詩曆》名集,自然也可以稱爲「傳記詩學」,以別於《左》《史》等古文之傳記文學。

[223] 〈詩曆題辭〉《南雷文定》·《黃梨洲詩集》,詳見楊家駱主編:《中國文學名著第六集》第16冊(台北:世界書局),頁2。

局時運「否泰」之際，由人間之逆「旅」，橫身苦趣，遂淋漓紙上，別有會心！由易道之擬議來看其詩道之變化，可謂深切著明；故言「詩曆」以年月為曆亦可，或謂「詩歷」，以詩為史，以生平之詩心縱覽興亡亦無妨。

　　針對橫身苦趣而言，黃氏自言一生瀕九死，且避地多蹇，幾番磨難，目所履歷已非常人得以想見。是以詩作中每每側寫箇中甘苦。例如〈山居雜詠〉，抒寫動亂之後的山居生活，眼前青黃不接的生活處境，相較於戰火的夢魘，對他而言，尚能甘於淡泊：

　　　　鋒鏑牢囚取次過，依然不廢我絃歌。死猶未肯輸心去，貧亦其能奈我何！廿兩棉花裝破被，三根松木煮空鍋。一冬也是堂堂地，豈信人間勝著多？[224]

　　尤其是如實坦露易代遺民，那種土室牛車般的生活寫照，即便是窘迫無比的生活條件，似乎也必須要能從中領悟苦趣：

　　　　風天去拾松栿火，霜後來尋野菊茶。一兩皮鞋穿石路，三間矮屋蓋蘆花。誰云勉強差排得，隨分風光吾欲誇！

　　〈五老峰頂萬松坪同閣古古夜話限韻〉一詩中，黃氏灑脫的表達了俯仰天地、曠觀名山勝境的領悟，與同為歷經風霜的友人，共話顛沛不定的生平：

　　　　身瀕十死不言危，天下名山尚好奇。相遇青蓮飛瀑地，正當黃葉寄風時。閒雲野鶴常無定，箭鏃刀痕尚在肌。同是天涯流落客，不須重與說分離。[225]

　　〈王仲撝侍御過龍虎山草堂〉一詩中，乃記述黃氏隱居山間，鑽

---

224 〔清〕‧黃宗羲著：〈山居雜詠〉，《黃宗羲全集（十一）--南雷詩文集》（浙江：古籍出版社，1993 年），頁 236。

225 〔清〕‧黃宗羲著：〈五老峰頂萬松坪同閣古夜話限韻〉，《黃宗羲全集（十一）--南雷詩文集》（浙江：古籍出版社，1993 年）。

研易學，友人王仲儔來訪，故友重逢，感慨係之，而王氏也與黃宗羲
學習曆算之學，審顧天下時事，仍不免枉然：

> 十年有五驚彈指，又復煩君入剗中。斜日蜂喧蕎麥路，斷雲犬
> 吠瀑花東。相看鬚鬢都成雪，豈料乾坤尚在籠。應是未還車馬
> 債，枉教南北遍遊蹤。[226]

〈苦雨〉一作，即反映了此種備嘗艱辛的人間況味，世事如轉燭，
遺民生活的無奈感，盡訴筆端：「一冬寒日照枯枝，陰雨偏留花草時。
怪道爭傳《懊惱曲》，古今何事不參差。」[227]

就連生病之際，仍有許多不平之事未盡心願；橫亙胸襟，猶如他
所看重的元氣鼓蕩，直至臥病，仍是一脈耿耿孤心，不能平息：「騷屑
三秋不自寧，半床明月照零丁。何緣肺氣秋濤壯，載盡人間許不平。」
[228]

黃宗羲置身戲劇化的人生場景，憂患感受也就深得易學的世界
觀。客觀環境的物色推移，動靜觀瞻，在他看來，別有一番生活基調：

> 同是山中聽雨人，相逢那得不相親，春寒難許牡丹放，雨後且
> 看瀑布新。已試一身憂患易，誰言千古是非真。[229]

就連雨中夜話，都能彷彿置身易象擬議的世界，這種時空整體宏
觀的意識，在黃詩的意境中是一種特具的風貌。例如「已視興亡如院
本，故翻黨錮作新題，舊人此日唯君左，話到當年日已西。」[230]「文彩

---

[226] 〔清〕·黃宗羲著：〈王仲撝侍御過龍虎山草堂〉·《黃宗羲全集（十一）--南雷
詩文集》（浙江：古籍出版社，1993 年），頁 246。

[227] 〔清〕·黃宗羲著：〈苦雨〉·《黃宗羲全集（十一）--南雷詩文集》（浙江：古
籍出版社，1993 年），頁 302。

[228] 〔清〕·黃宗羲著：〈臥病〉·《黃宗羲全集（十一）--南雷詩文集》（浙江：古
籍出版社，1993 年），頁 341。

[229] 〔清〕·黃宗羲著：〈王不庵以易經見示〉·《黃宗羲全集（十一）--南雷詩文集》
（浙江：古籍出版社，1993 年），頁 356。

[230] 〔清〕·黃宗羲著：〈同輪庵欲虞咨牧陽和書院〉·《黃宗羲全集（十一）--南雷

論留敗壁泥、百年多少日沉西、不將紅袖偕來拂、唯有籠窗樹影低。」
[231]已然將天地之變幻,視爲人間行旅之尋常故實。但作爲傳記詩學的角
度而言,此一人之史,一世之史,甚且是縱覽興亡的寓意,在黃宗羲
沈鬱而悲慨的心中,實已賦予詩境更大的藝術性。

他認爲詩有三等:求之於景,求之於古,求之於好尙,而以求景
爲上。他說:「以花鳥爲骨,煙月爲精神,詩思得之灞橋驢背,以求之
於景者也。」[232]但是,如果撇開詩人的情,爲寫景而寫景,則景爲滯景,
詩爲惡詩。徐凝的瀑布詩:「千古長如白練飛,一條界破青山色」,只
有形象而無興象,成爲文學史上的笑柄,黃宗羲即以此爲例,說:「左
思云:『非必絲與竹,山水有淸音』,彼一條界破青山色,非徐凝之惡
詩耶?誠不如絲竹管弦,猶爲不惡。」[233]

例如:〈九日尋古蘭亭〉一詩,即將議論、敘事以及抒情三者,共
同烘託黃氏身值今昔之感的史觀,尤其是晉代遺韻,以及豪傑未濟的
志業,頗能作爲他生平的寫照:

　　古蘭亭在崇山下,去今亭里許,有華表,為萬曆間徐貞明所立,

詩文集》(浙江:古籍出版社,1993 年),頁 307。

[231] 〔清〕·黃宗羲著:〈同董無休向佰興施勝吉觀徐文長題壁之韻〉.《黃宗羲全集
　　(十)--南雷詩文集》(浙江:古籍出版社,1993 年),頁 308。明王世貞《詩紀·
　　序》謂:「時代之污隆、風俗之敦衰、政事之得失、物情之變異」,皆能於詩中見
　　之。錢謙益《有學集卷十八·胡致果詩序》稱:《春秋》未作以前之詩,皆國史也;
　　人知夫子之刪《詩》,不知其定史。人知夫子之作《春秋》,不知其為續《詩》。……
　　千古之興亡升降,感歎悲憤者,皆於詩發之。馴至於少陵,而詩中之史大備,天下
　　稱曰詩史。魏禧《紀事詩抄·序》亦謂:詩人「於當世治亂成敗得失之故,風俗貞
　　淫奢侈之源流,史所不及紀,與忌諱而不敢紀者,往往見之於詩。」這些觀點都與
　　《南雷詩曆》得以前後呼應,參見張高評:〈《南雷詩歷》與傳記詩學〉,《國立
　　編譯館館刊》(第 22 卷,第 2 期),頁 118。

[232] 〔清〕·黃宗羲著:〈金介山詩序〉.《黃宗羲全集(十)--南雷詩文集》(浙江:
　　古籍出版社,1993 年),頁 87。

[233] 〔清〕·黃宗羲著:〈靳熊封遊黃山詩文序〉.《黃宗羲全集(十)--南雷詩文集》
　　(浙江:古籍出版社,1993 年),頁 97。

雖墾之成田，流觴之跡猶在。余重九登高於此，土人張敬吾導
之，始得其地。[234]

來尋內史流觴地，重九何如上已遊。禾黍雖然吞古蹟，茂林依
舊叫鉤輈。文章不入昭明選，功業空為殷浩謀。從古英雄多袖
手，流傳恨事與千秋。

　本詩抒寫對於晉代殷浩和王羲之的志業及豪傑氣韻，殷浩：參預
朝政，曾謀劃控制桓溫，以平定中原為己任。率師北伐，戰敗被桓溫
彈劾，廢為庶人。王羲之曾勸他與桓溫和好，並兩次寫信勸止北伐之
舉，詞句懇切，殷浩都不聽，將這段史實與他個人親歷南明政權的否
泰之感，前後呼應，而晉韻的雋永，似乎也在此詩中，因著蘭亭修禊
的典故，令人緬懷昔日群賢畢集的盛況。

　黃氏在順治八年（一六五一）中秋，與弟晦木在浙江曹娥江的百
官渡口等候渡江，觀潮後作此詩。詩先寫觀潮，包括等潮、聽潮、觀
潮、懼潮，著重渲染江潮的氣勢，以及人們的心理反應。將情景之交
融，以及視聽的極限，竭力描摹，構成了極大的張力：

夜半津船不可呼，朦朧月色立泥塗。闐闐殷殷高以粗，細聽尚
在百里迂。倏忽浪花約束齊，三山浮來海之隅。岸脅迫厄容區
區，驚飛屋捲為前驅。地軸動搖觀者瞿，無風亦有飄墮虞。吾
聞其神伍公魄，國亡不救遑身惜。至今杳渺見靈旗，怒氣千年
留新跡。古來冤憤豈一事，後之視今今視昔。直待萬物得其平，
朝不為潮夕不汐。人間尚有弄潮兒，樂哀不知鬼神譎。[235]

　本詩又能寓以沈鬱而悲壯的史觀，將吳越之爭的歷史配景下，吳

---

[234] 〔清〕·黃宗羲著：〔清〕·黃宗羲著：〈九日尋古蘭亭〉·《黃梨洲詩集》收入
楊家駱主編：《中國文學名著第六集》第16冊（台北：世界書局），頁98。

[235] 〈辛卯中秋與晦木候渡百官江觀潮〉，參見平慧善、盧敦基譯注：《黃宗羲詩文》
（台北，錦繡出版，1993年），頁173-174。

王夫差誤中勾踐之計，賜死吳子胥自刎前有謂：「抉吾眼，懸吳東門之上，以觀越寇之入滅吳也。」子胥死後沈江中，傳說成爲濤神，渡江者皆敬祀其靈。黃氏將潮起潮落的氣勢與歷史之潮差和豪傑的不平之氣，加以縮結，並針砭不能洞鑒興亡本質的臨海弄潮人，實有無限抱憾。

　　黃氏詩史的特質，以他的觀感，是認爲以詩見證歷史之推移及啓示，而非以史記詩。究心於當代之史，切身之史的憤悱之情，置於後世而觀，意義就格外重要，他在〈萬履安先生詩序〉中，即慷慨陳詞：

> 今之稱杜詩者以爲詩史，亦信然矣。然註杜者，但見以史證詩，未聞以詩補史之闕，雖曰詩史，史固無藉乎詩也。逮夫流極之運，東觀蘭臺但記事功，而天地之所以不毀、名教之所以僅存者，多在亡國之人物。血心流注，朝露同晞，史於是而亡矣。猶幸野制遙傳，苦語難銷，此耿耿者明滅於爛紙昏墨之餘，九原可作，地起泥香，庸詎知史亡而後詩作乎？是故景炎、祥興，宋史且不爲之立本紀，非指南、集杜，何由知閩、廣之興廢？非水雲之詩，何由知亡國之慘？……可不謂之詩史乎？元之亡也，渡海乞援之事，見於九靈之詩。而鐵崖之樂府，鶴年席帽之痛哭，猶然金版之出地也。皆非史之所能盡矣。明室之亡，……其從亡之士，章皇草澤之民，不無危苦之詞。以余所見者，石齋、次野、介子、霞舟、希聲、蒼水、密之十餘家，無關受命之筆，然故國之鏗爾，不可不謂之史也。[236]

　　在他看來，這些易代之交的目擊者，所陳之詩，所作之文，都可以列入詩史，其中必有非常人所能體會的性情，發而爲文，都是天地之元聲元氣。

---

[236]　〔清〕・黃宗羲著：〈萬履安先生詩序〉，《黃宗羲全集（十）--南雷詩文集》（浙江：古籍出版社，1993年），頁47。

　　黃氏詩學的核心，應以性情觀最爲顯著，通觀詩文中普遍申說的性情觀點，實與他「文道道合一」的宗旨條關，張亨試圖剖析黃氏的詩論，認爲性情可依淺深而別爲五個層次：[237]

　　(1)乾啼濕哭的膚受之情。

　　(2)習心幻結，俄頃銷亡，不及於情之情。

　　(3)汩沒於聲調紛華，浮而易動，其性情不過如是而止。

　　(4)深一情以拒眾情，怨女逐臣一時之性情。

　　(5)淒楚蘊結，悲天憫人，萬古之性情。

　　由萬古之性情，諦觀一時一域片刻之性情。猶如黃氏立足於史家視野，將詩歌賦予更大的延展性（即詩史）。「盈天地間皆文也」與「盈天地間皆惻隱之流動也」，同爲文（詩）道合一的理想境界。如以敘事意象的探索而言，黃氏詩歌中除了風雷的意象指涉之外，又當以「硯」、「菊」和「茶」三者呈現的敘事意象，最能涵括他的性情論與詩史觀。據張高評的研究，他認黃詩中「硯」的指涉，當爲史筆的化身，大有誅奸鋤惡捨我其誰之慨。而「菊花」的指涉，當以「晚香」之意，象徵詩人對於晚節的堅持。[238]

　　如〈周公謹硯〉中言：「弁陽片石出塘棲、餘墨猶然積水湄、一半

---

[237]　張亨：〈試從黃宗羲的思想詮釋其文學視界〉，《中國文哲研究集刊》（1994年，第 4 期），頁 205。前三者不必能細分，然本不可以入詩，即或入詩，必不能動人，其作者也不能算是詩人。所謂詩以道性情，應指後二者而言。而作詩者的最高境界是呈顯萬古之性情，不可自限於個人遭際的不平，怨憤之私情。──黃宗羲並非忽視這種情，其爲至情孤露，一往情深，非不惻惻感人；實際上，大部分的詩作也是這一類。他只是希望學道之君子能再進一層，到達真正與性合一之情。「喜怒哀樂，四氣周流，存此之謂中，發此之謂和」，如此，不僅提升了情的層次，同時也賦予詩以最高的價值。這種情的分辨中，已涵著對作品的品鑒；不過，黃氏此處的重點不在評鑒，而是指出詩的本質。

[238]　張高評：〈《南雷詩歷》與傳記詩學〉，《國立編譯館館刊》（第 22 卷，第 2 期），頁 127。

已書亡宋事，更留一半寫今詩。」[239]又如〈史濱若惠洮石硯〉：「吾家詩祖黃魯直，好奇亟稱洮河石，既以上之蘇子瞻，復與晁張同拂拭。」[240]慨然以詩寓史之筆墨，揮寫人間不平事。

〈元旦洗硯〉一文，則寓寄悲辛之史觀，於平常之細事：「且將故事盡消停，老嬾何能傍世情，一事旁人猶笑我，鑿開冰雪洗寒星。」[241]

〈致姜定庵乞硯〉，則以友人之硯抒寫友情與世事之悲欣交感：「定庵齋頭硯，仁涵而義浴，明眼照古今，興不借鸊鷉，惠此下巫陽，將來作含玉，……佳話留平生，非以媚幽獨。」[242]

磨硯寫平生，一如他在世事滄海中摧磨抑鬱之感，黃氏之弟黃宗炎本人工畫藝，又善制硯，[243]故於硯石的質地神韻，別有一番體會，例如〈不寐〉一詩：「年少雞鳴方就枕，老人枕上待雞鳴，轉頭三十餘年事，不道消磨只數聲。」[244]對於宋詩獨具的「老境」頗能相應。錢鍾書所謂的「一生之中，少年才氣發揚，遂爲唐體。晚節思慮深沈，乃染宋調若木之明，崦嵫之景，心光既異，心聲亦以先後不侔。」[245]宋詩偏於沈潛，多以筋骨思理見勝，恰爲黃詩普遍之基調，亦便於他的「詩歌抒情」以及「敘事議論」雙構性的詩史特質。以此特質觀花，就偏嗜菊花之隱逸晚香一格，別有會心。

---

[239] 《黃梨洲詩集》收入楊家駱主編：《中國文學名著第六集》第16冊（台北：世界書局），頁70。

[240] 〔清〕·黃宗羲著：《黃宗羲全集》第11冊，頁274。

[241] 〔清〕·黃宗羲著：《黃宗羲全集》第11冊，頁354。

[242] 〔清〕·黃宗羲著：《黃宗羲全集》第11冊，頁379。

[243] 翁洲老民：〈黃宗羲傳〉·《黃宗羲全集》第十二冊，頁69。黃宗炎，字晦木，人稱鷓鴣先生，餘姚人，忠端公次子，崇禎中貢生。隱于白雲莊。亂定，遊石門、海昌間，賣畫自給。畫宗小李將軍、趙千里，工繆篆，又善制硯。所著有《周易象辭》、《尋門餘論》、《易圖辨惑諸書》。

[244] 〔清〕·黃宗羲著：《黃宗羲全集（十一）--南雷詩文集》（浙江：古籍出版社，1993年），頁272。

[245] 錢鍾書：《談藝錄》（台北：書林出版社，1988年），頁4、2。

〈書事〉二詩，作於康熙二十三年（一六八四），時作者七十五歲。
筆下的秋菊之景與文學心事，莫不以苦情老境爲本色：

> 初晴泥路覺槃跚，聽徹松濤骨亦寒。莫恨西風多凛烈，黄花偏
> 奈苦中看。
>
> 論文不苦病相磨，剪燭山窗夜已過。記得填詞三百本，緣來最
> 苦是情多。[246]

從來志士多悲秋，菊花之意境恰爲最佳的敘事意象，而淵明愛菊
的遺民處士性格，又得以與黄氏相契，同爲「晉人尙韻」的遠致。

〈九月八日顧郡守雅集〉，則言「霜天黄菊設賓筵，投老猶能一暢
然。酒自惠泉飮菊水，詩成廣坐盡瑶篇。」[247]其他題詠菊花之佳句如「好
花都發重陽後，各品偏遺舊譜中。」[248]「吾自不嫌金瑣碎，一年秋興在
東籬」點出黄氏寄情秋菊之風雅，又謂：「吾祖醒泉及九霄，秋花一派
在餘姚，欲將粉本傳黄氏，只在煙殘露未銷。」「秣陵數畝菊花田，詩
客酒人正少年，不道一雙離亂眼，更無消息到渠邊。」[249]

由硯以明史跡，以菊托寓性情，那麼身值否泰之往來，人生逆旅
的滋味，又當如何超越於視聽之外？黄氏的詠茶詩，或許道盡了這種
百味雜陳的人生苦澀之感，筆觸所及，又當爲另一番況味！

〈山居雜詠〉一詩中，即以茶藥並陳，農事與文事兼舉的手法，
鋪陳山居生活的寫照：

---

[246] 〔清〕·黄宗羲著：〈書事〉·《黄宗羲全集（十一）--南雷詩文集》（浙江：古
籍出版社，1993 年），頁 312、313。

[247] 〔清〕·黄宗羲著：《黄宗羲全集（十一）--南雷詩文集》（浙江：古籍出版社，
1993 年），頁 310。

[248] 〈同張書乘陳簡庵陸冰修家晦木郊外觀菊〉·《黄梨洲詩集》收入楊家駱主編：《中
國文學名著第六集》第 16 冊（台北：世界書局），頁 283。

[249] 〔清〕·黄宗羲著：〈菊〉·《黄宗羲全集（十一）--南雷詩文集》（浙江：古籍
出版社，1993 年），頁 325、326。

數間茅屋儘從容，一半書齋一半農。左手犁鋤三四件，右手翰墨百千通。牛宮豕圈親僮僕，藥竈茶鐺坐老翁。十口蕭然皆自得，年來經濟不無功。[250]

而〈製新茶〉一作本詩反映茶農一天的勞動生活，先寫天色，接寫採茶、揀茶、炒茶、試茶等趕製春茶佳茗的全部歷程。顯見黃氏亦為嗜茶之人，對於茶人的苦辛寫照，猶如一件藝品由調護到完成的喜悅。

檐溜松風方掃盡，輕陰正是採茶天。相邀直上孤峰頂，出市俱爭穀雨前。兩筥東西分梗葉，一燈兒女共團圓。炒青已到更闌後，猶試新烹瀑布泉。[251]

對於茶的愛好及品啜，在回甘及喉韻之間，黃宗羲對於人間之摯情，也就顯得格外珍視。例如〈寄新茶與第四女〉，將情景之交融與茶香之茶遠弗屆，都寓寄在父女之情的呼應上：

新茶自瀑嶺，因汝喜宵吟，月下松風急，小齋暮雨深，句殘燈落蕊，更盡鳥移林，竹火猶明滅，誰人知此心。[252]

黃氏詩歌的審美感受，以及貫注在其中的人格形象，藉由「硯石」、「黃菊」與「茶韻」等敘事意象的交光疊影，薈萃而為其人其詩的風格面目，尤其令人倍感欣慰者，黃氏直至終老，詩心及造詣仍舊元氣勃發。

〈除夕〉一詩作於康熙二十八年（一六八九）。這一年，曾在甬上集諸老人作千歲會，鄭近川、陳賡卿、邵陶叔、潘某年均百歲，餘六

---

[250] 〔清〕‧黃宗羲著：〈山居雜詠〉‧《黃宗羲全集（十一）--南雷詩文集》（浙江：古籍出版社，1993 年），頁 236。

[251] 〔清〕‧黃宗羲著：〈製新茶〉‧《黃宗羲全集（十一）--南雷詩文集》（浙江：古籍出版社，1993 年），頁 239。

[252] 〔清〕‧黃宗羲著：《黃宗羲全集（十一）--南雷詩文集》（浙江：古籍出版社，1993 年），頁 318。

人也都九十，黃宗羲八十歲為最少。作者除夕苦病，反思平生，雖已風燭殘年，仍壯心未已：

> 病骨支床耐五更，春來山鳥冷同聲。無端世俗浮名重，可驗衰年道力輕。十岳平生虛夢想，六經注腳未分明。明朝九十方開秩，老眼還思傍短檠。[253]

　　黃宗羲《詩曆》中的敘述特點，不外乎認為詩之與史相表裡也，並自許與元好問之《中州集》以及錢謙益的《明詩選》，同為詩史互證的理念。在整體中國詩學的立場下，評騭詩史觀，龔鵬程認為黃氏等人採行的詩史合一，可視為一種詩歌判斷的價值語句，同時也顯示了詩的性質。直至清末，仍有持續性的探索與此攸關，而詩史觀的強調，又得以反映出試圖將敘事和抒情相容的思維。[254]體現了詩歌藝術中獨特的表述方式。

---

[253] 〔清〕·黃宗羲著：〈除夕〉·《黃宗羲全集（十一）--南雷詩文集》（浙江：古籍出版社，1993 年），頁 342，並參照平慧善、盧敦基譯注：《黃宗羲詩文》（台北，錦繡出版，1993 年），頁 235 之註解。

[254] 龔鵬程：《詩史本色與妙悟》（台北：台灣學生書局，1993 年），頁 88-90。指出它基本上來自對文學語言的體認，但因為這種語言要求，又與我國特殊的思維方式有關，所以與《易經》、《春秋》的表達手法有聲氣相通之處。這種思維方式，簡單地說，即是通過「類」來進行的事物關聯性思考，這種思考方式乃是隱喻式的，可以稱為詩的思考。「詩史」代表了我國詩歌評價中極高的性質，由於它體現了我國抒情與敘事互相穿透的文化特徵，也反映了我國固有的思維方式。通過有關「詩史」的思考，才能建立我國共同象徵的系統，作為創作和論釋的依據。

第伍章、由「文道合一」以迄「人道合一」

--浙東學術開創的人文志業

第一節 「文道合一」宗旨的書院教育

一、學案式思維與書院「集講法」的傳習型態

黃宗羲與甬上證人書院的講學型態，不僅是他文道合一宗旨得以遍潤的方式，在書院史的探索上，這種由學生自發性「擇師集講」的學風，其實正是書院教育的精神所在。迥異於誇飾硬體，徒以官方賜額、生員膏火之多寡，或是學田之面積與學舍之幅圓作為標榜的官辦書院。甬上群英開啓的學術格局，在清初學風的影響十分深遠。並且這些前來就學者，如陳赤衷、李杲堂、萬斯大、萬斯同兄弟、董允璘兄弟等，夙昔皆有結社之經驗，[1]以及彼此進學策勵的根柢，或可謂「帶藝投師」。因此雖無固定的書院「講堂」之所，甚且多方假借場地；先後聚會集講處，如寧波城中高斗樞兄弟之廣濟街家祠、南門的延慶寺、萬氏兄弟的白雲莊、西郊陳赤衷家與張士塤之墨莊、以及陳自舜的雲在樓等處，皆是一堂師友講習過從甚密的地方。這一傳習場地的遷徙和不確定性，自然有著許多現實的考量。

---

[1] 在甬上證人書院建立之前，清廷曾於順治十七年頒佈詔令，嚴禁文人結社，但未能禁止各地反清文士的結社活動。如顧炎武就在江蘇創立驚隱詩社，閻修齡在淮上辦瞭望社，屈大均在廣東辦西園詩社，僧甬可在沈陽建冰天詩社等等。浙東文人的民族意識本來十分強烈，結社之風也從未衰竭。康熙初年，寧波、紹興、石門等地的文會文社又蓬勃發展起來。如黃宗羲、姜希轍在紹興恢復了會稽證人書院，在寧波則有陳赤衷、董允瑫等創建的澹園社、范光陽等人辦的心社、董德偁等人舉辦的西湖八子社、李鄴嗣、高宇泰等人舉辦的南湖九子社等。吳光：〈附錄二：清初啟蒙思想家黃宗羲傳〉，《黃宗羲著作彙考》（台北：台灣學生書局，1990年），頁299。

　　教學空間的限制性、師友交通往返便捷與否、以及在會期中與書院平時的經濟來源上的考量，甚至學習情境上的要求等等，都是此一清初書院崛起之際，至大的考驗。例如和黃宗羲夙昔淵源至深的萬泰（即萬斯大、斯同之父）世家的「白雲莊」[2]，在「圖書針線共一房」的窘態，已遠非昔時優渥從容的處境，當然無法容納二十多位師友的各方面需求。輾轉調整型態之際，張士塤的「墨莊」和西郊陳赤衷家地近西郊，車馬船集匯集的交通地利，以及兩家在經濟條件和藏書、情境上的特點，逐漸爲甬上諸生會集的佳處。除此之外，陳自舜其家的「雲在樓」，不僅是家境富庶，又曾爲萬氏兄弟等人在順治十五年倡立的「澹園社」聚會的處所，其家藏書在當時僅亞於范氏的「天一閣」，並且位居寧波城內月湖之竹洲，兼取園林之勝與湖光之雅，黃宗羲與學子們遂彼此往返過從，在上述克難的條件下，展開了貞下啓元的文教大業。

　　事實上，甬上諸君二十六人，於康熙六年鼓棹姚江，至黃竹浦稟學於黃宗羲，促成了甬上證人書院學風的陶鑄，[3]在當時甚屬艱難，一方面浙東地區殘明抗清的餘緒仍作最後的掙扎，康熙三年抗清勁旅張

---

[2] 萬氏指萬泰一家四代。萬泰（一五九八～一六五七），字履安，號悔庵，寧波人，生於明萬曆二十六年，比黃宗羲年長十二歲，死於清順治十四年。崇禎九年，萬泰得中舉人，其才爲士林所重。他與黃宗羲交誼甚厚，既是復社同道，又是抗清同志，曾設奇計從獄中救出黃宗炎。他對黃氏父子的氣節學問十分敬仰，曾多次率領子弟到黃竹浦拜訪宗羲兄弟，請教學問。他常對朋友們說：「今日學術文章，當以姚江黃氏爲正宗。」（李鄴嗣：杲堂詩文鈔·送季野授經會稽序）萬泰共有八子六孫，其中比較著名的是五子萬斯選、六子萬斯大、少子萬斯同和長孫萬言。萬泰逝世後，黃宗羲即寄書其長子萬斯年，招萬氏兄弟及萬言到餘姚受業，宗羲之孫女也嫁給了萬斯年之孫萬承勳。正如宗羲所說，黃、萬兩家是「四世之交」。吳光：〈附錄二：清初啟蒙思想家黃宗羲傳〉·《黃宗羲著作彙考》（台北：台灣學生書局，1990 年），頁 297-298。

[3] 甬上證人書院拜師日期有若干爭議，到底是康熙四、五、六、七何年爲準的，眾說不一，本文採方祖猷：《萬斯同傳》（台北：允晨文化，1998 年）的考證結果，認定應爲康熙六年較可信。

煌言與李來亨的義師先後兵敗就義，有清大一統的勢力業已逐漸穩定；此期並有二度開啟「明史館」之舉，試圖高壓與懷柔並濟，以牢籠士子之民族意緒。此一時政治和文教氛圍尚屬微妙，書院講會之風自屬觀望階段，不可能與承平時局大規模的聯講會、廣立學舍等此一動見觀瞻的舉措相提並論。黃氏自身屆此也有相當的警策，更何況他由數次瀕臨清軍追緝、幾瀕死難的切身之痛，對於抗清事業的思索，也由早期寫作《留書》（順治十年）時的激越情操，以迄康熙二年改訂為《明夷待訪錄》時的史觀初具[4]，十年風霜，足以起興一代哲人重新「長考」世事棋局的步法。試觀《明夷待訪錄》‧〈學校篇〉中勾勒的文教心緒。將「學校」之奠基作為養士與議政之所具，是俯瞰大局的著眼點。歷來學校規制淪喪之際，正是書院繼起、士之有才能學術者，且往往自拔於草野之間，實為大勢之所趨，不得不然也。黃氏亦曾盛稱「姚江學校」，每每為歷來維繫天下人心的樞紐性地位；是以康熙六年前後，萬斯同等人前來登門拜師之舉，並非純屬偶然，因為同年九月，黃氏也完成了多年的心願，為了昌明蕺山之學，他乃與昔日同門姜希轍、張應鰲等人，興復劉宗周的「證人書院」講會於紹興古小學，（即紹興證人書院），毛奇齡和邵廷采也前來與會。[5]

誠如易「震」卦的取象「一陽在下，而重陰錮之」，種種並不理想的處境之下，如何由書院的旦闇自彰，宣告他的經世志業，已然成竹在胸，並且漸進式的將「明夷待訪」的悲願，轉化為文化慧命的荷擔及傳承。因此當甬上諸生首次集體拜師之際，宗羲即親授「蕺山之學」

---

[4] 吳光：《黃宗羲著作彙考》（台北：台灣學生書局，1990 年），考訂黃氏畢生主要的講學活動之期限乃界定於康熙二年，以迄十八年，即他五十四歲到七十歲這段歷程，先後到語溪、海昌、紹興寧波、鄞縣等地設館講學。而康熙二年可視為一個重要的里程碑，因為是年冬天恰是他的代表作《明夷待訪錄》一書定稿之際，是其展開漸進而蓄勢待發的文教「深耕」階段。

[3] 參仲貴：《明清儒學家著述生卒年表》上冊（台北：台灣學生書局），頁 344。

一《學言》和《聖學宗要》二書，懷抱著深摯的文化衣缽象徵。而先前這群有志之士的集會型態，即由早期偏重時文，雅好詩情的以文會友性格，（即策論會），屆此更名爲「證人之會」乃由性理之學爲鎖鑰，進而確立在經術上的究元決疑，並與清初「經學」復興的思潮，互爲表理。這一轉變也促成清初第一個有組織的經學研究團體，爲清代經學之嚆矢（亦名爲『五經之會』），跨出了當時一般遺民結社的侷限，儼然形成自覺性與學術性的文士集團。[6]

黃宗羲對當時這群浙東爲學之士黽勉策勵的讀書風氣，甚爲滿意，他們不僅搜集故家經學之書，以便與同志討論得失，並在論學時秉持觀瀾索源的信念，「一義未安，迭互鋒起，賈（逵）、馬（融）、盧（植）、鄭（玄），非無純越，必使倍害自和而後已，思至心破，往往有荒途爲先儒所未廓者。」。他們同道論學之盛況，師友間亦彼此啓發甚劇，連黃氏在數十年後依然念茲在茲：「雨併笠，夜續燈，聚夔獻（即陳赤衷）之家，連床大被，所談不出王霸，積日月不厭，余每過必如之。」[7]

甬上諸子之講習，乃採一月二次之「集講」方式，該會成立之後黃氏也命他的兒子黃百家前來參加，一群少年英傑彼此相摩感盪，在學術精進的拓展上，極有進境。康熙七年三月，黃宗羲再次到寧波講學，數十名學生分別在鄞縣廣濟橋和延慶寺舉行大會，在黃氏提議下，正式命名爲甬上「證人書院」，希望能與紹興證人書院一齊改變明代講學之末流，造就新的學風。黃氏自謂藉此以「括磨斯世之耳目」（〈董吳仲墓誌銘〉）；希翼一掃明末科舉遺毒與學術不彰之陰霾，爲世人刮垢磨光，剔妄歸真。由「文道合一」的本懷，下迄「人道合一」的理

---

[6] 方祖猷：《萬斯同傳》（台北：允晨文化，1998 年），頁 96。

[7] 〔清〕·黃宗羲著：〈陳夔獻墓誌銘〉，《黃宗羲全集（十）--南雷詩文集》（浙江：古籍出版社，1993 年），頁 440-441。

境，正是仰賴此一經世志業的奠基。

早在他手著《留書》殺青之際，已然有身值塵冥之中，諦觀治亂之故，仰瞻宇宙，抱策焉往的感慨在自序中娓娓道出了：「吾之言非一人之私言也，後之人苟有因吾言而行之者，又何異乎吾之自行其言乎？」[8]故名其書爲「留書」，顯然期於來者，共振斯文。這畢竟是他尚值亡命生涯於深山避清之際的一份寄託，並嘗自謂在乾坤裂變的非常時期，才幡然領悟了蕺山性命之學的奧義，於「文道合一」的體會才有淪肌浹髓的同感。然而與其託於未知之渺遠，不如能在當代發聾啓瞶，訴諸書院講學此一文化史之大傳統，未始不是一件更有立竿見影的思考。筆者即認爲紹興和甬上書院講學一事，不應獨立作爲他在文教事業上的貢獻，而當是其「整體」文學思想進程中，一個必經實踐的階段。「文道合一」的宗旨才不至於過度高蹈，而流於某種寄託。

針對陳赤衷，萬斯同等學生而言，甬上書院之「集講」也是他們自身治學與蛻變的一場啓蒙式的洗禮。最早拜師的這群士子。早在證人書院創立之前，即已不顧清廷於順治十七年頒佈的嚴禁文人「結社」之詔令，皆各自簇擁同道，廣結文會，例如范光陽等人的「心社」、陸宇鼎、董德俙的「西湖八子社」、李杲堂（鄴嗣）、高宇泰的「南湖九子社」、陳赤衷、董允瑫、萬斯同等人之「澹園社」，可謂洋洋大觀。之後更由鄭梁與董氏，萬氏兄弟等人倡議，在康熙四年將幾個文社合併，建立「甬上策論會」；下及康熙六年，在陳赤衷主導下，更名爲「講經會」（即上述五經之會）以迄正名爲「證人書院」這一歷程，箇中即顯示出他們由「詩文 — 時文古文 — 經術 — 經史 — 經世」之學的遞嬗，不僅相應於黃宗羲個人的心路歷程，他早年即與這些學生一般，亦由文人結社之蹈勵風發，相磨感盪。如崇禎三年，在南京應考

---

8 〔清〕·黃宗羲著：《留書》自序·《黃宗羲全集（十一）--南雷詩文集》（浙江：古籍出版社，1993 年），頁 1。

時即由周鑣（仲馭）介紹下加入「復社」，又於何喬遠（匪莪）之引見入南京的詩社；此外他與復社名士張溥、楊廷樞、陳子龍、吳偉業、沈壽民、冒辟疆、陳貞慧等結為文友，崇禎六至七年又在杭州加入孤山讀書社（又名武林讀書社，隸屬復社），社員欽佩他能「鑿空新義，石破天驚」。此外他又在家鄉餘姚與萬泰、陸符及其弟組織過「梨洲復社」，亦可算是他早期的文學履歷。由是可以理解到他之所以「杖履欣然一葦航」，翩然至甬上樹立學風，前後八年，共計有一百多人參與證人講會，向黃氏問學，成就不少大學者，或晉身官場，開展經世致用的宏圖。[9]

　　黃宗羲在甬上證人書院的講學，強調窮經、讀史和經世。他說明「明人講學，襲語錄之糟粕，不以六經為根柢，束書而從事於游談，故受業者必先窮經，經術所以經世，方不為迂儒之學，故兼令讀史。」全祖望在《甬上證人書院記》中亦稱：

> 　　自明中葉以後，講學之風，以為極敝，高談性命，直入禪障，束書不觀；其稍平者，則為學究，皆無根之徒耳。先生始謂學必原本於經術，而後不為蹈虛，必證明於史籍，而後足以應務，元元本本，可據可依。[10]

　　由此可見，黃宗羲之所以強調窮經、讀史和經世，是為了改變自明中葉以後以成極敝的空疏淺薄的學風，這是他從明朝滅亡的教訓中悟出的重要學術思想，在當時頗欲刮磨斯世眾人之耳目，提倡有體有用、文道合一的學術風格。

　　正是在強調「經術所以經世」的思想指導下，黃宗羲把「經術」列為甬上證人書院的主要講學內容。李杲堂在《送萬充宗授經西陵序》

9　此段考證參見吳光：《黃宗羲著作彙考》（台北：台灣學生書局，1990 年），頁 280。

10　〔清〕・全祖望著，〔民國〕・王雲五編：〈甬上證人書院記〉，《結埼亭集》下冊，（台北：台灣商務印書館，1968 年），外篇，卷 16，頁 880。

中說：「黃（宗羲）先生教人必先通經，使學者從六藝以聞道，嘗曰：『人不通經，則立身不能爲君子；不通經，則立言不能爲大家。』[11]於是充宗兄弟，與里中諸賢共立爲講五經之集」。甬上證人書院在黃宗羲主講期間，經學方面，失後依序談畢了《易》、《書》、《詩》、《禮》諸經，《春秋》未畢則因弟子多爲應考或他故而止。這一次序顯然是依「古文經學」的研究理則而排列，乃依史料[12]之「時代」先後爲判準，亦符合之後章學誠所謂「六經皆史」的浙東史學信念。故不同於「今文經學」以史料義理之「深淺」爲序列的原則。這樣一來經學的底蘊又能與史學的要求相應。透過經學的訓練，作爲治學經世的基本技術，在日後萬斯同的《群書疑辨》一書中，關於經學論著的序列，也正是依上述古文經學的原則而來[13]。而黃氏在書院講學初期，即已有《易學象數論》的研究及論述規模。故以易學及蕺山之學作爲講學肇始的端緒，正是本文追蹤黃氏「文道合一」思想縮結「人道合一」的論述，在他的「理論」（易學之擬議化理則以及蕺山學的氣一元論）及「實踐」（書院講學、文史創作）層面的重要根據。此外，自康熙六年前後的兩所「證人書院」講學開始，以迄康熙十五年前後，甬上證人書院講學結束，此期正是黃氏兩部文道思想奠基之作《明文案》、《明儒學案》陸續殺青之際，在這八、九年間黃氏一面講學，一方面全力考索編纂的歷程，這兩件創作工程也都仰賴門生多方襄助，才能竣工。這一實際的參與過程對於甬上書院採行的「集講」式傳習法，助益甚大。

　　爲了真正讀懂和理解經書，他們也參考漢儒賈誼、馬融、盧植、

---

[11] 〔清〕・李杲堂：〈送萬充宗授經西陵序〉・《杲堂文鈔》卷三，收於〔清〕・《叢書集成續編》153 冊，（台北：新文豐出版公司，1989 年），頁 715。

[12] 方祖猷：《萬斯同傳》（台北：允晨文化，1998 年），頁 103。

[13] 方祖猷：《萬斯同傳》（台北：允晨文化，1998 年·），頁 102。及〔清〕・萬斯同：《群書疑辨》（台北：廣文書局，1972 年），卷一目錄，乃依《易》、《詩》、《書》、《禮》諸經排列。

鄭玄，以及宋以後的學者黃東發、吳草廬、郝京山等研究經學的成果，以及劉宗周的經學著作。與重視窮經相聯，史學也是重要講學內容。黃宗羲高足，史學傳人萬斯同，在《寄范筆山書》一文中即慨然以史學之發揚爲己任說：「吾輩既及姚江之門，當分任吾師之學……將來諸經之學，不患乎無傳人，唯史學則願與吾兄共任之。」[14]除經學、史學外，黃宗羲還講授文學。他爲弟子董道權（巽子）撰寫的〈董巽子墓誌銘〉中說：「巽子嘗問余作文之法。余曰：『詩文同一機軸，以子之刳心於詩者，求之於文可也。』」[15]著名的《明文案》和《明文海》的刊定及編纂，也多由這些學生共同襄助，方能成就一代鉅著。他的主要原則不外乎「本之經以窮其源，參之史以究其委。」在方法上，則揭示「取近代理明義精之學，用漢儒博物考古之功，加之湛思」將窮理格物之學，作爲文學寫作的基本功。

　　萬斯同對於文學創作的基本信念，也是以黃氏的經史之學作爲本源，並指出甬上同學錢魯恭（漢臣）的創作及治學上，有所虛歉所在，即與一般文士只急於文集之撰著，故只能自囿於古文詞的領域。他認爲應認取文學之本源，當以經史爲依歸：

　　　　當先經而後史，先經史而後文集，……經者文之源也，史即古
　　　　文也，……若乃先文集而後經史，先元明而後唐宋、秦漢，則
　　　　是得流而忘源也，無乃失其先後乎？[16]

　　經術之次序有其本末先後，那麼這些載道和載事之言，對於馭文之術而言有何裨益？萬氏進曰：「蓋必盡讀天下之書，盡通古今之事，

14　〔清〕‧萬斯同：〈寄范筆山書〉‧《石園文集》，收於《叢書集成續編》155 冊，
　　（台北：新文豐出版公司，1989 年），頁 114-115。

15　〔清〕‧黃宗羲著：〈董巽子墓誌銘〉‧《黃宗羲全集（十）--南雷詩文集》（浙
　　江：古籍出版社，1993 年），頁 476。

16　〔清〕‧萬斯同：〈與錢漢臣書〉‧《石園文集》，收於《叢書集成續編》155 冊，
　　（台北：新文豐出版公司，1989 年），頁 115。

然後可以放筆為文。苟其不然,則胸中不能無礙,則筆下安能有神?」
此點誠與黃氏論「陳言務去」的原則一致,而萬氏理想中的經世之文,
即與世俗通行的古文、時文大異其趣,他也以同一信念提醒萬言:

> 吾之所為經世者,非因時補救,如今所謂經濟云爾也,將盡取
> 古今經國之大猷,而一一詳究其始末,斟酌其確當,定為一代
> 之規模,使今日坐而言者,他日可以作而行耳,……吾竊怪今
> 之學者,其下者既溺志於詩文,而不知經濟為何事:其稍知振
> 拔者,則以古文為極軌,而未嘗以天下為念。其為聖賢之學者,
> 又往往疏于經世,見以為粗跡,而不欲為,於是學術與經濟遂
> 判然分為兩途。[17]

他對文道分合的體認,實可以說與黃氏如出一轍。萬斯同不僅時
與同門規勸經世之文的信念,在他日後個人北上京師修史期間,即以
史學經世為宗旨,自謂修纂《明史》並非顯親揚名,而是以修史一事,
可藉親手以報先朝。故雖任明史館之務,卻堅持以布衣從事,所成〈列
傳〉三百卷,即可視為上述論文的具體印證。[18]

此外,還有天文、地理、數學等自然科技知識。萬斯同的兒子萬
經在《寒村七十壽序》中說的明白:「維時經學、史學以及天文、地理、
六書、九章至遠西測量推步之學,爭各磨厲,奮氣怒生,皆卓然有以
自見。」可以說甬上的傳習,乃以「經學」為主課,「哲學」是必修課,
史學、文學、曆算、地理、六書、西學等為選修的自學課[19]。書院中開
啟這麼多學門的探索領域,除了彰顯黃氏個人平素的博學視野之外,

---

[17] 〔清〕・萬斯同〈與錢漢臣書〉・《石園文集》,收於《叢書集成續編》155 冊,
(台北:新文豐出版公司,1989 年),頁 115。

[18] 〔清〕・萬斯同:〈與從子貞一書〉・《石園文集》,收於《叢書集成新編》(台
北:新文豐出版公司),155 冊,頁 116。

[19] 方祖猷:《萬斯同傳》(台北:允晨文化,1998 年),頁 104。

最重要的旨趣仍契屬於他對道體的探討，始終認為：「道非一家之私，聖賢之思路，散殊於百家，求之愈艱，則得之愈真」[20]。唯能秉持這種鍥而不捨的信念，方能堀發真知灼見，無論訴諸駁辨或下筆著述，才能不落俗套陳見，自闢新局。

由上可見，黃宗羲在甬上證人書院的講學內容，可以概括為以經術為本，輔之以史學，統之以文學，以及天文、地理、數學等，其目的在於「經世」。這在當時頗具積極意義，使明中葉以來，空談心性，而卑視經世實學的，「講堂錮疾，為之一變。」甬上講學的初期，黃氏與弟子們開啓的傳習型態及內容，也與當時士子或結社風氣的慣性相衝突，不少外人尚且抱持譏諷的態度，認為經術治學的不切實際，斷言這些學子日後必定科舉落第、貧窮一生。但是事實勝於雄辯[21]，成就的學人都是當時錚錚人物，名公鉅卿無不有意延攬，或廣為口碑，在清初書院史的發展上，浙東一域儼然有「海東鄒魯」之氣象。

黃宗羲在甬上證人書院採取的是「研究式」的教學方法，即所謂「集講」，實為黃氏「學案式」思維在教育上的實踐，故偏重於演繹推理的訓練[22]。李杲堂在《送萬充宗授經西陵序》中說：「先從黃先生所

---

[20] 〈清溪錢先生墓誌銘〉，《黃宗羲全集》第 10 冊，頁 341。

[21] 方祖猷：《萬斯同傳》（台北：允晨文化，1998 年），頁 108。指出當時世子習慣於背誦《欽定五經大全》、《欽定四書大全》等官方教科書，以博取功名仕途，因此向〈灄園社〉等舊社社員，對於甬上諸子的學習方式，並不認同，而且悲觀指出他們日後前途堪憂。

[22] 方祖猷指出黃氏在甬上書院的傳習方式，著重於演繹推理「吾心」的作用，弟子如萬斯同在史學研究上也深受其影響，是此一時期經史考證學的特點。但此種方法在實際操作上仍有其失誤的情形，例如以「三代」史觀為考證學中演繹法的「大前提」時，作為邏輯規律的充足理由律時，這就犯了前提不正確的「虛假理由」的錯誤。方氏指出當時連顧炎武和黃宗羲等同代人物都持這種史觀，萬斯同的辨《古文尚書》之真說也犯了此一謬誤，殊不知三代盛世不過是一設想的烏托邦，其實是理不足的虛假理由。又如再進行三段論的推理時，如果後一論證有問題，在邏輯論證上就不完備，考證的結果就有失誤，例如萬斯同對石鼓文的考證，認為周天子大蒐作詩，必無頑石以為之，而石鼓文以頑石為之，故必非作於周天子（這一前提可成立）。

授說經諸書，各研其義，然後集講。黃先生時至甬上，則從執經而問焉。」很明顯，這種教學方法具體包括「各研其義」、「集講」和「問難」這樣三個既有區別，又有聯繫，並逐步遞進的環節[23]（一如學案體的三段式理則結構）。所謂「各研其義」，就是學生必須各自獨立地研究黃宗羲「所授說經諸書」，亦即師說的部分先作消化，不僅要認真研讀本經，而且還應該「盡搜郡中藏書之家、先儒注說數十種，參伍而觀」，經過綜合比較，例如學「三禮」，李杲堂就指出必須「廣之以注疏，參之以黃東發、吳草盧、郝京山諸先生書」[24]然後裁以己意。而萬斯大是書院中治經最傑出的弟子。其治學的原則在平時即把握著「會通各經，證墜輯佚」方能使歷來經學中相關的論題及盲點「聚訟之議，渙然冰釋」，黃宗羲稱譽他「繭絲牛毛，用心如此，不僅當今無與絕塵，即在先儒，亦豈易得？」[25]。故能厚積薄發，盈科後進。取其「自然的當不可移易者為主，而又積思自悟」。這一自我要求，實為「經術」的特質所在，與明季文士普遍依賴於科考及時文選本的習氣相較，集講法的特點即在鞭策學人建立獨立思考以及掌握材料內部的問題意識。

　　在各人做好充分準備的基礎上[26]，定期舉行集講。所謂「集講」，

其次魏國地產頑石，而此石又以頑石為之，所以石鼓文作於魏國（此一推論有問題，無法由產地關係確立必然理據）即為一例。詳見《清初浙東派論叢》頁 381、383、385。

此外，黃氏的學案體代表作《明文案》和《明儒學案》均為證人書院傳習期間編纂及完成，《明文案》乃於康熙七年始選，而於康熙十四年前後選成（參見《黃梨洲先生年譜》頁 42-45。）收於《黃宗羲全集》第 12 冊而《明儒學案》，則成於康熙 15 年（黃炳垕《黃宗羲先生年譜》主此說）或 17 年（吳光考證結果，參見《黃宗羲著作彙考》頁 19），均可參見其學案式思維的理論及具體實踐。

[23] 李國鈞編：《中國書院史》（湖南教育出版社），頁 840、841。

[24] 〈送萬充宗授經西陵序〉，收於《杲堂文鈔》卷三。

[25] 〈答萬充宗質疑書〉，收於《南雷文定·前集》卷四，詳見楊家駱主編：《中國文學名著第六集》第 16 冊（台北：世界書局）。

[26] 方祖猷：《清初浙東學派論叢》（台北：萬卷樓圖書公司，1996 年），頁 33。甬上

就是學生集體討論，互相詰難，近乎今日各大學研究所的傳習型態。關於集講的時間、地點與形式，李杲堂在《送范國雯北行序》一文中寫道：「一月再集。先期於某家，是日晨而往，摳衣登堂，各執經以次造席。先取所講復誦畢，司講者抗首而論，坐上各取諸家同異相辨析，務擇所安。」[27]這裡所說的「司講者」，往往由對經學有研究的學生擔任。陳赤衷是甬上講經會的創始者，又「汲古窮經」。所以黃宗羲在康熙十八年（1679）撰寫《陳夔獻偶刻詩文序》中說：「夔獻常為都講」，「一堂數十人，所傾耳注目者，必夔獻也」。[28]由於這是在個人作了認真準備的基礎上進行的，討論時又能暢所欲言，無所顧忌，因此，常常能夠提出一些新見。陳赤衷之外，又有陳錫嘏，司講時「音朗氣和，條分縷剖，群疑開解，霧撥天青」；又有三萬二董兄弟，即萬斯選長於哲學，萬斯大長於經學，萬斯同長於史學，故爾「雄視講社」與長於文學並折向義理學的董允瑫、允璘兄弟皆常擔任司講，當時院中常有「三萬熊熊，二董雍雍」的令譽。這幾人的奮厲向學，不僅因為皆有初期的結社歷練，更奠基了證人集講的傳習主體，對於黃氏看重的「經術」之道，啟蒙尤大。正如黃宗羲所說：「發先儒之所未發者，嘗十之二三焉。」

　　例如萬斯同的侄子萬言，在參與甬上集講的過程中，對於個人在

書院學生，在集體討論前，先從天一閣、雲在樓、張氏墨莊及黃宗羲續鈔堂等的藏書樓中，廣搜資料，如他們學習《三禮》，「廣之以注疏，參之以黃東發、吳草廬、郝京山先生書」，然後「而裁以己意」。他們個人研究同樣如此，如萬斯大治《春秋》，「自五《傳》及三家注疏外」，取陸淳、劉敞、李本、高攀龍等唐、宋、元明各朝十七人的說經諸書，及歐陽修、蘇東坡、朱熹等人文集中有關之文，共抄得二百四十二卷，然後得出自己的看法。這種方法，實是形式邏輯廣取證據，運用理論思維得出結論的歸納推理法。」

[27] 李杲堂：〈送范國雯北行序〉·《杲堂文鈔》卷三，收於《叢書集成續編》153 冊，（台北：新文豐出版公司），頁 713。

[28] 《黃宗羲全集》第 10 冊，頁 28。

經術上的體會即有很大的啓示，特別於會期前修一長文，擬與共同集講者商榷《尚書》的今古文論題，即表達他對此一傳習法的看重，此即〈與諸同學論尚書疑義書〉一文：

> 復治尚書，顧其解皆講章訓詁，雖習其說意殊未愜，嘗欲旁求諸家解經之書，而貫通之。自家叔聾（即萬斯大、斯同、斯選等人）與諸君設為講經之會，言（即萬言）時客袁州，聞之亟歸其業。毛詩、戴記、追隨朔望，遂得聞所未聞……尚書此言繫籍學官之經，而獨不獲負劍左右以為憾事。因追思嚮時記問所及，暨臆度所見者，以商於諸君，聊欲自釋其疑。[29]

他即提出讀尚書之法，當先正其篇章之真偽，而其間同異之說，乃可得而考焉。研討的目的是希望透過他具體指出的篇章疑點，由同學先作閱讀，進而可在集講時「凡此大倫大法。為明經者所必先，言（即萬言本人）展轉於胸次亦既有年，諸君考據既博，衡斷得中，當有以豁我之蔽，便中幸不靳指示其他字句之可疑者甚多，尚容執卷前席，徐徐問之也。」這種看重學思自覺，並且追蹤疑點，共相研討的型態，即與當時士人普遍只求功名，揣摩時文的風氣大異其趣。對於以古文名家的萬言而言，這段著重經術的養成教育，對他的馭文之術有著極大的裨益。

所謂「問難」，就是學生在自學過程中，或者是在集講中產生的疑難問題，向黃宗羲請教，「執經而問」。黃宗羲對於學生的問難，總是循循善誘，積極開導。在集講當時，如有餘義未能充分解決，他也不厭其煩，反覆於書信往返中申說彼此的論點及新見。這些文章也都經過黃氏慎重擬議，皆可視為「義理」與「考證」之文的系列作品，在

---

[29] 萬言：〈與諸同學論尚書疑義書〉，《管邨文鈔內編》卷一，頁1，10，收於楊家駱編：《續修四庫全書—四明叢書》第二集，第四冊，（台北：中國文化學院，1964年）。

學術史上都有極大的參考價值。《南雷文定》中即收錄了大量關於師生論學的書信答問，如〈學禮質疑〉一文爲答萬斯大治三禮的疑惑。〈答范國雯問喩春山律曆〉、〈答萬充宗質疑書〉乃言律卦氣之學。此外如〈答萬季野喪禮雜問〉、〈答萬充宗鄉射侯制〉、〈答鄭禹梅修家譜雜問〉、〈答萬充宗論格物書〉、〈尙書古文疏證序〉、〈答萬貞一論明史歷志書〉等等，都可視爲「集講」和「問難」的延伸。黃氏不僅有問必答，且言之有物；此外又可參閱他爲門人所作的大量題序、生日賀辭，乃致於墓誌銘中考見師生情誼之深篤，以及並肩論道的成果。凡此種種儼然樹立起甬上學風的健全視觀，奠定浙東學術的嶄新氣象。

　　如果學生有不同見解，他也不是強求他們一定要接受自己的觀點。例如，陳錫嘏對於黃宗羲的格物之論，就「頗不盡同」。黃氏當時門生，在義理之學上未必皆宗陽明心學，陳錫嘏的思想不但從朱熹入手，因而「格物只是就事上理會」的格物學說自然與黃氏的「以物爲體」言論格物的說法不同，對此，黃宗羲頗爲在意。他在陳錫嘏死後所作《墓誌銘》中說：

> 君從事於格物致知之學，於人情事勢物理上工夫不敢放
> 過。……夫格物者，格其皆備之物；則沓來之物，不足以掩湛
> 定之知，而百官萬務，行所無事。若待夫物來而後格之，一物
> 有一物之理，未免於安排思索，物理、吾心，終判爲二。故陽
> 明學之而致病，君學之而致死，皆爲格物之說所誤也。[30]

　　黃氏對於學生思想的評斷，未必沒有門戶之見，但陳錫嘏最主要受黃氏的影響，仍是在於文學思想而非心學。又如，董允璘主張王守仁「無善無惡心之體，有善有惡意之動，知善知惡是良知，爲善去惡是格物」四句教法，還懷疑劉宗周「意爲心之所存」的思想，作《劉

---

[30] 《翰林院編修怡庭陳君墓誌銘》《黃宗羲全集》第十冊，（浙江：古籍出版社，1993年），頁434。

子質疑》向黃宗羲請教。黃宗羲撰《答董吳仲論學書》解釋。董允璘卻公開致書黃宗羲，以王學的正統觀點來詰難劉宗周對王陽明誠意說的改造。黃宗羲說：「其（按指董允璘）學從陽明入手，已讀先師《學言》，句磨字拆，辨同異，作《劉子質疑》寄余。」其「大意主陽明教法四句，以先師破『意已發』之說，與陽明『有善有惡意之動』不能相合。」[31]

所謂陽明教法四句，是指王陽明在天泉證道中說的：「無善無惡是心之體，有善有惡是意之動。知善知惡是良知，為善去惡是格物。」劉宗周不同意這四句教，認為與《大學》的本旨相抵觸，因為《大學》三綱領只講「止於至善」，沒有講「惡」，「則惡從何來？」因此，八目中的意，應該是有善而無惡的。可是王陽明論，意雜善惡，則誠意有可能誠其善，也可能誠其惡；劉宗周認為王陽明的錯誤在於把「意」字認壞了。把「意」認作「念」，念才是有善有惡的。[32]為了糾正這一錯誤，劉氏把王陽明所說的「心之所發」的「意」，從工夫上升為本體：

---

[31] 《董吳仲墓誌銘》．《黃宗羲全集》第十冊，（浙江：古籍出版社，1993年），頁454。

[32] 據林安梧的分析指出，蕺山學之論「意」，乃為一具體而實存之善的「意向性」，並且此純粹善之意向性，即可管攝天地萬物，而依其善之指向而實踐之。由陽明和蕺山兩人的「四句教」中即可看出，原本在陽明學中視之為意念的「克治」工夫，一轉而為蕺山誠意之學的對於那具體而實存之善的意向性之「護養」，並且以為離此護養，即無克治之可言，此即蕺山所謂的「靜存之外無動察」。是以道、理、氣、性、情、心、意、知、物等都辯證的關聯起來，而收攝於具體而實存的意向性之中。再者，陽明所說之心，乃虛攏而言，亦有超越本體的一面，此與蕺山所說之心，是一為意所發之心，是「心念之心」迥不相侔。細分之，此「心念之心」乃與陽明所說之「意」為近。（意乃意念之意，心念、意念、皆一於念也。）由兩家在「四句教」中展現的哲學而觀，陽明乃著重一「主體性」，而蕺山乃由主體性走向「意向性」的哲學，故於四句教中論「意」，陽明所謂的「有善有惡意之動」此乃「意念」之意，而非蕺山所謂的「意是心之所存，非心之所發」之意。參見林安梧：〈關於『善之意向性』的問題之釐清及探討〉一文，收於鍾彩鈞主編《劉蕺山學術思想論集》（台北：中央研究院中國文哲研究所籌備處，1998年），頁157、158、156。

「心之主宰曰『意』，故意爲心本。」[33]以至善的意來主宰心，所以董允璘認爲王劉兩人的解釋有矛盾。黄氏在回答中，並廣爲列舉歷來諸儒在這一本體上認取的偏差，遂造成了各家得失的一大關目。例如朱熹、王龍溪、歐陽南野、聶雙江、羅念庵等人，都有所偏倚，率皆誤以「意者乃心之所發」的結果。

　　黄宗羲在回答中用王陽明的「良知是未發之中」的命題來調和王劉兩家的觀點，並用回答董允璘的質疑。他認爲董允璘沒有認識到王陽明學說的「宗旨所在」，因爲四句教的內容與致良知不能盡合，四句教確有內在矛盾和弊端。但王陽明說過，「良知是未發之中」，黄氏認爲這個良知就是意，「則明言意是未發」。他從而得出這樣的結論：「然則先師『意爲心之所存』，與陽明『良知是未發之中』，其宗旨相印合也。」[34]黄宗羲後來在〈董吳仲墓誌銘〉中對他這一解釋作如下概括：「余謂先師之『意』，即陽明之『良知』；先師之『誠意』，即陽明之『致良知』，陽明不曰「良知是未發之中」乎？又何疑於先師之言意非已發乎？」董允璘終於被說服了。據全祖望說，後來他「有見於王氏劉氏合一之說，以爲慎獨即是致知。……又曰：『意即獨也，獨即幾也。』……梨洲述其師說，以意爲心之所存，世多未達，先生爲解之曰：『存固存，而發亦存也。』」黄氏在〈董吳仲墓誌銘〉中亦謂「意屬未發，則操功只有一意，前後內外，渾然一體也。」，可以作爲參見，而董氏嗣後甚至自署爲「蕺山學者」。[35]

---

[33] 劉蕺山：〈學言下〉，《劉子全書》（台北：華文出版社，1970年），卷12，語類12。

[34] 《答董吳仲論學書》，《黄宗羲全集》第十冊，（浙江：古籍出版社，1993年），頁142、143。

[35] 全祖望：《續甬上耆舊詩》卷97〈董文學允璘〉，轉引自方祖猷：〈黄宗羲與甬上弟子的學術分歧〉，《清初浙東學派論叢》（台北：萬卷樓圖書公司，1996年），頁95、96。

這種以啟發駁辨式的傳習型態，對於學人的收穫及影響至鉅，尤其是一反清初盛行的時文制藝之道，以及日漸被推為官學的程朱理學，有識之士，對此一變化；必有所啟悟。黃百家回憶說，那時甬上的「士不古若者，非以專心實學妨於進取哉！其始為說者曰：『苟得富貴，不必迂其途也。趨時逢世，自有捷徑。名成而學，未為晚也。』其繼之者曰：「志圖進取，不必以實學也。……一人倡之，萬人和之。……其有奮心篤志窮經學古者，鄉里之人群轟然而笑之。」[36]但是，這恰恰是甬上這些「英偉高明」的弟子追隨他的主要原因。李杲堂說，黃氏「上窮六經之源，下泛百氏之海，採二十一史之林，旁獵方技諸家之圃，使吾黨共折衷於先生足以自信，如望天樞而知北，望天梁而知南也。」[37]這也就是為甚麼像陳錫嘏對蕺山之學公開表示不滿而不願意離去的原因。[38]

甬上證人書院著重經術集講的作法，對於文道合一的宗旨，有何意義？李杲堂在與萬言商榷文章之道的討論中，即針對他長期與黃氏論學的體會，以及個人實際寫作的心得，提供在甬上諸生中，亦以文章名世的萬言參考：

> 自弇州極媚歷下，推為西京兩司馬，至近日華亭陳大樽諸君益傳之。震川力追唐宋諸大家。……此其敝謂謀而無本。至所傳駢耦工麗之文，祖構於東漢而俊極於子山、義山，亦足備文章之一體，然其學事不必究其始終，人不可考其本末，碎句斷章，晉頭漢尾，略取形肖，遂吐詞華，雖復味調於聚鯖，而色爛於

---

[36] 黃百家：《學箕初稿》卷一之九《范國雯制義序》收於《南雷文定》〈附錄〉。

[37] 李杲堂：〈黃先生六十序〉·《杲堂文鈔》卷三，收於《叢書集成續編》153 冊，（台北：新文豐出版公司），頁705。

[38] 方祖猷：〈黃宗羲與甬上弟子的學術分歧—兼論蕺山之學的傳播和沒落〉收入《清初浙東學派論叢》（台北：萬卷樓圖書公司，1996），頁106。

合組；然其敝謂之側而不正。[39]

李杲堂指出當世文壇的兩大流弊，其一是復古派的「蘗而無本」，所作所為皆淪為馬、班、歐、曾諸大家之「掾史」也。其次是徒具形式雕琢文風的「側而不正」。李氏推崇萬言的文風，能夠「一本於通經、一本於讀史，服習聖賢，貫串紀傳。每有所作，煥然而興發。其識之所起，縱其才之所至而止，而闇合於古人之法，未嘗取昌黎、廬陵一大家之言為之模範於前也。」實能將黃氏文道合一的信念，充分落實，固多為李氏和黃宗羲師友所稱賞。黃氏嘗謂萬言之文「有震川之古澹，兼以劉源之色澤，故每道貞一不容口，若貞一由此而造於歐曾大家，所去咫尺間耳。」[40]李杲堂屆以更企待萬言能與他將黃宗羲素日苦心擘劃的「浙東文統」理想，予以陶鑄發皇，於教授門人之際，尚恪守此一共同的心願：

> 僕願貞一忘其身之為人師，而謹守其師之傳，常若身在弟子之列，……頃者先生（即黃宗羲）書來，欲引僕與萬、鄭、陳、范諸君子，共與於文章之事，使浙河以東，斯文蔚起，其所屬於貞一甚厚，……必當舉先生之言，共相策勵，使五經李興，復續文章之統，此真今日事也。[41]

李杲堂的殷切叮嚀，確實反應出當時甬上書院一堂師友群策群力的氣象。萬言也不負所託，在嗣後更與萬斯同因才學特出，入京修史。尤其是萬言獨修《崇禎長編》時，不受權貴壓力，當時有許多明末亂臣如楊嗣昌的子孫，行賄於閣臣明珠，介入修史內容的評斷，試圖為

---

[39] 李杲堂：〈萬貞一集序〉收於《管邨文鈔》內篇序，收於楊家駱編：《續修四庫全書—四明叢書》第二集，第四冊，（台北：中國文化學院，1964 年），頁 2。

[40] 李杲堂：〈與萬貞一書〉收於《管邨文鈔》內篇序，收於楊家駱編：《續修四庫全書—四明叢書》第二集，第四冊，（台北：中國文化學院，1964 年），頁 4。

[41] 李杲堂：〈與萬貞一書〉收於《管邨文鈔》內篇序，收於《楊家駱：《續修四庫全書—四明叢書》第二集，第四冊，（台北：中國文化學院，1964 年），頁 5。

父祖翻案，皆在萬言力斥之下，遂得罪當局[42]。即便是因此知五河縣，「瀕大河修築塘堰蓄洩以時，日與諸生講道論藝，文教事興，訟獄平允，苞苴屏絕各院司，皆以廉能首薦。」[43]儼然能以「文道合一」，結合「人道合一」的宏旨立身踐履，惜因姦人構陷，下獄論死，幸得其子萬承勳以及萬斯同等人多方營救，方得贖免。嗣後竟以憂憤病廢，文亦播遷散失，是一大遺憾，然而萬言此一堅持，仍無疑的確立了「事信」的中國史家精神。

雖不同於歷來書院制度中的學派「會講」，（如張栻和朱熹的「岳麓之會」，對於理學的「中和」說之參究），朱熹與陸九淵的「鵝湖之會」以及民間「講會」（如王陽明、湛若水、王龍溪、羅近溪等人在各地廣立講會，使學說深入民間基層），更大別於官方書院的「考課」制（明清許多書院已與科舉制度連結，異質化十分嚴重），在書院和教育史上的評價應該給予相當的定位，筆者認為可視為「學案式」思維貫注於實際教學的成果。

二、「豪傑」人物的養成教育，陶塑文化人格的嶄新層境

中國宋代以來書院教育，向以建立講學、供祀、藏書等「三大事業傳統」以及「三統之學」（希聖希賢、究元決疑、經世致用）的文化人格理想為依歸。然而在現存的史料中我們並未感受到黃氏的書院制度面，透過規約（如朱子白鹿洞書院學規）、供祀以及其他瑣繁的事務性條例（如會語、紀錄、門籍等），加諸在整體的學習情境之中。反而是持續性地開展他的個人學術探索路向（即以文道合一為宗旨，包括易學、史學、文學、新學），同時啟迪學子個人學術志業的自覺及創造。

---

[42] 方祖猷：《萬斯同傳》（台北：允晨文化，1998 年），頁 230。

[43] 《鄞縣志·人物傳二》收於《管邨文鈔》內篇傳，收於楊家駱編：《續修四庫全書──四明叢書》第二集，第四冊，（台北：中國文化學院，1964 年），頁 1。

其子黃百家也指出書院中的學習要領:「同志十數人,慕蕺山之源流,問學于家大人,月有會,日有程,相與勵志。」[44]

通過以上分析,我們看到,黃宗羲在甬上證人書院所採取的教學方法,類似宋明書院中,學生自訂學程表的方式;[45]貫串著一個基本精神,即強調學生的自由思想和獨立思考。學生在自學時,不專主一家經說,而「參伍而觀」,「積思自悟」;在集講時,也不唯司講者是從,「各取諸家同異相辨析,務擇所安」;即使對於黃宗羲自己的答疑,也不主張學生一味盲從。一如學案式的思維及治術,偏重於推理的過程,不盲信權威時風,而以問題的依據及整體考察為主,不輕易加諸斷言。

學生在這樣一種比較自由的學習環境中,就能夠各就所長,自由發展。這是甬上證人書院的講學活動獲得成功,培養出經學、史學、文學等方面眾多人才的一個重要原因。朱熹曾為「啓發式」的教育理念作一詮釋,認為孔子所謂的「不憤、不啓、不悱、不發」,乃謂「憤者,心求通而未得之意;悱者,口欲言而未能之貌」[46],為人師者正應屆此作一時雨之化,能開其意,並達其辭,將學生的創造性作一開展。黃氏的書院教學正好把握這項要領。

范國雯(光陽)即言,他個人為文有「三變」,尤以受黃宗羲的啓發至鉅:

> 少年驅策六朝,為應世之文;壯時考辨典故,為用世之文。及·從南雷先生,始知撥華存實,然學人自期,有在不徒語言文字

---

[44] 黃百家:〈范國雯制義序〉《學箕初稿》卷一之九,收於《南雷文定》附錄。

[45] 自訂學程的作法,乃宋元以來許多書院的傳習型態,可由朱熹提倡的讀書方法逐一改良,由學人依個人才具自行安排讀書日程進度,下迄元代程端禮發展為「程式家塾讀書分年日程法」,以「寬著期限,緊著課程」為原則,並包含經、史、文以及「讀法」及「日程」,成為日後許多書院及官學所取法,參見陳昱志:《中國書院教育哲學之研究》(台北:淡江大學中文研究所碩士論文,1996年),頁324,325。

[46] 〔宋〕.朱熹:〈論語集注〉.《四書集注》(台北:漢京文化事業,1987年),卷4,頁95。

間，則所造可知。[47]

又如陳同亮（自舜）。其父於明天啓朝時爲官，逆附奄黨魏忠賢，並曾以蝦腦百觔奉爲義父。對於這段家醜，陳氏每愧其父之所爲，發憤自雄，冀迴清議。黃宗羲極其重視他的人格教育：

> 南雷公講學甬上，先生從之，終日輯纂經學，兀兀不休……一日，在南雷公座上，李佩于酒酣，言某年某月，朝士某有以蝦腦百觔奉其義父魏忠賢者，正復不知用蝦若干，不知其爲先生（陳自舜）父也。南雷公亟以他語亂之，且曰無念舊惡，怨是用希。先生默然，歸後爲之流涕，數日不食。[48]

黃宗羲爲其開導，並認爲陳同亮的苦心向學，可令末世澆俗爲父兄者鑒。並將其列爲得意弟子之中，窮經方面的代表。而陳同亮家中藏書之眾，且埒於范氏天一閣，在當時亦常爲集講場所。此外，黃氏於《明夷待訪錄》中昌言民本思想，已然不獨爲遺民的悲情所籠罩，而寓有繼往開來的啓蒙特質。而黃氏甬上門人鄭梁亦鼓吹女子不應爲男子束縛供給之說，亦能一新世人耳目：

> 男女皆人也，自先王制爲內外之別，於是一切修身、正心、誠意以及齊家治國平天下之務，皆以責之男子，而於婦人無與焉。一若人生不幸而爲女，則凡人世之所可爲者，皆不得爲，幾視同玩物，女子亦自甘之。稍聰穎者，遂以略嫻文墨爲奇，而幹濟者，且群詫反常，此固天地間不平之甚者也。[49]

可見鄭氏不僅爲詩文之才學，並且深入體會自來女性長期不平等

---

47 徐世昌編：〈二萬學案〉．《清儒學案》（台北：燕京文化事業股份有限公司，1976年），卷35，頁609。

48 黃嗣艾編：《南雷學案》（台北：明文書局），卷7，頁474。

49 鄭梁：〈謩友張氏詩稿序〉收於黃嗣艾編：《南雷學案》（台北：明文書局），卷七，頁456。

之待遇，對於大凡世俗不合理之問題，皆以筆墨而代言發抒，此誠浙東一域獨特的不平之鳴：「鄭先生（即鄭梁）首啓女權之漸，南雷公申言民權，師友高識，夐絕天下矣。」[50]

除萬氏兄弟較早受教於黃宗羲之外，前面所述，高斗魁、李杲堂很早便在萬泰的引導下，從學於黃宗羲，並且後來又同在甬上證人書院中聽講。李杲堂在《壽楊母朱太君七十序》中說，楊鄰哉授業於黃宗羲。「鄰哉潛精學古，得在梨洲先生門，與吾黨爲講經之會，師友淵源，共相益。」[51]黃炳垕在《年譜》中說蔣宏憲（字萬爲）即〈蔣氏三世傳〉中俠盜蔣洲的後人，洪暉吉是黃宗羲的學生。他在「康熙二十一年」條下云：「七月既望，（黃宗羲）與門士陸鉥倈、蔣萬爲、洪暉吉各賦詩一章。」[52]張恕修、董沛纂《鄞縣志》載：王之坊「與弟之坪并授業黃宗羲之門」[53]。黃宗羲季子黃百家，其時既在甬上證人書院聽講，後又傳其父之業，著有《勾股矩測解源》等書，並續輯《宋元學案》，下衍爲黃氏整理家學的端倪，嗣後而有曆算學集大成的七世孫黃炳垕之積業。[54]這樣綜合上述各種記載，根據李國鈞《中國書院史》一書的考證，目前已經發現的姓名可考的黃宗羲甬上證人書院學生共計六十五人。[55]現將他們名單匯總如下：

---

50 黃嗣艾編：《南雷學案》（台北：明文書局），卷七，頁 453。

51 李杲堂：《杲堂文鈔》卷三，收於《叢書集成續編》153 冊，（台北：新文豐出版公司），頁 725。

52 黃炳垕：〈黃梨洲先生年譜〉，《黃宗羲全集》第十二冊（浙江：古籍出版社，1993年），頁 49。

53 李國鈞編：《中國書院史》（武漢：湖南教育出版社，1994 年），頁 846。

54 黃炳垕，字蔚亭，為宗羲七世孫，光緒初於寧波創辦「辨志精舍」分六齋課士，即由他主持天文算學齋長達十餘年。除了編訂黃宗羲年譜的著述之外，算學研究如《曆學南針》、《五緯捷算》、《交食捷算》、《麐史曆準》等二十餘卷，可視為黃氏曆學後繼之大成。參見收於《黃宗羲全集》第九冊，（浙江：浙江古籍出版社，1993年），頁 571。

55 李國鈞編：《中國書院史》（湖南教育出版社），頁 847。

萬斯同（字季野）、陳赤衷（字獻獻）、陳錫嘏（字介眉）、萬斯大（字充宗）、陳自舜（字小同，又字同亮）、張汝翼（字旦復）、董允璘（字吳仲）、蔣宏憲（字萬爲）、萬斯選（字公擇）、王之坏（字文三）、鄭梁（字禹梅）、李文胤（字鄴嗣）、董道權（字巽子）、董允瑤（字在中）、萬言（字貞一）、仇兆鰲（字滄柱）、陳紫芝（字非圓）、范光陽（字國雯）、毛勛（字文強）、張士塤（字心友）、張士培（字天因）、裘璉（字殷玉）、仇雲蛟（字石濤）、高斗魁（字旦中）、戎式宏（字含大）、高奕宣（字旬孟）、錢廉（字稚廉）、錢魯恭（字漢臣）、王之坊（字左春）、李開（字錫袞）、張九英（字梅先）、陸鏊（字鉁俟）、萬斯備（字允誠）、張九林（字璧荐）、董允珂（字二嘉）、董允瑋（字俟真）、黃道暉（字旦暘）、陳寅衷（字和仲）、姜宸萼、劉甲、馮政（字蓋仲）、高宇亮（字揆采）、高宇隆、楊鄰哉、洪暉吉、鄭性（字義門）、陳汝咸（字莘學）、董元晉（字靖之）、董孫符（字漢竹）、董胡駿（字周池）、董雩（字山雲）、萬經（字授一）、董允霖（字扉雲）、萬承勛（字西廓）、范廷諤（字質夫）、張錫璜（字志呂）、張錫璁（字豈羅）、張錫琨（字有斯）、李暾（字寅伯）、陳之璿、陳汝登（字山學）、萬世標（字子建）、王錫仁、王錫庸、黃百家（字主一）。

綜觀黃宗羲甬上證人書院學生，李國鈞指出有以下三個顯著特點：[56]

成員中多爲明末復社和清初抗清志士的子弟。

成員中有許多是父子相傳，兄弟相繼，甚至出現三代共同授業於黃宗羲，而爲寧波學術文化發展史上的佳話。

學業有成者，除了有的擅長學術研究之專家，亦有以文章著稱於世，或以躬行踐履爲本，此外亦有清初的名臣。

---

[56] 李國鈞編：《中國書院史》（湖南教育出版社），頁847、849。

　　例如學生中年歲最長，很早就從學於黃宗羲的李杲堂之父李橒，在清初浙東抗清鬥爭中，被魯王監國任命為「儀部主事」。順治四年（1647 年），他又參予華夏等「五君子」[57]密謀反清起義。後因鄞縣劣紳謝三賓告密事蹟敗露，關在杭州省城監獄，「誓死莫不出一語」。被營救出獄後，慷慨陳辭：「吾前此不欲隕黑牢耳，今得見白日而死可矣！」遂絕食而亡，以身殉民族大義。李杲堂本人也直接參與「五君子」密謀起義之事，因此兩次蒙難。一次被禁於鎮海馬廏中七十天，一次被囚於寧波府獄。又如學生萬斯選、萬斯大、萬斯備、萬斯同的父親萬泰，陸鋆的叔父陸符，董允瑤、董允璘、董允珂、董允瑋的父親董德偁，董道權的父親董孫符、董胡駿的祖父董守論四人，即為甬上著名的「東林四先生」。他們在崇禎五年（1632）與黃宗羲一起參加了復社在浙東的分社「文昌社」，開展反對明末閹黨在浙東餘孽的鬥爭。順治二年（1645），又同黃宗羲一道參加了清初浙東抗清武裝鬥爭，在魯王監國行朝中任職。抗清鬥爭失敗後，他們都保持民族氣節，不仕清朝。順治五年（1648），萬泰還積極設法營救被清政府逮捕的高斗樞、高宇泰父子和李橒、李杲堂父子，順治七年（1650），他又與董得

---

[57] 「五君子」一案是浙東抗清的醒目旗幟，乃由華夏、王家勤、楊文琦、屠獻宸、董德欽等密謀在寧波起義，試圖由清軍手中奪回城市。未料事洩，為鄉紳謝三賓告發，致使五人遭害於杭州，是為「五君子翻城之役」。此案在當時株連密酷，李鄴嗣之父即同案受害者，而黃宗羲其弟黃宗炎、高斗樞父子皆為牽連。而劣紳謝三賓即為萬泰親家，其女萬斯詵嫁與謝為兆，此事對萬泰而言打擊甚鉅。然而喪心病狂的謝三賓接連三次告密，牽連百餘人，萬泰遂不辭艱難，發揮奇計智謀，兩度營救抗清志士，義聲震天下，使得遺民稍諒此一困境。但清廷對浙東一域，頑強抗清乃加重鎮壓和密以羅致，促使浙東抗清的事蹟益顯悲壯。萬氏第五子萬斯選嫉惡如仇，即在黃宗羲作《行朝錄》一書的〈魯王監國〉和〈舟山興廢〉篇時，請他指名直書謝三賓的罪跡。此一事件之原委，方大白於世。而黃氏在〈王征南傳〉中敘述的武學宗師王征南，亦是因華夏之死，而仇首未懸，故終身素食以明志，都可彰顯此一事件在浙東人心的影響。參見嚴迪昌：《清詩史》上冊（台北：五南出版公司，1998年），頁 200，及參見方祖猷：《萬斯同傳》（台北：允晨文化，1998 年），頁 21、25。

倆一起設法將黃宗炎於清政府的刑場中營救出來。此外，張士培與張士塤之父張遐勛曾任抗清將領張煌言的幕僚，「傾家輸餉」。高奕宣之父高宇泰在順治二年（1645），「左錢肅東起兵於鄞」，魯王手諭獎之，授兵部郎中。後來又參與「五君子之役」，事洩遭逮，被關於杭州省城監獄 2 年，表現的堅貞不屈。高奕宣「隨父逮至杭州，帶鐼說經」，對明朝亡國之痛，一直念念不忘。鄭梁之父鄭溱等亦參加了清初浙東抗清鬥爭。父輩勇於伸張正義，敢於堅持民族氣節，對他們的子弟自然具有潛移默化的作用。同時，黃宗羲與他們父輩的深厚情誼以及共同的鬥爭業績，又很自然地使他們對黃宗羲產生崇敬之情，渴望師從於他，接受他的學說。一如明末東林黨爭事變，黃宗羲接受其父黃尊素之遺命，就學於劉蕺山之心境，如出一轍。

這種父兄輩的英烈感召之情，又與浙東的古越遺風若合符節，並與黃氏擬議「風雷」的文道思想一體遍潤，才能有積健為雄，樹立時代風標的書院講學成果。其中父子相承的有陳赤衷和陳之璿，萬斯大和萬經，萬斯同和萬世標，萬言和萬承勛，鄭梁和鄭性，李杲堂和李曒，王文三和王錫仁，陳錫嘏和陳汝咸，范光陽和范廷諤，張士培和張錫琨，張士塤和張錫璜、張錫璁，董允瑤和董元晉，董道權和董孫符、董胡駿；兄弟相繼的除上面已經說過的萬斯選等萬氏四兄弟，董允瑤等董氏四兄弟，張錫璜、張錫璁二兄弟，董孫符、董胡駿二兄弟之外還有陳赤衷和陳寅衷，張士培和張士塤，王之坊和王之坪等。甚至還出現三代八人，即萬言的叔父萬斯選等四人，萬言同輩萬經等三人，以及萬言兒子萬承勛同師從於黃宗羲的盛舉，在中國書院史上，允為佳話。

他們之中的佼佼者，黃宗羲自己認為是十五位，他在〈陳夔獻墓誌銘〉一文中說：甬上學生「有以自見，如萬季野之史學，萬充宗、陳同亮之窮經，躬行則張旦復、蔣宏獻，名理則萬公擇、王文三，文

章則鄭禹梅清工，李杲堂瑋澤，董巽子、董在中函雅，而萬貞一、仇
滄注、陳匪圓、陳介眉且出而準的當時，筆削舊章。」[58]全祖望則認爲
18位。他說：「梨洲黃氏講學甬上，弟子從之如雲，其稱高座者十有八
人。」然而究竟是哪十八位，他卻沒有具體說明，只在〈二老閣藏書
記〉一文中，列舉了九位高弟子。他寫道：

> 先生（即黃宗羲）講學遍於大江之南，而瓣香所注，莫如吾鄉，
> 嘗歷數高弟，以爲陳夔獻、萬充宗、陳同亮之經術，王文三、
> 萬公擇之名理，張旦復、董吳仲之躬行，萬季野之史學，與高
> 州之文章，其著焉者也。[59]

就學術成就及其社會影響而言，黃宗羲甬上學生中最突出的，分
別是萬斯同、陳赤衷、陳錫嘏、萬斯大、陳自舜、仇兆鼇、萬斯選、
鄭梁、李杲堂、董道權、董允瑤、萬言。

此外像錢廉（稚廉），其父錢淸谿以講學名世，其兄錢肅樂爲抗淸
義軍，故少長即以名節自任，不屑爲里巷曲謹之儒。才氣橫溢，思爲
王霸有用之學，以見於世：

> 受業南雷公之門，聞道甚篤，並嫻息天官、歷算、壬遁之術……
> 既承父風益自弘施，幾遙接陳同甫，葉水心、辛稼軒一流人物
> 之高軌矣。[60]

全祖望視其爲黃氏門下之別派，乃重王霸事功之學，特別是嗣後
的三藩之亂，耿精忠之叛軍部分，浙江總督李之芳遂延請他定策，錢
氏遂授之以秘傳火攻法，皆按壬遁支干而行之。亂平之後，王命敘其

---

[58] 〈陳夔獻墓誌銘〉，《黃宗羲全集》第十冊，（浙江：古籍出版社，1993年），頁
440。

[59] 〔淸〕·全祖望著，〔民國〕·王雲五編：〈二老閣藏書記〉，《鮚埼亭集·外篇》
（台北：台灣商務印書館，1968年），卷17，頁885。

[60] 黃嗣艾：《南雷學案》（台北：明文書局），卷七，頁476。

征功授官，錢氏以母老而辭謝之，李之芳務使留之，錢氏乃中夜遁去。其人其事多類於此，豁達伉爽；甬上同學鄭梁即曰：「管夷吾稱鮑叔推財，以我爲貧。吾於東廬（即錢廉）見之。」而黃宗羲病逝之時，他即素車往弔，徑哭其墓，不見喪主而返，誠爲甬上諸生中特立獨行之士。[61]

前述陳錫嘏之子陳汝咸，亦爲黃門重要傳人，自其少時即隨其父參與證人之會，心領神會多所自得。黃宗羲稱賞其爲昔日程子門下的楊迪、朱子門下的蔡沈也，期許甚高。而他治學「目無流視，耳無妄聽，和平端愨，於星緯律曆方輿之說，無所不究，而尤得力於慎獨之旨。」特別是在他考取進士是年，正是程朱一派當道之際，當時陳氏座主李光地正是官方御用理學名臣，大力以講學之事，推廣官方性理之學。陳氏等人在拜見之時，大不以爲然，針對當時許多人批評黃氏之學太過駁雜，而有所譏評。陳汝咸遂正色爲之剖辨，並譏刺程朱學派的末流：

> 南雷先生之教人，頗泛溢諸家，然其意在乎博學詳說以集其成，而其究歸於蕺山先生慎獨之旨。乍聽之似駁雜，而其實也未嘗不醇。相國（指李光地）步趨朱子，其言粹然矣，未知躬行者何也？[62]

陳氏問答，不卑不亢，實爲甬上看重豪傑之門風，就連一旁的楊名時亦爲之瞿然，此事在當時頗受非議，而陳汝咸的仕途即百般挑戰隨之而來。首以出知漳浦縣，而是域乃最健訟之區，陳氏以六年時間爲鄉民一一整頓，而爲百世之利。而此地自清初以來，不復知有學術，

---

[61] 〔清〕·全祖望著，〔民國〕·王雲五編：〈錢東廬微君墓表〉·《鮚埼亭集》（台北：台灣商務印書館，1968 年），卷 14，頁 175。

[62] 〔清〕·全祖望著，〔民國〕·王雲五編：〈大理悔廬陳公神道碑銘〉·《鮚埼亭集》（台北：台灣商務印書館，1968 年），卷 16，頁 191-195。

實仰賴陳氏爲之——奠定化成之教，遂有「鄒魯之俗」。不僅如此，陳氏並針對相國李光地之子弟，多在地方以吏事請託的亂象，逐致書相國，提醒他以講學居國政之要津，尚須嚴防子弟之失教。此事甚令李光地惱火，陳氏的耿直由此可見。不僅如此，他在漳浦之治績斐然，極得人心，轉調之際，鄉民甚且以薪木橫陳縣門，以塞路途，繼而追送數十里，雨泣而別，嗣後更以陳氏政績輯爲《漳浦政略》一書，並建「月湖書院」以祀公。此後，陳氏在仕途中不斷針對時弊，提出救正之策，如把關三江兩浙之民，前往台灣之核准過程，以充分發揮開發台灣之良策。並出使陝甘荒年，力圖撫慰饑民，而康熙尚且有意拔擢其爲甘撫，奈何陳氏積勞成疾，死於途中，實爲當時吏政之一憾。全祖望慨喟黃宗羲甬上人才濟濟，惜皆早逝，不能在經世之學上有所建立事功，直到陳汝咸一出，而能在東西萬里之域，有所成就。他並指出陳氏實爲黃氏學術精神的薪傳者，真正能在當時確立甬上學術，不依門戶的風規：

> 方公謝安溪之學（即上述他不入李光地相國的門下一事），或疑其以師傳之異，不肯苟爲授受。及當湖陸清獻公稼書（即陸隴其）所著出，公亦喜而梓之。當湖亦與梨洲有異同者，乃知公之非墨守也。[63]

陸隴其亦爲當時的理學重鎮，必尊朱子而黜陽明，認爲陽明學之不熄，則朱子之學不尊。對於黃氏的甬上學風大表不滿，而陳汝咸尚能走出門戶同異之別，而樂於刊印其一家之言，實爲黃氏學案式精神的體現，全祖望即肯認甬上學風在這一方面卓然特立的典範。

除了甬上一地重要的學術傳人之外，黃宗羲的學生並有數位卓爾不凡的人物，在當時影響甚大，如在海昌講學時，向許三禮等人傳授

---

63 〔清〕‧全祖望著，〔民國〕‧王雲五編：〈大理悔廬陳公神道碑銘〉‧《鮚埼亭集》（台北：台灣商務印書館，1968 年），卷16，頁196。

了他研究授時曆、西洋曆、回回曆等方面的心血。並將陳訏（字言揚）
傳授了中國和西洋的數學知識，陳氏的代表作《勾股定理》一書中，
黃氏序文中，慨切陳述了中國數學史的曲折發展，並希冀因著陳氏是
書的發揚光大，將原本黃宗羲視為夜半猿啼悵嘯，布算簌簌，無人可
語的「屠龍之技」得以「引而伸之，亦使西人歸我汝陽之田也。」將
中國的自然科學得以復甦挺立。

他在序文中深有感觸的指出「西洋改容圓為矩度，測圓為八線，
割圓為三角。吾中土人讓之為獨絕，辟之為違天，皆不知二、五之為
十者也。……海昌陳言揚因余一言發藥，退而為句股書、空中之數、
空中之理，一一顯出。」[64]他除了將畢生所學盡以相授，更論斷像數學
一藝之格物窮理，乃「六藝中一事，先王之道，其久而不歸者復何限
哉？」這正是黃氏文道合一思想，在面向新知識體系中開展的視野，
與其友方以智同為看重「智測」之學的代表。[65]

文學方面又有清初重要詩人查慎行，是黃氏的海寧弟子，[66]與鄭
梁、仇滄柱俱長於詩學及創作，有《敬業堂詩集》等作；在詩文理論
方面，受黃宗羲等人影響，不主唐宋之爭，而主博取眾長，提倡功力
學問，注重學有所本。故其詩作在學者的論斷中，認為前承漁洋，下
啟袁枚，力主氣雄韻暢，空靈淡脫，抒寫情性。故爾屹立於有清詩壇，

---

[64] 〈敘陳言揚句股述〉，《黃宗羲全集》第十冊，（浙江：古籍出版社，1993年），頁35、36。

[65] 黃宗羲對於中國和西方的曆學、算學都有深刻的了解和研究。全祖望〈梨洲先生神道碑文〉也說：「曆學則公少有神悟，及在海島，古松流水，布算簌簌，嘗言『勾股之術，乃周公、商高之遺，而後人失之，使西人得以竊其傳』。有授時曆故一卷，大統曆推法一卷，授時曆假如一卷，西曆、回曆假如各一卷，外尚有氣運算法、勾股圖說、開方命算、測圓要義諸書共若干卷。行略謂尚有玄珠密語，其實非公所作。其後，梅徵君文鼎本周髀言曆，世驚以為不傳之秘，而不知公實開之。」《鮚埼亭集》（台北：台灣商務印書館，1968年），卷11，頁138。

[66] 參見〔清〕·查慎行著，聶世美選註：《查慎行選集》，（上海：上海古籍出版社，1998年），頁20。

横絕一時，黃宗炎謂其如「孤鳳獨鶴，翱翔於百鳥雞群中」（《敬業堂詩序》）。趙翼對其推崇備至，謂其「才氣開展，工力純熟」，當列之於古代七大詩人之列。四庫館臣更爲其歷史定位論斷：「得宋人之長而不染其敝，數十年來，固當爲慎行屈一指也」。[67]查氏不僅詩名披靡一世，更由康熙帝賞識，詔入南書房入直，聲譽鼎盛，爲世人欣羨。惜因在雍正四年其三弟禮部侍郎查嗣庭主試江西，因爲出了「維民所止」的試題一案，遂爲牽連抄家入獄，是爲清初著名的文字獄，嗣後雖被釋放回籍，出獄兩月之後，魂飛碧落，恨銜黃土，是爲黃門弟子遭逢之一憾！

在甬上諸君中，李杲堂與黃氏年紀較近，可謂師弟之情，兩人也同以文學志業相稱，李氏畢生並以編集《甬上耆舊詩》爲心血所繫，（身後並由全祖望續成此一志業），其人文采氣象，黃氏更以「横厲其間，如層崖束湍，翔霆破柱」盛稱[68]，喜歡入骨也。李氏並與甬上諸子率以經術爲淵源，以遷、固、歐、曾爲波瀾，皆是奉行宗羲論文治學的主張。在〈沈昭子耿嚴草序〉一文中，他更進一步戡定了學人之文之所以陶鑄文統的特點，已然不是泛論質文終始或新變代雄一義所能概括，故謂：「承學統者，未有不善於文，彼文之行遠者，未有不本於學明矣。」

黃宗羲的這些高足弟子，從史學、經學、哲學、文學等各個方面繼承和發展了黃宗羲的學說，奠定了清代浙東學術的基礎。其中萬斯選長期執教於淮南（今江蘇淮安），弟子眾多，爲劉宗周、黃宗羲的學說北傳有很大的貢獻。正如黃宗羲所說，「甬上從游，能續蕺山之傳者，惟斯選一人而今已矣。」而全祖望對於萬斯選的論斷則推崇他的躬行

---

[67] 〔清〕·查慎行著，轟世美選註：《查慎行選集》，（上海：上海古籍出版社，1998年），頁1。

[68] 〈壽李杲堂五十序〉．《黃宗羲全集》第十册，頁657。

實踐，主張「人情世故，正是用功實地」，尤其能辨析名理，皆自實踐
而出，除了承繼蕺山、宗羲之學的使命之外，全氏認為他更光大了萬
氏家學的學統：「蓋萬氏自鹿園都督(指萬斯選高祖萬表世稱儒將，並為
王陽明私塾弟子，與王龍溪關係密切並精於佛道，黃宗羲將其列入「浙
中王門」)以來，世世講學，然皆雜以機鋒，至先生(萬斯選)而體認精
密，所得大醇」。[69]除此之外甬上書院的講學精神，在這些後繼弟子身
上並且予以發揚光大。如陳錫嘏在京師「公堂館課，私室橫經」，並與
當時御用理學名臣陸隴其相諷刺，[70]康熙十八年回鄉後，繼續在甬上主
持講會，據鄭梁的描述「來會之人視昔加盛，先生臨講席，反覆開導，
聞者莫不興起」，[71]而此一時期黃宗羲尚在海寧主持講習，甬上之會即
文田陳錫嘏分任之。而仇兆鰲在康熙二十九年因在京師參加纂修《一
統志》之故，遂與先前已名重京城的學友萬斯同在京師舉辦講會，每
月二集，以經術為主，並兼及史學、地理、天文「凡禮樂源流、典章
沿革、圖書曆象、問渠邊務，在萬斯同的主講之下「奮袖抗談，問難
蜂起，應的如響」：

> 季野志在國史，而其有功於後學，則講會之力為多，家居之日
> 與諸文士為講經之會。月凡再舉，來會者不下百餘人，聽季野
> 主講，先《易》，次《禮》，次《詩》，次《書》，次《春秋》，
> 折衷諸儒，援據今古，議論蠭起，聞之者人人以為得所有而歸
> 也。其北遊也，則月凡三舉，益以田賦、兵制、選舉、樂律、
> 郊禘、廟制、輿地、官制諸論說，凡宜因宜革，皆勒成典則，

---

[69] 《萬氏宗譜·史傳》，收於徐世昌編：〈南雷學案〉《清儒學案》第一冊(台北：
燕京文化事業股份有限公司，1976 年)，卷 2，頁 55。

[70] 方祖猷：《清初浙東學派論叢》(台北：萬卷樓圖書公司，1996 年)，頁 81。

[71] 鄭梁：〈怡庭陳先生行狀〉·《寒村安廡集》，收於《四庫全書存目叢書》集部(台
北：莊嚴文化事業)，頁 256-327。

實史事之權衡也。[72]

當時盛況，不僅可視為黃宗羲甬上講學之推廣，並被譽為有如宋初教育家胡瑗的「蘇湖遺風」之美名。

參與者每每驚奇萬氏以布衣修史，而與會者多為京師士大夫，甚且連有意科舉的士子，也紛紛前來聽講。[73]據方祖猷指出，這一講會持續了長達十餘年的久，會期中萬氏弟子溫睿臨更有《講會錄》的記載，雖已失傳，但在萬氏《群書疑辨》中部分關於經史、地理、問渠的短文，極有可能是當時的言論及觀點。[74]更重要的是萬氏在講會中，充分體現出他所力圖開出的「史學經世」的宗旨，[75]影響當時眾多學人及史學界。其在江南會館時，名王大姓，有叩門請見者，有虛左相迎者，或夜半飛騎到門，問以某事某人，則答以片紙云：在某年某月某書某卷，使者馳去，已而復來，率以為常。其足以備顧問一時者如此。稱之者曰天生季野（即萬斯同），關係有明一代人傑也，今世所號為名公鉅卿，咸以不識姓名為恥。[76]

除在京師倡立講會期間，萬斯同在康熙三十七年春天返回故鄉之際，更應甬上故友張士塤長子張錫璜等子弟之請，在甬上重開「經史講座」。自是年三月至七月。五個月中，每隔十天一講，其計十四回，內容大略為田賦、兵制、選舉、學術、輿地、官制、明史、宮廟、祭祀、律呂等，會期中的講述，也以史學經世為旨趣，並兼及明亡的教

---

[72] 〈萬季野墓誌銘〉《石園文集》，頁45，收於《叢書集成續編》，155冊，（台北：新文豐出版公司）。

[73] 參見方祖猷：《萬斯同傳》（台北：允晨文化，1998年），頁221。

[74] 〈群書疑辨〉（台北：廣文書局，1972年），汪廷珍序中謂：「此書則彙平日所論辨，撮輯而成者也。」方祖猷：《萬斯同傳》（台北：允晨文化，1998年），頁223，認為是書當為京師經史講會中的部分紀實。

[75] 萬斯同「史學經世」的主張，參見方祖猷：《萬斯同傳》（台北：允晨文化，1998年），第六章，頁228-236。

[76] 〈萬季野墓誌銘〉，《石園文集》，頁45，收於《叢書集成續編》，155冊。

訓及反思；在治學思維中，也揭示「會通」的史法，例如論宋、元、明的田賦通論，即以蘇松地區為焦點，貫穿古今和同一斷代中的問題意識。對於學子啟蒙甚鉅，此番的講習編有《講經口授》[77]一作。即可視為前述甬上學風著重父子相傳'兄弟相繼的自覺精神，由劉蕺山－黃宗羲－萬斯同，即可清楚的展示了這一人文向度。

---

[77] 方祖猷：《萬斯同傳》（台北：允晨文化，1998 年），頁 231-241。

第二節、浙東文統的重建與學術昌明之學區

一、浙東學區開啟的文教格局與黃門弟子的貢獻

　　黃宗羲文學思想的具體實踐,是他積極走出「明夷待訪」的悲情,尤以裁成豪傑的書院教育,在文化史上貢獻最大。整體而觀,可視爲有意突破科舉官學的體制(包括科舉時文的流弊),挺立「豪傑」人物的養成,以姚江「學校」的理念,具有下述幾項特點:

　　1.公其是非於學校,「同異之辨」正是學問的著力處:書院中採行「集講式」教學,是學案式思維的演練,並加以論斷史料及時事,作爲印證。

　　2.「文道合一」的學習範疇,以經術爲本,經世爲用:承繼浙東文統,將擬議風雷的信念,積極開拓健全的人文視觀;史學經世,表彰詩史,由學統決定文統,並與人統的性情觀,相互啓發,彼此涵攝。

　　3.強調「五倫」之講學功效:學校書院師生多有父子、兄弟、朋儕等輩之傳習。黃氏本人亦看重家學,兄弟之間、父子之間、世代之間的學問傳承,奠定了浙東學術的民間基礎。[78]

　　4.豪傑的養成,即爲「文道合一」以臻「人道合一」的極則:包括了文學、思想、事功、經術、政治等層面的理想人格,修正歷來道統觀下的人物評騭與審美判準,以及學校教育的價值取向;對於文教學區的深耕經營,寓有更大的思考空間。

　　這份張本,乃承繼前述文學思想的具體實現,可貴的是黃氏影響

---

[78] 黃氏開啟的浙東學區風氣,就書院史的考察而觀,實與明末東林書院「講會」制度中,看重「眾學」精神相近。亦即強調以「朋友講習」一倫,兼攝其他四倫之間,因見賢思齊的影響,能夠達到「以世爲體,紀綱世界」的宏旨,在人倫之中扮演積極而主動的型態,在當時得以形成社會清議的基礎,參見陳昱志:《中國書院教育哲學之研究》(台北:淡江大學中文研究所碩士論文,1996年),頁410-412。

歷史最為深遠的《明夷待訪錄》一書中，特別將「學校」篇置於十分關鍵性的位址，其中闡揚的文教政策，包括取士、用士之法，議政化俗的理念及措施，都涵攝於他在書院講學的學習範疇。其中尤以陳赤衷、陳錫嘏、萬斯同、萬斯大等甬上証人書院學子的集講、問難式訓練，對於「文道合一」的內涵，啓發甚鉅，學問格局亦不囿於劉宗周、黃宗羲的學說。在相關文獻反映上，黃氏師友間彼此的文集題序，書信往返，甚至墓誌銘中，都寓有他指點學人在各種體裁寫作上的要領，以及文化人格上的涵養及開拓。他的教育宗旨乃以培養「豪傑」為旨趣，不同於朱熹看重的作「醇儒」。一堂師友以風節氣度相摩感盪，蔚為大觀。如以甬上書院一地的教化，即有父子相傳、兄弟相繼，六十餘位有志之士先後傳習的佳話。

在清初文教政策尚屬禁錮的時風之下，黃氏意在標舉「姚江學校之盛衰，關係天下之盛衰也」的自信，以及「夫道一而已，修於身則為道德，形於言則為藝文，見於用則為事功名節」（〈餘姚縣重修儒學記〉）的「人道合一」的理想，誠屬難能可貴。二十餘載以講學從事思想的運動，裁成多方雅士，儼然浙東學風之標竿。例如萬斯同的史學，萬斯大、陳赤衷、仇兆鰲、陳同亮的經術，萬斯選、王文三的名理之學，鄭梁、查慎行、李杲堂、董巽子、董在中的文學，以及海寧講學中的高足陳訏，撰「勾股定理」，為黃氏數學的傳人。另一方面宗羲與其弟宗炎、宗會三人，同為晚明博雅之學的代表，出入於詞章、易學、道教、醫術、經史無不兼通眾藝、才氣發越，時人目為「東浙三黃」；其子黃百家，亦為甬上諸君之一，以史才文筆以及曆算相稱，並與萬斯同預修明史，並為其父承繼未竟之業。此一家學下迄七世孫黃炳垕，在曆算學上超越了宗羲，著有《曆學南針》等著作，並編訂黃宗羲年譜。再者浙東學術之餘緒更有「私淑」之傳承，代表人物為全祖望和章學誠為代表，致力於推闡黃氏文道合一、經世致用、書院講學的教

旨不遺餘力，一掃清儒長期束縛於文史考證之學的罣礙。黃氏的《明夷待訪錄》也在清末政治風潮中，成爲梁啓超等人改革時局、扭轉乾坤的思想利器，此又爲黃氏「豪傑」養成教育，以「風雷之文」，召喚人心的另一深遠影響。

浙東文教學區的深耕經營，並非偶然成於黃宗羲的苦心擘畫，乃深受北宋以來「浙學」以迄姚江之學(即陽明心學)的遍潤，逐步具體形成章學誠所標榜的「浙東學術」的文教特質。這一學區的學術源流，是一種「人文地理學」的思考，兼及了宋明理學中的程朱理學、陸王心學的系統，並突顯了陳亮的永康學派、葉適的永嘉學派，以及呂祖謙的金華學派，因而有「宗陸王而不悖於朱」以及事功與義理並重，復以中原文獻之統潤色之。黃氏廣泛地以此配景曠觀文學的視野，賦予深切的使命感，他的長期關注於搜羅明代文獻，以及鼓舞甬上、海寧、紹興等地之書院講學，不外乎是一股沛然莫之能禦，不待文王猶興的抉擇。

側就學統演進的觀察而言，北宋時期，受北方儒學特別是宋明理學破暗開山的胡瑗、孫復、石介三位學人，以及二程洛學、張載關學的影響，浙東地區出現了以「慶曆五先生」（楊適、杜醇、王致、王說、樓郁）和「永嘉九先生」（周行己、許景衡、沈躬行、劉安節、劉安上、戴述、趙霄、張輝、蔣元中）爲代表的理學傳人，對南宋浙東理學派的形成具有重要的思想影響。南宋時期，在理學分化、諸子爭鳴的新形勢下，浙東形成了以陳亮爲代表的永康學派、以葉適爲代表的永嘉學派、以呂祖謙爲代表的金華學派和以楊簡、袁燮、舒璘、沈煥等「甬上四先生」爲代表的明州學派，統稱南宋浙東諸學派；至明代中葉，則形成了以王陽明爲首的姚江學派和以劉宗周爲首的蕺山學派；都可視爲黃氏推崇浙東之學的歷史脈絡。

以空間的觀點，就地域性文化研究而言，我們可以把從河姆渡文

化到近現代的浙江文化概稱為「越文化」；這一塊古越文化的時空，對於黃宗羲擬議「風雷」與鼓蕩「元氣」的宗旨，有著密切血緣關係，並兼有歷史敘事的參照關係，亦即族群社會的歷史積澱作用與自然環境的內外交養，對於構成地域人文性格的影響，有賴於具體的揭示。嚴迪昌在探索清代詩史的歷程中，即對浙東一域的獨特品格，再三致意認為浙東地區的群體氛圍十分濃厚：

> 領袖式人物無論在學術抑是在文學的領域內影響和作用，最突出的是團聚號召力，其對養成或開創一種風氣的推促能量，往往不是輕易估量得出。[79]

嚴氏對於浙東族群的個性意志，以及透顯的風神以「能量」的推促擬議，事實上此區的山川之氣鬱深，故報仇雪恥之心有著「生成若性」之說。自然環境和生存其中的人群性格，有著一種「潛在深層、積漸久成的關係」。自吳越之爭的歷史階段開啟的「臥薪嘗膽」的十年生聚復國的教訓，早已深入人心，作為越地子裔自省及自豪的期許。因而是域的詩文風氣和哲學思想也就格外具有鼓蕩生機。論詩者有謂「雖有善學者，不能盡山川風土之氣，蓋山川風土者，詩人性情的根柢也」的闡釋。試觀有明一期，文壇上的明初浙東派以宋濂、胡翰、許謙、王褘等人，以及理學界的王柏、金履祥等人皆倡導「文以明道」，重視「文統」與「道統」的接軌及創發，已然作為黃宗羲文道合一思想的前導，並為明文昌盛奠立了首要的里程碑。而王陽明的良知心學，影響全國，亦是掃除程朱理學支離與繁瑣的窘境，重新豁顯人心價值取向的活水源頭。繼而在明末的東林黨爭事變與明末清初的南明殘存政權的抗爭上，浙東一域的民風士氣，不畏強權的彈壓，讓執政者與野心家，不容坐視並付出了慘痛的代價。

---

[79] 參見嚴迪昌：《清詩史》上冊（台北：五南出版公司，1998年），頁201。

　　例如明末才士王思任討伐奸臣馬士英，阮大鋮著名的《攖馬瑤草》檄文，即慷慨陳辭：「夫越乃報仇雪恥的國，非藏污納垢的地也!」並在家門大書「不降」二字於門扉，抒發了浙東人古越遺風的名節正氣，[80]有其一定普遍的意義。固此揆諸整體的浙東之學，我們可以較為合理的對照出對於「文」與「道」，以及「人」與「道」的契屬及形著關係，實有高度的自覺性及實踐性。本文在探索的過程中，並試圖揭示擬議「風」「雷」的理則，作為闡示黃宗羲文學思想的特點，並溯源於《文心雕龍》「檄／移」文體特質，也正是為了詮表黃氏的文學視觀，實與浙東一域本已具備而潛存的思維及敘事理則(即前述的潛在深層，並且生成若性的人群與自然環境性格)。黃氏的文教志業說穿了正是將這股群體氛圍凝聚之，以推促這股文化能量，開創為一種鼓蕩而勃發的風氣。

　　全祖望所撰《宋元學案·敘錄》曾多次使用「浙學」一詞概括浙江學者的學術源流、特色和風格。[81]由此可見，全祖望所謂的「浙學」，

---

[80] 參見嚴迪昌：《清詩史》上冊（台北：五南出版公司，1998年），頁201。

[81] 世知永嘉諸子之傳洛學，不知其兼傳關學。考所謂九先生者，其六人及程門，其三則私淑也；而周浮沚（行己）、沈彬老（躬行）又嘗從並藍田呂氏（大臨）遊，非橫渠（張戴）之再傳乎？……今合為一卷，以志吾浙學之盛，實始於此。（《宋元學案》卷三二，〈周許諸儒學案敘錄〉）

勉齋之傳，得金華而益昌。說者謂北山（何基）絕似和靖，魯齋（王柏）絕似上蔡，而金文安公（履祥）尤為明體達用之儒，浙學之中興也。（同上，卷八二，〈北山四先生學案敘錄〉）

四明之學多陸氏。深寧（王應麟）之父亦師史獨善以接陸學，而深寧紹其家訓，又從王子文以接朱氏，從樓迂齋以接呂氏，又嘗與湯東澗遊，東澗亦兼冶朱、呂、陸之學者也。和齊斟酌，不名一師。（同上，卷八五，〈深寧學案敘錄〉）

四明之專宗朱氏者，東發（黃震）為最。……晦翁生平不喜浙學，而端平以後，閩中、江右諸弟子，支離、舛戾、固陋無不有之，其能中振之者，北山師弟為一支，東發為一支，皆浙產也。其亦足以報先生拳拳浙學之意也夫！（同上，卷八六，〈東發學案敘錄〉），參見〔清〕·全祖望補，王梓材、馮雲濠、何紹基校：《宋元學案》（台北：世界書局，1991年）。

是相對於濂、洛、關、閩之學而言的南宋浙江儒學，其範圍涵蓋了當時浙東地區的永嘉、金華、四明諸子之學。浙學諸子的思想傾向並不完全一致，其中有朱學，也有陸學，不僅和齊斟酌，不名一師，也能兼取諸大學派之優長，避免株守門戶之見的支離，舛戾，固陋之末流，故能折衷諸家，源遠流長。

繼全祖望之後，清乾嘉時代的史學家章學誠在〈浙東學術〉一文中首次以「浙東之學」與「浙西之學」作為區分，並分析了各自的學術淵源和學派特色，他說：

> 浙東之學，雖出婺源，然自三袁之流，多宗江西陸氏，而通經服古，絕不空言德性，故不悖於朱子之教。至陽明王子揭孟子之良知，復興朱子抵牾；蕺山劉氏本良知而發明慎獨，與朱子不合，亦不相詆也；梨洲黃氏出蕺山劉氏之門，而開萬氏弟兄經史之學，以至全氏祖望輩尚存其意，宗陸而不悖於朱者也。惟西河毛氏，發明良知之學頗有所得，而門戶之見，不免攻之太過，雖浙東人亦不甚以為然也。

章氏之論斷，頗能突顯上述浙學的特點，並為自己的學術立場作一確立，進而下分「浙東」和「浙西」之學的差異，是為學術史上的重要論題：

> 世推顧亭林氏為開國儒宗，然自是浙西之學；不知同時有黃梨洲氏出於浙東，雖與顧氏並峙，而上宗王、劉，下開二萬，較之顧氏，源遠而流長矣。顧氏宗朱而黃氏宗陸，蓋非講學專家、各持門戶之見者，故互相推服，而不相非詆。學者不可無宗主，而必不可有門戶！故浙東、浙西，道並行而不悖也。[82]

所謂的「浙東」、「浙西」概念，吳光認為當是一個「人文地理學」

---

[82] 章學誠：〈浙東學術〉．《文史通義》內篇（台北：漢京出版社），卷五，頁 523。

的劃分。從歷史地理的沿革看，唐代始置浙江西道、浙江東道，宋代改稱浙江西路、東路，元代置浙江行中書省，領兩浙九府，明代改爲浙江承宣布政使司，領兩浙十一府，清代恢復省稱，領府不變，而兩浙以錢塘江爲界，江右有杭州、嘉興、湖州三府，是爲浙西；江左有寧波、紹興、台州、金華、衢州、嚴州、溫州、處州八府，是爲浙東。顧炎武是江蘇崑山人，與嘉興交界，地處浙西，其學風與浙西學者頗多一致，故章氏統歸之於浙西之學。而章氏所謂的「浙東之學，雖出婺源」，指的是南宋永嘉學者葉味道、陳埴等朱子後學。其所謂「三袁之流」，指的是南宋號稱「甬上四先生」的袁燮（與其子袁肅、袁甫合稱三袁）、舒璘、沈煥、楊簡等陸氏後學；所謂「二萬」，則指清代梨洲門人萬斯大、斯同兄弟的經史之學。從章氏所述浙東之學的源流與特色來看，浙東學術的主流是從南宋四明學派、中經明代姚江學派（即陽明學派）到明清之際的蕺山－梨洲學派，[83]其特色是「宗陸（王）而不悖於朱的綜合取向」。章學誠所講的「浙東學術」，並非單指史學，而是涵括了宋明理學、心學的「經史之學」，故名以學術而非學派。後代一些學者，把「浙東學術」或「浙東學派」單純地理解爲「浙東史學」或「浙東史學派」，並把明代王陽明及其學派排除於浙東學術之外，是失之於偏頗的。以及章氏在敘述浙東一系的敘述中，忽略了永嘉諸子之學。實與黃宗羲、全祖望看重永嘉、永康學派中經世事功面的成就，也是他的不足之處。同樣是對於浙學普遍兼重文道關係的歷史敘事思維，有所虛歉。

綜觀全、章二氏的見解，我們大體可以對「浙學」作出如下的定義：所謂「浙學」，即發軔於北宋、形成於南宋而興盛於明清的浙東經史之學；它並非「單一」的學術思潮，也沒有形成一個統一的「學術

---

[83] 吳光：〈試論「浙學」的基本精神〉，《儒道論述》（台北：東大出版社），頁297。

流派」，而是內含多種學術思想、多個學術派別的「多元並存」的學術群體—在「浙學」內部，既有宗奉程朱的理學派，也有宗奉陸王的心學派，還有獨立於理學、心學之外的事功學派，以及密切締結「文學」與「理學」的文學傳統，和強調「史學經世」的史學系譜。[84] 然而，這個學術群體內部的各家各派，在相互關係上並不是絕對排他、唯我獨尊的，而是具有兼容並蓄、和齊同光的風格，從而體現了以「文道合一」以迄「人道合一」的文化人格理想。

二、黃宗羲文道思想的遺留問題

黃宗羲在天崩地解的易代之際，對於遺民角色的具體理分，有著高度的自覺。並以他的元氣觀，陶塑此一文化人格的特點，故有「遺民者，天地之元氣也」的重要命題[85]，視其當為天壤間不容忽視的潛能。一如他在〈縮齋文集序〉中陳述了宋亡遺民謝翱、方韶卿等人，當為異族籠罩之下的陽氣，雖在重陰禁錮之下，猶不能有所作為，然仍保持一股未竭之潛能，未幾百年尚能發而為「迅雷」，成就元代淪亡之伏流。

黃氏遂能正視「亡國之戚，何代無之」的歷史之遞嬗，而人心的潛在能量又該如何匯聚及體現？一方面他感性地陳述了「使過宗周而不憫黍離，陟此山而不憂父母、感陰雨而不念故夫，聞山陽笛而不懷舊友，是無人心矣！」將一時之性情與文人人格所鍾的萬古之性情加以結合，故能召喚人心的潛在能量。而謂：「自有宇宙，祇此忠義之心，維持不墜」；然而身為遺民，固然有其不得已之淒楚蘊結；但在曠觀古

---

[84] 浙學中的史學傳承系譜，參見李紀祥：《明末清初儒學之發展》（台北：文津出版社，1992 年），頁 335。

[85] 〈謝時符先生墓誌銘〉·《南雷文定·後集》，卷二，收於楊家駱主編：《中國文學名著第六集》第 16 冊（台北：世界書局）頁 19。

今的視野下，則應該有有所作爲，不廢「當世之務」，方能貞下啓元。

雖然一方面他十分憾恨南明政權的淪亡，如贛州一役，其死難者，「皆三百年以來國家之元氣也。[86]」然審度時勢，不得不然也。但在易代之際，他極不滿意當時許多遺民的出處進退，或齷齪營生，或遁入佛道之門，認爲在「能移」與「不能移」之間，應該確立遠大的策略，猶如明夷待訪的耿耿素心，方能成就具體之理想。試觀他的書院弟子（特別是甬上一地者），多爲異代之交的抗清烈士或遺民之子弟，即能清楚地看出他對於如何由潛能的確立，繼而體現爲現實的存在，誠有一番個人對於歷史事消長的洞視，繼而作出鼓盪元氣，別開生面的遠大抱負。

我們在前述擬議風雷的論述之中，得以看出黃氏對於「當移」和「不能移」一組概念，有其定然的判斷。就「不能移」的一面而觀，牽涉了他「個人」之於整個清帝異族政權，明確表現出反對的立場，以確立他一己作爲前代遺民的鮮明態勢。儘管在康熙十七年，清朝政府爲了迅速平息三藩之亂，並積極拉攏漢族知識分子遂有下詔舉行「博學鴻詞科」之舉，命令各地推薦「學行兼優，文詞卓越」的文士[87]；在漢族文士所謂的名儒名臣的推波助瀾之下，許多本欲抗懷當代逆流而

---

[86] 黃氏認爲贛州之守與死者，皆三百年以來國家之元氣也。萬元吉、楊廷麟、郭維經三人爲政皆承平賢者，但可惜扶危定傾，殆非其人所長。參見〈贛州失事〉‧《行朝錄》，卷六，頁173，《黃宗羲全集》第二冊。

[87] 黃鴻壽：《清史紀事本末》（台北：三民書局，1973年再版），卷21，〈鴻博經學諸特科〉，頁155：「時海內新定，明室遺臣，多有存者，居恆著書言論，常慨然有故國之思，帝思以恩禮羅致之。」而關於這段史實黃鴻壽並加以詳述，認爲此舉實有隱情，認爲時値國人思明，反側不安，而當時名臣兼名儒者如陸隴其、熊賜履等人所開之學風，門戶錯出、人才亦自卑遂使天下有乏村之嘆，遂有徵隱逸、舉宏博開明史館之舉措：清廷爲求收拾人心計，遂有「蒲輪四出、原貌媼言以求之，曰尊賢，曰求才。乾學（徐乾學）即利用此時機，汲汲焉。搜剔山林，以相迎合，或利祿相歆動、或以感勢相迫脅。鴻飛冥冥，弋人何慕。致令亡明義士，有讀書行道數十年，而不得全海上之節者。噫可痛也。」參見上書卷22〈諸儒出處學問之概〉頁163。

上的遺民志士，不得不爲風向習尙之移轉，傾向於妥協的局面。「勝國
遺老，率皆蟬脫鴻冥，網羅無自。而平時以逸民自居者，爭趨韲轂，
惟恐不與。[88]」將當時的盛況與遺民的窘態、賦予嘲諷的筆觸。總計當
時內外諸臣疏薦者共計一百四十三人，其中列名卻不至者，有應僞謙、
魏禧、李顒、杜越、傅山、范鄗鼎等六人。康熙帝見應舉者踴躍奔赴，
乃大悅，於隔年親試於體仁閣。試題爲璿璣玉衡賦，省耕詩五言排律
二十韻。共計錄取五十人，俱援爲翰林院官、纂修明史。當時著稱者
如陳維崧、朱彝尊、湯斌、汪琬、潘耒、施閏章、尤侗、毛奇齡等人。
時以得第者，授官過優，至外間有「野翰林」之言。

　　清帝此舉，無疑的是籠絡與介入遺民苦心營造的時空。遺民猶如
貞女，似乎稍一不慎，即會成爲「清白之玷」，一身之去就，乃繫四方
之觀瞻，不可不慎[89]。黃宗羲與顧炎武等人在此一關目大節上，顯然格
外謹慎，因此一方面謝絕了…出山之可能，作爲確立「不可移」之大
節大防，另一方面又不得不面對「遺民」這一身份在種種攸關於「時
間」壓力之下的窘態，亦即「時間焦慮」。逐一剝奪著遺民之生存意義，
伴隨海內抗清事業之一一破滅，遂使其生存依據之虛僞化。顧炎武之
由「待恢復」之雄心到「待後王」、「有王者起」之渺遠寄託。已經無
異於黃宗羲由《留書》下迄《明夷待記錄》並終結於《破邪論》之心
境。[90]

---

[88] 黃鴻壽：《清史紀事本末》（台北：三民書局，1973 年再版），卷 21，頁 155。

[89] 趙園：〈時間中的遺民現象〉，《明清之際士大夫研究》（北京：北京大學出版社，
1999 年），頁 317，375-379。指出遺民在與世俗「交接」的此一關目上，對於名節
的保存常與貞婦烈女的敘事混淆而有自我錮閉的問題。因此探究遺民的現身，趙氏
認爲不當視爲一種身份而且是一種時間歷程下的狀態及心態，值得細繹其中的語境
及氛圍。

[90] 由明入清的移民，很多都持這種態度。他們自己不應試，不出仕；但與應試、出仕
的人，保持著聯繫和交往，也不反對子弟和學生去應試、出仕，對於「修史」這種
關係前代典章制度和人物的大事，他們也願意提出自己的意見。顧炎武堅決拒絕徵

　　但是黃氏面臨最大的考驗，不只是客觀局面的變化。當是在他開啟的學術層面，已然在學生之間，以及當時的學風上，已有了不完全一致的轉向。試觀萬斯同論易的角度，顯然即與黃氏大異其趣，而在義理上，反而近於潘平格。萬氏在其《群書疑辨》的〈易說〉中，論易已迥異於黃宗羲的氣一元論之宗旨：

> 《易》非道陰陽之書也。易以道陰陽，此莊周之言，儒者所不道也。乃朱子解易崇以陰陽為言，失其義矣。夫意本為人事而作，故孔子彖象傳止言剛柔，不言陰陽，蓋剛柔乃屬人身，而陰陽乎氣化也。六十四卦無卦天言人事，即無卦不言剛柔。其間及陰陽者，不過乾坤否泰四卦而已。……今試取六十四卦三百八十四爻詳考之，有崇言陰陽者乎？雖曰剛即陽，陰即柔，言陰陽即言剛柔。不知人事之與氣化終不可合而為一。氣化主之于天，于人事何預。……蓋人本陰陽之氣而生，既生則聽乎人而不聽乎天矣。醫家有人身一小天地之說，此于治病調其五行六氣，不為無理，而非所語于易書也[91]。

　　黃氏看重的元氣觀，以及氣本論之體系，在萬氏此文中已經大異其趣，而且有了較為明確而理性的分疏。對於黃氏以及蕺山之學的「內在一元」式的思維，可以說跨過了此一型態的藩籬，不像蕺山和宗羲論易全面轄屬了性情、本心良知、歷史人事之消長變化，萬物的一體

聘，拒絕參與修《明史》，而他的外甥徐元文、徐乾學，一個是順治年間的狀元，一個是康熙初年的探花，備受皇帝的寵信。元文官至文華殿大學士，乾學官至左都御史、刑部尚書，而且都先後擔任過明史館的總裁。顧炎武同這兩位外甥書信往來密切，如有一封給徐元文的信，開頭就說：「所謂大臣者，以道事君，不可則止。吾甥宜三復斯言，不貽譏於後世，則袞衣與有榮施矣。」（《亭林文集・卷三》大旨是勉勵元文做一個正直的官僚，而「以道事君」的「君」，不就是清朝的皇帝嗎？信的後面還涉及隴西、上郡地區的旱荒，建議「與其賑恤於已傷，孰若蠲除於未病」。這又是對清廷施政的建議。如今的讀者，如果不懂得當時遺民們的心態和處世原則，便會對顧炎武的氣節感到困惑了。

[91]〔清〕・萬斯同：〈易說〉・《群書疑辨》卷一，（台北：廣文書局，1972 年）。

宏觀、以及易道的元亨利貞。在天道與人道的分判上，萬氏的前言反而近乎潘平格的論易一系思路：

> 夫人稟陰陽五行之氣以有形體，有人之形體而性具焉。性豈不載於氣？然氣自氣性自性，本不相容。苟其灼然知性，自置氣不言。蓋氣本非性，不足言也。[92]

潘氏的論述型態不僅與上述萬氏的立足點攸關，更是黃宗羲在給萬斯同的〈與友人論學書〉中批判潘氏之學「滅氣」一項中「舍陰陽之氣，亦無從見道矣。」[93]的對立面。對於以渾然天地萬物一體的論點上，兩家可謂勢如水火。不僅如此，萬氏論易在「卦變」方面。雖批判歷來各家的流弊，獨取程正叔與蘇東坡的「乾坤主變」說，亦即「耑以乾坤言變，方得畫卦之本原，若謂六十四卦既成，然後彼此互易為變，則非本原之謂。」[94]並不接受來知德以及黃宗羲所特別看重的「反對」言卦，認為反對之卦，實乃「六十四卦既成而後見，亦非成卦之本原」，這些分疏變化在他看來皆不足取。唯有「互卦」說，和黃氏的易學象數論體系相容，認為象不可廣也，聖人「立象以盡意，設卦以盡情偽，互卦之設，但取其象以補上下二卦之未及」以及「昔之聖人函義理于物象之中，後之儒者，擴物象於義理之外，是聖人合之為一者，後人歧而二之矣。」[95]顯然對於黃氏易學的擬議之道，並無更大的企圖之心，這裡也已預示了黃氏之學在其門人的治學取向上當有的歧出轉向。[96]

---

[92] 《慈溪縣志‧潘平格傳》轉引自方祖猷：〈黃宗羲與潘平格〉‧《清初浙東學派論叢》（台北：萬卷樓圖書公司，1996年），頁149。

[93] 〈與友人論學書〉‧《黃宗羲全集》第10冊，頁146。

[94] 〔清〕‧萬斯同：〈卦變說〉‧《群書疑辨》卷一（台北：廣文書局，1972年）。

[95] 〔清〕‧萬斯同：〈互卦說〉‧《群書疑辨》卷一（台北：廣文書局，1972年）。

[96] 方祖猷：《萬斯同傳》（台北：允晨文化，1998年），頁132、257、261。康熙八年，潘平格訪問甬上證人書院，宣傳他批判宋明理學的「求仁」哲學，在當時引起

特別是萬斯同自其少時，在黃宗羲甬上門下之治學，慨然以史學經世之理想，作爲個人的學術宗旨。他除了吸收黃氏史學與經術的特點外，對於蕺山之學並無更大的理論興趣，尤其是歷經了潘平格的學說衝擊之下，繼之以北上修史期間，接觸了更多不同領域的學說之後，其人其學也經歷了所謂的「三變」。最後，更連接上顏元、李塨的「事功之學」。不僅跨越了潘平格，以「格通人我」作爲格物說的視野，更一舉契合顏李學派以格「三物」（六德、六行、六藝）爲誠、正、修、齊、治、平的《大學》一貫之道，在他爲李塨的《大學辨業》作序文中，即已表露了他的史學經世路向，已在晚年有了很大的轉變：

> 原大學教人之法，使人實事於明親之道焉爾。其法維何，即所
> 謂物也，……三物者一曰「六德」：知、仁、聖、義、中、和，
> 一曰「六行」：孝、友、睦、姻、任、恤。一曰「六藝」：禮、
> 樂、射、御、書、數。……春秋世教漸微，而大學三物之法，
> 或幾乎衰矣。然教雖衰，其成規未嘗不在……後之儒者不知物
> 爲大學之三物，或以爲窮理或以爲正事、或以爲扞格外誘、或
> 以爲格通人我，紛紛之論，雖析之極精，終無當乎大學之正訓。[97]

甬上諸生相當極端的爭議，顏日彬、毛勋和萬斯同先後深受影響，陳赤衷、萬斯選竭力相斥，黃宗羲不得不有所迴應。黃宗羲以〈與友人論學書〉批判潘平格之學，並爲萬斯同剖陳得失，在甬上書院師生間，產生了不同的反應。萬斯同「置學不講」，或「不談學」的態度，他並沒有承認蕺山之學之是和潘平格之學之非，並沒有承認自己的錯誤，只表示自己此後再也不談天人性命的哲學而已，這間接表示他的胸中還是傾向潘平格之學的。只是二十年後，他看了李塨的《大學辨業》一書，才感到不僅「不談學」這一承諾是錯了，而且也發現潘平格之學並非聖學的正途。他思想上的這一轉變，使他對李塨刮目相看。從此，萬斯同的哲學思想經歷了三變：從青年時代的蕺山之學，經中年時代的潘平格之學，最後在暮年，成了顏李之學的堅定信從者。

[97]　〔清〕·萬斯同，〈大學辨業序〉·《石園文集》，頁 117， 118，收於《叢書集成續編》，155 冊。

他認爲顏李學派以學習「三物」則窮理即在其中，萬斯同更以相見恨晚之嘆，表達對於此派學說之通透；而不滿於歷來各派格物說的詮釋，如朱熹的「即物窮理」、王陽明的以「正」解「格」說，以及司馬光的「扞格外誘」說，乃至於潘平格的「工夫切近，只在格通人我」說等四種理路，值得注意的，是他甚至於連黃宗羲個人標舉的以「家國天下，萬物一體言格物」的說法，在此都不見蹤影，顯見明清之際，學風轉向的線索，事實上在黃宗羲的門下，即已呈現出值得深入探究的論題。

李塨年譜中，即記載了萬氏之於個人爲學遞嬗的轉向：

> 某少受學於黃梨洲先生，講宋明儒者緒言。後聞一潘先生論學（即潘平格）；謂陸（象山）釋朱（真）羽，憬然於心。既而黃先生大怒，同學競起攻之，某遂置學不講，曰：予惟窮經而已，以故忽忽誦讀者五六十年，今得見先生（顏元、李塨），乃知聖道自有正途也。[98]

萬氏的轉向固然與他史學經世的內在企圖有關，然而顏李學派在整個清初的時代氛圍中，畢竟不能有更大的開展，其理論內部也充滿經世與復古之間的矛盾及迂腐之論，[99]未必即爲斯同所能樂見。我們只能在這裡看到清初義理之學逐漸式微，而代之以考據之學的過渡階段中，由黃宗羲和萬斯同師生之間，對於義理與經世問題上的差異，獲致一參照的實例。

黃氏以其畢生心血來體認、參証以及演繹這一文道合一思想，往往又未必在當時獲致相應的理解與實現，尤其是文學方面的廓清舊規擬議風雷，即與清初定於一尊的「清真雅正」的文學規範相忤，衝突

---

[98] 〔清〕·馮辰撰《清李恕谷先生年譜》（台北：台灣商務印書館，1978年），頁187。
[99] 參見龔鵬程：〈儒學經世的問題：以顏元爲例〉·《晚明思潮》（台北：里仁書局，1994年），頁308，309。

性的處境亦不下於《明夷待訪錄》之於整個中國后期封建政治的結構。此種「思想」的形成及內涵和「制度」上的結構性問題，也一直是史家及政治思想者最為困惑的焦點。我們可以肯認梨洲學之集大成以及識見格局，實為數百年來理學之圓成階段，此理在我們前文中，論證已明，然觀諸史實卻不得不有所感慨，明清之際大學問家們如顧炎武、黃宗羲，皆能以經世之發願，痛下學風針砭之處方，但下啓的有清一代學風，卻是一大悖反，劉述先的謂嘆可為此作一綜理：

> 後來發展卻把整個心性之學都當作玄談，而置之不聞不問之列，代之而興的是餖飣考據之學，這豈是梨洲所欲見的發展！但梨洲繼蕺山倡內在一元之論，轉手而為乾初、東原之說，乃整個由宋明心性之學脫略了開去；同時梨洲固為長於文獻、考據之學者，則其對於新時代風氣之形成，亦多推波助瀾之功。然這並不是梨洲所期望的「貞下啟元」走的那一條道路。結果梨洲的確終結了一個時代，也下開了一個時代。但也要終結的，並不是所終結的那個時代，他要下開的，也不是所下開的那個時代。此所以梨洲之不能為一個富於悲劇性的人物。[100]

方祖猷指出黃宗羲及其甬上證書院弟子所形成的浙東學派，在京都是受到排斥的。陳錫嘏、鄭梁、仇兆鰲、萬言、范光陽、陳紫芝等都作過京官，陳夔獻以貢入都，萬斯同以布衣人史局。他們曾企圖在京傳播浙東學派的思想。黃宗羲的《明夷待訪錄》、《明儒學案》諸書，萬斯大的經學著作，黃百家有關論科舉的文章都傳入過北京。陳錫嘏在京開課授徒，萬斯同在京舉辦講座。然而，當時清廷正在大力表彰程朱理學，所以他們首先受到理學家的排擠。陸隴其在《陸清獻公日記》中提到，當時有人說「今浙東學者多主陽明，爭意氣乎？抑確有

所見乎？意大不滿意於梨洲之學」。他自己看了黃宗羲著作後，就自認：「知山陰之學，其病只在不知朱子」對浙東學派「痛言制義無關於學問」，更大為不滿。浙東學派的學術只有「博物考古」的方法才為他們接受，稱為「博雅」。[101]

　　其次，證人書院弟子懷著「經世」的目的，標榜「氣節」，至京欲一展抱負。然而，不自覺地一頭栽入了清初黨派之爭。結果，萬言被外放五河，幾被置於死地；陳紫芝任御史敢於彈劾權貴，因而被明珠毒死；陳赤衷作《貞女篇》不為勢要拉攏，至窮困中老死京邸；[102]范光陽、鄭梁被外放；陳錫嘏總算急流勇退，藉口父老告歸里門。只有仇兆鰲做了內閣學士兼禮部待郎大官，不過這是他放棄黃宗羲思想而換來的。[103]

　　勞思光指出一時代之思想，可影響後一時代之制度，但多不能影響當時之制度，而一時代之制度特色，亦大抵皆來自前一時期之思想。例如就他的論斷而言，即認為漢代政治制度之設計，最符合先秦儒家之思想；另一方面漢代自身之思想則反而表現出儒道二家之沒落。勞氏歸納這一思想和制度之間的微妙關係，實為每一個時代先知先覺者無法避免的處境：

> 蓋思想影響制度，例必經一醞釀過程，當某種思想表現為一新制度時，後起之思想可能另有新轉向。因此，一時代之思想與制度間，儘可呈現種種歧異衝突，並非必然互相配合。[104]

---

[101] 方祖猷：《清初浙東學派論叢》（台北：萬卷樓圖書公司，1996 年），頁 81。

[102] 《清儒學案》第一冊（燕京文化出版），卷二，頁 55。

[103] 《勤縣志‧人物傳》說：「時，李光地、陳廷敬、張玉書皆在內閣，相與講貫，益以理學自任，乃歸宗朱子，以致被陸隴其譏笑為『講舉業則宗朱，講學則從梨州……此心便不可對聖賢』。」方祖猷：《清初浙東學派論叢》（台北：萬卷樓圖書公司，1996 年），頁 82。

[104] 勞思光：《新編中國哲學史》（一）（台北：三民書局，1989 年）。

　　試以黃氏的政治思想而言,《明夷待訪錄》中批判的封建結構（制度）,實爲他長期治史以來,針對「家天下」的千古積蔽有一沈痛的警惕及覺醒,遂一反世儒史官對於傳統君權的理解,申說理想政權的推移之道,〈原君〉、〈原臣〉、〈原法〉等篇的擬議,大抵皆可溯源於孟子,但與近世所謂的「民主學說」等觀念距離甚遠[105]。然而此一擬議雖扞格於清初的政局,且大異於正統政治結構的理則,卻能彰顯一開放的系統（而非一封閉系統）,提供後世有志者參與詮釋及轉化,黃氏的政治思想而言,他的擬議雖以反對「家天下」的民本思想爲旨趣,卻在另一個跨度的特點時空（即清末）,卻甚能啓發梁啓超和譚嗣同等人所擬議的「民權共和」結構;這兩大概念雖在內涵上並無相等關係,而梁、譚兩人卻引黃氏《待訪錄》之擬議爲同道,並藉此書作爲宣傳的利器,不正是前述結構的開放性,得以將後世自覺者的憤悱之情、鼓舞之、磨盪之?擬議的目的即在於成其變化,否則傳統上大部分知識分子寄托於「三代」的擬議不外乎是一種空想或理性的悖反,對於推移之道的理解也就失去了理論效力。

---

[105]　勞思光:《新編中國哲學史》（三下）（台北:三民書局,1989 年）,頁 664。

第陸章、結論:「文道合一」的文學思想與中國文學敘事結構的確立

　　從氣之感通與道的形著於文章,上自寒暑日月之推衍,下至尺蠖龍蛇之屈伸,皆構成了宇宙渙化流霆圖象中不可或缺的要素。[1]人與物的感應交通之理。風雷搏擊而鼓動萬物;置諸黃宗羲文道思想的通則,此一「元氣」的運行狀態當為「貞元會合之氣」,文統必有所歸[2],針對明清異代文運之興繼廢繼絕上,亦寓有莫大的啟示;就以明代文學復古運動的三盛三衰而觀,濫觴自李夢陽、何景明以降的第一度復古高潮[3],未始沒有一番革新文風的立意及入世關懷。何、李等人雖在日後文學史的評價爭議甚大,但在從政仕途生涯中,率皆為抗懷當代,並有國士之風,復古諸子也大多以勁節直聲著稱,為明代朝臣進諫之路,樹立風標。

　　但是反映在文學上的改革目標,顯然未能恰當地解決文學本源的問題,李夢陽期許的「以自我之情、述今之事、尺寸古法、罔襲其詞」,這一說法內部存在著根本矛盾;不僅反映出李夢陽、何景明兩人在學古的方法的差異,也牽涉到前七子以來對於「格調」理解上的態度,就後者而言強調「格」及思想內涵、法度和語言,乃反對詩歌中的「俗化」傾向(故曰格須高);而「調」即情感、文采、音律等方面的要求,

---

[1] 楊儒賓:〈從氣感通到貞一之道〉收於楊儒賓、黃俊傑合編《中國古代思維方式探索》(台北:正中書局,1996年),頁140。

[2] 〈傳是樓藏書記〉,收於《南雷文定・三集》卷一,詳見楊家駱主編:《中國文學名著第六集》第16冊(台北:世界書局),頁17。

[3] 廖可斌在通觀明代文學思潮的變遷,認為共有三次復古波瀾的潮起潮落,而前七子正處於第一次的開啟階段,參見廖可斌:《復古派與明代文學思潮》上冊,第六章,(台北:文津出版社,1994年)。

來批判理學家詩歌的「理化」傾向（故曰調須正）。[4]

復古陣營對這兩者的護持及開拓理念，是無可置疑的，問題就出在前述學古方法上的差異，將造成學古結果的差異，一般而言「文必秦漢、詩必盛唐」的口號，只能算是他們看重「取法的典範」，也就是說當我們還原到創作經驗而言，「取法乎上」是無可厚非的原則，但就「一般性的評論」詩文而言，七子並非一味排斥中唐以下的文學作品，只能說中唐以下的文作雖有可取者，但仍不足構成為典範的法式。[5]所以問題的關鍵當還原在復古運動者的文學思想的根源意向，「擬議以成其變化」即指出他們共同的思維傾向。李、何兩人在「擬古」和「變古」的爭議不決，下迄王世貞、李攀龍等人亦未能有效解決這一關目，甚且復古陣營中，在嗣後多有「棄文入道」的轉向；最顯著的莫過於像王陽明固是此一時風的先知先覺者，繼而如王廷相、徐禎卿、鄭善夫、高叔嗣等人皆先後歸心於道學或理學，[6]說明了復古思潮顯然不能在其理論內部解決「擬議—格調—變化」這一連鎖歷程的關係，從而迫使「文」與「道」的關係變得弔詭或對立，甚至於必需有所抉擇。

既便是嗣後興起批判復古思潮的公安派文學陣營，也不能在根本理論上疏通這一盲點。袁宏道個人的文學信仰在前後階段也顯得並不一貫，[7]對於學古典範的問題，並未在他鼓吹性靈的主張中剔除盡淨，因此我們斷不能以一般通行的文學史成規去看待這個問題。尤其值得觀察的人物，是袁宏道之弟袁中道，他即明確指出公安末流殊乏元氣

---

[4] 廖可斌：《復古派與明代文學思潮》（台北：文津出版社，1994 年），頁 209。

[5] 廖可斌：《復古派與明代文學思潮》上冊，（台北：文津出版社，1994 年），頁 216-217。

[6] 廖可斌：《復古派與明代文學思潮》上冊，（台北：文津出版社，1994 年），頁 178-180。

[7] 關於袁宏道晚年之於復古問題的轉向，參見龔鵬程：《晚明思潮》（台北：里仁書局，1994 年），頁 156、179，以及廖可斌：《復古派與明代文學思潮》（台北：文津出版社，1994 年），頁 531。

的弱點,[8]而他個人的文風,在黃宗羲的《明文海》中,則被列爲「元氣」一格,並受到黃氏的稱賞;恐怕此一問題,也不是簡單以「復古」與「性靈」二分法,所能概括說明。

對於歷來文道分合的關係,一個比較合理的闡釋,我們推崇黃宗羲的文道合一思想,是肯認他明確樹立了這一中國文論中本已潛存的原理和規律,(一如擬議化的三段式理則,本已具備在易傳的本文結構之中),對於重新確立中國文學的「敘事結構」,將有莫大的裨益。

筆者試圖將黃氏文論中展現的敘事結構作一勾勒,並與前述第四章第一節論《明文海》之評騭座標,將兩者作一更爲完整的闡示:

---

[8] 袁中道在兩兄相繼去世之後,目睹公安派詩文的種種弊端,個人思想有著進一步的轉變,反覆強調袁宏道的「晚年之變」如在他的〈中郎先生全集序〉中抨擊那些單取中郎少時偶爾率易之作,即效顰學步者,皆爲烏焉三寫之弊,不識其兄實乃沖粹夷雅,同於「元氣」莫可涯涘之人。又如〈花雪賦引〉中論:「天下無百年不變之文章,有作始自有末流,有末流還有作始。其變也,皆若有氣行乎其間。」兩文皆收於蔡景康編:《明代文論選》(北京:人民文學出版社,1999年),頁341,345。

陽 一陽者，以括一百九十二爻之「奇」。

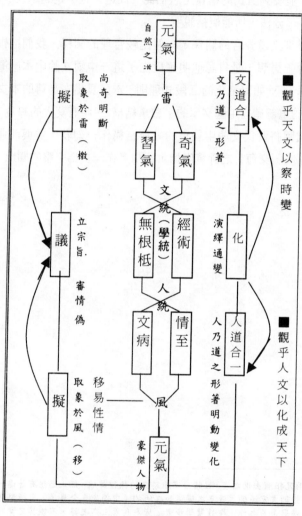

陰 一陰者，以括一百九十二爻之「偶」。

本圖旨在顯示文道思想「兩極中和」的理則結構，將中國敘事學基本原理的「對立者可以共構，互殊者可以相通」在兩兩相對立與殊異的品格之中，必然存在著某種相互連繫與融合的「張力場」，[9]進而呈現出近似前述易經「序卦」以及「陰陽變易」的型態。

本圖並融合了擬議化三段式的結構，作爲闡示以「風」、「雷」兩極的陰陽屬性，視爲黃氏在探討文學亂象中，探蹟索隱，擬度（仿效）道體的成果。即以風雷在易學中的「生物」特質，以及文學中突顯的「橄—主尙奇明斷」「移—主移易性情（風俗）」的體性，作爲「道的解釋權」。[10]一方面得以演繹千變萬化的文學現象，觀乎天文以察時變，復歸於文道合一。另一方面又能觀乎人文以化成天下，將文章風格與文化人格的開創，皆視爲彰顯及形著道體的神聖性權力（人道合一）。[11]這兩方面同樣歸宿於「元氣」觀的領域，只是一者偏重自然的文章之氣（元氣、奇氣），一者偏重文化人格的才質氣性（豪傑性情）。再者由「學統」決定「文統」以及「人統」，是黃氏學案式思維一貫的認知及價值取向，是中和原則的確立（即立宗旨，審情僞），方能論斷天下之至蹟及至動。就兩極中和的審美理則而言，兩兩相對的品格皆是黃氏文道思想兼融並蓄的論述場域；《明文案》、《明文海》中「瑕瑜互見」的評騭手法，以及《南雷文案》、《南雷文定》中對於俗情、世情的習

9　楊義：《中國敘事學》（嘉義：南華管理學院，1998年），頁23。指出內中和而外兩極，這是中國眾多敘事原則的深處潛原則。無中和，兩極就會凝固和沉落。中和與兩極，二者也是對立統一的，以中和使審美動力學形成一個完整的境界。

10　龔鵬程指出唐代以來文「明道」、「載道」、「貫道」等文學主張，皆以掌握及操控「道的解釋權」，作爲文人性格彰顯的理想，亦即「道」與「勢」兼具的共同價值取向，參見龔鵬程：《文化符號學》，（台北：台灣學生書局，1992年），頁355-356。

11　開出仁道即足以遙契天道，而且即證同天道，仁道即天道，即絕對，即人生宇宙之本體。本此本體以順成人道，此即所謂開闢價值之源，以善化人生者，而不是倒掛人道于神道以祈福者。人能就主體開闢價值之源，通過道德實踐以光明自己，始能光明絕對。人不能光明自己，而倒懸自己于神道以祈福，則絕對亦終不能明。參見牟宗三：《道德的理想主義》（台北：台灣學生書局），頁272。

心幻結以及個人創作歷程的刊落聲華，有著深刻的剖析，以及近於人情的詮釋。「文病」一格除了暢論文作中易犯的盲點（如〈論文管見〉）之外，並兼論文人才士格局促狹，不能打開經世的格局，有賴於文化人格的移易性情，以豪傑人物的陶養作為理想歸宿。如此一來，方能相貫於黃氏「氣一元論」（內在一元論）的精神，將種種對立面、偏執面的緣由，究元決疑，一如氣之推移生化。但是就一氣之升降流行而觀，俱是氣的種種範疇，故言擬議以成其變化。

由「元氣觀（貞元之氣）—擬議風雷—南雷（個人的）文風—浙東（群體的）文統」的陶塑，我們闡示的並非黃氏個人文學思想的專利，而是通觀文學史上具體彰顯了中國敘事思維的「潛在結構」；以及由黃氏大力鼓吹的「風雷文統」應該在中國文學理論和創作史中，扮演變革及創新意義的指標。這兩項特點的揭示，都是黃宗羲在文道領域中上下求索，重新豁顯的文學本源，因此彌足珍貴。

黃氏的「氣一元論」，表現在文學理論的建構，即以取象「風」、「雷」作為陰陽變易的原則，並進一步將「哲理性結構」（即政教中心和審美中心）與「技巧性結構」（即「雷——檄」與「風——移」的文學風格訴求），相互呼應與雙重構成。在陰中有陽，陽中有陰「互為其根」的原理下，中國文論中普遍既存的兩大中心（政教、審美）的分途及深化，並非截然對立或孤立表述的；黃氏的文道思想，正是試圖廓清這種機械式二分法的窘況，認為這兩大中心的互動、消長實與元氣的分殊、流衍、匯聚攸關、健動不息。筆者試圖勾勒其中的理則如下：

審美中心

「擬—議—化」的易傳思維　　　　　　　「例—案—斷」的學案式思維

（移易性情）　　　　　　　　　　　　　（尚奇明斷）

政教中心

　　若以「陽中有陰」的一面來看，取象於「雷」的文學技巧與審美中心的哲理性結構，形成了「第一重」的雙構性思維。取象於雷的特點乃契屬於黃氏的學案式思維，著重對於事物的種種現象作一如實的斷案。故植義颺辭，務在剛健，事昭理辨，故能氣盛辭斷，體現了「檄文」一格厲辭為武的精神。這一點綜觀他的學案、史案、文案等系列連作，皆可一覽無遺；然而黃氏崇尚的論斷理念，並兼重了審美中心的旨趣，能夠真切的把握各種不同風格的特點以及如何學習、如何取法不同典範的問題。是以他能確估文學上唐、宋兩大風格典型的審美意涵，在其論斷之下，得以並存俱賞，也下啓了清代宋詩派的局面。

　　他反對以時代風格作為論詩優劣，而當以性情之真偽為標準。他指出「宋因唐而存法」的論點，認為「善學唐者唯宋」，唐詩之體不一，而皆為宋詩各派所宗。如少陵體流而為江西詩派，為宋詩的淵藪，而晚唐體至葉適和永嘉四靈而大振。他在〈張心友詩序〉中即通盤檢證了這一公案，並兼及對於宋代嚴羽詩觀之批判：

> 滄浪論唐，雖歸宗李、杜，乃其禪喻；謂詩有別材，非關書也，詩有別趣，非關理也，亦是王、孟家數，於李、杜之海涵地負無與。至有明北地摹擬少陵之鋪寫縱放，以是為唐，而永嘉之所謂唐者亡矣。是故永嘉之清圓，謂之非唐不可，然必如是而後為唐，則專固狹陋甚矣。豫章宗派之為唐，浸淫於少陵，以

極盛唐之變，雖有工力深淺之不同，而概以宋詩抹殺之，可乎？[12]

黃氏與張心友兩人在相互批點唐宋詩之過程，頗能得唐宋之辨的關竅，認為這一既存的焦點根本就是一個假問題。如以本文採行的擬議思維而觀，黃氏衡論宋代諸家學唐的歷程，尚能分析唐詩風格的美感特質，得其擬議之法形成各家風格。而明人淪入摹擬之流，且妄分唐宋，純以擬議時代聲調為旨趣，定於一尊，限制取法廣度，遂無法擬議以成其變化。

同時他對嚴羽批評宋詩頗不以為然，認為嚴氏的個人偏好，只能算是王維、孟浩然一派家數，於李、杜之千彙萬狀的特質，並不能如實相應。他還認為，嚴羽所批評的「以文字為詩，以才學為詩，以議論為詩」的宋詩，其實都「莫非唐音」。在他的詩觀中，認為只要能以性情之真，不鑿空擬議，那麼無論是以文字、才學和議論為詩，並不妨礙成就如唐詩般的「詩家聲色之致」。

問題是出在於宋人學唐的過程中，產生的諸多流弊，例如江西派變唐人詩法，片面追求杜甫的廣徵博引，縱橫議論，未免落入支離破碎、情思索然而不足為詩。繼而四靈派遂以單字隻句計巧拙，以濟江西派汗漫無禁之失，遂以工巧凝煉的律詩、絕句替代江西派那些硬語盤空，奪胎換骨的風格。改以晚唐為師，陶冶塵思，模寫物態，追求情瘦而意潤、貌枯而神澤，近乎孟郊、賈島姚合之風。他們雖不像江西派有「尚理而病於意興」的毛病，但詩風礙於才具及詩觀，即便是窮搜索之功，終而不能掩其寒儉刻削之態。[13]嚴羽的詩論在這一方面有

---

[12] 〔清〕‧黃宗羲著：〈張心友詩序〉‧《黃宗羲全集（十）--南雷詩文集》（浙江：古籍出版社，1993 年），頁 48，49。

[13] 成復旺、黃保真、蔡鐘翔：《中國文學理論史—隋唐宋元時期》（台北：洪葉文化事業有限公司，1994 年），頁 605。

其定奪,他不滿四靈派的偏嗜淡泊空靈,也要力矯江西派尙理而病於意興,以不美爲美,以非詩爲詩的病灶。故標舉「別材別趣」,闡明何者爲詩,「詩道亦在妙悟」指出應當如何學詩,「以盛唐爲法」說明應學什麼樣的詩。[14]但是黃宗羲認爲嚴羽實爲偏嗜王維、孟浩然的沖淡閒遠派,非李白、杜甫的氣象,這一點頗值得玩味。[15]在他看來這些爭議都是過度迷信時代格調,以致對於詩的本質見道不明,在這篇序文中亦指出「即唐之時,亦非無蹈常襲故充其膚廓,而神理蔑如者」,以及「宋詩之佳,亦謂其能唐耳,非謂舍唐之外,能自爲宋也。」倘使不能屆此加以疏別,而一昧標舉學唐,就會如同明代前後七子襲取嚴羽的「以盛唐爲法」的擬議格調論,或如公安派的獨抒性靈,實與嚴氏的「別材別趣」觀相近,也不能從根本上解決問題。

　　黃氏的文論、詩論不僅是言之有物,論證確鑿,樹立起評騭文學本質與鑑賞多元風格的判準,再加上他所看重的博洽及尙奇,對於世事人情的仰觀俯察,抉微鉤沉之心,甚能將歷史敘事的宏觀,以及小說敘事中的特寫,予以結合。在這第一重的雙構性思維中,審美中心論不再只是孤懸高標意境及興象寄託,而是富有積極而陽剛的理性實踐精神。例如嚴羽所力斥的議論爲詩,以文字爲詩等詩歌美學判準,在黃氏的文道思想中,實屬片面之見;有賴於學案式的思維,重新確認不同的文學風格,才能在意識及題材上跨越既有的偏執。

　　再以「陰中有陽」的一面看來,取象於「風」的文學技巧,以及政教中心的哲理性結構,形成了「第二重」的雙構性思維。取象於風的特點,乃契合於《易傳》的擬議思維,著重於表現事物的千彙萬狀

---

[14] 嚴羽:《滄浪詩話・詩辨》,參見郭紹虞:《中國歷代文學論著精選》中側(台北:華正書局,1984年),頁169、170。

[15] 成復旺等人指出嚴氏除了表彰李杜詩風之外,如有所偏嗜的話,應為高適、岑參的雄渾悲壯,而非王孟之流,參見成復旺、黃保真、蔡鐘翔:《中國文學理論史—隋唐宋元時期》(台北:洪葉文化事業有限公司,1994年),頁605。

與形著性情的感染力，故兼有移易性情，以及變風變雅的特點，體現了「移文」一格移風易俗，令往而民隨的精神。這一信念可見諸於黃氏易學思想中看重「反對」與「統體」觀象思辨的宗旨，而不囿限於一卦一爻之間過度詮釋卦變的亂象。試看他的《南雷文案》、《文定》等幾大系列的敘事之作，值得關注的是他對於世俗的既有慣性及觀點，往往試圖加以扭轉，恢復其可塑性，而寓有別開生面，一新耳目的詮釋。同時他又極端不滿文士作文，徒逞其才藝，而不能確立經世層面的虛歉所在；故發而爲文，走雲連風，對於政教問題的著墨，最費思量。再如經世和義理之文兩大系列，即是對於既存的時局現象、歷史觀點，重作擬議；再加上甬上講學兼重經術及西洋新學的啓蒙，遂能開展政教中心論所欠缺的視野以及與時「推移」、與時偕行的精神。

我們不能忽略取象於風的特性，在漫長的人文傳統中累積了關於審氣以定音律、神速而靈性的訊息以及國風教化與變風變雅的文學精神。[16]

---

[16] 蔣年豐：〈從「興」的精神現象論《春秋》經傳的解釋學基礎〉收入楊儒賓、黃俊傑編：《中國古代思維方式探索》（台北：正中書局，1996 年），頁 87-91. 指出，「鳳」即是「風」字，其所居地為「風穴」；而鳳凰即是風神。因為鳳鳥是風神，而風又是天然音樂的作者，所以，風神（鳳）乃是音樂的來源。這些線索都保留在以下的文句中：「昔黃帝令伶倫作為律。……取竹於嶰谿之谷……而吹之，……聽鳳皇之鳴，以別十二律。……帝顓頊……乃登為帝，惟天之合，止風乃行。」（《呂民春秋·古樂篇》）在甲骨文中，我們也可以看到這樣的句子：帝其令風。帝不令風。…帝史風。這些描述與後世的看法，如：「風者，天之號令。」（《後漢書·蔡邕傳》）風代表了一種神速而具有靈性的聲音，傳遞了重大的訊息。《毛詩序》更能洞知《詩經》所表現的原始語言。「《關雎》，后妃之德也，《風》之始也。所以風天下，而正夫婦也。故用之鄉人焉，用之邦國焉。風，風也，教也，風以動之，教以化之。」

這裏面最值得重視的是，《詩》所表現出來的即是風，即是原始語言。這個原始語言賦予事物生命，並揭示了存有的真相，故能正得失、動天地、感鬼神。就是因為如此，它也涵具了最濃烈的歷史意識，「國史明乎得失之跡，傷人倫之廢，哀刑政之苛，吟詠情性，以風其上，達於事變，而懷其舊俗者也。」

原始語言在《周易·象傳》中又以一個新的面貌出現，如：「風行天上，〈小畜〉，君子以懿文德。」「風行地上，〈觀〉，先王以省方觀民設教。」「風自火出，〈家

變風變雅之義,尤其針對詩教的「溫柔敦厚」原則,加以批判及修正,亦即就「風—移」的擬議而言,唯有變風變雅得以將詩人甘苦辛酸的真性摯情,和盤托出,意味深遠,他在〈樂府廣序序〉文中指出:

> 其後朱子之註離騷,以其寓情托意者,謂之變風;以其感今懷古者,謂之變雅;其語祀神歌舞之盛者,則謂頌之變。賦則自序,比則香草惡草,興則泛濫景物,於是離騷之指燦然明備。[17]

顯然的將感懷今古與寓情託意視爲文學表現的重要關目,其中的內涵及外延也遠比溫柔敦厚的詩觀來的寬闊。同時這「第二重」的雙構性思維,對於文化人格與外在環境之間的互動性,有著更具體的闡釋。而非一昧的地強以儒家或封建道統的框架,置諸人心成爲僵化的規範,致使文道非旦不能合一,道的本源性及創造性也將蕩然無存。例如黃氏看重的「浙東學術」與「姚江學校」理念,就是具體而微,並能有效移易人心與性情的典範,政教中心的意涵,也應取法於此,方不致斲喪文道開展的契機。

例如浙東學術的開展,黃氏身後的章學誠認爲可謂是宋明儒學在不同時期的現實處境下,試圖走出經世及經史的一路血脈:

> 浙東之學,雖源流不異,而所遇不同。故其見於世者,陽明得之為事功,蕺山得之為節義,梨洲得之為隱逸,萬氏兄弟得之為經術史裁。授受雖出於一,而面目迥殊,以其各有事事故也。彼不事所事,而但空言德性,空言問學,則黃茅白葦,極面目

人〉,君子以言有物而行有恆。」「天下有風,〈姤〉,后以施命誥四方。」「隨風,〈巽〉,君子以申命行事。」風在儒家乃是德教之言。這種創造性的語言可以感召萬民,端正風俗;從存有論著眼,也就是能揭示真相,造就萬物。

17 〈樂府廣序序〉·《黃宗羲全集》第十冊,頁22。

雷同，不得不殊門戶，以為自見地耳。故惟陋儒則爭門戶也。[18]

黃宗羲、萬斯同兄弟等人，既深體家國亂離之變滅，遂有著沈鬱的信念，發而為文。試圖以史學經世，以迄人道合一的思考，作為因應外在時局的主張，故能自鑄偉辭，別開生面。充分體現了因應變革，繼而移風易俗的經世精神。並以文章之道，形著了個人的生命特質，以及不同世代的存在感受。大幅度的扭轉了政教中心論的傳統格局。

揆諸清初由官方裁示的「清真雅正」的文藝政策，即為僵化且桎梏人心的「政教中心」（兼及了程朱理學，理學名臣，四庫館務，考據之學，文字獄）[19]，歸咎起來，即是忽略了取象於「風」的一層，而不能擬議以成變化，遑論「移」風「易」俗的真諦？

黃宗羲深諳此一性情的變化之道者，君不見他一針見血地指出「虞廷傳心」的十六字心法實乃〈偽古文尚書〉誤導宋明理學的致命傷，[19]這一「雷霆萬鈞」式的批判，不僅直截地摧廓了理學（含心學）的營壘，更大的意義一如風的「轉向」，使得理學末流根柢危脆的表象，致此歧出轉向為偏重「道問學」的嶄新局面，下開一個就連黃宗羲本人都難以預見的治學方向。再者，黃氏經世之學的重大張本《明夷待訪錄》一書甫出，雖礙於當時文網與高壓統治的局面，不能一展抱負，一如他所謂的「一陽始生而重陰錮之」的卦象，然而一旦時空人心遞嬗，即將掀起一番「啓蒙式」的大轉變，而這一變化即是他「箕子明夷」撰述的意圖所樂見；果不其然的，在清末此一特定條件的時空氣

---

[18] 章學誠：〈浙東學術〉，《文史通義》（台北：漢京文化有限公司，1986 年），頁524。

[19] 成復旺、黃保真、蔡鐘翔：《中國文學理論史——明清鴉片戰爭時期》（台北：洪葉文化事業有限公司，1994 年），頁 6、7。

[19] 參見「尚書古文疏證序」，《南雷文定·三集》，卷一，收錄楊家駱主編：《中國文學名著第六集》第 16 冊（台北：世界書局），頁 1、2。

圍下，斯書猶如一道「衝決網羅、滌盪舊物」的思想利器，成為梁啓超、譚嗣同變法革命的圭臬。箇中預示的變化移易之道，確乎是黃宗羲取象於「風雷」，擬議以成其變化的道理所在。

　　將上述兩項取象於「風」、「雷」的理則，彼此縮合，則為「第三重」的雙構性思維，也才是完整的中國文學的敘事結構，這三重陰陽（雙構性）的組合型態，即以「既濟」　　或「未濟」　　兩卦為芻型，體現出「相濟完成」與「有待變革」並存的信念。元氣鼓蕩而瀰滿，風雷並作而不竭，是黃氏思想中力主「生生之謂易」，乃「不斷變易」（即以三百八十四爻為兩儀），而非「次第而生」的狹隘論易；故能因「全體」而見，八卦（六十四卦）之中，皆已本有兩儀、四象之理，而所謂「一陽」者以括「一百九十二」爻之「奇」，而「一陰」者以括「一百九十二」爻之偶。呈現出「雷厲」「風行」的氣勢，才能暢行於天地之冹化也！

　　「風雷」文統的情性所鑠，陶染所凝，成就的不獨為黃氏的浙東一域；這一敘事結構的揭示，據本文的考索及參照，實為觸及了中國文論史中演變的一大規律；亦即不同時代、不同文體之間，只要是觸及了「變革」的自覺及要求，[20]往往都寓有「擬議風雷」的特質。變革

---

[20] 趙園：《明清之際士大夫研究／下編明遺民研究》（北京：北京大學出版社），頁450、451。指出變革的取向並非始自明亡之後。方以智自述當王申社事方盛之時，自己儼然「不自知其聲之變矣」。同文說：「臥子（陳子龍）嘗累書戒我，悲歌已甚不祥。嗟乎，變聲當戒，戒又安免！」他還說：「尼山以興，天下屬詩，而極于怨。怨極而興，猶春生之，必冬殺之，以郁發其氣也。……天地無風霆，則天地暗矣！噫嘻！詩不從死心得者，其詩必不能傷人之心、下人之泣者也！」方以智亦以擬議風雷，感應油然而生的文學表現。

此外，彭士望又以勢「不得已」為說：「……世則有然，文從而變，而作文者之用心彌可彌取，彌曲彌屬，如天地之噫氣，郁不獲舒，激為雷霆，凝為怪電，動蕩摧陷，為水溢山崩。夫豈不欲為卿雲旦日甘雨融風，勢有所窮，不得已也」。魏禮亦以為「古今論詩，以溫厚和平為正音，然憤怨刻切亦負何可少，要視其人所處之時

的因故不外乎針對於上述審美中心，抑或政教中心的衝決網羅，滌盪舊物，或重新確立典範；進而托名風雷或夸飾以風雷的共同傾向，則儼然形成了這一敘事思維的基調。

再者由黃氏揭示的風雷之道，得以置諸整個文學史的歷程作爲對照。獨與天地精神往來，而不敖倪於萬物是莊子塑造的獨特的語言情境，在他筆下賦予寄託的「至人」、「真人」，其特點正是「疾雷破山，飄風振海而不能驚」（〈齊物論〉），故能馳騁其謬悠之說、荒唐之言、無端崖之辭。王弼爲了闡明老子之道「物之所以存，乃反其形」的妙旨，故謂「善力舉秋毫，善聽聞雷聲」以及「夫奔雷之疾猶不足以一時周，御風之行猶不足以一息期」，故能言「執大象則天下往，用大音則風俗移。」（《老子指略》）除此之外，見諸文論史諸家取象風雷上的共同論調，可蔚爲大觀。試舉部分論點，以見大致規律：

梅堯臣：文章革浮譎，近世無如韓，健筆走霹靂，龍蛇奮潛蟠。颶風向端倪，鼓蕩巨浸瀾。（〈依韻和王平甫見寄〉）

李贄：追風逐雷之足，決不在於牝牡驪黃之間，聲應氣求之夫，決不在於尋行數墨之士。（〈雜說〉）

龔自珍：九州生氣恃風雷，萬馬齊瘖究可哀，我勸天公重抖擻，不居一格降人才。（〈己亥雜詩〉）

黃遵憲：下有深池列鉅艦，晴天雷轟夜電閃。最高峰頭縱遠覽，龍旗百丈迎風颭。長城萬里此為塹，鯨鵬相摩圖一噉。（〈哀

地」。同於黃宗羲《陳葦庵年伯詩序》說詩之正變繫于其時，「哀而非私」，「何不正之有？」《金介山詩序》、《萬貞一詩序》也說詩的「正」「變」，不以「淒楚蘊結」為病。

擬議於風雷的文學作品，又當如何賦予藝術的觀照及定位？朱鶴齡認為，文字于劫難之餘，有可能呈現為另一種美：「自是而脆者堅，潤者燥，靡者勁，華實斂藏，結為絢爛，鴨腳楓柩，經霜作花，紅葉翠陽，參差綺縟，當之者神寒，望之者目眩——此亦天下之壯觀絕采也。使非秋氣坎壈、寒威砭飢之後，其何以得此哉！」

旅順〉）

　　譚嗣同：萬物昭蘇天地曙，要憑南岳一聲雷。（〈論藝絕句六篇〉）

　　對於偏主於「風」或取象於「雷」的思致，又能見諸於司空圖、嚴羽、王夫之、焦循、魏禧、何紹基、章太炎、魯迅、柳亞子、熊十力等諸大家的文論筆墨。[21]對於疏通易學的「自然之道」和「創造之道」在中國敘事理則結構的影響，以及陶塑作者人格與作品風格的層境，本文的探索只能算是一個端倪。

　　黃宗羲文道合一思想的開展，並不是顯揚作為一個文化鉅子的「文學側面」，而是確立其文化志業的主體，當以其「文學思想」（即文道合一）為軸心，才能如實而一貫地包括由他開展的文化格局。再者由「貞元之氣」的鼓盪，發而為擬議風雷之文。我們透過黃氏畢生苦心擘劃，積健為雄的文學身影，得以疏理出潛在於中國文論史中的敘事結構，證明這是一個開放、有機而整體的系統，對於我們重新審顧文學思想的本體及本源，將寓有貞下啟元，其命維新的契機——

---

[21] 綜考成復旺等人合著之《中國文學理論史》，筆者發現，大凡處於各朝代，面對文學思想之破舊立新，皆不外乎關於文學本源論的反省，而在諸家論文之中，多半都寓有擬議風雷的潛在特點，可視為中國敘事思維的一項重要表現。上引諸家文字，皆出於上書各朝代之分冊，請參見之，本文僅舉部分，以概其餘。

參考書目

一、黃宗羲著作

（一）文選彙編類

《明儒學案》收錄於《黃宗羲全集》第七、八冊（台北：里仁書局，1987年）。

《宋元學案》〔清〕·全祖望補，王梓材、馮雲濠、何紹基校：（台北：世界書局，1991年）。

《明文海》（北京：中華書局出版，1987年）。

（二）自撰專著類

《黃宗羲全集（一）--哲學、政治思想》（台北：里仁書局，1987年）

〈孟子師說〉	〈子劉子行狀〉
〈深衣考〉	〈子劉子學言〉
〈葬制或問〉	〈汰存錄〉
〈梨洲末命〉	〈思舊錄〉
〈破邪論〉	〈黃氏家錄〉

《黃宗羲全集（二）--歷史、地理》（浙江：古籍出版社，1986年）

〈弘光實錄鈔〉	〈金石要例〉
〈行朝錄〉	〈歷代甲子考〉
〈海外慟哭記〉	〈四明山志〉
〈西臺慟哭記註〉	〈匡廬遊錄〉
〈冬青樹引註〉	〈今水經〉

《黃宗羲全集（九）--天文曆算、象數類》（浙江：古籍出版社，1992年）

〈易學象數論〉	〈授時曆故〉

〈曆學假如〉

林保淳編：《明夷待訪錄》（台北：金楓出版社，1987年）。

李廣柏注：《明夷待訪錄》（台北：三民書局，1995年）。

（三）自撰詩文集類

楊家駱主編：《中國文學名著第六集》第16冊（台北：世界書局）

《南雷文案》　　　　　　　《南雷文定·四集》

《南雷文定·前集》　　　　《南雷文約》

《南雷文定·後集》　　　　《南雷詩曆》

《南雷文定·三集》　　　　《黃梨洲詩集》

《黃宗羲全集（十）、（十一）--南雷詩文集》（浙江：古籍出版社，1993年）。

《黃宗羲全集（十二）》（浙江：古籍出版社，1994年）。

平慧善、盧敦基譯注：《黃宗羲詩文》（台北：錦繡出版，1993年）。

吳光釋文：《南雷雜著真蹟》（台北：學生書局，1980年）。

吳光輯校：《黃梨洲詩文補遺，明文授讀評語彙輯》（台北：聯經出版，1995年）。

吳光：《黃宗羲著作彙考》（台北：台灣學生書局，1990年）。

二、黃宗羲專論研究

方祖猷：〈黃宗羲的文學思想〉，《清初浙東學派論叢》，（台北：萬卷樓圖書
　　　　出版，1996年）。

方祖猷：〈黃宗羲與甬上弟子的學術分歧－兼論蕺山之學的傳播和沒落〉收入《清
　　　　初浙東學派論叢》（台灣，萬卷樓圖書公司，1996）。

古清美：〈從明儒學案談黃梨洲思想上的幾個問題〉，《明代理學論文集》（台
　　　　北：大安出版社，1990年）。

古清美：〈黃宗羲的「孟子師說」試探〉《明代經學國際學術研討會論文集》（台
　　　　北：中央研究院中國文哲研究所籌備處，1996年）。

李明友、渠玉九：〈黃宗羲的理想人格散論〉收於吳光、季學原主編之

　　《黃梨洲三百年祭：紀念黃宗羲逝世三百週年、國際學術研討會論文

　　集》（北京：當代中國出版社，1997年）。

李明友：《一本萬殊--黃宗羲的哲學與哲學史觀》（北京：人民出版社，1994年）。

徐定寶：〈論黃宗羲的詩學觀〉收於吳光、季學原主編之《黃梨洲三百年祭：紀

　　念黃宗羲逝世三百週年、國際學術研討會論文集》（北京：當代中國

　　出版社，1997年）。

徐仲力、王金苗：〈黃梨洲教育思想簡論〉收於吳光、季學原主編之《黃梨洲三

　　百年祭：紀念黃宗羲逝世三百週年、國際學術研討會論文集》（北京：

　　當代中國出版社，1997年）。

張亨：〈試從黃宗羲的思想詮釋其文學視界〉，《中國文哲研究集刊》（1994年，

　　第4期）。

張高評：〈《南雷詩歷》與傳記詩學〉，《國立編譯館館刊》（第22卷，第2

　　期）。

張新智：〈試論黃宗羲易學象數論的得失—以其對納甲及先天圖之評述所作的試

　　探〉，《孔孟月刊》（第36卷，第2期）。

陳文章：〈黃宗羲以知性爲主體之務實主張所開展之儒家「以學爲政」之精神〉，

　　《鵝湖月刊》（第275期）。

陳德和：〈黃宗羲“理氣同體二分論”析譯〉收於吳光、季學原主編之《黃梨洲

　　三百年祭：紀念黃宗羲逝世三百週年、國際學術研討會論文集》（北

　　京：當代中國出版社，1997年）。

黃俊傑：〈黃宗羲對孟子心學的發揮〉《明代經學國際學術研討會論文集》（台

　　北：中央研究院中國文哲研究所籌備處，1996年）。

黃齡瑤：《黃宗羲的詩文觀與明清之際的文學思潮》，（台中：靜宜大學中文研

　　究所碩士論文、2000年）。

楊自平：〈梨洲歷史性儒學對人存有之歷史性的開啓〉，《鵝湖月刊》（第245

期）。

董金裕：〈明夷待訪，誰待之訪？〉，《第一屆清代學術研討會論文集》

謝玲玲：〈黃宗羲教育思想初探〉收於吳光、季學原主編之《黃梨洲三百年祭：
　　　　紀念黃宗羲逝世三百週年、國際學術研討會論文集》（北京：當代中
　　　　國出版社，1997 年）。

（以下俱收錄吳光主編：《黃宗羲論--國際黃宗羲學術研討會論文集》，（浙江：
　　　　浙江古籍出版，1987 年）。

　　張岱年：〈黃梨洲與中國古代的民主思想〉

　　成中英：〈理學與心學的批評的省思—綜論黃宗羲哲學中的理性思考與真理標準〉

　　沈善洪、錢明：〈陽明學的演變與黃宗羲思想的來源〉

　　日本・高橋進：〈黃宗羲思想的歷史性格〉

　　王鳳賢：〈試評歷代學者論清代浙東學派〉

　　吳光：〈黃宗羲與清代學術〉

　　馮契：〈黃宗羲與近代歷史主義方法論〉

　　蕭捷父：〈黃宗羲的真理觀片論〉

　　樓宇烈：〈黃宗羲心性說述評〉

　　夏乃儒：〈黃宗羲與中國近代思維方式的萌芽〉

　　楊國榮：〈黃宗羲與王學〉

　　葛榮晉：〈黃宗羲理氣說的邏輯結構〉

　　余金華：〈《明儒學案》的結構與功能分析〉

　　蔡尚思：〈從中國思想史看黃宗羲的反君權思想〉

　　邱漢生：〈讀《明夷待訪錄》札記〉

　　鄭昌淦：〈黃宗羲與時代思潮〉

　　〔日本〕・小野和子：〈從東林黨到黃宗羲〉

　　〔美國〕・司徒琳：〈《明夷待訪錄》與《明儒學案》的再評價〉

　　〔聯邦德國〕・余蓓荷：〈《明夷待訪錄》的先驅—王艮“以天下治天下”的思想〉

周繼旨：〈試析黃宗羲"君害論"與先秦儒家政治思想的淵源關係〉

李錦全：〈從"源""流"關係看黃宗羲民主啓蒙思想的歷史地位〉

羅枳：〈《破邪論》平議〉

〔新加坡〕·李焯然：〈李滋然《明夷待訪錄糾謬》初探〉

南炳文：〈黃宗羲肯定封建君主專制制度的思想〉

李明友，渠玉九：〈論黃宗羲的經世致用思想〉

庄嚴：〈黃宗羲的華夷之辨和他的學人生涯〉

白砥民：〈黃宗羲的思想結構和思想方法探索〉

裘克安：〈黃宗羲研究中的幾個問題〉

倉修良：〈黃宗羲的史學貢獻〉

湯綱：〈黃宗羲與《明史》〉

周瀚光：〈黃宗羲科學思想論略〉

蔣國保：〈黃宗羲與方以智〉

〔澳大利亞〕·費思堂：〈黃宗羲與呂留良〉

〔日本〕·山井湧〈《明儒學案》考辨〉

洪波：〈黃宗羲《留書》評述〉

方祖猷：〈黃宗羲與文昌社〉

王政堯：〈《黃梨洲先生年譜》考辨〉

葉樹望：〈竹橋黃氏述略〉

寧波市文管會：〈黃宗羲史跡考察記略〉

〔日本〕·佐野公治：〈日本的黃宗羲研究槪況〉

郎滿君：〈黃宗羲研究三十年〉

陳正夫：〈試論《明儒學案》〉

盧鐘鋒：〈略論《明儒學案》學術風格的新特點〉

朱仲玉：〈試論黃宗羲《明儒學案》〉

胡國樞：〈十七世紀中國向往民主政治的綱領－讀《明夷待訪錄》〉

李存山：〈儒家理想人格的分裂及其對君臣關係的反省〉

徐蓀銘：〈論黃宗羲創造性研究的特點〉

夏瑰琦：〈黃宗羲哲學與王學〉

朱義祿：〈黃宗羲與劉宗周思想異同的比較〉

李漢武：〈黃宗羲與魏源〉

陳增輝：〈黃宗羲教育思想簡述〉

王維和：〈黃宗羲人才"八法"述評〉

方同義：〈《明夷待訪錄》的經濟思想述評〉

江汎清：〈黃宗羲無神論思想的時代特色〉

季續：〈黃宗羲別號考〉

邵九華：〈黃宗羲故居考〉

徐仲力，諸煥燦：〈黃竹浦略考〉

翟岩輯：〈黃宗羲研究主要論著索引〉

三、其他參考書目

（一）古典文獻（含今人校釋箋釋之著作）--按朝代順序排列

〔民國〕‧南懷瑾、徐芹庭註釋，王雲五主編：《周易今註今譯》（台北：台灣
　　　商務印書館，1984 年）。

〔周〕‧左丘明撰，〔三國〕‧韋昭注：《國語》（台北：漢京文化事業，1983
　　　年）。

〔先秦〕‧荀子著，北京大學哲學系注釋：《荀子新注》（台北；里仁書局，1983
　　　年）。

〔漢〕‧王充撰，劉盼遂集解：《論衡集解》（台北：世界書局，1990 年）。

〔漢〕‧許慎：《說文解字注》（台北：天工書局，1987 年）。

〔漢〕‧董仲舒著，〔民國〕‧賴炎元註譯：《春秋繁露今註今譯》（台北：台

灣商務印書館，1984 年）。

〔漢〕·劉安著，〔民國〕·熊禮匯注譯：《新譯淮南子》（台北：三民書局，
　　　1997 年）。

〔漢〕·戴德著，〔清〕·王聘珍撰：《大戴禮記解詁》（台北：漢京文化事業
　　　有限公司，1987 年）。

〔魏晉〕·王弼，〔民國〕·樓宇烈校釋：《王弼集校釋》（台北：華正書局，
　　　1992 年）。

〔晉〕·杜預注·〔唐〕·孔穎達疏：《左傳注疏及補正》（台北：世界書局，1984
　　　年）。

〔六朝·梁〕·劉勰著，王更生編：《文心雕龍》（台北：金楓出版社，1988 年）。

〔六朝·梁〕·劉勰著，周振甫注：《文心雕龍注釋》（台北；里仁書局，1998
　　　年）。

〔隋〕·王通：《中說》（台北：廣文書局，1975 年）。

〔唐〕·王勃：《王子安集》（台北；台灣商務印書館，1976 年）。

〔唐〕·韓愈撰，〔清〕·馬其昶校注，〔民國〕·馬茂元編次：《韓昌黎文集
　　　校注》（台北：漢京文化事業有限公司，1983 年）。

〔唐〕·韓愈撰，〔清〕·馬其昶校注，〔民國〕·馬茂元編次：《韓昌黎文集
　　　校注》（江蘇：上海古籍出版社，1986 年）。

〔宋〕·王安石：《臨川集》（台北：台灣中華書局，1970 年）。

〔宋〕·司馬光：《司馬文正集》（台北：台灣中華書局，1970 年）。

〔宋〕·朱熹：《四書集注》（台北：漢京文化事業，1987 年）。

〔宋〕·程顥／程頤：《二程集》（台北：漢京文化事業有限公司，1983 年）。

〔宋〕·黎靖德編：《朱子語類》（北京：中華書局，1994 年）。

〔明〕·孔尚任著，〔民國〕·王季思·蘇寰中·楊德平合注：《桃花扇》，（台
　　　北：里仁書局，1991 年）。

〔明〕·方孝孺：《遜志齋集》（台北：台灣中華書局，1970 年）。

〔明〕·王陽明:《王陽明全集》(台北:考正出版社,1972 年)。

〔明〕·王陽明:《傳習錄》(台北:金楓出版社,1987 年)。

〔明〕·吳訥等書:《文體序說三種》(台北:大安出版社,1998 年)。

〔明〕·宋濂:《宋文憲公全集》(台北:台灣中華書局,1970 年)。

〔明〕·來知德、〔清〕·惠棟註疏,〔民國〕·馮家金編撰:《周易繫辭傳》
　　　　(台北:頂淵文化,1999 年)。

〔明〕·來知德撰:《易經來註圖解》(台北;萬有善書出版社,1976 年)。

〔明〕·湯顯祖著,〔民國〕邵海清校注:《牡丹亭》(台北:三民書局,1990
　　　　年)。

〔明〕·劉宗周著:《劉子全書》(台北;華文出版社,1970 年)。

〔明〕·劉蕺山:《劉子全書》(台北;華文出版社,1970 年)。

〔清〕·方苞撰:《方望溪先生全集》(台北;台灣商務印書館,1968 年)。

〔清〕·王夫之著,王伯祥校點:《思問錄·俟解》(北京:古籍出版社,1957
　　　　年)。

〔清〕·全祖望著,〔民國〕·王雲五編:《鮚埼亭集·外篇》(台北:台灣商
　　　　務印書館,1968 年)。

〔清〕·全祖望著:《鮚埼亭集》(台北;台灣商務印書館,1968 年)。

〔清〕·李慈銘:《越縵堂讀書記》(台北:世界書局,1975 年)。

〔清〕·李塨著,馮辰校:《恕谷後集》(台北;台灣商務印書館,1966 年)。

〔清〕·阮元撰:《定香亭筆談》(台北:河洛出版社,1975 年)。

〔清〕·阮元撰:《經籍籑詁》(台北:鴻學出版公司)。

〔清〕·查慎行著,〔民國〕·聶世美選註:《查慎行選集》,(上海:上海古
　　　　籍出版社,1998 年)。

〔清〕·張英、王士禎編:《淵鑑類函》(台北;新興書局,1967 年)。

〔清〕·張維屏撰:《清朝詩人徵略》(台北;鼎文書局,1971 年)。

〔清〕·陳鶴撰,陳克家補:《明紀》(台北:世界書局,1984 年)

〔清〕‧章太炎撰，楊家駱主編：《訄書》（台北；世界書局，1987年）。

〔清〕‧章學誠撰，〔民國〕‧葉瑛校注：《文史通義校注》（台北；漢京文化
　　　事業有限公司，1986年）。

〔清〕‧馮辰撰：《清李恕谷先生(塨)年譜》（台北；台灣商務印書館，1978年）。

〔清〕‧萬斯同：《群書疑辨》（台北：廣文書局，1972年）。

〔清〕‧劉師培撰：《劉申叔遺書》（江蘇古籍出版社，1997年）。

〔清〕‧錢謙益：《列朝詩集小傳》（台北：世界書局，1985年）。

〔清〕‧錢謙益撰：《牧齋初學集‧牧齋有學集》（台北；商務印書館，1979年）。

〔清〕‧閻若璩撰：《潛邱劄記》（四庫全書珍本四集）。

〔清〕‧《叢書集成新編》（台北：新文豐出版公司，1985年）。

〔清〕‧《叢書集成續編》（台北：新文豐出版公司，1989年）。

〔清〕‧張其昀監修，楊家駱編：《續修四庫全書—四明叢書》第二集，第四冊，
　　　（台北：中國文化學院，1964年）。

〔清〕‧《四庫全書存目叢書》集部（台北：莊嚴文化事業）

谷應泰：《明史紀事本末》（台北：三民書局，1985年再版）。

徐世昌編：《清儒學案》（台北：燕京文化事業股份有限公司，1976年）。

郭紹虞：《中國歷代文學論著精選》（台北：華正書局，1984年）。

黃嗣艾：《南雷學案》（台北：明文書局，1985年）。

黃鴻壽：《清史紀事本末》（台北：三民書局，1973年再版）。

楊向奎編著：《清儒學案新編》（山東：齊魯書社出版，1988年）。

楊家駱編：《清朝詩人徵略》（台北：鼎文書局，1971年）。

楊家駱編：《歐陽修傳》（台北：世界書局，1988年四版）。

葉慶炳、邵紅編：《明代文學批評資料彙編》（台北：成文出版社，1978年）。

錢仲聯編：《清詩紀事》（江蘇：江蘇古籍出版社，1987年）。

（二）當代論著--按作者姓氏筆劃排列

于化民：《明中晚期理學的對峙與合流》（台北：文津出版社，1993 年）

孔日昌：《如何研讀易經》（台南：西北出版社，1996 年）。

方祖猷：《清初浙東學派論叢》（台北：萬卷樓圖書公司，1996 年）。

方祖猷：《萬斯同傳》（台北：允晨文化，1998 年）。

王更生：《中國文學的本源》（台北：台灣學生書局，1998 年）。

王俊義、黃愛平：《清代學術文化史論》（台北：文津出版社，1999 年）

王夢鷗：《中國文學理論與實踐》（台北：時報文化出版，1995 年）。

古清美：《明代理學論文集》（台北：大安出版社，1990 年）。

任澤鋒釋譯：《碧巖錄》（高雄：佛光文化，1997 年）。

成復旺、黃保真、蔡鐘翔：《中國文學理論史—明代時期》（台北：洪葉文化事
　　業有限公司，1994 年）。

成復旺、黃保真、蔡鐘翔：《中國文學理論史—清末明初時期》（台北：洪葉文
　　化事業有限公司，1994 年）。

朱伯崑：《易學哲學史》（台北，藍燈文化，1991 年）。

成復旺、黃保真、蔡鐘翔：《中國文學理論史—先秦兩漢魏晉南北朝時期》（台
　　北：洪葉文化事業有限公司，1994 年）。

成復旺、黃保真、蔡鐘翔：《中國文學理論史—明清鴉片戰爭時期》（台北：洪
　　葉文化事業有限公司，1994 年）。

成復旺、黃保真、蔡鐘翔：《中國文學理論史—隋唐五代宋元時期》（台北：洪
　　葉文化事業有限公司，1994 年）。

朱邦復：《易經明道錄》（台北：時報文化出版，1998 年）。

朱邦復：《智慧學九論》（台北：台灣商務出版，1998 年）。

朱棟霖、陳信元編：《中國文學新思維》（嘉義：南華大學，2000 年）。

朱榮智：《文氣論研究》（台北：台灣學生書局，1986 年）。

朱維煥：《周易經傳象義闡釋》（台北：台灣學生書局，1993 年）。

牟宗三：《才性與玄理》（台北：台灣學生書局，1989年）。

牟宗三：《中國哲學十九講》（台北：台灣學生書局，1983年）。

牟宗三：《心體與性體》（台北：正中書局，1981年）。

牟宗三：《從陸象山到劉蕺山》（台北：台灣學生書局，2000年）。

牟宗三：《道德的理想主義》（台北：台灣學生書局，1992年修訂板七刷）。

何秀煌：《記號學導論》（台北：水牛出版社・1991）。

何冠彪：《生與死：明季士大夫的抉擇》（台北：聯經出版事業公司，1997年）。

余秋雨：《山居筆記》（台北：爾雅出版社，1995年）。

余秋雨：《文化苦旅》（台北：爾雅出版社，1994年）。

余英時：《歷史與思想》（台北：聯經出版社，1989年）。

余書麟：《中國儒家心理思想史》（台北：心理出版社，1994年）。

吳光：《古書考辨集》（台北：允晨出版社）。

吳金娥著：《唐荊川先生研究》（台北；文津出版社：1986年）。

束景南：《中華太極圖與太極文化》（江蘇：蘇州大學出版社，1994年）。

李正治：《中國詩的追尋》（台北：業強出版社，1990年）。

李正治：《政府遷台以來文學研究理論及方法之探索》（台北：台灣學生書局，
　　　　1988年）。

李紀祥：《明末清初儒學之發展》（台北：文津出版社，1992年）。

李國鈞編：《中國書院史》（武漢：湖南教育出版社，1994年）。

李澤厚：《華夏美學》（台北：時報出版社，1999年）。

杜文齊：《易學圖解》（台北：漢宇出版有限公司，1996年）。

杜松柏：《國學治學方法》（台北：洙泗出版社，1991年再版）。

周志文：《晚明學術與知識份子論叢》（台北：大安出版社，1999年）

周明初注釋：《新譯・明散文選》（台北；三民書局，1998年）。

周祖譔編選：《隋唐五代文論選》（北京，人民文學出版社，1999年）。

孟森：《明清史講義》（台北：里仁書局，1982年）。

林安梧著：《中國近現代思想觀念史論》（台北：台灣學生書局，1995年）。

林安梧著：《王船山人性史哲學之研究》（台北；東大圖書公司，1987年）。

林保淳：《經世思想與文學經世：明末清初經世文論研究》（台北：文津出版社，
　　　　1991年）。

林聰舜：《明清之際儒家思想的變遷與發展》（台北：台灣學生書局，1990年）。

金庸：《鹿鼎記》（一）（台北：遠流出版社，1996年）。

金庸：《碧血劍》（二）（台北：遠流出版社，1996年）。

侯外廬、邱漢生、張豈之編：《宋明理學史》（北京：人民出版社，1997年）

洪萬生編：《中國文化新論・格物與成器》（台北；聯經出版社，1991年）。

胡美琦：《中國教育史》（台北：三民書局，1990年）。

胡楚生：《清代學術史研究》（台北：台灣學生書局，1993年初版二刷）

韋政通：《中國文化概論》（台北：水牛出版社，1972年）。

唐君毅：《中國文化之精神價值》（台北：正中書局，1979年）。

唐華：《中國易經歷史進化哲學原理》（台北：大中國圖書，1986年）。

徐世昌：《清儒學案：第一冊》（台北：燕京文化事業股份有限公司，1976年）。

張永堂：《明末清初理學與科學關係再論》（台北：台灣學生書局，1994年）。

張其成：《易學大辭典》（北京：華夏出版，1996年）。

張春興：《現代心理學》（台北：東華書局，1991年）。

張健仁：《明代教育管理制度研究》（台北：文津出版社，1993年）。

張清治：《道之美－中國的美感世界》（台北：允晨文化，1990年）。

張鳳蘭：《章學誠的史學理論與方法》（台北：里仁書局，1997年）。

張麗珠：《清代義理學新貌》（台北：里仁書局，1999年）。

曹淑娟：《晚明性靈小品研究》（台北：文津出版社，1988年）。

梁啟超：《近三百年中國學術史》（台北：中華書局，1987年）。

許總：《宋明理學與中國文學》（南昌：百花洲文藝出版社，1999年）。

郭紹虞：《中國文學批評史》（台北：文史哲出版社，1990年）。

陳文德：《數位易經：資訊時代「易經」實用學》（台北：遠流出版事
　　　業，1999）。

陳良運：《周易與中國文字》（南昌：百花洲文藝出版社，1999 年）。

陳炳元：《易鑰》（台北：博元出版社）。

陳祖武：《中國學案史》（台北：文津出版社，1994 年）。

陳萬益：《晚明小品與明季文人生活》（台北：大安出版社，1997）。

陳榮捷：《宋明理學之概念與歷史》（台北：中央研究院中國文哲研究所籌備處，
　　　1996 年）。

陳福濱：《晚明理學思想通論》（台北：環球書局，1983 年）。

陸雲逵：《陰陽家》（台北：韜略出版，1996 年）。

章學誠：《文史通義》（台北：漢京文化有限公司，1986 年）。

麥仲貴：《明清儒學家著述生卒年表》（台北：台灣學生書局）。

勞思光：〈新編中國哲學史〉（台北：三民書局，1989 年）。

馮書耕、金仞千：《古文通論》（台北：雲天出版社，1991 年）。

黃文吉編：《中國文學史參考作品集》（台北：台灣學生書局，1999 年）。

黃懺華：《佛教各宗大綱》（台北：天華出版社，1988 年）。

楊布生、彭定國：《書院文化》（台北：雲龍出版社，1997 年）。

楊國楨、陳支平：《明史新編》（台北：雲龍出版社，1995 年）。

楊義：《中國敘事學》（嘉義：南華管理學院，1998 年）。

楊儒賓、黃俊傑編：《中國古代思維方式探索》（台北：正中書局，1996 年）。

楊儒賓編：《中國古代思想中的氣論及身體觀》（台北：巨流圖書，1997 年）。

鄔昆如：《哲學概論》（台北：五南圖書出版公司，1991 年）。

廖可斌：《復古派與明代文學思潮》（台北：文津出版社，1994 年）。

褚斌杰：《中國古代文體學》（台北：台灣學生書局，1991 年）。

褚斌杰等著：《儒家經典與中國文化》（武漢：湖北教育出版社，2000 年）。

趙園：《明清之際士大夫研究》（北京：北京大學出版社，1999 年）。

劉介民：《比較文學方法論》（台北：時報出版社，1990 年）。

劉再復：《性格組合論》（台北：新地出版社，1988 年）。

劉君祖：《經典易》（台北：牛頓出版社，1994 年）。

劉君燦：《中國文化新論・格物成器》（台北：聯經出版社）。

劉良佑：《陶藝學》（台北：幼獅文化，1992 年）。

劉述先：《黃宗羲心學的定位》（台北：允晨文化出版，1986 年）。

樊克政：《中國書院史》（台北：文津出版社，1995 年）。

蔡仁厚：《中國哲學史大綱》（台北：台灣學生書局，1988 年）。

蔡英俊編：《意象的流變》（台北：聯經出版社。1987 年）。

蔡景康編：《明代文論選》（北京：人民文學出版社，1999 年）。

鄭天挺：《清史》（台北：雲龍出版社，1998 年）。

鄭宗義：《明清儒學轉型探析》《香港：中文大學出版社，2000 年》

鄭明俐、林燿德：《當代世界文學理論》（台北：幼獅出版社）。

鄭培凱：《湯顯祖與晚明文化》（台北：允晨文化出版，1995 年）。

魯迅：《中國小說史略》（人民出版社，1973 年）。

黎傑：《明史》（台北：九思出版有限公司，1978 年）。

錢仲聯編：《清詩紀事（一）・明遺民卷》（江蘇：古籍出版社，1987 年）

錢基博：《明代文學》（台北：台灣商務印書館，1999 年）。

錢穆：《中國近三百年學術史》（台北：台灣商務印書館，1987 年）。

錢穆：《中國學術通義》（台北：台灣學生書局，1982 年）。

錢穆：《朱子新學案》（台北：三民書局，1989 年）。

錢穆：《宋明理學概述》（台北：台灣學生書局，1996 年）。

錢鍾書：《談藝錄》（台北：書林出版社，1988 年）。

戴璉璋：《易傳之形成及其思想》（台北：文津出版社，1989 年）。

謝大荒：《易經語解》（台北：大中國出版圖書公司，1992 年）。

謝寶笙：《易經之謎打開了》（香港：明窗出版社，1993 年）。

鍾彩鈞主編：《劉蕺山學術思想論集》（台北：中央研究院中國文哲所
　　　　　籌備處，1998 年）。

簡錦松：《明代文學批評研究》（台北：台灣學生書局，1989 年）

鄺士元：《中國學術思想史》（台北：里仁書局，1992 年）。

鄺芷人：《陰陽五行及其體系》（台北：文津出版社，1992 年）。

辭源修訂組：《辭源》（台北：遠流出版公司，1997 年）。

嚴迪昌：《清詩史》（台北：五南出版公司，1998 年）。

龔鵬程：《1998 龔鵬程年度學思報告》（嘉義：南華管理學院，1999 年）。

龔鵬程：《文化符號學》（台北：台灣學生書局，1992 年）。

龔鵬程：《晚明思潮》（台北：里仁書局，1994 年）。

龔鵬程：《詩史本色與妙悟》（台北：台灣學生書局，1993 年）。

〔日本〕中村元著，林太、馬小鶴譯：《東方民族的思維方法》（台北；淑馨出
　　　　　版社，1999 年）。

〔日〕·中村元著、徐復觀譯：《中國人之思維方法》（台北：台灣學生書局，
　　　　　1995 年）。

〔日〕·山田光胤，代田文彥著：《中國醫學篇》（台北：培林出版，2000 年）。

W.T.de Bary 著，張永堂譯：〈中國的專制政治與儒家理想〉·《中國思想與制
　　　　　度論集》.（台北：聯經出版社，1985 年），

《歷代教育論著選評》（湖北教育出版社，1994 年）。

《中國文學欣賞全集》第 40 冊，（台北：莊嚴出版社，1985 年）。

《氣象小百科》（台北：貓頭鷹出版社，1999 年）。

《中國哲學史資料選輯－－魏晉隋唐之部》（台北：九思出版有限公司，1978 年）。

四、期刊論文--按作者姓氏筆劃排列

王俊義：〈錢謙益與明末清初學術演變〉《明代經學國際學術研討會論文集》（台
　　　　北：中央研究院中國文哲研究所籌備處，1996 年）。

王鑫：〈宇宙的生成〉·《大地地理雜誌》，157 期。

何寄澎：《唐宋古文新探》（台北：大安出版社，1998 年）。

吳光：〈試論「浙學」的基本精神〉·《儒道論述》（台北：東大出版社）。

吳康：〈南宋湘學與浙學〉，《宋史研究集 13 輯》。

李正治：〈開出生命美學的領域〉，《國文天地》，（1994 年，第 9 卷 9 期）。

李正治：《先秦諸子禮樂思索的正反諸型研究》（台北：台大中研所博士論文，
　　　　1990 年）。

李任中、伍斌：〈塑造健全的文化人格——余秋雨參文一瞥〉·《聯合文學》，
　　　　第 12 卷，第 3 期。

李威熊：〈明代經學發展的主流與旁支〉·《明代經學國際學術研討會論文集》（台
　　　　北：中央研究院中國文哲研究所籌備處，1996 年）。

李美珠：〈朱子文學理論初探〉，《國立台灣師範大學國文研究所集刊》（1982
　　　　年，第 26 號）。

李瑞全〈論朱子之心學與性理情欲之關係〉，《台灣儒學與現代生活國際學術研
　　　　討會論文集》（台北：台灣學生書局，2000 年）。

林安梧：〈關於『善之意向性』的問題之釐清及探討〉，《劉蕺山學術思想論集》
　　　　（台北：中央研究院中國文哲研究所籌備處，1998 年）。

林伯謙：〈由韓愈道統論談佛教付法與中國文化的文互影響〉，《唐代文化學術
　　　　研討會論文集》（台北：東吳大學中文系，2000 年）。

張端穗：〈天與人歸——中國思想中政治權威合法性的觀念〉·《中國文化新論·
　　　　思想篇·理想與現實》（台北：聯經出版社，1993 年）。

陳志信：〈從文以載道到文道合一〉，《鵝湖月刊》（1998 年，第 281 期）。

陳旻志：〈勞思光基源問題研究法之省察〉《鵝湖月刊》（1994 年，第
　　　　227 期）。

陳旻志：《中國書院教育哲學之研究》（台北：淡江大學中文研究所碩士論文，
　　　　1996 年）。

曾守正：〈沐浴涵儒，海東鄒魯—清代台灣教育與朱熹〉，《台灣儒學與現代生
　　　　活國際學術研討會論文集》（台北：台灣學生書局，2000 年）。

黃愛平：〈毛奇齡與明末清初的學術〉《明代經學國際學術研討會論文集》（台
　　　　北：中央研究院中國文哲研究所籌備處，1996 年）。

楊祖漢：〈王龍溪哲學與道德教育〉，《鵝湖月刊》（1994 年，第 231 期）。

詹海雲：〈王陽明與《論語》〉《明代經學國際學術研討會論文集》（台北：中
　　　　央研究院中國文哲研究所籌備處，1996 年）。

劉人鵬：〈聖學道德論述中的性別問題—以劉宗周《人譜》爲例〉《明代經學國
　　　　際學術研討會論文集》（台北：中央研究院中國文哲研究所籌備處，
　　　　1996 年）。

蔡明田：〈德合天地，道濟天下—先秦儒道思想中的理想人格〉，《中國文化新
　　　　論・思想篇・理想與現實》（台北：聯經出版社，1993 年）。

戴春陽：〈敦煌佛爺灣南晉畫像磚〉，《中國文物世界》（180 期）。

謝凱蒂：《全祖望之史學經世研究》（台北：政治大學中文研究所碩士論文，1993 年）。

饒宗頤：〈明代經學的發展路向及其淵源〉，《明代經學國際學術研討會論文集》
　　　　（台北：中央研究院中國文哲研究所籌備處，1996 年）。

水火同源‧皆胚胎於塵土的憂鬱

——林毅夫自述

◎紀少陵

我在暗夜中泅泳　浮漚與潮差無疑是切膚的一種快感
你們是無法理解　那種在水中收回身心主權的歡愉
為了抗拒世俗氧化的速度　在亂離的洪流中　兀自修禊
此岸的塵埃　彼岸的視野　　孿生的悲愴在淚眼中悄然凝鑄

為了拭盡那身羈旅黏膩的宿垢　由馬山到角嶼
這僅僅一千八百米的海域
豈能丈量兩岸敵我二十三年來的歷史誤差？

海天一隅　我匍匐遙祭　中國的愚駭與清明
無所謂背叛抑或起義　我封軍掛印　索興賦別那令人倦怠的島國
黯黯斟酌新世界即將成形的輿圖
我是堅毅的獨夫　非正非義　不正不誼
特技演出　請勿模仿　以免荒腔走板
我早已諳熟水性　慣於在苦鹹的汪洋中伸展全然自由的尺度
他不見容於當時的框架　卻接榫未來二十年的走勢
以水修禊　　祛除意識型態的宿垢
亙古以來水火難容　陰陽失調是謂未濟
說穿了都不外胚胎於塵土的憂鬱

國土如斯危脆　人心訴諸闇迷
唯有在風波險惡的夜潮中　顛覆統獨　一舉刬盡根塵的執著
向心或者離心　概括最大的邊際效益
豈知水火同源　兩造既濟得以常保太平

二十一世紀將是中國經濟學家層出不窮的世紀
君不見兩岸絡繹不懈的商機學潮　人人懷抱理想　逆流而上
縱情剝削　擁抱二奶　炒作學位　不戒不急不用不忍
踵繼而來的願景人人易幟輸誠　遠比二十三年前我兀自泅泳的夜晚
來得波瀾壯闊　來得聲勢俱足

我心焚如火　屠神滅佛揀擇一條非關忠誠的路向　好皈依幸福
中國在因革損益的轉捩點上　台灣在悒鬱失衡的熱鍋之中
樂透彩與經濟研究重鎮　或然率與必然性的糾葛
任憑今晚月華之瑰麗或者悲欣——
踉蹌之際　誰來向歷史的宏觀下注

國家圖書館出版品預行編目資料

> 殘霞與心焚的夜燈如舊：一代儒俠黃宗羲的「文
>
> 道合一」論／陳旻志著..--初版. --臺北市：萬
>
> 卷樓, 民91
>
> 面；　　　公分
>
> 參考書目：面
>
> ISBN 957-739-420-5(平裝)
>
> 1（清）黃宗羲－學術思想
>
> 847.2　　　　　　　　　　　　91022141

殘霞與心焚的夜燈如舊－一代儒俠黃宗羲的「文道合一」論

著　　　者：陳旻志
發　行　人：楊愛民
出　版　者：萬卷樓圖書股份有限公司
　　　　　　臺北市羅斯福路二段41號6樓之3
　　　　　　電話(02)23216565・23952992
　　　　　　FAX(02)23944113
　　　　　　劃撥帳號15624015
出版登記證：新聞局局版臺業字第5655號
網　　　址：http://www.wanjuan.com.tw
E－mail：wanjuan@tpts5.seed.net.tw
經銷代理：紅螞蟻圖書有限公司
　　　　　　臺北市內湖區舊宗路二段121巷28號4F
　　　　　　電話(02)27953656(代表號)　傳真 (02)27954100
E－mail：red0511@ms51.hinet.net
承印廠商：晟齊實業有限公司
定　　　價：400元
出版日期：民國91年12月初版